U0571172

[唐]杜甫 著
謝思煒 校注

# 杜甫集校注

丙申夏一清

# 杜工部集卷第六

## 古詩四十八首 居雲安及至夔州作

### 杜鵑〔一〕

西川有杜鵑，東川無杜鵑。涪萬無杜鵑，雲安有杜鵑〔二〕。我昔游錦城，結廬錦水邊。有竹一頃餘，喬木上參天。杜鵑暮春至，哀哀叫其間。我見常再拜，重是古帝魂。生子百鳥巢，百鳥不敢嗔①。仍爲餧其子，禮若奉至尊〔三〕。鴻雁及羔羊，有禮太古前。行飛與跪乳，識序如知恩②〔四〕。聖賢古法則③，付與後世傳④。君看禽鳥情，猶解事杜鵑。今忽暮春間，值我病經年。身病不能拜，淚下如迸泉。

(0259)

## 【校】

①嗔，宋本、錢箋、《九家》、《草堂》校：「一作喧。」

②如，錢箋、《草堂》校：「一作又。」

③古，錢箋校：「一作吾。」《草堂》校：「驗作吾。」

④付，《草堂》校：「或作號。」 與，錢箋校：「一作之。」

## 【注】

黄鶴注：舊注編在廣德年間。然詩云「雲安有杜鵑」，又云「值我病經年」，則是大曆元年（七六六）春在雲安作。意譏崔旰、子琳輩。仇注編入大曆元年。

〔一〕杜鵑：《九家》舊注：「一説謂上皇幸蜀還，肅宗用李輔國謀遷之西内，上皇悒悒而崩。此詩感是而作。」錢箋：「此詩大曆元年公在雲安作，明皇晏駕久矣。」

〔二〕西川四句：《苕溪漁隱叢話》前集卷七引東坡云：「（王）誼伯謂：『西川有杜鵑，東川無杜鵑。涪萬無杜鵑，雲安有杜鵑』，蓋是題下注。斷自『我昔游錦城』爲首句。誼伯誤矣。且子美詩備諸家體，非必率合程度，偘偘者然也。是篇落句處凡五杜鵑，豈可以文害辭、辭害意邪？原子美之詩，類有所感，託物以發者也，亦六藝之比興、《離騷》之法與？……子美蓋譏當時之刺史有不禽鳥若也。唐自明皇以後，天步多棘，刺史能造次不忘於君者，可得而考也。嚴武在蜀，雖横斂刻薄，而實資中原，是『西川有杜鵑』耳。其不虔王命，負固以自抗，擅軍旅，絶貢賦，如杜克遜在梓州，爲朝廷西顧憂，是『東川無杜鵑』耳。至於涪萬、雲安刺史，微不可考。凡其尊君者爲有也，懷貳者爲無也，不在夫杜鵑真有無。……（王）又云：子美不應疊用韻。子美自我作古，疊用韻無害於詩，僕所見如此。」《趙次公先後解》以此爲仙井李新元應所作《杜鵑辨》，鬻書者編入《東坡外集詩話》。又云：「此亦《詩》所謂『有酒湑我，無酒酤我。坎坎鼓我，蹲蹲舞我』之勢也」；「若言其尊君之意，則自在中間鋪叙，不必泥首四句便爲美刺也。况公此詩作於雲安，乃大曆元年之春，而嚴武已死於去年之夏，時郭英乂爲崔旰所殺，繼而杜鴻漸來，豈可指爲嚴武之有君邪？又雲安在唐止是夔州之屬縣耳，非有刺史也，豈可比西川、東川之列乎？」吴曾《能改齋漫録》卷一〇：「樂府有江南古辭云：『江南可采蓮，蓮葉何田田。魚戲蓮葉間，魚戲蓮葉東，魚戲蓮葉西，魚戲蓮葉南，魚戲蓮葉北。』子美正用此格。」黄希注：「《白頭吟》：『郭東亦有樵，郭西亦有樵』，此詩起法或本此。」

〔三〕生子四句：參卷四《杜鵑行》（0173）注。

〔四〕鴻雁四句：《春秋繁露·執贄》：「凡執贄，天子用暢，公侯用玉，卿用羔，大夫用雁。雁乃有類於長者，長者在民上，必施然有先後之隨，必俶然有行列之治，故大夫以爲贄。羔有角而不任，設備而不用，類好仁者。執之不鳴，殺之不諦，類死義者。羔食於其母，必跪而受之，類知禮者。故羊之爲言祥與，故卿以爲贄。」《初學記》卷二九引譙周《法訓》：「羊有跪乳之禮，雞有識時之候，雁有庠序之儀，人取法焉。」

錢箋：「按杜克遜事，新舊兩書俱無可考。嚴武在東川之後，節制東川者李奐、張獻誠也。其以梓州反者，段子璋也。梓州刺史見杜集者，有李梓州、楊梓州、章梓州，未聞有杜也。既曰譏當時之刺史，不應以嚴武並列也。逆節之臣，前有段子璋，後有崔旰、楊子琳，不當舍之而刺涪萬之刺史微不可考者也。所謂杜克遜者，既不見史傳，則亦子虛無是之流，出後人僞撰耳。」

## 引水

月峽瞿塘雲作頂，亂石崢嶸俗無井〔一〕。雲安沽水奴僕悲，魚復移居心力省〔二〕。白帝城西萬竹蟠，接筒引水喉不乾〔三〕。人生留滯生理難，斗水何直百憂寬。（0260）

【注】

黄鶴注：當是大曆元年（七六六）至夔州作。

〔一〕月峽二句：明月峽，見卷五《奉贈射洪李四丈》（0210）注。瞿塘峽，見卷三《龍門閣》（0165）注。

《分門》魯曰：「夔俗無井，皆以竹引山泉而食，蟠屈山腹間，有至於數百丈者。」錢箋引《酉陽雜俎》雲安井事，乃鹽井，與此詩所言無關。

〔二〕雲安二句：《舊唐書・地理志》山南東道：「夔州，隋巴東郡。……天寶元年，改爲雲安郡。至德元年，於雲安置七州防禦使。乾元元年，復爲夔州。二年，刺史唐論請升爲都督府。尋罷之。……雲安，漢朐䏰縣，屬巴郡。故城曰萬户城。縣西三十里，有鹽官。」又：「奉節，漢魚復縣。屬巴郡。今縣北三里赤甲城是也。梁置信州，周爲永安郡，隋爲巴東郡，仍改爲人復縣。貞觀二十三年，改爲奉節。」奉節即夔州治所，二句言自雲安移居夔州。

〔三〕白帝二句：《水經注》江水：「又東（南）逕赤岬城西，是公孫述所造，因山據勢，周回七里一百四十步，東高二百丈，西北高一千丈，南連基白帝。山甚高大，不生樹木，其石悉赤，土人云如人袒胛，故謂之赤岬山。……江水又東逕魚復縣故城，故魚國也。……《地理志》江關都尉治。公孫述名之爲白帝，取其王色。蜀章武二年，劉備爲吴所破，改白帝爲永安，巴東郡治也。……巴東郡，治白帝山城，周回二百八十步，北緣馬嶺接赤岬山，其間平處，南北相去八十五丈，東西七十丈。又東傍東瀼溪，即以爲隍。西南臨大江，闚之眩目。惟馬嶺小差委迤，猶斬山爲路，羊腸數四，然後得上。益州刺史鮑陋鎮此，爲譙道福所圍，城裏無泉，乃南開水門，鑿石爲函道，上施木天公，直下至江中，有似猿臂相牽引汲，然後得水。」嚴耕望考白帝城即魚復故城，偏南，赤岬城在北偏西，爲夔州治所。參本書卷一六《夔州歌十絶句》（1287）「白帝夔州各異城」注。詩言接水筒在白帝城西，與《水經注》言白帝城「西南臨大江」合。

# 青絲

青絲白馬誰家子，粗豪且逐風塵起〔一〕。不聞漢主放妃嬪，近静潼關掃蜂蟻〔二〕。殿前兵馬破汝時，十月即爲虀粉期〔三〕。未如面縛歸金闕①，萬一皇恩下玉墀〔四〕。（0261）

【校】

①如，錢箋、《九家》、《草堂》校：「一作知。」

【注】

黄鶴注：此詩言僕固懷恩之亂，當是廣德二年（七六四）作。錢箋編入永泰元年（七六五）。

〔一〕青絲二句：《舊唐書·代宗紀》：「（廣德元年）九月壬戌朔，僕固懷恩拒命於汾州。」「（二年）冬十月丙寅，僕固懷恩引吐蕃二萬寇邠州，節度使白孝德閉城拒守。丁卯，寇奉天，京師戒嚴。……十一月乙未，懷恩與蕃軍自潰，京師解嚴。」「（永泰元年九月）丁酉，僕固懷恩死於靈州之鳴沙縣。時懷恩誘吐蕃數十萬寇邠州，客將尚品息贊磨、尚悉東贊等寇奉天、醴泉，党項、羌、渾、奴剌寇同州及奉天，逼鳳翔府、盩厔縣，京師戒嚴。……己酉，郭子儀自河中至，進屯涇陽，李忠臣屯東渭橋，李光進屯雲陽，馬璘、郝玉屯便橋，駱奉仙、李伯越屯盩厔，李抱玉屯鳳翔，周智光屯同州，杜冕屯坊州。上親率六軍屯苑内。庚戌，下詔親征。内官魚朝恩上言，請括私馬，京城男子悉皂衣團結，塞京城二門之一。士庶大駭，有逾垣鑿竇出城者，吏不能禁。自丙午至甲寅大雨，平地水流。丁巳，吐蕃大掠京畿男女數萬計，焚廬舍而去。同華節度周智光以兵追擊於澄城，破賊萬計。冬十月己未，復講《仁王經》於資聖寺。吐蕃至邠州，與回紇相遇，復合從入寇。辛酉，逼奉天。癸亥，党項攻同州，焚州民廬舍。丁丑，郭子儀説諭回紇，令與吐蕃疑貳。庚辰，子儀先鋒將白元光合回紇軍擊吐蕃之衆於靈臺縣之西原，斬首五萬級，俘獲人畜凡三百里不絶。辛巳，京師解嚴。壬午，僕固懷恩大將僕固名臣以千騎來降。」《梁書·侯景傳》：「普通中，童謡曰：『青絲白馬壽陽來。』後景果乘白馬，兵皆青衣。」朱鶴齡注：「用侯景事，以比僕固懷恩也。」

〔二〕不聞二句：朱鶴齡注：「《舊唐書》：永泰元年二月，内出宫女千人、品官六百人守洛陽宫。此與肅宗收京即放宫女三千，皆盛德事，故借漢主爲言也。不聞，謂豈不聞乎。」錢箋：「董逌《跋崇徽公主手痕碑》云：『碑在汾州靈石。懷恩以猜嫌入回紇，没其家入後宫。大曆四年，以其女爲崇徽公主，嫁回紇可汗。』故云『不聞漢主放妃嬪』，言懷恩獨不爲妻孥計，意亦隱刺代宗也。」按，錢箋過鑿。《新唐書·僕固懷恩傳》：「始，懷恩立功，門内死王事者四十六人。及拒命，士不弛甲凡三年。帝隱忍，數下詔，未嘗聲其反。及死，爲之惻然曰：『懷恩不反，爲左右所誤耳。』俄而從子名臣以千騎降。大曆四年，册懷恩幼女爲崇徽公主，嫁回紇云。」錢箋謂《唐書》不足信，而轉引《廣川書跋》，然亦不能以懷恩妻孥當詩所謂「妃嬪」。當以朱注爲是。《舊唐書·代宗紀》：「(廣德元年九月)己丑，吐蕃寇涇州，刺史高暉以城降，因爲吐蕃鄉導。……(十月)辛未，高暉引吐蕃犯京畿，寇奉天、武功、盩厔等縣。……癸巳，以郭子儀爲京留守。高暉聞吐蕃潰，以三百騎東奔至潼關，爲關守李伯越所殺。」

〔三〕殿前二句：黄鶴注：「殿前兵馬，即神策軍也。」參卷五《三絶句》(0230)注。《新唐書·兵志》：「廣德元年，代宗避吐蕃幸陝，(魚)朝恩舉在陝兵與神策軍迎扈，悉號神策軍。天子幸其營。及京師平，朝恩遂以軍歸禁中，自將之，然尚未與北軍齒也。永泰元年，吐蕃復入寇，朝恩又以神策軍屯苑中，自是寖盛，分爲左右廂，勢居北軍右，遂爲天子禁軍，非它軍比。朝恩乃以觀軍容宣慰處置使知神策軍兵馬使。」然杜詩此時稱「殿前兵馬」，只是泛指禁軍，未必預知神策軍之驕横。《莊子·列禦寇》：「使宋王而寤，子爲齏粉夫！」

〔四〕未如二句：《分門》洙曰：「時降者皆受節鎮，河北之患自此起矣。」《左傳》僖公六年：「許男面縛，銜璧。」杜預注：「縛手於後，唯見其面。」

## 近聞

近聞犬戎遠遁逃，牧馬不敢侵臨洮〔一〕。渭水逶迤白日净，隴山蕭瑟秋雲

高〔二〕。崆峒五原亦無事，北庭數有關中使〔三〕。似聞贊普更求親，舅甥和好應難弃〔四〕。（0262）

【注】

黃鶴注編入永泰元年（七六五）。朱鶴齡注編入大曆元年（七六六）。

〔一〕近聞二句：《舊唐書·吐蕃傳》：「永泰元年三月，吐蕃請和，遣宰相元載、杜鴻漸等於興唐寺與之盟而罷。秋九月，僕固懷恩誘吐蕃、回紇之衆，南犯王畿。……吐蕃退至永壽北，遇回紇之衆，雖聞懷恩死，皆悖其衆，相誘而奔，復來寇。至奉天，兩蕃猜貳爭長，別爲營壘。……回紇三千騎詣涇陽降款，請擊吐蕃爲效，子儀許之。……永泰二年（即大曆元年）二月，命大理少卿、兼御史中丞楊濟修好於吐蕃。四月，吐蕃遣首領論泣藏等百餘人隨濟來朝，且謝申好。」錢箋：「此詩蓋記其事也。」犬戎，見卷四《憶昔二首》（0192）注。《元和郡縣圖志》卷三九隴右道：「洮州，臨洮。下。……廣德元年陷於西蕃。」

〔二〕渭水二句：《元和郡縣圖志》卷三九隴右道：「渭州，隴西。……後魏莊帝永安三年，於郡置渭州，因渭水爲名。……寶應二年，陷於吐蕃。」卷二鳳翔府：「隴州，汧陽。……西魏文帝改名隴州，因山爲名。」汧源縣：「隴山，在縣西六十二里。」參卷三《青陽峽》（0146）「隴坂」注。

〔三〕崆峒二句：崆峒，見卷一《送高三十五書記》（0002）注。朱鶴齡注：「崆峒有三，此與五原並舉，當指在平涼者言之。」《元和郡縣圖志》卷四靈武節度使：「鹽州，五原。中府。……天寶元年改爲五原郡，乾元元年復爲鹽州。」五原縣：「五原，謂龍游原、乞地千原、青領原、可嵐貞原、横槽原也。」卷四〇隴右道：「庭州，北庭。下都護府。……長安二年改置北庭都護府，按三十六蕃。開元二十一年改置北庭節度使，都管兵二萬人，馬五千匹。衣賜四十八萬匹段。以防制突騎施、堅昆、斬啜。……東南至上都五千二百七十里。」朱鶴齡注：「五原，今榆林地，直長安西北，與靈州接壤。先是僕固懷恩自靈州合吐蕃、回紇入寇，今吐蕃敗走，故崆峒、五原皆無事也。」《趙次公先後解》：「北庭數有關中使，則又有突厥通好也。或云回紇等國皆在北之地，既不附吐蕃，故亦遣使於國中，其説亦是。」仇注：「北庭使至，吐蕃通和也。」浦起龍云：「二句兼言吐谷渾、党項等。」按，當以趙、浦説爲是，指西域諸國使。

〔四〕似聞二句：《新唐書·吐蕃傳》：「其俗謂强雄曰贊，丈夫曰普，故號君長曰贊普。」貞觀十五年，太宗以文成公主妻贊普弃宗弄贊。景龍元年，中宗以嗣雍王守禮女爲金城公主，妻贊普。玄宗《賜吐蕃贊普書》：「昔文成遠嫁，將以寵光彼國。……又降金城，以敦前好。……舅甥之禮，萬里如初。」

# 漁陽

漁陽突騎猶精鋭，赫赫雍王都節制①〔一〕。猛將飄然恐後時，本朝不入非高

計〔二〕。禄山北築雄武城，舊防敗走歸其營〔三〕。繫書請問燕耆舊，今日何須十萬兵〔四〕。（0263）

【校】

① 節，宋本、《九家》校：「一作前。」錢箋、《草堂》此校在「都」字下。

【注】

黄鶴注：當是廣德二年（七六四）前作。仇注：當是寶應元年（七六二）冬晚在梓州作。

〔一〕漁陽二句：《舊唐書・代宗紀》：「（寶應元年）冬十月辛酉，詔天下兵馬元帥雍王統河東、朔方及諸道行營，回紇等兵十餘萬討史朝義。……乙亥，雍王奏收東京，河陽、汴、鄭、滑、相、魏等州。……丁酉，僞恒州節度使張忠志以趙、定、深、恒、易五州歸順，以忠志檢校禮部尚書、恒州刺史，充成德軍節度使，賜姓名曰李寶臣。於是河北州郡悉平。賊范陽尹李懷仙斬史朝義首來獻，請降。」「（廣德二年）二月己巳朔，册天下兵馬元帥、尚書令、雍王适爲皇太子。」《後漢書・吴漢傳》：「乃説太守彭寵曰：『漁陽、上谷突騎，天下所聞也。君何不合二郡精鋭，附劉公擊邯鄲，此一時之功也。』」《九家》趙注：「漁陽突騎，指雍王所統兵。」何焯曰：「漁陽用光武事，此指朔方軍也。」按，《舊唐書・封常清傳》上表：「率周南市人之衆，當漁陽突騎之師。」此言河北諸將降後，爲雍王所統制。義門誤。

〔二〕猛將二句：《九家》趙注：「（公）尚聞河北猶有未入朝者，乃諭諸將，苟飄然而來，已自後時，而不入本朝，豈高計乎？」

〔三〕禄山二句：《舊唐書・安禄山傳》：「禄山陰有逆謀，於范陽北築雄武城，外示禦寇，内貯兵器，積穀爲保守之計，戰馬萬五千匹，牛羊稱是。」《九家》趙注：「舉往事以懲警不朝之將。」錢箋引趙説，「往事」前補「禄山」二字。

〔四〕繫書二句：《史記・魯仲連鄒陽列傳》：「齊田單攻聊城歲餘，士卒多死而聊城不下。魯連乃爲書，約之矢以射城中，遺燕將。」《九家》趙注謂用此：「名之曰『燕耆舊』，則本吾民之父老。又託之問耆舊，以警諸將耳。」

## 黄河二首

黄河北岸海西軍，椎鼓鳴鍾天下聞〔一〕。鐵馬長鳴不知數①，胡人高鼻動成羣〔二〕。（0264）

【校】

① 知，錢箋校：「一作如。」

## 【注】

黄鶴注：意是廣德二年（七六四）作。

〔一〕黄河二句：《分門》鮑曰：「謂吐蕃入寇。舊注謂禄山，非也。」《九家》趙注：「前章罪海西軍不能禦寇。黄河之北、大海之西，則河北一帶之州郡也。」錢箋：「雍王至陝州，回紇可汗屯于河北，與僚屬從數十騎往見之。諸軍發陝州，僕固懷恩與回紇左殺爲前鋒。此所謂『河北海西軍』也。舊注指吐蕃入寇，謬甚。」按，錢箋所引爲《資治通鑑》寶應元年十月紀事。胡三省注：「陝州之河北也。《括地志》曰：陝州河北縣，本漢大陽縣。天寶元年……更名平陸縣。」非謂河北一道，亦與此詩所言「黄河北岸」無關。朱鶴齡注已駁其非。此詩所言，當指靈州，開元中置朔方節度使，有三受降城在河外。唐人稱海西，或指遼海西，即河北地；或指東海西，即淮揚；或指西海，即西北邊地。張説《蘇摩遮》：「摩遮本出海西胡，琉璃寶服紫髯胡。」岑參《北庭作》：「孤城天北畔，絶域海西頭。」指西北。此詩所言海西軍，即指自靈州迤西諸軍鎮，唐之邊防所在。《後漢書·光武帝紀》：「傳吏疑其僞，乃椎鼓數十通。」《舊唐書·李憕傳》：「禄山領其衆，椎鼓大呼，以入都城。」

〔二〕鐵馬二句：《晋書·石季龍載紀》：「閔躬率趙人誅諸胡羯……于時高鼻多鬚至有濫死者半。」《魏書·西域傳》：「自高昌以西，諸國人等深目高鼻。」此指靈州所轄六胡州之九姓胡。《舊唐書·郭子儀傳》至德元載十一月：「賊將阿史那從禮以同羅、僕骨五千騎出塞，誘河曲九府、六胡州部落數萬，欲迫行在。子儀與迴紇首領葛邏支往擊敗之，斬獲數萬，河曲平定。」《資治通鑑考異》至德元載引陳翃《汾陽王家傳》：「説九姓府、六胡州，悉已來矣。甲兵五萬，部落五十萬，蟻聚於經略軍北。」又河西亦發生九姓商胡叛亂，至德二年正月討平。參卷二《送長孫九侍御赴武威判官》(0085)。

黄河西岸是吾蜀①，欲須供給家無粟〔一〕。願驅衆庶戴君王，混一車書弃金玉〔二〕。(0265)

【校】

①西，錢箋校：「一云北。一云南。俱非。」《草堂》作「北」，校：「一作南。」《九家》校：「趙作南岸。」吾，錢箋校：「一作故。」

【注】

〔一〕黄河二句：《分門》鮑曰：「黄河西岸是吾蜀，鄭公軍也。謂當狗之戰。舊注謂明皇、肅宗，非也。」《九家》趙注：「後章憫蜀人困於供給。」朱鶴齡注引《杜詩博議》：「唐運道俱仰黄河，獨蜀僻在西南，河漕不通，西山三城糧運屢絶。故有供給無粟之歎，此亦爲吐蕃入寇而作。」按，唐漕運饋西北，仰汴渠，蜀中不待漕運，《博議》謬甚。仇注：「此歎蜀人迫於軍餉。」趙、仇注是。又《九家》趙注：「黄河南岸，一作西岸，非是。成都路雖在中國西南，以河言之，雖遠而實南耳。」按，此承前首就大勢而言，黄河北岸言北方，西岸言西南。

〔二〕混一句：《史記·張儀列傳》：「而欲經營天下，混一諸侯。」庾信《哀江南賦序》：「混一車書，無救平陽之禍。」《禮記·儒行》：「儒有不寶金玉，而忠信以爲寶。」

## 自平

自平宫中吕太一①，收珠南海千餘日〔一〕。近供生犀翡翠稀〔二〕，復恐征戎干戈密②。蠻溪豪族小動摇③，世封刺史非時朝④〔三〕。蓬萊殿前諸主將⑤，才如伏波不得驕〔四〕。（0266）

**【校】**

① 宫中，錢箋校：「一作中宫。一作中官。」《九家》作「中宫」，校：「一作官。」《草堂》作「中官」，校：「舊作中宫，非是。」

② 戎，錢箋校：「一作戍。」《九家》、《草堂》作「戍」，《草堂》校：「一作戎。一作伐。」

③ 小，錢箋校：「一作山。」《草堂》作「山」，校：「或作小。」

④ 時，錢箋、《草堂》校：「一作常。」

⑤前，錢箋校：「一作裹。」《九家》、《草堂》作「裹」，《草堂》校：「一作裹。」

黄鶴注：當作於大曆二年（七六七），蓋自廣德元年十二月太一方反，平之必在二年，至大曆二年爲三年，故曰千餘日也。

**【注】**

〔一〕自平二句：《舊唐書·代宗紀》：「（廣德元年）十二月甲辰，宦官市舶使吕太一逐廣南節度使張休，縱下大掠廣州。」《韋倫傳》：「代宗即位，起爲忠州刺史，歷台、饒二州。以中官吕太一於嶺南矯詔募兵爲亂，乃以倫爲韶州刺史、兼御史中丞、韶連柳三州都團練使。竟遭太一用賂反間。」又《李勉傳》：「賊帥陳莊連陷江西州縣，偏將吕太一、武日昇相繼背叛。」與此非一人。《分門》定功曰：「宫中，當作中官。」黄鶴謂是。按，宦官稱中使，稱宫中亦可通。《後漢書·孟嘗傳》：「遷合浦太守，郡不産穀實，而海出珠寶……先時宰守並多貪穢，詭人采求，不知紀極，珠遂漸徙於交阯郡界。」《晋書·陶璜傳》：「合浦郡土地磽確，無有田家，百姓唯以采珠爲業，商賈去來，以珠貿米。而吴時珠禁甚嚴，慮百姓私散好珠，禁絶來去，人以饑困。又所調猥多，限每不充。」《舊唐書·地理志》嶺南道廉州合浦：「有珠母海，郡人采珠之所，云合浦也。」據《新唐書·地理志》嶺南道，惟白州南昌郡土貢珠。此言收珠，蓋代指貢賦。

〔二〕近供句：《新唐書·地理志》嶺南道：「厥貢：金、銀、孔翠、犀、象、彩藤、竹布。」《三國志·吴書·士燮傳》：「遷交阯太守。……燮每遣使詣權，致雜香細葛，輒以千數。明珠、大貝、流離、翡翠、玳瑁、犀象之珍，奇物異果，蕉、邪、龍眼之屬，無歲不至。」《藝文類聚》卷九二引《廣志》：「翡色赤，翠色紺，皆出交州興古縣。」

〔三〕蠻溪二句：《舊唐書·王翃傳》：「自安史之亂，頻詔徵發嶺南兵募，隸南陽魯炅軍。炅與賊戰於葉縣，大敗，餘衆離散。嶺南溪洞夷獠，乘此相恐爲亂。其首領梁崇牽自號平南十道大都統，及其黨覃問等，誘西原賊張侯、夏永攻陷城邑，據容州。」《新唐書·南蠻傳》：「西原蠻，居廣、容之南，邕、桂之西。有甯氏者，相承爲豪。又有黄氏，居黄橙洞，其隸也。其地西接南詔。天寶初，黄氏强，與韋氏、周氏、儂氏相脣齒，爲寇害，據十餘州。韋氏、周氏恥不肯附，黄氏攻之，逐於海濱。至德初，首領黄乾曜、真崇鬱與陸州、武陽、朱蘭洞蠻皆叛，推武承斐、韋敬簡爲帥，僭號中越王……合衆二十萬，綿地數千里。署置官吏，攻桂管十八州。所至焚廬舍、掠士女，更四歲不能平。乾元初，遣中使慰曉諸首領，賜詔書赦其罪，約降。於是西原、環、古等州首領方子彈、甘子暉、羅承韋、張九解、宋原五百餘人請出兵討承斐等，歲中戰二百……承斐等以餘衆面縛桂州降，盡釋其縛，差賜布帛縱之。其種落張侯、夏永與夷獠梁崇牽、覃問及西原酋長吴功曹復合兵内寇，陷道州，據城五十餘日。」事在廣德元年。朱鶴齡注引《舊唐書》大曆二年九月桂州山獠陷州城，刺史李良遁去。然其時影響至大者，乃西原蠻之亂，至大曆間猶未定。本書卷二〇《東西兩川説》（1487）：「八州素歸心於其世襲刺史。」《舊唐書·僕固懷恩傳》：「鐵勒九姓大首領率其部落來降……世襲都督。」《分門》洙曰：「時溪洞蠻歸順者皆世授刺史。」師曰：「不以時朝，不比内諸侯。姑務羈縻而已。」錢箋引作「比于内諸侯」。本書卷七

《八哀詩・汝陽王璡》(0333)：「出入獨非時，禮異見羣臣。」非時朝，謂受恩寵。

〔四〕蓬萊二句：蓬萊殿，見卷四《病橘》(0189)注。伏波，見卷五《苦戰行》(0220)注。

錢箋：「此詩言唐盛時置蠻夷之法。『蠻溪豪族小動搖』，言其小小蠢動，朝廷置之不問也。『世封刺史非時朝』，不責以時朝之禮也。如此則蠻夷率俾，雖有伏波之將，不得生事於外夷也。『蓬萊殿前諸主將』，指中官掌禁軍者而言。」朱鶴齡注：「太一平後，蠻豪復小梗，公恐出鎮者遽興兵生事，故援羈縻之義以戒之。」

按，「小動搖」實指西原蠻之亂，其亂實因頻詔發嶺南兵募，故前文云「復恐征戎干戈密」。「小動搖」、「非時朝」，乃有意輕言，實欲亂速平息，蠻復歸順，而非置之不問，亦非誡主將不得生事。

## 除草

去蕁草也。蕁音潛，山韭①〔一〕。

草有害于人，曾何生阻修〔二〕。其毒甚蜂蠆，其多彌道周〔三〕。清晨步前林，江色未散憂。芒刺在我眼〔四〕，焉能待高秋。霜露一霑凝②，蕙葉亦難留〔五〕。荷鋤先童稚，日入仍討求。轉致水中央，豈無雙釣舟〔六〕。頑根易滋蔓〔七〕，敢使依舊丘。

自茲藩籬曠③，更覺松竹幽。芟夷不可闕，疾惡信如讎〔八〕。（0267）

【校】

① 去蕵草也蕵音潛山韭，錢箋以此題注爲吴若本注。

② 露，錢箋校：「一作雪。」《文苑英華》校：「集作雪。」《九家》、《草堂》作「雪」。 凝，宋本、錢箋、《九家》校：「一作衣。」《文苑英華》作「衣」，校：「集作凝。」

③ 茲，錢箋校：「一作移。」《文苑英華》作「移」，校：「集作茲。」

【注】

黄鶴注：以後篇考之，當是大曆元年（七六六）在夔州作。仇注：詩云藩籬、松竹，當是草堂詩。依朱氏編在永泰元年（七六五）成都詩内。

〔一〕蕵草：方以智《通雅》卷四一：「蕵麻即蕁麻。《圖經》有蕁麻，一作毛蕵。音燖。李時珍曰：『蕁』字本作『蕵』。杜子美有《除蕵草》詩。智按，張子賢《墨莊漫録》曰：川陜間有一種惡草，土人呼爲蕵麻，音瓚。其枝葉拂人，肌肉即成瘡皰。劉衮延仲至蜀嘗見之。今考葉有毛芒，觸人如蠆，以人溺洗之可解也。或又作『薞』，乃『蕵』之訛。以燖音，瓚其土音耳。」按，《爾雅·釋草》：「蕁，莐藩。」郭璞注：「生山上，葉如韭，一曰提母。」疏：「蘗草知母也。一名蕁，一名莐藩。」蕵同蕁、蕁，徒含切，又徐心切。此注「音潛，山韭」，乃與韱混。《説文》：「韱，山韭也。從韭，𢦏聲。」鑯，息廉切，音灊。《集韻》：「或作韱。」

〔二〕阻修：張載《擬四愁詩》：「我所思兮在營州，往欲從之路阻修。」

〔三〕其毒二句：《左傳》僖公二十二年：「蜂蠆有毒，而況國乎。」《詩・唐風・有杕之杜》：「有杕之杜，生於道周。」

〔四〕芒刺句：《漢書・霍光傳》：「上内嚴憚之，若有芒刺在背。」《賢愚經》卷九：「爾時樹神語太子言：波婆伽梨，是汝之賊。刺汝眼竟，持汝珠去。」《王梵志詩校注》三一九首：「乍可刺你眼，不可隱我脚。」

〔五〕霜露二句：陸機《擬東城一何高》：「零露彌天墜，蕙葉憑林衰。」《九家》趙注：「又欲先秋除去之，若待秋，則霜雪一霑，蕙與薉草同一衰落，亦美惡俱盡矣。」

〔六〕轉致二句：《分門》晏曰：「《禮》：薙人掌殺草，有水火之化。以鈞舟載而致之水，此水化也。」《周禮・秋官・薙氏》：「薙氏掌殺草。……若欲其化也，則以水火變之。」

〔七〕頑根句：《左傳》隱公元年：「不如早爲之所，無使滋蔓。蔓，難圖也。蔓草猶不可除，況君之寵弟乎。」

〔八〕芟夷二句：《周禮・地官・稻人》：「作田，凡稼澤，夏以水殄草而芟夷之。」《後漢書・陳蕃傳》：「疾惡如讎。」

《分門》洙曰：「草去則幽芳之物伸矣。此詩有所傷而云。」師曰：「松竹有操，君子自守之象。小人既去，則君子道長，而松竹得遂其生養之性也。此篇大有含蓄，詳玩之頗有味矣。」

## 客居

客居所居堂，前江後山根〔一〕。下塹萬尋岸，蒼濤鬱飛翻〔二〕。葱青衆木梢，邪竪雜石痕〔三〕。子規晝夜啼，壯士歛精魂〔四〕。峽開四千里〔五〕，水合數百源。人虎相半居，相傷終兩存〔六〕。蜀麻久不來，吴鹽擁荊門〔七〕。西南失大將，商旅自星奔。今又降元戎，已聞動行軒〔八〕。舟子候利涉，亦憑節制尊〔九〕。我在路中央，生理不得論〔一〇〕。卧愁病脚廢，徐步視小園。短畦帶碧草，悵望思王孫〔一一〕。鳳隨其皇去，籬雀暮喧繁〔一二〕。覽物想故國，十年別荒村①。日暮歸幾翼〔一三〕，北林空自昏。安得覆八溟，爲君洗乾坤〔一四〕。稷契易爲力，犬戎何足吞〔一五〕。儒生老無成，臣子憂四番②〔一六〕。篋中有舊筆，情至時復援〔一七〕。（0268）

**【校】**

① 荒，《草堂》作「鄉」。

②四番，錢箋校：「《草堂》本作四藩。魯直刊本作憂思翻。」《九家》、《草堂》作「四藩」，《草堂》校：「一作四番。黄作思翻。」

【注】

《趙次公先後解》：此雲安詩。黄鶴注：當在大曆元年（七六六）春晚欲還夔州時作，故有「舟子修利涉」句。仇注：蓋三月初作。

〔一〕山根：山脚。徐陵《東陽雙林寺傅大士碑》：「乃於山根嶺下，創造伽藍。」王褒《送觀寧侯葬》：「餘輝盡天末，夕霧擁山根。」

〔二〕飛翻：王粲《贈蔡子篤》：「苟非鴻雕，孰能飛翻。」沈約《和謝宣城》：「揆余發皇鑒，短翮屢飛翻。」

〔三〕葱青二句：阮籍《東平賦》：「瞻荒榛之蕪穢兮，顧東山之葱青。」沈約《早發定山》：「傾壁忽斜豎，絶頂復孤圓。」

〔四〕子規二句：見卷三《法鏡寺》（0145）注。《相和歌辭·蒿里曲》：「蒿里誰家地，聚斂魂魄無賢愚。」江淹《恨賦》：「蔓草縈骨，拱木斂魂。」

〔五〕峽開句：《太平寰宇記》卷一四八引盛弘之《荆州記》：「沿江峽三十里，有新崩灘，至巫峽，因山名也。首尾一百六十里。舊云自三峽取蜀數千里，恒是一山。此蓋好大之言也。唯三峽七百里，兩岸連山，略無闕處，重岩疊嶂，隱天蔽日，自非亭午夜分，不見日月。」錢箋：「公所謂

『峽開四千里』，蓋統論江山之大勢，非專指言峽山也。」

〔六〕人虎二句：《太平廣記》卷四二六《峽口道士》（出《會昌解頤録》）：「開元中，峽口多虎，往來舟船皆被傷害。自後但是有船將下峽之時，即頂一人充飼虎，方舉船無患。不然，則船中被害者衆矣。自此成例，船留二人上岸飼虎。」

〔七〕蜀麻二句：本書卷一六《夔州歌十絶句》（1292）：「蜀麻吴鹽自古通，萬斛之舟行若風。」《舊唐書・食貨志》：「玄宗幸巴蜀，鄭昉使劍南，請於江陵税鹽麻以資國，官置吏以督之。」《新唐書・地理志》成都府蜀郡：「土貢：錦、單絲羅、高杼布、麻、蔗糖、梅煎、生春酒。」《食貨志》：「肅宗即位，遣御史鄭叔清等籍江淮、蜀漢富商右族訾畜，十收其二，謂之率貸。諸道亦税商賈以贍軍，錢一千者有税。於是北海郡録事參軍第五琦以錢穀得見，請於江淮置租庸使，吴鹽、蜀麻、銅冶皆有税，市輕貨繇江陵、襄陽、上津路轉至鳳翔。」此言崔旰之亂致商路阻斷。

〔八〕西南四句：《舊唐書・代宗紀》：「（永泰元年十月戊申）劍南節度使郭英乂爲其檢校西山兵馬使崔旰所殺，邛州柏茂林、瀘州楊子琳、劍南李昌巙皆起兵討旰，蜀中亂。」「（大曆元年二月）壬子，命黄門侍郎、同平章事杜鴻漸兼成都尹，持節充山南西道、劍南東川等道副元帥，仍充劍南西川節度使，以平郭英乂之亂也。」元戎，見卷二《送長孫九侍御赴武威判官》（0085）注。張説《送蘇合宫頲》：「别曲鸞初下，行軒雉尚過。」王維《送崔五太守》：「長安厩吏來到門，朱文露網動行軒。」

〔九〕舟子二句：《易・需》：「利涉大川。」《趙次公先後解》：「節制，即元戎之節制也。雖舟子爲商賈，亦以節制而利涉，然後免攘奪之憂也。」

〔一〇〕我在二句：《詩・秦風・蒹葭》：「溯游從之，宛在水中央。」《趙次公先後解》：「公言其南下以歸長安，到處留滯而未能，今尚在半路也。」朱鶴齡注：「言雲安路在荆蜀之間。」生理，見卷一《自京赴奉先縣詠懷五百字》(0041)注。

〔一一〕短畦二句：《楚辭・招隱士》：「王孫游兮不歸，春草生兮萋萋。」

〔一二〕鳳隨二句：《趙次公先後解》：「思王孫，懷鳳凰，其故國之賢者乎？」仇注：「楊妃歿後，上皇亦亡，故曰『鳳隨其凰去』。」浦起龍云：「此總由羈旅所感，他説支離，皆不可從。」

〔一三〕日暮句：《趙次公先後解》：「歸幾翼，以譬能歸鄉者幾人。」

〔一四〕安得二句：八溟，猶言八海。李白《當塗李宰君畫贊》：「灩觴百里，涵量八溟。」本書卷八《追酬故高蜀州人日見寄》(0384)：「遥拱北辰纏寇盜，欲傾東海洗乾坤。」

〔一五〕稷契二句：稷契，見卷一《自京赴奉先縣詠懷五百字》注。《趙次公先後解》：「但得稷契而用之，易爲力耳。彼吐蕃犬戎何足吞乎。」仇注：「朝廷苟用稷契，外寇何難掃除。」

〔一六〕四番：番指當番。《唐會要》卷六四《文學館》：「諸學士食五品珍膳，分爲三番，更直宿閣下。」此當指舊在幕府當番。《趙次公先後解》、《草堂》作「四藩」，則指四方。

〔一七〕篋中二句：曹植《贈白馬王彪》：「收淚即長路，援筆從此辭。」

## 客堂

憶昨離少城，而今異楚蜀〔一〕。舍舟復深山，窅窕一林麓〔二〕。栖泊雲安縣，消中内相毒〔三〕。舊疾甘載來①，衰年得無足②〔四〕。死爲殊方鬼，頭白免短促〔五〕。老馬終望雲，南雁意在北〔六〕。别家長兒女〔七〕，欲起慚筋力。客堂叙節改③，具物對羈束〔八〕。石暄蕨芽紫，渚秀蘆笋緑〔九〕。巴鶯紛未稀④，徼麥早向熟⑤〔一〇〕。悠悠日動江，漠漠春辭木。臺郎選才俊〔一一〕，自顧亦已極。前輩聲名人，埋没何所得。居然綰章紱，受性本幽獨〔一二〕。平生憩息地，必種數竿竹。事業只濁醪，營葺但草屋〔一三〕。上公有記者〔一四〕，累奏資薄禄。主憂豈濟時，身遠彌曠職〔一五〕。循文廟算正⑥，獻可天衢直〔一六〕。尚想趨朝廷，毫髮裨社稷〔一七〕。形骸今若是，進退委行色〔一八〕。（0269）

【校】

① 甘，《九家》作「廿」。　載，錢箋、《草堂》校：「一作戰。一作再。」

② 得無足，錢箋、《草堂》校：「一作得弱足。一作弱無足。」

③ 叙，《草堂》作「序」。

④ 鶯，宋本、錢箋、《九家》、《草堂》校：「一作稼。」

⑤ 向，《草堂》作「回」。

⑥ 循，錢箋、《草堂》校：「鮑作修。」

【注】

黄鶴注：當是大曆元年（七六六）春在雲安作。王嗣奭《杜臆》：「客堂非前客居，客居前江後山，此云深山林麓，故知别是一所。當是移夔後作。」仇注繫於大曆元年夔州詩内。按，詩明言「栖泊雲安縣」，王説過鑿。

〔一〕憶昨二句：少城，指成都。左思《蜀都賦》：「亞以少城，接乎其西。」《文選》劉逵注：「少城，小城也。在大城西，市在其中也。」仇注：「成都爲蜀，夔州爲楚。」

〔二〕窅窕：同杳窕。見卷三《白沙渡》（0161）注。

〔三〕消中句：《黄帝内經素問》卷五：「風成爲寒熱，癉成爲消中。」注：「癉爲濕熱也。熱積於内故變爲消中也。消中之證，善食而溲。」

〔四〕舊疾二句：《後漢書·鄭玄傳》：「載病到元城縣，疾篤不進。」《趙次公先後解》：「言此疾相嬰，至於衰年矣，而尚未痊去，疾亦得無足乎。」仇注：「疾而曰甘，衰而曰足，蓋以不死爲幸也。」按，謂衰年已甚。

〔五〕死爲二句：《文選》李陵《重報蘇武書》：「生爲别世之人，死爲異域之鬼。」庾信《竹杖賦》：「髮種種而愈短。」

〔六〕老馬二句：《趙次公先後解》：「蓋懷鄉之譬也。此乃倣『胡馬嘶北風，越鳥巢南枝』之意而變文耳。」仇注引古詩「代馬思朔雲」，乃杜撰。

〔七〕長兒女：見卷四《將適吳楚留别章使君留後兼幕府諸公得柳字》(0199)「長兒童」注。

〔八〕客堂二句：《左傳》昭公元年：「分爲四時，序爲五節。」《禮記・祭義》：「孝子將祭，慮事不可以不豫。比時具物，不可以不備。」《陳書・後主紀》：「具物匪新，節序疑舊。」仇注：「羈束，旅困也。」按，此言在羈旅無法置備時物。

〔九〕石暄二句：《詩・召南・草蟲》：「言采其蕨。」陸璣疏：「蕨，鱉也，山菜也。周秦曰蕨，齊魯曰鱉。初生似蒜，莖紫黑色，可食，如葵。」《爾雅・釋草》：「葭，蘆。菼，薍。其萌虇。」郭璞注：「今江東呼蘆笋爲虇，然則萑葦之類，其初生者皆名虇。」

〔一〇〕巴鶯二句：巴鶯，《趙次公先後解》作「巴稼」，謂：「紛未稀，則苗猶多耳。若作『鶯』字，則句不相聯。」朱鶴齡注：「鶯未稀而麥向熟，正是春去夏來之時，所以感懷於節序。」徼，邊徼。《漢書・地理志》蜀郡：「岷山在西徼外，江水所出。」

〔一一〕臺郎句：臺郎，尚書省郎中。《初學記》卷一一引《漢官》：「尚書郎，初從三署郎選詣尚書臺試，每一郎缺則試五人。先試箋奏，初入臺稱郎中，滿歲稱侍郎。」《後漢書・虞詡傳》：「臺郎顯職，仕之通階。」張九齡《上封事書》：「凡不歷都督刺史，雖有高第者，不得入爲侍郎、列卿；不歷縣令有善政者，亦不得入爲臺郎、給舍郎。」此謂在嚴武幕中奏授檢校工部員外郎。

〔一二〕居然二句：孔稚圭《北山移文》：「紐金章，綰墨綬。」鮑照《建除詩》：「開壤襲朱紱，左右佩金章。」《舊唐書・張九齡傳》：「胥吏末班，先加章紱。」謝靈運《晚出西射堂》：「安排徒空言，幽獨賴鳴琴。」

〔一三〕事業二句：濁醪，見卷一《夏日李公見訪》(0034)注。顏延之《和謝監靈運》：「采茨葺昔宇，剪棘開舊畦。」

〔一四〕上公句：朱鶴齡注：「上公，謂嚴鄭公。」仇注：「記謂記念舊交。」

〔一五〕主憂二句：《鹽鐵論·繇役》：「主憂者臣勞，上危者下死。」《漢書·元后傳》：「曠職素餐。」

〔一六〕循文二句：浦起龍云：「循文，繼體守文之謂。」《晉書·文帝紀》：「玄謀廟算，遵養時晦。」《左傳》昭公二十年：「君所謂可而有否焉，臣獻其否以成其可。君所謂否而有可焉，臣獻其可以去其否。」《國語·晉語九》：「夫事君者，諫過而賞善，薦可而替否，獻能而進賢。」

〔一七〕毫髮句：張九齡《荆州作》：「況乃山海澤，效無毫髮端。」

〔一八〕行色：陶翰《送崔二十一之上都序》：「乃徵詩寮，以壯行色。」岑參《送宇文舍人出宰元城》：「馬帶新行色，衣聞舊御香。」

## 石硯詩平侍御者①〔一〕。

平公今詩伯，秀發吾所羡〔二〕。奉使三峽中，長嘯得石硯。巨璞禹鑿餘〔三〕，異狀君獨見。其滑乃波濤，其光或雷電。聯坳各盡墨，多水遞隱現〔四〕。揮洒容數人，十手可對面。比公頭上冠，貞質未爲賤②〔五〕。當公賦佳句，況得終清宴。公含起草姿，不遠明光殿〔六〕。致于丹青地，知汝隨顧眄〔七〕。（0270）

【校】

①石硯詩平侍御者，《九家》、《草堂》題無「詩」字。《草堂》題注作「平侍御者之硯也」。

②貞，宋本、《九家》作「正」，據錢箋改。《草堂》校：「一作正，避諱。」

【注】

黄鶴注：當是平持節出使至峽中。梁權道編在永泰元年（七六五）雲安詩中，仇注編入大曆元年（七六六），陳冠明考爲天寶中作。

〔一〕平侍御：平洌。《舊唐書·楊慎矜傳》：「監察御史平洌賫敕至大理寺，慎餘聞死，合掌指天而縊。」時天寶六載十一月。顔真卿《東方先生畫贊碑陰記》：「真卿去歲拜此郡，屬殿中侍御史平公洌……咸以河北采訪使東平王判官巡按押至。」時天寶十三載季冬。《安禄山事迹》卷上：「（天寶）十年，兼河東節度使。刑賞在己，於是張通儒、李廷望、平洌、李史魚、獨孤問俗等在幕下。」《舊唐書·安慶緒傳》：「慶緒……復與孫孝哲、乾祐謀閉門自守……張通儒、高尚、平洌謂慶緒曰。」時乾元二年三月。《唐御史臺精舍題名考》卷三「平洌」趙鉞案：「杜詩《石硯詩》原注『平侍御』者，即此人。」按，殿中侍御史爲平洌任安禄山判官時所兼憲銜，此詩必作於天寶十載後。平洌以安禄山判官，不當出使峽中，硯或此前出使時所得。又，王維有《送平澹然判官》，綦毋潛有《送平判官入秦》，疑澹然即洌。

〔二〕平公二句：戎昱《贈岑郎中》：「天下無人鑒詩句，不尋詩伯重尋誰。」李端《送吉中孚拜官歸楚州》：「滿堂歸道師，衆口宗詩伯。」皆襲杜詩。《全唐文》收平冽賦三篇。陸機《辨亡論》：「逸才命世，弱冠秀發。」

〔三〕巨璞句：《戰國策·秦策》：「鄭人謂玉未理者璞。」《淮南子·人間訓》：「禹鑿龍門，辟伊闕，平治水土。」

〔四〕其滑四句：米芾《硯史》「夔州黟石硯」：「色黑理乾，間有墨點，如墨玉光，發墨不乏。」朱鶴齡注：「聯坳，謂硯穴相並。盡墨，謂盡墨力，猶今云發墨也。多水，硯潤出水也。」

〔五〕比公二句：《後漢書·輿服志》：「法冠，一曰柱後。高五寸，以纚爲展筩，鐵柱卷，執法者服之，侍御史、廷尉正監平也。或謂之獬豸冠。獬豸，神羊，能別曲直。」

〔六〕公含二句：《初學記》卷一一引《漢官儀》：「尚書郎主作文書起草，晝夜更直，五日於建禮門內。」又：「尚書郎含雞舌香，伏奏事。」明光殿，見卷二《送李校書二十六韻》(0089)注。王楙《野客叢書》卷二一：「杜子美詩曰：『不遠明光殿』，『至於丹青地』。洙注曰：『明光殿，霍去病藉以避暑。』修可注曰：『漢殿名，元后傅成都侯藉以避暑是已。』東坡詩曰：『何人先入明光宮。』又曰：『老死不入明光宮。』趙注皆曰：『武帝太初四年所起，乃成都侯商所藉以避暑者也。』僕嘗考之，漢有兩明光宮，一明光殿。按《三輔黃圖》：一明光宮屬北宮，一明光宮屬甘泉宮。屬北宮者，正成都侯商避暑之所。屬甘泉宮者，乃武帝所造，以求仙者。所謂明光殿，自在桂宮。三者元不相干。今觀諸家之注，往往認爲一處，顛倒錯亂，莫知其非。」

〔七〕致于二句：王嗣奭《杜臆》：「汝指石硯，謂用草奏，能隨人之顧眄也。」朱鶴齡注：「言此硯致於明光禁中，丹墀青瑣之地，亦得蒙天子之眄睞也。」仇注：「汝能隨人顧眄，而盡所欲言。」

## 三韻三篇

高馬勿唾面①，長魚無損鱗〔一〕。辱馬馬毛焦，困魚魚有神〔二〕。君看磊落士，不肯易其身。（0271）

【校】

① 唾，宋本、錢箋、《九家》、《草堂》校：「一作捶。」

【注】

黄鶴注：當是永泰元年（七六五）作。蓋以代宗信任元載、魚朝恩，而士之易節者，争出其門。二人在廣德、永泰間其權特盛，故公此詩譏當時輕於趨附者。

〔一〕高馬句：《趙次公先後解》：「當以『捶』爲正，然後有義。」按，捶面則傷重，仍以唾面爲是。《戰國策·趙策》：「老婦必唾其面。」

〔二〕辱馬二句：仇注：「毛焦，猶《詩》言我馬玄黄。」「雷雨大作，鯉魚空中飛去，是其神也。」《法苑珠林》卷三二引《搜神記》：「孔子厄於陳，弦歌於館中。夜有一人，長九尺餘，著皂衣，高冠，大吒，聲動左右。子貢進問：『何人耶？』便提子貢而挾之。子路引出，與戰於庭，有頃未勝。孔子罕之，見其甲車間時時開如掌，孔子曰：『何不探其甲車，引而奮之？』子路如之，没手仆於地，乃是大鯷魚也，長九尺餘。孔子歎曰：『此物也何爲來哉？吾聞物老則群精依之，因衰而至。此其來也，豈以吾遇厄絶糧，從者病乎？夫六畜之物及龜蛇、魚鱉、草木久者，神皆依憑，能爲妖怪，故謂之五酉。五酉者，五行之方，皆有其物。酉者，老也。故物老則爲怪矣。』」

蕩蕩萬斛船〔一〕，影若揚白虹①。起檣必椎牛，挂席集衆功〔二〕。自非風動天，莫置大水中。（0272）

【校】

① 揚，錢箋校：「一作摇。」《草堂》作「摇」。

【注】

〔一〕萬斛船：《顏氏家訓·歸心》：「昔在江南，不信有千人氈帳。及來河北，不信有二萬斛船。」《唐國史補》卷下：「舟船之盛，盡於江西。編蒲爲帆，大者或數十幅。自白沙泝流而上，常待東北風，謂之潮信。七月八月有上信，三月有鳥信，五月有麥信。暴風之候，有抛車雲，舟人必祭婆官而事僧伽。江湖語云『水不載萬』，言大船不過八九千石。然則大曆、貞元間有俞大娘、航船最大。居者養生送死嫁娶，悉在其間。開巷爲圃，操駕之工數百。南至江西，北至淮南，歲一往來，其利甚博。此則不啻載萬也。洪鄂之水居頗多，與邑殆相半。凡大船必爲富商所有，奏商聲樂，從婢僕，以據柂樓之下。」

〔二〕起檣二句：《史記·張釋之馮唐列傳》：「五日一椎牛，饗賓客軍吏舍人。」《鹽鐵論·散不足》：「今富者祈名岳，望山川，椎牛擊鼓，戲倡舞象。」《趙次公先後解》：「椎牛所以享衆功。」按，當先行祭祀。挂席，見卷一《苦雨奉寄隴西公兼呈王徵士》（0022）注。

列士惡多門①，小人自同調〔一〕。名利苟可取，殺身傍權要。何當官曹清，爾輩堪一笑〔二〕。（0273）

【校】

①列，錢箋作「烈」，校：「一作列。」

【注】

〔一〕列士二句：《左傳》哀公十一年：「越子率其衆以朝焉，王及列士，皆有饋賂。」成公十六年：「晉政多門。」昭公二十年：「公曰：『唯據與我和夫。』晏子對曰：『據亦同也，焉得爲和。』」謝靈運《七里瀨》：「誰謂古今殊，異世可同調。」

〔一一〕何當二句：官曹，官署。《後漢書・黄瓊傳》：「達練官曹，爭議朝堂。」《趙次公先後解》：「詳味末句，當時蓋有依非其人而爲好官者矣。」黄鶴注：「魚朝恩勢傾朝野，而劉希暹、王駕鶴從而佐之，以階顯擢。」

## 柴門

泛舟登瀼西①，回首望兩崖〔一〕。東城乾旱天〔二〕，其氣如焚柴。長影没窈窕，餘光散唅呀②〔三〕。大江蟠嵌根〔四〕，歸海成一家。下衝割坤軸，竦壁攢鏌鋣〔五〕。蕭颯洒秋色，氣昏霾日車③〔六〕。峽門自此始④，最窄容浮查〔七〕。禹功翊造化，疏鑿就欹斜〔八〕。巨渠決太古，衆水爲長蛇〔九〕。風烟渺吴蜀，舟楫通鹽麻〔一〇〕。我今遠游子，飄轉混泥沙〔一一〕。萬物附本性，約身不願奢⑤〔一二〕。茅棟蓋一床〔一三〕，清池有餘花。濁醪與脱粟〔一四〕，在眼無咨嗟。山荒人民少，地僻日夕佳〔一五〕。貧病固其常⑥，富貴任生涯。老於干戈際，宅幸蓬蓽遮〔一六〕。石亂上雲氣，杉清延月華⑦〔一七〕。賞妍又分外⑧，理愜夫何誇⑨〔一八〕？足了垂白年，敢居高士差〔一九〕。書

此豁平昔〔二〇〕，回首猶暮霞。（0274）

【校】

①泛，錢箋作「孤」，校：「一作泛。」

②唅呀，《草堂》作「谽谺」。

③氣，《九家》、《草堂》校：「一作氛。」錢箋作「氛」，校：「一作氣。」

④峽，錢箋校：「一作峓。」《草堂》作「峓」，校：「一作峽。」

⑤約，錢箋校：「一云處。」　身，錢箋校：「一作性。」《草堂》作「性」。　願，錢箋校：「一作欲。」《草堂》作「欲」。

⑥病，宋本、錢箋、《九家》校：「一作賤。」《草堂》作「窮」。

⑦清，錢箋校：「晋作青。」《草堂》作「青」，校：「一作清。」　月，錢箋校：「一作日。」《草堂》作「日」。

⑧妍，《草堂》校：「一作愜。」

⑨愜，《九家》作「妍」，《草堂》校：「一作妍。」

【注】

黃鶴注：當是大曆元年（七六六）夏末，求居瀼西時作。《趙次公先後解》編入大曆二年（七六七）。

〔一〕泛舟二句：《水經注》江水：「江水又東逕魚復縣故城南……蹇胤訴劉璋，改爲巴東郡，治白帝山城……又東傍東瀼溪，即以爲隍。」《趙次公先後解》：「夔州惟有東瀼溪，見《水經注》。瀼東瀼西，則水兩傍之名。」按，夔州西又有大瀼水。本書卷一五《秋日夔府詠懷奉寄監審李賓客之芳一百韻》(1030)：「陣圖沙北岸，市暨瀼西巔。」注：「江水横通山谷處，方人謂之瀼。」《太平寰宇記》卷一四八夔州大昌縣：「千頃池在縣西三百六十里，波瀾浩渺，莫知涯際，分爲三道……一道南流爲奉節縣西瀼水。」《方輿勝覽》卷五七夔州：「大瀼水，在奉節縣，州城以景德二年遷瀼西。」《明一統志》卷七〇夔州府：「大瀼水，在府城東，自達州萬頃池發源，經此流入大江。」嚴耕望考杜詩瀼東瀼西即大瀼水東西地區。朱鶴齡注：「兩崖，瞿唐兩崖也。」

〔二〕東城句：仇注：「白帝城在夔州之東，故云東城。」《初學記》卷二四引《荆州圖記》：「魚復縣西北赤甲城，東南連白帝城，西臨大江。」赤甲城在北偏西，白帝城在南偏東。參本卷《引水》(0260)注。然此自瀼西言，二城皆在東。

〔三〕長影二句：司馬相如《上林賦》：「谽呀豁閜，阜陵別島。」《文選》郭璞注：「司馬彪曰：谽呀，大貌。」《集韻》：「谽谺，谷中大空貌。」朱鶴齡注：「言日光返照，散映於谽谺之間。」仇注：「此言崖影直没窈窕之處，餘光散在空洞之中。」按，長影當指江影，遠望窈窕入峽。餘光亦指水光。

〔四〕嵌根：《趙次公先後解》：「嵌根，嵌岩之根也。」仇注：「嵌根，指崖。」揚雄《甘泉賦》：「深溝嵌岩而爲谷。」《文選》李善注：「嵌岩，深貌也。」

〔五〕下衝二句：坤軸，見卷三《青陽峽》(0146)注。《吴越春秋》卷四：「使劍匠作爲二枚：一曰干將，二曰莫耶。莫耶，干將之妻也。」

〔六〕日車：見卷三《青陽峽》注。

〔七〕峽門二句：《水經注》江水：「白帝山城……水門之西，江中有孤石，爲淫預石，冬出水二十餘丈，夏則没，亦有裁出處也。……江水又東逕廣溪峽，斯乃三峽之首也。其間三十里，頹岩倚木，厥勢殆交。……峽中有瞿塘、黄龕二灘，夏水回復，沿泝所忌。」《太平寰宇記》卷一四八夔州：「灩澦堆，周圍二十丈，在州西南二百步蜀江中心、瞿唐峽口。冬水淺，屹然露百餘尺。夏水漲，没數十丈。其狀如馬，舟人不敢進。又曰猶與，言舟子取途不決水脈，故曰猶與。」「瞿唐峽，在州東一里，古西陵峽也。連崖千丈，奔流電擊，舟人爲之恐懼。」是唐以下稱瞿唐峽。

〔八〕禹功二句：《孟子·滕文公上》：「禹疏九河。」郭璞《江賦》：「若乃巴東之峽，夏后疏鑿。」

〔九〕衆水句：《趙次公先後解》：「衆水爲長蛇，其比亦新矣。東坡云赴壑如長蛇，蓋出於此。」仇注引作古詩「赴壑如長蛇」，誤。

〔一〇〕風烟二句：參本卷《客居》(0268)注。

〔一一〕混泥沙：郭璞《江賦》：「或泛瀲於潮波，或混淪乎泥沙。」

〔一二〕萬物二句：仇注：「附本性，言隨性所適。」《説苑·雜言》：「居不幽則思不遠，身不約則智不廣。」《潛夫論·遏利》：「弃利約身，故無怨於人。」《申鑒·時事》：「革奢即約。」

〔一三〕茅棟句：《梁書·賀琛傳》：「至於居處，不過一床之地。」《維摩經·問疾品》：「除去所有及諸侍者，唯置一床。」

〔一四〕濁醪句：《趙次公先後解》：「濁醪字，如嵇康濁醪一杯。」嵇康《與山巨源絶交書》：「濁酒一杯，彈琴一曲，志願畢矣。」《文選》江淹《恨賦》注引作「濁醪」。《史記·平津侯主父列傳》：「食一肉脱粟之飯。」索隱：「脱粟，纔脱穀而已，言不精鑿也。」

〔一五〕山荒二句：陶淵明《飲酒》：「山氣日夕佳，飛鳥相與還。」

〔一六〕宅幸句：傅咸《贈何劭王濟》：「歸身蓬蓽廬，樂道以忘飢。」

〔一七〕石亂二句：沈約《應王中丞思遠詠月》：「月華臨静夜，夜静滅氛埃。」

〔一八〕賞妍二句：《三國志·魏書·程昱傳》：「上不責非職之功，下不務分外之賞。」謝靈運《石壁精舍還湖中作》：「慮澹物自輕，意愜理無違。」

〔一九〕足了二句：《世説新語·任誕》：「拍浮酒池中，便足了一生。」《漢書·杜欽傳》：「誠哀老姊垂白。」《趙次公先後解》：「敢居高士差，言不敢過差，居其上也。」仇注：「差是差肩。」按，差肩不可省爲差。此猶言敢居高士之列。差即有差、等差之差，此指等級。獨孤及《送陳王府張長史還京》：「論齒弟兄列，爲邦前後差。」

〔二〇〕書此句：《世説新語·德行》：殷仲堪每語子弟云：「勿以我受任方州，云我豁平昔時意。」

## 貽華陽柳少府〔一〕

繫馬喬木間〔二〕，問人野寺門。柳侯披衣笑，見我顔色温。並坐石下堂①，俛視大江奔。火雲洗月露，絶壁上朝暾〔三〕。自非曉相訪，觸熱生病根〔四〕。南方六七月，出入異中原。老少多暍死，汗踰水漿翻〔五〕。俊才得之子，筋力不辭煩。指揮當世事，語及戎馬存。涕淚濺我裳②，悲氣排帝閽③〔六〕。鬱陶抱長策，義仗知者論〔七〕。吾衰卧江漢，但愧識璵璠〔八〕。文章一小技，於道未爲尊〔九〕。起余幸班白④，因是託子孫〔一〇〕。俱客古信州〔一一〕，結廬依毁垣。相去四五里，徑微山葉繁。時危挹佳士〔一二〕，況免軍旅喧。醉從趙女舞⑤，歌鼓秦人盆〔一三〕。子壯顧我傷，我驩兼淚痕。餘生如過鳥〔一四〕，故里今空村。（0275）

【校】

① 石下堂，宋本、《九家》校：「一云堂下石。」錢箋校：「一云堂下石。一云石堂下。」《九家》、《草堂》作「石堂下」，《草堂》校：「一作堂下石。一作石下堂。」

② 涕淚，錢箋、《草堂》校：「一云流涕。」

③ 氣，《草堂》作「風」。

④ 余，錢箋、《九家》、《草堂》作「予」。

⑤ 從，《草堂》作「徒」。

【注】

黄鶴注：當是大曆元年（七六六）在夔州作。

〔一〕柳少府：名不詳。《元和郡縣圖志》卷三一成都府：「華陽縣，次赤。管縣東界，郭下。」

〔二〕繫馬句：劉琨《扶風歌》：「繫馬長松下，廢鞍高岳頭。」

〔三〕朝暾：謝靈運《石門新營所住四面高山回溪》：「早聞夕飆急，晚見朝日暾。」

〔四〕自非二句：自非，若非。見卷一《同諸公登慈恩寺塔》（0023）注。程曉《嘲熱客》：「今世褦襶子，觸熱到人家。」

〔五〕老少二句：《漢書·武帝紀》：「大旱，民多暍死。」《世説新語·言語》：「帝曰：『卿面何以汗？』毓對曰：『戰戰惶惶，汗出如漿。』」

〔六〕排帝閽：《楚辭·離騷》：「吾令帝閽開關兮，倚閶闔而望予。」《趙次公先後解》：「而排字則所謂排闥而入也。」

〔七〕鬱陶二句：《書·五子之歌》：「鬱陶乎予心。」傳：「鬱陶，言哀思也。」《史記·平津侯主父列傳》：「此人臣之利也，非天下之長策也。」《漢書·賈誼傳》：「守節而仗義。」

〔八〕吾衰二句：江漢，此指夔州。《周禮·夏官·職方氏》：「正南曰荆州，其山鎮曰衡山，其澤藪曰雲夢，其川江漢。」疏：「此州有漢水過焉，故江漢並言也。」夔州屬荆南節度使。璵璠，見卷四《贈蜀僧閭丘師兄》（0175）注。

〔九〕文章二句：《後漢書·袁宏傳》：「又鴻都門下，招會群小，造作賦説，以蟲篆小技見寵於時。」

《隋書・李德林傳》任城王書：「至如經國大體，是賈生、晁錯之儔；雕蟲小技，殆相如、子雲之輩。」

〔一〇〕起予二句：《論語・八佾》：「起予者商也，始可與言《詩》已矣。」《世説新語・識鑒》喬玄謂曹公：「恨吾老矣，不見君富貴，當以子孫相累。」

〔一一〕古信州句：《舊唐書・地理志》山南東道：「夔州下，隋巴東郡。武德元年，改爲信州。……（二年）又改信州爲夔州。」《太平寰宇記》卷一四八夔州：「梁大同三年，於郡理立信州。……隋開皇二年罷郡，郡所領縣並屬信州。大業元年廢總管，三年罷州，爲巴東郡。」

〔一二〕挹：蔣紹愚謂挹通揖，有稱揚、推舉義。按，此句似指挹酒。鮑照《代邊居行》：「不如一畝中，高會挹清漿。」

〔一三〕醉從二句：《史記・李斯列傳》李斯書：「隨俗雅化，佳冶窈窕趙女不立於側也。夫擊甕叩缶，彈箏搏髀，而歌呼嗚嗚快耳目者，真秦之聲也。」趙壹《非草書》：「趙女善舞，行步媚蠱。」劉劭《趙都賦》：「爾乃進夫中山名倡，襄國妖女，狄鞮妙音，邯鄲才舞。」

〔一四〕餘生句：張協《雜詩》：「人生瀛海内，忽如鳥過目。」

張表臣《珊瑚鈎詩話》卷三：「『春回上林苑，花滿洛陽城。』崔湜詩也。湜弱冠登科，不十年掌貢舉。……使湜令終，當時朝士，豈能出其右哉？故杜詩云：『文章一小技，於道未爲尊。』或以此也。」

羅大經《鶴林玉露》丙編卷一：「文章一小道，於道未爲尊。此論後世之文也。文者，貫道之器。此論古人之文也。天以雲漢星斗爲文，地以山川草木爲文，要皆一元之氣所發露，古人之文似之。巧女之刺繡，雖精妙絢爛，才可人目，初無補於實用，後世之文似之。」胡應麟《詩藪》雜編卷五：「『文章一小技，於道未爲尊』劉注：此甫謙詞以答柳侯尊己，本涉用意而今爲名言，由世之談道者借甫自文，不可不辨。每閲劉注，必含蓄遠致，與杜詩互相映發，令人意消。」

## 同元使君舂陵行〔一〕并序

覽道州元使君結《舂陵行》兼《賊退後示官吏作》二首，志之曰：當天子分憂之地，效漢官良吏之目①，今盜賊未息，知民疾苦，得結輩十數公，落落然參錯天下爲邦伯，萬物吐氣、天下少安可得矣②。不意復見比興體制、微婉頓挫之詞〔二〕。感而有詩，增諸卷軸③。簡知我者，不必寄元④。

遭亂髮盡白⑤，轉衰病相嬰⑥〔三〕。沉綿盜賊際⑦，狼狽江漢行〔四〕。歎時藥力薄，爲客羸瘵成〔五〕。吾人詩家秀⑧，博采世上名〔六〕。粲粲元道州，前聖畏後生〔七〕。觀乎春陵作，欻見俊哲情〔八〕。復覽賊退篇⑨，結也實國楨⑩〔九〕。賈誼昔流慟，匡衡常引經〔一〇〕。道州憂黎庶⑪，詞氣浩縱横。兩章對秋月⑫，一字偕華星⑬〔一一〕。致君唐虞際，純朴憶大庭⑭〔一二〕。何時降璽書，用爾爲丹青⑮〔一三〕？獄訟永衰息⑯，豈唯偃甲兵〔一四〕。悽惻念誅求，薄斂近休明〔一五〕。乃知正人意，不苟飛長纓〔一六〕。涼飆振南岳，之子寵若驚〔一七〕。色阻金印大⑰，興含滄溟清⑱〔一八〕。我多長卿病，日夕思朝廷。肺枯渴太甚，漂泊公孫城〔一九〕。呼兒具紙筆，隱几臨軒楹。作詩呻吟内，墨淡字欹傾。感彼危苦詞，庶幾知者聽。（0276）

**【校】**

①官，錢箋、《草堂》校：「舊作朝。」

②萬物吐，錢箋校：「晋作姓壯。」《草堂》校：「晋作百姓壯。」《文苑英華》作「萬姓吐」。　少，錢箋、《文苑英華》校：「一作小。」　得，《草堂》作「待」。　矣，錢箋校：「一作已。」《文苑英華》作「已」，校：「一作矣。」

③諸，宋本作「詩」，據錢箋等改。

④元，錢箋、《草堂》校：「晋作云。」

⑤盡，宋本、錢箋、《九家》、《草堂》校：「一作遽。」

⑥嬰，錢箋校：「一作縈。」《文苑英華》作「縈」，校：「一作嬰。」
⑦綿，《文苑英華》作「聯」，校：「集作綿。」
⑧秀，錢箋、《草堂》校：「一作流。」
⑨覽，《文苑英華》作「見」，校：「集作覽。」
⑩楨，宋本作「貞」，據錢箋等改。
⑪憂，錢箋、《草堂》校：「一作哀。」《文苑英華》作「哀」，校：「一作憂。」
⑫月，宋本、錢箋、《九家》校：「一作水。」　秋月，《文苑英華》校：「一作流水。」
⑬偕，宋本、錢箋、《九家》、《草堂》校：「一作皆。」
⑭純，《文苑英華》作「淳」。　憶，錢箋校：「一作意。」
⑮爾，《文苑英華》作「汝」，校：「集作爾。」
⑯永，《文苑英華》校：「川本作久。」
⑰阻，錢箋校：「晋作沮。」《草堂》校：「一作沮。」
⑱溟，宋本、《九家》校：「一作浪。」錢箋、《草堂》、《文苑英華》作「浪」，錢箋、《草堂》校：「一作溟。」

**【注】**

黄鶴注：當是大曆二年（七六七）在夔州作。

〔一〕元使君：元結。顔真卿《唐故容州都督兼御史中丞本管經略使元君表墓碑銘》：「君諱結，字次山。……天寶十二載舉進士，作《文編》。……乾元二年，李光弼拒史思明於河陽，肅宗欲幸河東，聞君有謀略，虛懷召問。君悉陳兵勢，獻《時議》三篇。……乃拜君左金吾兵曹、攝監察御史，充山南東道節度參謀。……今上登極，節度使留後者例加封邑，君遜讓不受，遂歸養親。……歲餘，上以君居貧，起家爲道州刺史。州爲西原賊所陷，人十無一，户才滿千。君下車，行古人之政，二年間，歸者萬餘家，賊亦懷畏，不敢來犯。既受代，百姓詣闕，請立生祠……轉容府都督兼侍御史、本管經略使。」《元和郡縣圖志》卷二九湖南觀察使：「道州，江華。中。」延唐縣：「春陵故城，在縣北五十里。長沙定王封中子買爲春陵侯是也。」

〔二〕不意句：《毛詩序》：「故《詩》有六義焉：一曰風，二曰賦，三曰比，四曰興，五曰雅，六曰頌。」《文心雕龍·比興》：「比者附也，興者起也。附理者切類以指事，起情者依微以擬議。起情故興體以立，附理故比例以生。」陳子昂《與東方左史虬修竹篇序》：「僕嘗暇時觀齊梁間詩，彩麗競繁而興寄都絶，每以詠歎。」《左傳》成公十四年：「《春秋》之稱，微而顯，志而晦，婉而成章。」劉峻《辯命論》：「夫聖人之言，顯而晦，微而婉。」陸機《遂志賦序》：「(馮)衍抑揚頓挫，怨之徒也。」又《文賦》：「箴頓挫而清壯。」

〔三〕病相嬰：《後漢書·黨錮傳》：「滂以同囚多嬰病，乃請先就格。」

〔四〕沉綿二句：沉綿，久病不愈。王績《久客齋府病歸言志》：「沉綿赴漳浦，羈旅別長安。」代宗《追封華陽公主制》：「沉綿衽席，彌歷紀年。」《太平廣記》卷五四《盧鈞》(出《神仙感遇傳》)：「災運方深，由是有沉綿之疾。」狼狽，見卷五《溪漲》(0239)注。

〔五〕歎時二句：《舊唐書·方伎傳》許胤宗：「藥力既純，病即立愈。」《梁書·昭明太子傳》：「聞汝所進過少，轉就羸瘵。」

〔六〕吾人二句：代宗《答王縉進王維集表詔》：「詩家者流，時論歸美。」

〔七〕粲粲二句：《詩·小雅·大東》：「西人之子，粲粲衣服。」傳：「粲粲，鮮盛貌。」《論語·子罕》：「後生可畏。」

〔八〕俊哲：《晉書·周嵩傳》：「皆委賴俊哲，終成功業。」

〔九〕國楨：《詩·大雅·文王》：「王國克生，維周之楨。」《後漢書·盧植傳》：「士之楷模，國之楨幹也。」

〔一〇〕賈誼二句：賈誼《上疏陳政事》：「臣竊惟事勢，可爲痛哭者一，可爲流涕者二，可爲長太息者六。」《漢書·匡衡傳》：「衡爲少傅數年，數上疏陳便宜，及朝廷有政議，傅經以對，言多法義。」

〔一一〕兩章二句：曹丕《芙蓉池作》：「丹霞夾明月，華星出雲間。」

〔一二〕致君二句：致君，見卷一《奉贈韋左丞丈二十二韻》（0001）注。《莊子·胠篋》：「昔者容成氏、大庭氏、伯皇氏……當是時也，民結繩而用之，甘其食，美其服。」

〔一三〕何時二句：《漢書·循吏傳》：「故二千石有治理效，輒以璽書勉厲，增秩賜金。或爵至關内侯，公卿缺則選諸所表而以次用之。」《鹽鐵論·相刺》：「公卿者，四海之表儀，神化之丹青也。」

〔一四〕獄訟二句：《漢書·禮樂志》：「百姓素樸，獄訟衰息。」《史記·司馬相如列傳》：「偃甲兵於此，而息誅伐於彼。」

〔一五〕悽惻二句：誅求，見卷四《送韋諷上閬州録事參軍》(0196)注。《左傳》昭公二十年：「使有司寬政，毁關，去禁，薄斂，已責。」《孟子·盡心上》：「易其田疇，薄其税斂，民可使富也。」

〔一六〕不苟句：《趙次公先後解》：「以歎其不苟且在冠冕之中也。飛長纓者，冠冕之事也。」鄒陽《酒賦》：「曳長裾，飛廣袖，奮長纓。」

〔一七〕涼飆二句：班婕妤《怨詩》：「常恐秋節至，涼飆奪炎熱。」南岳，衡山。《趙次公先後解》：「道州在南，故以涼飆言秋時，而必曰振南岳。」《老子》十三章：「寵辱若驚。」

〔一八〕色阻二句：色阻，猶言色沮。鮑照《舞鶴賦》：「當是時也，燕姬色沮，巴童心耻。」陽固《演賾賦》：「或望旗而色阻兮，或臨危而撫琴。」《晉書·周顗傳》：「顧左右曰：『今年殺諸賊奴，取金印如斗大繫肘。』」《趙次公先後解》：「惟其寵辱若驚，故色阻於金印之榮，而興如滄浪之水清也。舊本正作『滄溟清』，非。滄溟，大海，不可言清。然則道州之所以憂國爲詩，豈在於榮寵之望乎。」

〔一九〕我多四句：《史記·司馬相如列傳》：「常有消渴疾。」《黄帝内經素問》卷一三：「肥者令人内熱，甘者令人中滿，故其氣上溢，轉爲消渴。」公孫城，白帝城。

## 春陵行有序

元　結

癸卯歲，漫叟授道州刺史①〔一〕。道州舊四萬餘户，經賊已來，不滿四千，大半不勝賦税。到官未五十日，承諸使徵求符牒二百餘封〔二〕，皆曰失其限者，罪至貶削。於戲！若悉應其命，則州縣破亂，刺史欲焉逃罪？若不應命，又即獲罪戾，必不免也。吾將守官，静以安人，待罪而已。此州是春陵故地，故作《春陵行》以達下情。

軍國多所須，切責在有司。有司臨郡縣，刑法竟欲施②。供給豈不憂，徵斂又可悲。州小經亂亡，遺人實困疲。大鄉無十家，大族命單羸。朝飡是草根，暮食乃樹皮。出言氣欲絶，意速行步遲。追呼尚不忍，況乃鞭朴之。郵亭傳急符，來往迹相追。更無寛大恩，但有迫促期。欲令鬻兒女，言發亂恐隨。悉使索其家，而又無生資。聽彼道路言，怨傷誰復知？去冬山賊來〔三〕，殺奪幾無遺。所願見王官，撫養以惠慈。奈何重驅逐，不使存活爲。安人天子命，符節吾所持。州縣忽亂亡，得罪復是誰？逋緩違詔令，蒙責固所宜。前賢重守分，惡以禍福移③。亦云貴守官④，不愛能適時⑤。顧唯孱弱者，正直當不虧。何人采國風，吾欲獻此辭。

【校】

① 授，《草堂》作「移」。

②竟，錢箋校：「一作意。」《草堂》作「意」。

③福，錢箋校：「一作敗。」《草堂》作「敗」。

④貴守官，《草堂》作「守官貴」。

⑤愛，錢箋校：「一作憂。」《草堂》作「憂」。

**【注】**

〔一〕癸卯：代宗廣德元年（七六三）。漫叟：元結《文編序》：「天寶十二年，漫叟以進士獲薦，名在禮部。」又《漫歌八曲》序：「壬寅中，漫叟得免職事，遂家樊上。」漫叟蓋其早年自稱。

〔二〕承諸使徵求符牒：元結《奏免科率狀》：「當州准敕及租庸等使徵率錢物，都計一十三萬六千三百八十八貫八百文。一十三萬二千四百八十貫九百文，嶺南西原賊未破州已前。三千九百七貫九百文，賊退後徵率。以前件如前。臣自到州，見租庸等諸使文牒，令徵前件錢物送納。臣當州被西原賊屠陷，賊停留一月餘日，焚燒糧儲屋宅，俘掠百姓男女，驅殺牛馬老少，一州幾盡。賊散後，百姓歸復，十不存一，資産皆無。人心嗷嗷，未有安者。若依諸使期限，臣恐坐見亂亡。今來未敢徵率，伏待進止。又嶺南諸州，寇盜未盡，臣州是嶺北界，守捉處多。若臣州不安，則湖南皆亂。伏望天恩，自州未破以前，百姓久負租税，及租庸等使所有徵率，和市雜物，一切放免。」

〔三〕去冬句：山賊指西原賊。見本卷《自平》（0266）注。

## 賊退示官吏有序

元　結

癸卯歲，西原賊入道州，殺掠幾盡而去①。明年，賊又攻永破邵②，不犯此州邊鄙而退〔一〕。豈力能制敵，蓋蒙其傷憐而已。諸使何爲忍苦徵斂？故作詩一篇，以示官吏。

昔歲逢太平，山林二十年。泉源在庭户，洞壑當門前。井稅有常期，日晏猶得眠。忽然遭世變，數歲親戎旃。今來典斯郡，山夷又紛然。城小賊不屠，人貧傷可憐。是以陷鄰境，此州獨見全。使臣將王命，豈不如賊焉？今彼徵斂者，迫之如火煎。誰能絶人命，以作時世賢？思欲委符節，引竿自刺船。將家就魚菱③，窮老江湖邊④。

【校】

① 殺掠，錢箋校：「一作焚燒殺掠。」《草堂》作「焚燒殺掠」。

② 永，《草堂》下有「州」字。

③ 菱，錢箋校：「一作麥。」

④ 窮，錢箋校：「一作歸。」

【注】

〔一〕癸卯歲六句：《新唐書·代宗紀》：「（廣德元年）西原蠻陷道州。」「（廣德二年）是歲，西原蠻陷邵州。」《南蠻傳》西原蠻：「餘衆復圍道州，刺史元結固守不能下，進攻永州，陷邵州，留數日而去。」朱鶴齡注：「今序云『不犯此州邊鄙』，疑史有誤。《杜詩博議》：顔魯公《次山墓碑》云：『君在州二年，歸者萬餘家，賊亦懷畏，不敢來犯。』與次山詩序語合，唐史之誤明矣。」按，次山不欲邀功而婉言之，顔碑文亦美譽之文。

## 狄明府 博濟①〔一〕

梁公曾孫我姨弟〔二〕，不見十年官濟濟。大賢之後竟陵遲，浩蕩古今同一體。比看叔伯四十人②，有才無命百寮底。今者兄弟一百人，幾人卓絶秉周禮〔三〕？在汝更用文章爲，長兄白眉復天啓〔四〕。汝門請從曾翁説③，太后當朝多巧詆④〔五〕。狄公執政在末年，濁河終不污清濟⑤〔六〕。國嗣初將付諸武，公獨廷諍守丹陛。禁中決册請房陵⑥，前朝長老皆流涕⑦〔七〕。太宗社稷一朝正，漢官威儀重昭洗〔八〕。時危始識不世才，誰爲荼苦甘如薺⑧〔九〕？汝曹又宜列土食⑨，身使門户多旌棨〔一〇〕。胡爲飄泊岷漢間⑩，干謁王侯頗歷抵⑪〔一一〕。況乃山高水有波，秋風蕭蕭露泥泥〔一二〕。虎之飢，下巉喦，蛟之横，出清泚〔一三〕。早歸來，黄土污衣眼易眯⑫〔一四〕。（0277）

【校】

① 狄明府博濟，錢箋校：「一作寄狄明府。」《草堂》作「寄狄明府博濟」。

② 叔伯，《九家》作「伯叔」，《草堂》作「叔父」。

③ 翁，錢箋校：「一云公。」《九家》作「公」。

④ 詆，錢箋、《草堂》校：「一作計。」

⑤ 終，《九家》作「中」。錢箋校：「陳浩然本作中。」

⑥ 決册，錢箋校：「陳作册決。」《草堂》校：「一作册決。」 請，錢箋校：「一作詔。」

⑦ 前，宋本、錢箋、《九家》、《草堂》校：「一作滿。」

⑧ 爲，錢箋、《九家》、《草堂》作「謂」。

⑨ 列土，宋本校：「一云列鼎。」錢箋校：「一作鼎。」《九家》作「列鼎」，校：「一作裂土。」

⑩ 飄，錢箋作「漂」。下不另出校。

⑪ 抵，錢箋、《草堂》校：「一作詆。」《九家》作「詆」。

⑫ 黄土污衣，錢箋作「黄土泥衣」，校：「浩然本作黄污人衣」。《草堂》作「黄土污人」。

## 【注】

黄鶴注：當是大曆二年（七六七）在夔州作。

〔一〕狄明府：狄博濟。《元和姓纂》卷一〇狄：「仁傑……生光嗣、光遠、景昭。光嗣，户部郎中，孫博通、博濟。」《册府元龜》卷一三一《帝王部・延賞》：「（貞元九年）是年詔曰：前利州刺史狄博濟，惟乃曾祖梁文惠公，啓佑天后，定紹復之策……可衛尉少卿。」《歷代法寶記》載杜鴻漸差諸郎官侍卿往迎無住，有「侍卿狄博濟」。博濟或隨杜鴻漸入蜀，大曆元年時在成都。岑參有《青山峽口泊舟懷狄侍御》，亦即其人。

〔二〕姨弟：《分門》洙曰：「母之姊妹之子曰姨弟。」《晋書・劉羣傳》：「温嶠前後表稱：姨弟劉羣，内弟崔悦、盧諶等，皆在末波中。」

〔三〕秉周禮：《左傳》閔公元年：「公曰：『魯可取乎？』對曰：『不可，猶秉周禮。周禮，所以本也。』」

〔四〕長兄句：《三國志・蜀書・馬良傳》：「兄弟五人，並有才名。鄉里爲之諺曰：『馬氏五常，白眉最良。』良眉中有白毛，故以稱之。」李白有《東魯見狄博通》，即博濟之長兄。張衡《西京賦》：「天啓其心，人惎之謀。」

〔五〕巧詆：《史記·汲鄭列傳》：「刀筆吏專深文巧詆。」

〔六〕濁河句：《史記·蘇秦列傳》：「齊有清濟濁河。」謝朓《始出尚書省》：「紛虹亂朝日，濁河穢清濟。」

〔七〕國嗣四句：《舊唐書·狄仁傑傳》：「狄仁傑字懷英，并州太原人也。……初，中宗在房陵，而吉頊、李昭德皆有匡復讜言，則天無復辟意。唯仁傑每從容奏對，無不以子母恩情爲言，則天亦漸省悟，竟召還中宗，復爲儲貳。初，中宗自房陵還宫，則天匿之帳中，召仁傑以廬陵爲言。仁傑慷慨敷奏，言發涕流。遽出中宗，謂仁傑曰：『還卿儲君。』仁傑降階泣賀。既已，奏曰：『太子還宫，人無知者，物議安審是非？』則天以爲然，乃復置中宗於龍門，具禮迎歸，人情感悦。」《史記·吕太后本紀》：「面折廷爭。」

〔八〕漢官句：《後漢書·光武帝紀》：「及見司隸僚屬，皆歡喜不自勝。老吏或垂涕曰：『不圖今日復見漢官威儀。』」

〔九〕誰爲句：爲，以爲。《王梵志詩校注》〇八七首：「黄母化爲鱉，只爲鱉爲身。」《唐摭言》卷六孟郊詩：「出門即有礙，誰爲天地寬。」《詩·邶風·谷風》：「誰謂荼苦，其甘如薺。」

〔一〇〕汝曹二句：汝曹，見卷三《飛仙閣》（0163）注。《穀梁傳》定公四年：「寰内諸侯也，非列土諸侯。」《漢書·谷永傳》：「方制海内非爲天子，列土封疆非爲諸侯，皆以爲民也。」《後漢書·輿服志》：「公以下至二千石，騎吏四人，千石以下至三百石，縣長二人，皆帶劍，持棨戟爲前列。」《舊唐書·張儉傳》：「唐制三品已上，門列棨戟。」

〔一一〕胡爲二句：《三國志・吴書・陸凱傳》注引《江表傳》：「西阻岷漢。」《晉書・羊祜傳》：「山川之險，不過岷漢。」謂岷山、漢水。干謁，見卷一《自京赴奉先縣詠懷五百字》（0041）注。《史通・忤時》：「布懷知己，歷抵群公。」李白《早秋贈裴十七仲堪》：「歷抵海岱豪，結交魯朱家。」按，據此句博濟當在杜鴻漸幕下。詩稱「狄明府」，蓋曾任縣令。

〔一二〕露泥泥：《詩・小雅・蓼蕭》：「蓼彼蕭斯，零露泥泥。」傳：「泥泥，霑濡也。」謝朓《始出尚書省》：「衰柳尚沉沉，凝露方泥泥。」

〔一三〕虎之四句：謝朓《郡内登望》：「威紆距遥甸，巉岩帶遠天。」《文選》李善注：「《廣雅》曰：巉嵓，高也。」謝朓《始出尚書省》：「邑里向疏蕪，寒流自清泚。」

〔一四〕黄土句：《莊子・天運》：「夫播糠眯目，則天地四方易位矣。」《淮南子・繆稱訓》：「蒙塵而欲毋眯，涉水而欲無濡，不可得也。」

## 寄韓諫議注①〔一〕

今我不樂思岳陽，身欲奮飛病在床〔二〕。美人娟娟隔秋水，濯足洞庭望八荒〔三〕。鴻飛冥冥日月白，青楓葉赤天雨霜②〔四〕。玉京羣帝集北斗，或騎騏驎翳鳳皇〔五〕。芙蓉旌旗烟霧樂③，影動倒景摇瀟湘〔六〕。星宫之君醉瓊漿，羽人稀少不在傍④〔七〕。似聞昨者赤松子，恐是漢代韓張良。昔隨劉氏定長安，帷幄未改神慘傷〔八〕。國家成敗吾豈敢，色難腥腐餐風香⑤〔九〕。周南留滯古所惜⑥，南極老人應壽昌〔一〇〕。美人胡爲隔秋水，焉得置之貢玉堂〔一一〕？（0278）

**【校】**

①寄韓諫議注，宋本、《九家》題無「寄」字。錢箋無「注」字，《九家》、《草堂》「注」字大字連題。今酌改。

②雨，錢箋校：「一作飛。」

③旗，錢箋校：「一作旄。」 樂，錢箋作「落」。

④傍，錢箋作「旁」。兩字古通，下不另出校。

⑤餐，《九家》作「食」。 風，錢箋校：「一作楓。」《草堂》作「楓」。

⑥所，錢箋、《草堂》校：「一作莫。」

**【注】**

黄鶴注：當是大曆元年（七六六）在夔州作。

〔一〕韓諫議：韓泫。錢箋：「韓休之子泫，上元中爲諫議大夫，有學尚，風韻高雅，當即其人。『注』字蓋傳寫之誤。」泫附見《舊唐書・韓休傳》。《新唐書・韓休傳》作「泫上元中終諫議大夫」。《唐六典》卷八門下省：「諫議大夫四人，正五品上。」

〔二〕今我二句：《詩・唐風・蟋蟀》：「今我不樂。日月其除。」《元和郡縣圖志》卷二七鄂岳觀察使：「岳州，巴陵。下。」「巴陵縣，上，郭下。……洞庭湖，在縣西南一里五十步。周回二百六十里。」《隋書・地理志》巴陵郡湘陰縣：「梁置岳陽郡及羅州，陳廢州。平陳，廢郡及湘陰入岳陽縣，置玉州。尋改岳陽爲湘陰。」《詩・邶風・柏舟》：「静言思之，不能奮飛。」

〔三〕美人二句：《趙次公先後解》：「詩人以美人比君子。」《詩・邶風・簡兮》：「彼美人兮，西方之人兮。」鮑照《玩月城西門》：「末映東北墀，娟娟似蛾眉。」《文選》李善注：「娟娟，明媚貌。」《孟子・離婁上》：「有孺子歌曰：『滄浪之水清兮，可以濯我纓；滄浪之水濁兮，可以濯我足。』」左思《詠史》：「振衣千仞崗，濯足萬里流。」揚雄《河東賦》：「陟西岳以望八荒。」

〔四〕鴻飛二句：《法言・問明》：「鴻飛冥冥，弋人何篡焉。」謝靈運《晚出西射堂》：「曉霜楓葉丹，夕曛嵐氣陰。」鮑照《代白紵曲》：「北風驅雁天雨霜，夜長酒多樂未央。」

〔五〕玉京二句：《雲笈七籤》卷二一《四梵三界三十二天》：「四天之上則爲梵行，梵行之上則是上清之天，玉京玄都紫微宫也。乃太上道君所治，真人所登也。自四天之下，二十八天，分爲三界，一天則有一帝王治其中。」同卷「上四天」：「《諸天靈書經》曰：飛步入北清者，是三界之上四天帝王北真天也。言此四帝上爲三清玉京之巔，應化接引。中爲三界四天，御運五氣。……先師疏云：北清天者，北斗是也。」卷三「道教三洞宗元」：「最上一天名曰大羅，在玄都玉京之上。紫微金闕，七寶騫樹，麒麟、師子化生其中。」朱鶴齡注引《甘泉賦》「登鳳凰兮翳華芝」，謂「注：翳，蔽也」。王嗣奭《杜臆》：「翳，助語詞。」仇注：「舊解翳爲蔽，恐非。」按，仍當作蔽翳解。張衡《西京賦》：「浮鷁首，翳雲芝。」此爲固定句式，謂隱翳於鳳凰之下。《趙次公先後解》：「羣帝以言諸貴人，北斗以言天子。」

〔六〕芙蓉二句：芙蓉旌旗，未詳。或指芙蓉冠與旌旗。《雲笈七籤》卷一三《太上鬱儀日中五帝諱字服色》：「日中青帝……衣青玉錦帔，蒼華飛羽裙，建翠芙蓉晨冠。」司馬相如《大人賦》：「貫列缺之倒景兮，涉豐隆之滂濞。」《漢書》注：「張揖曰：《凌陽子明經》曰：列缺氣去地二千四百里，倒景氣去地四千里，其景皆倒在下也。」《漢書·郊祀志》：「登遐倒景。」注：「如淳曰：在日月之上，反從下照，故其景倒。」

〔七〕星宫二句：星宫，衆星之宫。《雲笈七籤》卷二四日月星辰部：「北辰星者，衆神之本也。凡星各有主掌，皆繫於北辰。北辰者，北極不動之星也。其神正坐玄丹宫，名太一君也。」《楚辭·招魂》：「華酌既陳，有瓊漿些。」《遠游》：「仍羽人於丹丘兮，留不死之舊鄉。」王逸注：「《山海經》言有羽人之國，不死之民。」《趙次公先後解》：「星宫之君，則降於羣帝者，以況禁從之人。羽人，則又降於星宫之君者，以況諸通籍朝見之人。」仇注：「羽人稀少，韓已去位。」按，以上皆敷陳游仙事，舊注必牽合朝政，似鑿。

〔八〕似聞四句：《史記·留侯世家》：「願弃人間事，欲從赤松子游耳。」又：「留侯張良者，其先韓人也。」又：「良未嘗有戰鬭功，高帝曰：『運籌策帷帳中，決勝千里外，子房功也。』」《趙次公先後解》：「韓諫議者，應是好道。爲其姓韓，挨傍張良是韓國人，而從赤松子游，緊用張良比之也。」

〔九〕國家二句：《論語·述而》：「子曰：『若聖與仁，則吾豈敢。』」《趙次公先後解》：「（韓君）在外不得參預帷幄，託韓君自謙之言吾豈敢也。」《漢書・佞幸傳》：「上使太子齰癰，太子齰癰而色難之。」《神仙傳》卷九壺公：「乃命啖溷，中有蟲長寸許，長房色難之。公乃歎謝遣之曰：『子不得仙也。』」羅大經《鶴林玉露》乙編卷五：「余觀佛書云：凡諸所嗅，風與香等。意杜陵用此。」《維摩經・弟子品》：「所嗅香與風等。」仇注謂作楓香是，即楓香樹。仇注：「此申明諫議去官之故。……色難腥腐，蓋厭濁世而思潔身矣。」

〔一〇〕周南二句：《史記・太史公自序》：「是歲天子始建漢家之封，而太史公留滯周南，不得與從事，故發憤且卒。」《晉書・天文志》：「老人一星，在弧南，一曰南極。……見則治平，主壽昌，常以秋分候之南郊。」

〔一一〕貢玉堂：揚雄《解嘲》：「歷金門，上玉堂有日矣。」《漢書》注：「晉灼曰：《黄圖》有大玉堂、小玉堂殿也。」王嗣奭《杜臆》：「南極老人，非祝其壽昌。此星治平則見，蓋意在治平，而貢之玉堂，則老人星見矣。」

錢箋：「程嘉燧曰：此詩蓋爲李泌而作。余考之是也。按史及家傳，泌從肅宗于靈武，既立大功，而幸臣李輔國害其能，因表乞游衡岳，優詔許之。山居累年，代宗即位，累有頒賜，號天柱峰中岳先生。無幾，徵入翰林。公此詩，蓋當鄴侯隱衡山之時，勸勉韓諫議，欲其貢置之玉堂也。安劉帷幄，在玄、肅之代，舍泌其誰？」

朱鶴齡注：「韓諫議不可考。其人大似李泌，必肅宗收京時嘗與密謀，後屏居衡湘，修神仙羽化之道，公思之而作。……或疑韓諫議乃韓休之子汯，訛作『注』。又云此詩爲李泌隱衡山而作。其説皆牽合難從。」

潘耒《遂初堂集》卷一一：「少陵平生交友，無一不見於詩。即張曲江、王思禮未曾款洽者，亦形諸歌詠。若李鄴侯，則從無一字涉及。蓋杜於五月拜官，李即於十月乞歸，未嘗相往還也。此詩題云『寄韓諫議』，則所云『美人』當即指韓。今移之鄴侯，有何確據？杜既推李如此，他詩何不一齒及，而獨寓意於寄韓一篇？且何所忌諱，而庾辭隱語，并題中不見一姓氏耶？若云詩中語非鄴侯不足當，則韓既諫官而與杜善，安知非扈從收京，曾參密議者耶？錢氏歸其説於程孟陽，亦知其不的也。」

按，錢箋疑諫議即韓汯，或可從。汯在朝爲諫議大夫，或與杜甫同僚。然其職亦難深刻影響朝政，篇中譽美之辭亦多虚語，不必坐實。謂詩人勉韓諫議，欲其推置鄴侯於廟堂，則穿鑿甚矣。

## 課伐木 并序

課隸人伯夷、幸秀、信行等入谷斬陰木①〔一〕，人日四根止。維條伊枚②〔二〕，正直挺然。晨征暮返，委積庭内。我有藩籬，是缺是補，載伐篠簜，伊仗支持，則旅次于小安〔三〕。山有虎，知禁。若恃爪牙之利，必昏黑撑突③。夔人屋壁，列樹白菊④〔四〕。鏝爲牆，實以竹，示式遏〔五〕。爲與虎近，混淪乎無良〔六〕。賓客憂害馬之徒⑤，苟活爲幸，可嘿息已。作詩付宗武誦⑥〔七〕。

長夏無所爲，客居課奴僕⑦。清晨飯其腹⑧，持斧入白谷。青冥曾巔後〔八〕，十里斬陰木⑨。人肩四根已，亭午下山麓。尚聞丁丁聲〔九〕，功課日各足。蒼皮成積委⑩，素節相照燭〔一〇〕。藉汝跨小籬，當仗苦虛竹⑪〔一一〕。空荒咆熊羆，乳獸待人肉〔一二〕。不示知禁情，豈唯干戈哭〔一三〕。城中賢府主，處貴如白屋〔一四〕。蕭蕭理體浄，蜂蠆不敢毒〔一五〕。虎穴連里閭，隄防舊風俗。泊舟滄江岸，久客慎所觸⑫〔一六〕。舍西崖嶠壯，雷雨蔚含蓄。牆宇資屢修⑬，衰年怯幽獨。爾曹輕執熱，爲我忍煩促〔一七〕。秋光近青岑，季月當泛菊⑭〔一八〕。報之以微寒，共給酒一斛〔一九〕。（0279）

【校】

①幸，錢箋校：「一作辛。」《草堂》作「辛」。

②枚，宋本作「校」，據錢箋等改。

③撐，錢箋、《九家》、《草堂》作「橕」。錢箋校：「晋作撐。一作搪。」《草堂》校：「晋作撐。」
④列，宋本、錢箋、《草堂》校：「一作例。」《九家》校：「一作洌。」菊，錢箋校：「一作菊。」
⑤憂，宋本、錢箋、《九家》、《草堂》校：「一作齒。」
⑥付，錢箋、《草堂》作「示」。武，錢箋、《草堂》校：「一作文。」
⑦奴，錢箋、《草堂》校：「一作童。」
⑧腹，錢箋、《草堂》校：「一作腸。」
⑨陰，《草堂》作「幽」。
⑩積委，錢箋作「委積」，校：「吴本作積委。」
⑪仗，錢箋校：「一云杖。一云材。」《草堂》作「杖」。苦，錢箋校：「一云若。」
⑫滄，《九家》作「蒼」。《草堂》校：「一作登。」所，《草堂》校：「或作無。」
⑬屢，《草堂》校：「一作累。」
⑭季，宋本作「李」，據錢箋等改。

【注】

黄鶴注：當是大曆元年（七六六）夔州作。仇注：當是大曆二年（七六七）夏居瀼西時作。

〔一〕斬陰木：《周禮·地官·山虞》：「仲冬斬陽木，仲夏斬陰木。」注引鄭司農云：「陽木，春夏生者。陰木，秋冬生者，若松柏之屬。」玄注：「陽木，生山南者。陰木，生山北者。」

〔二〕維條句：《詩・召南・汝墳》：「遵彼汝墳，伐其條枚。」傳：「枝曰條，幹曰枚。」

〔三〕載伐三句：《書・禹貢》：「篠簜既敷。」傳：「篠，竹箭。簜，大竹。」《趙次公先後解》：「伐木所以爲枝持，即今俗謂之籬楖是也。苦竹所以爲籬，叙所謂『伐篠簜』是也。」

〔四〕夔人二句：夔人，夔府之人。黄庭堅《宿舒州太湖觀音院》「月黑虎夔藩」，以夔爲抵觸義，乃誤用此序「夔人」語。洪邁《容齋隨筆》卷一二有辨。白菊，《趙次公先後解》：「師民瞻本作白萄，是。蓋荻之屬也。」仇注引張溍注：「白萄，蓋其地易生之木，如北地榆柳，取其板可作牆，又編以竹也。」按，白萄未知何物，荻則不可爲板材，恐是字誤。

〔五〕示式遏：《詩・大雅・民勞》：「無縱詭隨，以謹無良。式遏寇虐，憯不畏明。」

〔六〕混淪乎無良：郭璞《江賦》：「或泛瀲於潮波，或混淪乎泥沙。」

〔七〕賓客四句：《莊子・徐无鬼》：「夫爲天下者，亦奚以異乎牧馬者哉。亦去其害馬者而已矣。」宗武，甫子宗文、宗武。見本書卷一六《宗武生日》(1166)注。

〔八〕青冥句：鮑照《從登香爐峰》：「青冥摇烟樹，穹跨負天石。」謝靈運《過始寧墅》：「葺宇臨回江，築觀基曾巔。」

〔九〕丁丁聲：《詩・小雅・伐森》：「伐木丁丁，鳥鳴嚶嚶。」傳：「丁丁，伐木聲也。」

〔一〇〕蒼皮二句：《楚辭・九章・懷沙》：「材樸委積兮，莫知余之所有。」鍾嶸《詩品序》：「欲以照燭三才，輝麗萬有。」

〔一一〕苦虚竹：仇注引趙注：「苦虚竹，謂虚心之苦竹。」

〔一二〕空荒二句：《楚辭·招隱士》：「虎豹鬭兮熊羆咆，禽獸駭兮亡其曹。」乳獸，乳虎。《淮南子·説林訓》：「若入林而遇乳虎。」

〔一三〕不示二句：仇注：「若不爲此禁防，恐其害甚於干戈矣。」

〔一四〕城中二句：黄鶴注：「賢府主當是柏都督。公嘗爲柏都督作《謝上表》，正是初到夔時。」見本書卷二〇《爲夔州柏都督謝上表》（1480）。白屋，見卷五《破船》（0254）注。

〔一五〕蕭蕭二句：理體，治體。《史記·曹相國世家》：「蓋公爲言治道貴清静而民自定。」賈誼《新書》卷一：「以陛下之明通，因使少知治體者得佐下風，致此治非有難也。」《左傳》僖公二十二年：「蜂蠆有毒，而況國乎。」

〔一六〕慎所觸：《草堂》夢弼注：「要當戒慎，無觸此禍。」指虎患。

〔一七〕爾曹二句：《草堂》夢弼注：「爾曹，指信行等。」執熱，見卷一《大雲寺贊公房四首》（0045）注。張華《答何劭》：「恬曠苦不足，煩促每有餘。」

〔一八〕秋光二句：《太平御覽》卷三二引《齊人月令》：「重陽之日，必以糕酒登高眺迥，爲時宴之游賞，以暢秋志。酒必采茱萸、甘菊以泛之，既醉而還。」張正見《賦得白雲臨酒詩》：「菊泛金枝下，峰斷玉山前。」宋之問《奉和九日幸臨渭亭登高應制得歡字》：「仙杯還泛菊，寶饌且調蘭。」

〔一九〕報之二句：王嗣奭《杜臆》：「九月以前苦熱，以後苦寒，季秋得寒暑之中，故古人以此爲節而賞勞奴僕，蓋與同一日之樂也。」

《苕溪漁隱叢話》後集卷五引《藝苑雌黄》：「東坡嘗言：曾子固文章妙天下，而有韻者輒不工。杜子美長於歌詩，而無韻者幾不可讀。比觀《西清詩話》，乃不然此説，云：杜少陵文自古奥，如『九天之雲下垂，四海之水皆立』、『忽翳日而翻萬象，却浮空而留六龍』、『萬舞凌亂，又似乎春風壯而江海波』，其語磊落驚人。或言無韻者不可讀，是大不然。予謂此數語，乃出杜陵三賦，謂之無韻，可乎？竊意東坡所謂無韻者，蓋若《課伐木詩序》之類是也。」苕溪漁隱按：「少游嘗有此語，《藝苑》以爲東坡，誤矣。」同書前集卷九引秦少游語。

王嗣奭《杜臆》：「此作以後，如《耗稻》、《秋菜》、《樹栅》等詩，正晦翁所云『鄭重煩絮』者。而伯敬極稱之，不免好奇之過。至謂以奴婢事、帳簿語，而滿腔化工，全副王政，和盤托出，非細心看杜詩，不能作此語。而讀杜詩者，不可不知。」

## 園人送瓜

江間雖炎瘴，瓜熟亦不早，柏公鎮夔國①〔一〕，滯務兹一掃②。食新先戰士，共少及溪老③〔二〕。傾筐蒲鴿青，滿眼顔色好〔三〕。竹竿接嵌竇，引注來鳥道〔四〕。沉浮亂水玉④，愛惜如芝草〔五〕。落刃嚼冰霜，開懷慰枯槁。許以秋蒂除，仍看小童抱⑤〔六〕。東陵跡蕪絶⑥〔七〕，楚漢休征討。園人非故侯，種此何草草〔八〕。（0280）

【校】

①國，《草堂》作「園」。

②兹，錢箋、《草堂》校：「一作資。」

③溪，錢箋、《草堂》校：「一作窮。」

④沉浮，《草堂》作「浮沉」。

⑤童，錢箋校：「一作兒。」《草堂》作「兒」。　抱，宋本、《九家》校：「一作飽。」《草堂》校：「晋作飽。」

⑥陵，錢箋校：「一作溪。」

【注】

黃鶴注：大曆元年（七六六）夏作。仇注：當是大曆二年（七六七）夏作。

〔一〕柏公句：《舊唐書·代宗紀》：「（大曆元年二月癸丑）邛州刺史柏茂林充節南防禦使。」「（八月壬寅）邛南防禦使、邛州刺史柏茂林爲邛南節度使。」《杜鴻漸傳》載「邛州牙將柏貞節」等興兵討崔旰，鴻漸以柏貞節爲邛州刺史。常衮《授柏貞節夔忠等州防禦使制》：「開府儀同三司試太常卿、使持節邛州諸軍事兼邛州刺史、御史中丞、劍南防禦使及邛南招討使、上杜國鉅鹿縣開國子柏貞節……可使持節都督夔州諸軍事兼夔州刺史，依前兼御史中丞，充忠萬歸涪等州都防禦使。」是茂林即貞節。其移節夔州在大曆二年。參本書卷二〇《爲夔府柏都督謝上表》（1480）。

〔二〕食新二句：《左傳》成公十一年：「不食新矣。」《北齊書·蘭陵武王孝瓘傳》：「每得甘美，雖一瓜數果，必與將士共之。」《宋書·謝弘微傳》：「分多共少，不至有乏。」

〔三〕傾筐二句：《分門》師曰：「青瓜色如蒲鴿。蒲鴿、貍首，皆瓜名也。」仇注：「貍首之甘美，出張載《瓜賦》，未知蒲鴿出何書耳。」姜宸英《湛園札記》：「蒲鴿或是瓜狀青色，然不知何典。」按，鴿有色青者。《中阿含經》卷二〇：「青猶鴿色，赤若血塗。」敦煌文書 P. 2552 李昂《馴鴿篇》序：「滎陽主簿賈季良廳事，有雙青鴿焉。」

〔四〕竹竿二句：朱鶴齡注：「嵌竇，岩泉也。」元結《七泉銘》：「或吐於淵竇，或繁於嵌臼。」謝朓《暫使下都夜發新林》：「風雲有鳥路，江漢限無梁。」

〔五〕沉浮二句：曹丕《與吴質書》：「浮甘瓜於清泉，沉朱李於寒水。」司馬相如《上林賦》：「水玉磊砢。」《文選》郭璞注：「水玉，水精也。」仇注謂此句應解作水精。王嗣奭《杜臆》：「瓜有水能解炎熱，故以『水玉』稱之，此瓜之别號。」嵇含《瓜賦》：「世云三芝，瓜處一焉。……甘瓜普植，用薦神祇。其名龍膽，其味亦奇，是爲土芝。」

〔六〕許以二句：郭璞《游仙詩》：「在世無千月，命如秋葉蔕。」謝朓《拜中軍記室辭隋王箋》：「邈若墜雨，翩似秋蔕。」仇注引邵注：「小童抱，言其瓜大也。」

〔七〕東陵句：召平爲東陵侯。見卷二《喜晴》(0077)「東門瓜」注。

〔八〕園人二句：草草，見卷二《潼關吏》(0061)注。《趙次公先後解》：「此篇兩押『草』字，亦東坡先生所云兩耳義不同，故得重用邪。」蘇軾《送江公著》注：「二耳義不同，故得重用。」

## 信行遠修水筒

汝性不茹葷，清靜僕夫内〔一〕。秉心識本源①，於事少滯礙〔二〕。雲端水筒坼，林表山石碎〔三〕。觸熱藉子修，通流與厨會。往來四十里，荒險崖谷大②。日曛驚未餐③，貌赤愧相對。浮瓜供老病，裂餅嘗所愛④〔四〕。於斯答恭謹，足以殊殿最〔五〕。詎要方士符，何假將軍蓋⑤〔六〕？行諸直如筆，用意崎嶇外〔七〕。（0281）

**【校】**

① 本，宋本、錢箋、《九家》、《草堂》校：「一作根。」

② 谷，《草堂》作「石」。

③ 餐，錢箋校：「一作食。」《草堂》作「食」，校：「一作飡。」

④ 嘗，宋本作「常」，據錢箋等改。

⑤ 蓋，錢箋校：「高麗本作佩。」《草堂》作「佩」。

**【注】**

黃鶴注：《課伐木序》證之，當是大曆元年（七六六）在夔州作。信行，即前所謂隸人伯夷、幸秀、信行。

〔一〕汝性句：《莊子・人間世》：「回之家貧，唯不飲酒、不茹葷者數月矣。」

〔二〕秉心二句：《漢書・楚元王傳》：「論議正直，秉心有常。」敦煌本《壇經》：「《菩薩戒經》云：我本源自性清淨。識心見性，自成佛道。」《法苑珠林》卷二八引《大方等大集念佛三昧經》：「隨機獲益，無有滯礙。」

〔三〕雲端二句：謝朓《休沐重還丹陽道中》：「雲端楚山見，林表吴岫微。」

〔四〕裂餅句：《周書・王羆傳》：「嘗有臺使，羆爲其設食，使乃裂其薄餅緣。」《趙次公先後解》：「蓋公食餅則裂而與之，乃常所私愛信行者也。」

〔五〕足以句：《漢書・宣帝紀》：「丞相、御史課殿最以聞。」注：「師古曰：殿，後也，課居後也。最，凡要之首也，課居先也。」

〔六〕詎要二句：《趙次公先後解》：「方士符、將軍蓋，是求水二事。」引夷道縣事。錢箋引《神仙傳》葛玄事，按見《太平廣記》卷七一引《神仙傳》：「嘗船行，見器中藏書札符數十枚，因問：『此符之驗，能爲何事？可得見否？』玄曰：『符亦何所爲乎？』即取一符投江中，流而下。玄曰：『何如？』客曰：『吾投之亦能爾。』玄又取一符投江中，逆流而上。曰：『何如？』客曰：『異矣。』又取一符投江中，停立不動，須臾上符下，下符上，三符合一處，玄乃取之。」朱鶴齡注引《汝南先賢傳》，按見《藝文類聚》卷九六引《汝南先賢傳》（卷七八又引作《神仙傳》）：「玄與吴主坐樓上，見作請雨土人，玄曰：『雨易得耳。』即書符著社中，一時之間，大雨流淹。」朱注又引何雲曰：「《真誥》有制虎豹符。此詩方士符，蓋用之。《示獠奴阿段》詩云『怪爾常穿虎豹羣』，此可證也。」將軍蓋，趙次公引《東觀漢記》，按見《後漢紀·孝明帝紀》：「（耿）恭以疏勒傍有水，去王忠所據近，引兵居之……城中穿井十五丈，不得水，吏士失色，恭歎曰：『……聞貳師將軍拔佩刀以刺山，而飛泉涌出。今漢神明，豈有當窮者乎！』乃整衣服向井拜……有頃，飛泉涌出，大得水。」趙注：「意是貳師事，但無『蓋』字耳。」錢箋引《古今注》：「曲蓋，太公所作。……戰國嘗以賜將帥。」然改「將帥」爲「將軍」。又謂：「『佩』字較『蓋』字爲穩，宜從之。」朱注：「此言信行觸熱入山，不煩張蓋也，恐亦非用貳師事。」黄生謂「蓋」當作「拜」，乃聲近而訛。鄧紹基謂此句混用耿恭事及曲蓋賜將軍二典。

〔七〕行諸二句：仇注謂行諸猶云行乎，呼信行之名。袁淑《效曹子建白馬篇》：「義分明於霜，信行直如弦。」仇注謂信行取名本此。《魏書·古弼傳》：「太宗嘉之，賜名曰筆，取其直而有用。後改名弼。……弼頭尖，世祖常名之曰筆頭，是以時人呼爲筆公。」《趙次公先後解》：「直如筆字，勢蓋效直如弦……不取筆頭之義。」按，前人言直如弦、直如髮、直如繩，杜詩所言如後世所謂「筆直」。仇注引《晉書》「正繩直筆」，乃秉筆直書義，與此不同。

## 槐葉冷淘〔一〕

青青高槐葉，采掇付中厨〔二〕。新麪來近市，汁滓宛相俱〔三〕。入鼎資過熟，加餐愁欲無〔四〕。碧鮮俱照箸，香飯兼苞蘆〔五〕。經齒冷於雪，勸人投比珠①〔六〕。願隨金騕褭，走置錦屠蘇②〔七〕。路遠思恐泥〔八〕，興深終不渝。獻芹則小小，薦藻明區區〔九〕。萬里露寒殿，開冰清玉壺〔一〇〕。君王納涼晚，此味亦時須。（0282）

【校】

① 比，錢箋作「此」，校：「一作比。」

② 屠蘇，錢箋、《草堂》校：「又作廜䴁。」

【注】

黄鶴注：詩云「新麪來近市」，則公是時不居城郭。當是大曆二年（七六七）遷居瀼西時作。

〔一〕冷淘：《唐會要》卷六五《光禄寺》：「冬月量造湯餅及黍臛，夏月冷淘、粉粥。」《白孔六帖》卷一六「水花冷淘」：「《入洛記》：野狐泉一姥善製水花冷淘，切以吴刀，淘以洛酒，潦葉于鐺耳中，過投于湯中，其疾徐鳴掌趁之不及。富子携金就食之。」《太平廣記》卷三九《劉晏》（出《逸史》）：「過衡山縣，時春初，風景和暖，喫冷淘一盤，香菜茵陳之類，甚爲芳潔。」周祈《名義考》卷一二：「凡以麪爲食具者，皆謂之餅。……他如托不起、溲牢丸、冷淘等，皆餅類。」《草堂》夢弼注：「謂細擣槐葉和麪爲冷淘，取其碧香理風也。」王質《紹陶録》卷下「槐芽」：「膠著房，蝱著蠊。所思兮安可芟，碧鮮冷淘思露寒。」則采嫩槐葉爲之。

〔二〕青青二句：傅咸《鳴蜩賦》：「有嘒嘒之鳴蜩，於臺府之高槐。」曹植《野田黄雀行》：「中厨辦豐膳，烹羊宰肥牛。」

〔三〕新麵二句：《周禮·天官·酒正》：「辨五齊之名，一曰泛齊，二曰醴齊。」注：「泛者，成而滓泛泛然，如今宜成醪矣。醴猶體也，成而汁滓相將，如今恬酒矣。」本書卷一五《孟倉曹步趾領新酒醬二物滿器見遺老夫》（1121）：「藉藉分汁滓，甕醬落提携。」《趙次公先後解》：「固是言槐葉，蓋揉其汁以溲麵。」按，冷淘投湯中，並薦以菜蔬，此蓋指湯汁。

〔四〕入鼎二句：過，當即《入洛記》所謂「過投于湯中」，即在沸湯中焯熟。欲無，若無。宋之問《洞庭湖》：「晶耀目何在，瀅熒心欲無。」崔曙《奉試明堂火珠》：「天净光難滅，雲生望欲無。」愁欲無，即愁若無。

〔五〕碧鮮二句：《草堂》夢弼注：「苞蘆，謂蘆笋也。」《趙次公先後解》謂蘆笋之嫩者。葛立方《韻語陽秋》卷一九：「蜀中食品，南方不知其名者多矣，而況其味乎？……苞蘆，蜀鮓也，老杜所謂『香飯兼苞蘆』是也。」朱鶴齡等皆以爲僞蘇注，不取。朱注：「《説文》：盧，飯器也，亦作籚。此『蘆』字必『籚』字誤。苞，如《管子》『道有遺苞』之苞，言取冷淘兼香飯，苞裹之飯器中，欲以贈人耳。」盧元昌曰：「蘆荻之屬，甲而未拆曰苞。」仇注引盧注，謂朱注太拙，贈人冷淘，何必又加香飯乎。《日下舊聞考》卷一四九引《排悶録》：「京師無笋，以蘆芽爲笋。按杜詩『渚秀蘆笋短』，又云『泥笋苞初荻』，又云『春飯兼苞蘆』。注：苞蘆，蘆笋也。則唐時已尚之。」以上朱説過迂，夢弼、盧注、《排悶録》皆以爲蘆笋，葛説以爲蜀鮓，爲另一説。

〔六〕勸人句：《草堂》夢弼注：「以此味相勸，貴重如珠也。」按，言其珍美及形狀。

〔七〕願隨二句：金騕褭，見卷五《春日戲題惱郝使君兄》（0217）注。《玉篇》：「廜麻，庵也。」《廣韻》：「廜麻，草庵。《通俗文》曰：屋平曰廜麻。」劉孝威《結客少年場行》：「插腰銅匕首，障日錦屠蘇。」《趙次公先後解》：「錦廜麻指御前之帳屋也。」劉詩「錦屠蘇」，謂大冠形似屋者，杜詩用其字面，義則如趙注。

〔八〕路遠句：《論語·子張》：「致遠恐泥，是以君子不爲也。」集解：「包曰：泥難不通。」參本書卷八《解憂》（0392）注。

〔九〕獻芹二句：《列子·楊朱》：「宋國有田夫……顧謂其妻曰：『負日之暄，人莫知者。以獻吾君，將有重賞。』里之富室告之曰：『昔人有美戎菽、甘枲莖芹萍子者，對鄉豪稱之。鄉豪取而嘗之，蜇於口，慘於腹，衆哂而怨之。其人大慚。子，此類也。』」《左傳》隱公三年：「蘋蘩薀藻之菜……可薦於鬼神，可羞於王公。」昭公十三年：「是區區者而不余畀。」

〔一〇〕萬里二句：露寒殿，見卷五《入奏行》（0236）「寒露」注。鮑照《代白頭吟》：「直如朱絲繩，清如玉壺冰。」

## 行官張望補稻畦水歸〔一〕

東屯大江北①，百頃平若桉〔二〕。六月青稻多，千畦碧泉亂。插秧適云已，引溜加溉灌〔三〕。更僕往方塘〔四〕，決渠當斷岸。公私各地著〔五〕，浸潤無天旱。主守問家臣，分明見溪伴②〔六〕。芊芊炯翠羽③，剡剡生銀漢④〔七〕。鷗鳥鏡裏來，關山雪邊看〔八〕。秋菰成黑米，精鑿傳白粲⑤〔九〕。玉粒定晨炊⑥，紅鮮任霞散〔一〇〕。終然添旅食，作苦期壯觀〔一一〕。遺穗及衆多，我倉戒滋蔓〔一二〕。（0283）

【校】

①大江北，宋本、錢箋、《九家》、《草堂》校：「一云枕大江。」

②明，錢箋、《九家》、《草堂》校：「一作朋。」　伴，錢箋校：「一作畔。」

③芊芊，錢箋校：「一作芋芋。一作竿竿。」《草堂》校：「一作竿竿。」

④生，錢箋校：「一作向。」

⑤鑿，宋本、錢箋、《九家》、《草堂》校：「一作轂。」　傳，錢箋作「傳」，校：「一作傅。」

⑥定，錢箋、《九家》作「足」。

【注】

黄鶴注：當是大曆二年（七六七）公未遷東屯時作，是年秋公始自瀼西遷居也。

〔一〕行官：朱鶴齡注：「行官，是行田者。韓文公《答孟簡書》：『行官自南回，過吉州。』蓋唐時有此名目。」《永樂大典》卷八〇八引《項安世家説》：「杜詩有《遣行官張望視稻》詩，又《答嚴武》

云：『雨映行官辱贈詩。』蓋唐人例呼官力爲行官，若今散從官、衙官之類。韓退之《與孟簡書》云『行官自南回，得吾兄書者』是也。如杜詩有馬軍送酒，盧仝詩有軍將送酒，皆當時送書之人。後人不知，遂以雨映行官爲雨映行宫，其去本事遠矣。」《資治通鑑》天寶六載胡三省注：「行官，主將命往來京師及鄰道及巡内郡縣。」沈欽韓《韓集補注》引胡注，謂「則行官亦幹僕之稱」。按，除韓文、《通鑑》之外，唐文及唐人小説亦多言及行官。《太平廣記》卷八四《李業》（出《録異記》）：「左軍李生與行官楊鎮亦投舍中……翁曰：『……然三人皆節度使，某何敢不祇奉耶？』業曰：『三人之中，一人行官耳，言之過矣。』翁曰：『行官領節鉞在兵馬使之前，秀才節制在兵馬使之後。然秀才五節鉞，勉自愛也。』既數年不第，業從戎幕矣。明年，楊鎮爲仇士良開府擢用，累職至軍使，除涇州節度使。」卷三三八《李載》（出《廣異記》）：「言訖，分財與之，使行官送還北。小妻便爾下船，行官少事，未即就路。載亦知之，召行官至，杖五下，使驟去。」劉長卿有《祭故吏行官文》：「我事戎旃，爾爲羽翼。實執鞭弭，豈辭筋力。」是行官爲幕府下級僚佐，項安世、胡注得其解。此行官張望當爲夔州都督府差遣。

〔二〕東屯二句：見卷一六《自瀼西荆扉且移居東屯茅屋四首》（1229）注。

〔三〕引溜句：《太平御覽》卷二六八引《崔氏家傳》：崔瑗爲汲令，長老歌之：「穿溝廣溉灌，決渠作甘雨。」

〔四〕更僕句：《禮記·儒行》：「哀公曰：『敢問儒行。』孔子對曰：『遽數之不能終其物，悉數之乃留更僕未可終也。』」注：「留，久也。僕，大僕也。君燕朝則正位，掌擯相。更之者，爲久將倦，使之相代。」庾信《哀江南賦》：「方塘水白，釣渚池圓。」

〔五〕公私句：《漢書・食貨志》：「理民之道，地著爲本。」又晁錯説：「不農則不地著，不地著則離鄉輕家。」注：「師古曰：地著謂安本也。」《趙次公先後解》：「公私各地著，則有官田在其間矣。」按，杜甫在東屯所營爲官田，或謂代夔府柏都督監管，故有行官差遣。

〔六〕主守二句：《趙次公先後解》：「主守指言行官張望。家臣則其下所臣之人。」引本書卷七《秋行官張望督促東渚耗稻向畢遣女奴阿稽豎子阿段往問》(0307)「尚恐主守疏」爲證。朱鶴齡注謂家臣即行官張望。按，行官非私人僕屬，詳上。《詩話總龜》後集卷一八引《杜詩正異》：「耘者必分朋曹而進，故東坡《遠景樓記》謂『耘者畢出，數百人爲曹』者是也。舊作明，乃字小訛耳。」《草堂》夢弼注：「乃使臣巡視詳察其所以也。」仇注：「引水不必分朋，不如仍作分明。」説是。

〔七〕芊芊二句：潘岳《在懷縣作》：「稻栽肅芊芊，黍苗何離離。」《文選》李善注：「《廣雅》曰：芊芊，茂也。」宋玉《登徒子好色賦》：「眉如翠羽，肌如白雪。」《楚辭・離騷》：「皇剡剡其揚靈兮，告余以吉故。」王逸注：「剡剡，光貌。」朱鶴齡注：「芊芊二句，言苗色之青葱。」王嗣奭《杜臆》：「畦水畢而生銀漢。」

〔八〕鷗鳥二句：釋惠標《詠水》：「舟如空裏泛，人似鏡中行。」沈佺期《釣竿篇》：「人疑天上坐，魚似鏡中懸。」王嗣奭《杜臆》：「東屯以西爲上牢關，東爲下牢關，故瀼西之山得稱關山。」按，上牢、下牢其説不一，當在峽州夷陵，去此尚遠。此關山即指瞿唐關及瞿唐兩崖。參本書卷一五

《峽口二首》(1125)注。朱鶴齡注：「鷗鳥二句，言畦水之明淨。」

〔九〕秋菰二句：庾肩吾《奉和太子納涼梧下應令》：「黑米生菰葉，青花出稻苗。」《政和證類本草》卷一一引《衍義》：「菰根，蒲類。……河朔邊人止以此苗飼馬，曰菰蔣。及作薦花如葦，結青子，細若青麻黄，長幾寸，彼人收之，合粟爲粥，食之甚濟飢。此杜甫所謂『願作泠秋菰』者是也。」《左傳》桓公二年：「粢食不鑿。」杜預注：「黍稷曰粢，不精鑿。」釋文：「鑿，精米也。《字林》作毇，子沃反，云：糲米一斛舂爲八斗。」疏：「《九章算術》：粟率五十，鑿二十四。言粟五斗爲米二斗四升，是則米之精鑿。」《漢書·惠帝紀》：「皆耐爲鬼薪、白粲。」注：「應劭曰：取薪給宗廟爲鬼薪，坐擇米使正白爲白粲，皆三歲刑也。」朱鶴齡注：「傳白粲，言以菰米傳合白粲而炊之。」按，「傳」當作「傅」。精鑿傅白粲，即傅精鑿白粲。

〔一〇〕玉粒二句：沈約《捨身願疏》：「玉粒晨炊，華燭夜炳。」《趙次公先後解》謂玉粒言米之珍貴，紅鮮言飯紅潤之色。錢箋：「鮮于注：江浙人謂紅米曰紅鮮。又曰紅鮮謂魚色之鮮如霞也。淮南吴越人有此。」本書卷一六《茅屋檢校收稻二首》(1236)：「紅鮮終日有，玉粒未吾慳。」知二句皆言稻。

〔一一〕終然二句：旅食，見卷一《奉贈韋左丞丈二十二韻》(0001)注。楊惲《報孫會宗書》：「田家作苦。」黄生注：「壯觀，言委積之高也。」

〔一二〕遺穗二句：《詩·小雅·大田》：「彼有遺秉，此有滯穗，伊寡婦之利。」《小雅·楚茨》：「我倉既盈，我庾維億。」仇注：「戒滋蔓，不專利於己。」

## 催宗文樹雞柵〔一〕

吾衰怯行邁，旅次展崩迫〔二〕。愈風傳烏雞，秋卵方漫喫〔三〕。自春生成者，隨母向百翮〔四〕。驅趁制不禁〔五〕，喧呼山腰宅。課奴殺青竹，終日憎赤幘①〔六〕。踏藉盤案翻，塞蹊使之隔〔七〕。牆東有隙地②，可以樹高柵。避熱時來歸③，問兒所爲跡〔八〕。織籠曹其內，令入不得擲〔九〕。稀間可突過④，觜爪還污席⑤〔一〇〕。我寬螻蟻遭，彼免狐貉厄〔一一〕。應宜各長幼，自此均勍敵〔一二〕。籠柵念有修，近身見損益⑥〔一三〕。明明領處分，一一當剖析〔一四〕。不昧風雨晨，亂離減憂戚〔一五〕。其流則凡鳥，其氣心匪石〔一六〕。倚賴窮歲晏，撥煩去冰釋⑦〔一七〕。未似尸鄉翁，拘留蓋阡陌〔一八〕。（0284）

**【校】**

①憎，錢箋校：「一作增。晉作帽。」《草堂》校：「晉作帽。」

②有隙，錢箋校：「晉作閒散。」《草堂》校：「晉作散。」

③ 來，錢箋、《草堂》校：「晋作未。」
④ 可，錢箋、《草堂》校：「一作苦。」
⑤ 爪，《草堂》作「距」。
⑥ 見，宋本、錢箋、《九家》、《草堂》校：「一作知。」
⑦ 去，宋本、錢箋、《九家》、《草堂》校一作「及」。

**【注】**

黄鶴注：當是大曆元年（七六六）作。山腰宅，蓋客居也。

〔一〕宗文：甫長子。樊晃《杜工部小集序》：「君有子宗文、宗武，近知所在，漂寓江陵。」

〔二〕吾衰二句：《詩·王風·黍離》：「行邁靡靡，中心摇摇。」任昉《啓蕭太傅固辭奪禮》：「不任崩迫之情。」仇注：「言迫促少休。」

〔三〕愈風二句：《政和證類本草》卷一九：「食療云：……烏雌雞，温味酸無毒，主除風寒濕痺，治反胃，安胎及腹痛。」又引《食醫心鏡》：「主風寒濕痺，五緩六急，烏雞一隻，治如食法。煮令極熟，調作羹，食之。」《趙次公先後解》：「春卵方可抱育，而秋卵充食而已。」

〔四〕自春二句：《齊民要術》卷六養雞：「雞，春夏雛，二十日内，無令出窠。」仇注：「百翮，連母五十頭。」按，百翮猶言百羽，一翮即當一隻。

〔五〕驅趁：驅趕，參卷三《青陽峽》（0146）「趁」注。

〔六〕課奴二句：仇注謂「課奴」句與「踏藉」句當互調。劉向《别録》：「殺青而書可繕寫也。」《分門》洙曰：「楚人以火炙竹去其汗，謂之殺青，欲其耐久也。」按，此用「殺青」字面，即斫竹之意。《搜神記》卷一八：「安陽城南有一亭，夜不可宿，宿輒殺人。書生明術數，乃過宿之。……須臾，復有一人冠赤幘者，呼亭主。……（書生）乃問曰：『向黑衣來者誰？』曰：『北舍母猪也。』又曰：『冠赤幘來者誰？』曰：『西舍老雄雞也。』曰：『汝復誰耶？』曰：『我是老蠍也。』」《齊民要術》卷六養雞：「取穀産雞子供常食法：别取雌雞，勿令與雄相雜……一雞生百餘卵，不雛，並食之無咎。」此言養雞産卵，故與雄相隔。

〔七〕塞蹊：《淮南子·時則訓》：「補決竇，塞蹊徑。」

〔八〕牆東四句：《趙次公先後解》：「蓋言所栅之雞以避熱之故，往往歸來宅内，所以問兒宜合如何有爲而遏止之也。下句所謂『織籠曹其内』是已。」按，來歸仍當歸高栅，栅内仍設雞籠。王嗣奭《杜臆》謂此二句宜移置「勍敵」之下，未確。

〔九〕織籠二句：《齊民要術》卷六引《家政法》：「養雞法：……於地上作屋，方廣丈五，於屋下懸簣，令雞宿上，並作雞籠，懸中。夏月盛晝，雞當還屋下息。」《趙次公先後解》：「上兩句則戒兒之辭。」

〔一〇〕稀間二句：朱鶴齡注：「言栅中稀疏有間，突過污席，明織籠之不可已也。」按，二句承上，謂織籠若稀，則雞還突過，亦對宗文語。

〔一一〕我寬二句：王褒《洞簫賦》：「螻蟻蝘蜓，蟬蟬蝴蝴。遷延徙迤，魚瞰雞睨。」螻蟻爲雞所食，此言不受雞之困撓如螻蟻之遭。《齊民要術》卷六：「雞棲，宜據地爲籠，籠内著棧，雖鳴聲不朗，而安穩易肥，又免狐狸之患。」《趙次公先後解》謂「狐貉」乃「狐狸」字訛。

〔一二〕應宜二句：《左傳》僖公二十二年：「勍敵之人隘而不列。」杜預注：「勍，强也。」仇注：「且各領長幼，勍敵不争。」按，長幼、勍敵，皆當就羣雞言。

〔一三〕籠栅二句：《易・繫辭下》：「近取諸身，遠取諸物。」《淮南子・修務訓》：「世俗廢衰，而非學者多。人性各有所修短，若魚之躍，若鵲之駮，此自然者，不可損益。吾以爲不然。」《趙次公先後解》：「凡近身之事，可推此而見也。」朱鶴齡注：「言因修此籠栅，近譬諸身，見損益之理莫不宜然。」

〔一四〕明明二句：《趙次公先後解》：「上兩句則兒領旨命之辭。」朱鶴齡注：「處分、剖析，告宗文之詞也。」仇注：「剖析，别雞羣之異黨。」説誤。當如趙、朱解，此謂宗文領命。

〔一五〕不昧二句：《詩・鄭風・風雨》：「風雨如晦，雞鳴不已。」序：「思君子也。亂世則思君子，不改其度焉。」疏：「此雞雖逢風雨，不變其鳴，喻君子雖居亂世，不改其節。」浦起龍謂「亂離」就雞言，不確。此用《詩序》意。

〔一六〕其流二句：陳琳《爲曹洪與魏文帝書》：「鴻雀戢翼於污池，褻之者固以爲園囿之凡鳥。」《韓詩外傳》卷二：「君獨不見夫雞乎？……得食相告，仁也，守夜不失時，信也。雞有此五德，君猶日瀹而食之者何也？則以其所來者近也。」《詩・邶風・柏舟》：「我心匪石，不可轉也。」

〔一七〕倚賴二句：《後漢書・胡廣傳》：「廣才略深茂，堪能撥煩。」《老子》十五章：「涣若冰將釋。」

《趙次公先後解》：「蓋川人於近歲除，每以雞爲饋送，則可挨傍歲晏。撥去眼前百翮之煩多，如冰之釋矣。」仇注：「歲終賴雞充用……撥煩，無喧呼煩惱也。」按，撥煩原指處理煩冗事務，即指以上樹柵、織籠諸事。

〔一八〕未似二句：《列仙傳》卷上：「祝雞翁者，洛人也。居尸鄉北山下，養雞百餘年，雞有千餘頭，皆立名字，暮栖樹上，晝放散之。欲取，呼名即依呼而至。賣雞及子，得千餘萬，輒置錢去，之吴，作養魚池。」《趙次公先後解》：「不泥於拘留，如尸鄉翁之多養，至於填蓋阡陌也。」朱鶴齡注：「拘留應樹籠柵，阡陌應牆東隙地。言祝雞翁任其飛走，吾則未能，故拘留而蓋之阡陌之間也。」仇注：「拘留，應怯行邁。」按，拘留仇得正解。蓋阡陌，謂有營田之事，故不能遠去。

王嗣奭《杜臆》：「此詩處分極細，不免迂腐。蓋成大事者不宜小察，而鍾、譚一味稱之，可笑。」

盧元昌曰：「雞柵本一瑣事，杜公説來，便見仁至義盡之意。」

## 園官送菜并序

園官送菜把，本數日闕〔一〕。矧苦苣馬齒，掩乎嘉蔬〔二〕。傷時小人妬害君子①，菜不足道也。比而作詩。

清晨蒙菜把②，常荷地主恩〔三〕。守者愆實數，略有其名存。苦苣刺如針，馬齒葉亦繁。青青嘉蔬色〔四〕，埋没在中園③。園吏未足怪，世事固堪論〔五〕。嗚呼戰伐久，荆棘暗長原〔六〕。乃知苦苣輩，傾奪蕙草根〔七〕。小人塞道路，爲態何喧喧。又如馬齒盛，氣擁葵荏昏〔八〕。點染不易虞，絲麻雜羅紈〔九〕。一經器物内，永挂粗刺痕④〔一〇〕。志士采紫芝，放歌避戎軒〔一一〕。畦丁負籠至，感動百慮端。（0285）

【校】

① 時，錢箋、《九家》、《草堂》無此字。

② 蒙，錢箋校：「一作送。」

③ 在，錢箋校：「晋作自。」

④ 器，宋本、錢箋、《九家》、《草堂》校：「一作氣。」　痕，《草堂》作「根」。

【注】

黄鶴注：當在大曆元年（七六六）作。朱鶴齡注：柏茂林到夔州必在大曆元年、二年之交，《草堂》編入二年（七六七）爲是。

〔一〕菜把：《齊民要術》卷九作葅法：「瀉著甕中，令没菜把即止。」又：「束如小把，大如箄箖。」王績《九月九日贈崔使君善爲》：「香氣徒盈把，無人送酒來。」把爲量詞，約爲一手所握。本，亦爲量詞。《隋書·五行志》：「但見人參一本。」本數闕，蓋謂菜把中棵數減少。

〔二〕苦苣：《政和證類本草》卷二七：「苦苣即野苣也。野生者又名褊苣。今人家常食爲白苣，江外嶺南吴人無白苣，嘗植野苣以供厨饌。」馬齒：《政和證類本草》卷二九引《圖經》：「馬齒莧，舊不著所出州土，今處處有之。雖名莧類，而苗、葉與人莧輩都不相似。又名五行草，以其葉青、梗赤、花黄、根白、子黑色。此有二種，葉大者不堪用，葉小者爲勝云。」卷二七「莧實」陳藏器云：「陶以馬齒與莧同類，蘇亦於莧條出馬齒功用。按此二物厥類既殊，合從别忌。」

〔三〕地主：朱鶴齡注：「《送菜》詩云『常荷地主恩』，《送瓜》詩云『柏公鎮夔國』，則知地主即柏都督，都督乃茂林也。」參本卷《園人送瓜》(0280)注。《左傳》哀公十二年：「地主歸餼。」杜預注：「地主，所會主人也。」《趙次公先後解》：「其後有土如州縣者，皆謂之地主。」

〔四〕青青句：《禮記·曲禮下》：「稻曰嘉蔬。」注：「稻，菰蔬之屬也。」

〔五〕世事句：崔國輔《王昭君》：「紫臺綿望絶，秋草不堪論。」岑參《巴南舟中夜市》：「孤舟萬里外，秋月不堪論。」

〔六〕荆棘句：《老子》三十章：「師之所處，荆棘生。」江淹《敕爲朝賢答劉休範書》：「金甲映平陸，鐵馬熠長原。」

〔七〕蕙草：班固《西都賦》：「蘭林蕙草。」《山海經·西山經》郭璞注：「蕙，香草，蘭屬也。」

〔八〕氣擁句：馬融《廣成頌》：「桂荏鳧葵。」《爾雅·釋草》：「蘇，桂荏。」注：「蘇，桂類，故名桂荏。」疏：「蘇，荏類之草也。以其味辛似荏，故一名桂荏。陶注《本草》云：葉下紫色而氣甚香，其無紫色不香似荏者，名野蘇。生池澤中者名水蘇，一名雞蘇。皆荏類也。」《詩・魯頌・泮水》：「思樂泮水，薄采其茆。」傳：「茆，鳧葵也。」釋文：「干寶云：今之鴨蹠草，堪爲菹。江東有之。何承天云：此菜出東海，堪爲菹醬。鄭小同云：江南人名之蓴菜，生陂澤中。《草木疏》同。又云：或名水葵，一云今之浮菜，即猪蓴也。《本草》有鳧葵，陶弘景以入有名無用品。」黄希注：「葵，如戎葵、兔葵、楚葵、蔠葵。荏，如荏菽、桂荏，皆嘉種也。」蓋泛指。

〔九〕點染二句：仇注：「絲麻雜羅紈，又比中之比。點染，言美惡混雜。不易虞，在意料之外。」點染乃點污，污染義。司馬遷《報任安書》：「適足以發笑而自點耳。」本書卷七《八哀詩・鄭公虔》(0336)：「反覆歸聖朝，點染無滌蕩。」卷一〇《秦州見勅目薛三璩授司議郎畢四曜除監察與二子有故遠喜遷官兼述索居凡三十韻》(0609)：「宮臣仍點染，柱史正零丁。」

〔一〇〕一經二句：朱鶴齡注：「言苦苣、馬齒一點染器物，則粗刺永存，小人可畏如之。」

〔一一〕志士二句：采紫芝，見卷二《喜晴》(0077)「商山芝」注。陸機《漢高祖功臣頌》：「戎軒肇跡，荷策來附。」

## 上後園山脚

朱夏熱所嬰，清旭步北林①〔一〕。小園背高岡，挽葛上崎崟〔二〕。曠望延駐目，飄飄散疏襟。潛鱗恨水壯②，去翼依雲深〔三〕。勿謂地無疆，劣於山有陰〔四〕。石櫋遍天下，水陸兼浮沉〔五〕。自我登隴首〔六〕，十年經碧岑。劍門來巫峽，薄倚浩至今〔七〕。故園暗戎馬，骨肉失追尋〔八〕。時危無消息，老去多歸心。志士惜白日，久客藉黄金。敢爲蘇門嘯，庶作梁父吟〔九〕。（0286）

【校】

① 旭，錢箋校：「一作旦。」《九家》作「旦」，校：「趙作旭。」

② 水，錢箋校：「一作川。」

【注】

黄鶴注：公以乾元二年入隴右，至大曆三年爲十年。然三年正月已出峽，今首云「朱夏」，則是大曆二年（七六七）夏作無疑。

〔一〕清旭句：郭璞《江賦》：「督雰祲於清旭。」曹植《種葛篇》：「出門當何顧，徘徊步北林。」

〔二〕崟：《説文》：「崟，山之岑崟也。」參卷二《述懷一首》（0050）「嶔岑」注。

〔三〕潛鱗二句：《趙次公先後解》：「蓋魚之潛，以淵爲安，水壯則非淵矣。鳥之栖，以深山爲安，雲深則山深矣。」朱鶴齡注：「以況隱淪之士，須在幽深。」

〔四〕勿謂二句：朱鶴齡注：「言九州雖大，不若此山之陰可以避亂也。」《易·坤·象》：「牝馬地類，行地無疆。」《公羊傳》桓公十六年注：「山北曰陰。」

〔五〕石槺二句：《分門》沈（括）曰：「石槺，其子如芎藭，其皮可以禦飢。時天下荒亂，小民轉溝壑，水陸並載石槺以充飢。」《九家》杜田《補遺》：「《唐韻》曰：槺音原，木名，皮可食，實如甘蔗。謂之石槺，未究其旨。」《趙次公先後解》：「或云善本止是石原，蓋平地曰原。承上句山有陰之下，言山陰石之平處雖遍天下有之，而涉水行陸以往，兼有浮沈而難到也。」

〔六〕隴首：《漢書·武帝紀》：「西登隴首。」《讀史方輿紀要》卷五二：「隴坻，即隴山，亦曰隴坂，亦曰隴首。……舊志以大隴爲隴首，小隴爲隴坻。」參卷三《青陽峽》（0146）「隴坂」注。

〔七〕劍門二句：劍門，見卷三《劍門》（0168）注。巫峽，見卷四《古柏行》（0180）注。此指夔州。謝靈運《過始寧墅》：「拙疾相倚薄，還得靜者便。」《趙次公先後解》謂此倒用。

〔八〕故園二句：黄鶴注：「謂同華節度使周智光反，其年正月郭子儀討之。而去年正月吐蕃亦陷原州也。」《舊唐書·代宗紀》：「（大曆元年十二月）癸卯，同華節度使周智光專殺陝州監軍張志斌、前虢州刺史龐充，據華州謀叛。」「（二年正月）丁巳，密詔關内河東副元帥郭子儀治兵討周智光。」按，當月帳下將斬智光。此詩夏月作，蓋泛言戰亂。

〔九〕敢爲二句：《晋書·阮籍傳》：「籍嘗於蘇門山遇孫登，與商略終古及栖神導氣之術，登皆不應。籍因長嘯而退，至半嶺，聞有聲若鸞鳳之音，響乎岩谷，乃登之嘯也。遂歸著《大人先生傳》。」梁父吟，見卷一《同李太守登歷下古城員外新亭》（0007）注。《趙次公先後解》：「非敢直若孫登遺世離物也……則希諸葛亮雖高卧而猶懷經世之意也。」

## 驅豎子摘蒼耳〔一〕

江上秋已分，林中瘴猶劇①。畦丁告勞苦，無以供日夕②〔二〕。蓬莠獨不燋③〔三〕，野蔬暗泉石。卷耳況療風，童兒且時摘④。侵星驅之去，爛漫任遠適〔四〕。放筐亭午際⑤，洗剥相蒙羃〔五〕。登床半生熟〔六〕，下筯還小益。加點瓜薤間，依稀橘奴跡⑥〔七〕。亂世誅求急，黎民糠籺窄〔八〕。飽食復何心，荒哉膏粱客〔九〕。富家廚肉臭，戰地骸骨白〔一〇〕。寄語惡少年，黃金且休擲〔一一〕。（0287）

**【校】**

①林，錢箋、《草堂》校：「一作村。」

②日，《草堂》作「朝」。

③獨，錢箋校：「一作猶。」　燋，錢箋、《九家》、《草堂》作「焦」。

④童兒且時摘，宋本、錢箋、《九家》、《草堂》校：「一云童僕先時摘。」

⑤亭，錢箋、《草堂》校：「一作當。」

⑥橘，錢箋、《草堂》校：「一作木。」

【注】

黄鶴注：公以大曆二年（七六七）遷居赤甲瀼西，此詩云「江上」、「林中」，則非在城郭中語，當是大曆二年秋作。

〔一〕蒼耳：《爾雅・釋草》：「菤耳，苓耳。」注：「《廣雅》云：枲耳也。亦云胡枲，江東呼爲常枲，或曰苓耳。形似鼠耳，叢生如盤。」《政和證類本草》卷八「枲耳」劉禹錫按引《爾雅》「苓耳」作「蒼耳」，是苓、蒼字異。又引唐本注：「蒼耳，三月已後七月已前刈，日乾爲散，夏水服，冬酒服，主大風、癲癇、頭風、濕痺，毒在骨髓。」

〔二〕畦丁二句：潘岳《閑居賦》：「灌園粥蔬，以供朝夕之膳。」

〔三〕蓬莠句：《管子・封禪》：「今鳳凰麒麟不來，嘉穀不生，而蓬蒿藜莠茂，鴟梟數至。」

〔四〕侵星二句：鮑照《還都道中作》：「侵星赴早路，畢景逐前儔。」爛漫，蔣紹愚謂此有任縱義。

〔五〕放筐二句：《草堂》夢弼注：「謂洗其土，剥其毛，以筐盛而巾覆之也。」朱鶴齡注乃謂羃爲覆食巾。按，敬括《蜘蛛賦》：「或連延於壁隅，時蒙羃於楹曲。」張籍《新桃行》：「常惡牽絲蟲，蒙羃成綱羅。」蒙羃乃形容蛛網覆蓋，轉義爲籠罩，不可拆字解。

〔六〕登床句：《趙次公先後解》：「登床，登食床也。半生熟，則或作生菜，或作熟菜故也。」《太平廣記》卷二八六《板橋三娘子》（出《河東記》）：「置新作燒餅於食床上，與客點心。……乃見諸客圍床，食燒餅未盡。」

〔七〕加點二句：《趙次公先後解》：「瓜、薤、橘，皆與卷耳同時之物。」王嗣奭《杜臆》：「謂元有瓜薤，而參用野蔬。」「蓋古人用橘以調和。」仇注謂其色青似橘皮，近臆説。《三國志·吴書·孫休傳》注引《襄陽記》：「（李衡）密遣客十人於武陵龍陽汜洲上作宅，種甘橘千株。臨死敕兒曰：『汝母惡我治家，故窮如是。然吾州裏有千頭木奴，不責汝衣食，歲上一匹絹，亦可足用耳。』」

〔八〕糠籺：《史記·陳丞相世家》：「其嫂嫉平之不視家生産，曰：『亦食糠覈耳。』」集解：「孟康曰：麥糠中不破者也。晋灼曰：覈音紇，京師謂粗屑爲紇頭。」《集韻》：「屑米細者曰籺。」

〔九〕荒哉句：陸機《君子有所思行》：「善哉膏粱士，營生奥且博。宴安消靈根，酖毒不可恪。無以肉食資，取笑藜與藿。」

〔一〇〕富家二句：參卷一《自京赴奉先縣詠懷五百字》（0041）「朱門酒肉臭」注。

〔一一〕寄語二句：吴均《古意》：「中有惡少年，伎能專自得。」王嗣奭《杜臆》：「黄金且休擲，似謂賭錢。『休翻鹽井』所云惡少，即此輩。而白晝攤錢，即其横黄金者也。」參本書卷一六《夔州歌十絶句》（1292）注。

## 昔游

昔者與高李①，高適、李白。晚登單父臺②〔一〕。寒蕪際碣石〔二〕，萬里風雲來。桑柘葉如雨，飛藿共徘徊③〔三〕。清霜大澤凍〔四〕，禽獸有餘哀。是時倉廩實，洞達寰區開④〔五〕。猛士思滅胡，將帥望三台〔六〕。君王無所惜，駕馭英雄材〔七〕。幽燕盛用武，供給亦勞哉。吳門轉粟帛，泛海陵蓬萊〔八〕。肉食三十萬⑤〔九〕，獵射起黃埃。隔河憶長眺，青歲已摧頹〔一〇〕。不及少年日，無復故人杯〔一一〕。賦詩獨流涕，亂世想賢才。有能市駿骨⑥，莫恨少龍媒〔一二〕。商山議得失，蜀主脱嫌猜〔一三〕。吕尚封國邑⑦，傅説已鹽梅〔一四〕。景晏楚山深，水鶴去低回〔一五〕。龐公任本性，携子卧蒼苔〔一六〕。（0288）

**【校】**

①昔者與高李，《草堂》作「昔與高李輩」。

②晚，錢箋、《草堂》校：「一作同。」

③共，錢箋作「去」，校：「一作共。」

④區，宋本、錢箋、《九家》校：「一作瀛。」《草堂》校：「一作瀛。一作宇。」

⑤三，錢箋、《草堂》校：「一作四。」

⑥有，錢箋、《九家》校：「一作君。」《草堂》校：「一作若。」

⑦國邑，錢箋校：「一云内國。」

【注】

黄鶴注：當是大曆元年（七六六）冬在夔州作。

〔一〕昔者二句：本書卷七《遣懷》（0360）：「昔我游宋中，惟梁孝王都。……憶與高李輩，論交入酒壚。」諸家年譜繫杜甫與高適、李白游梁宋在天寶三載或四載。《元和郡縣圖志》卷七宋州：「單父縣，緊，西南至州一百四十九里。……貞觀十七年廢戴州，縣隸宋州。」《太平寰宇記》卷一四單父縣：「琴臺，在縣北一里，高三丈，即子賤彈琴之所。」

〔二〕寒蕪句：《通典》卷一七八《州郡·北平郡》：「盧龍，漢肥如縣。有碣石山，碣然而立在海傍，故名之。晋太康《地志》云：秦築長城，所起自碣石。在今高麗舊界，非此碣石也。」又卷一八六高句麗：「碣石山在漢樂浪郡遂城縣，長城起於此山。今驗長城東截遼水而入高麗，遺跡猶存。按《尚書》云：『夾右碣石入於河。』右碣石即河赴海處，在今北平郡南二十餘里。則高麗中爲左碣石。」杜詩乃言右碣石，河北藩鎮所在。

〔三〕桑柘二句：左思《魏都賦》：「黝黝桑柘，油油麻紵。」阮籍《詠懷》：「秋風吹飛藿，零落從此始。」

〔四〕清霜句：《趙次公先後解》：「清霜降而大澤爲之凍……言登臺之時是冬也。」

〔五〕是時二句：《孟子·梁惠王下》：「君之倉廩實，府庫充。」班固《東都賦》：「平夷洞達，萬方輻湊。」《後漢書·逸民傳》：「蟬蜕囂埃之中，自致寰區之外。」仇注：「寰區開，言道路無梗。」

〔六〕猛士二句：《晋書·天文志》：「三台六星，兩兩而居，起文昌，列抵太微。一曰天柱，三公之位也。在人曰三公，在天曰三台。」《草堂》夢弼注：「時任蕃將，僥幸邊功，禄山得以乘隙進用，將兵伐契丹，既而有功，遂領范陽節度，求平章事故也。」《趙次公先後解》：「此普説諸邊事與將者也。至『幽燕盛用武』而下，方説朔方矣。」

〔七〕駕馭句：《晉書·姚萇載記》：「駕馭群雄，苞羅俊異。」

〔八〕幽燕四句：玄宗時海運河北軍糧，見卷三《後出塞五首》(0135)注。

〔九〕肉食句：《左傳》莊公十年：「肉食者鄙。」

〔一〇〕隔河二句：潘岳《射雉賦》：「褰微罟以長眺，已踉蹌而徐來。」陳子昂《春臺引》：「遲美人兮不見，恐青歲之遂遒。」應瑒《侍五官中郎將建章臺集詩》：「遠行蒙霜雪，毛羽日摧頹。」《趙次公先後解》：「公自憶其長眺之事。青歲，青春之年歲。」

〔一一〕不及二句：沈約《别范安成》：「平生少年日，分手易前期。」謝朓《離夜》：「山川不可夢，況乃故人杯。」

〔一二〕有能二句：《戰國策·燕策一》：「古之君人，有以千金求千里馬者，三年不能得。涓人言於君曰：『請求之。』君遣之。三月得千里馬，馬已死，買其首五百金，反以報君。君大怒曰：『所求者生馬，安事死馬而捐五百金？』涓人對曰：『死馬且買之五百金，況生馬乎？天下必以王爲能市馬，馬今且至矣。』於是不能期年，千里之馬至者三。」《漢書·郊祀志》郊祀歌《天馬》：「天馬徠，龍之媒。」

〔一三〕商山二句：《史記·留侯世家》：「上欲廢太子，立戚夫人子趙王如意。大臣多諫爭，未能得堅決者也。……留侯曰：『此難以口舌争也。顧上有不能致者，天下有四人。四人者，年老矣，皆以爲上慢侮人，故逃匿山中，義不爲漢臣。然上高此四人，今公誠能無愛金玉璧帛，令太子爲書，卑辭安車，因使辯士固請，宜來。』……四人從太子，年皆八十有餘，鬚眉皓白，衣冠甚偉。上怪之，問曰：『彼何爲者？』四人前對，各言名姓，曰東園公、角里先生、綺里季、夏黄公。」參卷二《喜晴》(0077)「商山芝」注。《三國志·蜀書·諸葛亮傳》：「由是先主遂詣亮，凡三往，乃見。……於是與亮情好日密，關羽、張飛等不悦。先主解之曰：『孤之有孔明，猶魚之有水也。願諸君勿復言。』羽、飛乃止。」《趙次公先後解》：「言孔明之遇劉先主也。……舊注云劉備爲曹操嫌猜，是何夢語。」錢箋：「商山，謂李泌爲肅宗彌縫匡救，上皇即日還京也。唐人多以蜀王指明皇者。」盧元昌曰：「應指李泌當肅宗即位靈武時得失未定，李泌謂位雖即，凡事須待上皇歸，得失遂定。及肅宗表請上皇，語李泌曰：『朕已表請上皇東歸，朕當還東宫。』泌謂：『如此，上皇不歸矣。』已而表至，上皇欲不歸，是上皇有嫌猜也。李泌易表至，上皇喜，乃還，嫌猜盡釋。」仇注引盧説，謂其於駿骨、龍媒，意不相接續耳。朱鶴齡注：「市駿以下，言人君果能求賢，則四皓、孔明、太公、傅説之流，世豈少其人哉？……語意本無斷續。」錢、盧説皆涉穿鑿。

〔一四〕吕尚二句：《史記·齊太公世家》：「本姓姜氏，從其封姓，故曰吕尚。……遷九鼎，修周政，與天下更始，師尚父謀居多。於是武王已平商而王天下，封師尚父於齊營丘。」《書·説命》：「高宗夢得説，使百工營求諸野，得諸傅岩。」「王曰：來，汝説。……若作和羹，爾惟鹽梅。」錢箋：「吕尚，似指房公罷相後册封清河郡公也。言國邑雖封，而相業則已矣。」盧元昌曰：「當時靈武扈從功臣皆封國邑，如吕尚；而晉爵人相者，如傅説。」

〔一五〕景晏二句：宋之問《自湘源至潭州衡山縣》：「向背群山轉，應接良景晏。」楚山深，《趙次公先後解》：「言其在夔也。」劉向《九歎·思古》：「溯高風以低回兮，覽周流於朔方。」

〔一六〕龐公二句：龐公，見卷三《遣興五首》（0109）「龐德公」注。

# 雷

大旱山岳焦①，密雲復無雨②〔一〕。南方瘴癘地，罹此農事苦。封内必舞雩，峽中喧擊鼓〔二〕。真龍竟寂寞，土梗空俯僂〔三〕。吁嗟公私病，税斂缺不補。故老仰面啼，瘡痍向誰數〔四〕？暴尪或前聞，鞭巫非稽古〔五〕。請先偃甲兵，處分聽人主。萬邦但各業，一物休盡取。水旱其數然③，堯湯免親覩〔六〕。上天鑠金石，羣盜亂豺虎〔七〕。二者存一端，愆陽不猶愈〔八〕？昨宵殷其雷〔九〕，風過齊萬弩。復吹霾翳散，虚覺神靈聚〔一〇〕。氣暍腸胃融〔一一〕，汗滋衣裳污④。吾衰尤拙計⑤，失望築場圃〔一二〕。（0289）

【校】

①焦，錢箋作「燋」。

②復無雨，錢箋、《草堂》校：「一云覆如雨。」

③其數然，錢箋校：「一云數至然。」

④污，宋本、錢箋、《九家》、《草堂》校：「一云腐。」

⑤尤拙計，《草堂》作「猶計拙」。錢箋校：「一云計拙。」

【注】

黄鶴注：《舊史》：永泰二年春旱，至六月庚子始雨。是年改大曆元年（七六六），自雲安遷居夔州，當是大曆元年夔州作。按，史載春旱非夔州之地，黄説牽强。

〔一〕大旱二句：《莊子·逍遥游》：「大旱金石流，土山焦而不熱。」《易·小畜》：「密雲不雨，自我西郊。」

〔二〕封内二句：《周禮·春官·司巫》：「若國大旱，則帥巫而舞雩。」注：「雩，旱祭也。天子於上帝，諸侯於上公之神。」《太平御覽》卷三五引《神農求雨書》：「北不雨，命巫祝雨，曝之不雨，禱山神，積薪其旁，擊鼓而焚之。」

〔三〕真龍二句：《趙次公先後解》：「土梗，則以言土龍也。」《春秋繁露·求雨》：「春旱求雨……以甲乙日爲大蒼龍一，長八丈，居中央，爲小龍七，各長四丈，於東方，皆東鄉，其間相去八尺。小童八人，皆齋三日，服青衣而舞之。」《論衡・亂龍》：「董仲舒中春秋之雩，設土龍以招雨，以意以雲龍相致。……儒者或問曰：夫《易》言雲從龍者，謂真龍也，豈謂土哉？」《左傳》昭公七年：「一命而僂，再命而傴，三命而俯。」杜預注：「俯共於傴，傴共於僂。」

〔四〕瘡痍句：《史記・季布欒布列傳》：「於今創痍未瘳。」

〔五〕暴尫二句：《禮記・檀弓下》：「歲旱，穆公召縣子而問然，曰：『天久不雨，吾欲暴尫而奚若？』曰：『天久不雨，而暴人之疾子，虐，毋乃不可與！』『然則吾欲暴巫而奚若？』曰：『天則不雨，而望之愚婦人，於以求之，毋乃已疏乎？』」注：「尫者面鄉天，覬天哀而雨之。」《左傳》僖公二十一年：「夏，大旱，公欲焚巫尫。」杜預注：「巫尫，女巫也。主祈禱請雨者。或以爲尫非巫也，瘠病之人，其面上向，俗謂天哀其病，恐雨入其鼻，故爲之旱，是以公欲焚之。」《魏書・南安王楨傳》：「楨又以旱祈雨於群神。鄴城有石虎廟，人奉祀之，楨告虎神像云：『三日不雨，當加鞭罰。』請雨不驗，遂鞭像一百。」《奚康生傳》：「在州，以天旱令人鞭石虎畫像。」

〔六〕水旱二句：《前漢紀・高后紀》：「故堯湯水旱者，天數也。」《莊子・秋水》：「禹之時十年九潦，而水弗爲加益；湯之時八年七旱，而崖不爲加損。」免親覩，《趙次公先後解》：「豈免親見乎？」仇注：「詩家有省字法，是言不免親覩。」

〔七〕上天二句：《楚辭・招魂》：「十日代出，流金鑠石些。」張載《七哀詩》：「季世喪亂起，賊盜如豺虎。」

〔八〕二者二句：《左傳》昭公四年：「冬無愆陽，夏無伏陰。」杜預注：「愆，過也。謂冬温。」《趙次公先後解》：「就二者之中言，雖愆陽而旱，不猶勝於盜賊乎？」

〔九〕昨宵句：《詩·召南·殷其雷》：「殷其雷，在南山之陽。」

〔一〇〕復吹二句：仇注：「風散霾翳而不雨，故虚覺神靈之聚。」

〔一一〕氣暍句：《莊子·則陽》：「暍者反冬乎冷風。」釋文：「暍言謁。《字林》云：傷暑也。」仇注：「融，謂腹瀉。」

〔一二〕失望句：《詩·豳風·七月》：「九月築場圃。」

## 火

楚山經月火，大旱則斯舉。舊俗燒蛟龍①，驚惶致雷雨〔一〕。爆嵌魑魅泣，崩凍嵐陰昈〔二〕。羅落沸百泓，根源皆萬古②〔三〕。青林一灰燼，雲氣無處所③〔四〕。入夜殊赫然，新秋照牛女〔五〕。風吹巨焰作，河棹騰烟柱④〔六〕。勢欲焚崑崙，光彌焮洲渚〔七〕。腥至燋長蛇⑤，聲吼纏猛虎⑥。神物已高飛，不見石與土⑦〔八〕。爾寧要謗讟，憑此近熒侮〔九〕。薄關長吏憂，甚昧至精主〔一〇〕。遠遷誰撲滅，將恐及環堵〔一一〕。流汗卧江亭，更深氣如縷。（0290）

【校】

①蛟，錢箋校：「一作蛇。」

②萬，錢箋、《草堂》校：「一作太。」

③處所，《草堂》作「所處」。

④棹，錢箋、《草堂》校：「一作淡。」　騰，錢箋校：「一作勝。」《草堂》作「勝」，校：「一作騰。」

⑤燋，錢箋、《草堂》作「焦」。

⑥聲吼，錢箋、《草堂》校：「一云吼爭。」

⑦不，錢箋、《草堂》校：「一作只。」

【注】

黃鶴注：當是大曆元年（七六六）在夔州作。

〔一〕楚山四句：《分門》洙曰：「楚俗，大旱則焚山擊鼓，有合《神農書》。」《水經注》江水：「江水又東逕廣溪峽，斯乃三峽之首也。其間三十里，頹岩倚木，厥勢殆交。北岸山上有神淵，淵北有白鹽崖，高可千餘丈，俯臨神淵。土人見其高白，故因名之。天旱，燃木岸上，推其灰燼，下穢淵中，尋即降雨。常璩曰：縣有山澤水神，旱時鳴鼓請雨，則必應嘉澤。《蜀都賦》所謂『應鳴鼓而興雨』也。」左思《蜀都賦》：「潛龍蟠於沮澤，應鳴鼓而興雨。」《文選》劉逵注：「巴東有澤水，人謂有神龍，不可鳴鼓，鳴鼓其傍，即便雨也。」

造作。」

〔二〕爆嵌二句：《玉篇》：「嵌，坎旁孔也。又山岩。」《廣韻》：「盷，文彩狀。又明也。」朱鶴齡注：「言積凍之地爲火所崩迫，故嵐陰皆有赤光。」汪師韓《詩學纂聞》：「『爆嵌』、『崩凍』，字太

〔三〕羅落二句：陳琳《爲袁紹檄豫州》：「州郡各整戎馬，羅落境界。」《文選》吕向注：「羅落，布列也。」朱鶴齡注：「言火燼周圍隕落。」則此爲墜落義。潘尼《火賦》：「山林爲之崩阤，川澤爲之涌沸。」《趙次公先後解》：「言百泓之根源皆自萬古，而同沸於今日也。」

〔四〕雲氣句：宋玉《高唐賦》：「風止雨霽，雲無處所。」

〔五〕入夜二句：《文選》謝惠連《七月七日夜詠牛女》李善注引《齊諧記》：「桂陽城武丁有仙道，常在人間。忽謂其弟曰：七月七日織女渡河，諸仙悉還宫，吾向以被召不得停，與爾别矣。弟問：織女何事渡河，兄何當還？答曰：織女暫詣牽牛。吾去後，三千年當還耳。明旦，失武丁所在。世人至今猶云七月七日織女嫁牽牛。」黄鶴注：「殆是山南入秋猶未雨也。」

〔六〕風吹二句：《趙次公先後解》：「舊本『河棹』善本作『河掉』。蓋言風吹巨焰高起，可遠照河水，而爲之震掉，烟直如柱也。」《草堂》夢弼注：「烟柱謂燭也。河中之棹火延及，光焰勝於燭也。」朱鶴齡注：「或本作淡，淡乃漢字之訛耳。」仇注：「恐是烟拄，謂烟氣直拄河漢也。」按，詩只是紀實，謂河中之棹亦有烟騰起如柱。

〔七〕勢欲二句：《書·胤征》：「火炎崑岡，玉石俱焚。」《左傳》昭公十八年：「行火所焮。」杜預注：「焮，炙也。」

〔八〕神物二句：《趙次公先後解》：「神物，指言蛟龍也。蛟龍已高飛而去，其飛也不礙石與土。古傳人不見風，牛不見火，龍不見石故也。」張端義《貴耳集》卷下引《四夷附録內典》：「論云：龍能變水，人能變火，龍不見石，人不見風，魚不見水，鬼不見地，此亦理也。」仇注：「此言蛟龍避火而去，不能爲雨也。」

〔九〕爾寧二句：《左傳》昭公元年：「民無謗讟。」杜預注：「讟，誹也。」《孔子家語》卷一：「匹夫熒侮諸侯者，罪應誅。」《史記・孔子世家》作「營惑」。朱鶴齡注：「言蛟龍神物，奈何爲焚山之舉，以謗讟而熒侮之。」

〔一〇〕薄關二句：《趙次公先後解》：「此亦關於長吏之所憂也。蓋水旱有數，冥冥中固有主之者矣。」《草堂》夢弼注：「薄關，近及郊關。」朱鶴齡注謂其説非是：「此固舊俗不經，實因長吏薄於憂民，不知以精誠爲主，盡祈救之道耳。」按，朱説亦曲解。「薄」與「甚」對言，謂焚山之事亦稍關於長吏所憂，而其事則甚昧於至精之理。《易・繫辭下》：「非天下之至精，其孰能與於此。」

〔一一〕遠遷二句：《書・盤庚上》：「若火之燎於原，不可嚮邇，其猶可撲滅。」《禮記・儒行》：「儒有一畝之宮，環堵之室。」

葉矯然《龍性堂詩話》初集：「子美《火》詩：……奇語咄咄。後劉夢得《武陵觀火》有云：『盲風扇其威，白晝曛陽烏。』又：『金烏入焚天，赤龍游玄都。』又：『吹光照水府，炙浪愁天吴。』又：『厚地藏宿熱，遥林呈驟枯。』又：『晋庫走龍劍，吴宫傷燕雛』等句，瑰偉不凡，亦堪仿佛杜公。」

# 往在

往在西京時①，胡來滿彤宫②〔一〕。中宵焚九廟，雲漢爲之紅〔二〕。解瓦飛十里，繐帷紛曾空③〔三〕。疚心惜木主〔四〕，一一灰悲風。合昏排鐵騎，清旭散錦䮾④〔五〕。賊臣表逆節⑤〔六〕，相賀以成功。是時妃嬪戮，連爲糞土叢〔七〕。當宁陷玉座，白間剥畫蟲〔八〕。不知二聖處〔九〕，私泣百歲翁。車駕既云還，楹桷欻穹崇〔一〇〕。故老復涕泗，祠官樹椅桐〔一一〕。宏壯不如初，已見帝力雄。前春禮郊廟，祀事親聖躬〔一二〕。微軀忝近臣，景從陪羣公〔一三〕。登階捧玉册，峨冕耿金鍾⑥〔一四〕。侍祠恧先露⑦，掖垣邇濯龍〔一五〕。天子惟孝孫，五雲起九重〔一六〕。鏡奩换粉黛，翠羽猶葱朧〔一七〕。前者厭羯胡，後來遭犬戎〔一八〕。俎豆腐膻肉⑧，罘罳行角弓〔一九〕。安得自西極，申命空山東〔二〇〕。盡驅詣闕下，士庶塞關中。主將曉逆順，元元歸始終〔二一〕。一朝自罪己⑨，萬里車書通〔二二〕。鋒鏑供鋤犂〔二三〕，征戍聽所從⑩。冗官各復業，土著還力農〔二四〕。君臣節儉足，朝野歡呼同⑪。中興似國初⑫，繼體如太宗〔二五〕。端拱納諫諍，和風日沖融〔二六〕。赤墀櫻桃枝，隱映銀絲籠〔二七〕。千春薦陵寢⑬〔二八〕，永永垂無窮⑭。京都不再火，涇渭開愁容。歸號故松柏，老去苦飄蓬〔二九〕。（0291）

**【校】**

① 時，錢箋、《九家》、《草堂》作「日」，錢箋、《草堂》校：「一作時。」

② 彤，錢箋校：「一作丹。」

③ 粉，錢箋、《九家》、《草堂》作「紛」，錢箋校：「一作粉。」《草堂》校：「魯作粉。」

④ 驜，宋本、錢箋校：「一作幪。」《九家》、《草堂》作「幪」，校：「一作驜。」

⑤ 節，錢箋、《草堂》校：「晉作帥。」

⑥ 耿，宋本、錢箋、《九家》校：「一作聆。」《草堂》作「聆」。

⑦ 露，錢箋校：「一作霑。」

⑧ 腐，宋本、錢箋、《草堂》校：「一作爤。」

⑨ 自罪己，宋本、錢箋、《草堂》校：「一云罪己已。」

⑩ 戉，《草堂》校：「或作伐。」 所，《草堂》作「近」，校：「一作所。」

⑪ 呼，宋本、錢箋、《九家》、《草堂》校：「一作娱。」

⑫ 似，錢箋、《草堂》校：「一作比。」

⑬ 陵寢，《草堂》作「寢廟」。

⑭ 垂，《草堂》作「傳」。

【注】

黄鶴注：永泰元年正月下制有云「勞懷罪己之念」，當是大曆元年（七六六）作。

〔一〕彤宫：《趙次公先後解》：「彤宫者，天子之宫也。丹謂之彤，故丹墀謂之彤墀。」

〔二〕中宵二句：《舊唐書·肅宗紀》：「（至德二載十月）丁卯，入長安。……九廟爲賊所焚，上素服哭於廟三日，入居大明宫。」「（十一月）新成九廟神主，上親告享。」《禮儀志》：「國朝始饗四廟，宣、光並太祖、世祖神主祔於廟。貞觀九年，將祔高祖於太廟，朱子奢請准禮立七廟，其三昭三穆，各置神主。……開元十年，玄宗特立九廟，於是追尊宣皇帝爲獻祖，復列於正室，光皇帝爲懿祖，以備九室。禘祫猶虚太祖之位。祝文於三祖不稱臣，明全廟數而已。至德二載克復後，新作九廟神主，遂不造弘農府君神主，明禘祫不及故也。至寶應二年，祔玄宗、肅宗於廟，遷獻、懿二祖於西夾室，始以太祖當東向位。」

〔三〕解瓦二句：《後漢書·光武紀》：「會大雷風，屋瓦皆飛。」陸機《弔魏武帝文》：「又曰吾婕妤妓人，皆著銅爵臺。於臺堂上施八尺床繐帳，朝晡上脯糒之屬。」沈約《郊居賦》：「繐帷一朝冥漢，西陵忽其葱楚。」曾空，同層空。

〔四〕木主：神主。《史記·周世家》：「爲文王木主，載以車。」

〔五〕合昏二句：《趙次公先後解》：「合昏，則黄昏也。」仇注：「本是草名，此處借用作黄昏。」《説文》：「驝，驢子也。」《趙次公先後解》：「以幪字爲正。若驝字，則驢之别名，殊無義也。」引徐陵《紫騮馬》：「玉鐙繡纏鬃，金鞍錦覆幪。」錢箋：「禄山陷兩京，以橐駞運御府珍寶于范陽，故曰『散錦驝』。」按，《龍龕手鑑》：「驝，驢子驝。」《本草綱目》卷五〇騾：「其類有五……牡牛交驢而生者爲騙驝。」驝乃驢所生子，非驢之别名。此句鐵騎、錦驝爲對，作錦幪者不合。《舊唐書·吴元濟傳》：「地既少馬，而廣畜騾，乘之教戰，謂之騾子軍。」是唐時有以騾作戰者。

〔六〕賊臣句：《國語·越語下》：「逆節萌生。」

〔七〕是時二句：《安禄山事迹》卷下：「至德元年九月，賊黨孫孝哲害霍國長公主、永王妃及駙馬楊駬等八十餘人，又害皇孫等二十餘人，並刳其心，以祭安慶宗。……自後安忍殺不附己者，王侯將相扈從入蜀者，子孫兄弟，雖在嬰孩之中，皆不免於刑戮。」參卷一《哀王孫》(0047)注。

〔八〕當宁二句：《禮記·曲禮下》：「天子當宁而立。」釋文：「門屏之間曰宁。」謝脁《同謝咨議銅雀臺詩》：「玉座猶寂漠，況乃妾身輕。」何晏《景福殿賦》：「皎皎白間，離離列錢。」《文選》李善注：「白間，青瑣之側，以白塗之。今猶謂之白間。」張銑注：「窗也。」《分門》師曰：「白間，黼扆也。畫蟲畫雉以飾之。」《趙次公先後解》：「剥畫蟲，則白間之上所畫剥落也。」仇注引《吴越春秋》：「蟲鏤之刻畫。」按，蟲謂華蟲。《書·益稷》：「山龍華蟲。」傳：「華象草華蟲雉也。」李尤《德陽殿賦》：「青瑣禁門，廊廡翼翼，華蟲詭異，密采珍縟。」

〔九〕二聖：《趙次公先後解》：「二聖，指言明皇與肅宗也。」

〔一〇〕楹桷句：《詩·商頌·殷武》：「松桷有梴，旅楹有閑，寢成孔安。」《爾雅·釋宫》：「宋廇謂之梁。其上楹謂之梲。」郭璞注：「侏儒柱也。」又：「桷謂之榱。」郭璞注：「屋椽。」王延壽《魯靈光殿賦》：「彤彤靈宫，巋摧穹崇。」《文選》李善注：「皆高大之貌。」

〔一一〕祠官句：《詩·鄘風·定之方中》：「樹之榛栗，椅桐梓漆，爰伐琴瑟。」傳：「椅，梓屬。」箋：「樹此六木於宫者，曰其長大可伐以爲琴瑟。言豫備也。」

〔一二〕前春二句：《舊唐書·肅宗紀》：「（乾元元年四月）辛亥，九廟成，備法駕自長安殿迎九廟神主入新廟。甲寅，上親享九廟，遂有事於圓丘，即日還宫。翌日，御明鳳門，大赦天下。」《册府元龜》卷八〇《帝王部·慶賜》：「（乾元元年）四月甲寅，郊廟禮畢。乙卯，御丹鳳門，大赦天下。」《趙次公先後解》：「唐史所載，乃四月中事，而此詩云前春，則豈所謂前歲之義而已乎。」按，《通典》卷一〇六《禮·開元禮纂》：「孟夏雩祀昊天上帝於圓丘，以太宗文武聖皇帝配座。」「太廟九室，每歲五享。謂四時孟月及臘也。……又三年一祫以孟冬，五年一禘以孟夏。」本年四月所行，當爲享廟及雩祀之禮。然以九廟新成，故特隆重。

〔一三〕景從：班固《東都賦》：「天官景從，寢威盛容。」

〔一四〕登階二句：《通典》卷五四《禮·封禪》：「大唐貞觀十一年，左僕射房玄齡等……又議玉册：四枚，各長尺三寸，廣寸五分。每册五簡，俱以金編。」此行封禪大禮用玉册。中宗《即位赦文》：「其引玉册及舉册、讀册等官人，各賜物五十段。」憲宗《上尊號赦文》：「撰册文官中書侍郎同平章事崔羣與一子正員官，奉册寶綬書、玉册書寶官加兩階。」是即位、上尊號等册書亦稱玉册，然未必爲玉製。此蓋同後者。張華《祖道趙王應詔》：「軒冕峨峨，冠蓋習習。」《通典》卷一〇九《禮·開元禮纂》冬至祀圜丘：「前祀二日，太樂令設宫懸之樂於壇南内壝之外。東方西方磬虡起北，鐘虡次之。南方北方磬虡起西，鐘虡次之。設十二鎛鐘於編懸之間，各依辰位。……設歌鐘歌磬於壇上近南北向，磬虡在西，鐘虡在東。」雩祀禮蓋同。

〔一五〕侍祠二句：司馬相如《封禪文》：「微乎此之爲符也，以登介丘，不亦恧乎。」《文選》李善注：「《爾雅》曰：心慚曰恧。」《趙次公先後解》：「其有合預侍祠而不奉先露，所以慚恧矣。史有先朝露，以言臣之不幸者也。」朱鶴齡注：「言己新進小臣，得與侍祠之列，故以先蒙恩露爲慚也。」葉燮《原詩》卷三録此句謂費解。按，先露即先顯露。《南齊書·曹虎傳》：「仁義弗聞，苛暴先露。」趙、朱説皆迂。仇注改「先路」，亦無據。劉楨《贈徐幹》：「誰謂相去遠，隔此西掖垣。」《後漢書·桓帝紀》：「祠黄老於濯龍宫。」《皇后紀》馬皇后：「帝幸濯龍中。」張衡《東京賦》：「濯龍芳林。」《文選》薛綜注：「《洛陽圖經》曰：濯龍，池名。」顔延之《赭白馬賦》：「處以濯龍之奥。」《文選》李善注：「盧植集曰：詔給濯龍厩馬三百匹。」《九家》杜《補遺》：「諸家稱濯龍不同，大抵以池得名，而置監宫園厩皆因之也。」朱鶴齡注：「言時爲拾遺，出入掖垣，其地密邇宫禁也。」

〔一六〕天子二句：《禮記·郊特牲》：「祭稱孝孫孝子，以其義稱也。」董仲舒《雨雹對》：「雲則五色而爲慶，三色而成矞。」《南齊書·樂志》明堂樂歌《昭夏樂》：「聖祖降，五雲集。」

〔一七〕鏡奩二句：《後漢書·皇后紀》陰皇后：「明帝性孝愛，追慕無已。……帝從席前伏御床，視太后鏡奩中物，感動悲涕，令易脂澤裝具。左右皆泣，莫能仰視焉。」《漢書·西域傳》：「自是之後，明珠、文甲、通犀、翠羽之珍盈於後宮。」《趙次公先後解》：「翠羽，乃所以飾神御之物者。」郭璞《江賦》：「涯灌芊萰，潛薈葱蘢。」《文選》李善注：「皆青盛貌也。」

〔一八〕前者二句：羯胡，指安史叛軍。見卷一《白水縣崔少府十九翁高齋三十韻》(0042)注。犬戎，指吐蕃。見卷四《憶昔二首》(0192)注。此指廣德元年吐蕃陷京師。

〔一九〕俎豆二句：《禮記·樂記》：「簠簋俎豆，制度文章，禮之器也。」《禮記·禮器》：「崇坫康圭，疏屏，天子之廟飾也。」注：「屏謂之樹，今桴思也。」《太平御覽》卷一八五引作「罘罳」。《古今注》卷上：「罘罳，屏之遺象也。塾門外之舍也。臣來朝君，至門外，當就舍更衣，熟詳所應對之事。塾之言熟也。行至門内屏外，復應思惟。罘罳，言復思也。」《酉陽雜俎》續集卷四：「士林間多呼殿榱桷護雀網爲罘罳，其淺誤也如此。……予自筮仕已來，凡見縉紳數十人，皆謬言枭鏡、罘罳事。」《分門》蒼舒曰引蘇鶚《演義》稱罘罳織絲爲之，輕疏浮虛，象網羅交文之狀，蓋宫殿簷户之間也。《唐六典》卷一六武庫令：「弓之制有四：一曰長弓，二曰角弓，三曰稍弓，四曰格弓。」《通典》卷一九七《邊防·突厥》：「兵器有角弓、鳴鏑、甲、槊、刀劍。」《草堂》夢弼注：「謂吐蕃污漫祭器也。」「操弓矢狼藉宫廟也。」

〔二〇〕安得二句：《莊子·田子方》：「日出東方而入於西極。」盧元昌曰：「最痛心者，藩鎮之赴援不聞，節度之入朝希有。今日安得自西徂東，布昭王命。」仇注：「指京師之西。」

〔一一〕主將二句：朱鶴齡注：「主將，謂史朝義諸降將。」賈誼《過秦論》：「既元元之民冀得安其性命，莫不虛心而仰上。」《趙次公先後解》：「言令終始一節，爲王之臣，而無犯順也。」

〔一二〕一朝二句：《左傳》莊公十一年：「禹湯罪己，其興也悖焉。」《舊唐書・代宗紀》：「永泰元年正月癸巳朔，制曰：……朕所以馭朽懸旌，坐而待曙，勞懷罪己之念，延想安人之策。……可大赦天下，改廣德三年爲永泰元年。」任昉《奏彈曹景宗》：「聖朝乃顧，將一車書。」

〔一三〕鋒鏑：《史記・秦楚之際月表》：「銷鋒鏑，鉏豪桀。」

〔一四〕土著：謂占田定居。《漢書・西域傳》：「西域諸國大率土著，有城郭田畜。」《通典》卷七《食貨・歷代盛衰户口》：「若逃税則不土著而人貧。」《管子・重令》：「務時殖穀，力農墾草。」

〔一五〕中興二句：《史記・外戚世家》：「自古受命帝王及繼體守文之君。」索隱：「繼體謂非創業之主，而是嫡子繼先帝之正體而立者也。」此言代宗。

〔一六〕端拱二句：蕭綱《大法頌》：「履璇璣而端拱，居岩廊而淵默。」沖融，見卷一《渼陂行》(0031)注。

〔一七〕隱映：映襯。謝舉《凌雲臺》：「綺甍懸桂棟，隱映傍喬柯。」

〔一八〕千春句：《禮記・月令》：「仲夏之月……是月也，天子乃雛嘗黍，羞以含桃，先薦寢廟。」注：「含桃，櫻桃也。」《分門》定功曰引唐李綽《歲時記》：「四月一日内園進櫻桃，寢廟薦訖，頒賜各有差。」

〔二九〕歸號二句：《趙次公先後解》：「自亦及其先墳之思，言欲歸號哭於其祖先墳墓之間，而苦飄泊不能歸。」

# 七月三日亭午已後校熱退晚加小涼穩睡有詩因論壯年樂事戲呈元二十一曹長①〔一〕

今兹商用事，餘熱亦已末〔二〕。衰年旅炎方，生意從此活〔三〕。亭午減汗流，北鄰耐人聒〔四〕。晚風爽烏匼〔五〕，筋力蘇摧折。閉目踰十旬，大江不止渴〔六〕。退藏恨雨師，健步聞旱魃②〔七〕。園蔬抱金玉〔八〕，無以供采掇。密雲雖聚散，徂暑終衰歇③〔九〕。前聖慎焚巫，武王親求暍〔一〇〕。陰陽相主客，時序遞回斡〔一一〕。洒落唯清秋，昏霾一空闊〔一二〕。蕭蕭紫塞雁〔一三〕，南向欲行列。欻思紅顔日，霜露凍堦闥〔一四〕。胡馬挾彫弓，鳴弦不虚發〔一五〕。長鈚逐狡兔④，突羽當滿月〔一六〕。惆悵白頭吟，蕭條游俠窟〔一七〕。臨軒望山閣，縹緲安可越。高人煉丹砂，未念將朽骨〔一八〕。少壯跡頗疏，歡樂曾倏忽〔一九〕。杖藜風塵際，老醜難剪拂〔二〇〕。吾子得神仙，本是池中物〔二一〕。賤夫美一睡，煩促嬰詞筆〔二二〕。（0292）

【校】

①校，錢箋作「較」。

②聞，錢箋校：「一作供。」

③終，錢箋校：「一作經。」《草堂》作「經」。

④逐，錢箋校：「一作及。」《草堂》作「及」。

【注】

黃鶴注：當是大曆元年（七六六）初至夔州作。

〔一〕元二十一：名未詳。曹長：李肇《唐國史補》卷下：「尚書丞、郎、郎中相呼爲曹長，外郎、御史、遺補相呼爲院長。上可兼下，下不可兼上。」

〔二〕今兹二句：《禮記·月令》：「孟秋之月……其音商，律中夷則。」《孔子集語》卷四引《周易乾鑿度》：「孔子曰：歲三百六十日而天氣周，八卦用事各四十五日，方備歲焉。」仇注：「七月三日，蓋立秋之日。凡公詩記日者，皆指節候言。」

〔三〕衰年二句：《北齊書·文宣紀》：「逷彼炎方，盡生荆棘。」《晋書·殷仲文傳》：「此樹婆娑，無復生意。」

〔四〕北鄰句：《法苑珠林》卷一九釋道開：「不耐人，樂幽静。」徐積《送晦叔》：「耐人俱是白髮翁，不用語言情意通。」耐人即可承受、不厭煩之義。

〔五〕烏匼：《分門》洪芻曰：「烏匼，不舒貌。」薛夢符曰：「子美曰：『馬頭金匼匝。』所謂烏匼，即烏巾也。」錢箋引吴若本注：「匼，魏武擬古皮弁，裁縑帛以爲帢，以色别貴賤。晉咸和中制：尚書八座丞郎門下三省皆白帢，二宫直官烏紗帢。當作『帢』，《字書》無『匼』字。音恰。」《趙次公先後解》：「今亦有匼頭巾之語。」朱鶴齡注引鮑照詩「銀屏匼匝」、《唐書》「楊再思阿匼取容」，皆不以言巾，故此字當作「帢」。《玉篇》：「帢，口洽切。帽也。縜幘也。㡊、帢字同。」《龍龕手鑑》：「匼，苦合反。匼匝。與㕉同。」

〔六〕閉目二句：《趙次公先後解》：「公有肺疾痟中之病，當炎暑則渴尤甚矣。」

〔七〕退藏二句：《易·繫辭上》：「退藏於密。」《山海經·大荒北經》：「應龍畜水，蚩尤請風伯雨師，縱大風雨。黄帝乃下天女曰魃，雨止，遂殺蚩尤。」《詩·大雅·雲漢》：「旱魃爲虐，如惔如焚。」傳：「魃，旱神也。」疏引《神異經》：「南方有人，長二三尺，袒身而目在頂上，走行如風，名曰魃。所見之國大旱，赤地千里。一名旱母。遇者得之，投溷中即死，旱災消。」《趙次公先後解》故謂「旱魃有健步實事」。

〔八〕園蔬句：《趙次公先後解》：「抱金玉，言其貴而難得如金玉也。」

〔九〕徂暑：《詩·小雅·四月》：「四月維夏，六月徂暑。」傳：「徂，往也。六月火星中，暑盛而往矣。」箋：「徂，猶始也。四月立夏矣，至六月乃始盛暑。」杜詩乃暑往義。

〔一〇〕前聖二句：《左傳》僖公二十一年：「夏，大旱，公欲焚巫尪。臧文仲曰：『非旱備也。修城郭，貶食省用，務穡勸分，此其務也。巫尪何爲？天欲殺之，則如勿生。若能爲旱，焚之滋甚。』公從之。是歲也，饑而不害。」參本卷《雷》(0289)「暴尪」注。《藝文類聚》卷一二引《帝王世紀》：「武王見暍人，王自左擁而右扇之。」《淮南子・人間訓》：「武王蔭暍人於樾下，左擁而右扇之，而天下懷其德。」

〔一一〕陰陽二句：董仲舒《雨雹對》：「自十月以後，陽氣始生於地下，漸冉流散，故言息也。陰氣轉收，故言消也。日夜滋生，遂至四月純陽用事。自四月以後，陰氣始生於天下，漸冉流散，故云息也。陽氣轉收，故言消也。日夜滋生，遂至十月純陰用事。」張華《勵志詩》：「大儀斡運，天回地游。」謝惠連《七月七日夜詠牛女》：「傾河易回斡，款情難久悰。」

〔一二〕洒落二句：潘岳《秋興賦》：「庭樹槭以洒落兮，勁風戾而吹帷。」顔延之《和謝監靈運》：「徒遭良時詖，王道奄昏霾。」

〔一三〕蕭蕭句：鮑照《蕪城賦》：「南馳蒼梧漲海，北走紫塞雁門。」《文選》李善注引崔豹《古今注》：「秦所築長城，土色皆紫，漢塞亦然，故稱紫塞。」駱賓王《同張二詠雁》：「唼藻滄江遠，銜蘆紫塞長。」

〔一四〕欻思二句：《趙次公先後解》：「緣此思少年乘塞射獵之事，而感歎年老也。」潘岳《秋興賦》：「熠燿粲於階闥兮，蟋蟀鳴乎軒屏。」

〔一五〕胡馬二句：司馬相如《子虛賦》：「左烏號之雕弓，右夏服之勁箭。」又：「弓不虛發，中必決眥。」

〔一六〕長鈚二句：《方言》：「凡箭鏃……其廣長而薄鎌者謂之錍。」《集韻》：「或作鈚、鈚、錍。」《史記·越王句踐世家》：「狡兔死，走狗烹。」《趙次公先後解》：「突羽又所以言箭，其羽奔突而疾，故曰突羽。其當滿月，則所以言挽弓之滿，箭當其挽滿之間也。」駱賓王《送鄭少府入遼》：「滿月臨弓影，連星入劍端。」李白《行行游且獵篇》：「弓彎滿月不虚發，雙鶬迸落連飛髇。」

〔一七〕惆悵二句：《西京雜記》卷三：「相如將聘茂陵人女爲妾，卓文君作《白頭吟》以自絶，相如乃止。」《趙次公先後解》：「公所用止取白頭吟詠者耳。」郭璞《游仙詩》：「京華游俠窟，山林隱遁栖。」

〔一八〕高人二句：《趙次公先後解》：「高人，指言元君。元必好道之士。」

〔一九〕少壯二句：《胡笳十八拍》：「生倏忽兮如白駒之過隙，然不得歡樂兮當我之盛年。」

〔二〇〕老醜句：阮籍《詠懷》：「朝爲媚少年，夕暮成醜老。」劉峻《廣絶交論》：「顧盼增其倍價，剪拂使其長鳴。」《文選》李善注引《戰國策》「君獨無湔拔僕也」，謂：「湔拔、剪拂，音義同也。」

〔二一〕吾子二句：《三國志·吴書·周瑜傳》：「恐蛟龍得雲雨，終非池中物也。」

〔二二〕賤夫二句：張華《答何劭》：「恬曠苦不足，煩促每有餘。」王嗣奭《杜臆》：「謂吾子雖得神仙，未能羽化，猶是池中物。已於熱後得一美睡，何減仙游，故致煩詞筆也。」按，王解「猶是池中物」稍悖。詩謂元君如池中蛟龍，恐得雲雨而成仙；已則僅得穩睡，且煩於紙筆。

## 牽牛織女

牽牛出河西，織女處其東①〔一〕。萬古永相望②，七夕誰見同〔二〕？神光意難候③，此事終蒙朧。颯然精靈合，何必秋遂通〔三〕。亭亭新粧立，龍駕具曾空④〔四〕。世人亦爲爾⑤，祈請走兒童。稱家隨豐儉，白屋達公宫〔五〕。膳夫翊堂殿，鳴玉凄房櫳〔六〕。曝衣遍天下〔七〕，曳月揚微風。蛛絲小人態，曲綴瓜果中⑥。初筵裛重露〔八〕，日出甘所終⑦。嗟汝未嫁女，秉心鬱忡忡〔九〕。防身動如律，竭力機杼中〔一〇〕。雖無姑舅事⑧，敢昧織作功〔一一〕。明明君臣契，咫尺或未容。義無弃禮法，恩始夫婦恭。小大有佳期，戒之在至公〔一二〕。方圓苟齟齬，丈夫多英雄⑨〔一三〕。（0293）

**【校】**

①處，《草堂》作「出」。

②永，錢箋作「久」。

③光，錢箋校：「一作仙。」《草堂》校：「晋作先。」　意，宋本、錢箋、《九家》校：「一作竟。」《草堂》作「竟」，校：「一作意。」

④空，錢箋、《草堂》校：「一作穹。」

⑤亦，《草堂》校：「晋作以。」

⑥綴，宋本、錢箋、《草堂》校：「一作掇。」

⑦終，錢箋、《草堂》校：「一作從。」

⑧姑舅，《九家》、《草堂》作「舅姑」。

⑨丈夫多英雄，宋本、錢箋、《九家》校：「一云勿替丈夫雄。」

**【注】**

黄鶴注：當是公至夔之初年因所見而賦之，梁權道亦編在大曆元年（七六六）。

〔一〕牽牛二句：《爾雅·釋天》：「河鼓謂之牽牛。」郭璞注：「今荆楚人呼牽牛星爲檐鼓。檐者荷也。」《史記·天官書》：「南斗爲廟，其北建星。建星者，旗也。牽牛爲犧牲。其北河鼓。……婺女，其北織女。織女，天女孫也。」《晋書·天文志》：「織女三星，在天紀東端，天女也，主果蓏絲帛珍寶也。」陸機《擬迢迢牽牛星》：「牽牛西北回，織女東南顧。」

〔二〕萬古二句：《文選》曹植《洛神賦》李善注引曹植《九詠》注曰：「牽牛爲夫，織女爲婦。織女牽牛之星，各處河鼓之旁。七月七日，乃得一會。」參本卷《火》（0290）「照牛女」注。

〔三〕神光四句：《初學記》卷四引周處《風土記》：「七月七日，其夜洒掃於庭，露施几筵，設酒脯時果，散香粉於河鼓、織女，言此二星神當會。守夜者咸懷私願，或云見天漢中有奕奕正白氣，光耀五色，以此爲徵應，見者便拜，而願乞富乞壽，無子乞子。唯得乞一，不得兼求。三年乃得言之，頗有受其祚者。」

〔四〕亭亭二句：《趙次公先後解》：「指言織女也。」謝朓《七夕賦》：「回龍駕之容裔，亂鳳管之淒鏘。」

〔五〕世人四句：《荊楚歲時記》七月七日：「是夕，人家婦女結彩縷，穿七孔針。或以金銀鍮石爲針，陳瓜果於庭中以乞巧，有喜子網於瓜上，則以爲符應。」陳鴻《長恨歌傳》：「秋七月，牽牛織女相見之夕，秦人風俗，夜張錦繡，陳飲食，樹花燔香於庭，號爲乞巧。宮掖間尤尚之。」《開元天寶遺事》卷四乞巧樓：「宮中以錦結成樓殿，高百尺，上可以勝數十人。陳以瓜果酒炙，設坐具以祀牛、女二星。嬪妃各以九孔針、五色線，向月穿之，過者爲得巧之候。動清商之曲，宴樂達旦，士民之家皆效之。」

〔六〕膳夫二句：《趙次公先後解》：「言公宮之如此。」《宋書・樂志》食舉歌：「爾公爾侯，鳴玉華殿。」左思《吴都賦》：「房櫳對櫎，連閣相經。」《文選》李善注：「《説文》曰：櫳，房室之疏也。」

〔七〕曝衣句：《初學記》卷四引崔寔《四民月令》：「七月七日作麴，合藍丸及蜀漆丸，暴經書及衣裳。」《世説新語・任誕》：「七月七日，北阮盛曬衣，皆紗羅錦綺。仲容以竿挂大布犢鼻褌於中庭。人或怪之，答曰：『不能免俗，聊復爾耳。』」

〔八〕初筵句：《唐語林》卷八：「七夕者，七月七日夜。……今人乃以七月六日夜爲之，至明曉望於彩縷，以冀織女遺絲，乃是七曉，非夕也。又取六夜穿七竅針，益謬矣。今貴家或連二宵陳乞巧之具，此不過苟悦童稚而已。」丘光庭《兼明書》卷五：「今北人即以七月六日之夕乞巧，詢其所自，則説有異端。静而思之，抑有由也。蓋鼎峙之世，或中分之時，南北異文，車書不一，必北朝帝王有當七日而崩者，故其俗間用六日之夕。南人不爲之忌，不移七日之夕。」⿰氵裛，仇注作「裛」。陶淵明《飲酒》：「秋菊有佳色，裛露掇其英。」《文選》李善注：「《文字集略》曰：裛，坌衣香也。然露坌花亦謂之裛也。」按，班固《西都賦》：「裛以藻繡。」《文選》李善注：「《説文》曰：裛，纏也。」《廣韻》：「裛，裛香。」裛皆爲纏繞之義。陶詩「裛露」，朱駿聲《説文通訓定聲》謂乃假借爲浥。《説文》：「浥，濕也。」此⿰氵裛亦當同浥。

〔九〕秉心句：《詩·小雅·小弁》：「君子秉心，維其忍之。」箋：「秉，執也。」《召南·草蟲》：「未見君子，憂心忡忡。」

〔一〇〕防身二句：陳琳《爲袁紹檄豫州》：「如律令。」《文選》李善注：「文書下如律令，言當履繩墨，動不失律令也。」趙彦衛《雲麓漫鈔》卷七：「急急如律令，漢之公移常語，猶今云符到奉行。張天師漢人，故承用之，而道家遂得祖述。」《古詩十九首》：「迢迢牽牛星，皎皎河漢女。纖纖擢素手，札札弄機杼。」

〔一一〕雖無二句：仇注：「無舅姑，未嫁夫也。」

〔一二〕明明六句：《趙次公先後解》：「又以君臣比其夫婦之義。」朱鶴齡注：「終言夫婦之義通於君臣，近雖咫尺，非佳期不合。苟弃禮失身，能不爲丈夫所賤耶。」《禮記·内則》：「禮，始於謹夫婦。」

〔一三〕方圓二句：宋玉《九辯》：「圓鑿而方枘兮，吾固知其齟齬而難入。」何遜《還渡五洲》：「方圓既齟齬，貧賤豈怨尤。」孔融《論盛孝章書》：「今孝章，實丈夫之雄也。」《趙次公先後解》：「婦人女子一有齟齬，爲丈夫者豈能容乎？」

羅大經《鶴林玉露》乙編卷五：「朱文公嘗病《女戒》鄙淺，欲别集古語成一書。立篇目曰正静，曰卑弱，曰孝愛，曰和睦，曰儉質，曰寬惠，曰講學。且言如杜詩云：『嗟汝未嫁女，秉心鬱忡忡。防身動如律，竭力機杼中。』凡此等句，便可入《正静》。他皆仿此。」

朱鶴齡注：「或曰此託意君子進身之道，感牛女事而發之。」

施補華《峴傭説詩》：「《牽牛織女》詩，陳戒游女，語多迂腐。佻薄非詩，迂腐亦非詩也。」

## 毒熱寄簡崔評事十六弟〔一〕

大暑運金氣①，荆揚不知秋〔二〕。林下有塌翼〔三〕，水中無行舟。千室但掃地，閉關人事休②〔四〕。老夫轉不樂③，旅次兼百憂〔五〕。蝮蛇暮偃蹇，空床難暗投〔六〕。

炎宵惡明燭，況乃懷舊丘④。開襟仰内弟，執熱露白頭〔七〕。束帶負芒刺，接居成阻修〔八〕。何當清霜飛，會子臨江樓。載聞大易義，諷興詩家流⑤〔九〕。藴藉異時輩，檢身非苟求⑥〔一〇〕。皇皇使臣體，信是德業優〔一一〕。楚材擇杞梓，漢苑歸驊騮⑦〔一二〕。短章達我心，理爲識者籌⑧〔一三〕。（0294）

【校】

①暑，宋本、錢箋、《九家》校：「一作火。」《草堂》、《文苑英華》作「火」，校：「一作暑。」

②闕，《草堂》作「門」。

③夫，錢箋校：「一作大。」

④懷，《文苑英華》作「憶」，校：「集作懷。」

⑤興，錢箋校：「一作詠。」《草堂》作「詠」。

⑥苟，《文苑英華》作「久」，校：「集作苟。」

⑦漢苑，《文苑英華》作「大宛」，校：「集作漢苑。」

⑧爲，宋本、錢箋、《九家》校一作「待」。《文苑英華》作「待」。

【注】

《趙次公先後解》編入大曆三年（七六八）荊南所作。黄鶴注：當是大曆元年（七六六）作。

〔一〕崔評事十六弟：甫内弟，名不詳。《唐六典》卷一八大理寺：「評事十二人，從八品下。」「評事掌出使推按，凡承制而出推長吏，據狀合停務及禁錮者，先請魚書以往，據所受之狀鞫而盡之。」

〔二〕大暑二句：《分門》洙曰：「五行相生，以成四時。夏，火也。秋，金也。金當代火而畏火，故金氣伏而火流，所以熱也。」《趙次公先後解》：「以運金氣言之，當以大火爲正。蓋此一句止言七月之候也。《詩》曰七月流火。火者，大火也。《月令》曰：孟秋之月，盛德在金。大火流而運金氣，所以爲七月矣。既已七月，則當有秋也，而荆揚楚地，是爲炎方，故獨不知秋也。」朱鶴齡、仇注從趙説。按，《初學記》卷四事對「金藏火昇」：「《曆忌釋》曰：伏者何也？金氣伏藏之日。夏侯湛《大暑賦》曰：三伏相仍，徂暑彤彤。上無纖雲，下無微風。扶桑赩以增熿，大火曄其南昇。」運金氣即金氣伏藏之意，詩謂自大暑而運金氣，則漸屆秋矣。黄希注：「《唐志》：夔州屬山南道，古荆、梁二州之域。」

〔三〕林下句：陳琳《爲袁紹檄豫州》：「皆垂頭拓翼，莫所凴恃。」《趙次公先後解》：「鳥以熱而難飛也。」

〔四〕千室二句：司馬相如《上林賦》：「刮野埽地。」《文選》李善注：「言殺獲皆盡，野地似乎埽刮也。」《易·復·象》：「先王以至日閉關，商旅不行。」

〔五〕老夫二句：轉，益也。見卷一《自京赴奉先縣詠懷五百字》(0041)注。《易·旅》：「旅即次。」注：「次者，可以安行旅之地也。」

〔六〕蝮蛇二句：《論衡·言毒》：「江南地濕，故多蝮蛇。」《楚辭·九歌·東皇太一》：「靈偃蹇兮姣服，芳菲菲兮滿堂。」王逸注：「偃蹇，舞貌。」補注：「偃蹇，委曲貌，一曰衆盛貌。」《古詩十九首》：「蕩子行不歸，空床難獨守。」鄒陽《獄中上書自明》：「明月之珠，夜光之璧，以暗投人於道。」此借用字面。

〔七〕開襟二句：王粲《登樓賦》：「憑軒檻以遥望兮，向北風而開襟。」惠棟《九曜齋筆記》卷三：「《白氏六帖》：『舅之子爲内兄弟。』《儀禮·喪服》經曰：『舅之子緦。』鄭氏注云：『内兄弟也。』《晋書·阮瞻傳》：『内兄潘岳，每令鼓琴。』傅咸《贈何邵王濟序》：『朗陵公何敬祖，咸之從内兄。國子祭酒王武子，咸從姑之外孫也。』陸厥有《答内兄顧希叔》詩。少陵《寄簡崔評事十六弟》詩：『開襟仰内弟，執熱露白頭。』自注：『内弟崔漠赴湖南幕職。』柳子厚有《送内弟盧遵游桂州序》，注：『昌黎《銘子厚》云：舅弟盧遵，涿郡人。』李嘉祐《臺閣集》有《送内弟閻伯均歸江州》詩云：『莫怪臨歧獨垂淚，魏舒偏念外家恩。』嘉祐，閻出也。」執熱，見卷一《大雲寺贊公房四首》(0045)注。

〔八〕束帶二句：《論語·公冶長》：「束帶立於朝。」秦嘉《贈婦》：「清晨當引邁，束帶待雞鳴。」《漢書·霍光傳》：「大將軍光從驂乘，上内嚴憚之，若有芒刺在背。」向秀《思舊賦》：「余與嵇康、吕安居止接近。」阻修，見本卷《除草》(0267)注。

〔九〕載聞二句：揚雄《太玄賦》：「觀大易之損益兮，覽老氏之倚伏。」閔鴻《羽扇賦》：「表高義於大易，著詩人之雅章。」范寧《春秋穀梁傳集解序》：「君臣之禮廢，則《桑扈》之諷興。」傅玄《叙連珠》：「必假喻以達其旨，而覽者微悟，合於古詩諷興之義。」

〔一〇〕蘊藉二句：《史記・酷吏列傳》：「治敢行，少蘊藉。」索隱：「張晏云：爲人無所避，故少所假借也。」《後漢書・桓榮傳》：「榮被服儒衣，溫恭有蘊藉。」《書・伊訓》：「與人不求備，檢身若不及。」《呂氏春秋・士節》：「於利不苟取，於害不苟免。」《淮南子・繆稱訓》：「小人之從事也，曰苟得，君子曰苟義。」

〔一一〕皇皇二句：《詩・小雅・皇皇者華》序：「君遣使臣也。送之以禮樂，言遠而有光華也。」崔十六蓋以評事出使推按。《後漢書・楊震傳》：「德業相繼。」

〔一二〕楚材二句：《左傳》襄公二十六年：「晉卿不如楚，其大夫則賢，皆卿材也。如杞梓皮革，自楚往也。雖楚有材，晉實用之。」《趙次公先後解》：「於驊騮言漢苑，則漢有天馬之苑。」仇注：「楚材，喻崔使夔。漢苑，喻崔回京。」

〔一三〕理爲句：《趙次公先後解》：「識者，指評事也。」《史記・留侯世家》：「臣請藉前箸爲大王籌之。」按，詩謂評事當爲朝内識者剖析其理獄之事。

## 壯游

往昔十四五①，出游翰墨場②〔一〕。斯文崔魏徒，崔鄭州尚。魏豫州啓心。以我似班揚③〔二〕。七齡思即壯，開口詠鳳皇。九齡書大字，有作成一囊〔三〕。性豪業嗜酒，嫉惡懷剛腸〔四〕。脱略小時輩④〔五〕，結交皆老蒼。飲酣視八極，俗物都茫茫〔六〕。東下姑蘇臺，已具浮海航〔七〕。到今有遺恨，不得窮扶桑〔八〕。王謝風流遠，闔廬丘墓荒〔九〕。劍池石壁仄，長洲荷芰香⑤〔一〇〕。嵯峨閶門北，清廟映回塘⑥〔一一〕。每趨吴太伯，撫事淚浪浪〔一二〕。枕戈憶勾踐，渡浙想秦皇〔一三〕。蒸魚聞匕首，除道哂要章〔一四〕。越女天下白，鏡湖五月涼⑦〔一五〕。剡溪蘊秀異〔一六〕，欲罷不能忘。歸帆拂天姥，中歲貢舊鄉〔一七〕。氣劘屈賈壘，目短曹劉牆⑧〔一八〕。忤下考功第⑨，獨辭京尹堂〔一九〕。放蕩齊趙間，裘馬頗清狂〔二〇〕。春歌叢臺上，冬獵青丘旁⑩〔二一〕。呼鷹皂櫪林⑪，逐獸雲雪岡〔二二〕。射飛曾縱鞚，引臂落鶖鶬⑫〔二三〕。蘇侯據鞍喜，監門胄曹蘇預。忽如攜葛强〔二四〕。快意八九年，西歸到咸陽〔二五〕。許與必詞伯，賞游實賢王⑬〔二六〕。曳裾置醴地，奏賦入明光〔二七〕。天子廢食召，羣公會軒裳〔二八〕。脱身無所愛⑭，痛飲信行藏〔二九〕。黑貂不免弊⑮，斑鬢兀稱觴〔三〇〕。杜曲晚耆舊⑯，四郊多白楊〔三一〕。坐深鄉黨敬⑰，日覺死生忙⑱〔三二〕。朱門任傾奪⑲，赤族迭羅殃〔三三〕。國馬竭粟豆，漢有太常、三輔粟豆⑳。官雞輸稻粱〔三四〕。舉隅見煩費，引古惜興亡〔三五〕。河朔風塵起，岷山行幸長〔三六〕。兩宫各警蹕〔三七〕，萬里遥相望。崆峒殺氣黑，少海旌旗黃。禹功亦命子，涿鹿親戎行〔三八〕。翠華擁英岳㉑，螭虎噉豺狼〔三九〕。爪牙一不中，胡兵更陸梁〔四〇〕。大軍載草草㉒，凋瘵滿膏肓㉓〔四一〕。備員竊補袞，憂憤心飛揚〔四二〕。上感九廟焚㉔〔四三〕，下憫萬民瘡㉕。斯時伏青蒲，廷爭守御床〔四四〕。君辱敢愛死，赫怒幸無傷〔四五〕。聖哲體仁恕，宇縣復小康〔四六〕。哭廟灰燼中，鼻酸朝未央〔四七〕。小臣議論絶，老病客殊方㉖〔四八〕。鬱鬱苦不展，羽翮困低昂〔四九〕。秋風動哀壑，碧蕙捐微芳㉗。之推避賞從，漁父濯滄浪〔五〇〕。榮華敵勳業〔五一〕，歲暮有嚴霜。吾觀鴟夷子，才格出尋常〔五二〕。羣凶逆未定，側佇英俊翔〔五三〕。（0295）

【校】

①昔，錢箋、《九家》校：「一作者。」《草堂》校：「魯作者。」

②游，錢箋、《草堂》校：「一作入。」

③似，錢箋、《草堂》校：「一作比。」

④略，錢箋校：「一作落。」

⑤荷芰，《九家》、《草堂》作「芰荷」。

⑥回，錢箋、《草堂》校：「一作池。」

⑦鏡，宋本缺末筆，錢箋作「鑑」。

⑧目，宋本、錢箋校：「一作日。」

⑨功，宋本作「工」，據錢箋等改。

⑩冬，《草堂》校：「或作久。」

⑪皂，宋本、錢箋、《九家》、《草堂》校：「一作紫。」　櫪，錢箋、《草堂》校：「晋作櫟。」

⑫引，宋本、錢箋、《九家》校：「一云跋。」

⑬賞，宋本、錢箋、《九家》、《草堂》校：「一作貴。」

⑭愛，錢箋校：「一作受。」

⑮不，錢箋校：「一作寧。」《草堂》作「寧」。

⑯晚，宋本、錢箋、《草堂》校一作「换」。

⑰黨，《草堂》校：「一作曲。」

⑱日，錢箋、《草堂》校：「一作自。」

⑲任，宋本、錢箋、《九家》、《草堂》校一作「務」。

⑳漢有八字，錢箋以此注爲吴若本注。

㉑英，宋本、錢箋、《草堂》校一作「吴」。《九家》作「吴」。

㉒大，錢箋、《草堂》校：「一作天。」

㉓肓，宋本作「盲」，據錢箋、《九家》改。

㉔焚，錢箋、《草堂》校：「一作毀。」

㉕萬民，錢箋、《草堂》校：「一作蒼生。」

㉖老，《草堂》作「久」，校：「一作老。」

㉗捐，宋本、錢箋、《草堂》校一作「損」。

**【注】**

《趙次公先後解》：「公之平生出處，莫詳於此篇。而史官爲傳，當時之人爲墓志，後人爲集序，皆不能考此以書之，甚可惜也。」編入大曆二年（七六七）冬所作。黄鶴注：當是大曆元年（七六六）在夔州作。

〔一〕往昔二句：阮籍《詠懷》：「昔年十四五，志尚好讀書。」《趙次公先後解》引此謂：「上句歲數雖是實道，此爲恰好處不放過也。」謝瞻《經張子房廟》：「濟濟屬車士，粲粲翰墨場。」

〔二〕斯文二句：《新唐書·宰相世系表二下》南祖崔氏：谷神子，「尚，祠部郎中。」《唐詩紀事》卷一四：「尚登久視六年進士第，官至祠部郎中。」久視僅一年，「六」字爲「元」字訛。《唐會要》卷七六《制科舉》：「神龍二年，才膺管樂科：張大求、魏啓心……及第。」班揚，班固、揚雄。《文心雕龍·比興》：「至於揚班之倫，曹劉以下，圖狀山川，影寫雲物。」

〔三〕七齡四句：《趙次公先後解》：「此必實道其事。」《禮記·文王世子》：「古者謂年齡，齒亦齡也。」《文心雕龍·序志》：「予生七齡，乃夢彩雲若錦，則攀而采之。」揚雄《法言·問神》：「育而不苗者，吾家之童烏乎。九齡而與我玄文。」

〔四〕嫉惡句：嵇康《與山巨源絶交書》：「剛腸疾惡，輕肆直言。」

〔五〕脱略句：脱略，見卷五《過郭代公故宅》（0213）注。此謂輕慢時輩。江淹《恨賦》：「脱略公卿，跌宕文史。」《文選》張銑注：「脱略，輕易。」

〔六〕飲酣二句：八極，見卷三《鳳凰臺》（0151）注。《世説新語・排調》：「嵇、阮、山、劉在竹林酣飲，王戎後往，步兵曰：『俗物已復來敗人意。』」

〔七〕東下二句：《越絶書》卷一二：「吴王不聽，遂受之而起姑胥臺，三年聚材，五年乃成，高見二百里。」《吴地記》：「姑蘇臺，在吴縣西南三十五里。闔閭造，經營九年始成。其臺高三百丈，望見三百里外，作九曲路以登之。」《論語・公冶長》：「道不行，乘桴浮於海。」

〔八〕扶桑：《梁書・諸夷傳》東夷：「扶桑國者，齊永元元年，其國有沙門慧深來至荆州，説云：『扶桑在大漢國東二萬餘里，地在中國之東，其土多扶桑木，故以爲名。』」《藝文類聚》卷八引《十洲記》：「扶桑在碧海之中，地一面萬里，太帝之宫，太真東王君所治處。」

〔九〕王謝二句：《晉書・殷浩傳》：「王夷甫，先朝風流士也。」庾信《周故大將軍趙公墓志銘》：「荏苒風流，則王濛、謝朓。」李華《唐贈太子少師崔公神道碑》：「魏以荀陳爲德門，南朝以王謝爲高望。」《越絶書》卷二：「闔廬冢，在閶門外，名虎丘。下池廣六十步，水深丈五尺。銅槨三重，澒池六尺。玉鳧之流，扁諸之劍，三千方圓之口，三千時耗，魚腸之劍在焉。十萬人築治之，取土臨湖口。築三日而白虎居上，故號虎丘。」

〔一〇〕劍池二句：《吴郡志》卷一六：「劍池，吴王闔廬葬其下，以扁諸、魚腸等劍三千殉焉，故以劍名池。葬之三日，有白虎踞其上，故山名虎丘。唐避諱曰武丘。劍池，浙中絶景。兩岸劃開，中涵石泉，深不可測。」《元和郡縣圖志》卷二六蘇州長洲縣：「本萬歲通天元年析吴縣置，取長洲苑爲名。苑在縣西南七十里。」《吴郡圖經續記》卷下：「長洲苑，吴故苑，在郡界。昔枚乘諫吴王云：『漢修治上林，雜以離宫，積聚玩好，圈守禽獸，不如長洲之苑。游曲臺，臨上路，不如朝夕之池。』《吴都賦》亦云：『帶朝夕之濬池，佩長洲之茂苑。』注云：『有朝夕池，謂潮水朝盈夕虚，因名焉。』庾信《哀江南賦》云：『連茂苑於海陵，跨横塘於江浦。』亦取諸此。」

〔一一〕嵯峨二句：《吴地記》：「闔閭城……西閶、胥二門。……閶門，亦號破楚門。吴伐楚，大軍從此門出。」清廟，《分門》洙曰：「文王之廟也。」修可曰：「乃吴文皇帝孫和廟也。子皓改葬和，號明陵……立寢堂，號曰清廟。」《吴郡志》卷一二：「至德廟，即泰伯廟。東漢永興二年，郡守麋豹建於閶門外。《辨疑志》載：吴閶門外有泰伯廟，廟東又有一宅，祀泰伯長子三郎，吴越錢武肅王始徙之城中。《纂異志》又云：吴泰伯廟在閶門西。皮日休詩云：『一廟争祠兩讓君。』蓋並祠仲雍舊矣。今廟在閶門内，東行半里餘。」朱鶴齡注引此，謂：「舊注指孫皓父和之廟，謬極。」

〔一二〕每趨二句：《史記·吴太伯世家》：「吴太伯、太伯弟仲雍，皆周太王之子，而王季歷之兄也。季歷賢，而有聖子昌，太王欲立季歷以及昌，於是太伯、仲雍二人乃奔荆蠻，文身斷髮，示不可用，以避季歷。季歷果立，是爲王季，而昌爲文王。太伯之奔荆蠻，自號句吴。荆蠻義之，從而歸之千餘家，立爲吴太伯。」《楚辭·離騷》：「攬茹蕙以掩涕兮，霑余襟之浪浪。」

〔一三〕枕戈二句：《史記·越王句踐世家》：「越王句踐反國，乃苦身焦思，置膽於坐，坐卧即仰膽，飲食亦嘗膽也。」朱鶴齡注：「枕戈待旦，乃晋劉琨語。此作句踐事用，未詳。」《晋書·劉琨傳》：「吾枕戈待旦，志梟逆虜。」此以事類同而借用。《史記·秦始皇本紀》：「三十七年十月癸丑，始皇出游。……過丹陽，至錢唐。臨浙江，水波惡，乃西百二十里從狹中渡。上會稽，祭大禹，望於南海，而立石刻頌秦德。」

〔一四〕蒸魚二句：《史記·刺客列傳》：「光伏甲士於窟室中，而具酒請王僚。……酒既酣，公子光佯爲足疾，入窟室中，使專諸置匕首魚炙之腹中而進之。既至王前，專諸擘魚，因以匕首刺王僚，王僚立死。左右亦殺專諸，王人擾亂。公子光出其伏甲以攻王僚之徒，盡滅之，遂自立爲王，是爲闔閭。」《漢書·朱買臣傳》：「拜爲太守，買臣衣故衣，懷其印綬，步歸郡邸。……守邸怪之，前引其綬，視其印，會稽太守章也。……買臣遂乘傳去。會稽聞太守且至，發民除道，縣長吏並送迎，車百餘乘。入吴界，見其故妻、妻夫治道。買臣駐車，呼令後車載其夫妻。」《説文》：「要，身中也。」腰本字。崔湜《襄陽作》：「廟堂初解印，郡邸忽腰章。」

〔一五〕越女二句：王融《采菱曲》：「荆姬采菱曲，越女江南謳。」李白《越女詞》：「鏡湖水如月，耶溪女似雪。」《元和郡縣圖志》卷二六越州：「鏡湖，後漢永和五年太守馬臻創立。鏡湖在會稽、山陰兩縣界。築塘蓄水，水高丈餘，田又高海丈餘，若水少則洩湖灌田，如水多則閉湖洩田中水入海，所以無凶年。隄塘周回三百一十里，都溉田九千頃。」《嘉泰會稽志》卷一〇：「鏡湖在

（會稽）縣東二里，故南湖也。一名長湖，又名大湖。」

〔一六〕剡溪句：《元和郡縣圖志》卷二六越州剡縣：「剡溪，出縣西南，北流入上虞縣界，爲上虞江。」《世説新語・任誕》：「王子猷居山陰……忽憶戴安道，時戴在剡，即便乘小船就之。」

〔一七〕歸帆二句：《元和郡縣圖志》卷二六剡縣：「天姥山，在縣南八十里。」謝靈運《登臨海嶠初發疆中作》：「暝投剡中宿，明登天姥岑。」《唐六典》卷二吏部考功員外郎：「凡諸州每歲貢人，其類有六。」《唐會要》卷七六《緣舉雜録》：「（開元）十九年六月敕：諸州貢舉，皆於本貫籍分信明者。然依例，不得於所附貫便求申送。如有此色，所由州縣即便催科，不得遞相容許。」

〔一八〕氣劘二句：《左傳》宣公十二年：「吾聞致師者，御靡旌摩壘而還。」《漢書・賈山傳》：「賈山自下劘上。」摩、劘字通。屈賈，屈原、賈誼。曹劉，曹植、劉楨。《文心雕龍・比興》：「至於揚班之倫，曹劉以下。」《論語・子張》：「子貢曰：譬之宮牆，賜之牆也及肩，窺見室家之好。夫子之牆數仞，不得其門而入，不見宗廟之美，百官之富。」《趙次公先後解》：「目短之，則言可窺見曹劉之蘊也。」

〔一九〕忤下二句：《唐會要》卷五八《考功員外郎》：「考功員外郎，貞觀以後知貢舉。至開元二十四年三月十二日，以員外郎李昂爲舉人李權所訟，乃移舉於禮部也。」黄鶴等以杜甫開元二十三年舉進士不第，是年考功員外郎孫逖知貢舉。《趙次公先後解》：「京尹，言京兆尹也。辭京尹堂，則又離去長安矣。」聞一多《會箋》謂此年杜甫自吴越歸東都舉進士，引《太平廣記》引《定命録》載崔圓開元二十三年「又於河南府充鄉貢進士，其日正於福唐觀試」。川《譜》從之。按，

《太平廣記》卷二二二所載，乃明謂圓於河南府充鄉貢進士，故於福唐觀應試，非是年進士試於東都。

〔二〇〕放蕩二句：《漢書·東方朔傳》：「指意放蕩，頗復詼諧。」《論語·雍也》：「赤之適齊也，乘肥馬，衣輕裘。」《漢書·昌邑王傳》：「清狂不惠。」注：「蘇林曰：凡狂者陰陽脈盡濁。今此人不狂似狂者，故言清狂也。或曰色理清徐而心不慧，曰清狂。清狂，如今白癡也。」

〔二一〕春歌二句：《漢書·高后紀》：「趙王宫叢臺災。」注：「師古曰：連聚非一，故名叢臺。蓋本六國時趙王故臺，在邯鄲城中。」《元和郡縣圖志》卷一五磁州邯鄲縣：「叢臺，在縣東南五里。」司馬相如《子虚賦》：「秋田乎青丘。」《文選》郭璞注：「服虔曰：青丘國在海東三百里。」《元和郡縣圖志》卷一〇青州千乘縣：「千乘者，以齊景公有馬千駟，畋於青丘。今縣北有青丘縣，因以爲名。」

〔二二〕呼鷹二句：《趙次公先後解》以皂櫪林、雲雪岡爲青丘傍地，恨無所考。按，疑此爲泛稱。《太平廣記》卷三三四《朱敖》（出《廣異記》）：「敖與察微從者一人伏櫪林下。」項斯《山行》：「青櫪林深亦有人，一渠流水數家分。」櫪，木名。張衡《南都賦》：「楓柙櫨櫪。」《文選》李善注：「櫪與櫟同。」

〔二三〕射飛二句：縱鞚，參卷一《麗人行》（0029）「飛鞚」注。鶖鶬，見卷三《乾元中寓居同谷縣作歌七首》（0154）注。

〔二四〕蘇侯二句：蘇侯，蘇預，蘇源明。見卷一《戲簡鄭廣文虔兼呈蘇司業源明》（0033）注。《唐六典》卷二五諸衛府左右監門衛：「胄曹參軍事各一人，正八品下。」《晋書·山簡傳》：「簡每出嬉游，多之池上，置酒輒醉，名之曰高陽池。時有童兒歌曰：……舉鞭問葛彊，何如并州兒。彊家在并州，簡愛將也。」

〔二五〕咸陽：指長安。見卷一《今夕行》(0009)注。

〔二六〕許與二句：任昉《王文憲集序》：「弘長風流，許與氣類。」《文選》劉良注：「許與，謂招引也。」《論衡·超奇》：「長生説文辭之伯，文人之所共宗。」《戰國策·楚策一》：「大王，天下之賢王也。」朱鶴齡注：「汝陽王也。」

〔二七〕曳裾二句：《漢書·鄒陽傳》：「何王之門不可曳長裾乎。」《楚元王傳》：「元王敬禮申公等，穆生不耆酒，元每置酒，常爲穆生設醴。」明光，明光殿，見卷二《送李校書二十六韻》(0089)注。杜甫獻三大禮賦，見卷五《莫相疑行》(0231)注。

〔二八〕天子二句：《宋書·謝弘微傳》：「遂廢食感咽，歔欷不自勝。」陶淵明《雜詩》：「驅役無停息，軒裳逝東崖。」

〔二九〕脱身二句：《論語·述而》：「子謂顔淵曰：『用之則行，舍之則藏，惟我與爾有是夫。』」潘岳《西征賦》：「孔隨時以行藏，蘧與國而舒卷。」

〔三〇〕黑貂二句：《戰國策·秦策》：「(蘇秦)説秦王書十上而説不行，黑貂之裘弊，黄金百斤盡。……歸至家，妻不下紝，嫂不爲炊，父母不與言。」潘岳《秋興賦》：「斑鬢髟以承弁兮，素髮颯以垂領。」《漢書·兒寬傳》：「臣寬奉觴再拜，上千萬歲壽。制曰：敬舉君之觴。」《陳書·沈文阿傳》：「夫稱觴奉壽，家國大慶。」王嗣奭《杜臆》：「斑鬢兀稱觴，此亦古人慶壽之一證。」兀，亦昏昧義。《太平廣記》卷四一六《吴偃》（出《宣室志》）：「於是挈之而歸，然兀若沈醉者。」獨孤及《客舍月下對酒醉後寄畢四耀》：「視身兀如泥，瞪目傲今昔。」

〔三一〕杜曲二句：杜曲，見卷一《曲江三章章五句》（0028）注。《古詩十九首》：「出郭門直視，但見丘與墳。古墓犁爲田，松柏摧爲薪。白楊多悲風，蕭蕭愁殺人。」《趙次公先後解》：「言杜曲晚年之耆舊皆爲鬼録。」翁方綱《石洲詩話》卷一謂「晚」當爲「换」之訛。

〔三二〕坐深二句：《趙次公先後解》：「其晚年之耆舊已多死矣，則公在鄉里爲長上，故曰坐深。」仇注：「從外視内，位上者坐深。」《王梵志詩校注》〇〇八首：「沉淪三惡道，負特愚癡鬼。荒忙身卒死，即屬伺命使。」三〇二首：「滿堂何所用，妻兒日夜忙。行坐聞人死，不解暫思量。」

〔三三〕朱門二句：《史記·春申君列傳》：「招致賓客，以相傾奪。」束皙《玄居釋》：「公孫泣涕而辭相，揚雄抗論於赤族。」王績《贈梁公》：「朱門雖足悦，赤族亦可傷。」

〔三四〕國馬二句：《漢書·昭帝紀》：「其令郡國毋斂今年馬口錢，三輔、太常郡得以叔粟當賦。」注：「師古曰：諸應出賦算租税者，皆聽以叔粟當錢物也。叔，豆也。」《唐六典》卷一七太僕寺典厩署：「象、馬、騾、牛、駝飼青草日，粟豆各減半，鹽則恒給。飼禾及青豆者，粟豆全斷。若無青可飼，粟豆依舊給。」陳鴻祖《東城老父傳》：「玄宗在藩邸時，樂民間清明節鬬雞戲，及即位，治雞坊於兩宫間。索長安雄雞金毫鐵距高冠昂尾千數，養於雞坊。選六軍小兒五百人，使馴擾教飼。上之好之，民風尤甚。諸王世家、外戚家、貴主家、侯家，傾帑破産市雞，以償雞直。都中男女，以弄雞爲事。」稻粱，見卷一《同諸公登慈恩寺塔》(0023)注。

〔三五〕舉隅二句：《論語・述而》：「舉一隅不以三隅反，則不復也。」朱鶴齡注：「言舉此一隅，則衆費可知。」《趙次公先後解》：「既如此而煩費，可以引古而驗今，知興亡之所在也。」

〔三六〕河朔二句：河朔，河北。《舊唐書・哥舒翰傳》：「翰數奏禄山雖竊河朔，而不得人心。」岷山，見卷三《劍門》(0168)注。

〔三七〕兩宫句：《史記・梁孝王世家》：「出言蹕，入言警。」索隱：「《漢舊儀》云：皇帝輦動稱警，出殿則傳蹕，止人清道。」《趙次公先後解》：「太上在蜀，肅宗在靈武，此所謂兩宫各警蹕。」

〔三八〕崆峒四句：崆峒，見卷二《洗兵馬》(0090)注。《山海經・東山經》：「至於無皐之山，南望幼海。」郭璞注：「即少海也。《淮南子》曰：東方大渚曰少海。」《書・甘誓》：「啓與有扈戰於甘之野。」《分門》洙曰：「以廣平王爲天下兵馬元帥。」修可曰：「《東宫故事》：天子比大海，太子爲少海。……啓戰於甘之野，正指太子爲元帥。」《論語・堯曰》：「舜亦以命禹。」《趙次公先後解》謂「亦命子」挨傍此語。錢箋：「禹功亦命子，謂肅宗自立後玄宗始加册命，不得比于禹之命子也。」朱鶴齡注：「崆峒在西，少海在東，言東西皆用兵也。舊注引《東宫故事》太子比少海，指廣平王俶爲元帥，恐非。」仇注：「命子，上皇禪位。」蕭滌非謂：「禹受舜禪，復傳子，故以比肅宗命子廣平王俶親征。」按，錢説穿鑿，不必論。朱、仇説亦未允。舊注及蕭説可從。《藝文類聚》卷一一引《帝王世紀》：「黄帝有熊氏……使力牧神皇直討蚩尤氏，擒之於涿鹿之野。」《趙次公先後解》：「肅宗親治兵於鳳翔，斯爲『親戎行』矣。」

〔三九〕翠華二句：翠華，見卷二《北征》（0052）注。英岳，朱鶴齡注作吴岳，謂指隴州吴山。見卷三《青陽峽》（0146）注。按，作英岳亦通，即岳英、岳靈之意。《史記·周本紀》：「如虎如羆，如豺如离。」集解：「徐廣曰：此訓與螭同。」班固《封燕然山銘》：「鷹揚之校，螭虎之士。」《趙次公先後解》：「螭虎，以言天兵。豺狼，以言寇賊。」

〔四〇〕爪牙二句：《詩·小雅·祈父》：「祈父，予王之爪牙。」《趙次公先後解》：「正指房琯陳濤斜之敗。」朱鶴齡注：「此指鄴城之敗。」按，當如趙説，此下方叙備員補袞事。張衡《西京賦》：「怪獸陸梁。」《文選》薛綜注：「陸梁，東西倡佯也。」

〔四一〕大軍二句：盧元昌謂指清渠之潰。《舊唐書·肅宗紀》：「（至德二載）五月癸丑，郭子儀與賊將安守忠戰於清渠，官軍敗績，子儀退保武功。」草草，見卷二《潼關吏》（0061）注。木華《海賦》：「天綱浡潏，爲凋爲瘵。」《文選》李善注：「《説文》曰：凋，半傷也。《爾雅》曰：瘵，病也。」《左傳》成公十年：「疾不可爲也。在肓之上，膏之下，攻之不可，達之不及。」《趙次公先後解》：「傷軍須誅求之苦。」仇注：「民力困疲也。」

〔四二〕備員二句：《史記·秦始皇本紀》：「博士雖七十人，特備員弗用。」《詩·大雅·烝民》：「袞職有闕，維仲山甫補之。」《趙次公先後解》：「乃公自言其充左拾遺而合有所言也。」

〔四三〕九廟焚：見本卷《往在》（0291）注。

〔四四〕斯時二句：《漢書·史丹傳》：「丹以親密臣得侍視疾，候上間獨寢時，丹直入卧内，頓首伏青蒲上，涕泣言曰。」注：「應劭曰：以青規地曰青蒲，自非皇后不得至此。」《史記·吕太后本紀》：「於今面折廷争，臣不如君。」《晉書・衛瓘傳》：「瓘託醉，因跪帝床前曰：『臣欲有所啓。』……瓘欲言而止者三，因以手撫床曰：『此座可惜。』帝意乃悟。」

〔四五〕君辱二句：《史記・越王句踐世家》：「臣聞主憂臣勞，主辱臣死。」《詩・大雅・皇矣》：「王赫斯怒，爰整其旅。」

〔四六〕聖哲二句：《孟子・盡心上》：「强恕而行，求仁莫近焉。」《説苑・貴德》：「夫仁者，必恕然後行。」《史記・秦始皇本紀》之罘刻石：「宇縣之中，承順聖意。」《詩・大雅・民勞》：「民亦勞止，汔可小康。」

〔四七〕哭廟二句：《禮記・檀弓上》：「國亡大縣邑，公卿大夫士皆厭冠，哭於大廟，三日，君不舉。」《舊唐書・肅宗紀》：「（至德二載十月）丁卯，入長安。……九廟爲賊所焚，上素服哭於廟三日，入居大明宫。」《史記・高祖本紀》：「未央宫成，高祖大朝諸侯群臣，置酒未央前殿。」

〔四八〕小臣二句：《趙次公先後解》：「議論絶，則以罷拾遺而出矣。殊方，指言在夔州。」

〔四九〕鬱鬱二句：《史記・魏其武安侯列傳》：「灌孟年老，潁陰侯强請之，鬱鬱不得意。」左思《魏都賦》：「羽翮頡頏，鱗介浮沈。」低昂，見卷五《通泉縣署屋壁後薛少保畫鶴》(0215)注。

〔五〇〕之推二句：《左傳》僖公二十四年：「晉侯賞從亡者，介之推不言禄，禄亦弗及。……其母曰：『盍亦求之，以死誰懟？』對曰：『尤而效之，罪又甚焉。且出怨言，不食其食。』其母曰：『亦使知之若何？』對曰：『言，身之文也。身將隱，焉用文之？是求顯也。』其母曰：『能如是乎？與女偕隱。』遂隱而死。」《楚辭・漁父》：「漁父莞爾而笑，鼓枻而去，乃歌曰：『滄浪之水清兮，可以濯吾纓。滄浪之水濁兮，可以濯吾足。』」錢箋：「喻己之賞薄而不自言，恥與靈武諸臣爭功也。」

〔五一〕榮華句：潘岳《楊仲武誄》：「名器雖光，勳業未融。」《趙次公先後解》：「言榮華與勳業相敵，不可妄求。自傷其勳業之寡，故榮華之微也。」

〔五二〕吾觀二句：《史記·貨殖列傳》：「(范蠡)乃乘扁舟浮於江湖，變名易姓，適齊，爲鴟夷子皮；之陶，爲朱公。朱公以爲陶天下之中，諸侯四通，貨物所交易也。乃治産積居，與時逐而不責於人。故善治生者，能擇人而任時，十九年之中，三致千金。」盧元昌曰：「公借范蠡比李泌，泌歸衡山，代宗時事，有非李泌不能匡救者，公望朝廷速徵之。」穿鑿不足取。

〔五三〕羣凶二句：《漢書·枚乘傳》：「與英俊並游。」黄鶴注：「羣凶當是指崔旰輩。」

## 阻雨不得歸瀼西甘林〔一〕

三伏適已過，驕陽化爲霖〔二〕。欲歸瀼西宅，阻此江浦深。壞舟百板坼，峻岸復萬尋。篙工初一弃，恐泥勞寸心〔三〕。佇立東城隅①〔四〕，悵望高飛禽。草堂亂玄圃，不隔崑崙岑〔五〕。昏渾衣裳外，曠絶同層陰②〔六〕。園甘長成時，三寸如黄金〔七〕。諸侯舊上計，厥貢傾千林〔八〕。邦人不足重，所迫豪吏侵〔九〕。客居暫封植③，日夜偶瑤琴〔一〇〕。虛徐五株態，側塞煩胸襟〔一一〕。焉得輟兩足④〔一二〕，杖藜出嶇嶔。條流數翠實，偃息歸碧潯〔一三〕。拂拭烏皮几〔一四〕，喜聞樵牧音。令兒快搔背，脱我頭上簪〔一五〕。（0296）

【校】

① 佇，錢箋校：「一作倚。」《草堂》校：「一作俯。」

② 層，《草堂》作「曾」。

③ 植，錢箋、《草堂》作「殖」。

④ 得，錢箋、《草堂》校：「一作能。」　兩，錢箋校：「一作雨。」《草堂》校：「疑當作雨足。謝朓詩：森森散雨足。」

【注】

黄鶴注：當是大曆元年（七六六）作。以《客居》詩互考之，乃是公初至夔時嘗暫居瀼西。仇注：當是大曆二年（七六七）七月作。

〔一〕瀼西：見本卷《柴門》（0274）注。王嗣奭《杜臆》：「是往白帝城而阻雨。」

〔二〕三伏二句：《初學記》卷四引《陰陽書》：「從夏至後第三庚爲初伏，第四庚爲中伏，立秋後初庚爲後伏，謂之三伏。曹植謂之三旬。」張九齡《奉和聖制瑞雪篇》：「昨訝驕陽積數旬，始知和氣待迎新。」

〔三〕恐泥：《論語·子張》：「致遠恐泥，是以君子不爲也。」施鴻保云：「公詩常用『恐泥』字……皆晦澀不明，蓋猶『執熱』等，當時語也。」按，執熱、恐泥，皆杜詩喜用。

〔四〕東城：指白帝城。見本卷《柴門》注。

〔五〕草堂二句：玄圃，見卷二《奉先劉少府新畫山水障歌》(0080)注。《趙次公先後解》：「珍重其甘林，有同玄圃。」盧元昌曰：「瀼西路非玄圃，遠異崑崙，其如水氣濺衣，層陰絶跡何？所以欲歸瀼西者，以甘林極不忘耳。」

〔六〕曠絶句：馬融《廣成頌》：「稀有曠絶。」江淹《從冠軍建平王登廬山香爐峰》：「日落長沙渚，曾陰萬里生。」《文選》李善注：「曾，重也。」

〔七〕園甘二句：本書卷一五《即事》(1063)：「一雙白魚不受釣，三寸黄甘猶自青。」《宋書·彭城王義康傳》：「上嘗冬月啖甘，歎其形味並劣，義康在坐曰：『今年甘殊有佳者。』遣人還東府取甘，大供御者三寸。」

〔八〕諸侯二句：《史記·范雎蔡澤列傳》：「三歲不上計。」集解：「司馬彪曰：凡郡掌治民，進賢勸功，決訟檢奸，常以春行所至縣，勸民農桑，振救乏絶，秋冬遣無害吏案訊問諸囚，平其罪法，論課殿最，歲盡遣吏上計。」《通典》卷三三《職官·郡太守》：「漢制，歲盡遣上計掾史各一人，條上郡内衆事，謂之計偕簿。」《漢書·地理志》：「魚復，江關，都尉治，有橘官。」《新唐書·地理志》夔州雲安郡土貢：「茶、柑、橘、蜜、蠟。」

〔九〕邦人二句：《趙次公先後解》：「邦人反不足以爲重，其反不重者無它，苦於豪吏之侵奪故耳。」

〔一〇〕客居二句：封植，同封殖。《左傳》昭公二年：「宿敢不封殖此樹，以無忘《角弓》。」江淹《雜體詩・休上人怨别》：「寶書爲君掩，瑶琴詎能開。」《草堂》夢弼注：「此樹日夜聽其風韻，若鼓瑶琴焉。」

〔一一〕虚徐二句：班固《幽通賦》：「承靈訓其虚徐兮，佇盤桓而且俟。」《文選》李善注：「虚徐，狐疑也。」側塞，見卷一《大雲寺贊公房四首》(0045)注。

〔一二〕焉得句：《三國志・吴書・陸遜傳》：「臣聞志行萬里者，不中道而輟足。」輟足爲止行之義，詩意似不連貫。然作輟雨足，亦不成辭。

〔一三〕條流二句：《宋書・志序》：「網羅一代，條流遂廣。」《文心雕龍・宗經》：「歲歷綿曖，條流紛糅。」《通典》卷四〇《職官》：「條流不紊，職非重設。」條流有源流、條理義。朱鶴齡引劉孝儀《緑李賦》「緑珠滿條流」，未詳所出。仇注謂「枝條之上，果實流動」，亦望文生義。此謂當至甘園逐一清點果實，與偃息對言，皆作動詞。劉楨《魯都賦》：「翠實離離，鳳凰攸食。」陳子昂《南山家園林木交映》：「蛺蝶憐紅蘂，蜻蜓愛碧潯。」

〔一四〕烏皮几：謝朓《詠烏皮隱几詩》：「蟠木生附枝，刻削豈無施。取則龍文鼎，三趾獻光儀。勿言素韋絜，白沙尚推移。曲躬奉微用，聊承終宴疲。」《南史・宋本紀》：「葦席舊以烏皮緣故，欲代以紫皮。上以竹棨未至於壞，紫色貴，並不聽改。」烏皮几蓋以烏皮纏飾。

〔一五〕令兒二句：《太平御覽》卷三七〇引《列異傳》：「神仙麻姑降東陽蔡經家，手爪長四寸。經意曰：『此女子實好佳手，願得以搔背。』」郭璞《答賈九州愁》：「逍游永年，抽簪收髮。」

## 雨①

峽雲行清曉，烟霧相徘徊。風吹蒼江樹，雨洒石壁來〔一〕。淒淒生餘寒，殷殷兼出雷②〔二〕。白谷變氣候③，朱炎安在哉〔三〕？高鳥濕不下，居人門未開。楚宮久已滅，幽珮爲誰哀〔四〕？侍臣書王夢，賦有冠古才。冥冥翠龍駕，多自巫山臺〔五〕。（0297）

【校】

①雨，《九家》合後二首題作「雨三首」。

②出，錢箋校：「一作山。」《草堂》作「山」。

③谷，《草堂》作「公」。

【注】

黃鶴注：當是大曆元年（七六六）在夔州作。然三篇非一時作。

〔一〕風吹二句：《朱子語類》卷一四〇：「『樹』字無意思，當作『去』字無疑，『去』字對『來』字。」仇注：「此乃古詩，作『樹』字本合，言風先吹樹而繼以雨來也。」

〔二〕殷殷句：《詩·召南·殷其雷》：「殷其雷，在南山之陽。」

〔三〕白谷二句：《草堂》夢弼注：「白屬秋，朱屬夏，謂夏得雨而氣候變爲秋也。」仇注引邵注：「白谷，巫山之谷。」

〔四〕楚宫二句：《趙次公先後解》：「幽珮，則以雨聲如珮，因以比神女之珮也。蓋《神女賦》有云『於是摇珮飾，鳴玉鸞』也。」

〔五〕侍臣四句：宋玉《高唐賦》：「昔者楚襄王與宋玉游於雲夢之臺，望高唐之觀……玉曰：『昔者先王嘗游高唐，怠而晝寢，夢見一婦人曰：「妾，巫山之女也。爲高唐之客，聞君游高唐，願薦枕席。」王因幸之，去而辭曰：「妾在巫山之陽，高丘之阻，旦爲朝雲，暮爲行雨，朝朝暮暮，陽臺之下。」旦朝視之，如言，故爲立廟，號爲朝雲。』王曰：『朝雲始出，狀若何也？』玉對曰：『其始出也，曊兮若松榯；其少進也，晰兮若姣姬。揚袂鄣日，而望所思。忽兮改容，偈兮若駕駟馬，建羽旗。湫兮如風，凄兮如雨。風止雨霽，雲無處所。』」又《神女賦》：「楚襄王與宋玉游於雲夢之浦，使玉賦高唐之事。其夜，王寢，果夢與神女遇，其狀甚麗，王異之，明日以白玉。玉曰：『其夢若何？』王曰：『晡夕之後，精神怳忽，若有所喜，紛紛擾擾，未知何意。目色仿佛，乍若有記。見一婦人，狀甚奇異，寐而夢之，寤不自識。罔兮不樂，悵然失志。於是撫心定氣，復見所夢。』」《趙次公先後解》：「侍臣，指玉也。賦，則《高唐》、《神女賦》也。翠龍駕，則又指神女也。神女曰：『妾旦爲朝雲，暮爲行雨……』故以雨歸之神女也。」朱鶴齡注：「翠龍是行雨之龍。」多，仇注：「乃大都之意。」

## 雨二首

青山澹無姿，白露誰能數〔一〕？片片水上雲，蕭蕭沙中雨。殊俗狀巢居，曾臺俯風渚〔二〕。佳客適萬里，沉思情延佇〔三〕。挂帆遠色外，驚浪滿吴楚〔四〕。久陰蛟螭出，寇盜復幾許①〔五〕？（0298）

**【校】**

① 寇盜，宋本、錢箋、《九家》、《草堂》校：「一云冠蓋。」

**【注】**

《趙次公先後解》編入大曆三年（七六八）荆南所作。黄鶴注：今以「殊俗狀巢居」之言，疑止可用於夔州。若在江陵作，不應詩又云「空山中宵陰」。當是大曆元年（七六六）在夔州作。

〔一〕白露句：《禮記·月令》：「孟秋之月……涼風至，白露降，寒蟬鳴。」《趙次公先後解》：「誰能數，暗用佛書雨露皆有頭數之義。」《楞嚴經》卷五：「如是乃至恒沙界外，一滴之雨，亦知頭數。」按，此故設問語，未必用佛書。

〔二〕殊俗二句：巢居，參卷三《五盤》(0164)注。元稹《酬樂天得微之詩知通州事因成四首》：「平地才應一頃餘，閣欄都大似巢居。」注：「巴人多在山坡架木爲居，自號閣欄頭也。」傅毅《七激》：「曾臺百仞，臨望博見。俯視雲霧，騁目窮觀。」曾同層。柳惲《贈吴均》：「相思白露亭，永望秋風渚。」

〔三〕佳客二句：《趙次公先後解》：「此必有所别之人。」陶淵明《停雲》：「良朋悠邈，搔首延佇。」

〔四〕挂帆二句：木華《海賦》：「維長綃，挂帆席。」又：「驚浪雷奔，駭水迸集。」

〔五〕久陰二句：張衡《南都賦》：「追水豹兮鞭魍魎，憚夔龍兮怖蛟螭。」《文選》李善注：「蛟螭，若龍而黄。」左思《蜀都賦》：「或藏蛟螭，或隱碧玉。」《文選》劉逵注：「有鱗曰蛟螭。蛟螭，水神也。一曰雌龍也，一曰龍子也。」《趙次公先後解》：「末四句蓋憂佳客旅興之辭。」

空山中宵陰，微冷先枕席〔一〕。回風起清曙①，萬象萋已碧〔二〕。落落出岫雲，渾渾倚天石〔三〕。日假何道行〔四〕，雨含長江白。連檣荆州船〔五〕，有士荷矛戟。南防草鎮慘，霑濕赴遠役〔六〕。羣盜下辟山，總戎備强敵〔七〕。水深雲光廓，鳴櫓各有適〔八〕。漁艇息悠悠②，夷歌負樵客〔九〕。留滯一老翁，書時記朝夕〔一〇〕。(0299)

【校】

①曙，錢箋校：「一作曉。」《九家》作「曉」。

②息，宋本、錢箋、《九家》、《草堂》校一作「自」。

【注】

〔一〕空山二句：陶淵明《雜詩》：「風來入房户，夜中枕席冷。氣變悟時易，不眠知夕永。」

〔二〕回風二句：《古詩十九首》：「回風動地起，秋草萋已緑。」《爾雅・釋天》：「回風爲飄。」郭璞注：「旋風也。」

〔三〕落落二句：陶淵明《歸去來兮辭》：「雲無心以出岫，鳥倦飛而知還。」周興嗣《答吴均》：「暟暟夕雲起，落落曉星沈。」宋玉《大言賦》：「長劍耿耿倚天外。」枚乘《七發》：「沌沌渾渾，狀如奔馬。」

〔四〕日假句：《漢書・天文志》：「日有中道，月有九行。中道者，黄道，一曰光道。」《趙次公先後解》：「以久雨陰晦，不知日之所行何道也。」

〔五〕連檣：郭璞《江賦》：「舳艫相屬，萬里連檣。」

〔六〕南防二句：《趙次公先後解》：「此篇蓋當是時荆渚間有寇盜而實道其事也。南防草鎮慘，則寇盜之在草鎮者矣。」王嗣奭《杜臆》：「草鎮，地名，想即黄草峽也。蓋峽西有亂，而總戎調荆州兵以防之，故船中之士，荷戈冒雨，而赴遠役。」按，草鎮猶言草市，謂不知名集鎮。

〔七〕羣盜二句：《元和郡縣圖志》卷三三渝州：「壁山縣，中下。東北至州一百八十里。本江津、萬壽、巴三縣地，四面高山，中央平田，周回約二百里。天寶中，諸州逃户多投此營種。川中有一孤山，西北二面險峻，東南面稍平，土人號爲重壁山。至德二年置縣，因山爲名。」《趙次公先後解》作「壁山」。朱鶴齡注謂《宋史》有辟山縣，疑即此地。按，《宋史》亦作「壁山」。《晋書·張華傳》：「據方鎮總戎馬之任者，皆在陛下聖慮矣。」

〔八〕鳴櫓句：《清商曲辭·襄陽樂》：「上水郎擔篙，下水摇雙櫓。」《釋名·釋船》：「在傍曰櫓。櫓，膂也，用膂力然後舟行也。」《集韻》：「艣，所以進船也。通作樐。」戴侗《六書故》：「槳……摇者曰櫓，刺者曰櫂，曰篙。」

〔九〕夷歌：《後漢書·西南夷傳》：「夷歌巴舞，殊音異節之技，列倡於外門。」左思《蜀都賦》：「陪以白狼，夷歌成章。」

〔一〇〕留滯二句：太史公留滯周南，見本卷《寄韓諫議》(0278)注。《左傳》昭公九年：「冬，築郎囿，書時也。」《趙次公先後解》：「姑書時節之朝夕而已。」按，此書時亦謂記時事。

## 又上後園山脚

昔我游山東，憶戲東岳陽。窮秋立日觀，矯首望八荒①〔一〕。朱崖著毫髮，碧海吹衣裳〔二〕。蓐收困用事，玄冥蔚强梁〔三〕。逝水自朝宗，鎮石各其方②〔四〕。平原獨憔悴〔五〕，農力廢耕桑。非關風露凋③，曾是戍役傷〔六〕。於是國用富，足以守邊疆。朝廷任猛將，遠奪戎虜場〔七〕。到今事反覆，故老淚萬行〔八〕。龜蒙不復見〔九〕，況乃懷舊鄉④。肺萎屬久戰，骨出熱中腸〔一〇〕。憂來杖匣劍〔一一〕，更上林北岡。瘴毒猿鳥落〔一二〕，峽乾南日黄。秋風亦已起，江漢始如湯〔一三〕。登高欲有往，蕩析川無梁〔一四〕。哀彼遠征人，去家死路傍。不及父祖塋⑤，累累塚相當〔一五〕。（0300）

【校】

① 八，宋本、錢箋、《九家》校：「一云北。」

② 石，錢箋作「名」。

③ 非關，宋本、錢箋、《九家》校：「一云北闕。」

④ 舊，錢箋校：「一作故。」

⑤ 父祖，錢箋作「祖父」。

【注】

黄鶴注：前有《上後園山脚》詩，爲大曆二年（七六七）夏作，則此詩乃其年秋作。

〔一〕昔我四句：東岳，泰山。見卷一《望岳》（0005）注。《水經注》汶水：「應劭《漢官儀》云：泰山東南山頂，名曰日觀。日觀者，雞一鳴時見日，始欲出，長三丈許，故以名焉。」

〔二〕朱崖二句：木華《海賦》：「南瀲朱崖，北洒天墟。」《文選》李善注：「東都主人曰：南燿朱垠。垠，亦崖也。」仇注：「毫髮言渺茫。」謂遠望朱崖渺如毫髮。《初學記》卷六引東方朔《十洲記》：「東有碧海，廣狹浩汗，與東海等，水不鹹苦，正作碧色。」

〔三〕蓐收二句：《禮記·月令》：「孟秋之月……其神蓐收。」「孟冬之月……其神玄冥。」《老子》四十二章：「强梁者不得其死。」王嗣奭《杜臆》：「蓐收西方，困用事，似謂吐蕃時有戰爭。玄冥北方，蔚强梁，知禄山已有尾大之虞。」錢箋：「窮秋之時，蓐收將退，而玄冥方來，喻長安漸凋敝，而禄山方强梁于范陽也。」

〔四〕逝水二句：《書·禹貢》：「江漢朝宗於海。」鎮石，《杜臆》、仇注謂指《周禮》九州之鎮山。按，此當指方鎮。《舊唐書·地理志》：「開元二十一年，分天下爲十五道，每道置采訪使……凡節度使十，經略守捉使三。大凡鎮兵四十九萬人。」《唐會要》卷三六《修撰》：「元和二年十二月，李吉甫等撰《元和年國計簿》十卷，總計天下方鎮，凡四十八道。」

〔五〕平原句：朱鶴齡注：「平原，猶言中原。黄鶴指德州平原郡，非也。時河北皆苦戍役，不應獨舉平原一郡言之。」

〔六〕曾是：蔣紹愚謂即乃是、正是。張九齡《奉和聖制瑞雪篇》：「匪惟在人利，曾是扶天意。」陳子昂《答韓使同在邊》：「聞詔安邊使，曾是故人謨。」

〔七〕於是四句：《分門》洙曰：「當玄宗時，不能節用自守，而委任蕃將，求功夷狄也。」

〔八〕故老句：沈約《春詠》：「襟前萬行淚，故是一相思。」駱賓王《送費六還蜀》：「萬行流别淚，九折切驚魂。」

〔九〕龜蒙：《詩·魯頌·閟宫》：「泰山岩岩，魯邦所詹。奄有龜蒙，遂荒大東。」傳：「龜，山也。蒙，山也。」疏：「魯之境内，有此二山。」《元和郡縣圖志》卷一〇兖州泗水縣：「龜山，在縣東北七十五里。」蒙山，參卷一《玄都壇歌寄元逸人》(0008)「東蒙」注。

〔一〇〕肺萎二句：《黄帝内經素問》卷一二《痿論》篇：「肺者，藏之長也，爲心之蓋也。有所失亡，所求不得，則發肺鳴，鳴則肺熱葉焦。故曰五藏因肺熱葉焦，發爲痿躄。」久戰，仇注：「病咳而身戰也，公《過王倚詩》『寒熱時交戰』可證，舊注作世亂戰伐者非。」

〔一一〕憂來句：鮑照《贈故人馬子喬》：「雙劍將别離，先在匣中鳴。」何遜《别沈助教》：「可憐玉匣劍，復此飛鳧舄。」

〔一二〕瘴毒句：《後漢記·光武帝紀》馬援語：「當吾在浪泊西時，下潦上霧，毒氣浮蒸，仰視飛鳶跕跕墮水中。」

〔一三〕江漢句：《詩·大雅·江漢》：「江漢湯湯，武夫洸洸。」仇注：「如湯，言風濤相激，如湯之沸。」按，此用《江漢》詩意，如湯謂水始盛大。

〔一四〕蕩析句：《書·盤庚》：「今我民用蕩析離居，罔有定極。」《吴越春秋》卷一〇河梁之詩：「悲去歸兮河無梁。」

〔一五〕不及二句：潘岳《懷舊賦》：「墳壘壘而接壟，柏森森以攢植。」

朱鶴齡注：「開元末，公游齊趙，有《望岳》詩。此云『憶戲東岳陽』、『窮秋立日觀』，則後又嘗登岱頂矣。《通鑑》：天寶九載四月，平盧范陽節度使安禄山欲以邊功市寵，數侵掠奚、契丹，奚、契丹各殺公主以叛，禄山討破之。此詩平原、戍役、猛將、戎馬等語，正指當時之事。」

## 雨

山雨不作埿〔一〕，江雲薄爲霧①。晴飛半嶺鶴，風亂平沙樹〔二〕。明滅洲景微，隱見岩姿露〔三〕。拘悶出門游，曠絶經目趣〔四〕。消中日伏枕〔五〕，卧久塵及屨。豈無平肩輿〔六〕，莫辨望鄉路。兵戈浩未息，蛇虺反相顧〔七〕。悠悠邊月破〔八〕，鬱鬱流年度。針灸阻朋曹，糠籺對童孺〔九〕。一命須屈色②，新知漸成故〔一〇〕。窮荒益自卑，飄泊欲誰訴。尪羸愁應接，俄頃恐違迕③〔一一〕。浮俗何萬端，幽人有高步④〔一二〕。龐公竟獨往，尚子終罕遇〔一三〕。宿留洞庭秋，天寒瀟湘素〔一四〕。杖策可入舟〔一五〕，送此齒髮暮。（0301）

**【校】**

① 雲，《草堂》校：「一作雪。」

②色，《草堂》作「己」。

③違，宋本、錢箋、《九家》、《草堂》校一作「危」。

④高，錢箋作「獨」，校：「吴作高。」

【注】

黄鶴注：當是大曆二年（七六七）夔州作。時欲下峽入荆襄矣。

〔一〕涅：《玉篇》：「涅，泥塗也。」

〔二〕晴飛二句：范雲《餞謝文學離夜》：「遠山隱且見，平沙斷還緒。」

〔三〕明滅二句：沈約《奉和竟陵王藥名詩》：「玉泉亟周流，雲華乍明滅。」《趙次公先後解》：「半嶺鶴、平沙樹、洲景、岩姿，皆新語矣。」

〔四〕曠絶句：《趙次公先後解》：「言空曠絶遠之處，即是經目之景趣也。或云以雨之故，氣象昏昏，故曠隔阻絶所經目之景趣，非是。」按，曠絶如愁絶、蕪絶、幽絶、斗絶、懸絶之例，皆表程度之甚。

〔五〕消中：見本卷《客堂》（0269）注。

〔六〕豈無句：《世説新語·簡傲》：「王子猷嘗行吴中，見一士大夫家極有好竹……王肩輿徑造竹下，諷嘯良久。」《太平廣記》卷二六九《胡淛》（出《投荒雜録》）：「淛每召將吏鞠，且患馬之不習，便更命夷民十餘輩肩輿。」《趙次公先後解》：「轎子也。」

〔七〕兵戈二句：黄鶴注：「是年吐蕃寇邠、靈州，京師戒嚴。」《詩・小雅・斯干》：「維虺維蛇，女子之祥。」箋：「虺蛇穴處，陰之祥也，故爲生女。」按，《小雅・正月》：「哀今之人，胡爲虺蜴。」箋：「虺蜴之性，見人則走。哀哉今之人何爲如是。傷時政也。」此蓋混用。《趙次公先後解》謂蛇虺「以比盜賊凶徒」，誤。

〔八〕悠悠句：《胡笳十八拍》：「殺氣朝朝衝塞門，胡風夜夜吹邊月。」《趙次公先後解》：「月破，一月而去也。公嘗有句云『二月已破三月來』，亦此破義。」破，參卷一《奉贈韋左丞丈二十二韻》（0001）注。按，「二月已破」純言歲月，而此句則混邊塞之月爲歲月之月。仇注：「月破，月殘也。」亦未明其含混句法。

〔九〕針灸二句：《趙次公先後解》：「以針灸之故，與朋曹阻隔。貧食糠籺，與童孺相對如此。」糠籺，見本卷《驅豎子摘蒼耳》（0287）注。

〔一〇〕一命二句：《禮記・王制》：「制：三公一命卷，若有加則賜也，不過九命。……小國之卿與下大夫一命。」唐人往往指初授官。《晉書・王衍傳》：「衍幼年無屈下之色。」《趙次公先後解》：「上兩句似指言嚴鄭公矣。蓋嚴武辟公爲節度參謀，則所謂『一命』也。……『漸成故』，蓋言其死也。」王嗣奭《杜臆》：「謂對一命之人，便須屈色。」按，王說似不確。蓋唐人稱一命多自言其卑。然趙解「漸成故」顯誤。《史記・魯仲連鄒陽列傳》：「諺曰：有白頭如新，傾蓋如故。」詩蓋從此化出。

〔一一〕尪羸二句：《晉書・山濤傳》：「臣二子尪病，宜絶人事。」《趙次公先後解》：「以尪羸不堪於應接，故以之爲愁。其應接既倦而不久，則才俄頃而已，又却有違迕之憂焉。」

〔一二〕高步：左思《詠史》：「被褐出閶闔，高步追許由。」

〔一三〕龐公二句：龐公，見卷三《遣興五首》（0109）注。《後漢書·逸民傳·尚長》：「尚長字子平，河内朝歌人也。隱居不仕，性尚中和。……建武中，男女娶嫁既畢，勑斷家事勿相關，當如我死也。於是遂肆意，與同好北海禽慶俱游五岳名山，竟不知所終。」

〔一四〕宿留二句：《漢書·郊祀志》：「宿留海上。」錢箋、朱鶴齡注皆引顏師古注：「有所須待也。」按，顏注乃釋宿留之動機，非宿留即須待也。《趙次公先後解》：「如言等候也。」仇注：「此拆用『素秋』二字。」

〔一五〕杖策：陸機《猛虎行》：「整駕肅時命，杖策將遠尋。」《文選》李善注引杜預《左氏傳注》：「策，馬檛也。」

## 贈李十五丈別〔一〕

峽人鳥獸居，其室附層顛〔二〕。下臨不測江〔三〕，中有萬里船。多病紛倚薄〔四〕，少留改歲年。絶域誰慰懷，開顔喜名賢①〔五〕。孤陋忝末親②，等級敢比肩〔六〕。人生意氣合③，相與襟袂連〔七〕。一日遺兩僕④，三日共一筵⑤。揚論轉寸心⑥，壯筆過飛泉〔八〕。玄成美價存，子山舊業傳〔九〕。不聞八尺軀〔一〇〕，常受衆目憐。且爲苦辛行⑦，蓋被生事牽。北回白帝棹，南入黔陽天〔一一〕。汧公制方隅，迥出諸侯先〔一二〕。封内如太古，時危獨蕭然。清高金莖露⑧，正直朱絲絃〔一三〕。昔在堯四岳，今之黄潁川〔一四〕。于邁恨不同，所思無由宣〔一五〕。山深水增波，解榻秋露懸〔一六〕。客游雖云久，亦思月再圓⑨。晨集風渚亭，醉操雲嶠篇〔一七〕。丈夫貴知己，歡罷念歸旋〔一八〕。（0302）

【校】

①喜，《草堂》作「嘉」，校：「一作喜。」　名，宋本作「多」，蓋字誤。據錢箋、《九家》、《草堂》改。

②親，《草堂》作「戚」。

③氣，錢箋、《九家》、《草堂》作「頗」，校：「一作氣。」

④遣兩，錢箋、《九家》、《草堂》作「兩遣」。

⑤共一，錢箋、《九家》作「一共」。

⑥轉，錢箋、《九家》、《草堂》作「展」。

⑦苦辛，錢箋、《九家》、《草堂》作「辛苦」。

⑧金莖露，錢箋、《草堂》校：「一作金掌露。一作金莖掌。」　露，《九家》校：「一作掌。」

⑨亦思，錢箋、《九家》、《草堂》作「主要」，錢箋校：「陳作亦思。」

【注】

黄鶴注：李十五丈即文嶷秘書也。寄李之詩在大曆元年（七六六）夏作，則此詩乃其年秋作也。

〔一〕李十五丈：本書卷一五有《奉寄李十五秘書二首》（1061），題注「文嶷」。詩云：「衣冠八尺身。」「玄成負文彩。」黄鶴注謂與此詩「不聞八尺軀」、「玄成美價存」合，故知爲文嶷。然此詩稱「未親」，彼二詩絶無言及，且稱謂互異，僅行第偶合。姑存疑。

〔二〕峽人二句：參本卷《雨二首》（0298）「殊俗狀巢居」注。

〔三〕下臨句：賈誼《過秦論》：「據億丈之城，臨不測之谿以爲固。」枚乘《上書諫吴王》：「上懸無極之高，下垂不測之淵。」

〔四〕多病句：謝靈運《過始寧墅》：「拙疾相倚薄，還得静者便。」

〔五〕開顏句：馮衍《顯志賦》：「沮先聖之成論兮，邈名賢之高風。」

〔六〕孤陋二句：《禮記·學記》：「獨學而無友，則孤陋而寡聞。」《戰國策·齊策三》：「千里而一士，是比肩而立。」仇注：「李與公必同輩親戚，故云未親、比肩。」按，李乃杜之丈人行。詩謂不敢與李比肩。

〔七〕人生二句：《玉臺新詠》卷一《白頭吟》：「男兒重意氣，何用錢刀爲。」盧諶《與劉琨書》：「昔聶政殉嚴遂之顧，荆軻慕燕丹之義，意氣之間，靡軀不悔。」盧照鄰《五悲文》：「平生連袂，宿昔銜杯。」李白《玩月金陵城西孫楚酒樓》：「捨舟共連袂，行上南渡橋。」

〔八〕揚論二句：《韓非子》有《揚權》篇。《漢書·叙傳》：「揚榷古今，監世盈虚。」陸機《文賦》：「函綿邈於尺素，吐滂沛乎寸心。」曹植《王仲宣誄》：「文若春華，思若涌泉。」

〔九〕玄成二句：《漢書·韋賢傳》：「賢四子……少子玄成，復以明經歷位至丞相。故鄒魯諺曰：『遺子黄金滿籝，不如一經。』」《周書·庾信傳》：「庾信字子山……父肩吾，梁散騎常侍、中書令。……時肩吾爲梁太子中庶子，掌書記。東海徐摛爲左衛率。摛子陵及信，並爲抄撰學士。父子在東宫，出入禁闥，恩禮莫與比隆。既有盛才，文並綺艷，故世號爲徐庾體焉。」

〔一〇〕不聞句：《史記·項羽本紀》：「籍長八尺餘，力能扛鼎。」又《張丞相列傳》：「初，張蒼父長不滿五尺，及生蒼，蒼長八尺餘，爲侯、丞相。蒼子復長。及孫類，長六尺餘，坐法失侯。」

〔一一〕北回二句：《元和郡縣圖志》卷三〇黔州：「彭水縣，上，郭下。本漢西陽縣地，屬武陵郡。自吴至梁陳，並爲黔陽縣地。」按，詩所言即指黔州。

〔一二〕汧公二句：《九家》杜田《補遺》：「汧公，李勉。按《舊史》，上元初爲梁州刺史、山南西道防禦使。李十五在峽中，往謁之。故子美作此詩爲别也。」《趙次公先後解》：「然以《舊史》上元初言之，則在肅宗時。……相去七年矣。……然則汧公又非李勉乎？以俟博聞。」黄鶴注：「《新史》謂嶺南節度使召歸，進工部尚書，封汧國公。……勉大曆四年方入嶺南，其歸在五年以後，公已死矣，無容言汧公，疑有誤。」錢箋：「李勉……後歷河南尹，徙江西觀察使。大曆二年來朝，拜京兆尹。李十五自峽中往訪，正勉在江西時也。南入黔陽天，自黔取道之豫章也。……《新書》：大曆十年，拜工部尚書，封汧國公。此詩已稱汧公，知《新書》誤也。」黃生注：「由蜀入豫章，一水之便，而反迂道以入黔陽，何爲者耶？」按，嚴耕望《唐代交通圖考》考，由黔州東行二百里至黔江縣，又東北約三百里至施州清江縣，又東北一百三十里至建始縣，又約九十里至大石嶺驛，又北踰南陵山，下百八盤過江至巫山縣，此爲長江以南黔州通夔州巫山縣之陸道，路極險峻。蓋入黔須走此道，而李十五若自夔往江西，取道黔陽無異南轅北轍。黃生駁錢箋甚是。然黃從杜田說，謂李十五往梁州訪李勉，亦想當然，往梁州亦不當入黔。勉廣德二年亦已任洪州刺史，見《舊唐書·代宗紀》，時亦未封汧國公。此詩所言當非李勉，而乃時出任黔中者。據韋建《黔州刺史薛舒神道碑》，舒寶應初拜黔州刺史、黔中經略招討等使，封河東郡開國伯，大曆十年薨於溪州。其封非國公，然據職則必此人。疑詩有誤，汧公當作薛公。

〔一三〕清高二句：班固《西都賦》：「抗仙掌以承露，擢雙立之金莖。」《文選》李善注：「《漢書》曰：孝武又作柏梁、銅柱、承露仙人掌之屬矣。金莖，銅柱也。」鮑照《代白頭吟》：「直如朱絲繩，清如玉壺冰。」

〔一四〕昔在二句：《書·堯典》：「帝曰：咨，四岳。」傳：「四岳，即上羲和之四子，分掌四岳之諸侯，故稱焉。」《漢書·地理志》：「潁川，南陽，本夏禹之國。……韓延壽爲太守，先之以敬讓。黃霸繼之，教化大行，獄或八年亡重罪囚。」

〔一五〕于邁：《詩・魯頌・泮水》：「無小無大，從公于邁。」箋：「于，往。邁，行也。」

〔一六〕山深二句：《楚辭・招隱士》：「山氣巃嵸兮石嵯峨，谿谷嶄岩兮水曾波。」《後漢書・徐穉傳》：「時陳蕃爲（豫章）太守……蕃在郡不接賓客，唯穉來特設一榻，去則縣之。」錢箋：「勉按察江西，故用陳蕃事。」黄生謂之「其固已甚」。仇注：「李丈蓋嘗設榻以待公。」

〔一七〕晨集二句：柳惲《贈吴均》：「相思白露亭，永望秋風渚。」王融《游仙詩》：「結賞自雲嶠，移燕乃方壺。」

〔一八〕歸旋：《詩・召南・采蘩》：「被之祁祁，薄言還歸。」旋通還，此倒作歸旋。

## 贈鄭十八賁〔一〕

温温士君子，令我懷抱盡〔二〕。靈芝冠衆芳，安得闕親近？遭亂意不歸，竄身跡非隱〔三〕。細人尚姑息，吾子色愈謹〔四〕。高懷見物理〔五〕，識者安肯哂。卑飛欲何待，捷徑應未忍〔六〕。示我百篇文，詩家一標準〔七〕。羈離交屈宋，牢落值顔閔〔八〕。水陸迷畏途①，藥餌駐修軫〔九〕。古人日已遠，青史自不泯②〔一〇〕。步趾詠唐虞，追隨飯葵堇〔一一〕。數杯資好事，異味煩縣尹〔一二〕。心雖在朝謁，力與願矛

盾〔一三〕。抱病排金門，衰容肯爲敏③〔一四〕。（0303）

【校】

①畏，錢箋、《九家》、《草堂》校：「一作長。」

②自，錢箋、《九家》、《草堂》作「字」。

③肯，錢箋、《草堂》作「豈」。

【注】

黄鶴注：賁乃鄭十七之弟，公有《答鄭十七郎一絶》云：「把文驚小陸」，即其人也。以鄭十七絶句考之，當是大曆元年（七六六）雲安作。

〔一〕鄭十八賁：本書卷一四有《雲安九日鄭十八携酒陪諸公宴》（0947）、《答鄭十七郎一絶》（0948）。《新唐書·宰相世系表五上》鄭氏北祖胤伯後：全柳丞運孫、魯子，「賁」。錢起《客舍贈鄭賁》：「一望金門詔，三看黄鳥飛。暝投同旅食，朝出易儒衣。」天寶亂前作於長安。常衮《授鄭賁司農卿》：「早參幕畫，在樽俎而止戈；自董軍儲，有京坻之足食。」未知是否一人。《舊唐書·李希烈傳》：「僭號曰武成，以孫廣、鄭賁、李綬、李元平爲宰相。」時代亦相合。

〔二〕温温二句：《詩·小雅·小宛》：「温温恭人，如集於木。」傳：「温温，和柔貌。」謝靈運《相逢行》：「邂逅賞心人，與我傾懷抱。」

〔三〕竄身句：劉楨《贈五官中郎將》：「余嬰沈痼疾，竄身清漳濱。」

〔四〕細人二句：《禮記・檀弓上》：「君子之愛人也以德，細人之愛人也以姑息。」疏：「細小之人愛人也，不顧道理，且相寧息。」《史記・魏公子列傳》：「公子顏色愈和。」

〔五〕高懷句：《淮南子・覽冥訓》：「耳目之察，不足以分物理。」

〔六〕卑飛二句：《吴越春秋》卷八：「鷙鳥將搏，必卑飛戢翼。」張九齡《送蘇主簿赴偃師》：「賢人安下位，鷙鳥欲卑飛。」《楚辭・離騷》：「何桀紂之昌披兮，夫唯捷徑以窘步。」張衡《應間》：「捷徑邪至，我不忍以投步。」

〔七〕詩家句：袁宏《三國名臣序贊》：「器範自然，標準無假。」

〔八〕羈離二句：羈離，羈旅。沈約《愍塗賦》：「免悽愴於羈離，亦殷勤於行路。」高適《薊門不遇王之渙郭密之》：「迢遞千里游，羈離十年別。」屈宋，屈原、宋玉。司馬相如《上林賦》：「牢落陸離，爛漫遠遷。」《文選》李善注：「牢落，猶遼落也。」顏閔，顏淵、閔子騫。《論語・先進》：「德行：顏淵、閔子騫、冉伯牛、仲弓。」

〔九〕水陸二句：《莊子・達生》：「夫畏途者，十殺一人，則父子兄弟相戒也，必盛卒徒而後敢出焉。」何遜《相送聯句》：「高軒雖駐軫，餘日久無輝。」朱鶴齡注：「此言以丹藥駐年。」仇注：「謂暫輟行蹤，正對上迷途説。」

〔一〇〕青史：江淹《詣建平王上書》：「俱啓丹册，並圖青史。」《文選》李善注：「《漢書》有《青史子》。《音義》曰：古史官記事。」

〔一一〕步趾二句：《左傳》僖公二十六年：「寡人聞君親舉玉趾，將辱於敝邑。」劉楨《贈五官中郎將》：「所親一何篤，步趾慰我身。」鮑照《代放歌行》：「蓼蟲避葵堇，習苦不言非。」《趙次公先後解》：「詠唐虞而飯葵堇，非樂道而然耶？ 堇與葵皆菜之美者。」

〔一二〕數杯二句：《趙次公先後解》：「鄭十八蓋好事之人而爲縣尹也。」浦起龍云：「鄭亦有品之士，流寓於此者。」味詩意鄭似爲客，縣尹乃爲主。

〔一三〕力與句：嵇康《幽憤詩》：「事與願違，遘兹淹留。」《韓非子·難一》：「楚人有鬻楯與矛者，譽之曰：『吾楯之堅，莫能陷也。』又譽其矛曰：『吾矛之利，於物無不陷也。』或曰：『以子之矛陷子之楯何如？』其人弗能應也。」

〔一四〕抱病二句：揚雄《解嘲》：「歷金門，上玉堂。」《左傳》文公十五年：「魯人以爲敏。」仇注：「末用自叙作結。」

# 殿中楊監見示張旭草書圖〔一〕

斯人已云亡，草聖秘難得。及兹煩見示，滿目一淒惻。悲風生微綃〔二〕，萬里有古色①。鏘鏘鳴玉動，落落羣松直〔三〕。連山蟠其間，溟漲與筆力〔四〕。有練實先書，臨池真盡墨〔五〕。俊拔爲之主〔六〕，暮年思轉極。未知張王後，誰並百代則〔七〕。

嗚呼東吴精，逸氣感清識〔八〕。楊公拂篋笥，舒卷忘寢食。念昔揮毫端，不得觀酒德〔九〕②。（0304）

【校】

① 有，錢箋、《九家》、《草堂》作「起」。

② 得，錢箋、《九家》、《草堂》作「獨」。

【注】

黄鶴注：後篇《送楊監赴蜀見相公》詩云「送子清秋暮」，則此同是大曆元年（七六六）作。《趙次公先後解》謂前二篇與後篇稍遠無害，豈有同日觀書畫而便送別也。

〔一〕殿中楊監：參《送殿中楊監赴蜀見相公》（0306）注。《唐六典》卷一一殿中省：「監一人，從三品。少監二人，從四品上。」張旭：見卷一《飲中八仙歌》（0027）注。王嗣奭《杜臆》：「草書何以云圖？豈右軍《筆陣圖》之類乎？」施鴻保謂：「此當是草書障子。」

〔二〕悲風句：潘岳《河陽縣作》：「登城眷南顧，凱風揚微綃。」

〔三〕鏘鏘二句：謝朓《郊祀曲》：「鏘鏘玉鑾動，溶溶金障旋。」鮑照《代邊居行》：「長松何落落，丘隴無復行。」《法書要録》卷二袁昂《古今書評》：「崔子玉書如危峰阻日，孤松一枝，有絶望之意。」

〔四〕連山二句：《法書要録》卷九：「宋蕭思話……行草如連岡盡望，勢不斷絶。」謝靈運《游赤石進帆海》：「溟漲無端倪，虚舟有超越。」《趙次公先後解》：「玉動、松直、山蟠，皆以狀其草書。溟漲與筆力，言筆力浩汗，若溟渤之漲水乞與之也。」

〔五〕有練二句：衛恒《四體書勢》：「弘農張伯英者……凡家之衣帛，必書而後練之，臨池學書，池水盡黑。」

〔六〕俊拔：《法書要録》卷六竇臮《述書賦》字格：「峻，頓挫穎達曰峻」；「拔，輕駕超殊曰拔。」

〔七〕未知二句：《趙次公先後解》：「張則伯英，王則羲之。」《晋書·王羲之傳》：「每自稱我書比鍾繇，當抗行；比張芝草，猶當雁行也。」

〔八〕嗚呼二句：李頎《贈張旭》：「皓首窮草隸，時稱太湖精。」王嗣奭《杜臆》：「東吴精可作旭别號。」《趙次公先後解》：「言張旭之逸氣感楊監之清識。」

〔九〕不得句：晋劉伶有《酒德頌》。《趙次公先後解》：「末句又言旭之善飲。」

## 楊監又出畫鷹十二扇

近時馮紹正，能畫鷙鳥樣〔一〕。明公出此圖，無乃傳其狀〔二〕。殊姿各獨立，清絶心有向①。疾禁千里馬，氣敵萬人將。憶昔驪山宫，冬移含元仗〔三〕。天寒大羽獵，此物神俱王〔四〕。當時無凡材，百中皆用壯〔五〕。粉墨形似間〔六〕，識者一惆悵。

干戈少暇日，真骨老崖嶂〔七〕。爲君除狡兔，會是翻鞲上②〔八〕。（0305）

【校】

① 向，錢箋、《草堂》校：「一作尚。」

② 翻，錢箋校：「一作飛。」

【注】

黄鶴注：題云「又出」，則是與前詩同時作。

〔一〕近時二句：《歷代名畫記》卷一叙歷代能畫名人「唐二百六人」，有馮紹正。卷三叙自古跋尾押署：「（開元）十年月日。王思忠裝。同上。使承議郎守殿中丞知中尚書作事安昌縣開國男臣馮紹正。」錢箋引《歷代名畫記》，謂紹正開元中任少府監，八年爲户部侍郎。《全唐文》小傳略同。然查《册府元龜》等，其官職唯載少府監，恐錢箋有誤。《唐朝名畫録》：「馮紹政善雞、鶴、龍、水，時稱其妙。開元中關輔大旱，京師渴雨尤甚，亟命大臣遍禱於山澤間，而無感應。上於龍池新創一殿，因詔少府監馮紹政於四壁各畫一龍。紹政乃先於四壁畫素龍，其狀蜿蜒，如欲振涌。繪事未半，若風雲隨筆而生。上與從官於壁下觀之，鱗甲皆濕。設色未終，有白龍自簷間出，入於池中。」

〔二〕明公二句：錢箋：「張彦遠云：顧愷之有摹搨妙法。古時好搨畫，十得七八。亦有御府搨本，謂之宫搨。十二扇，蓋搨馮監畫本也。」按，錢説據《歷代名畫記》卷二「論畫工用搨寫」。摹搨即摹寫。

〔三〕憶昔二句：《雍録》卷三：「龍朔二年，高宗染風痺，惡太極宫卑下，故就修大明宫，改名蓬萊宫，取殿後蓬萊池爲名也。至三年四月移仗御蓬萊宫之含元殿，二十五日始御紫宸，故咸亨元年改蓬萊宫爲含元殿。長安五年，又改爲大明宫。」玄宗每年冬避寒驪山華清宫，參卷一《奉同郭給事湯東靈湫作》(0035)注。

〔四〕神俱王：《莊子·養生主》：「神雖王，不善也。」釋文：「王，於況反。」林希逸《口義》：「王音旺。」

〔五〕百中句：《易·大壯》：「小人用壯。」《唐會要》卷七八《五坊宫苑使》：「五坊，謂雕、鶻、鷹、鷂、狗，共爲五坊，宫苑舊以一使掌之。自寶應二年後，五坊使入隸内宫苑使。」《開元天寶遺事》卷四：「申王有高麗赤鷹，岐王有北山黄鶻，上甚愛之。每弋獵，必置之駕前，帝目之爲決雲兒。」

〔六〕粉墨句：《宋書·謝靈運傳》論：「相如工爲形似之言。」張九齡《宋使君寫真圖贊》：「意得神傳，筆精形似。」

〔七〕真骨句：鍾嶸《詩品》：「真骨凌霜，高風跨俗。」

〔八〕爲君二句：孫楚《鷹賦》：「擒狡兔於平原，截鶴雁於河渚。」鮑照《代東武吟》：「昔如韝上鷹，今似檻中猿。」

# 送殿中楊監赴蜀見相公〔一〕

去水絶還波，洩雲無定姿〔二〕。人生在世間，聚散亦暫時。離别重相逢，偶然豈定期①〔三〕。送子清秋暮，風動長年悲②〔四〕。豪俊貴勳業，邦家頻出師〔五〕。相公鎮梁益，軍事無孑遺〔六〕。解榻再令見③〔七〕，用才復擇誰？況子已高位，爲郡得固辭〔八〕。難拒供給費，慎哀漁奪私〔九〕。干戈未甚息，紀綱正所持〔一〇〕。泛舟巨石横，登陸草露滋。山門日昜久④〔一一〕，當念居者思。（0306）

【校】

①定，《草堂》校：「一作乏。」

②動，錢箋、《九家》、《草堂》作「物」。

③再令見，錢箋、《九家》作「再見令」，《草堂》作「今再見」。

④昜，錢箋等作「易」。　久，錢箋、《草堂》校：「一作夕。」《九家》作「夕」。

【注】

〔一〕相公：杜鴻漸。《舊唐書·代宗紀》：「（大曆元年二月）壬子，命黄門侍郎、同平章事杜鴻漸兼成都尹，持節充山南西道、劍南東川等道副元帥，仍充劍南西川節度使，以平郭英乂之亂也。」「（二年）六月戊戌，山南劍南副元帥杜鴻漸自蜀入朝。」錢箋：「按《舊書・杜亞傳》，杜鴻漸以宰相出領山劍副元帥，以亞及楊炎並爲判官。《崔寧傳》：鴻漸至蜀日，與判官楊炎、杜亞縱觀高會。《羯鼓録》：鴻漸出蜀，至嘉陵江，與從事楊崖州、杜亞輩登驛樓望月，行觴讌語。此詩所謂楊監者，豈即崖州耶？炎以元載敗，貶道州司馬。詩云『況子已高位，爲郡得固辭』，則知炎爲判官，正以道州司馬辟也。」按，此姓氏偶合耳。據常衮《授庾準楊炎知制誥制》，楊炎爲副元帥判官時兼銜爲檢校兵部郎中。炎以元載敗被貶，更在大曆十二年，錢箋誤甚。

〔二〕去水二句：蕭衍《贈逸民》：「漏有去箭，流無還波。」鮑照《望孤石》：「洩雲去無極，馳波往不窮。」

〔三〕人生四句：謝靈運《酬從弟惠連》：「悟對無厭歇，聚散成分離。」蕭綱《妾薄命》：「蕩子行未至，秋胡無定期。」

〔四〕風動句：殷仲文《南州桓公九井作》：「景氣多明遠，風物自淒緊。」《淮南子・説山訓》：「桑葉落而長年悲也。」

〔五〕豪俊二句：《三國志・吴書・張昭傳》：「夫爲人後者，貴能負荷先軌，克昌堂構，以成勳業也。」邦家，國家。《越絶書》卷七：「孤欲空邦家，措策力。」

〔六〕相公二句：《漢書・地理志》：「至漢武帝攘却胡越，開地斥境……改梁曰益，凡十三部。」魏平蜀，分益州巴漢七郡置梁州。《詩・大雅・雲漢》：「周餘黎民，靡有孑遺。」浦起龍云：「無孑遺，借言軍事無幾微不關相公之慮，是以需材亟亟也。」

〔七〕解榻：見本卷《送李十五丈別》(0302)注。

〔八〕況子二句：仇注：「得固辭，言不得固辭也。」楊監當赴蜀任郡守。

〔九〕難拒二句：本卷《黄河二首》(0265)：「黄河西岸是吾蜀，欲須供給家無粟。」謂供應軍需。《漢書・景帝紀》：「漁奪百姓，侵牟萬民。」

〔一〇〕紀綱句：《漢書・武帝紀》：「二千石官長紀綱人倫。」《唐六典》卷三〇：「尹、少尹、别駕、長史，司馬掌貳府州之事，以紀綱衆務，通判列曹。」

〔一一〕山門句：《趙次公先後解》：「公自言其在夔，故以山門言之。」仇注：「此居者代爲行人思也。」趙注、仇注皆作「日易夕」。趙解作「一別之後，光陰易换」。仇解作「今我日夕還山」。施鴻保疑「山門」當作「出門」。

# 杜工部集卷第七

## 古詩五十七首居夔州作

### 秋行官張望督促東渚耗稻向畢清晨遣女奴阿稽豎子阿段往問①〔一〕

東渚雨今足，佇聞粳稻香〔二〕。上天無偏頗，蒲稗各自長〔三〕。人情見非類，田家戒其荒〔四〕。功夫競搰搰〔五〕，除草置岸傍②。穀者命之本③〔六〕，客居安可忘。青春具所務，勤豤免亂常〔七〕。吴牛力容易，並驅去聲動莫當④〔八〕。豐苗亦已穊，雲水照方塘〔九〕。有生固蔓延，静一資隄防〔一〇〕。督領不無人，提攜頗在綱⑤〔一一〕。荆揚風土暖〔一二〕，肅肅候微霜。尚恐主守疏，用心未甚臧〔一三〕。清朝遣婢僕，寄語踰崇岡。西成聚必散，不獨陵我倉〔一四〕。豈要仁里譽〔一五〕，感此亂世忙。北風吹蒹葭，蟋蟀近中堂〔一六〕。荏苒百工休，鬱紆遲暮傷〔一七〕。（0307）

【校】

① 耗，宋本、錢箋、《九家》、《草堂》校：「一作刈。」

② 傍，錢箋、《九家》作「旁」。

③ 命之，宋本、錢箋校：「一云令士。」

④ 動莫當，宋本、錢箋、《九家》校：「一云紛游場。」《草堂》作「紛游場」，校：「一作動莫當。」

⑤ 携，宋本、錢箋、《九家》、《草堂》校：「一作掣。」

【注】

黄鶴注：東渚即東屯。按公大曆二年（七六七）秋自瀼西居東屯，此詩當其年秋晚作。

〔一〕行官：見卷六《行官張望補稻畦水歸》（0283）注。耗稻：《趙次公先後解》：「於稻中消耗其蒲稗，免相奪耳。或云耗稻是方言。」朱鶴齡注：「按《説文》：耗，本作秏，稻屬，從禾毛聲，今作耗。《吕氏春秋》：飯之美者，有玄山之禾，南海之秏。督促耗稻，是言督領田禾之事。舊注耗，減也，謂蒲稗之能爲禾害者減去之，非是。」仇注以舊解爲是。按，據文意，耗爲動詞。

〔二〕粳稻：見卷二《病後遇王倚飲贈歌》（0079）注。

〔三〕上天二句：《漢書·匈奴傳》：「天不頗覆，地不偏載。」謝靈運《石壁還湖中作》：「芰荷迭映暧，蒲稗相因依。」《趙次公先後解》：「上天以無偏頗，不擇稻與蒲稗而皆生長之。」

〔四〕人情二句：《齊民要術》卷二引《淮南子》：「蘼，先稻熟，而農夫薅之者，不以小利害大獲。」高誘曰：「蘼，水稗。」《漢書·齊哀王弟章傳》：「深耕穊種，立苗欲疏，非其種者，鉏而去之。」

〔五〕功夫句：《莊子·天地》：「見一丈人方將爲圃畦，鑿隧而入井，抱甕而出灌，搰搰然用力甚多而見功寡。」

〔六〕穀者句：《管子·國蓄》：「五穀食米，民之司命也。」《説苑·建本》：「夫穀者，國家所以昌熾，士女所以姣好，禮義所以行，而人心所以安也。《尚書》五福，以富爲始。子貢問爲政，孔子曰：『富之。』既富乃教之。此治國之本也。」

〔七〕勤懇句：《左傳》文公十八年：「傲很明德，以亂天常。」

〔八〕吴牛二句：《世説新語·言語》：「臣猶吴牛，見月而喘。」注：「今之水牛，唯生江淮間，故謂之吴牛。」馬融《廣成頌》：「類行並驅，星布麗屬。」

〔九〕豐苗二句：《漢書·齊哀王弟章傳》：「深耕穊種。」注：「師古曰：穊，稠也。穊種者，言多生子孫也。」劉楨《贈徐公幹》：「細柳夾道生，方塘含清源。」

〔一〇〕有生二句：《弘明集》卷五鄭道子《神不滅論》：「夫萬化皆有也，榮枯盛衰，死生代互，一形盡，一形生，此有生之終始也。」韋孟《諷諫詩》：「矜矜元王，恭儉静一。」《文選》李善注：「一，道也。」《趙次公先後解》：「均爲有生如蒲稗者，固蔓延於稻矣。然静守一道，則專在稻苗焉。」

〔一一〕提携句：《南齊書·顧歡傳》：「臣聞舉網提綱，振裘持領。」

〔一二〕荊揚句：《漢書·武帝紀》：「朕巡荊揚，輯江淮物。」夔州屬荊州江陵府，此連言稱荊揚。

〔一三〕尚恐二句：《書·酒誥》：「小子惟土物愛，厥心臧。」《爾雅·釋詁》：「臧……善也。」《趙次公先後解》：「主守，又指行官張望也。」

〔一四〕西成二句：《書·堯典》：「平秩西成。」傳：「秋，西方，萬物成。」潘岳《籍田賦》：「我倉如陵，我庾如坻。」

〔一五〕豈要句：張衡《思玄賦》：「匪仁里其焉宅兮，匪義跡其焉追。」司馬遷《報任安書》：「僕少負不羈之才，長無鄉曲之譽。」

〔一六〕北風二句：《詩·秦風·蒹葭》：「蒹葭蒼蒼，白露爲霜。」《唐風·蟋蟀》：「蟋蟀在堂，歲聿其莫。」

〔一七〕荏苒二句：《禮記·月令》：「季秋之月……霜始降，則百工休。」曹植《贈白馬王彪》：「鬱紆將何念，親愛在離居。」

## 覽柏中允兼子侄數人除官制詞因述父子兄弟四美載歌絲綸〔一〕

紛然喪亂際，見此忠孝門〔二〕。蜀中寇亦甚，柏氏功彌存。深誠補王室，戮力自元昆〔三〕。三止錦江沸，獨清玉壘昏〔四〕。高名入竹帛，新渥照乾坤〔五〕。子弟先卒伍，芝蘭疊璵璠〔六〕。同心注師律，洒血在戎軒〔七〕。絲綸實具載，紱冕已殊恩〔八〕。奉公舉骨肉，誅叛經寒温①〔九〕。金甲雪猶凍，朱旗塵不翻〔一〇〕。每聞戰場説，欻激懦氣奔。聖主國多盜，賢臣官則尊〔一一〕。方當節鉞用，必絶祲沴根②〔一二〕。吾病日回首③，雲臺誰再論〔一三〕？作歌挹盛事，推轂期孤騫④〔一四〕。

（0308）

【校】

①温，錢箋校：「一作暄。」

②沴，宋本作「泠」，據錢箋等改。

③日，《草堂》校：「一作思。」

④鶱，錢箋作「騫」。

【注】

黄鶴注：當是大曆元年（七六六）到夔後作，是時柏都督在夔。

〔一〕柏中允：《趙次公先後解》：「舊本中允，師民瞻本作中丞，是。蓋近體詩有題云《陪柏中丞觀宴將士》也。然民瞻便指爲柏正節，非矣。詩句有『戮力自元昆』，意其方是柏正節也。然亦竊有疑焉。」葛立方《韻語陽秋》卷六：「杜子美《柏中丞除官制》詩，舊注以爲柏耆，又以爲貞節。按杜詩云『紛然喪亂際，見此忠孝門……』，當是有功於蜀者。方是時，段子璋反於上元，徐知道反於寶應，而貞節爲邛州刺史，數有功，則是貞節無疑矣。」錢箋謂新舊《唐書》爲郭英乂前軍，與崔旰戰，敗于成都西門者，柏茂琳也。以邛州牙將起兵討崔旰者，柏貞節也。此詩「方當節鉞用」，必茂琳，非貞節也。朱鶴齡注引《杜詩博議》謂《舊唐書·崔寧傳》記茂琳與崔旰戰喪軍而不及貞節，《杜鴻漸傳》記貞節興兵而不及茂琳。《新唐書·崔寧傳》則兼録二傳之文。以《舊唐書·代宗紀》考之，則授邛州刺史、邛南防禦及節度，皆茂林一人之事。蓋茂林以牙將爲英乂前軍，敗於城西，復歸邛州，興兵討旰。疑貞節乃茂林之字，或後改名，非二人也。參卷六《園人送瓜》(0280)注。據常袞《授柏貞節夔忠等州防禦使制》，柏貞節兼銜爲御史中丞。常袞制及《册府元龜》卷一七六、卷三二三記事皆作柏貞節，本書卷五《草堂》(0251)杜甫自注亦作「柏貞節」，是其改名爲貞節也。此制子侄數人授官，蓋皆因柏貞節推恩之故。

〔二〕紛然二句：《詩·小雅·節南山》：「天方薦瘥，喪亂弘多。」《晋書·卞壼傳》：「父死於君，子死於父，忠孝之道，萃於一門。」

〔三〕深誠二句：《書·胤征》：「爾衆士同力王室。」《世説新語·言語》：「當共戮力王室，克復神州。」元昆，兄長。玄宗《加宋王成器開府儀同三司制》：「朕之元昆，人之師表。」

〔四〕三止二句：《太平寰宇記》卷七二益州成都縣：「濯錦江，即蜀江。水至此濯錦，錦彩鮮潤於他水，故曰濯錦江。」《趙次公先後解》以寶應元年徐知道反、永泰元年崔旰殺郭英乂、大曆三年楊子琳陷成都爲錦江三沸，然疑柏貞節預徐知道之亂，又與楊子琳爲同類，若以柏氏爲貞節實未安。黄鶴注以討段子璋、徐知道、崔旰三事當之。朱鶴齡注謂大曆三年杜甫去夔已久，柏中丞亦不聞後復還蜀，「三止錦江沸」是柏中丞與崔旰對攻時事。按，柏貞節反戈討徐知道，又起兵討崔旰，另一事難以指實，詩意或有含混處。左思《蜀都賦》：「廓靈關以爲門，包玉壘而爲宇。」《文選》劉逵注：「玉壘，山名也。湔水出焉，在成都西北岷山界。」朱注引《杜詩博議》：「《九域志》云：（玉壘山）在茂州。是時鴻漸以茂州授旰，故曰『玉壘昏』。」説鑿。

〔五〕高名二句：《史記・孝文本紀》：「祖宗之功德著於竹帛，施于萬世。」渥，渥恩。王褒《洞簫賦》：「蒙聖主之渥恩。」

〔六〕子弟二句：《周禮・地官・小司徒》：「乃會萬民之卒伍而用之。五人爲伍，五伍爲兩，四兩爲卒。」《世説新語・言語》：「謝太傅問諸子侄：『子弟亦何預人事，而正欲使其佳？』諸人莫有言者，車騎答曰：『譬如芝蘭玉樹，欲使其生於階庭耳。』」璵璠，見卷四《贈蜀僧閭丘師兄》（0175）注。

〔七〕同心二句：《易・師》：「師出以律。」戎軒，見卷六《園官送菜》（0285）注。

〔八〕絲綸二句：絲綸，指制誥。《禮記・緇衣》：「王言如絲，其出如綸。」班固《答賓戲》：「紆帶紱冕之服。」

〔九〕奉公二句：《左傳》襄公三年：「君子謂祁奚於是能舉善矣。稱其仇，不爲諂。立其子，不爲比。舉其偏，不爲黨。」此言柏中丞推恩及子侄。

〔一〇〕金甲二句：班固《封燕然山銘》：「玄甲耀日，朱旗絳天。」白居易《送令狐相公赴太原》注：「藩鎮例驅紅旆。」虞世南《出塞》：「霧鋒黯無色，霜旗凍不翻。」

〔一一〕聖主二句：《左傳》襄公二十一年：「於是魯多盜。」《趙次公先後解》：「言聖主之國今多盜賊，有能伐叛之賢臣，朝廷不惜爵賞，故官則尊也。」

〔一二〕方當二句：《晉書·禮志》：「漢魏故事，遣將出征，符節郎授節鉞於朝堂。其後荀顗等所定新禮，遣將，御臨軒，尚書受節鉞，依古兵書跪而推轂之義也。」董仲舒《雨雹對》：「此皆陰陽相蕩而爲祲沴之妖也。」

〔一三〕雲臺：見卷四《述古三首》（0206）注。

〔一四〕推轂句：《史記·張釋之馮唐列傳》：「臣聞上古王者之遺將也，跪而推轂，曰閫以內者寡人制之，閫以外者將軍制之。」《說文》：「騫，飛貌也。」張衡《西京賦》：「鳳騫翥於甍標，咸溯風而欲翔。」

## 聽楊氏歌

佳人絶代歌，獨立發皓齒〔一〕。滿堂慘不樂，響下清虛裏①〔二〕。江城帶素月〔三〕，況乃清夜起。老夫悲暮年②，壯士淚如水〔四〕。玉杯久寂寞，金管迷宮徵〔五〕。勿云聽者疲〔六〕，愚智心盡死。古來傑出士③，豈特一知己④。吾聞昔秦音⑤，傾側天下耳⑥〔七〕。（0309）

【校】

①清虚裏，宋本、錢箋、《九家》、《草堂》、《文苑英華》校：「一作浮雲裏。」

②夫，宋本作「大」，據錢箋等改。

③士，宋本、錢箋校：「一作事。」

④特，《草堂》、《文苑英華》作「待」。

⑤音，《草堂》校：「歐、王皆作青。」錢箋、《九家》作「青」，《九家》校：「一本作秦音。」

⑥側，《草堂》校：「王作倒。」《九家》校：「一云傾倒。」

【注】

黄鶴注：當是在夔州。從舊次及梁權道編爲大曆元年（七六六）作。

〔一〕佳人二句：《漢書·外戚傳》李延年歌：「北方有佳人，絶世而獨立。」曹植《雜詩》：「南國有佳人，容華若桃李。朝游江北岸，夕宿瀟湘沚。時俗薄朱顔，誰爲發皓齒。」

〔二〕滿堂二句：《説苑·貴德》：「今有滿堂飲酒者，有一人獨索然向隅而泣，則一堂之人皆不樂矣。」阮籍《清思賦》：「夫清虛寥廓，則神物來集。」

〔三〕素月：謝莊《月賦》：「白露曖空，素月流天。」

〔四〕老夫二句：曹操《步出夏門行》：「烈士暮年，壯心不已。」

〔五〕玉杯二句：《分門》洙曰：「世之議樂者以絲不如竹，竹不如肉。言肉聲勝於絲竹，則金石固當有間矣。孟嘉語也。」《趙次公先後解》：「玉杯、金管，皆所以爲聲曲者也。玉杯，則今之所擊水盞。金管，則今之吹笛。……（二句）言其聲不逮於歌，皆以形容歌聲之妙也。」朱鶴齡注：「言聽其歌者爲之停杯不飲，即金管亦失次，而不能奏也。」

〔六〕勿云句：江淹《雜體詩・魏文帝曹丕游宴》：「淵魚猶伏浦，聽者未云疲。」

〔七〕古來四句：秦音，諸家注皆以作秦青爲是。《列子・湯問》：「薛譚學謳於秦青，未窮青之技，自謂盡之。遂辭歸，秦青弗止。餞於郊衢，撫節悲歌，聲振林木，響遏行雲。薛譚乃謝求反，終身不敢言歸。」按，《史記・張儀列傳》：「陳軫適至秦，惠王曰：『子去寡人之楚，亦思寡人不？』陳軫對曰：『王聞夫越人莊舄乎？』王曰：『不聞。』曰：『越人莊舄仕楚執珪，有頃而病。楚王曰：舄故越之鄙細人也。今仕楚執珪，貴富矣，亦思越不？中謝，對曰：凡人之思故，在其病也。彼思越則越聲，不思越則楚聲。使人往聽之，猶尚越聲也。今臣雖弃逐之楚，豈能無秦聲哉？』」詩或用此，言歌引故鄉之思，故以知音自許。「知己」即言知音，蓋暗用伯牙、子期之典。

## 荆南兵馬使太常卿趙公大食刀歌〔一〕

太常樓船聲嗷嘈，問兵刮寇趨下牢①〔二〕。牧出令奔飛百艘，猛蛟突獸紛騰逃〔三〕。白帝寒城駐錦袍，玄冬示我胡國刀〔四〕。壯士短衣頭虎毛，憑軒拔鞘天爲高〔五〕。翻風轉日木怒號②，冰翼雪淡傷哀猱〔六〕。鐫錯碧甖鸊鵜膏，鋩鍔已瑩虛秋濤③〔七〕。鬼物撇捩辭坑壕④，蒼水使者捫赤絛，龍伯國人罷釣鼇〔八〕。芮公回首顔色勞，分閫救世用賢豪〔九〕。趙公玉立高歌起，攬環結佩相終始〔一〇〕。萬歲持之護天子，得君亂絲與君理〔一一〕。蜀江如線如針水⑤，荆岑彈丸心未已〔一二〕。賊臣惡子休干紀，魑魅魍魎徒爲耳，妖腰亂領敢欣喜〔一三〕。用之不高亦不庳，不似長劍須天倚〔一四〕。吁嗟光禄英雄弭〔一五〕，大食寶刀聊可比。丹青宛轉麒麟裹⑥，光芒六合無泥滓〔一六〕。（0310）

【校】

①趨，錢箋、《草堂》校：「陳作超。」錢箋句末有小字注「楚地」。

②木，錢箋校：「一作水。」

③鋩鍔，錢箋、《草堂》校：「一作銛鋒。」　虚，錢箋校：「一作靈。」

④辭，錢箋校：「陳作亂。」

⑤如針水，錢箋校：「一作針如水。」《草堂》作「針如水」。

⑥麒麟，《草堂》作「騏驎」，校：「一作麒麟。」

**【注】**

黄鶴注：梁權道編在大曆元年（七六六），然是年冬蜀中無事。當是永泰元年（七六五）冬崔旰反，時蜀中大亂，趙公刮寇至此。按，詩爲夔州作，仍當作於大曆元年。

〔一〕荆南兵馬使：《新唐書·百官志》外官：「天下兵馬元帥、副元帥……前軍兵馬使、中軍兵馬使、後軍兵馬使……各一人。」節度使、觀察使屬下掌軍職者亦稱兵馬使。《舊唐書·地理志》：「荆南節度使，治江陵府，管歸、夔、峽、忠、萬、澧、朗等州。」太常卿是其兼銜。大食：《新唐書·西域傳》：「大食，本波斯地。……（隋大業中）滅波斯，破拂菻，始有粟麥倉庾。南侵婆羅門，並諸國，勝兵至四十萬。康、石皆往臣之。其地廣萬里，東距突騎施，西南屬海。」

〔二〕太常二句：《史記·南越列傳》：「令罪人及江淮以南樓船十萬師往討之。」集解：「應劭曰：時欲擊越，非水不至，故作大船。船上施樓，故號曰樓船也。」蕭衍《古意》：「嗷嘈繞樹上，翩翩集寒枝。」乃鳥鳴聲。《趙次公先後解》謂此「鳴鑼擊鼓而鼓枻之聲也」。揚雄《羽獵賦》：「刮野掃地。」《文選》李善注：「言殺獲皆盡，野地似乎掃刮也。」此「刮」字用法同，猶言掃寇。《新唐書・地理志》：「峽州夷陵郡，中。本治下牢戍，貞觀九年徙治步闡壘。」「縣四：夷陵，上。西北二十八里有下牢鎮。」《讀史方輿紀要》卷七八夷陵州：「下牢溪，在州西北二十五里，有關曰下牢關，亦曰下牢戍，舊峽州治也。陸游曰：下牢關夾江千峰萬嶂，奇怪不可名狀。初冬草木青蒼不凋，西望重山如關，江出其間。其上有洞曰三游洞，泉石絶勝。」

〔三〕牧出二句：《趙次公先後解》：「牧則州牧，令則縣令。牧出令奔，同赴軍事，督軍須之船故也。」《後漢書・劉陶傳》：「豕突上京。」此「突」字用法同。

〔四〕玄冬：《初學記》卷三引梁元帝《纂要》：「冬曰玄英，亦曰安寧，亦曰玄冬、三冬、九冬。」

〔五〕壯士二句：《趙次公先後解》：「頭虎毛，則蓋頭者以虎頭爲飾也。」朱鶴齡注：「首蒙虎皮也。」《西京雜記》卷一：「高帝斬白蛇劍……十二年一加磨瑩，開匣拔鞘，輒有風氣光彩射人。」

〔六〕翻風二句：盧思道《北齊興亡論》：「轉日回天。」《趙次公先後解》：「翻風轉日，言刀揮霍之勢。語蓋如張纘《南征賦》『平湖夷暢，翻光轉彩』也。冰翼雪淡，言刀瑩薄嚴冷之狀。」朱鶴齡注：「《酉陽雜俎》：王天運征勃律還，忽驚風四起，雪花如翼。冰翼恐亦此義。勢回風日，色薄冰雲，極言刀之利也。」徐彦伯《登長城賦》：「鷙隼争擊，哀猱直透。」

〔七〕鐫錯二句：甖同罌。《説文》缶部：「罌，缶也。」又：「罃，備火長頸瓶也。」段注：「按近人謂罌、罃一字，依許則劃然二物、二字也，罌大罃小，用各不同。」又瓦部：「罌謂之甀。」《廣韻》罌同甖。《龍龕手鑑》：「罌，瓦器瓶也。」此爲盛膏之器，即罃也。《爾雅・釋鳥》：「鸕，須贏。」郭璞注：「鷉，鸊鷉。似鳧而小，膏中瑩刀。」方以智《通雅》卷四五：「鸊鷉，須贏。即今之鶩鳭，油鴨也。《爾雅》：鸊鷉，須贏。注以爲鸊鵜，水鳥。今時珍作須贏，一名水鷘。古以其血塗刀劍。」戴嵩《度關山》：「馬銜苜蓿葉，劍瑩鸊鵜膏。」《趙次公先後解》：「虚秋濤，則狀刀之瑩，色如濤。」朱鶴齡注：「言鋒鍔瑩如秋水。」

〔八〕鬼物三句：撇捩，見卷二《留花門》(0068)「撇烈」注。《趙次公先後解》：「鬼物本隱藏於坑壕，見刀乃撇拔而辭頓焉。」《分門》洙曰引《搜神記》：「秦時有人夜渡河，見一人丈餘，手横刀而立，叱之，乃曰：『吾蒼水使者也。』」《吴越春秋》卷六：「禹乃東巡，登衡岳，血白馬以祭，不幸所求。禹乃登山仰天而嘯，忽然而卧，因夢見赤繡衣男子，自稱玄夷蒼水使者，聞帝使文命於斯，故來候之。」朱鶴齡注引趙曰：「赤條，以赤色絲爲繩，刀飾也。捫赤條，將拔刀也。」《列子·湯問》：「帝恐流於西極，失群仙聖之居，乃命禺强使巨鰲十五舉首而戴之，迭爲三番，六萬歲一交焉。五山始峙而不動。而龍伯之國有大人，舉足不盈數步而暨五山之所，一釣而連六鰲，合負而趣，歸其國，灼其骨以數焉。」《趙次公先後解》：「以蒼水使者提刀而呈，龍伯國人見之乃罷釣而去，則又言刀之神矣。」

〔九〕芮公二句：《分門》洙曰：「芮公，荆南節度使。」錢箋引吴若本注：「以《唐書》考之，恐是衛伯玉。」《舊唐書·代宗紀》：「（大曆元年七月辛酉）加荆南節度使衛伯玉檢校工部尚書。」「（二年六月）壬寅，荆南節度使衛伯玉封城陽郡王。」代宗《封衛伯玉城陽郡王制》：「開府儀同三司、檢校工部尚書兼江陵尹、御史大夫，充荆南節度觀察處置等使、上柱國、芮國公衛伯玉……可封城陽郡王。」《唐大詔令集》卷六一作「陽城郡王」。是衛伯玉原封芮國公。《史記·張釋之馮唐列傳》：「臣聞上古王者之遣將也，跪而推轂，曰閫以内者寡人制之，閫以外者將軍制之。」《隋書·高祖紀》：「分閫推轂，嘗不逾時。」

〔一〇〕趙公二句：桓温《薦譙元彦表》：「而能抗節玉立，誓不降辱。」《趙次公先後解》：「攬環結佩，則莊嚴其服。」朱鶴齡注：「言攬刀環而佩服之。」鮑照《幽蘭》：「坐令芳節終，結佩徒分明。」結佩謂佩服。

〔一一〕萬歲二句：仇注：「萬歲，對天子而言之，乃久長之意。」按，句意即「持之護天子萬歲」。《太平御覽》卷三一五引謝承《後漢書》：「上嘉其才，以繁亂絲付儲使理，儲拔佩刀而斷之曰：『反經任勢，臨事宜然。』」《北齊書·文宣帝紀》：「高祖嘗試觀諸子意識，各使治亂絲，帝獨抽刀斬之，曰：『亂者須斬。』」《趙次公先後解》引二事，謂皆刀事也。

〔一二〕蜀江二句：《分門》洙曰：「蜀水至瞿唐，則爲峽所束如線焉。」王粲《登樓賦》：「平原遠而極目兮，蔽荆山之高岑。」《史記·平原君虞卿列傳》：「此彈丸之地弗予。」朱鶴齡注：「言趙公此刀，以平區區荆蜀之梗，無足難者。」

〔一三〕賊臣三句：《三國志·魏書·武帝紀》：「犯關干紀，莫不誅殛。」魑魅魍魎，見卷一《白水縣崔少府十九翁高齋三十韻》(0042)注。《趙次公先後解》：「腰領，言所斬之處。妖腰亂領，亦公之新語。」朱鶴齡注：「彼賊臣干紀，用之以誅斬其腰領，高下不差。」

〔一四〕用之二句：潘岳《射雉賦》：「捩懸刀，騁絶技，如轅如軒，不高不埤。」《文選》李善注：「鄭玄

《周禮注》曰：埤，短也。埤與庳，古字通。」宋玉《大言賦》：「長劍耿耿倚天外。」

〔一五〕吁嗟句：《趙次公先後解》謂太常與光禄爲九卿之首，二卿之職常兼領，光禄又指趙兵馬使；「英雄弭，則言其英雄弭止而未振，猶寶刀之未用也」。朱鶴齡注：「弭，言弭亂。」按，《唐六典》卷一四太常寺：「（梁）太常位視金紫光禄大夫，班第十四。」此以光禄大夫稱太常卿，非指光禄卿。趙臆説。

〔一六〕丹青二句：《漢書・蘇武傳》：「上思股肱之美，乃圖畫其人於麒麟閣，法其形貌，署其官爵、姓名。」《莊子・在宥》：「出入六合，游乎九州。」潘岳《西征賦》：「或被髮左衽，奮迅泥滓。」

## 王兵馬使二角鷹〔一〕

悲臺蕭颯石巃嵸①，哀壑杈枒浩呼洶②〔二〕。中有萬里之長江，回風滔日孤光動③〔三〕。角鷹翻倒壯士臂，將軍玉帳軒翠氣④〔四〕。二鷹猛腦徐侯穟⑤，目如愁胡視天地〔五〕。杉雞竹兔不自惜，溪虎野羊俱辟易⑥〔六〕。韝上鋒稜十二翮〔七〕，將軍勇鋭與之敵。將軍樹勳起安西，崑崙虞泉入馬蹄〔八〕。白羽曾肉三狻猊，敢決豈不與之齊〔九〕。荊南芮公得將軍〔一〇〕，亦如角鷹下翔雲⑦。惡鳥飛飛啄金屋，安得爾

輩開其羣，驅出六合梟鸞分〔一一〕。（0311）

【校】

①颯，錢箋校：「一作瑟。」《九家》、《草堂》作「瑟」，《草堂》校：「一作颯。」

②浩，《草堂》校：「一作浪。」　呼，錢箋校：「刊作污。」《草堂》校：「一作污。」

③滔，錢箋、《草堂》校：「陳作陷。」

④翠，錢箋校：「一云昂。一云勇。」《草堂》校：「或作昂。」

⑤徐侯穟，錢箋校：「荆作絛徐墜。」《草堂》校：「王荆公作絛徐墜。一作絲徐穟。皆非是。」《九家》作「絛徐墜」。

⑥溪，錢箋校：「一作孩。」　溪虎，《草堂》作「虎溪」，「溪」校：「一作孩。」

⑦下翔，宋本、錢箋、《九家》、《草堂》校一作「入朔」。

【注】

黄鶴注：當是永泰元年（七六五）冬王扞寇至夔時作。按《舊史》，衛伯玉大曆初丁母憂，朝廷以王昂代其任，伯玉潛諷將吏不受詔，遂起復再任。王得非昂乎？仇注謂王蓋與趙卿同時討亂而至者，繫於大曆元年（七六六）。

〔一〕王兵馬使：詩明言王爲芮公之將，黄鶴注疑爲王昂，不確。角鷹：見卷五《姜楚公畫角鷹歌》

(0246)注。

〔二〕悲臺二句：曹植《雜詩》：「高臺多悲風，朝日照北林。」仇注引吴注：「《西征賦》：作歸來之悲臺。按賦言悲臺，用戾太子事，於此詩不切。今以曹植詩爲證。」按，詩言悲臺，當指巫山臺。見卷六《雨》(0297)注。《楚辭·招隱士》：「山氣巃嵸兮石嵯峨，谿谷嶄岩兮水曾波。」殷仲文《南州桓公九井作》：「爽籟警幽律，哀壑叩虚牝。」王延壽《魯靈光殿賦》：「枝撑杈枒而斜據。」《文選》李善注：「杈枒，參差之貌。」

〔三〕回風句：朱鶴齡注：「滔日，即滔天之滔。」孤光，水光，見卷三《桔柏渡》(0167)注。

〔四〕將軍句：虞世基《出塞》：「轅門臨玉帳，大旆指金微。」《趙次公先後解》：「玉帳者，將軍之帳。」揚雄《甘泉賦》：「曳紅采之流離兮，颺翠氣之宛延。」顔延之《五君詠·向常侍》：「交吕既鴻軒，攀嵇亦鳳舉。」《文選》李善注：「王仲宣《贈蔡子篤詩》：歸雁載軒。軒，飛貌。」仇注：「軒然翠氣，鷹之毛色。」

〔五〕二鷹二句：《趙次公先後解》：「猛腦固是言鷹之腦猛厲。」又謂徐侯穟當作絛徐墜。按，穟通穗。《龍龕手鑑》：「穗、穟，音遂。禾秀也。二同。」可形容毛髮。侯寘《菩薩蠻·簪髻》：「交刀剪碎琉璃碧，深黄一穗瓏瓏色。」此當指鷹之頭毛。玄宗開元二十七年追謚孔子十哲，冉子有贈徐侯。此或爲一種民間説法。孫楚《鷹賦》：「深目蛾眉，狀似愁胡。」

〔六〕杉雞二句：《太平御覽》卷九一八引《臨海異物志》：「杉雞，黄冠青綬，常在杉樹下。頭上有長黄毛，頭及頰正青如垂緌。」朱鶴齡注其下接引：「竹兔，小如野兔，食竹葉。」未詳所出。又謂：「孩虎，猶云乳虎也。」仇注引《廬山記》慧遠送客過虎溪事。司馬相如《上林賦》：「手熊羆，足野羊。」《文選》注引張揖曰：「野羊，羚羊也，似羊而青。」《史記·項羽本紀》：「人馬俱驚，辟易數里。」正義：「言人馬俱驚，開張易舊處，乃至數里。」

〔七〕韝上句：韝上，見卷六《楊監又出畫鷹十二扇》（0305）注。傅玄《鷹賦》：「勁翮二六，機連體輕。」

〔八〕將軍二句：安西都護府，見卷一《高都護驄馬行》（0012）注。《淮南子·説林訓》：「日出暘谷，入於虞淵。」此避唐諱作泉。

〔九〕白羽二句：司馬相如《上林賦》：「彎蕃弱，滿白羽。」《文選》注引文穎曰：「以白羽爲箭，故言白羽也。」《爾雅·釋獸》：「狻麑，如虦貓，食虎豹。」郭璞注：「即師子也。出西域。」朱鶴齡注：「肉狻猊，言得而肉之也。」嚴尤《三將軍論》：「小頭而鋭者，敢斷決也。」《魏書·孝明帝紀》：「直言正諫之士，敢決徇義之夫。」

〔一〇〕芮公：見前篇注。

〔一一〕惡鳥三句：本書卷一《哀王孫》（0047）：「長安城頭頭白烏，夜飛延秋門上呼。又向人家啄大屋，屋底達官走避胡。」蓋俗以惡鳥啄屋爲不祥。《太平御覽》卷四九六引桓譚《新論·見徵》：「余前爲典樂大夫，有梟鳴於庭樹上，而府中門下皆爲憂懼。後余與典樂謝侯争鬬，俱坐免去。」

施補華《峴傭説詩》：「寫鷹即寫人。以『將軍勇鋭與之敵』及『荆南芮公得將軍，亦如角鷹下朔雲』爲點題眼，乃不是尋常詠物，且移不去别處。詠鷹起筆收筆，皆出題外用力。起四語空作寫景，而角鷹已呼之欲出，尤宜效法。」

葉矯然《龍性堂詩話》初集：「老杜七言古，《韓諫議》之超忽，《魏將軍》之雄慷，一則宗騷，一則其獨步也。又《大食刀》、《角鷹》二詩同調，不得以音節字句議其短長。劉須溪評《角鷹》詩即云：此詩不得以逐句逐字、某地某事意之。甚得解。《大食刀》詩復呶呶何也？甚矣宋人不可與言詩。在劉猶然，況其他歟！」

## 甘林

捨舟越西岡，入林解我衣。青芻適馬性，好鳥知人歸〔一〕。晨光映遠岫，多露見日晞①〔二〕。遲暮少寢食，清曠喜荆扉〔三〕。經過倦俗態，在野無所違②〔四〕。試問甘藜藿，未肯羨輕肥〔五〕。喧静不同科，出處各天機〔六〕。勿矜朱門是，陋此白屋非〔七〕。明朝步鄰里，長老可以依。時危賦斂數，脱粟爲爾揮〔八〕。相携行豆田，秋花靄菲菲。子實不得喫，貨市送王畿〔九〕。盡添軍旅用，迫此公家威〔一〇〕。主人長跪問，戎馬何時稀？我衰易悲傷，屈指數賊圍。勸其死王命，慎莫遠奮飛〔一一〕。

(0312)

【校】

①多，錢箋、《九家》作「夕」。

②所，錢箋校：「一云或。」《草堂》作「或。」

【注】

黄鶴注：詩云「捨舟越西岡」，必是自東屯登瀼西。然詩中言貨豆實送王畿，以添軍旅之用，蓋以大曆二年(七六七)吐蕃寇近畿，子儀屯涇陽，京師戒嚴，故詩又云「戎馬何時稀」。

〔一〕青芻二句：青芻，見卷五《入奏行》(0236)注。曹植《公燕詩》：「潛魚躍清波，好鳥鳴高枝。」

〔二〕晨光二句：謝朓《郡内高齋閑望答吕法曹》：「窗中列遠岫，庭際俯喬林。」《相和歌辭・長歌行》：「青青園中葵，朝露待日晞。」

〔三〕清曠句：謝靈運《田南樹園激流植援》：「中園屏氛雜，清曠招遠風。」

〔四〕經過二句：阮籍《詠懷》：「西游咸陽中，趙李相經過。」沈佺期《覽鏡》：「時芳固相奪，俗態豈恒堅。」《書・大禹謨》：「君子在野。」陶淵明《歸園田居》：「衣沾不足惜，但使願無違。」仇注：「不與俗違忤也。」按，此用陶詩意，謂唯在野與願無違。

〔五〕試問二句：《韓非子・五蠹》：「糲粢之食，藜藿之羹。」陸機《君子有所思行》：「無以肉食資，取笑藜與藿。」輕肥，見卷二《徒步歸行》(0054)注。

〔六〕喧静二句：鮑照《舞鶴賦》：「去帝鄉之岑寂，歸人寰之喧卑。」《論語・八佾》：「爲力不同科，古之道也。」《莊子・秋水》：「今予動吾天機，而不知其所以然。」

〔七〕勿矜二句：傅玄《牆上難爲趨》：「子貢欲自矜，原憲知其非。屈伸各異勢，窮達不同資。」白屋，見卷五《破船》(0254)注。

〔八〕脱粟句：《史記・平津侯主父列傳》：「食一肉脱粟之飯。」索隱：「脱粟，才脱穀而已，言不精鑿也。」仇注：「爾，指索賦者。」

〔九〕子實二句：《趙次公先後解》：「言豆子雖結實矣，而長老者不得喫也。」仇注：「貨市，貨之於市。」

〔一〇〕盡添二句：《舊唐書・代宗紀》：「(大曆元年閏十月)丁未，百寮上表，以軍興急於糧，請納職田以助費。從之。」「十二月己酉勑：如聞諸州承本道節度觀察使牒，科役百姓，致户口凋弊。此後委轉運使察訪以聞。」「(二年)五月丙辰，税青苗地錢使、殿中侍御韋光裔諸道税地回。是歲得錢四百九十萬貫。自乾元已來，天下用兵，百官俸錢折，乃議於天下地畝青苗上量配税錢，命御史府差使徵之，以充百官俸料，每年據數均給之，歲以爲常式。」黄鶴注：「可見賦斂之數。貨豆以送王畿蓋以此徵取之苛，故云『迫此公家威』。」

〔一一〕慎莫句：朱鶴齡注：「遠奮飛，言逃亡遠去。」

# 雨

行雲遞崇高，飛雨靄而至〔一〕。潺潺石間溜，汩汩松上駛〔二〕。亢陽乘秋熱〔三〕，百穀皆已棄①。皇天德澤降，燋卷有生意〔四〕。前雨傷卒暴〔五〕，今雨喜容易。不可無雷霆，間作鼓增氣〔六〕。佳聲達中宵，所望時一致。清霜九月天，髣髴見滯穗〔七〕。郊扉及我私②〔八〕，我圃日蒼翠。恨無抱甕力〔九〕，庶減臨江費。峽内無井，取江水喫③。（0313）

【校】

① 皆，錢箋校：「一作亦。」

② 我私，宋本、錢箋、《九家》校：「一云栽耘。」《草堂》校：「一作我耘。」

③ 峽内無井取江水喫，錢箋以此注爲吴若本注。

【注】

黄鶴注：公以永泰元年（七六五）至雲安，其年秋旱，當是其年秋在雲安作。仇注：詩云「我圃蒼翠」，雲安匆匆，焉得有圃？其爲夔州作無疑，還依朱本入在大曆元年（七六六）。

〔一〕行雲二句：宋玉《高唐賦》：「旦爲朝雲，暮爲行雨。」阮籍《詠懷》：「四時更代謝，日月遞參差。」陶淵明《停雲》：「靄靄停雲，濛濛時雨。」

〔二〕潺潺二句：曹丕《丹霞蔽日行》：「谷水潺潺，木落翩翩。」陸機《招隱》：「山溜何泠泠，飛泉漱鳴玉。」枚乘《七發》：「聊兮慌兮，混汩汩兮。」《文選》吕延濟注：「汩汩，相合疾流貌。」此當爲細流貌。韓愈《奉和虢州劉給事使君三堂新題・流水》：「汩汩幾時休，從春復到秋。」

〔三〕亢陽句：《論衡・順鼓》：「《春秋説》曰：人君亢陽致旱，沈溺致水。」傅咸《患雨賦》：「湯亢陽於七載兮，堯洪泛乎九齡。」

〔四〕皇天二句：《管子・形勢解》：「人主之所以使下盡力而親上者，必爲天下致利除害也。故德澤加於天下，惠施厚於萬物。」應璩《與廣川長岑文瑜書》：「沙礫銷鑠，草木焦卷。」

〔五〕前雨句：《三國志・魏書・楊阜傳》：「頃者天雨，又多卒暴，雷電非常，至殺鳥雀。」

〔六〕不可二句：《漢書・東方朔傳》：「撞萬石之鐘，擊雷霆之鼓。」《左傳》莊公十年：「一鼓作氣。」

〔七〕髣髴句：《詩・小雅・大田》：「彼有遺秉，此有滯穗，伊寡婦之利。」

〔八〕郊扉句：顔延之《贈王太常僧達》：「郊扉常晝閉，林閭時晏開。」《小雅・大田》：「雨我公田，遂及我私。」

〔九〕恨無句：《莊子・天地》：「見一丈人方將爲圃畦，鑿隧而入井，抱甕而出灌。」參卷六《引水》（0260）注。

# 鄭典設自施州歸〔一〕

吾憐滎陽秀〔二〕，冒暑初有適。名賢慎出處①，不肯妄行役。旅茲殊俗遠②，竟以屢空迫〔三〕。南謁裴施州，氣合無險僻〔四〕。攀援懸根木，登頓入天石③〔五〕。青山自一川，城郭洗憂戚④。聽子話此邦，令我心悦懌。其俗則純朴⑤，不知有主客。温温諸侯門，禮亦如古昔。敕厨倍常羞，杯盤頗狼藉〔六〕。時雖屬喪亂，事貴賞匹敵⑥〔七〕。中宵愜良會，裴鄭非遠戚。羣書一萬卷，博涉供務隙〔八〕。他日辱銀鈎，森疏見矛戟〔九〕。倒屣喜旋歸⑦，畫地求所歷⑧〔一〇〕。乃聞風土質，又重田疇闢。刺史似寇恂，列郡宜競惜⑨〔一一〕。北風吹瘴癘，羸老思散策〔一二〕。渚拂蒹葭塞⑩，嶠空蘿蔦冪〔一三〕。此身仗兒僕，高興潛有激。孟冬方首路，强飯取崖壁〔一四〕。歎爾疲駑駘，汗溝血不赤〔一五〕。終然備外飾，駕馭何所益？我有平肩輿，前途猶準的〔一六〕。翩翩入鳥道，庶脱蹉跌厄〔一七〕。（0314）

## 【校】

①出處，《草堂》校：「王荆公作所出。」錢箋作「所出」，校：「一作出處。」

②遠，錢箋校：「一作還。」《草堂》作「還」。

③天，錢箋校：「《草堂》、陳浩然並作矢。」《草堂》作「矢」。

④戚，錢箋作「慼」。

⑤則，錢箋、《草堂》校：「一作甚。」

⑥賞，宋本、錢箋、《九家》、《草堂》校：「一作當。」

⑦屣，《草堂》校：「一作履。」

⑧求，錢箋、《草堂》校：「一作來。」

⑨借，錢箋、《九家》作「措」，錢箋校：「一作借。音迹。」《草堂》校：「本或作措。」

⑩塞，宋本、錢箋、《九家》、《草堂》校：「一云寒。」

## 【注】

黄鶴注以裴施州爲裴冕，繫此詩於永泰元年（七六五）冬作。朱鶴齡考杜甫到夔州，冕已久居朝廷，此人名不可考。編入大曆二年（七六七）。

〔一〕鄭典設：名不詳。《唐六典》卷二六太子左春坊典設局：「典事郎四人，從六品下。」施州：《元和郡縣圖志》卷三〇黔州：「管州十五：……施州，清江。下。……北至夔州五百里，東至叙州七百六十六里，南至黔州四百八十五里。」

〔二〕吾憐句：白居易《唐河南元府君夫人滎陽鄭氏墓志》：「天下有五甲姓，滎陽鄭氏居其一。」《唐國史補》卷上：「四姓惟鄭氏不離滎陽。」

〔三〕竟以句：《論語·先進》：「回也其庶乎，屢空。」集解：「言回庶幾聖道，雖數空匱，而樂在其中。」

〔四〕南謁二句：見本卷《寄裴施州》(0323)注。

〔五〕攀援二句：夔州至黔州路途極險峻，參卷六《贈李十五丈别》(0302)注。施州在此路所經。陸游《入蜀記》卷六：「巫山縣在峽中……隔江南陵山，極高大，有路如線，盤屈到絶頂，謂之一百八盤。蓋施州正路。黄魯直詩云：『一百八盤携手上，至今歸夢繞羊腸。』即謂此也。」登頓，見卷五《通泉驛南去通泉縣十五里山水作》(0212)注。

〔六〕杯盤句：《史記·滑稽列傳》：「履舄交錯，杯盤狼藉。」

〔七〕事貴句：《左傳》成公二年：「蕭同叔子非他，寡君之母也。若以匹敵，則亦晋君之母也。」

〔八〕博涉句：《後漢書·仲長統傳》：「博涉書記，贍於文辭。」傅亮《感物賦》：「夜清務隙，游目藝苑。」

〔九〕他日二句：銀鈎，見卷五《陳拾遺故宅》(0208)注。《法書要録》卷三李嗣直《書後品》：「歐陽詢……至於鐫勒及飛白諸勢，如武庫矛戟，雄劍森森。」

〔一〇〕倒屣二句：《三國志·魏書·王粲傳》：「(蔡邕)聞粲在門，倒屣迎之。」《漢書·張安世傳》：

「千秋口對兵事，畫地成圖，無所忘失。」

〔一一〕刺史二句：《後漢書·寇恂傳》：「恂從至潁川，盜賊悉降，而竟不拜郡。百姓遮道曰：『願從陛下復借寇君一年。』」

〔一二〕羸老句：仇注：「散策，杖策而行。」

〔一三〕渚拂二句：《詩·秦風·蒹葭》：「蒹葭蒼蒼，白露爲霜。」《小雅·頍弁》：「蔦與女蘿，施于松柏。」傳：「蔦，寄生也。女蘿，菟絲松蘿也。」冪，冪䍥。王融《詠女蘿》：「冪䍥女蘿草，蔓衍旁松枝。」《文選·吴都賦》劉逵注謂分布覆被貌。

〔一四〕孟冬二句：顔延之《北使洛》：「改服飭徒旅，首路跼險難。」《漢書·外戚傳》：「行矣，强飯勉之。」

〔一五〕歎爾二句：駑駘，見卷二《李鄠縣丈人胡馬行》(0084)注。顔延之《赭白馬賦》：「膺門沫赭，汗溝走血。」《文選》李善注：「《相馬經》曰：膺門欲開，汗溝欲深。《漢書》天馬歌曰：『沾赤汗，沫流赭。』應劭曰：大宛馬汗血沾濡也，流沫如赭也。」

〔一六〕我有二句：平肩輿，見卷六《雨》(0301)注。《後漢書·齊武王傳》：「爲天下準的。」《趙次公先後解》：「既以駑駘之不可馭，則以乘轎而往。」

〔一七〕翩翩二句：謝朓《暫使下都夜發新林至京邑贈西府同僚》：「風雲有鳥路，江漢限無梁。」《文選》李善注：「《南中八志》曰：交趾郡治龍編縣，自興古鳥道四百里。」馬第伯《封禪儀記》：「無一人蹉跌。」

# 種萵苣〔一〕并序

既雨已秋，堂下理小畦，隔種一兩席許萵苣①。向二旬矣，而苣不甲坼，伊人莧青青②〔二〕。傷時君子，或晚得微禄，轗軻不進。因作此詩。

陰陽一錯亂③，驕蹇不復理〔三〕。枯旱於其中④，炎方慘如燬〔四〕。植物半蹉跎，嘉生將已矣〔五〕。雲雷欻奔命，師伯集所使〔六〕。指麾赤白日，澒洞青光起⑤〔七〕。雨聲先已風⑥，散足盡西靡〔八〕。山泉落滄江⑦，霹靂猶在耳。終朝紆颯沓，信宿罷瀟洒〔九〕。堂下可以畦，呼童對經始〔一〇〕。苣兮蔬之常，隨事蓺其子〔一一〕。破塊數席間〔一二〕，荷鋤功易止。兩旬不甲坼〔一三〕，空惜埋泥滓。野莧迷汝來，宗生實於此〔一四〕。此輩豈無秋，亦蒙寒露委〔一五〕。翻然出地速〔一六〕，滋蔓户庭毁。因知邪干正，掩抑至没齒〔一七〕。賢良雖得禄，守道不封己〔一八〕。擁塞敗芝蘭，衆多盛荆杞〔一九〕。中園陷蕭艾，老圃永爲恥〔二〇〕。登于白玉盤，藉以如霞綺〔二一〕。莧也無所施，胡顔入筐篚〔二二〕？（0315）

【校】

①萵，宋本作「萎」，據《九家》、錢箋等改。

②伊人，錢箋校：「一作獨野。」《草堂》校：「今作獨野，今當從之。」

③錯，錢箋、《草堂》校：「一作屯。」

④其，《草堂》校：「或作此。」

⑤青光，錢箋校：「一作雲色。」

⑥已，錢箋、《草堂》校：「晋作以。」

⑦江，《草堂》作「海」。

【注】

《趙次公先後解》編入大曆二年（七六七）秋。黄鶴注：大曆元年（七六六）大旱，自三月不雨，至於六月。當是其年作。

〔一〕萵苣：《政和證類本草》卷二九：「陳藏器云：白苣如萵苣，葉有白毛。萵苣冷，微毒，紫色者入燒煉藥用，餘功用同白苣。」元《農桑輯要》卷五：「萵苣……但可生芽，先用水浸種一日，於濕地上鋪襯，置子於上，以盆碗合之。候芽微出則種。春正月二月種之，可爲常食。秋社前一二日種者，霜降後可爲醃菜。」《本草綱目》卷二七：「萵苣正二月下種最宜，肥地，葉似白苣而尖，色稍青，折之有白汁粘手。四月抽薹，高三四尺，剥皮生食，味如胡瓜，糟食亦良。江東人鹽曬壓乾，以備方物，謂之蒿笋也。」

〔二〕人莧：《政和證類本草》卷二七引《圖經》：「莧實生淮陽川澤及田中，今處處有之。即人莧也，《經》云細莧亦同。葉如藍是也。謹按莧有六種，有人莧、赤莧、白莧、紫莧、馬莧、五色莧。馬莧即馬齒莧也。大葉者人、白二莧，俱大寒，亦謂之糠莧，亦謂之胡莧，亦謂之細莧，其實一也。但人莧小而白莧大耳。」

〔三〕陰陽二句：《漢書·元帝紀》：「間者陰陽錯謬，風雨不時。」又《五行志》：「怠慢驕蹇。」

〔四〕炎方句：炎方，南方。鍾會《孔雀賦》：「有炎方之偉鳥，感靈和而來儀。」《詩·周南·汝墳》：「魴魚赬尾，王室如燬。」傳：「燬，火也。」

〔五〕植物二句：《周禮·地官·大司徒》：「以土會之法，辨五地之物生。一曰山林，其動物宜毛物，其植物宜阜物。」《史記·曆書》：「民神異業，敬而不瀆，故神降之嘉生。」集解：「應劭曰：嘉穀也。」

〔六〕師伯句：《趙次公先後解》：「師伯，則言雨師風伯。」《韓非子·十過》：「風伯進掃，雨師灑道。」

〔七〕指麾二句：赤白日，紅日。《楚辭·招魂》：「紅壁沙版。」王逸注：「紅，赤白色也。」澒洞，見卷一《自京赴奉先縣詠懷五百字》(0041)注。《趙次公先後解》：「澒洞者，氣昏之貌。」

〔八〕雨聲二句：翁方綱《石洲詩話》卷一謂「已」爲「以」之訛。張協《雜詩》：「翳翳結繁雲，森森散雨足。」宋玉《笛賦》：「天旋少陰，白日西靡。」劉峻《重答劉秣陵沼書》：「冀東平之樹，望咸陽而西靡。」《文選》李善注：「《聖賢冢墓記》曰：東平思王冢在東平無鹽。人傳云：思王歸國京師，後葬，其家上松柏西靡。」《趙次公先後解》：「風從東南來，所以西靡也。」

〔九〕終朝二句：鮑照《舞鶴賦》：「颯沓矜顧，遷延遲暮。」《文選》李善注：「颯沓，群飛貌。」仇注引應瑒《西狩賦》「颯沓風翔」，謂：「紆颯沓，風緩矣。」按，颯沓言雨未止，罷瀟洒則雨止。

〔一〇〕呼童句：《詩・大雅・靈臺》：「經始勿亟，庶民子來。」

〔一一〕隨事句：《詩・大雅・生民》：「蓺之荏菽。」箋：「蓺，樹也。」《趙次公先後解》：「藝者，種也。」

〔一二〕破塊句：《鹽鐵論・水旱》：「當此之時，雨不破塊，風不鳴條。」此稍變其義，謂雨足。仇注：「破塊，鋤土也。」恐未是。

〔一三〕兩旬句：《易・解・象》：「雷雨作而百果草木皆甲坼。」《說文》：「甲，東方之孟，昜氣萌動。從木戴孚甲之象。」段注：「孚者卵孚也。孚甲猶今言㲉也。凡草木初生，或戴穜於顛，或先見其葉，故其字像之。」

〔一四〕宗生句：左思《吳都賦》：「宗生高岡，族茂幽阜。」《文選》劉逵注：「宗生，宗類而生於高山之脊，故名宗生。」

〔一五〕亦蒙句：鮑照《玩月城西門》：「歸華先委露，別葉早辭風。」

〔一六〕翻然：反而，反過來。翻同反。高適《酬秘書弟兼寄幕下諸公》：「何意構廣廈，翻然顧雕蟲。」

〔一七〕因知二句：《隋書・樂志》：「掩抑摧藏，哀音斷絕。」形容音樂起伏低昂。此作壓抑解。《論語・憲問》：「飯疏食，没齒無怨言。」疏：「謂終没齒年也。」

〔一八〕守道句：《國語・晉語》：「叔向曰：君子比而不別。比德以贊事，比也。引黨以封己，利己而忘君，别也。」韋昭注：「封，厚也。」李康《運命論》：「封己養高，勢動人主。」

〔一九〕擁塞二句：《趙次公先後解》：「兩句通義，蓋芝蘭之所以壅塞者，以荆杞之衆多也。」《文選》劉峻《辨命論》李善注引孫盛《晋陽秋》王夷甫論：「夫芝蘭不與茨棘俱植，鸞鳳不與梟鴟同栖。」

〔二〇〕中園二句：劉峻《辨命論》：「嚴霜夜零，蕭艾與芝蘭共盡。」《論語·子路》：「請學爲圃。曰：『吾不如老圃。』」

〔二一〕登于二句：《古詩類苑》古詩：「聞君好我甘，竊獨自雕飾。委身玉盤中，歷年冀見食。」何遜《擬輕薄篇》：「象床沓繡被，玉盤傳綺食。」謝朓《晚登三山還望京邑》：「餘霞散成綺，澄江静如練。」《趙次公先後解》：「古人每言綺饌，蓋以錦綺藉食，不足怪也。」按，趙説恐鑿。何遜詩即言食之精美。杜詩乃自出機杼。

〔二二〕莧也二句：曹植《上責躬應詔詩表》：「忍垢苟全，則犯詩人胡顔之譏。」《文選》李善注：「即上『胡不遄死』之義也。孔安國《尚書傳》曰：胡，何也。《毛詩》謂何顔而不速死也。」朱鶴齡注：「言玉盤霞綺之間，必苣始充用，無有薦及野莧者。是小人雖能掩抑君子，而終不爲時之所貴也。萵苣，公以自喻，觀詩序有『晚得微禄』句，詞旨甚明。」

## 秋風 二首①

秋風淅淅吹巫山，上牢下牢修水關〔一〕。吴檣楚柂牽百丈，暖向神都寒未

還②〔二〕。要路何日罷長戟，戰自青羌連百蠻③〔三〕。中巴不曾消息好〔四〕，暝傳戍鼓長雲間④。（0316）

【校】

① 二首，錢箋等大字。

② 神，錢箋校：「一作成。」《草堂》作「城」。

③ 百，錢箋校：「一作白。」《草堂》作「白」。

④ 暝，宋本作「瞑」，據錢箋等改。

【注】

黄鶴注：廣德、永泰吐蕃與党項、羌、渾、奴剌入寇，當是大曆元年（七六六）作。按，詩言蜀中之亂，當作於大曆元年秋。

〔一〕秋風二句：謝朓詩：「夜條風淅淅，晚葉露淒淒。」《分門》洙曰：「上牢、下牢，皆峽内地名，水關關津也。」《草堂》夢弼注：「乃夔峽大關津也。上牢瞿峽，下牢夷陵。春夏多雨水，秋冬多旱乾。修水關在秋時也。《十道志》：三峽口，地曰峽州。上牢、下牢，楚、蜀分畛。」下牢，見本卷《荆南兵馬使太常卿趙公大食刀歌》（0310）注。嚴耕望《唐代交通圖考》推測上牢當在巴東縣近處。

〔二〕吴檣二句：《趙次公先後解》：「江至於吴、楚，則用帆矣。今在夔州，則吴船之檣、楚船之柂猶用百丈牽以上水也。」程大昌《演繁露》卷一五：「杜詩舟行多用百丈，問之蜀人，云水峻，岸石又多廉稜，若用索牽，即遇石輒斷，不耐。故劈竹爲大瓣，以麻索連貫其際，以爲牽具，是名百丈。百丈以長言也。《南史·朱超石傳》：宋武北伐，超石董舟師入河陽，人緣河南岸牽百丈。則知有百丈矣。」陸游《入蜀記》卷三：「蓋上峽唯用檣及百丈，不復張帆矣。百丈以巨竹四破爲之，大如人臂。予所乘千六百斛舟，凡用檣六枝、百丈兩車。」《趙次公先後解》以「神都」指言吴楚，引《吴都賦》：「伊茲都之函洪，傾神州而韞櫝。」朱鶴齡注：光宅元年，號東都曰神都。此云牽百丈，以上峽者言之，疑作成都爲是。按，神都即指成都。本書卷一五《贈李八秘書別三十韻》(1031)：「玄朔回天步，神都憶帝車。」是以神都指長安。鮑照《侍宴覆舟山》：「明輝爍神都，麗氣冠華甸。」以神都指建康。是帝都皆可稱神都。成都曾爲蜀之都，至德中爲南京，故亦稱神都。

〔三〕戰自句：《水經注》青衣水：「青衣縣，故青衣羌國也。……公孫述之有蜀也，青衣不服，世祖嘉之，建武十九年以爲郡。」錢箋引此。朱鶴齡注引《後出師表》「賨叟、青羌，散騎武騎一千餘人」。《三國志·魏書·明帝紀》注引《魏略》載明帝露布：「亮又侮易益土，虐用其民，是以利狼、宕渠、高定、青羌，莫不瓦解。」《通典》卷一七五《州郡·犍爲郡》：「嘉州，故夜郎國，漢武開之，置犍爲郡。……後周改爲青州，尋又改爲嘉州，並置平羌郡。」此蓋泛指蜀中諸羌，與党項等入寇無關。百蠻，趙次公等諸家皆以作白蠻是。白蠻即古之僰人。《史記·司馬相如列傳》：「通夜郎西僰中。」集解：「徐廣曰：羌之別種也。」索隱：「文穎曰：皆西南夷。後以夜郎屬牂柯，僰屬犍爲。」樊綽《蠻書》卷四：「西爨，白蠻也。東爨，烏蠻也。當天寶中，東北自曲靖州，西南至宣城，邑落相望，牛馬被野。在石城、昆川、曲軛、晋寧、喻獻、安寧至龍和城，謂之西爨。在曲靖州、彌鹿川、升麻川，南至步頭，謂之東爨。」按，西南諸蠻族屬不同，僅《蠻書》、新舊《唐書》著其名者即有數十。詩稱「百蠻」亦不誤。

〔四〕中巴：《華陽國志》卷一：「獻帝興平元年，征東中郎將安漢趙韙建議分巴爲二郡。韙欲得巴舊名，故白益州牧劉璋，以墊江以上爲巴郡，河南龐羲爲太守，治安漢。以江州至臨江爲永寧郡，朐忍至魚復爲固陵郡。巴遂分矣。建安六年，魚復蹇胤白璋，争巴名。璋乃改永寧爲巴郡，以固陵爲巴東，徙羲爲巴西太守，是爲三巴。」《方輿勝覽》卷六八巴州：「此居其中，爲中巴。」

秋風淅淅吹我衣，東流之外西日微①。天清小城擣練急〔一〕，石古細路行人稀。不知明月爲誰好，早晚孤帆他夜歸②〔二〕？會將白髮倚庭樹，故園池臺今是非。（0317）

【校】

① 西日，《草堂》作「日西」。

②他，錢箋、《草堂》校：「一作也。」

【注】

〔一〕天清句：《清商曲辭·子夜四時歌》：「憶郎須寒服，乘月擣白素。」

〔二〕早晚：何日、何時。見張相《詩詞曲語辭彙釋》。

## 久雨期王將軍不至〔一〕

天雨蕭蕭滯茅屋①，空山無以慰幽獨。銳頭將軍來何遲〔二〕，令我心中苦不足。數看黃霧亂玄雲，時聽嚴風折喬木〔三〕。泉源泠泠雜猿狖〔四〕，泥濘漠漠飢鴻鵠②。歲暮窮陰耿未已〔五〕，人生會面難再得。憶爾腰下鐵絲箭，射殺林中雪色鹿〔六〕。前者坐皮因問毛〔七〕，知子歷險人馬勞。異獸如飛星宿落，應弦不礙蒼山高〔八〕。安得突騎只五千，崒然眉骨皆爾曹〔九〕？走平亂世相催促，一豁明主正鬱陶〔一〇〕。憶昔范增碎玉斗③，未使吳兵著白袍④〔一一〕。昏昏閶闔閉氛祲，十月荊南雷怒號〔一二〕。（0318）

【校】

①天，宋本、錢箋、《九家》、《草堂》校：「一云山。」　滯，宋本、錢箋、《九家》、《草堂》校：「一云帶。」

②濘，錢箋校：「一云滓。」

③憶，宋本、錢箋、《九家》校：「一云恨。」　增，宋本作「曾」，據錢箋改。

④兵，《草堂》作「軍」。

【注】

《趙次公先後解》繫於大曆三年（七六八）。黄鶴注：大曆元年（七六六）作。仇注從鄭注，繫於大曆二年（七六七）冬。按，趙注據「十月荆南」句編入荆南詩，可從。

〔一〕王將軍：名不詳。黄鶴注指爲本書卷一一《寄贈王十將軍承俊》（0650）。仇注：「王蓋昔爲將軍，而退居夔州者。黄鶴指爲王承俊，誤矣。承俊在成都，於荆南無與。」

〔二〕鋭頭將軍：見卷三《遣興五首》（0114）注。

〔三〕數看二句：《漢書·元后傳》：「其夏，黄霧四塞終日。天子以問諫大夫楊興、博士駟勝等，對皆以爲陰盛侵陽之氣也。」阮籍《詠懷》：「寒風振山岡，玄雲起重陰。」《文選》顔延之注：「風霜交至，凋殞非一，玄雲重陰，多所擁蔽。」袁淑《效古》：「四面各千里，從横起嚴風。」

〔四〕泉源句：班固《西都賦》：「猿狖失木，豺狼懾竄。」《文選》李善注：「《蒼頡篇》曰：狖，似狸。」

〔五〕歲暮句：鮑照《舞鶴賦》：「於是窮陰殺節，急景凋年。」耿，不安貌。《相和歌辭·滿歌行》：

「戚戚多思慮，耿耿殊不寧。」

〔六〕憶爾二句：《唐六典》卷一六武庫：「箭之制有四：一曰竹箭，二曰木箭，三曰兵箭，四曰弩箭。……兵箭剛鏃而長，用之射甲。」箭鏃以鐵製，此鐵絲未詳所指。《法苑珠林》卷五〇引《九色鹿經》：「昔者菩薩身爲九色鹿，具九種色，角白如雪。……時國王夫人夜夢見九色鹿，即詐病不起。王問何以，答曰：我昨夜夢見非常之鹿，其毛九種色，其角白如雪。我思欲得其皮作坐褥，其角作拂柄，王當爲我得之。」

〔七〕前者句：《左傳》僖公十四年：「皮之不存，毛將安傅。」坐皮問毛，蓋從此化出。

〔八〕異獸二句：《太平御覽》卷八八八引《列異傳》：「昔鄱陽郡安樂縣有人姓彭，世以捕射爲業。兒隨父入山，父忽蹶然倒地，乃變成白鹿。兒悲號追鹿，超然遠逝，遂失所在。兒於是終身不捉弓。至孫，復學射。忽得一白鹿，乃於鹿角間得道家七星符，並有其祖姓名、年月分明。睹之惋悔，乃燒去弧矢。」《初學記》卷二九引劉敬叔《異苑》略同。疑用此。《史記·李將軍列傳》：「度不中不發，發即應弦而倒。」

〔九〕安得二句：《後漢書·臧宫傳》：「後匈奴饑疫，自相分争，帝以問宫，宫曰：『願得五千騎以立功。』」突騎，參卷六《漁陽》（0263）注。崒然，高聳貌。鮑照《蕪城賦》：「崒若斷岸，矗似長雲。」《文選》李善注：「崒，高峻也。」《隋書·煬帝紀》：「高祖密令善相者來和遍視諸子，和曰：『晋王眉上雙骨隆起，貴不可言。』」

〔一〇〕鬱陶：見卷五《大雨》（0237）注。

〔一一〕憶昔二句：《史記・項羽本紀》：「張良入謝，曰：『沛公不勝杯杓，不能辭，謹使臣良奉白璧一雙，再拜獻大王足下。玉斗一雙，再拜奉大將軍足下。』……項王則受璧，置之坐上。亞父受玉斗，置之地，拔劍撞而破之，曰：『唉！豎子不足與謀。奪項王天下者，必沛公也。吾屬今爲之虜矣。』」《趙次公先後解》：「意言姦亂之敵終似楚王之可滅，徒勞范增怒而碎斗也。」《草堂》夢弼注：「初禄山將作亂，朝臣嘗諫帝，若范增之諫羽。」仇注：「范增，比老謀不用。」《九家》師曰：「侯景命東吴兵盡著白袍，自爲營陣。」《趙次公先後解》：「《南史》：陳慶之麾下悉著白袍，所向披靡。先是洛中謡曰：『名軍大將莫自勞，千兵萬馬避白袍。』蓋江左事也。此豈吴楚之間有戰伐之事乎？」《草堂》夢弼注引二事，又謂：「吴王夫差兵敗於越，以素冠素袍祈哀，越不聽。」錢箋：「《吕蒙傳》：蒙至尋陽，盡伏其精兵艕艫中，使白衣摇櫓，作商賈人服。此所謂吴兵著白袍也。」朱鶴齡謂用《南史》陳慶之事，舊注引夫差、侯景、吕蒙事俱謬。仇注亦謂用陳慶之事，「白袍，言軍功未立。」按，范增喻王，亦喻忠臣，趙説誤。吴兵句，疑王曾從征東南。

〔一二〕昏昏二句：《分門》洙曰：「時賊據京師。」《趙次公先後解》：「閶闔，即吴之閶闔門也。……是時（大曆二年）京師晏然矣。」黄希注謂大曆二年九月十月有吐蕃之擾，京師戒嚴。朱鶴齡注同。按，閶闔言天門，亦喻君門。參卷一《樂游園歌》（0030）注。郭璞《江賦》：「爾乃督雰祲於清旭，覘五兩之動静。」《文選》李善注：「《説文》曰：雰，亦氛字也。鄭玄《禮記注》曰：祲，陰陽氣相浸漸以成災也。」此句言天氣陰晦，非必喻京師之擾。亦不能據此句判其作年。《淮南子・本經訓》：「春肅秋榮，冬雷夏霜，皆賊氣之所生。」《趙次公先後解》：「十月雷，又以實記其變也。」朱鶴齡注：「雷出非時，亦兵氣所感。」仇注：「言災變未弭。」按，本書卷一六《雷》（1280）：「巫峽中宵動，滄江十月雷。」趙注謂記實，可信。謂其陰陽之變，亦古人常論。謂其兵氣所感，則據己意發揮。

## 別李秘書始興寺所居〔一〕

不見秘書心若失，及見秘書失心疾〔二〕。安爲動主理信然，我獨覺子神充實①〔三〕。重聞西方之觀經②，老身古寺風泠泠〔四〕。妻兒待來且歸去③〔五〕，他日杖藜來細聽。（0319）

【校】

①神充實，錢箋、《草堂》校：「一作精神實。」

②之，錢箋作「止」，《九家》作「正」。

③來，錢箋、《草堂》作「我」，校：「一作來。陳作米。」

【注】

黄鶴注：此當是大曆二年（七六七）在夔州別李十五丈秘書。

〔一〕李秘書：本書卷一五有《贈李八秘書別三十韻》(1031)、《送李八秘書赴杜相公幕》(1088)，又有《奉寄李十五秘書二首》(1061)，題注：「文嶷。」按，黄鶴注以卷六《贈李十五丈別》(0302)即李十五秘書文嶷，實難指實。參該篇注。疑此李秘書乃赴杜相公幕之李八。始興寺：劉禹錫《夔州始興寺移鐵像記》：「此寺始於宇文周，初瀕江卑庳，皇唐神龍中爲水所壞。有波那賴耶國僧廣照，浮海而至，頓錫不去，遂移於今道場所。山曰磨刀，嶺曰虎岡。其經始與克終，皆蕃僧是力。」王象之《輿地碑記目》卷四：「夔州始興寺移鐵像記，劉禹錫撰。」《蜀中廣記》卷二一夔州府：「《志》云：白帝城東十五里有勝己山，以高出衆山之上。王十朋名龜齡，四月二十一日同運使周丈、查丈行香報恩精舍，登佛牙樓，觀勝己山，望江流之險。……劉儀鳳《報恩寺詩》序云：寺有唐立夫題字，云本晋鐵佛寺，有像，今徙他處，而碑記無存者。……《碑目》以《夔州始興寺移鐵像記》爲劉禹錫撰矣。……寺産香山茶，因名香山寺。黄魯直《香山寺行記》云：……遠水喬木，僧房高下，景物清絶。爲夔路第一。」

〔二〕不見二句：《後漢書·黄憲傳》：「同郡戴良才高倨傲，而見憲未嘗不正容，及歸，罔然若有失也。」《藝文類聚》卷二四：「俗説曰：阮光禄大兒喪，哀過，遂得失心病。」《左傳》昭公二十一年：「王其以心疾死乎。」《趙次公先後解》：「失心疾者，其疾失去而寧癒也。兩失義不同，詩人以疊字爲老手矣。」杜詩取兩處字面而變換其義。

〔三〕安爲二句：《趙次公先後解》：「安爲動主，義乃《老子》所謂静爲躁君也。」《法苑珠林》卷七八引《正法念經》：「其心寂静，心不躁動，善浄深心。」敦煌本《壇經》：「吾與汝一偈，真假動静偈，汝等盡誦取：……有性即解動，無性即不動。若修不動行，同無情不動。若見真不動，動上有不動。不動是不動，無情無佛種。能善分别相，第一義不動。」《九家》師曰：「相法曰：目精晃朗，形神充實者，主壽不死。」

〔四〕重聞二句：《九家》杜田《補遺》：「《西方無量壽經》教韋提希及未來世一切衆生觀於西方極樂世界……作是觀者，名爲正觀。」黄希注：「《摩訶止觀》，陳隋間國師天台智者所説，凡十卷。」朱鶴齡注：「此詩《止觀經》，明白可據。舊本『止』訛作『之』，音相近耳。」宋玉《風賦》：「清清泠泠，愈病析酲。」《文選》李善注：「清清泠泠，清涼之貌也。」

〔五〕待來：「來」爲語助詞。

## 縛雞行

小奴縛雞向市賣，雞被縛急相喧争〔一〕。家中厭雞食蟲蟻，不知雞賣還遭烹。蟲雞於人何厚薄，吾叱奴人解其縛〔二〕。雞蟲得失無了時〔三〕，注目寒江倚山閣。

（0320）

【注】

黄鶴注：當是大曆元年（七六六）冬，寓居夔西閣時作。

〔一〕雞被句：《趙次公先後解》謂「縛急」暗用曹操縛呂布「不得不急」事。

〔二〕解其縛：《趙次公先後解》謂用《左傳》僖公六年許男面縛銜璧、楚武王親釋其縛事。

〔三〕雞蟲句：禪宗語録多用「了時」，然皆在中唐後。張繼《安公房問法》：「流年一日復一日，世事何時是了時。」

《趙次公先後解》：「一篇之妙，在乎落句。蓋雞之所以得者，蟲之所以失。人之所以得者，雞之所以失。而人之得失如雞如蟲，又且相仍，何時而了乎？至於『注目寒江倚山閣』，則所思深矣。近世惟黄魯直深達此詩之旨。其《書酺池寺書堂》有云：『小黠大癡螳捕蟬，有餘不足夔憐蚿。退食歸來北窗夢，一江風月趁漁船。』可與言詩者當自解也。」

張表臣《珊瑚鈎詩話》卷二：「陳無己先生語余曰：『今人愛杜甫詩，一句之内，至竊取數字以仿像之，非善學者。學詩之要，在乎立格、命意、用字而已。……《縛雞行》言雞蟲得失不如兩忘而寓於道，玆非命意之深乎？』」

洪邁《容齋三筆》卷五：「老杜《縛雞行》一篇……此詩自是一段好議論，至結句之妙，非它人所能跂及也。予友李德遠嘗賦《東西船行》，全擬其意。舉以相示云：『東船得風帆席高，千里瞬息輕鴻毛。西船見笑苦遲鈍，汗流撑折百張篙。明日風翻波浪異，西笑東船却如此。東西相笑無已時，我但行藏任天理。』是時德遠誦至三過，頗自喜。予曰：『語意絶工，幾於得奪胎法。只恐「行藏任理」與「注目寒江」之句，似不可同日語。』德遠以爲知言，鋭欲易之，終不能滿意也。」

## 負薪行

夔州處女髮半華，四十五十無夫家。更遭喪亂嫁不售，一生抱恨堪咨嗟①。土風坐男使女立，應當門户女出入②〔一〕。十有八九負薪歸③，賣薪得錢當供給④。至老雙鬟只垂頸⑤，野花山葉銀釵並〔二〕。筋力登危集市門，死生射利兼鹽井〔三〕。面粧首飾雜啼痕，地褊衣寒困石根。若道巫山女粗醜⑥，何得此有昭君村⑦〔四〕？

（0321）

**【校】**

① 堪，錢箋、《草堂》校：「一作長。」《文苑英華》校：「集作長。」

② 應，錢箋校：「坡作男。」　應當門户，錢箋校：「一作應門當户。」《文苑英華》作「應門當户」。

③ 有，錢箋、《草堂》作「猶」，校：「一作有。」《九家》作「有」。《文苑英華》校：「集作有。」

④ 當，錢箋、《草堂》作「應」，校：「一作當。」《文苑英華》作「應」，校：「集作當。」

⑤鐶，錢箋作「鬟」，校：「一作鐶。」《九家》作「環」。

⑥醜，《文苑英華》校：「集作澀。」

⑦此，宋本、錢箋、《九家》、《草堂》校：「一作北。」

**【注】**

黄鶴注：與下篇《最能行》同時作。當是大曆元年（七六六）公初到夔，見其習俗如此，故作。

〔一〕土風二句：《相和歌辭·隴西行》：「健婦持門户，亦勝一丈夫。」《顔氏家訓·治家》：「鄴下風俗，專以婦持門户。」黄希注：「今江東、閩中多女人負擔采薪也。」黄鶴注引《詩·汝墳》及《隴西行》，謂：「則女當門户，從事樵薪，其來已久。」

〔二〕十有四句：陸游《入蜀記》卷四：「大抵峽中負物率著背，又多婦人……未嫁者率爲同心髻，高二尺，插銀釵至六隻，後插大象牙梳，如手大。」

〔三〕死生句：左思《吴都賦》：「乘時射利。」李貽孫《夔州都督府記》：「城之左五里，得鹽泉十四，居民煮而利焉。又西而稍南三四里，得八陣圖，在沙州之壖。」《太平寰宇記》卷一四八夔州引《荆州圖記》：「八陣圖下東西三里有一磧，東西一百步，南北廣四十步，磧上有鹽泉井五口，以木爲桶，昔常取鹽，即時沙壅，冬出夏没。」

〔四〕若道二句：《趙次公先後解》引《歸州圖經》：「王昭君，南郡秭歸人。興山縣有昭君村，有香溪，昭君所游。」《太平寰宇記》卷一四八歸州興山縣：「本漢秭歸縣地。……香溪，在邑界，即王昭君所游處。王昭君宅，漢王嬙即此邑之人，故曰昭君之縣，村連巫峽，是此地。」范成大《吴船録》卷下：「興山縣，王嬙生焉。今有昭君臺、香溪尚存，城南二里有明妃廟。余嘗論歸爲州僻陋，爲西蜀之最，而男子有屈、宋，女子有昭君，閥閲如此，正未易忽。」

## 最能行

峽中丈夫絶輕死，少在公門多在水。富豪有錢駕大舸，貧窮取給行艓子〔一〕。小兒學問止論語①〔二〕，大兒結束隨商旅。欹帆側柂入波濤，撇漩捎濆無險阻〔三〕。朝發白帝暮江陵，頃來目擊信有徵〔四〕。瞿唐漫天虎鬚怒②，歸州長年行最能③〔五〕。此鄉之人氣量窄④，誤競南風疏北客〔六〕。若道土無英俊才⑤，何得山有屈原宅〔七〕？（0322）

**【校】**

①兒，《草堂》校：「一作人。」

②唐，錢箋作「塘」。下不另出校。　鬚，宋本、錢箋、《九家》校：「一作眼。」《文苑英華》校：「集作眼。」

③行，錢箋、《草堂》校：「一作與。」《文苑英華》作「與」，校：「集作行。」

④ 氣，錢箋校：「一作器。」《文苑英華》作「器」，校：「集作氣。」

⑤ 土，錢箋校：「一作士。」《九家》、《草堂》作「士」。

【注】

〔一〕富豪二句：《方言》：「南楚江湘，凡船大者謂之舸。」取給，謂供給生活。《大唐新語》卷三：「(馮)立不營生業，衣食取給而已。」《九家》杜田《補遺》：「艓，小舟名，音葉，言輕如小葉。《切韻》、《玉篇》並不載『艓』字。」吴曾《能改齋漫録》卷六：「余按，王智深《宋記》曰：『司空劉休範舉兵，潛作艦艓。』則字不爲無所本也。」《集韻》：「艓，舟名。」

〔二〕小兒句：《顔氏家訓·勉學》：「自荒亂已來，諸見俘虜，雖百世小人，知讀《論語》、《孝經》者，尚爲人師。雖千載冠冕，不曉書記者，莫不耕田養馬。」《唐六典》卷二考功郎中：「其明經各試所習業……正經有九：《禮記》、《左傳》爲大經，《毛詩》、《周禮》、《儀禮》爲中經，《周易》、《尚書》、《公羊》、《穀梁》爲小經。通大經者一大一小，若兩中經；通三經者大、小、中各一；通五經者大經並通。其《孝經》、《論語》並須兼習。」《論語》在九經之外，只須兼習。

〔三〕欹帆二句：郭璞《江賦》：「漩澴滎瀯，渨㵽濆瀑。」《文選》李善注：「皆波浪回旋濆涌而起之貌也。」《趙次公先後解》：「『撇漩捎濆』、『欹帆側柁』，皆公所造新語。」《説文》段注：「漩，夔州土人讀去聲，謂峽中回流大者，其深不測，舟遇之則旋轉而入，《江賦》所謂『盤渦谷轉』也。濆，土人讀如瀵，謂峽中回流漸平，則突涌如山，《江賦》所謂『渨㵽濆瀑』也。斯二者必撇之捎之而行，不可正犯。杜用峽中語言入詩。」

〔四〕朝發二句：《水經注》江水：「自三峽七百里中，兩岸連山，略無闕處。……有時朝發白帝，暮到江陵，其間千二百里，雖乘奔御風，不以疾也。」

〔五〕瞿唐二句：瞿唐，見卷六《柴門》(0274)「峽門」注。《水經注》江水：「江水又逕虎鬚灘，灘水廣大，夏斷行旅。江水又東逕臨江縣南。」《蜀地廣記》卷一九忠州：「今州西二里有石梁三十餘丈，横截江中，俗呼倒鬚灘，即其處。」《清一統志》卷三一六忠州：「舊《志》：州西二里有石梁，亘三十餘丈，横截江中，俗呼倒鬚灘，即《水經注》所謂虎鬚灘也。」又《方輿勝覽》卷五七夔州：「虎鬚灘，在奉節縣。」《明一統志》卷七〇夔州府：「虎鬚灘，在府城西。」《清一統志》卷三〇三夔州府：「在奉節縣東三十里，東去平山縣四十里。」皆引杜此詩。此兩虎鬚灘，一在忠州，一在夔州。范成大《大望州》：「望州山頭天四低，東瞰夷陵西秭歸。……黄牛廟磯石如劈，想看驚湍虎鬚白。」當指夔州者。《舊唐書・地理志》：「歸州，隋巴東郡之秭歸縣。武德二年，割夔州之秭歸、巴東二縣，分置歸州。」宋祁《宋景文公筆記》卷中：「蜀人謂柁師爲長年三老，杜甫用之。」陸游《入蜀記》卷五：「見舟人焚香祈神云：告紅頭須小使頭長年三老，莫令錯呼錯喚。問何謂長年三老，云梢工是也。長讀如長幼之長。乃知老杜『長年三老長歌裏，白晝攤錢高浪中』之語。」《趙次公先後解》：「行最能，言行瞿唐峽與虎鬚灘甚易也。」朱鶴齡注同。《千家注》：「最能者，負船水手之稱。」此劉辰翁説。王嗣奭《杜臆》：「『最能』當是峽中長年之稱。」二説皆無據。施鴻保謂：「最能，蓋即長年中之最能行舟者……此『行』字似當讀行輩之行。」

説亦迂。此二字與今口語義無異。嚴武《巴嶺答杜二見憶》：「可但步兵偏愛酒，也知光禄最能詩。」柳宗元《先君石表陰先友記》：「梁肅，安定人，最能爲文。」是已入詩文。

〔六〕誤競句：《左傳》襄公十八年：「吾驟歌北風，又歌南風。南風不競，多死聲，楚必無功。」朱鶴齡注：「競，强也。言以地主爲强，而欺北客也。」浦起龍云：「競爲南中輕生逐利之風，而疏於北方文物冠裳之客也。」

〔七〕若道二句：《水經注》江水「又東過秭歸縣之南」：「縣，故歸鄉。《地理志》曰：歸子國也。……袁山松曰：屈原有賢姊，聞原放逐，亦來歸，喻令自寬。全鄉人冀其見從，因名曰秭歸，即《離騷》所謂女嬃嬋媛以詈余也。……縣北一百六十里，有屈原故宅，累石爲室基，名其地曰樂平里。宅之東北六十里，有女嬃廟，擣衣石猶存。故《宜都記》曰：秭歸蓋楚子熊繹之始國，而屈原之鄉里也，原田宅於今具存。指謂此也。……江水又東逕歸鄉縣故城北。袁山松曰：父老傳言，原既流放，忽然暫歸，鄉人喜悦，因名曰歸鄉。抑其山秀水清，故出儁異，地險流疾，故其性亦隘。」

## 寄裴施州〔一〕

廊廟之具裴施州，宿昔一逢無此流①〔二〕。金鍾大鏞在東序，冰壺玉衡懸清秋②〔三〕。自從相遇感多病③，三歲爲客寬邊愁〔四〕。堯有四岳明至理，漢二千石真分憂〔五〕。幾度寄書白鹽北，苦寒贈我青羔裘④〔六〕。霜雪回光避錦袖，龍蛇動篋蟠銀鉤⑤〔七〕。紫衣使者辟復命⑥〔八〕，再拜故人謝佳政。將老已失子孫憂，後來況接才華盛⑦〔九〕。（0323）

【校】

① 此，錢箋：「一作比。」

② 衡，《文苑英華》校：「集作珩。」

③ 感，錢箋校：「晋作減。」《草堂》校：「一作減。一作成。」《文苑英華》作「減」，校：「集作咸。」

④ 羔，宋本、錢箋、《九家》、《草堂》校一作「絲」。《文苑英華》作「絲」，校：「集作羔。」

⑤ 龍蛇，錢箋校：「刊作蛟龍。」《草堂》校：「一作蛟龍。」《文苑英華》作「蛟龍」。

⑥ 辟，《草堂》校：「陳作辭。」錢箋、《九家》作「辭」，錢箋校：「一作辟。」

⑦ 才華盛，此下《文苑英華》有「遥憶書樓碧池映」七字，校：「集無此句。」

【注】

《趙次公先後解》編入大曆二年（七六七）夔州所作。黄鶴注以裴施州爲裴冕，定爲永泰元年（七六五）冬作。朱鶴齡編入大曆二年冬作。

〔一〕裴施州：《舊唐書・代宗紀》：「（寶應元年九月）丙申，右僕射、山陵使裴冕貶施州刺史。」「（廣德二年二月）戊寅，以澧州刺史裴冕爲左僕射兼御史大夫，充東都、河南、江南、淮南轉運使。」《裴冕傳》：「永泰元年，與裴遵慶等並集賢待制。……烜坐法，冕坐貶施州刺史。數月，移澧州刺史，復徵爲左僕射。」元載《冀國公贈太尉裴冕傳》：「其中以直遇坎牧蠻溪者二，以時當任兼憲臺鎮梁、益各一。……大曆四年冬十一月……詔復入相。」錢箋謂冕自施召還，當在大曆二年之間，以杜詩考之，冕蓋久于施州，當是自澧移施也。朱鶴齡謂冕山陵之命必在廣德元年前，《冕傳》作永泰元年誤。公到夔州，冕已久居朝廷，此人必非裴冕。

〔二〕廊廟二句：廊廟具，見卷一《自京赴奉先縣詠懷五百字》(0041)注。《晉書・阮籍傳》：「仲容已豫吾此流，汝不得復爾。」

〔三〕金鍾二句：《書・顧命》：「越玉五重，陳寶、赤刀、大訓、弘璧、琬琰在西序，大玉、夷玉、天球、河圖在東序。」傳：「于東西序坐北，列玉五重，又陳先王所寶之器物。」曹丕《浮淮賦》：「乃撞金鐘，爰伐雷鼓。」《爾雅・釋樂》：「大鐘謂之鏞。」鮑照《代白頭吟》：「直如朱絲繩，清如玉壺冰。」《書・舜典》：「在璿璣玉衡，以齊七政。」傳：「璣、衡，王者正天文之器，可運轉者。」王嗣奭《杜臆》：「金鍾大鏞狀其軒朗，冰壺玉衡狀其清高。」

〔四〕自從二句：王嗣奭《杜臆》：「蓋邊民易亂，邊方安而作客者亦安也。」

〔五〕堯有二句：四岳，見卷六《贈李十五丈別》(0302)注。《漢書・循吏傳》：「（宣帝）常稱曰：『庶民所以安其田里而亡歎息愁恨之心者，政平訟理也。與我共此者，其唯良二千石乎！』」

〔六〕幾度二句：《水經注》江水：「江水又東逕廣溪峽，斯乃三峽之首也。……淵北有白鹽崖，高可千餘丈，俯臨神淵。土人見其高白，故因名之。」《初學記》卷八引《荆州記》：「峽之首北岸曰白鹽峰，中黄龍灘水，沿溯所忌。」《方輿勝覽》卷五七夔州：「白鹽山在城東十七里，崖壁五十餘里，其色炳耀，狀若白鹽。」白鹽山在大江北，白帝城及赤甲山以東，隔一東瀼溪。杜甫大曆二年秋自瀼西遷居東屯，參卷六《行官張望補稻畦水歸》(0283)注。《西京雜記》卷二：「家君作彈棋以獻，帝大悦，賜青羔裘、紫絲履，服以朝覲。」此當爲西南所産。《舊唐書·南蠻傳》東女國：「冬則羔裘，飾以紋錦。」

〔七〕霜雪二句：《趙次公先後解》：「霜雪回光而避之，言寒不能侵。」龍蛇句，言其書。參本卷《鄭典設自施州歸》(0314)注。《法書要録》卷一王右軍《題衛夫人筆陣圖後》：「字體形勢，狀等龍蛇，相鉤連不斷。」

〔八〕紫衣句：《趙次公先後解》：「紫衣使者，則所差來之人也。」按，此當指裴奉朝命。紫衣使者指内官高階者。《杜陽雜編》卷上：「以班次居下爲同列所欺，(魚)朝恩怒。翌日，於上前奏曰：『臣幼男令微位處衆僚之下，願陛下特賜金章，以超其等。』上未及語，而朝恩已令所司捧紫衣而至。令微既謝恩於殿前，上雖知不可强，謂朝恩曰：『卿兒著章服大宜稱也。』」辟復命，先辟後命，二字原可分用。《後漢書·胡廣傳》：「其所辟命，皆天下名士。」《黨錮傳》岑晊：「三府交辟，並不就。」

〔九〕將老二句：《趙次公先後解》：「蓋云我雖老而免憂子孫，無它，以後來之人相接有裴君諸子才華之盛美也。」《論語・季氏》：「今夫顓臾，固而近于費，今不取，後世必爲子孫憂。」

## 奉酬薛十二丈判官見贈①〔一〕

忽忽峽中睡〔二〕，悲風方一醒②。西來有好鳥，爲我下青冥〔三〕。羽毛净白雪③，慘澹飛雲汀〔四〕。既蒙主人顧，舉翮唳孤亭〔五〕。持以比佳士，及此慰揚舲〔六〕。清文動哀玉，見道發新硎〔七〕。欲學鴟夷子，待勒燕山銘④〔八〕。誰重斷蛇劍⑤〔九〕，致君君未聽。志在麒麟閣，無心雲母屏〔一〇〕。卓氏近新寡，豪家朱門扃⑥〔一一〕。相如才調逸⑦，銀漢會雙星〔一二〕。客來洗粉黛，日暮拾流螢〔一三〕。不是無膏火，勸郎勤六經。老夫自汲澗，野水日泠泠。我歎黑頭白，君看銀印青〔一四〕。卧病識山鬼，爲農知地形。誰矜坐錦帳〔一五〕，苦厭食魚腥。東西兩岸坼⑧〔一六〕，橫水注滄溟⑨。碧色忽惆悵⑩，風雷搜百靈。空中右白虎⑪，赤節引娉婷〔一七〕。自云帝里女⑫，噀雨鳳皇翎〔一八〕。襄王薄行跡，莫學冷如丁⑬〔一九〕。千秋一拭淚，夢覺有微馨⑭〔二〇〕。人生相感動，金石兩青熒〔二一〕。丈人但安坐⑮，休辨渭與涇⑯〔二二〕。龍蛇尚格鬬，洒血暗郊坰〔二三〕。吾聞聰明主，治國用輕刑⑰〔二四〕。銷兵鑄農器，今古歲方寧。文王日儉德⑱，俊乂始盈庭〔二五〕。榮華貴少壯，豈食楚江萍〔二六〕。
（0324）

【校】

①酬，《文苑英華》作「和」。

②風，錢箋、《草堂》校：「一作秋。」

③浄，錢箋校：「一作盡。」《草堂》作「盡」。

④山，《文苑英華》作「然」，校：「集作山。」

⑤誰重斷蛇劍，宋本、《九家》校：「一云口重斬邪劍。」錢箋校：「一云國重斬邪劍。」《文苑英華》作「口重斬邪劍」，校：「集作誰重斷蛇劍。」 斷蛇，《草堂》作「斬邪」，校：「一作斷蛇。」

⑥門，錢箋、《草堂》校：「一作户。」《文苑英華》作「户」，校：「集作門。」

⑦才，《文苑英華》作「琴」，校：「集作才。」

⑧兩岸坼，錢箋、《草堂》校：「晋作岸兩坼。」 岸，《文苑英華》作「崖」，校：「集作岸。」

⑨横，錢箋：「一作積。」《文苑英華》作「積」，校：「集作横。」

⑩忽，宋本、錢箋、《九家》、《草堂》校：「一作苦。」

⑪右，宋本、錢箋校：「一作有。」《文苑英華》校：「集作有。」《九家》、《草堂》作「石」，校：「一作有。」

⑫里，宋作、錢箋、《九家》、《草堂》校：「一作季。」《文苑英華》校：「集作季。」

⑬丁，錢箋校：「一作冰。」《文苑英華》作「冰」。

⑭微，《草堂》作「餘」。

⑮人，《文苑英華》作「夫」，校：「集作人。」

⑯與，《文苑英華》作「將」，校：「集作與。」

⑰治，錢箋校：「一作活。」《文苑英華》作「活」。

⑱文，錢箋校：「一作天。」《文苑英華》作「天」，校：「集作文。」

**【注】**

黄鶴注：當是大曆二年（七六七）秋在東屯作。時吐蕃寇邠、靈州，京師戒嚴。

〔一〕薛十二丈判官：名不詳。錢起《送薛判官赴蜀》：「始見儒者雄，長纓繫餘孽。」疑爲同一人，則其人當任劍南西川節度判官。

〔二〕忽忽句：司馬遷《報任安書》：「居則忽忽若有所亡，出則不知其所往。」

〔三〕西來二句：朱鶴齡注：「用王母事。」《漢武故事》：「王母遣使謂帝曰：『七月七日我當暫來。』帝至日，掃宫内，然九華燈。七月七日，上於承華殿中齋，日正中，忽見有青鳥從西方來集殿前。」仇注：「好鳥來，比薛君至。」按，詩爲酬贈，非與薛會面，好鳥似喻傳書。

〔四〕羽毛二句：《世説新語・言語》：「已而會雪下，未甚寒，諸道人問在道所經。壹公曰：『風霜固所不論，乃先集其慘澹。郊邑正自飄瞥，林岫便已浩然。』」慘澹乃形容雪，此形容鳥之白羽。

謝靈運《登臨海嶠初發彊中作》：「顧望脰未悁，汀曲舟已隱。」《文選》李善注：「《文字集略》曰：汀，水際平也。」雲汀，蓋謂雲水相交之際。

〔五〕既蒙二句：《世説新語·尤悔》：「陸平原河橋敗，爲盧志所讒，被誅。臨刑歎曰：『欲聞華亭鶴唳，可復得乎？』」《趙次公先後解》：「在佳士言之，則主人者，豈郡刺史之徒邪？」

〔六〕及此句：謝朓《和何議曹郊游》：「揚舲浮大川，惆悵至日下。」《楚辭·涉江》王逸注：「舲船，船有窗牖者。」朱鶴齡注：「慰揚舲，慰己出峽之懷也。」

〔七〕清文二句：《趙次公先後解》：「上句言佳士之文清如玉聲之哀，蓋環佩之類。下句言佳士之才敏。」《莊子·養生主》：「庖丁爲文惠君解牛……刀刃若新發於硎。」

〔八〕欲學二句：鴟夷子，范蠡，見卷六《壯游》（0295）注。《後漢書·竇憲傳》：「與北單于戰于稽落山，大破之……憲、秉遂登燕然山，去塞三千餘里，刻石勒功，紀漢威德，令班固作銘。」施鴻保謂：「二句倒説，待勒燕然山銘後，學鴟夷子浮五湖也。」

〔九〕誰重句：斷蛇劍，《趙次公先後解》作「斬邪劍」，謂用朱雲事；「舊本正作斬蛇劍，乃漢高祖事，不可以常人言之也。」錢箋引吴若本注，説同。錢箋：「按李賀《寄權璩楊敬之詩》云：自言漢劍當飛去。唐人用事，無容拘泥若此。」朱鶴齡注：「斬蛇劍，《同谷七歌》已用之，唐人使事不如此拘泥。」

〔一〇〕志在二句：麒麟閣，見本卷《荆南兵馬使太常卿趙公大食刀歌》（0310）注。《後漢書·鄭弘傳》：「時舉將第五倫爲司空，班次在下，每正朔朝見，弘曲躬而自卑。帝問知其故，遂聽置雲母屏風，分隔其間，由此以爲故事。」《趙次公先後解》引此，謂兩事皆是建功立名事。朱鶴齡注别引《西京雜記》趙飛燕爲后，遺雲母屏風事。按，詩意謂佳士志在建功，不以班次貴顯爲意。

〔一一〕卓氏二句：《史記·司馬相如列傳》：「會梁孝王卒，相如歸，而家貧，無以自業。……是時卓王孫有女文君新寡，好音，故相如繆與令相重，而以琴心挑之。相如之臨邛，從車騎，雍容閑雅甚都。及飲卓氏，弄琴，文君竊從户窺之，心悦而好之，恐不得當也。既罷，相如乃使人重賜文君侍者通殷勤。文君夜亡奔相如，相如乃與馳歸成都。家居徒四壁立。……相如與俱之臨邛，盡賣其車騎，買一酒舍酤酒，而令文君當爐。相如身自著犢鼻褌，與保庸雜作，滌器於市中。……卓王孫不得已，分予文君僮百人，錢百萬，及其嫁時衣被財物。文君乃與相如歸成都，買田宅，爲富人。」

〔一二〕相如二句：《南齊書·到撝傳》：「才調流贍，善納交游。」雙星，《趙次公先後解》謂指織女渡河從牽牛事。仇注：「此記其新婚一事。」

〔一三〕客來二句：《後漢書·逸民傳》梁鴻：「及嫁，始以裝飾入門，七日而鴻不答。……鴻曰：『吾欲裘褐之人，可與俱隱深山者爾。今乃衣綺縞，傅粉墨，豈鴻所願哉？』妻曰：『以觀夫子之志耳。妾自有隱居之服。』乃更爲椎髻，著布衣，操作而前。」《藝文類聚》卷九七引《續晋陽秋》：「車胤字武子，學而不倦，家貧，不常得油，夏日用練囊盛數十螢火，以夜繼日焉。」

〔一四〕我歎二句：《趙次公先後解》：「我已黑頭白，乃公之自傷。君看銀印青，蓋金銀之色晃曜，望之有青熒之光也。」《漢書·百官公卿表》：「凡吏秩比二千石以上，皆銀印青綬。」

〔一五〕誰矜句：《漢官儀》：「尚書郎入直，官供錦綾被，給帳帷茵褥通中枕。」張説《李工部挽歌三首》：「錦帳爲郎日，金門待詔時。」《趙次公先後解》：「公爲工部員外郎，故云然也。」

〔一六〕東西句：仇注：「兩岸，瀼水東西。」

〔一七〕空中二句：《禮記·曲禮上》：「行，前朱鳥而後玄武，左青龍而右白虎。」注：「以此四獸爲軍陳，象天也。」《漢書·劉屈氂傳》：「初，漢節純赤，以太子持赤節，故更爲黄旄加上以相别。」仇注引此，然與詩意似不合。《趙次公先後解》：「娉婷，指言如卓氏之人。」仇注：「此託爲陽臺結夢。……娉婷，謂巫山神女。」

〔一八〕自云二句：《趙次公先後解》：「帝里女，則必京師人家之女。一作帝季女，則又皇家之女矣。」《水經注》江水：「丹山西即巫山者也。又帝女居焉。宋玉所謂天帝之季女，名曰瑶姬，未行而亡，封於巫山之陽。精魂爲草，實爲靈芝，所謂巫山之女，高唐之阻，旦爲行雲，暮爲行雨，朝朝暮暮，陽臺之下。」朱鶴齡注引此。《太平御覽》卷三八一引《襄陽耆舊記》「宋玉曰」，與《水經注》同。參卷六《雨》(0297)注。《神仙傳》卷五欒巴：「巴爲尚書，正旦會群臣，飲酒，巴乃含酒起，望西南噀之，奏云：『臣本鄉成都市失火，故爲救之。』帝馳驛往問之，云：『正旦失火時，有雨自東北來滅火，雨皆作酒氣也。』」此借言神女行雨。鳳皇翎，《趙次公先後解》謂用弄玉與蕭史騎鳳而仙事。《列仙傳》卷上：「蕭史者，秦穆公時人也。善吹簫，能致孔雀白鶴於庭。穆公有女字弄玉，好之。公遂以女妻焉。日教弄玉作鳳鳴，居數年，吹似鳳聲，鳳凰來止其屋。公爲作鳳臺，夫婦止其上，不下數年，一旦皆偕隨鳳凰飛去。」

〔一九〕襄王二句：張華《雜詩》：「房櫳自來風，户庭無行跡。」《趙次公先後解》：「冷如丁，俗語云冷丁丁地，蓋匠者之造丁，其初出火，頃刻之熱既已，則沈冷矣。」此丁即釘。又引丁令威化鶴歸及《齊諧記》桂陽城武丁事，謂：「兩事皆久去而後歸，爲沈冷者如此，則頗不成言語。」按，徐凝《莫愁曲》：「若爲教作遼西夢，月冷如丁風似刀。」據徐詩，則如丁不能解作丁令威或武丁事。《趙次公先後解》謂二句乃託爲如卓氏之人之怨辭。按，句意即莫學襄王之薄行跡，冷如丁。

〔二〇〕千秋二句：《趙次公先後解》：「謂其相逢如一夢而已。」謝莊《瑞雪吟》：「結秋竹之麗響，引幽蘭之微馨。」

〔二一〕青熒：班固《西都賦》：「碝磩采致，琳珉青熒。」《文選》《羽獵賦》李善注：「青熒，光明貌。」

〔二二〕丈人二句：《趙次公先後解》：「丈人，指言薛丈。所謂佳士者，豈薛丈之子弟親戚也？」《相和歌辭·相逢行》：「丈人且安坐，調絲方未央。」渭與涇，參卷一《秋雨歎三首》(0016)注。

〔二三〕龍蛇二句：黄鶴注謂指大曆二年九月吐蕃入侵邠、靈州，京師戒嚴。《爾雅·釋地》：「邑外謂之郊，郊外謂之牧，牧外謂之野，野外謂之林，林外謂之坰。」

〔二四〕治國句：《書·大禹謨》：「宥過無大，刑故無小。罪疑惟輕，功疑惟重。」

〔二五〕文王二句：《書·太甲上》：「慎乃儉德，惟懷永圖。」《皋陶謨》：「九德咸事，俊乂在官。」

〔二六〕榮華二句：《説苑·辨物》：「楚昭王渡江，有物大如斗，直觸王舟，止於舟中。昭王大怪之，使聘問孔子。孔子曰：『此名萍實，令剖而食之，惟霸者能獲之。此吉祥也。』」《趙次公先後解》：「少壯，則又指言佳士者矣。今言『豈食楚江萍』，則佳士者豈非是留滯於夔，而公言其因此脱去者乎？」

《趙次公先後解》：「此篇在集中極難解者，姑以意逆之。似是公泊船處有一佳美之士，文采風流，有司馬相如挑卓氏之作。公既見其人，而又見有搜求其人而去者。所謂佳士，豈薛丈之子弟親戚乎？故及丈人安坐之語，且言國家輕刑以寬之。又言此士俊乂以勉之也。」下引《太平廣記》嚴武竊室女而殺之事，以爲佳士或當有捕捉之事，然未敢斷其必是。

朱鶴齡注引馮班曰：「此詩初似不可解，再四讀之，略得其旨。首云好鳥西來，言薛判官有贈詩之及也。清文以下，序薛來詩之意，言方欲學鴟夷、伯越，勒銘燕然，惜利器如斷蛇之劍，不爲時君所知。然志在立功，豈溺情於雲母屏之樂者哉？疑薛有臨邛之遇，致詩於公以自明，故爲序其意如此。下遂言薛有相如之逸才，得卓女於豪家，方洗粉黛，拾流螢，相勉以勤學，非風流放誕者比也。又言我在峽中，辛苦爲農，猶不免結夢陽臺，有襄王之遇。蓋精靈感動，金石爲開，人固能無情乎？特戲言以解之耳。末言薛不必苦辨清濁，但當乘時立功，自致榮華而已。相如之事，不足諱也。」

按，二人皆以此詩有本事。然或以之屬薛丈，或謂另有佳士。要之，「清文動哀玉」以下述來書意，即薛丈見贈之書。篇末「丈人但安坐」以下，則丁寧致意於薛。篇中但借卓氏女叙其本事，又以襄王夢爲比喻或映襯。然既稱丈人而以相如事調之，似有不妥；另引入佳士，亦與篇中敘事有扞格。本事不明，終難定奪。

## 暇日小園散病將種秋菜督勤耕牛兼書觸目①

不愛入州府，畏人嫌我真〔一〕。及乎歸茅宇②，旁舍未曾嗔。老病忌拘束③，應接喪精神〔二〕。江村意自放④，林木心所欣。秋耕屬地濕⑤，山雨近甚勻。冬菁飯之半〔三〕，牛力晚來新⑥。深耕種數畝，未甚後四鄰。嘉蔬既不一〔四〕，名數頗具陳。荆巫非苦寒，采擷接青春〔五〕。飛來兩白鶴，暮啄泥中芹〔六〕。雄者左翮垂，損傷已露筋⑦〔七〕。一步再血流，尚經矰繳勤⑧〔八〕。三步六號叫，志屈悲哀頻。鸞皇不相待⑨，側頸訴高旻。杖藜俯沙渚，爲汝鼻酸辛〔九〕。（0325）

**【校】**

①勤，錢箋、《九家》作「勸」。

②及乎歸茅宇，宋本、錢箋、《九家》、《草堂》校：「一云及歸在茅屋。」

③忌，錢箋校：「一作恐。」《草堂》作「恐」。

④自，錢箋校：「一作日。」

⑤秋耕，《草堂》作「耕耘」。

⑥晚，錢箋校：「一作曉。」《草堂》校：「晋作曉。」

⑦露，宋本、錢箋、《九家》、《草堂》校一作「及」。

⑧血流，錢箋、《草堂》作「流血」。　經，宋本、錢箋、《九家》、《草堂》校：「一作驚。」

⑨皇，錢箋作「凰」。

【注】

黄鶴注：當是大曆二年（七六七）瀼西作。雖東屯、瀼西俱有茅屋，然園圃在瀼西。

〔一〕不愛二句：《藝文類聚》卷六三引《襄陽耆舊記》：「龐德公在沔水上，至老不入襄陽城。」《趙次公先後解》謂暗用此事。

〔二〕老病二句：任昉《答何徵君》：「散誕羈鞿外，拘束名教裏。」《後漢書·馬援傳》：「能應接諸公，專對賓客。」

〔三〕冬菁句：張衡《南都賦》：「春卵夏筍，秋韭冬菁。」《文選》李善注：「《廣雅》曰：韭，其華謂之菁。」李周翰注：「菁，蔓菁。」《爾雅·釋草》：「須，蕵蕪。」郭璞注：「蕵蕪，似羊蹄，葉細，味酢，可食。」疏：「郭意以毛云『葑，須』者謂此蕵蕪也。《坊記》注云：『葑，蔓菁也。陳宋間謂之葑。』陸機云：『葑，蕪菁。幽州人或謂之芥。』《方言》云：『蘴、蕘，蕪菁也。陳楚謂之蘴，齊魯謂之蕘，關西謂之蕪菁，趙魏之部謂之大芥。』『蘴』與『葑』字雖異，音實同。則葑也，須也，蕪菁也，蔓菁也，蕵蕪也，蕘也，芥也，七者一物也。」《趙次公先後解》：「飯之半，則以冬菁飯牛，是其芻之半也。」

〔四〕嘉蔬：見卷六《園官送菜》(0285)注。

〔五〕荆巫二句：仇注：「秋蔬多種，直接來春，則圃畦可以自給矣。」

〔六〕暮啄句：《爾雅・釋草》：「芹，楚葵。」郭璞注：「今水中芹菜。」疏：「案《本草》云：水芹，一名水英。陶注云：其二月三月作英時，可作菹及淪食之。又有渣芹，可爲生菜，亦可生啖。別本注云：芹有兩種，荻芹取根，白色，赤芹取莖、葉，並堪作菹及生菜是也。」

〔七〕雄者二句：《草堂》夢弼注：「此以下用古樂府《艷歌行》意，以書其觸目也。」《相和歌辭・艷歌何嘗行》：「飛來雙白鵠，乃從西北來。十十將五五，羅列行不齊。忽然卒被病，不能飛相隨。五里一反顧，六里一徘徊。吾欲銜汝去，口噤不能開。吾欲負汝去，羽毛日摧頹。樂哉新相知，憂來生別離。躊躕顧群侶，淚落縱橫垂。」

〔八〕尚經句：《史記・留侯世家》：「上曰：『爲我楚舞，吾爲若楚歌。』歌曰：『鴻鵠高飛，一舉千里。羽翮已就，橫絶四海。橫絶四海，當可奈何？雖有矰繳，尚安所施？』」集解：「韋昭曰：繳，弋射也。其矢曰矰。」

〔九〕鼻酸辛：見卷五《贈別賀蘭銛》(0258)注。

# 寫懷二首

勞生共乾坤，何處異風俗？冉冉自趨競，行行見羈束〔一〕。無貴賤不悲，無富貧亦足〔二〕。萬古一骸骨，鄰家遞歌哭〔三〕。鄙夫到巫峽，三歲如轉燭〔四〕。全命甘留滯，忘情任榮辱〔五〕。朝班及暮齒，日給還脱粟〔六〕。編蓬石城東，采藥山北谷①〔七〕。用心霜雪間，不必條蔓緑〔八〕。非關故安排，曾是順幽獨〔九〕。達士如弦直，小人似鈎曲〔一〇〕。曲直我不知，負暄候樵牧〔一一〕。（0326）

【校】

①北，宋本、錢箋校：「一云林。」

【注】

黄鶴注：公永泰元年至雲安，大曆元年移居夔州郭，三年下峽。此當是大曆二年（七六七）作，故云「三歲如轉燭」。

〔一〕冉冉二句：陸機《歎逝賦》：「世閲人而爲世，人冉冉而行暮。」《文選》李善注：「《廣雅》曰：冉冉，進也。」《梁書・王峻傳》：「峻性詳雅，無心趨競。」《舊唐書・劉洎傳》上疏：「亦當矯正趨競，豈唯息其稽滯哉。」張協《雜詩》：「述職投邊城，羈束戎旅間。」

〔二〕無貴二句：阮籍《大人先生傳》：「夫無貴則賤者不怨，無富則貧者不争，各足於身而無所求也。」

〔三〕萬古二句：謂自古人皆一死。《王梵志詩校注》〇〇一首：「遥看世間人，村坊安社邑。一家有死生，合村相就泣。張口哭他屍，不知身去急。本是長眠鬼，暫來地上立。」

〔四〕轉燭：見卷二《佳人》(0099)注。

〔五〕全命二句：《趙次公先後解》：「上句言性命得全，雖留滯而甘心。下句言既忘好惡之情，則任其或榮或辱也。」《世説新語・傷逝》：「王戎喪兒萬子，山簡往省之，王悲不自勝。簡曰：『孩抱中物，何至於此？』王曰：『聖人忘情，最下不及情。情之所鍾，正在我輩。』」

〔六〕朝班二句：仇注：「謂昔玷朝班，而今已暮年矣。」脱粟，見本卷《甘林》(0312)注。《趙次公先後解》：「日給還脱粟飯而已，蓋其貧故也。舊注以爲俸，非是。」

〔七〕編蓬二句：《孔子集語》卷四引《尚書大傳》：「(子夏)退而岩居河濟之間，深山之中，作環室，編蓬户，尚彈琴其中。」仇注：「石城，即夔州城。」《分門》洙曰引許洵、許畋采藥事，仇注謂用龐公采藥事。此當爲記實。

〔八〕用心二句：《趙次公先後解》：「言冬采之(藥)，不必待春也。」

〔九〕非關二句：《莊子・大宗師》：「造適不及笑，獻笑不及排，安排而去化，乃入於寥天一。」謝靈運《晚出西射堂》：「安排徒空言，幽獨賴鳴琴。」

〔一〇〕達士二句：《後漢書・五行志》：「順帝之末，京都童曰：『直如弦，死道邊；曲如鈎，反封侯。』」

〔一一〕負暄句：《列子・楊朱》：「昔者宋國有田夫，常衣緼黂，僅以過冬。暨春東作，自曝於日，不知天下有廣廈隩室、綿纊狐狢，顧謂其妻曰：『負日之暄，人莫知之。以獻吾君，將有重賞。』」

夜深坐南軒〔一〕，明月照我膝。驚風翻河漢，梁棟已出日①〔二〕。羣生各一宿，飛動自儔匹〔三〕。吾亦驅其兒，營營爲私實②〔四〕。天寒行旅稀，歲暮日月疾。榮名忽中人③，世亂如蟣虱〔五〕。古者三皇前，滿腹志願畢〔六〕。胡爲有結繩，陷此膠與漆〔七〕？禍首燧人氏，厲階董狐筆〔八〕。君看燈燭張，轉使飛蛾密〔九〕。放神八極外，俯仰俱蕭瑟〔一〇〕。終契如往還④，得匪合仙術⑤〔一一〕。（0327）

**【校】**

① 已出日，錢箋校：「一作日已出。」《草堂》作「日已出」。

② 實，宋本、《九家》、《草堂》校：「一作室。」錢箋校：「晋作室。」

③ 忽，宋本、錢箋、《九家》校：「一云惑。」《草堂》校：「一作感。」

④終契如往還，宋本、錢箋、《九家》、《草堂》校：「一云終然契真如。」

⑤合，宋本、《九家》校：「一云金。」得匪合仙術，錢箋、《草堂》校：「一作歸匪金仙術。」

**【注】**

〔一〕夜深句：鮑照《園葵賦》：「獨酌南軒，擁琴孤聽。」

〔二〕驚風二句：曹植《野田黄雀行》：「驚風飄白日，光景馳西流。」郭璞《游仙詩》：「雲生梁棟間，風出窗户裏。」

〔三〕羣生二句：《莊子·繕性》：「萬物不傷，群生不夭，人雖有知，无所用之，此之謂至一。」《淮南子·原道訓》：「跂行喙息，蠉飛蝡動。」王褒《九懷·通路》：「步余馬兮飛柱，覽可與兮匹儔。」王逸注：「二人爲匹，四人爲儔。」

〔四〕營營句：《莊子·庚桑楚》：「全汝形，抱汝生，无使汝思慮營營。」陶淵明《形影神詩序》：「貴賤賢愚，莫不營營以惜生。」《左傳》文公十八年：「聚斂積實。」杜預注：「實，財也。」

〔五〕榮名二句：宋玉《九辯》：「憯淒增欷兮薄寒之中人。」洪興祖補注：「中，去聲。」《淮南子·説林訓》：「湯沐具而蟣虱相弔，大廈成而燕雀相賀。」《論衡·物勢》：「然則人生於天地也，猶魚之於淵，蟣虱之於人也。」《趙次公先後解》：「言世之紛亂，不啻如蟣虱之營營也。」仇注：「蟣虱，言所争者小。」按，此喻世人紛擾，近於《論衡》所言。

〔六〕古者二句：三皇，見卷三《劍門》(0168)注。《莊子·逍遥游》：「偃鼠飲河，不過滿腹。」

〔七〕胡爲二句：《易·繫辭下》：「上古結繩而治，後世聖人易之以書契。」《莊子·駢拇》：「且夫待鈎繩規矩而正者，是削其性者也。待繩約膠漆而固者，是侵其德者也。」

〔八〕禍首二句：《左傳》昭公四年：「楚禍之首，將在此矣。」《韓非子·五蠹》：「有聖人作，鑽燧取火以化腥臊，而民説之，使王天下，號之曰燧人氏。」《詩·大雅·桑柔》：「誰生厲階，至今爲梗。」傳：「厲，惡。」箋：「誰始生此禍者。」《左傳》宣公二年：「孔子曰：董狐，古之良史也，書法不隱。」

〔九〕君看二句：張協《雜詩》：「蜻蛚吟階下，飛蛾拂明燭。」《佛本行集經》卷一六：「此處損害，愚癡之人，争競投入，猶如飛蛾，奔赴燈燭。」

〔一〇〕放神二句：王康琚《反招隱詩》：「放神青雲外，絶跡窮山裏。」八極，見卷三《鳳凰臺》(0151)注。宋玉《九辯》：「悲哉，秋之爲氣也。蕭瑟兮，草木摇落而變衰。」《文選》李周翰注：「蕭瑟，秋風貌。」

〔一一〕終契二句：《趙次公先後解》謂作「終然契真如」。朱鶴齡注引孫楚《陟陽候》「齊契在今朝」，《文選》注引《説文》：「契，大約也。」言齊死生，契在於今朝；如往還，則《吴越春秋》「生往死還」也。按，高允《詠貞婦彭城劉氏》：「生則同室，終契黄泉。」終契謂終死之契。往還，即生死，亦言輪回。《楞嚴經》卷六：「寄於殘生，旅泊三界，示一往還，去已無返。」《法苑珠林》卷四頌曰：「三界擾擾，六道茫茫。往還不已，受苦未央。」得匪，得非，豈不是。卷二《奉先劉少府新畫山水障歌》(0080)：「得非玄圃裂，無乃瀟湘翻。」二句謂終然視死生如往還，則豈不同於成仙之術。趙注等以作「金仙」是，朱鶴齡注：「金仙，佛也。」武則天《大周新譯大方廣佛華嚴經序》：「金仙降旨，大雲之偈先彰。」

## 可歎

天上浮雲如白衣①，斯須改變如蒼狗〔一〕。古往今來共一時，人生萬事無不有。近者抉眼去其夫②，河東女兒身姓柳〔二〕。丈夫正色動引經，酆城客子王季友〔三〕。羣書萬卷常暗誦，孝經一通看在手。貧窮老瘦家賣屐③，好事就之爲携酒〔四〕。豫章太守高帝孫〔五〕，引爲賓客敬頗久。聞道三年未曾語④〔六〕，小心恐懼閉其口。太守得之更不疑，人生反覆看亦醜〔七〕。明月無瑕豈容易，紫氣鬱鬱猶衝斗〔八〕。時危可仗真豪俊，二人得置君側否？太守頃者領山南，邦人思之比父母。王生早曾拜顔色，高山之外皆培塿〔九〕。用爲羲和天爲成，用平水土地爲厚〔一〇〕。王也論道阻江湖，李也丞疑曠前後⑤〔一一〕。死爲星辰終不滅，致君堯舜焉肯朽〔一二〕。吾輩碌碌飽飯行，風后力牧長回首〔一三〕。（0328）

【校】

①如，錢箋、《草堂》校：「一作似。」

②夫，宋本校：「一云眛。」錢箋、《九家》、《草堂》校：「陳作眛。」

③屐，錢箋、《草堂》校：「一作履。」《九家》作「履」。

④聞，錢箋校：「一作問。」《草堂》作「問」。

⑤丞疑，《草堂》作「疑丞」。

【注】

黄鶴注：詩作於李勉大曆二年入朝爲京尹後，當是大曆四年（七六九）勉入廣時公在潭州作。仇注謂鶴誤認山南爲廣南，詩中山南本追論前事，當編在大曆二年（七六七）之末。

〔一〕蒼狗：《漢書·天文志》：「牂雲如狗，赤色。」《隋書·天文志》：「軍上雲如狗形，勿與戰。」

〔二〕近者二句：《趙次公先後解》：「東北人方言，不喜見者每曰抉眼。」朱鶴齡注：「《吴世家》：子胥將死，曰抉吾眼置吴東門。抉眼去其夫，言如抉眼中之物而去之。」汪師韓《詩學纂聞》：「杜詩用字，有變文取意者。……抉眼非即反目之謂乎？」仇注：「河東，乃柳氏郡名。」《元和姓纂》卷七柳：「秦并天下，柳氏遂遷於河東。」

〔三〕丈夫二句：王季友，寶應元年自華陰尉辟爲虢州録事參軍，旋復舊官。岑參《送王録事却歸華陰》注：「王録事自華陰尉授虢州録事參軍，旬日即復舊官。」廣德二年李勉爲江西觀察使，辟爲副使。于邵《送王司議季友赴洪州序》：「勉移獨坐之權，實專方面之寄。……是以王司議得爲副車。」大曆二年，勉入爲京兆尹，季友還山。《唐才子傳》卷四季友傳多采杜甫此詩。《元和郡縣圖志》卷二八洪州：「豐城縣，上。北至州一百四十七里。本漢南昌縣地。」黄鶴注引《豫章圖經》：「唐王季友，豐城人。家貧賣履，博極羣書。李勉引爲賓客，正色引經，勉甚敬之。」蓋據杜詩敷衍。豐城客子，謂季友入幕洪州。

〔四〕貧窮二句：《太平御覽》卷六八九引謝承《後漢書》：「江夏劉勤家貧，作屩供食，常作一量屨，斷，勤置不賣，出行，妻賣以糴米。勤歸而炊熟，怪問：『何所得米？』妻以實告。勤責妻曰：『賣毀物，欺取其直也。』因弃不食。」携酒，《趙次公先後解》謂雖是實事，亦暗用《揚雄傳》好事者載酒肴從游學事。按，亦用《晋書・陶潛傳》「其親朋好事，或載酒肴而往，潛亦無所辭焉」。

〔五〕豫章句：豫章太守，李勉。《舊唐書・李勉傳》：「李勉字玄卿，鄭王元懿曾孫也。……克復西京，累歷清要，四遷至河南少尹。累爲河東節度王思禮、朔方河東都統李國貞行軍司馬，尋遷梁州都督、山南西道觀察使。……肅宗將大用勉，會李輔國寵任，意欲勉降禮於己。勉不爲之屈，竟爲所抑，出歷汾州、虢州刺史，改京兆尹、檢校右庶子，兼御史中丞、都畿觀察使。尋兼河南尹，明年罷尹，以中丞歸西臺，又除江西觀察使。……大曆二年來朝，拜京兆尹、兼御史大夫。……四年，除廣州刺史，兼嶺南節度觀察使。」

〔六〕聞道句：黄鶴注：「隆興有石幢，載李勉爲洪州刺史，在張鎬之後、魏少游之前。鎬以廣德二年九月卒，勉即以是月繼之。」至大曆二年爲三年。按，據獨孤及《唐故洪州刺史張公遺愛碑》，鎬廣德元年七月卒于任。勉繼任當在廣德二年初。

〔七〕太守二句：朱鶴齡注：「言季友之賢，爲太守所信，乃至見弃于妻，此事之反覆而可醜者。然其才則如珠光劍氣，豈得而掩没之哉。」仇注：「太守敬而且信，以王生小心慎密，語不外洩，與人情反覆者不同也。」

〔八〕明月二句：《淮南子·氾論訓》：「夫夏后氏之璜，不能無瑕；明月之珠，不能無纇。」《晋書·張華傳》：「初，吴之未滅也，斗牛間常有紫氣，道術者皆以吴方强盛，未可圖也，惟華以爲不然。及吴平之後，紫氣愈明。華聞豫章人雷焕妙達緯象，乃要焕宿……華曰：『是何祥也？』焕曰：『寳劍之精，上徹於天耳。』……華大喜，即補焕爲豐城令。焕到縣，掘獄屋基，入地四丈餘，得一石函，光氣非常，中有雙劍，並刻題，一曰龍泉，一曰太阿。其夕，斗牛間氣不復見焉。」

〔九〕太守四句：《趙次公先後解》：「王生之拜太守顔色，如仰高山，其餘人真培塿也。」朱鶴齡注：「言己與王生相遇之早。」按，季友曾被辟爲虢州録事參軍，疑即李勉官虢州刺史時辟之。勉旋入爲京兆尹，故季友却復舊官。參傅璇琮主編《唐才子傳校箋》王季友傳（儲仲君撰）。趙注有據。《左傳》襄公二十四年：「部婁無松柏。」杜預注：「部婁，小阜。」左思《魏都賦》：「萬邑比焉，亦猶犨麋之與子都，培塿之與方壺也。」《文選》李善注：「《左氏傳》曰：太叔曰：培塿無松柏。」

〔一〇〕用爲二句：《書·堯典》：「乃命羲和，欽若昊天。」傳：「重黎之後羲氏和氏世掌天地四時之官，故堯命之。」《大禹謨》：「地平天成。」《舜典》：「禹，汝平水土，惟時懋哉。」

〔一一〕王也二句：《書·周官》：「茲惟三公，論道經邦，燮理陰陽。」《禮記·文王世子》：「虞夏商周，有師保，有疑丞，設四輔及三公。」疏：「案《尚書大傳》云：古者天子必有四鄰，前曰疑，後曰丞，左曰輔，右曰弼。」《趙次公先後解》：「論道，則言其可爲三公。丞疑，則言其可爲宰相。」

〔一二〕死爲二句：《太平御覽》卷六引《風俗通》：「東方朔，太白星精，黄帝時爲風后，堯時爲務成子，周時爲老子，越爲范蠡，齊爲鴟夷，言其變化無常也。」張淵《觀象賦》：「傅説登天而乘尾，奚仲託精於津陽。」注：「傅説一星在尾後。傅説，殷時隱於岩中，殷土武丁夢得賢人，圖畫其象，求而得之，即立爲相。死，精上爲星。」致君堯舜，見卷一《奉贈韋左丞丈二十二韻》（〇〇〇一）注。

〔一三〕吾輩二句：《史記·酷吏列傳》：「九卿碌碌奉其官，救過不贍。」《太平御覽》卷三七引《帝王世紀》：「黄帝夢大風，吹天下塵埃皆去。又夢人執千鈞之弩，驅羊數萬群。……得風后於海隅，得力牧於大澤。」

朱鶴齡注：「此詩爲季友作也。……季友雖云豪俊，何至許以良相？蓋季友爲妻所弃，時議必多嗤薄之者。公盛稱其人，以破俗見，明事變無常，不足爲賢者之累也。」

仇注：「王嗣奭云：『詩題曰《可歎》，是歎其懷才不用，非歎其夫婦乖離。河東女兒，不指季友之妻。王特見此一事，而正色斥之。』今按，若果如其説，則王生偶然論此，亦何關於其身，而舉此以發端乎？開首『蒼狗』一段，感慨甚深，斷是爲季友妻而發。朱買臣見弃於妻，古人亦明有之，又何必爲季友諱耶？」

## 觀公孫大娘弟子舞劍器行〔一〕并序

大曆二年十月十九日，夔州别駕元持宅①〔二〕，見臨潁李十二娘舞劍器〔三〕。壯其蔚跂〔四〕，問其所師。曰：「余②，公孫大娘弟子也。」開元三載③，余尚童稚，記於郾城觀公孫氏舞劍器渾脱，瀏漓頓挫，獨出冠時〔五〕。自高頭宜春、梨園二伎坊内人④，洎外供奉⑤〔六〕，曉是舞者，聖文神武皇帝初，公孫一人而已。玉貌錦衣⑥，況余白首〔七〕。今兹弟子，亦匪盛顔。既辨其由來，知波瀾莫二〔八〕。撫事慷慨，聊爲《劍器行》。往者吴人張旭善草書書帖⑦，數嘗於鄴縣見公孫大娘舞西河劍器⑧，自此草書長進〔九〕。豪蕩感激，即公孫可知矣⑨。

昔有佳人公孫氏，一舞劍器動四方⑩。觀者如山色沮喪，天地爲之久低昂〔一〇〕。燿如羿射九日落，矯如羣帝驂龍翔〔一一〕。來如雷霆收震怒⑪，罷如江海凝清光〔一二〕。絳脣珠袖兩寂寞，況有弟子傳芬芳⑫〔一三〕。臨潁美人在白帝，妙舞此曲神揚揚〔一四〕。與余問答既有以，感時撫事增惋傷〔一五〕。先帝侍女八千人⑬，公孫劍器初第一〔一六〕。五十年間似反掌〔一七〕，風塵傾動昏王室⑭。梨園弟子散如烟，女樂餘姿映寒日〔一八〕。金粟堆南木已拱〔一九〕，瞿唐石城草蕭瑟⑮。玳筵急管曲復終，樂極哀來月東出〔二〇〕。老夫不知其所往，足繭荒山轉愁疾⑯〔二一〕。

（0329）

【校】

① 持，錢箋校：「一作特。」《草堂》作「特」，校：「一作持。」　宅，《文苑英華》作「公宅」，校：「集無『公』字。」

② 曰余，《文苑英華》作「答余云」，校：「三字集作曰余。」錢箋「所師」下校：「一本此下有答字。」

③ 三載，錢箋、《草堂》校：「一作五載。」《文苑英華》作「三年」，校：「集作載。」

④ 伎，錢箋校：「一作教。」《文苑英華》作「教」，校：「集作伎。」

⑤ 外供奉，《文苑英華》此下有「舞女」二字。

⑥ 錦，錢箋校：「一作繡。」《草堂》作「繡」。

⑦ 往者，《草堂》作「昔」。《文苑英華》作「往時」，校：「集作往日。」

⑧ 嘗，錢箋、《草堂》作「常」。　鄴，錢箋校：「一作葉。」

⑨知矣，《文苑英華》此下有「行曰」二字。

⑩器，《文苑英華》作「氣」。

⑪來，錢箋校：「一作末。」《文苑英華》作「末」，校：「集作來。」

⑫珠，《文苑英華》作「朱」。　況，錢箋校：「陳作脱。一作晚。」《九家》、《文苑英華》作「晚」，《文苑英華》校：「集作況。」《草堂》校：「閣本作晚。」

⑬帝，錢箋校：「一作皇。」《文苑英華》作「皇」，校：「集作帝。」

⑭傾動，錢箋校：「一作澒洞。」《文苑英華》作「澒洞」，蓋字誤。

⑮草，錢箋校：「一作暮。」《文苑英華》作「暮」，校：「集作草。」

⑯疾，錢箋、《草堂》校：「一作寂。」

**【注】**

據詩序，諸家皆編於大曆二年（七六七）夔州作。

〔一〕公孫大娘：《太平御覽》卷五六九引《明皇雜録》：「上御勤政樓，大張聲樂，羅列百伎。時教坊有王大娘，善戰百尺竿。……時有公孫大娘者，善劍舞，能爲鄰里曲及裴將軍，士謂之春秋設。」錢箋引《明皇雜録》作：「時有公孫大娘者，善舞劍，能爲鄰里曲及裴將軍滿堂勢、西河劍器、渾脱遺，妍妙皆冠絶于時也。」又《太平廣記》卷五七四引《明皇雜録》：「開元中，有公孫大娘善舞劍，僧懷素見之，草書遂長。蓋壯其頓挫勢也。」段安節《樂府雜録》作：「健舞曲有棱大、阿連、柘枝、劍器、胡旋、胡騰。……開元中有公孫大娘善舞劍器，僧懷素見之，草書遂長，蓋准其頓挫之勢也。」《唐國史補》卷上：「張旭草書得筆法，後傳崔邈、顏真卿。旭言：『始吾見公主擔夫争路，而得筆法之意。後見公孫氏舞劍器，而得其神。』」《教坊記》曲名：「破陣子、劍器子、獅子……」鄭嵎《津陽門詩》注：「有公孫大娘舞劍，當時號爲雄妙。」《雲溪友議》卷中：「明皇幸岷山，百官皆竄辱，積屍滿中原，士族隨車駕也。伶官張野狐觱栗，雷海清琵琶，李龜年唱歌，公孫大娘舞劍。」按，以上諸記載，自杜詩、《教坊記》至《樂府雜録》，皆作舞劍器，晚唐鄭處晦所作《明皇雜録》以下方謂舞劍，其間似可見混淆之跡。然劍器本義指劍應無疑義。《唐會要》卷七二《軍雜録》：「諸縣軍鎮放牧人等，不得帶弓箭刀劍器仗。」姚合有《劍器詞三首》，司空圖有《劍器》詩，皆寫軍陣廝殺，似爲集體表演。姚合詞有「掉劍龍纏臂，開旗火滿身」句，似有劍爲道具。敦煌卷子《劍器詞》：「排備白旗舞，先自有由來。合如花焰秀，散若電光開。感聲天地裂，騰踏山岳摧。劍器呈多少，渾脱向前來。」叙寫亦極分明。《文獻通考》卷一四六《俗部樂》記宋制：「隊舞之制，其名各十。小兒隊，凡七十二人。……二曰劍器隊，衣五色繡羅襦，裹交脚襆頭，紅羅繡抹額器仗。」此亦集體隊伍，舞者非女子。曾季貍《艇齋詩話》：「世人多以爲公孫能舞劍，非也。蓋公孫善舞劍器，劍器者曲名也。詩序言公孫氏舞劍器渾脱，又言舞西河劍器，然則渾脱、西河、劍器三者皆曲名也。詩中又言『妙舞此曲神揚揚』，則知爲曲信矣。安有婦人能舞刀劍者乎？」仇注引張自烈《正字通》：「劍器，古武舞之曲名，其舞用女妓雄妝，空手而舞。見《文獻通考》舞部。杜甫《公孫大娘歌》指武舞而言，或以劍器爲刀劍，誤也。」方以智《通雅》卷三〇引《通考》，亦有此語。然《通考》樂舞唐宋部分均無此節。文舞、武舞乃郊廟祭祀樂舞之名，如唐之《破陣樂》。《通考》敘此極分明，故知以劍器爲武舞名者顯爲杜撰。空手舞云云，疑亦引用者以意增之。清桂馥《札樸》卷六：「姜元吉言：在甘肅見女子以丈餘彩帛結兩頭，雙手持之而舞，有如流星，問何名，曰劍器也。乃知公孫大娘所舞即此。」此或後世演變者。

〔二〕元持：《元和姓纂》卷四元：「延祚，司議郎。生平叔，綿州長史，生挹、撝、持。……撝，太常博士。持，都官郎中。」《唐尚書省郎官石柱題名考》吏部員外作元特，司封員外作元持。岑仲勉考作持是。

〔三〕臨潁：《元和郡縣圖志》卷四河南道許州：「臨潁縣，上。西北至州六十里。」

〔四〕蔚跂：浦起龍云：「言其光彩蔚然，而有舉足淩厲之勢。」

〔五〕開元五句：三載：《草堂》夢弼注：「時甫纔三歲，當作十二載。」錢箋以作五載是：「六歲觀劍，似無不可。詩云『五十年間似反掌』，自開元五年至是年，凡五十一年。」郾城：《元和郡縣圖志》卷四蔡州：「郾城縣，緊。東南至州一百八十里。」渾脱：《舊唐書·儒學傳》郭山惲：「工部尚書張錫爲談容娘舞，將作大匠宗晉卿舞渾脱，左衛將軍張洽舞黄獐。」吕元泰《陳時政疏》：「臣比見都邑坊市，相率爲渾脱隊，駿馬胡服，名爲『蘇莫遮』。旗鼓相當，軍陣之勢也。……君必謀事，則時寒順之，何必裸露形體，澆灌衢路，鼓舞跳躍，而索寒焉。」此言潑寒胡戲。《杜陽雜編》卷中：「上降誕之日，大張音樂，集天下百戲於殿前。時有妓女石大胡，本幽州人……大胡立於十重朱畫床子上，令諸女迭踏，以至半空，手中皆執五彩小幟。床子大者始一尺餘，俄而手足齊舉，爲之踏渾脱，歌呼抑揚，若履平地。」此言百戲雜技。《樂府雜録》鼓架部：「即有《踏摇娘》、《羊頭渾脱》、《九頭獅子》，弄《白馬益錢》，以至尋橦跳丸、吐火吞刀、旋槩觔鬬，悉屬此部。」是渾脱當爲一種舞蹈形式，在雜技、娱神、戲劇中均有運用，然非某種專指舞名。據敦煌《劍器詞》，則舞劍器中亦有渾脱舞。至於渾脱之本義，則葉子奇《草木子》卷四《雜俎篇》：「北人殺小牛，自脊上開一孔，逐旋取去内頭骨肉，外皮皆完，揉軟用以盛乳酪酒湩，謂之渾脱。」似可見其義。

〔六〕自高頭二句：高頭宜春梨園二伎坊：《新唐書·禮樂志》：「玄宗既知音律，又酷愛法曲，選坐部伎子弟三百教於梨園，聲有誤者，帝必覺而正之，號皇帝梨園弟子。宫女數百，亦爲梨園弟子，居宜春北院。梨園法部，更置小部音聲三十餘人。」崔令欽《教坊記》：「妓女入宜春院，謂之内人，亦曰前頭人，常在上前頭也。」浦起龍云：「高頭疑即前頭之謂。」外供奉：《教坊記》：「西京右教坊在光宅坊，左教坊在延政坊。右多善歌，左多工舞，蓋相因成習。」《新唐書·百官志》太樂署：「武德後，置内教坊於禁中。武后如意元年，改曰雲韶府，以中官爲使。開元二年，又置内教坊於蓬萊宫側，有音聲博士、第一曹博士、第二曹博士。京都置左右教坊，掌俳優雜技。自是不隸太常，以中官爲教坊使。」左右教坊在宫外，爲外教坊。其藝人爲外供奉。

〔七〕玉貌錦衣二句：仇注引申涵光曰：「詩序太剥落，『玉貌錦衣』下，如何接『况余白首』。」浦起龍云：「玉貌，憶公孫。白首，悲今我。」鄧紹基謂「玉貌錦衣」乃詩人自謂其當年之貌。

〔八〕波瀾：黄生《義府》卷下：「今人喜用波瀾老成字，而不知所謂波瀾者何義。按波瀾即淵源也。謂鄭詩獨有前輩淵源，李舞淵源公孫，竟似一人也。蓋唐諱『淵』字，故以『波瀾』易之。」

〔九〕往者三句：張旭：見卷一《飲中八仙歌》(0027)注。陸羽《僧懷素傳》：「至晚歲，顔太師真卿以懷素爲同學鄔兵曹弟子，問之曰：『夫草書於師授之外，須自得之。張長史睹孤蓬驚沙之外，見公孫大娘劍器舞，始得低昂回翔之狀，未知鄔兵曹有之乎？』懷素對曰：『似古釵脚，爲草書豎牽之極。』」顔真卿語，意中似有杜此詩在。亦可見此傳説流傳頗廣，故李肇又記入《唐國史補》。而《明皇雜録》等謂懷素見舞劍草書遂長，乃誤會陸氏此傳乎？西河劍器：《教坊記》曲名有「西河獅子」、「西河劍氣(器)」。錢箋引《明皇雜録》亦有此名。西河顯爲地名，所指不明，或爲西北地域。唐曲無有單名《西河》者。

〔一〇〕觀者二句：《趙次公先後解》：「觀者如山，倣《禮記》矍相之射獵，觀者如堵也。天地爲之久低昂，倣李陵書天地爲陵震動也。」

〔一一〕爧如二句：玄應《一切經音義·等目菩薩所問經》：「霍，倏忽急疾也，霍然，忽然也。經文作爧，胡沃反。《説文》：爧，灼也。爧非此用。」《説文》作「熇，灼也」。此爧亦當作急疾解。《淮南子·本經訓》：「堯之時，十日並出……堯乃使羿……上射十日而下殺猰貐。」《論衡·感虚》：「儒者傳書言：堯之時，十日並出，萬物焦枯。堯上射十日，九日去，一日常出。」《楚辭·九歌·雲中君》：「龍駕兮帝服，聊翺游兮周章。」班彪《覽海賦》：「騁飛龍之驂駕，歷八極而回周。」

〔一二〕來如二句：《詩·大雅·常武》：「如雷如霆，徐方震驚。王奮厥武，如震如怒。」傅玄《晉鼓吹曲·唐堯》：「神明道自然，河海猶可凝。」

〔一三〕絳唇二句：鮑照《蕪城賦》：「東都妙姬，南國麗人，蕙心紈質，玉貌絳唇。」《趙次公先後解》：「序使玉貌，詩使絳唇。」鮑照《代白紵舞歌詞》：「珠履颯沓紈袖飛。」珠袖，蓋由珠履、紈袖化出。宋玉《神女賦》：「吐芬芳其若蘭。」

〔一四〕神揚揚：《晏子春秋》卷五：「意氣揚揚，甚自得也。」

〔一五〕感時句：王逸《九思·傷時》：「歲忽忽兮惟暮，余感時兮悽愴。」傅亮《爲宋公修張良廟教》：「微管之歎，撫事彌深。」

〔一六〕先帝二句：《舊唐書·宦官傳》：「開元、天寶中，長安大内、大明、興慶三宮，皇子十宅院，皇孫百孫院，東都大内、上陽兩宮，大率宮女四萬人。」洪邁《容齋五筆》卷三開元宮嬪：「自漢以來，帝王妃妾之多，唯漢靈帝、吴歸命侯、晋武帝、宋蒼梧王、齊東昏、陳後主、唐世明皇爲盛。白樂天《長恨歌》云：『後宮佳麗三千人。』杜子美《劍器行》云：『先帝侍女八千人。』蓋言其多也。《新唐史》所叙，謂開元、天寶中，宮嬪大率至四萬，嘻其甚矣。」

〔一七〕似反掌：《漢書·枚乘傳》：「變所欲爲，易於反掌。」《晉書·王羲之傳》：「安危之機，易於反掌。」

〔一八〕女樂句：傅玄《却東西門行》：「回目流神光，傾亞有餘姿。」

〔一九〕金粟句：玄宗所葬泰陵，名金粟岡。見卷四《韋諷録事宅觀曹將軍畫馬圖》(0195)注。

〔二〇〕玳筵二句：劉楨《瓜賦》：「更布象牙之席，薰玳瑁之筵。」江總《今日樂相樂》：「綺殿文雅遒，玳筵歡趣密。」鮑照《代白紵舞》：「古稱淥水今白紵，催絃急管爲君舞。」漢武帝《秋風辭》：「歡樂極兮哀情多，少壯幾時兮奈老何。」

〔二一〕老夫二句：《淮南子·修務訓》：「昔者楚欲攻宋，墨子聞而悼之，自魯趨而十日十夜，足重繭而不休息。」

# 八哀詩并序

傷時盜賊未息，興起王公、李公。歎舊懷賢，終于張相國。八公前後存殁，遂不詮次焉。

## 贈司空王公思禮①

司空出東夷，童稚刷勁翮〔一〕。追隨燕薊兒，穎鋭物不隔②〔二〕。服事哥舒翰，意無流沙磧③〔三〕。未甚拔行間，犬戎大充斥〔四〕。短小精悍姿，屹然强寇敵〔五〕。貫穿百萬衆，出入由咫尺。馬鞍懸將首，甲外控鳴鏑〔六〕。洗劍青海水，刻銘天山石〔七〕。九曲非外蕃，其王轉深壁〔八〕。飛兔不近駕，鷙鳥資遠擊〔九〕。曉達兵家流④，飽聞春秋癖〔一〇〕。胸襟日沉靜，肅肅自有適⑤〔一一〕。潼關初潰散，萬乘猶辟易〔一二〕。偏裨無所施，元帥見手格〔一三〕。太子入朔方，至尊狩梁益〔一四〕。胡馬纏伊洛〔一五〕，中原氣甚逆。肅宗登寶位，塞望勢敦迫⑥〔一六〕。公時徒步至，請罪將厚責。際會清河公，間道傳玉册。清河公，房太尉也⑦〔一七〕。天王拜跪畢，讜議果冰釋〔一八〕。翠華卷飛雪⑧，熊虎亘阡陌〔一九〕。屯兵鳳凰山，帳殿涇渭闢〔二〇〕。金城賊咽喉，詔鎮雄所搤〔二一〕。禁暴清無雙⑨，爽氣春淅瀝〔二二〕。巷有從公歌，野多青青麥〔二三〕。及夫哭廟後，復領太原役〔二四〕。恐懼禄位高，悵望王土窄。不得見清時，嗚呼就窀穸〔二五〕。永繫五湖舟⑩，悲甚田横客〔二六〕。千秋汾晉間，事與雲水白〔二七〕。昔觀文苑傳，豈述廉藺績⑪〔二八〕。嗟嗟鄧大夫⑫，士卒終倒戟⑬〔二九〕。

（0330）

【校】

① 王公思禮，錢箋題下注：「高麗人。」《草堂》注：「王思禮，高麗人也。」

② 鋭，宋本、錢箋、《九家》、《草堂》、《文苑英華》校：「一云脱。」

③意無，錢箋校：「晋作氣無。」

④曉達，《文苑英華》作「晚學」，校：「集作曉達。」

⑤肅肅，錢箋、《草堂》校：「晋作蕭蕭。」

⑥迫，錢箋、《草堂》校：「一作逼。」

⑦房太尉也，錢箋作「房琯也」，其下有：「時自蜀奉太上皇册命至，諫上以爲可收後效，遂釋之。」

⑧卷飛雪，宋本、錢箋、《文苑英華》校：「一云飛雪中。」

⑨清，宋本校：「一作靖。」錢箋校：「一作靖。一作静。」《九家》、《草堂》作「靖」，《草堂》校：「一作清。」《文苑英華》作「静」，校：「一作清。」

⑩永，錢箋、《草堂》校：「一作空。」

⑪續，錢箋校：「一作跡。」　藺續，《文苑英華》作「頗跡」，校：「集作藺續。」

⑫嗟嗟，錢箋校：「晋作諾諾。」

⑬倒戟，此下錢箋注：「鄧景山爲太原尹，爲軍衆所殺。」

**【注】**

《趙次公先後解》編入永泰元年（七六五）九月作，以「傷時盜賊未息」指是年八月僕固懷恩引吐蕃寇奉天。黄鶴注謂八詩非一時所作，如李光弼詩云「洒淚巴東峽」、嚴武詩云「悵望龍驤塋」，則二詩在夔州作無疑。如李邕詩云「君臣尚論兵」，則是史朝義未死之前，當在廣德元年之前。仇注：觀哀鄭虔詩云「秋色餘魑魅」，當是大曆元年（七六六）之秋。「君臣尚論兵」因吐蕃未靖，河北降將陽奉陰違，非爲史朝義而發也。

〔一〕司空二句：《舊唐書·王思禮傳》：「王思禮，營州城傍高麗人也。父虔威，爲朔方軍將，以習戰聞。思禮少習戎旅，隨節度使王忠嗣至河西，與哥舒翰對爲押衙。及翰爲隴右節度使，思禮與中郎周泌爲翰押衙，以拔石堡城功，除右金吾衛將軍，充關西兵馬使，兼河源軍使。十一載，加雲麾將軍。十二載，翰征九曲，思禮後期，欲引斬之，續使命釋之。思禮徐言曰：『斬則斬，却喚何物？』諸將皆壯之。十三年，吐蕃蘇毗王款塞，詔翰至磨環川應接之。思禮墜馬損脚，翰謂中使李大宜曰：『思禮既損脚，更欲何之？』」

〔二〕追隨二句：《後漢書·吴漢傳》：「往來燕薊間，所至皆交結豪傑。」《舊唐書·地理志》幽州：「薊，州所治。古之燕國都。漢爲薊縣，屬廣陽國。……自晋至隋，幽州刺史皆以薊爲治所。」《史記·平原君虞卿列傳》：「毛遂曰：『臣乃今日請處囊中，使遂蚤得處囊中，乃穎脱而出，非特其末見而已。』」

〔三〕服事二句：《書·禹貢》：「導弱水，至於合黎，餘波入於流沙。」《漢書·地理志》張掖郡：「居延，居延澤在東北，古文以爲流沙。」

〔四〕未甚二句：《史記·三王世家》：「使臣去病待罪行間。」《陳書·侯安都傳》：「拔跡行間，假之毛羽。」犬戎，指吐蕃。見卷四《憶昔二首》(0192)注。

〔五〕短小二句：《史記·游俠列傳》：「(郭)解爲人短小精悍。」王延壽《魯靈光殿賦》：「屹然特立，的爾殊形。」

〔六〕馬鞍二句：《草堂》夢弼注：「暗用後漢彭寵傳事。」《後漢書・彭寵傳》：「書成，即斬寵及妻頭，置囊中，便持記馳出城。」此寵被害事，恐非用此。蔡琰《悲憤詩》：「馬邊縣男頭，馬後載婦女。」錢箋引鮮于注：「甲外，軍陣之外也。有游騎掠軍離什伍者。」施鴻保謂此仍就思禮説，甲當指甲胄。按，甲或指甲仗。陳造《聞盱眙北使信感事再次韻》：「幄中已辦吞青海，甲外寧惟馘白題。」鳴鏑，見卷一《夜聽許十誦詩愛而有作》(0036)注。

〔七〕洗劍二句：青海，見卷一《兵車行》(0011)注。《史記・李將軍列傳》「祁連天山」索隱：「晉灼云：在西域，近蒲類海。又《西河舊事》云：白山冬夏有雪，匈奴謂之天山也。」正義：「《括地志》云：祁連山在甘州張掖縣西南二百里。天山一名白山，今名初羅漫山，在伊吾縣北百二十里。」竇憲刻石燕然山，見本卷《奉酬薛十二丈判官見贈》(0324)注。

〔八〕九曲二句：《舊唐書・吐蕃傳》：「時楊矩爲鄯州都督，吐蕃遣使厚遺之，因請河西九曲之地以爲金城公主湯沐之所，矩遂奏與之。吐蕃既得九曲，其地肥良，堪頓兵畜牧，又與唐境接近，自是復叛，始率兵入寇。」《新唐書・哥舒翰傳》：「攻破吐蕃洪濟、大莫門等城，收黄河九曲，以其地置洮陽郡，築神策、宛秀二軍。」在天寶十三載。黄河發源巴顏喀喇山脈之北，繞經大積石山，至共和縣河流曲折，故古有九曲、河曲之説。嚴耕望《唐代交通圖考》：「唐蕃本以河爲界。唐境九曲之地當在河東，不應云河西。《舊傳》此條云『河西九曲』，《會要》全同。惟《新書・中宗紀》景龍四年『三月，以河源九曲予吐蕃』……作河源是也。」《史記・高祖本紀》：「王深壁。」

〔九〕飛兔二句：《吕氏春秋・離俗》：「飛兔要褭，古之駿馬也。」又《決勝》：「若鷙鳥之擊也，搏攫則殪，中木則碎。」

〔一〇〕曉達二句：《漢書・藝文志》：「兵家者，蓋出古司馬之職，王官之武備也。」《晋書・杜預傳》：「預常稱濟有馬癖，嶠有錢癖。武帝聞之，謂預曰：『卿有何癖？』對曰：『臣有《左傳》癖。』」

〔一一〕胸襟二句：《漢書・霍光傳》：「光爲人沈静詳審。」《詩・周南・兔罝》：「肅肅兔罝，椓之丁丁。」傳：「肅肅，敬也。」

〔一二〕潼關二句：《舊唐書・王思禮傳》：「十四載六月，加金城太守。禄山反，哥舒翰爲元帥，奏思禮加開府儀同三司，兼太常卿同正員，充元帥府馬軍都將，每事獨與思禮決之。十五載二月，思禮白翰謀殺安思順父元貞，於紙隔上密語翰，請抗表誅楊國忠，翰不應。復請以三十騎劫之，横馱來潼關殺之，翰曰：『此乃翰反，何預禄山事。』六月，潼關失守，思禮西赴行在，至安化郡。思禮與吕崇賁、李承光並引於纛下，責以不能堅守，並從軍令。或救之可收後效，遂斬承光而釋思禮、崇賁，與房琯爲副使。便橋之戰又不利，除爲關内節度使。尋遣守武功。」辟易，見本卷《王兵馬使二角鷹》(0311)注。《趙次公先後解》：「言明皇乘輿播遷也。」施鴻保謂下云「至尊狩梁益」方説明皇出奔，此萬乘疑猶萬騎，言哥舒翰之師。按，萬乘無容異解。後「狩梁益」言入蜀，此言倉皇出逃。

〔一三〕元帥句：《史記・殷本紀》：「手格猛獸。」《舊唐書・哥舒翰傳》：「軍既敗，翰與數百騎馳而西歸，爲火拔歸仁執降於賊。」

〔一四〕至尊句：梁益，蜀中。見卷六《送殿中楊監赴蜀見相公》(0306)注。

〔一五〕胡馬句：《後漢書·班固傳》：「兵纏夷狄。」左思《魏都賦》：「伊洛榛曠，崤函荒蕪。」

〔一六〕塞望句：賈誼《過秦論》：「塞萬民之望。」《漢書·主父偃傳》：「非誅偃無以塞天下之望。」《世說新語·賞譽》：「昔安石在東山，縉紳敦逼，恐不豫人事。」李嶠《百官請不從靈駕表》：「倉卒敦迫，必不敢辦。」

〔一七〕際會二句：《新唐書·王思禮傳》：「肅宗責不堅守，引至纛下，將斬之。宰相房琯諫，以爲可收後效。遂獨斬承光，赦思禮等。」《册府元龜》卷一五二《明罰》：「至德元載九月，肅宗引潼關敗將王思禮、吕崇賁、李承光等於纛下，將斬之，文部尚書平章事房琯救之，獨斬承光，餘並釋放。」

〔一八〕天王二句：《趙次公先後解》：「言跪受房公之玉册也。肅宗初欲誅思禮，以房公可收後效讜直之語，故冰釋其所欲誅之意矣。」《禮記·曲禮下》：「君天下，曰天子。……臨諸侯，畛于鬼神，曰有天王某甫。」《漢書·叙傳》：「吾久不見班生，今日復聞讜言。」杜預《春秋左氏傳序》：「焕然冰釋。」

〔一九〕翠華二句：翠華，見卷二《北征》(0052)注。《周禮·春官·司常》：「熊虎爲旗，鳥隼爲旟。」《趙次公先後解》：「卷飛雪，則以言其時之在冬。」

〔二〇〕屯兵二句：《舊唐書·王思禮傳》：「尋遣守武功。賊將安守忠及李歸仁、安泰清來戰，思禮以其衆退守扶風。賊兵分至大和關，去鳳翔五十里。王師大駭，鳳翔戒嚴，中官及朝官皆出其弩，上使左右巡御史虞候書其名，乃止。遂命司徒郭子儀以朔方之衆擊之而退。」《太平御覽》卷四〇引《河圖括地象》：「岐山在崑崙山東南，爲地乳，上多白金。周之興也，鸑鷟鳴於岐山。時人亦謂岐山爲鳳凰堆。」《趙次公先後解》：「鳳凰山，即鳳翔之山。時駐兵鳳翔也。」沈約《三日侍林光殿曲水宴應制》：「帳殿臨春籞，帷宫繞芳薈。」《唐六典》卷一一殿中省尚舍局：「凡大駕行幸，預設三部帳幕，有古帳、大帳、次帳、小次帳、小帳，凡五等。」《趙次公先後解》：「帳殿闢於涇渭，則在平涼，乃渭州也。」按，當指鳳翔，渭水所經。

〔一一〕金城二句：《太平寰宇記》卷二七興平縣：「唐景龍四年，車駕送金城公主置縣，因改爲金城縣，置於馬嵬故城。……至德二年，復爲興平縣。後又復爲金城，今改爲興平。」錢箋：「思禮爲關内節度使鎮此。黄鶴以爲河西之金城，謬矣。」按，興平在武功東，此即代指武功。《漢書・婁敬傳》：「搤其亢，拊其背。」注：「師古曰：搤與扼同。」

〔一二〕淅瀝：見卷一《白水縣崔少府十九翁高齋三十韻》(0042)注。

〔一三〕巷有二句：《詩・魯頌・泮水》：「無小無大，從公于邁。」《莊子・外物》：「《詩》固有之，曰：青青之麥，生於陵陂。」

〔一四〕及夫二句：《舊唐書・王思禮傳》：「至德二年九月，思禮從元帥廣平王收西京。既破賊，思禮領兵先入景清宫。又從子儀戰陝城、曲沃、新店，賊軍繼敗，收東京。思禮又於絳郡破賊六千餘衆，器械山積，牛馬萬計。遷户部尚書、霍國公，食實封三百户。乾元二年，與子儀等九節度圍安慶緒於相州。思禮領關内及潞府行營步卒三萬、馬軍八千，大軍潰，唯思禮與李光弼兩軍獨全。及光弼鎮河陽，制以思禮爲太原尹、北京留守、河東節度使，兼御史大夫，貯軍糧百萬，器械精鋭。尋加司空。自武德已來，三公不居宰輔，唯思禮而已。上元二年四月，以疾薨，輟朝一日，贈太尉，謚曰武烈。」《舊唐書·肅宗紀》：「九廟爲賊所焚，上素服哭於廟三日。」

〔二五〕嗚呼句：《左傳》襄公十三年：「唯是春秋窀穸之事。」杜預注：「窀，厚也。穸，夜也。厚夜，猶長夜。春秋，謂祭祀。長夜，謂葬埋。」

〔二六〕永繫二句：五湖舟，見卷三《幽人》(0098)注。《史記·田儋列傳》：「漢王立爲皇帝，以彭越爲梁王。田横懼誅，而與其徒屬五百餘人入海，居島中。高帝聞之……乃使使赦田横罪而召之。……遂自剄，令客奉其頭，從使者馳奏之高帝。……既葬，二客穿其冢旁孔，皆自剄，下從之。高帝聞之，乃大驚，以田横之客皆賢。吾聞其餘尚五百人在海中，使使召之。至則聞田横死，亦皆自殺。於是乃知田横兄弟能得士也。」《趙次公先後解》：「永繫五湖舟，傷其不得功成名遂身退而終老也。」朱鶴齡注：「公自謂也。」仇注：「公方繫舟，不得赴哭，故作歌以悲，甚於田横之客。舊注謂思禮有功成身退之志，非也。」施鴻保謂舊注是，惟是惜思禮不得如范蠡之功成身退，非思禮果有此志耳。

〔二七〕千秋二句：仇注：「此惜其守太原而身歿也。」《漢書·地理志》：「太原郡，秦置。有鹽官，在晉陽。屬并州。」「晉陽……龍山在西北，有鹽官，晉水所出，東入汾。」

〔二八〕昔觀二句：《趙次公先後解》：「形容思禮文不足而英武有餘也。廉頗、藺相如，古之名將，豈必書其文采於《文苑傳》乎。」仇注：「將略不須文藝，故廉頗制勝，而景山喪身。」

〔二九〕嗟嗟二句：《舊唐書・鄧景山傳》：「上元二年十月，追入朝，拜尚書左丞。太原尹、北京留守王思禮軍儲豐實，其外又別積米萬石，奏請割其半送京師。屬思禮薨，以管崇嗣代之，委任左右，失於寬緩，數月之間，費散殆盡，唯存陳爛萬餘石。上聞之，即日召景山代崇嗣。及至太原，以鎮撫紀綱爲己任，檢覆軍吏隱没者，衆懼。有一偏將抵罪當死，諸將各請贖其罪，景山不許。其弟請以身代其兄，又不許。弟請納馬一匹以贖兄罪，景山許其減死。衆咸怒，謂景山曰：『我等人命輕如一馬乎？』軍衆憤怒，遂殺景山。上以景山統馭失所，不復驗其罪，遣使諭之。」

## 故司徒太尉李公光弼①

司徒天寶末，北收晋陽甲〔一〕。胡騎攻吾城②，愁寂意不愜〔二〕。人安若泰山，薊北斷右脅〔三〕。朔方氣乃蘇③，黎首見帝業〔四〕。二宫泣西郊，九廟起頹壓〔五〕。未散河陽卒，思明僞臣妾〔六〕。復自碣石來，火焚乾坤獵〔七〕。高視笑禄山〔八〕，公又大獻捷④。異王册崇勳，小敵信所怯〔九〕。擁兵鎮河汴，千里初妥帖〔一〇〕。青蠅紛營營⑤，風雨秋一葉〔一一〕。内省未入朝，死淚終映睫〔一二〕。大屋去高棟，長城埽遺堞〔一三〕。平生白羽扇，零落蛟龍匣〔一四〕。雅望與英姿⑥，惻愴槐里接〔一五〕。三軍晦光彩，烈士痛稠疊〔一六〕。直筆在史臣，將來洗箱篋〔一七〕。吾思哭孤冢，南紀阻歸楫〔一八〕。扶顛永蕭條，未濟失利涉〔一九〕。疲苶竟何人，灑涕巴東峽⑦〔二〇〕。（0331）

【校】

①故司徒太尉李公光弼，錢箋題下注：「廣德二年七月卒。」

②胡，錢箋校：「一作獷。」

③乃，錢箋校：「一作多。」《草堂》校：「晋作多。」

④大獻捷，錢箋校：「一云獻大捷。」《草堂》、《文苑英華》作「獻大捷」，《文苑英華》校：「集作大獻捷。」

⑤紛，錢箋校：「一作徒。」《草堂》作「徒」。

⑥與，錢箋校：「晋作歎。」

⑦涕，《文苑英華》作「淚」，校：「集作涕。」

【注】

〔一〕司徒二句：《舊唐書·李光弼傳》：「李光弼，營州柳城人。其先契丹之酋長。父楷洛，開元初，左羽林將軍同正、朔方節度副使，封薊國公，以驍果聞。光弼幼持節行，善騎射，能讀班氏《漢書》。……天寶初，累遷左清道率兼安北都護府、朔方都虞候。五載，河西節度王忠嗣補爲兵馬使，充赤水軍使。忠嗣遇之甚厚，常云：『光弼必居我位。』邊上稱爲名將。八載，充節度副使，封薊郡公。十一載，拜單于副使都護。十三載，朔方節度安思順奏爲副使、知留後事。思順愛其材，欲妻之，光弼稱疾辭官。隴右節度哥舒翰聞而奏之，得還京師。祿山之亂，封常清、高仙芝戰敗，斬於潼關。又以哥舒翰率師拒賊。尋命郭子儀爲朔方節度，收兵河西。玄宗眷求良將，委以河北河東之事，以問子儀，子儀薦光弼堪當閫寄。十五載正月，以光弼爲雲中太守，攝御史大夫，充河東節度副使，知節度事。二月，轉魏郡太守、河北道采訪使，以朔方兵五千會郭子儀軍，東下井陘，收常山郡。賊將史思明以卒數萬來援常山，追擊破之，進收槁城等十餘縣，南攻趙郡。……六月，與賊將蔡希德、史思明、尹子奇戰於常山郡之嘉山，大破賊黨，斬首萬計，生擒四千。思明露髮跣足，奔於博陵。河北歸順者十餘郡。光弼以范陽祿山之巢穴，將先斷之，使將絶根本。會哥舒翰潼關失守，玄宗幸蜀，人心驚駭。肅宗理兵靈武，遣中使劉智達追光弼、子儀赴行在，授光弼户部尚書，兼太原尹、北京留守、同中書門下平章事。……二年，賊將史思明、蔡希德、高秀岩、牛廷玠等四僞帥率衆十餘萬來攻太原，光弼經河北苦戰，精兵盡赴朔方，麾下皆烏合之衆，不滿萬人。……月餘，我怒而寇怠，光弼率敢死之士出擊，大破之，斬首七萬餘級，軍資器械一皆委弃。賊始至及遁，五十餘日。」《元和郡縣圖志》卷一三河東道：「太原府，并州。……今太原有三城，府及晉陽縣在西城，太原縣在東城，汾水貫中城南流。」《公羊傳》定公十三年：「秋，晉趙鞅入於晉陽以叛。……晉趙鞅取晉陽之甲以逐荀寅與士吉射。荀寅與士吉射者，曷爲者也？君側之惡人也。此逐君側之惡人，曷爲以叛言之？無君命也。」後指勤王之師。《晉書·八王傳序》：「徒興晉陽之甲，竟匪勤王之師。」此亦指光弼知河東節度事。

〔二〕胡騎二句：《趙次公先後解》：「胡騎攻吾城，則《傳》言史思明、李立節、蔡希德攻饒陽者矣。」《舊唐書·史思明傳》：「十四載，安禄山反，命思明討饒陽等諸郡，陷之。十五載正月六日，思明與蔡希德圍顔杲卿於常山，九日拔之。又圍饒陽，二十九日不能拔。李光弼出土門，拔常山郡，思明解圍而拒光弼。光弼列兵於城南，相持累月。……四月，朔方節度郭子儀以朔方蕃漢二萬人自土門至常山，軍威遂振，南拔趙郡，思明退保博陵。五月十日，子儀、光弼擊之，敗思明於沙河上。又攻之，思明以騎卒奔嘉山，光弼擊之，思明大敗，走入博陵郡。光弼圍之，城幾拔。屬潼關失守，肅宗理兵於朔方，使中官邢廷恩追朔方、河東兵馬。光弼入土門，思明隨後徼擊之。……饒陽陷，李系投火死，河北悉陷。」仇注：「首記守太原之事。」謂至德元年事。按，至德元年戰事在河北，二年正月史思明乃圍太原。仇注所言頗含混。詩言「天寶末」，則應追溯至戰事初起，光弼自土門出擊叛軍。趙注可取。然「吾城」似亦不必定指饒陽。光弼守太原功業尤著，其事則在至德二年。首四句乃總括光弼三年之戰績歟？

〔三〕人安二句：《漢書·劉向傳》：「如下有泰山之安，則上有累卵之危。」《趙次公先後解》：「『右脅』字在佛書爲多，而『斷右脅』則挨傍斷匈奴右臂爲言也。」朱鶴齡注：「太原在幽薊之西，故曰右脅。」

〔四〕朔方二句：《趙次公先後解》：「光弼屢戰勝，所以斷薊北之脅，蘇朔方之氣，使萬民得見帝業也。」朔方，指肅宗即位靈武。參卷四《憶昔二首》(0192)注。

〔五〕二宮二句：《趙次公先後解》：「今云二宮，蓋並肅宗言之，西郊，則上皇自蜀歸京師之郊也。」按，肅宗自鳳翔還京，亦自西來。九廟句，見前篇「哭廟」注。

〔六〕未散二句：朱鶴齡注：「僞臣妾，謂思明至德二載率所部來降。」乾元元年復叛。《舊唐書·李光弼傳》：「與九節度兵圍安慶緒於相州，拔有日矣。史思明自范陽來救，屢絶糧道，光弼身先士卒，苦戰勝之。屬大風晦冥，諸將引衆而退，所在剽掠，唯光弼所部不散。……史思明因殺安慶緒，即僞位，縱兵河南。加光弼太尉，兼中書令，代郭子儀爲朔方節度、兵馬副元帥，以東師委之。……時史思明已至偃師，光弼悉軍赴河陽。賊已至洛城，光弼軍方至石橋。日暮，令秉炬徐行，與賊相隨，而不敢來犯。乙夜，入河陽三城。排閲守備，號令嚴明，與士卒同甘苦，咸誓力戰。賊憚光弼威略，頓兵白馬寺，南不出百里，西不敢犯宫闕，於河陽南築月城，掘壕以拒光弼。十月，賊攻城。於中潬城西大破逆黨五千餘衆，斬首千餘級，生擒五百餘人，溺死者大半。……賊既敗走，光弼收懷州，思明來救，迎擊於沁水之上，又敗之。賊將安太清極力拒守，月餘不下。光弼令僕固懷恩、郝玉由地道而入，得其軍號，乃登陴大呼，我師同登，城遂拔。生擒安太清、周摯、楊希文等，送於闕下，即日懷州平。以功進爵臨淮郡王，累加實封至一千五百户。」

〔七〕復自二句：碣石，見卷二《北征》(0052)「恒碣」、卷六《昔游》(0288)注。《舊唐書·史思明傳》：「十二月，蕭華以魏州歸順，詔遣崔光遠替之。思明擊而拔其城，光遠脱身南渡。思明於魏州殺三萬人，平地流血數日，既乾元二年正月一日也。思明於魏州北設壇，僭稱爲大聖燕王，以周贄爲行軍司馬。三月，引衆救相州，官軍敗而引退。思明召慶緒等殺之，併有其衆。

四月，僭稱大號，以周贄爲相，以范陽爲燕京。九月，寇汴州，節度使許叔冀合於思明，思明益振。又陷洛陽，與太尉光弼相拒。」

〔八〕高視句：朱鶴齡注：「高視笑祿山，言思明復熾，笑祿山之無成也。」

〔九〕異王二句：《趙次公先後解》：「異王，異姓之王也。光弼封臨淮郡王。」《後漢書・光武帝紀》：「劉將軍平生見小敵怯，今見大敵勇，甚可怪也。」《九家》杜田《正謬》：「謂北邙之敗也。」《趙次公先後解》：「若相州北邙之敗，則魚朝恩爲之，又非可言小敵也。」朱鶴齡注：「怯小敵，正見其勇於大敵耳。舊注指北邙敗績，非是。」仇注：「雖指北邙之敗，亦見其勇於大敵也。」按，光弼因北邙之敗抗表請罪，詩人亦不諱言，謂其雖小敗而不掩大功。仇注是。

〔一〇〕擁兵二句：《舊唐書・李光弼傳》：「觀軍容使魚朝恩屢言賊可滅之狀，朝旨令光弼速收東都。……由是中使督戰，光弼不獲已，進軍列陣於北邙山下。賊悉精鋭來戰，光弼敗績，軍資器械並爲賊所有。時李抱玉亦弃河陽，光弼渡河保聞喜。朝旨以懷恩異同致敗，優詔徵之。光弼自河中入朝，抗表請罪，詔釋之。……俄復拜太尉，充河南、淮南、山南東道、荊南等副元帥，侍中如故，出鎮臨淮。史朝義乘邙山之勝，寇申、光等十三州，自領精騎圍李岑於宋州。將士皆懼，請南保揚州。光弼徑赴徐州以鎮之，遣田神功擊敗之。……光弼未至河南也，田神功平劉展後，逗留於揚府，尚衡、殷仲卿相攻於兖、鄆，來瑱旅拒於襄陽，朝廷患之。及光弼輕騎至徐州，史朝義退走，田神功遽歸河南，尚衡、殷仲卿、來瑱皆懼其威名，相繼赴闕。寶應元年，進封臨淮王，賜鐵券，圖形凌烟閣。」陸機《文賦》：「或妥帖而易施，或岨峿而不安。」

〔一一〕青蠅二句：《舊唐書·李光弼傳》：「廣德初，吐蕃入寇京畿，代宗詔徵天下兵。光弼與程元振不協，遷延不至。十月，西戎犯京師，代宗幸陝。朝廷方倚光弼爲援，恐成嫌疑，數詔問其母。吐蕃退，乃除光弼東都留守，以察其去就。光弼伺知之，辭以久待敕不至，且歸徐州，欲收江淮租賦以自給。……光弼御軍嚴肅，天下服其威名，每申號令，諸將不敢仰視。及懼朝恩之害，不敢入朝，田神功等皆不禀命，因愧恥成疾，遣衙將孫珍奉遺表自陳。廣德二年七月，薨於徐州，時年五十七。」《趙次公先後解》：「青蠅紛營營，則指言魚與程也。」《詩·小雅·青蠅》：「營營青蠅，止于樊。豈弟君子，無信讒言。」

〔一二〕内省二句：《趙次公先後解》：「光弼既當入援京師而不行……正復以内自省過而未敢就也。」仇注：「當日畏禍，不敢入朝，内省慚恨，故臨死而淚猶在睫。」桓譚《新論·琴道》：「於是孟嘗君喟然太息，涕淚承睫而未下。」王僧孺《贈顧倉曹》：「誰復三承睫，獨念九飛魂。」

〔一三〕大屋二句：傅玄《棟銘》：「國有維輔，屋有棟梁。」《宋書·檀道濟傳》：「薛彤、進之並道濟腹心，有勇力，時以比張飛、關羽。初，道濟見收，脱幘投地曰：『乃復壞汝萬里之長城。』」

〔一四〕平生二句：《初學記》卷二五引裴啓《語林》：「諸葛武侯持白羽扇，指麾三軍。」《晋書·顧榮傳》：「廣陵相陳敏反……敏率萬餘人出，不獲濟，榮麾以羽扇，其衆潰散。」《趙次公先後解》：「蛟龍匣，應是劍匣。」《西京雜記》卷一：「漢帝送死皆珠襦玉匣，匣形如鎧甲，連以金鏤。武帝匣上皆鏤爲蛟龍、鸞鳳、龜龍之象，世謂之蛟龍玉匣。」錢箋《哭嚴僕射歸櫬》（本書卷一四0928）：「按《霍光傳》：賜璧珠璣玉衣梓宮，則人臣亦可稱蛟龍匣也。」朱鶴齡注、仇注皆引之。

〔一五〕惻愴句：《史記・秦本紀》正義：「《括地志》云：犬丘故城一名槐里，亦曰廢丘，在雍州始平縣東南十里。《地理志》云：扶風槐里縣，周曰犬丘，懿王都之，秦更名廢丘，高祖三年更名槐里也。」顔真卿《唐故開府儀同三司太尉兼侍中……臨淮武穆王李公神道碑銘》：「虔窆公於富平縣先塋之東。……（銘曰）渭水川上，壇山路旁。」錢箋：「檀山在縣西北四十里，漢武帝墓在槐里之茂陵，衛青、霍去病墓去茂陵不三里。光弼葬在馮翊，猶衛、霍之接近槐里。」《元和郡縣圖志》卷一京兆府：「醴泉縣，次赤。東南至府一百二十里。……肅宗建陵，在縣東北十八里武將山。」「富平縣，次赤。西南至府一百五十里。」是富平去醴泉建陵尚遥，錢説鑿。按，庾信《周車騎大將軍賀婁公神道碑》：「馬援亡於武溪，屍柩返於槐里。」《後漢書・馬援傳》：「及卒後，有上書譖之者……帝益怒，援妻孥惶懼，不敢以喪還舊塋，裁買城西數畝地槁葬而已。……上書訴冤，前後六上，辭甚哀切，然後得葬。」馬援，扶風茂陵人，故庾信稱其屍柩返於槐里。光弼以畏讒不敢入朝，故詩以馬援比之。

〔一六〕烈士句：謝靈運《過始寧墅》：「岩峭嶺稠疊，洲縈渚連綿。」《文選》劉良注：「稠疊，重疊也。」

〔一七〕直筆二句：杜預《春秋左氏傳序》：「直書其事，具文見意。」《晋書・郭璞傳》：「忝荷史任，敢忘直筆。」《三國志・吴書・韋曜傳》：「爲侍中，常領左國史。時所在承指數言瑞應，皓以問曜，曜答曰：『此人家筐篋中物耳。』」《册府元龜》卷二一八引作「箱篋」。《趙次公先後解》引此：「將來洗箱篋之污辱，此必當時猶有以相州、北邙之敗歸罪光弼者矣。」朱鶴齡注：「洗其未入朝之恨也。」仇注引《杜臆》：「筐篋，似用樂羊謗書盈篋事。」按，詩言史臣，當用韋曜語。

〔一八〕南紀：《初學記》卷七事對「南紀」：「《詩》云：『滔滔江漢，南國之紀。』」見《小雅·四月》。

〔一九〕扶顛二句：《論語·季氏》：「危而不持，顛而不扶，則將焉用彼相矣。」《易·未濟》：「六三，未濟，征凶。利涉大川。」

〔二〇〕疲苶二句：《莊子·齊物論》：「苶然疲役而不知其所歸。」陳子昂《東征答朝臣相送》：「平生白雲意，疲苶愧爲雄。」《趙次公先後解》：「巴東峽乃指言夔州。」《水經注》江水：「故漁者歌曰：『巴東三峽巫峽長，猿鳴三聲淚沾裳。』」

周容《春酒堂詩話》：「少陵哀李光弼詩云：『內省未入朝。』正是就彼一生形跡心事，兩字說盡，可謂刻畫。而申鳧盟云：『光弼一生失著，以「內省」二字混過。』誤矣。」

## 贈左僕射鄭國公嚴公武①

鄭公瑚璉器，華岳金天晶〔一〕。昔在童子日，已聞老成名〔二〕。嶷然大賢後②，復見秀骨清〔三〕。開口取將相，小心事友生〔四〕。閱書百紙盡③，落筆四座驚〔五〕。歷職匪父任，嫉邪常力爭〔六〕。漢儀尚整肅，胡騎忽縱橫〔七〕。飛傳自河隴，逢人問公卿〔八〕。不知萬乘出④，雪涕風悲鳴。受詞劍閣道，謁帝蕭關城〔九〕。寂寞雲臺仗，飄飖沙塞旌〔一〇〕。江山少使者，笳鼓凝皇情〔一一〕。壯士血相視⑤〔一二〕，忠臣氣不平⑥。密論貞觀體，揮發岐陽征〔一三〕。感激動四極，聯翩收二京。西郊牛酒再⑦，原廟丹青明⑧〔一四〕。匡汲俄寵辱，衛霍竟哀榮〔一五〕。四登會府地，三掌華陽兵〔一六〕。京兆空柳色⑨，尚書無履聲〔一七〕。群烏自朝夕，白馬休橫行〔一八〕。諸葛蜀人愛，文翁儒化成〔一九〕。公來雪山重，公去雪山輕〔二〇〕。記室得何遜，韜鈐延子荆〔二一〕。四郊失壁壘，虛館開逢迎〔二二〕。堂上指圖畫⑩〔二三〕，軍中吹玉笙。豈無成都酒〔二四〕，憂國只細傾。時觀錦水釣，問俗終相并〔二五〕。意待犬戎滅，人藏紅粟盈〔二六〕。以兹報主願，庶或裨世程⑪〔二七〕。炯炯一心在，沉沉二豎嬰〔二八〕。顔回竟短折，賈誼徒忠貞〔二九〕。飛旐出江漢〔三〇〕，孤舟轉荆衡。虛無馬融笛⑫，悵望龍驤塋〔三一〕。空餘老賓客，身上愧簪纓〔三二〕。（0332）

**【校】**

① 贈左僕射鄭國公嚴公武，錢箋題下注：「永泰元年卒。」

② 然，《文苑英華》作「若」，校：「集作然。」

③ 紙，宋本、錢箋、《九家》校：「一作氏。」《草堂》、《文苑英華》作「氏」，《草堂》校：「一作紙。非。」《文苑英華》校：「集作紙。」

④ 萬乘，錢箋、《草堂》校：「一作乘輿。」《文苑英華》校：「集作乘輿。」

⑤ 視，錢箋校：「一作見。」

⑥ 不，錢箋、《草堂》校：「一作未。」

⑦ 再，錢箋、《草堂》校：「一作至。」《文苑英華》作「至」。

⑧ 原廟，《文苑英華》作「九廟」，校：「集作原廟。」 丹青明，《草堂》作「明丹青」。

⑨ 色，宋本、錢箋、《九家》校：「一云市。」《草堂》校：「或作翠。」

⑩ 圖，錢箋、《草堂》校：「一作書。」

⑪ 或，宋本、錢箋、《九家》、《草堂》校：「一云獲。」《文苑英華》作「獲」，校：「集作或。」

⑫ 虛無，錢箋校：「舊本作虛爲。時本作虛横。『横』字蓋公自況也。」《草堂》作「虛爲」。

**【注】**

〔一〕鄭公二句：嚴武，見卷五《遭田父泥飲美嚴中丞》(0232)注。《舊唐書・嚴武傳》：「嚴武，中書侍郎挺之子也。神氣雋爽，敏於聞見。幼有成人之風，讀書不究精義，涉獵而已。弱冠以門蔭策名，隴右節度使哥舒翰奏充判官，遷侍御史。至德初，肅宗興師靖難，大收才傑，武杖節赴行在。宰相房琯以武名臣之子，素重之，及是，首薦才略可稱。累遷給事中，既收長安，以武爲京兆少尹，兼御史中丞，時年三十二。以史思明阻兵不之官，優游京師，頗自矜大。出爲綿州刺史，遷劍南東川節度使。入爲太子賓客，兼御史中丞。」《論語・公冶長》：「子貢問曰：『賜也何如？』子曰：『女，器也。』曰：『何器也？』曰：『瑚璉也。』」集解：「包曰：瑚璉，黍稷之器。

夏曰瑚，殷曰璉，周曰簠簋，宗廟之器貴者。」嚴挺之，華州華陰人。《舊唐書·禮儀志》：「玄宗乙酉歲生，以華當本命。先天二年七月正位，八月癸丑，封華岳神爲金天王。」

〔二〕昔在二句：《詩·大雅·蕩》：「雖無老成人，尚有典刑。」《新唐書·嚴武傳》：「武字季鷹，幼豪爽。母裴不爲挺之所容，獨厚其妾英。武始八歲，怪問其母，母語之故。武奮然以鐵鎚就英寢，碎其首。左右驚白挺之曰：『郎戲殺英。』武辭曰：『安有大臣厚妾而薄妻者，兒故殺之，非戲也。』父奇之，曰：『真嚴挺之子。』然數禁敕。」

〔三〕嶷然二句：《詩·大雅·生民》：「誕實匍匐，克岐克嶷。」傳：「嶷，識也。」箋：「其貌嶷嶷然，有所識别也。」釋文：「《説文》作啜，云小兒有知也。」《舊唐書·嚴挺之傳》：「嚴挺之，華州華陰人。叔父方嶷，景雲中爲户部郎中。挺之少好學，舉進士。神龍元年，制舉擢第，授義興尉。……與張九齡相善，九齡入相，用挺之爲尚書左丞，知吏部選。……九齡嘗欲引挺之同居相位，謂之曰：『李尚書深承聖恩，足下宜一造門款狎。』挺之素負氣，薄其爲人，三年，非公事竟不私造其門，以此彌爲林甫所嫉。及挺之囑蔚州刺史王元琰，林甫使人詰於禁中，以此九齡罷相，挺之出爲洺州刺史。……挺之素重交結，有許與，凡舊交先殁者，厚撫其妻子，凡嫁孤女數十人，時人重之。」

〔四〕開口二句：《隋書·王頍傳》：「每歎不逢時，常以將相自許。」《詩·小雅·常棣》：「雖有兄弟，不如友生。」

〔五〕閲書二句：書寫例以紙計，百紙言其多。《唐會要》卷四九：「（開元）十二年六月二十六日敕有司，試天下僧尼年六十已下者，限誦二百紙經，每一年限誦七十三紙。」蘇鶚《杜陽雜編》序：「暇日閱所紀之事，逾數百紙。」李白《江上吟》：「興酣落筆搖五岳，詩成笑傲凌滄洲。」

〔六〕歷職二句：《漢書·張安世傳》：「少以父任爲郎。」《趙次公先後解》：「此兩句正言其初雖補蔭，而其後致身自得爲侍御史也。」朱鶴齡注：「言其才自可得官，不盡由門蔭也。」

〔七〕漢儀二句：《後漢書·光武帝紀》：「不圖今日復見漢官威儀。」又：「群盜縱橫，賊害元元。」

〔八〕飛傳二句：盧照鄰《至陳曉晴望京邑》：「拂曙驅飛傳，初晴帶曉涼。」《趙次公先後解》：「飛傳，則傳遞之報也。……有飛傳自河隴來，武必詢問公卿爲誰。」仇注：「飛傳，急遞也。」按，飛傳即指傳車。趙注謂天寶末武隨玄宗入蜀。錢箋：「蓋禄山之亂，武自河隴訪知乘輿所在，趨赴劍閣，然後玄宗遣赴行在也。按公此詩，則武亦如張鎬、房琯，以玄宗命赴行在者也。」朱鶴齡注同。按，據《舊唐書》本傳，武乃赴肅宗行在。據此詩，則武自隴右來。武此前爲隴右節度哥舒翰判官，哥舒翰已於天寶十四載入守潼關，武豈留守隴右歟？《舊唐書》本傳謂其「遷侍御史」，恐是節度判官兼銜。既自隴右來，且「不知萬乘出」，則與裴冕自河西赴闕遇肅宗於平涼事近同，無由遠赴蜀中。

〔九〕受詞二句：《元和郡縣圖志》卷三原州平高縣：「蕭關故城，在縣東南三十里。《漢書》文帝十四年，匈奴入蕭關，殺北地都尉是也。」《舊唐書·肅宗紀》：「（天寶十五載六月）辛丑，至平涼郡。……上在平涼，數日之間未知所適。會朔方留後杜鴻漸、魏少游、崔漪等遣判官李涵奉箋迎上……時河西行軍司馬裴冕新授御史中丞赴闕，遇上於平涼，亦勸上治兵於靈武以圖進取。

上然之。……七月辛酉，上至靈武。」嚴武乃在平涼（原州）見肅宗。玄宗一行七月壬戌方至益昌，甲子次普安郡。嚴武絶無可能七月間在劍閣受玄宗命，又趕至平涼見肅宗。此二句蓋牽於用韻而倒互，當是武在平涼受肅宗命，後赴蜀中見玄宗。肅宗七月即位靈武，「即日奏其事於上皇」，嚴武豈即所遣奏事者歟？

〔一〇〕寂寞二句：庾信《哀江南賦》：「非無北闕之兵，猶有雲臺之仗。」《三國志・魏書・高貴鄉公紀》注引《魏氏春秋》：「帝自將冗從僕射李昭、黄門從官焦伯等下陵雲臺，鎧仗授兵，欲因際會，自出討文王。」《後漢書・南匈奴傳》：「世祖以用事諸華，未遑沙塞之外。」《趙次公先後解》：「上句言行宫儀衛之草創也。沙塞又指言河隴行在之地。」

〔一一〕江山二句：顔延之《車駕幸京口三月三日侍游曲阿後湖作》：「金練照海浦，笳鼓震溟洲。」又《車駕幸京口侍游蒜山作》：「宣游弘下濟，窮遠凝聖情。」《趙次公先後解》：「道路阻絶，於王國江山之内，少使者相通，而日聞笳鼓，凝結皇帝之情也。」

〔一二〕壯士句：江淹《别賦》：「瀝泣共訣，抆血相視。」

〔一三〕密論二句：《趙次公先後解》：「貞觀體，則言太宗朝事。岐陽固指鳳翔而道實事，然亦挨傍《左傳》云：成有岐陽之蒐也。」朱鶴齡注：「肅宗駐鳳翔，武嘗贊議收復。」

〔一四〕西郊二句：《趙次公先後解》：「至德二載九月癸卯復京師，十月丁卯車駕入長安，則已具牛酒矣。十二月丙午上皇至自蜀郡，則又具牛酒。」《漢書・叔孫通傳》：「願陛下爲原廟渭北。」注：「師古曰：原，重也。先已有廟，今更立之，故云重也。」言重修京師九廟。

〔一五〕匡汲二句：匡汲，匡衡、汲黯。《漢書・匡衡傳》：「有司奏衡專地盜土，衡竟坐免。」《汲黯傳》：「亦以數直諫，不得久居位。」衛霍，衛青、霍去病。仇注：「俄寵辱，除罷不常。竟哀榮，存殁可慨。」《晋書・琅邪悼王煥傳》：「殯葬送終，務以稱哀榮之情。」《舊唐書・嚴武傳》：「出爲綿州刺史，遷劍南東川節度使。入爲太子賓客，兼御史中丞。上皇誥以劍兩川合爲一道，拜武成都尹，兼御史大夫，充劍南節度使。入爲太子賓客，遷京兆尹，兼御史大夫。二聖山陵，以武爲橋道使。無何。罷兼御史大夫，改吏部侍郎，尋遷黄門侍郎。與宰臣元載深相結託，冀其引在同列。事未行，求爲方面，復拜成都尹，充劍南節度等使。廣德二年，破吐蕃七萬餘衆，拔當狗城。十月，取鹽川城。加檢校吏部尚書，封鄭國公。……永泰元年四月，以疾終，時年四十。」

〔一六〕四登二句：《趙次公先後解》以會府指京兆府、成都府，謂武爲京兆少尹、京兆尹、成都尹，又復節度劍南，爲四登會府。錢箋略同。按，會府指尚書省。郭子儀《讓加尚書令表》：「臣聞王政之本，繫於中臺，天下所宗，謂之會府。」《唐會要》卷五七《尚書省》永泰二年四月十五日制：「今之尚書省，即六官之位也。古稱會府，實曰政源。」趙注未知所據，且以尹成都計入，則與三掌華陽事重。仇注引《通鑑注》：「唐時巡屬諸州，以節度使爲大府，亦謂之會府。」亦與唐人用例不合。武改吏部侍郎，又檢校吏部尚書，此兩登會府，餘二次未詳。華陽指成都，見卷四《投簡成華兩縣諸子》(0186)注。嚴武節度劍南事，新舊《唐書》傳等所載互有出入。《趙次公先後解》辨謂：「寶應元年春，初爲兩川都節制。次以兵部侍郎來，雖不得進，而專節度西川。廣德二年，代宗方以東西川爲一道，而武以黄門侍郎來，斯爲三持節與『三掌華陽兵』。」錢箋又有辨：《舊唐書·房琯傳》乾元元年六月詔：「又與前國子祭酒劉秩、前京兆少尹嚴武等潛爲交結……宜從貶秩，俾守外藩。琯可邠州刺史，秩可閬州刺史，武可巴州刺史。」是《嚴武傳》出爲綿州刺史誤。未久而節度東川。上元二年段子璋反，東川節度使李奐敗奔成都。武之初任東川當在奐前，蓋在乾元元年、二年之間。引趙汸《玉壘記》：「上元二年，東劍段子璋反，李奐走成都，崔光遠命花驚定平之，縱兵剽掠士女，至斷腕取金。監軍按其罪，冬十月恚死。其月廷命嚴武。」此武代光遠之證。《高適傳》謂適代光遠誤。此再鎮。武召入，高適代之，適失西山三州，又以武代之。此三鎮，在廣德二年。

〔一七〕京兆二句：《漢書·張敞傳》：「敞爲京兆……無威儀，時罷朝會，過走馬章臺街。」盧照鄰《還赴蜀中貽示京邑游好》：「簾宿花初滿，章臺柳向飛。」崔國輔《長樂少年行》：「章臺折楊柳，春日路傍情。」此唐人言章臺之柳。《漢書·鄭崇傳》：「數求見諫争，上初納用之。每見曳革履，上笑曰：『我識鄭尚書履聲。』」

〔一八〕群烏二句：《漢書·朱博傳》：「(御史)府中列柏樹，常有野烏數千栖宿其上，晨去暮來，號曰朝夕烏。」《後漢書·張湛傳》：「常乘白馬，帝每見湛，輒言白馬生且復諫矣。」《趙次公先後解》：「休横行，則言其常乘白馬矣，今爲别官，則休止馬之横行也。」又或説侯景爲亂乘白馬，以青絲爲鞚而應讖，趙注謂此只説嚴公，非以白馬言賊。朱鶴齡引侯景事，謂此句言武雖没，而盜賊猶爲脅息也。仇注是趙説。按，下文方言治蜀，武在朝職任尚輕，無從言震攝盜寇。

趙、仇二注是。

〔一九〕諸葛二句：《三國志・蜀書・諸葛亮傳》陳壽言：「至今梁益之民，咨述亮者，言猶在耳，雖《甘棠》之詠召公，鄭人之歌子産，無以遠譬也。」《漢書・文翁傳》：「景帝末，爲蜀郡太守，仁愛好教化。見蜀地辟陋，有蠻夷風，文翁欲誘進之，乃選郡縣小吏開敏有材者張叔等十餘人，親自飭厲，遣詣京師，受業博士，或學律令。……又修起學官於成都市中，招下縣子弟以爲學官弟子，爲除更徭，高者以補郡縣吏，次爲孝弟力田。……至今巴蜀好文雅，文翁之化也。」

〔二〇〕公來二句：雪山，見卷四《古柏行》(0180)注。仇注：「雪山輕重，言身繫安危。公三鎮蜀中，故有去來之語。」

〔二一〕記室二句：《梁書・何遜傳》：「遷中衛建安王水曹行參軍，兼記室。王愛文學之士，日與游宴。」《晉書・孫楚傳》：「字子荆。……楚才藻卓絶，爽邁不群，多所陵傲，缺鄉曲之譽。年四十餘，始參鎮東軍事。」張説《將赴朔方軍應制》：「禮樂逢明主，韜鈐用老臣。」原注：「《太公兵法》有《玄女六韜》及《玉鈐篇》。」《趙次公先後解》：「言鄭公所辟幕客皆美材也，而公實與焉。」

〔二二〕四郊二句：《禮記・曲禮上》：「四郊多壘，此卿大夫之辱也。」《趙次公先後解》：「失壁壘，言鎮静無事也。」《漢書・公孫弘傳》：「起客館，開東閤，以延賢人，與參謀議。」《趙次公先後解》：「言開閤以禮士也。」

〔二三〕堂上句：仇注：「公有《奉觀嚴鄭公廳事岷山沲江畫圖十韻》詩。」見本書卷一三(0889)。

〔二四〕豈無句：蕭子顯《代美女篇》：「朝酤成都酒，暝數河間錢。」《唐國史補》卷下：「酒則有……劍南之燒春。」

〔二五〕時觀二句：錦水，見卷五《短歌行》（0249）注。《三國志・吴書・孫皓傳》注引干寶《晋紀》：「陟、璆奉使如魏，入境而問諱，入國而問俗。」《趙次公先後解》：「言其車騎之出，非專爲閑散，終以問俗爲事也。」仇注：「謂武過草堂。公酬詩云：『幽栖真釣錦江魚。』」見本書卷一二《奉酬嚴公寄題野亭之作》（0752）。

〔二六〕人藏句：《漢書・賈捐之傳》：「至孝武皇帝元狩六年，太倉之粟紅腐而不可食。」

〔二七〕庶或句：《漢書・賈誼傳》：「立經陳紀，輕重同得，後可以爲萬世法程。」

〔二八〕沉沉句：《左傳》成公十年：「公疾病，求醫於秦。秦伯使醫緩爲之。未至，公夢疾爲二豎子，曰：『彼，良醫也。懼傷我，焉逃之？』其一曰：『居肓之上，膏之下，若我何？』」

〔二九〕顔回二句：《論語・雍也》：「有顔回者好學，不遷怒，不貳過，不幸短命死矣。」《書・洪範》：「六極：一曰凶短折。」傳：「短未六十，折未三十。」《史記・屈原賈生列傳》：「賈生自傷爲傅無狀，哭泣歲餘，亦死。賈生之死，時年三十三矣。」

〔三〇〕飛旐：潘岳《寡婦賦》：「龍轜儼其星駕兮，飛旐翩以啓路。」《文選》李善注：「《禮記》曰：孔子之喪，公西赤爲志焉，設旐夏也。然旐，喪柩之旌也。」本書卷一四有《哭嚴僕射歸櫬》（0928）。

〔三一〕虚無二句：馬融《長笛賦》序：「獨卧郿平陽鄔中，有雒客舍逆旅，吹笛爲《氣出》、《精列》、《陽和》。融去京師逾年，暫聞甚悲而樂之。」《殷芸小説》卷三：「馬融性好音樂，善鼓琴吹笛。笛聲一發，感得蜻蛚出吟，有如相和。」《趙次公先後解》：「鄭公好笛可知矣。」朱鶴齡注：「言武既死，世無知音也。」《晋書·王濬傳》：「尋以謡言拜濬龍驤將軍，監梁益諸軍事。……太康六年卒，時年八十，謚曰武。葬柏谷山，大營塋域，葬垣周四十五里，面别開一門，松柏茂盛。」

〔三二〕身上句：謝朓《奉和隨王殿下》：「觀淄詠已失，憮然愧簪纓。」《儀禮·士冠禮》注：「笄，今之簪。有笄者，屈組爲紘，垂爲飾。無笄者，纓而結其絛。」《隋書·禮儀志》：「案《禮圖》，有結纓而無笄導。少府少監何稠請施象牙簪導，詔許之。弁加簪導，自兹始也。」仇注：「愧簪纓，感其薦拔。」

仇注：「考嚴武生平所爲多不法。其在蜀中用度無藝，峻掊亟斂，閭里爲之一空。唯破吐蕃，收鹽川，爲當時第一功。詩云『公來雪山重，公去雪山輕』，誠實録也。至比之爲諸葛、文翁，不免譽浮其實。噫！唐世人物如嚴武者何可勝數，而後人至今傳述，公之有功於武多矣。」

## 贈太子太師汝陽郡王璡①

汝陽讓帝子，眉宇真天人〔一〕。虬鬚似太宗，色映塞外春②〔二〕。往者開元中，主恩視遇頻。出入獨非時，禮異見羣臣。愛其謹潔極，倍此骨肉親。從容聽朝後③，或在風雪晨④。忽思格猛獸⑤，苑囿騰清塵〔三〕。羽旗動若一，萬馬肅駪駪〔四〕。詔王來射雁，拜命已挺身。箭出飛鞚内⑥，上又回翠麟⑦〔五〕。翻然紫塞翮，下拂明月輪〔六〕。胡人雖獲多，天笑不爲新〔七〕。王每中一物，手自與金銀。袖中諫獵書，扣馬久上陳〔八〕。竟無銜橛虞〔九〕，聖聰矧多仁⑧。官免供給費，水有在藻鱗〔一〇〕。匪唯帝老大，皆是王忠勤〔一一〕。晚年務置醴，門引申白賓〔一二〕。道大容無能〔一三〕，永懷侍芳茵。好學尚貞烈⑨，義形必霑巾〔一四〕。揮翰綺繡揚，篇什若有神。川廣不可泝，墓久狐兔鄰〔一五〕。宛彼漢中郡⑩，王弟漢中王瑀。文雅見天倫〔一六〕。何以開我悲⑪，泛舟俱遠津。温温昔風味，少壯已書紳〔一七〕。舊游易磨滅〔一八〕，衰謝增酸辛⑫。（0333）

【校】

① 贈太子太師汝陽郡王璡，「璡」宋本小字，據諸本酌改。錢箋題下注：「天寶九載卒。」

② 塞外，錢箋、《文苑英華》校：「一作寒夜。」《草堂》校：「一作塞夜。」

③ 聽，錢箋校：「一作退。」《草堂》作「退」，校：「或作聽。」

④ 雪，《草堂》作「雷」，校：「或作雪。」

⑤ 忽思，《文苑英華》作「思欲」，校：「集作忽思。」

⑥ 出，《文苑英華》校：「集作發。」

⑦ 又，宋本、錢箋、《草堂》、《文苑英華》校：「一作入。」

⑧ 聰，錢箋、《草堂》校：「一作慈。」《文苑英華》作「慈」，校：「一作聰。」

⑨ 貞，宋本作「正」，避宋諱。據他本改。

⑩ 郡，《草堂》校：「魯作王。」

⑪ 開，錢箋校：「一作慰。」《草堂》作「慰」。

⑫ 增，錢箋校：「一作多。」《九家》、《文苑英華》作「多」，《文苑英華》校：「一作增。」

**【注】**

〔一〕汝陽二句：汝陽王璡，見卷一《飲中八仙歌》(0027)注。《舊唐書·睿宗諸子傳》：「讓皇帝憲，本名成器，睿宗長子也。……睿宗踐祚，拜左衛大將軍。時將建儲貳，以成器嫡長，而玄宗有討平韋氏之功，意久不定。成器……累日涕泣固讓，言甚切至。……(開元二十九年)十一月薨，時年六十三。上聞之，號叫失聲，左右皆掩涕。翌日下制曰：……敬追謚讓皇帝。」枚乘《七發》：「然陽氣見於眉宇之間。」《三國志·魏書·王粲傳》注引《魏略》：「(邯鄲)淳歸，對其所知歎(曹)植之材，謂之天人。」

〔二〕虬鬚二句：《酉陽雜俎》前集卷一：「太宗虬鬚，嘗戲張弓挂矢。」朱鶴齡注：「春色映於塞外，極狀其眉宇。」仇注謂翻用蕭紀《明君詞》「塞外無春色」，「乃極狀器宇之温和也」。

〔三〕忽思二句：司馬相如《子虛賦》：「於是乎乃使專諸之倫，手格此獸。」又《上書諫獵》：「犯屬車之清塵。」

〔四〕羽旗二句：《周禮·地官·澤虞》：「若大田獵，則萊澤野，及弊田，植虞旌以屬禽。」注：「澤虞有旌，以其主澤，澤鳥所集，故得注析羽。」《春官·司常》：「全羽爲旞，析羽爲旌。」注：「全羽、析羽，皆五采，繫之於旞旌之上，所謂注旄於干首也。」《詩·小雅·皇皇者華》：「駪駪征夫，每懷靡及。」傳：「駪駪，衆多之貌。」

〔五〕箭出二句：飛鞚，見卷一《麗人行》（0029）注。《趙次公先後解》：「上，言箭之直上也。翠麟，言所騎馬也。箭出馬勒之外，且既上矣，方未射落雁下之間，又急回轉馬，言其能之捷也。」朱鶴齡注：「言帝急回馬，將助之射也。」朱注較妥。

〔六〕翻然二句：紫塞，見卷六《七月三日亭午已後較熱退晚加小凉穩睡有詩因論壯年樂事戲呈元二十一曹長》（0292）注。《趙次公先後解》：「雁從北方來，故謂之紫塞翮。」「下拂明月輪，言雁下而拂弓也。雁既落矣，其所彎之弓盈滿如月，猶未放手。」

〔七〕胡人二句：揚雄《長楊賦》序：「上將大誇胡人以多禽獸。」《趙次公先後解》謂上句雖記實，然亦挨傍《長楊賦》序語。《太平廣記》卷一《木公》（出《仙傳拾遺》）：「或與一玉女，更投壺焉。每投，一投十二百梟。設有入不出者，天爲之噱。」注：「噱噓者，言開口笑也。」《趙次公先後解》謂薛倉舒引此，其説是。

〔八〕袖中二句：《史記·司馬相如列傳》：「常從上至長楊獵，是時天子方好自擊熊彘，馳逐野獸，相如上疏諫之。」

〔九〕竟無句：司馬相如《上疏諫獵》：「且夫清道而後行，中路而後馳，猶時有銜橛之變。」《史記》索隱：「張揖曰：銜，馬勒銜也。橛，騑馬口長銜也。周遷《輿服志》云：鉤逆上者爲橛，橛在銜中，以鐵爲之，大如雞子。」《漢書》注：「師古曰：橛謂車之鉤心也。銜橛之變，言馬銜或斷，鉤心或出，則致傾敗以傷人也。」

〔一〇〕水有句：《詩・小雅・魚藻》：「魚在在藻，有頒其首。」《趙次公先後解》：「又言非特止獵，且不漁也。」

〔一一〕匪唯二句：仇注：「此皆王之忠勤所格，非帝老而倦游也。」老大，謂年老。《相和歌辭・長歌行》：「少壯不努力，老大徒傷悲。」賀知章《回鄉偶書》：「少小離鄉老大回，鄉音未改鬢毛衰。」

〔一二〕晚年二句：《漢書・楚元王傳》：「元王既至楚，以穆生、白生、申公爲中大夫。」「元王敬禮申公等，穆生不耆酒，元王每置酒，常爲穆生設醴。」

〔一三〕道大句：《莊子・天道》：「夫道，於大不終，於小不遺，故萬物備。廣廣乎其無不容也。」

〔一四〕義形句：《公羊傳》桓公二年：「孔父可謂義形於色矣。」

〔一五〕川廣二句：《詩・周南・漢廣》：「漢之廣矣，不可泳思。」鮑照《還都道中》：「久宦迷遠川，川廣每多懼。」桓譚《新論・琴道》：「墳墓生荆棘，狐兔生其中。」張載《七哀詩》：「狐兔窟其中，蕪穢不復掃。」

〔一六〕宛彼二句：漢中王瑀，見卷一《苦雨奉寄隴西公兼呈王徵士》(0022)注。《穀梁傳》隱公元年：「兄弟，天倫也。」

〔一七〕温温二句：《詩·小雅·小宛》：「温温恭人，如集於木。」傳：「温温，和柔貌。」《世説新語·傷逝》：「支道林喪法虔之後，精神霣喪，風味轉墜。」《論語·衛靈公》：「子張書諸紳。」集解：「孔曰：紳，大帶。」

〔一八〕舊游句：江淹《雜體詩·謝臨川靈運游山》：「身名竟誰辨，圖史終磨滅。」

## 贈秘書監江夏李公邕〔一〕

長嘯宇宙間，高才日陵替①。古人不可見，前輩復誰繼？憶昔李公存，詞林有根柢〔二〕。聲華當健筆，洒落富清製〔三〕。風流散金石，追琢山岳鋭〔四〕。情窮造化理，學貫天人際〔五〕。干謁走其門，碑版照四裔〔六〕。各滿深望還，森然起凡例〔七〕。蕭蕭白楊路，洞徹寶珠惠②〔八〕。龍宫塔廟涌③，浩劫浮雲衛④〔九〕。宗儒俎豆事，故吏去思計〔一〇〕。眄睞已皆虚，跋涉曾不泥〔一一〕。向來映當時〔一二〕，豈獨勸後世⑤。豐屋珊瑚鈎，騏驎織成罽〔一三〕。紫騮隨劍几，義取無虚歲〔一四〕。分宅脱驂間，感激懷未濟〔一五〕。衆歸賙給美，擺落多藏穢⑥〔一六〕。獨步四十年，風聽九皐唳〔一七〕。嗚呼江夏姿，竟掩宣尼袂〔一八〕。往者武后朝，引用多寵嬖。否臧太常議，面折二張勢⑦〔一九〕。衰俗凜生風，排蕩秋旻霽〔二〇〕。忠貞負冤恨⑧，宫闕深旒綴〔二一〕。放逐早聯翩，低垂困炎厲〔二二〕。日斜鵩鳥入，魂斷蒼梧帝〔二三〕。榮枯走不暇⑨，星駕無安稅〔二四〕。幾分漢廷竹，夙擁文侯篲〔二五〕。終悲洛陽獄，事近小臣斁⑩〔二六〕。禍階初負謗，易力何深嚌〔二七〕。伊昔臨淄亭，酒酣託末契〔二八〕。重叙東都別，朝陰改軒砌〔二九〕。論文至崔蘇，指盡流水逝⑪〔三〇〕。近伏盈川雄，楊炯。未甘特進麗。李嶠〔三一〕。是非張相國，燕公說。相扼一危脆〔三二〕。争名古豈然，鍵捷欻不閉⑫〔三三〕。例及吾家詩⑬，曠懷掃氛翳。慷慨嗣真作，和李大夫。咨嗟玉山桂〔三四〕。鍾律儼高懸，鯤鯨噴迢遞⑭〔三五〕。坡陁青州血，蕪没汶陽瘞〔三六〕。哀贈竟蕭條⑮，恩波延揭厲〔三七〕。子孫存如綫⑯，舊客舟凝滯〔三八〕。君臣尚論兵，將帥接燕薊。朗詠六公篇，張桓等五王洎狄相六公⑰。憂來豁蒙蔽〔三九〕。（0334）

**【校】**

① 陵，錢箋校：「一作淪。」《文苑英華》作「淪」。

② 洞徹，錢箋校：「晋作泂轍。」

③ 涌，錢箋、《草堂》校：「卞作踴。」

④ 雲，宋本、錢箋校：「一云空。」

⑤ 獨，錢箋校：「一作特。」《草堂》作「特」。

⑥藏，錢箋、《草堂》校：「晋作贓。」

⑦二，錢箋、《草堂》校：「晋作三。」

⑧貞，宋本作「正」，據他本改。　冤，錢箋、《草堂》校：「晋作怨。」《九家》、《文苑英華》作「怨」，《文苑英華》校：「集作冤。」

⑨榮，宋本、錢箋、《九家》、《草堂》校：「一作策。」《文苑英華》校：「集作策。」

⑩敝，錢箋校：「一作斃。」《草堂》、《文苑英華》作「斃」，《草堂》校：「或作敝，非。」

⑪指，錢箋校：「晋作推。」

⑫鍵捷，《文苑英華》作「關鍵」，「鍵」校：「集作捷。《廣韻》通用。」

⑬例，錢箋校：「一作倒。」

⑭鯤鯨，《草堂》作「鯨鯢」。

⑮竟，《文苑英華》校：「集作晚。」

⑯存，《文苑英華》作「在」，校：「集作存。」

⑰張桓等五王洎狄相六公，《九家》作「邕有張桓等五王洎狄相公六公詩」。《草堂》作「元自注云：桓彥範敬暉張柬之袁恕己洎狄相也」。

【注】

〔一〕李公邕：見卷一《陪李北海宴歷下亭》(0006)注。《舊唐書》傳稱邕廣陵江都人。《新唐書·宰相世系表二上》稱江夏李氏，《李邕傳》作「揚州江都人」。《唐代墓志彙編》大曆〇〇九李昂《唐故北海郡守贈秘書監江夏李公墓志銘》：「公諱邕，字太和，本趙人也。烈祖恪，隨晋南遷，食邑於江，數百年矣。」又大曆〇六〇《有唐通議大夫守太子賓客贈尚書左僕射崔公墓志》：「故人北海太守江夏李邕爲志。」貞元〇三三《唐故江夏李府君墓志》：「公諱岐，字伯道，廣武君左軍之後，趙人也。至九代孫就，徙江夏。」此邕子岐志。貞元　一六《唐朝散大夫試大理司直兼曹州考城縣令柳府君靈表》：「夫人江夏李氏，秘書郎崇賢館學士之孫，北海郡太守之女。」新舊《唐書》傳誤。《江夏李公（邕）墓志銘》：「先帝克平，幽顯皆復，尚書盧公訟理，追贈秘書監。」《新唐書·李邕傳》：「代宗時，贈秘書監。」

〔二〕根柢：鄒陽《獄中上書》：「蟠木根柢，輪囷離詭。」《史記》集解：「張晏曰：根柢，下本也。」

〔三〕聲華二句：任昉《宣德皇后令》：「客游梁朝，則聲華籍甚。」徐陵《讓五兵尚書表》：「雖復陳琳健筆，未盡愚懷。」鮑照《蜀四賢詠》：「陵令無人事，毫墨時洒落。」

〔四〕風流二句：風流，見卷三《寄贊上人》（0103）注。《史記·秦始皇本紀》：「猶刻金石，以自爲紀。」《詩·大雅·棫朴》：「追琢其章，金玉其相。」傳：「追，彫也。金曰彫，玉曰琢。」

〔五〕情窮二句：造化，參卷二《畫鶻行》（0072）注。司馬遷《報任安書》：「亦欲以究天人之際，通古今之變，成一家之言。」

〔六〕干謁二句：干謁，見卷一《自京赴奉先縣詠懷五百字》（0041）注。謝靈運《入華子岡是麻源第三谷》：「圖牒復磨滅，碑版誰聞傳。」《舊唐書·李邕傳》：「初，邕早擅才名，尤長碑頌。雖貶職在外，中朝衣冠及天下寺觀，多賫持金帛往求其文。前後所製，凡數百首。受納饋遺，亦至鉅萬。時議以爲自古鬻文獲財，未有如邕者。」

〔七〕森然句：杜預《春秋左氏傳序》：「其發凡以言例，皆經國之常制。」何之元《經典序》：「其間損益，頗有凡例。」

〔八〕蕭蕭二句：《趙次公先後解》：「蕭蕭白楊路，墳墓也。墳墓之路幽昏，而得邕之文，如寶珠之洞澈以照之。」

〔九〕龍宫二句：《趙次公先後解》：「龍宫塔廟，蓋言道觀佛宇。」仇注：「寺觀碑也。」按，龍宫、塔廟，皆指佛寺。《法華經·見寶塔品》：「爾時，佛前有七寶塔高五百由旬，縱廣二百五十由旬，從地涌出。」《法苑珠林》卷三八：「《興志》云：阿育，釋迦弟子，能役鬼神。一日夜於天下造佛骨寶塔八萬四千，皆從地出。」《度人經》卷一：「唯有元始浩劫之家，部制我界，統乘玄都。」《趙次公先後解》：「浩劫，無窮之劫也。」朱鶴齡注：「言邕所撰塔廟碑文，歷浩劫而浮雲常擁衛之。」

〔一〇〕宗儒二句：《論語·衛靈公》：「衛靈公問陳於孔子，孔子對曰：『俎豆之事，則嘗聞之矣。軍旅之事，未之學也。』」沈約《齊故安陸昭王碑文》：「去思一借之情，愈久彌結。」《文選》李善注：「《漢書》曰：何武爲兖州刺史，徙京兆尹。其所居亦無赫赫名，去後常見思。」《趙次公先後解》：「言作《修學校記》、《文宣王廟記》之屬也。」「言使者、太守、縣令替罷，而作頌政碑、頌功德碑之屬也。」

〔一一〕眄睞二句：《古詩十九首》：「眄睞以適意，引領遥相睎。」《文選》吕延濟注：「眄睞，斜視也。」朱鶴齡注：「學宫故事，良吏去思，轉盼皆成虛跡。其跋涉來請者，應之從無泥滯。」仇注：「眄睞皆虛，前之看碑者已往。跋涉不泥，後之摩碑者復至。」按，不泥似亦用「致遠恐泥」語。參卷二《槐葉冷淘》(0282)注。此謂雖遠不泥。楊炯《公獄辯》：「故君子盡心法古，動必本禮，將遠而不泥，久而不亂也。」詩謂諸碑記所叙事跡已如過眼烟雲，然其製作多所用心而無泥難。

〔一二〕向來句：《宋書·謝靈運傳》論：「並標能擅美，獨映當時。」

〔一三〕豐屋二句：《易·豐》：「豐其屋，蔀其家。」珊瑚鈎，見卷一《奉同郭給事湯東靈湫作》(0035)注。《漢書·西域傳》罽賓：「其民巧，雕文刻鏤，治宫室，織罽，刺文繡。」《書·禹貢》「熊羆狐貍織皮」傳：「貢四獸之皮，織金罽。」疏：「《釋言》云：氂，罽也。舍人曰：氂謂毛罽也。胡人績羊毛作衣。孫炎曰：毛氂爲罽。」《趙次公先後解》：「罽上所織者麒麟也。……以饋餉邕也。」仇注：「以織成罽對珊瑚鈎，織成乃罽名也。」織成，見卷四《太子張舍人遺織成褥段》(0183)注。

〔一四〕紫騮二句：《南史·羊侃傳》：「帝因賜河南國紫騮令試之。」宋之問《過史正議宅》：「劍几傳好事，池臺傷故人。」《趙次公先後解》：「既有馬，又隨之以寶劍與憑几也。」《論語·憲問》：「義然後取，人不厭其取。」

〔一五〕分宅二句：《三國志·吴書·周瑜傳》：「瑜推道南大宅以舍策，升堂拜母，有無通共。」劉峻《廣絶交論》：「曾無羊舌下泣之仁，寧慕郈成分宅之德。」《文選》李善注：「《孔叢子》曰：郈成子自魯聘晋，過於衛，右宰穀臣止而觴之，陳樂而不作，酣畢而送以璧。成子不辭。……行三十里而聞衛亂作，右宰穀臣死之。成子於是迎其妻子，還其璧，隔宅而居之。」《史記·管晏列傳》：「越石父賢，在縲紲中。晏子出，遭之塗，解左驂贖之。」《趙次公先後解》：「邕雖以文受人之財，而氣義好與，思古人分宅或脱驂之事，其所感激，常以未有所濟爲懷。」

〔一六〕衆歸二句：《晋書·樂道融傳》：「與朋友信，每約己而務周給，有國士之風。」《陳書·徐陵傳》：「邑户送米至於水次，陵親戚有貧匱者，皆令取之，數日便盡，陵家尋致乏絶。府僚怪而問其故，陵云：『我有車牛衣裳可賣，餘家有可賣不？』其周給如此。」《舊唐書·李邕傳》：「俄而陳州贓污事發，下獄鞫訊，罪當死，許州人孔璋上書救邕曰：……且斯人所能者，拯孤恤窮，救乏賑惠，積而便散，家無私聚。」擺落，擺脱。陶淵明《飲酒》：「擺落悠悠談，請從余所之。」《老子》四十四章：「多藏必厚亡。」

〔一七〕獨步二句：《後漢書·逸民傳》戴良：「我若仲尼長東魯，大禹出西羌，獨步天下，誰與爲偶？」《詩·小雅·鶴鳴》：「鶴鳴於九皐，聲聞於野。」傳：「興也。皐，澤也。言身隱而名著也。」《舊唐書·李邕傳》：「邕素負美名，頻被貶斥，皆以邕能文養士，賈生、信陵之流。執事忌勝，剥落在外。人間素有聲稱，後進不識，京洛阡陌聚觀，以爲古人。或將眉目有異，衣冠望風，尋訪門巷。又中使臨問，索其新文。」

〔一八〕嗚呼二句：《後漢書·黄香傳》：「遂博學經典，究精道術，能文章，京師號曰天下無雙，江夏黄童。」《公羊傳》哀公十四年：「春，西狩獲麟。……孔子曰：『孰爲來哉？孰爲來哉？』反袂拭面，涕沾袍。」《左傳》哀公十六年：「子西以袂掩面而死。」

〔一九〕往者四句：《舊唐書・李邕傳》：「召拜左拾遺。俄而御史中丞宋璟奏侍臣張昌宗兄弟有不順之言，請付法推斷。則天初不應，邕在階下進曰：『臣觀宋璟之言，事關社稷，望陛下可其奏。』則天色稍解，始允宋璟所請。」「孔璋上書救邕曰：……往者張易之用權，人畏其口，而邕折其角。韋氏恃勢，言出禍應，而邕挫其鋒。」《韋巨源傳》：「太常博士李處直議巨源謚曰昭。户部員外郎李邕駁之曰：『三思引之爲相，阿韋託之爲親，無功而封，無德而禄。……』處直仍固請依前謚爲定，邕又駁曰……當時雖不從邕議，而論者是之。」在睿宗時。

〔二〇〕排蕩句：謝靈運《北亭與吏民別》：「行久懷丘窟，景昃感秋旻。」

〔二一〕忠貞二句：《詩・商頌・長發》：「受小球大球，爲下國綴旒。」箋：「綴，猶結也。旒，旌旗之垂者也。」《趙次公先後解》：「天子深居九重，不加省察，所謂宫闕深旒綴也。」仇注：「或曰旒黈所以蔽耳目，言朝廷之聰明蔽塞。」按，《公羊傳》襄公十六年：「君若贅旒然。」注：「旒，旂旒。贅，繫屬之辭。……以旂旒喻者，爲下所執持東西。」贅通綴。劉琨《勸進表》：「國家之危，有若綴旒。」杜詩似用此，謂君主爲下所蒙蔽。

〔二二〕放逐二句：《舊唐書・李邕傳》：「以與張柬之善，出爲南和令，又貶富州司户。唐隆元年，玄宗清内難，召拜左臺殿侍御史，改户部員外郎，又貶崖州舍城丞。開元三年，擢爲户部郎中。邕素與黄門侍郎張廷珪友善。時姜皎用事，與廷珪謀引邕爲憲官。事泄，中書令姚崇嫉邕險躁，因而構成其罪，左遷括州司馬。後徵爲陳州刺史。十三年，玄宗車駕東封回，邕於汴州謁見，累獻詞賦，甚稱上旨。由是頗自矜炫，自云當居相位。張説爲中書令，甚惡之。俄而陳州贓污事發，下獄鞫訊，罪當死……邕已會減死，貶爲欽州遵化縣尉。」

〔一三〕日斜二句：《史記・屈原賈生列傳》：「賈生爲長沙王太傅三年，有鵩飛入賈生舍，止於坐隅。楚人命鵩曰服。賈生既以適居長沙，長沙卑濕，自以爲壽不得長，傷悼之，乃爲賦以自廣。其辭曰：……庚子日斜兮，服集予舍。」蒼梧，見卷一《同諸公登慈恩寺塔》(0023)注。邕所貶富州、崖州、欽州，皆在嶺南，漢蒼梧郡之地。

〔一四〕榮枯二句：《詩・鄘風・定之方中》：「星言夙駕，説于桑田。」《史記・李斯列傳》：「物極則衰，吾未知所税駕也。」索隱：「税駕猶解駕，言休息也。」

〔一五〕幾分二句：《史記・孝文本紀》：「初與郡國守相爲銅虎符、竹使符。」顔延之《顔府君家傳銘》：「建節中平，分竹黄初。」《晋書・阮籍傳》：「籍詣都亭奏記曰：……昔子夏在於西河之上，而文侯擁篲。」《舊唐書・李邕傳》：「邕後於嶺南從中官楊思勗討賊有功，又累轉括、淄、滑三州刺史，上計京師。……天寶初，爲汲郡、北海二太守。」

〔一六〕終悲二句：《舊唐書・李邕傳》：「(天寶)五載，奸贓事發。又嘗與左驍衛兵曹柳勣馬一匹，及勣下獄，吉温令勣引邕議及休咎，厚相賂遺，詞狀連引，敕刑部員外郎祁順之、監察御史羅希奭馳往，就郡決殺之。」《後漢書・蔡邕傳》：「於是下邕、質於洛陽獄。」

〔一七〕禍階二句：《左傳》隱公四年：「將立州吁，乃定之矣。若猶未也，階之爲禍。」《漢書・淮南厲王傳》：「今乃輕言恣行，以負謗於天下。」又《異姓諸侯王表》：「鐫金石者難爲功，摧枯朽者易爲力。」《禮記・雜記》：「主人之酢也嚌之，衆賓兄弟則皆啐之。」注：「嚌、啐，皆嘗也。嚌至齒，啐入口。」

〔二八〕伊昔二句：臨淄，濟南。此言天寶初在濟南見李邕。參卷一《陪李北海宴濟下亭》（0006）。末契，見卷五《莫相疑行》（0231）注。

〔二九〕重叙二句：《趙次公先後解》：「重叙東都別，則公早歲在洛陽時，豈所謂『李邕求識面者』邪？」施鴻保謂：「重叙即承託末契言，重叙舊契也。當是公與李初遇於臨淄，再遇於東都。下朝陰句，是言再遇東都後，李即遭禍而故。」潘岳《楊仲武誄》：「日昃景西，望子朝陰。如何短折，背世湮沈。」

〔三〇〕論文二句：崔蘇，《分門》洙曰謂崔信明、蘇源明。《趙次公先後解》謂崔尚、蘇頲。錢箋謂崔融、蘇味道。《新唐書・杜審言傳》：「少與李嶠、崔融、蘇味道爲文章四友，世號崔、李、蘇、杜。」按，二句謂邕論已逝者。錢箋謂武后朝崔、蘇者，是。《大唐新語》卷六玄宗謂蘇頲：「前朝有李嶠、蘇味道，時謂之蘇李。」《唐語林》卷五補遺：「蘇味道詞亞於李嶠，時稱蘇李。」「文章四友」之説僅見於《新唐書》，錢箋謂出《朝野僉載》，今不見。

〔三一〕近伏二句：楊炯爲盈川令，李嶠封趙國公，加特進，同中書門下三品。《大唐新語》卷八：「張説謂人曰：楊盈川之文，如懸河注水，酌之不竭，既優於盧，亦不減王。恥居王後則信然，愧在盧前則爲誤矣。」「（張）説曰：李嶠、崔融、薛稷、宋之問，皆如良金美玉，無施不可。」

〔三二〕是非二句：《趙次公先後解》：「蓋言是亦非張説以相國勢力所能勝邕，特邕身危脆，易於一扼耳。」錢箋：「邕之論文也，歎崔蘇之已逝，伏盈川而夷特進，與燕公之論相合。燕公首推盈川，次及崔李，世皆歎其是非之當，何至於邕則相扼不少貸？蓋崔蘇皆没，而邕獨與説争名，説雖忌刻，亦邕之露才揚己，有以取之。」仇注：「（邕）獨於張相國不無是非之隙，遂至相扼而幾危，亦由邕之不能忘名而善閉耳。」按，二句叙邕是非張相國之言，抑或詩人評論邕與張之是非嫌隙，有歧義。錢、仇説可參取。

〔三三〕鍵捷句：《老子》二十七章：「善閉，無關鍵不可開。」河上公注：「善以道閉情欲守精神者，不如門户有關鍵可得開。」《趙次公先後解》：「亦當牢閉關鍵，勿誇捷急，勿令開露，方是全身之道。而邕於關鍵則捷急，而欻然不閉，所以召禍。」

〔三四〕例及四句：杜審言有《和李大夫嗣真奉使存撫河東》。本書卷四《贈蜀僧閭丘師兄》（0175）：「吾祖詩冠古。」參該詩注。

〔三五〕鍾律二句：《漢書·京房傳》：「好鍾律，知音聲。」何晏《景福殿賦》：「華鍾杌其高懸，悍獸仡以儷陳。」《趙次公先後解》：「玉山桂、鍾律、鯤鯨，皆以比其詩。玉山之桂取其秀拔，鍾律取其聲之和雅，鯤鯨取其勢之强壯。」

〔三六〕坡陁二句：坡陁，見卷一《奉同郭給事湯東靈湫作》（0035）注。《趙次公先後解》：「青州總言山東也。坡陁青州血，傷言杖死之也。」《元和郡縣圖志》卷一〇兖州龔丘縣：「故汶陽城，在縣東北五十里。其城側土田沃壤，故魯號汶陽之田，謂此地也。」《趙次公先後解》：「言邕權葬之處。」

〔三七〕恩波句：《詩・邶風・匏有苦葉》：「深則厲，淺則揭。」傳：「以衣涉水爲厲，謂由帶以上也。揭，褰衣也。」《趙次公先後解》：「所延及淺及深，乃普及之也。」朱鶴齡注：「《説文》：揭，高舉也。延揭厲，言國恩之及，尚待高揭而揚厲之。」按，揭厲仍當作淺深解。仇注引《劇秦美新》「侯衛厲揭」亦同。

〔三八〕子孫二句：《李邕墓志》等載邕子顒、岐、翹。參趙超《新唐書宰相世系表集校》。《越絶書》卷三：「中國不絶如綫矣。」江淹《別賦》：「舟凝滯於水濱，車逶遲於山側。」舊客，甫自稱。

〔三九〕朗詠二句：趙明誠《金石録》卷二六：「右唐六公詠，李邕撰，胡履虚書。余讀杜甫《八哀詩》云：『朗詠六公篇，憂來豁蒙蔽。』恨不見其詩。晚得石本入録，其文詞高古，真一代佳作也。六公者，五王爲一章，狄丞相別爲一章云。」董逌《廣川書跋》卷七：「李北海《六公詠》，今《泰和集》中雖有詩而無其姓名。又其説一章不盡，或遺。余見荆州《六公詠》石刻，文既不刓，故得盡存，可序載於此。按中宗復位，以彦範王扶陽，暉王平陽，玄暐王博陵，柬之王漢陽，恕己王南陽，世謂『五王』。然皆梁公所進。故邕歎其成大功者六人。詩尤奇偉，豪氣激發，如見斷鰲立極時。至今讀之，令人想望風采。宜老杜有云。」

## 故秘書少監武功蘇公源明〔一〕

武功少也孤，徒步客徐兖①。讀書東岳中，十載考墳典〔二〕。時下萊蕪郭②，忍飢浮雲巘〔三〕。負米晚爲身，每食臉必泫〔四〕。夜字照爇薪〔五〕，垢衣生碧蘚③。庶以勤苦志，報兹劬勞顯④〔六〕。學蔚醇儒姿〔七〕，文包舊史善。洒落辭幽人⑤，歸來潛京輦〔八〕。射君東堂策⑥，宗匠集精選〔九〕。制可題未乾⑦，乙科已大闡⑧〔一〇〕。文章日自負，吏祿亦累踐⑨。晨趨閶闔内，足踏夙昔趼〔一一〕。一麾出守還，黄屋朔風卷〔一二〕。不暇陪八駿，虜庭悲所遣〔一三〕。平生滿樽酒，斷此朋知展〔一四〕。憂憤病二秋，有恨石可轉⑩〔一五〕。肅宗復社稷，得無逆順辨〔一六〕。范曄顧其兒，李斯憶黄犬〔一七〕。秘書茂松意⑪，再扈祠壇墠〔一八〕。前後百卷文，枕藉皆禁臠〔一九〕。篆刻揚雄流⑫，溟漲本末淺⑬〔二〇〕。青熒芙蓉劍，犀兕豈獨剸〔二一〕。反爲後輩褻，予實苦懷緬。煌煌齋房芝，事絶萬手搴⑭〔二二〕。垂之俟來者，正始貞勸勉⑮〔二三〕。不要懸黄金⑯，胡爲投乳贙⑰〔二四〕？結交三十載⑱，吾與誰游衍〔二五〕？滎陽復冥寞，罪罟已横罥。鄭詩在後〔二六〕。嗚呼子逝日，始泰則終蹇⑲〔二七〕。長安米萬錢，凋喪盡餘喘〔二八〕。戰伐何當解，歸帆阻清沔〔二九〕。尚纏漳水疾，永負蒿里餞〔三〇〕。

## 【校】

①客，錢箋校：「一作寓。」《草堂》作「寓」。

②郭，《文苑英華》作「廓」。

③生，錢箋、《文苑英華》校：「一作帶。」

④顯，宋本、錢箋校：「一作願。」《九家》、《草堂》作「願」，《草堂》校：「一作顯。」

⑤落，錢箋、《草堂》校：「一作淚。」

⑥射君東堂策，錢箋校：「魯作射策君東堂。」《九家》、《草堂》作「射策君東堂。」《草堂》校：「魯作射君東堂策。」

⑦制可題，錢箋、《草堂》校：「一作制題墨。」《文苑英華》作「制題墨」，校：「集作可題。」

⑧乙科，錢箋、《草堂》校：「一作休聲。」《文苑英華》作「休聲」，校：「集作乙科。」

⑨吏禄，錢箋校：「晋作椽吏。」《草堂》作「吏掾」。《文苑英華》作「掾吏」。

⑩石，錢箋、《草堂》校：「一作不。」

⑪意，《草堂》、《文苑英華》作「色」，《草堂》校：「一作意。」《文苑英華》校：「集作意。」

⑫再扈四句，宋本無。據《九家》、《草堂》、《文苑英華》補。「再扈」《草堂》校：「一作屢侍。」《文苑英華》校：「集作載從。」篆刻，《草堂》校：「一作制作。」《文苑英華》校：「集作制作。」

⑬末，《草堂》校：「一作未。」

⑭絶，《文苑英華》校：「集作終。」

⑮貞，宋本、《九家》、《草堂》缺末筆。錢箋作「徵」，校：「一作貞。避嫌名。」《文苑英華》校：「集作徵。」

⑯要，錢箋校：「一作惡。」《草堂》作「惡」，校：「一作要。」

⑰乳，錢箋、《草堂》校：「一作亂。」

⑱載，《文苑英華》作「年」，校：「集作載。」

⑲則，錢箋校：「晋作即。」《草堂》校：「一作即。」

【注】

〔一〕蘇公源明：蘇源明，見卷一《戲簡鄭廣文虔兼呈蘇司業源明》(0033)注。《新唐書·文藝傳·蘇源明》：「少孤，寓居徐、兗。」蓋取自此詩首二句。

〔二〕墳典：《左傳》昭公十二年：「是能讀三墳五典、八索九丘。」孔安國《尚書序》：「伏犧、神農、黄帝之書，謂之三墳。少昊、顓頊、高辛、唐、虞之書，謂之五典。」

〔三〕時下二句：《元和郡縣圖志》卷一〇兗州：「萊蕪縣，中。西南至州二百六十里。本漢縣也，故城在今淄州東南六十里。……貞觀元年廢入博城縣。至長安四年，又於廢嬴縣置萊蕪縣，取漢舊名也。屬兗州。」《詩·大雅·公劉》：「陟則在巘，復降在原。」傳：「巘，小山，别於大山也。」《爾雅·釋山》：「重甗，隒。」注：「謂山形如累兩甗。」巘、甗義别，然混用。

〔四〕負米二句：《説苑·建本》子路曰：「昔者，由事二親之時，常食藜藿之實，而爲親負米百里之外。」《趙次公先後解》：「子路爲親百里負米，而源明晚歲母已死矣，止爲身而負米，所以每食必泫也。」《宋書・廬江王褘傳》：「顔無戚狀，淚不垂臉。」蕭衍《代蘇屬國婦詩》：「帛上看未終，臉下淚如絲。」臉別作瞼。慧琳《一切經音義》：「瞼，音檢。字書云：目上下皮也。《文字典説》云：瞼，目瞼也。從目，僉聲也。」《禮記・檀弓上》：「孔子泫然流涕。」

〔五〕夜字句：《晉書・范汪傳》：「年十三，喪母，居喪盡禮，親鄰哀之。及長，好學。外氏家貧，無以資給，汪乃廬於園中，布衣蔬食，然薪寫書。寫畢，誦讀亦遍。」《藝文類聚》卷八〇引《汝南先賢傳》：「侯瑾甚孤貧，依宋人居，晝爲人傭賃，暮輒燃柴薪以讀書。」

〔六〕報兹句：《詩・邶風・凱風》：「棘心夭夭，母氏劬勞。」傳：「劬勞，病苦也。」《孝經》開宗明義章：「立身行道，揚名於後世，以顯父母，孝之終也。」

〔七〕學蔚句：《漢書・賈山傳》：「所言涉獵書記，不能爲醇儒。」

〔八〕洒落二句：洒落，此似言清秋。參卷六《七月三日亭午已後較熱退晚加小凉穩睡有詩因論壯年樂事戲呈元二十一曹長》(0292)注。《後漢書・周舉傳》：「及還納言，出入京輦。」

〔九〕射君二句：《漢書・儒林傳》贊：「自武帝立五經博士，開弟子員，設科射策，勸以官禄。」《晉書・摯虞傳》：「因詔諸賢良方正直言，會東堂策問。」《藝文類聚》卷三九引摯虞《決疑要注》：「漢制，會於建始殿。晉制，大會於太極殿，小會於東堂。」《太平御覽》卷一七五引山謙之《丹陽記》：「太極殿，周制路寢也。秦漢曰前殿，今稱太極曰前殿。……東西堂亦魏制，於周小寢也。」范寧《王弼何晏論》：「斯蓋軒冕之龍門，濠梁之宗匠。」

〔一〇〕制可二句：《史記·秦始皇本紀》：「制曰可。」集解：「蔡邕曰：群臣有所奏請，請尚書令奏之，下有司曰制，天子答之曰可。」《通典》卷一五《選舉·歷代制唐》：「按令文，科第秀才與明經同爲四等，進士與明法同爲二等。然秀才之科久廢，而明經雖有甲、乙、丙、丁四科，進士有甲、乙二科，自武德以來，明經唯有丁第，進士唯乙科而已。」源明登進士第。大闡，弘揚發揮。蕭綱《南郊頌》：「被慈雨於枯根，大闡三朝。」

〔一一〕文章四句：《趙次公先後解》：「史所謂累遷太子諭德是已。累遷，則累踐之義。太子宮在禁內，則趨閶闔内之義。」《莊子·天道》：「吾固不辭遠道而來願見，百舍重趼而不敢息。」《趙次公先後解》：「言其由貧賤中來也。」

〔一二〕一麾二句：顔延之《五君詠·阮始平》：「屢薦不入官，一麾乃出守。」《文選》李善注：「麾，指麾也。言爲(荀)勖所指麾也。」朱鶴齡注：「謂麾之使出。後人用者，多作旌麾之麾。」《趙次公先後解》：「史所謂出爲東平太守，召爲國子司業也。」《史記·項羽本紀》：「紀信乘黄屋車，傅左纛。」正義：「李斐云：天子車以黄繒爲蓋裏。」

〔一三〕不暇二句：《列子·周穆王》：「命駕八駿之乘。」仇注：「上皇幸蜀矣，源明失於陪從，致爲賊驅遣而悲憤也。」按，所遣猶所遇，言源明陷虜庭而悲其所遇。

〔一四〕平生二句：仇注：「朋知斷，故情不展。」按，展應樽酒，猶展宴之展。二句謂斷與平生朋知展樽酒之宴。劉孝綽《三日侍安成王曲水宴》：「持此陽瀨游，復展城隅宴。」虞世基《秋日贈王中舍》：「伊川忽會面，留連展言宴。」

〔一五〕有恨句：《詩・邶風・柏舟》：「我心匪石，不可轉也。」《趙次公先後解》：「石可轉而吾心不可轉焉。此言源明之不污賊也。」

〔一六〕肅宗二句：《舊唐書・肅宗紀》：「（至德二載十月）己巳，文武脅從官免冠徒跣，朝堂待罪，命中丞崔器劾之。」《刑法志》：「初，西京文武官陸大鈞等陷賊來歸，崔器草儀，盡令免冠徒跣，撫膺號泣，以金吾府縣人吏圍之，於朝謝罪，收付大理京兆府獄繫之。及陳希烈等大臣至者數百人，又令朝堂徒跣如初，令宰相苗晋卿、崔圓、李麟等百僚同視，以爲弃辱，宣詔以責之。朝廷又以負罪者衆，獄中不容，乃賜楊國忠宅鞫之。器、諲多希旨深刻，而擇木無所是非，獨李峴力争之，乃定所推之罪爲六等，集百僚尚書省議之。肅宗方用刑名，公卿但唯唯署名而已。於是河南尹達奚珣等三十九人，以爲罪重，與衆共弃。珣等十一人，於子城西伏誅。陳希烈、張垍、郭納、獨孤朗等七人，於大理寺獄賜自盡。達奚摯、張岯、李有孚、劉子英、冉大華二十一人，於京兆府門決重杖死。大理卿張均引至獨柳樹下刑人處，免死配流合浦郡，而達奚珣、韋恒至腰斬。」

〔一七〕范曄二句：《宋書・范曄傳》：「曄轉醉，子藹亦醉，取地土及果皮以擲曄，呼曄爲別駕數十聲。曄問曰：『汝恚我邪？』藹曰：『今日何緣復恚？但父子同死，不能不悲耳。』」《史記・李斯列傳》：「具斯五刑，論腰斬咸陽市。斯出獄，與其中子俱執，顧謂其中子曰：『吾欲與若復牽黄犬，俱出上蔡東門逐狡兔，豈可得乎！』」《趙次公先後解》：「彼其污賊之人，尚受誅戮，蓋若范曄、李斯，徒有顧憶耳。」

〔一八〕再扈句：《書·金縢》：「公乃自以爲功，爲三壇同墠。」傳：「壇築土，墠除地。」疏：「除地爲墠，墠内築壇，爲三壇同墠。」仇注：「扈祠，扈從祠祭也。」

〔一九〕枕藉句：《隋書·辛德源傳》：「枕藉六經，漁獵百氏。」《晋書·謝混傳》：「袁山松欲以女妻之，珣曰：『卿莫近禁臠。』初，元帝始鎮建業，公私窘罄，每得一㹠，以爲珍膳，項上一臠尤美，輒以薦帝，群下未嘗敢食，於時呼爲禁臠。」

〔二〇〕篆刻二句：揚雄《法言·吾子》：「或問：吾子少而好賦。曰：然。童子雕蟲篆刻。俄而曰：壯夫不爲也。」謝靈運《游赤石進帆海》：「溟漲無端倪，虚舟有超越。」《後漢書·陳元傳》：「范升奏以爲《左氏》淺末，不宜立。」曹植《上責躬應詔詩表》：「詞旨淺末，不足采覽。」仇注：「才大如揚雄，雖溟漲猶爲淺末。」《趙次公先後解》：「其本末比之猶爲淺。」以本末爲詞，未確。

〔二一〕青熒二句：青熒，見卷一《橋陵詩三十韻因呈縣内諸官》(0037)注。《越絶書》卷一一：「王取純鈞……其華捽如芙蓉始出。」盧照鄰《長安古意》：「俱邀俠客芙蓉劍，共宿娼家桃李蹊。」王褒《聖主得賢臣頌》：「及至巧冶鑄干將之璞，清水淬其鋒，越砥斂其咢，水斷蛟龍，陸剸犀革。」《文選》李善注：「《字林》曰：剸，截也。」

〔二二〕煌煌二句：《漢書·武帝紀》：「甘泉宫内中産芝，九莖連葉。……作芝房之歌。」《禮樂志》：「郊祀歌十九章：……《齊房》十三，元封二年芝生甘泉齊房作。」《舊唐書·肅宗紀》：「(上元二年七月)甲辰，延英殿御座梁上生玉芝，一莖三花，上製《玉靈芝詩》。」《王璵傳》：「肅宗即位，累遷太常卿，以祠禱每多賜賚。……及當樞務，聲問頓減。璵又奏置太一神壇於南郊之東，請上躬行祀事。肅宗嘗不豫，太卜云：『祟在山川。』璵乃遣女巫分行天下，祈祭名山大川。」《新唐書・蘇源明傳》：「安禄山陷京師，源明以病不受僞署。肅宗復兩京，擢考功郎中、知制誥。是時，承大盜之餘，國用匱屈，宰相王璵以祈禬進，禁中禱祀窮日夜，中官用事，給養繁靡，群臣莫敢切諍。昭應令梁鎮上書勸帝罷淫祀，其他不暇及也。源明數陳政治得失。及史思明陷洛陽，有詔幸東京，將親征。源明上疏極諫。」《趙次公先後解》：「當時佐爲淫祀，指望搴取房芝者，非一手也。」仇注：「當時齋房瀆祀，蘇能苦口力諍，於萬手欲搴者，竟阻絶而不行。」按，句謂源明諫阻，不同於衆人搴芝欲獻。

〔一三〕垂之二句：《毛詩序》：「周南、召南，正始之道，王化之基。」《趙次公先後解》：「源明所言，可以垂後世法，乃正始之道也。」朱鶴齡注：「可以訓將來而徵勸勉也。」

〔一四〕不要二句：《晋書・周顗傳》：「今年殺諸賊奴，取金印如斗大繫肘。」《爾雅・釋獸》：「贙，有力。」郭璞注：「出西海，大秦國有養者，似狗，多力，獷惡。」《趙次公先後解》：「乳贙，猶乳虎也。蓋言佞媚則黄金可懸，而切直則犯上之怒，不啻投飢贙也。」

〔一五〕游衍：《詩・大雅・板》：「昊天曰旦，及爾游衍。」箋：「相與女出入往來，游溢相從。」此即交游義。

〔一六〕滎陽二句：滎陽，謂鄭虔。《詩・小雅・小明》：「豈不懷歸，畏此罪罟。」

〔一七〕嗚呼二句：本書卷一八《哭台州鄭司户蘇少監》(1442)：「羈游萬里闊，凶問一年俱。」朱鶴齡注：「始泰，謂見肅宗中興。終蹇，謂没於荒歲。」

〔二八〕長安二句：《漢書·高帝紀》：「關中大饑。米斛萬錢。」《新唐書·食貨志》乾元元年第五琦更鑄乾元錢，「法既屢易，物價騰踴，米斗錢至七千，餓死者滿道」。《後漢書·張綱傳》：「若魚游釜中，喘息須臾間耳。」《梁書·袁昂傳》：「今以餘喘，欲遂素志。」黄鶴注：「《舊史》：廣德二年，自秋及冬，斗米千錢。今云長安米萬錢，蓋以一斛言之。史不言蘇與鄭死之年，以此詩及長安米價論之，當是其年蘇、鄭相繼而死。故云『滎陽復冥寞』。後詩又云『凶問一年俱』。」按，鄭虔卒於乾元二年，見盧季長所撰墓志。鶴注誤。

〔二九〕歸帆句：《趙次公先後解》：「公言其在雲安，不得泝沔以歸鄉。」《書·禹貢》傳：「漢上曰沔。」「泉始出山爲漾水，東南流爲沔水，至漢中東流爲漢水。」

〔三〇〕尚纏二句：劉楨《贈五官中郎將》：「余嬰沈痼疾，竄身清漳濱。」《古今注》卷中：「《薤露》、《蒿里》，並哀歌也。出田横門人。横自殺，門人傷之，爲作悲歌。言人命薤上露，易晞滅也。亦謂人死魂魄歸於蒿里，故有二章。」《趙次公先後解》：「傷其不得一弔酹之。」

## 故著作郎貶台州司户滎陽鄭公虔〔一〕

鶢鶋至魯門，不識鍾鼓饗〔二〕。孔翠望赤霄，愁思雕籠養①〔三〕。滎陽冠衆儒，早聞名公賞。地崇士大夫，況乃氣精爽②。往者公在疾，蘇許公頲位尊望重，素未相識，早愛才名，躬自哀問。後結忘年之契，遠邇嘉之〔四〕。天然生知姿，學立游夏上〔五〕。神農極闕漏③，黃石愧師長。藥纂西極名④，兵流指諸掌。公著《薈蕞》等諸書之外，又撰《胡本草》七卷〔六〕。貫穿無遺恨，薈蕞何技癢〔七〕。圭臬星經奥，蟲篆丹青廣〔八〕。子雲窺未遍，方朔諧太枉⑤〔九〕。神翰顧不一，體變鍾兼兩〔一〇〕。文傳天下口，大字猶在牓〔一一〕。昔獻書畫圖，新詩亦俱往。滄洲動玉陛⑥，宣鶴誤一響⑦〔一二〕。三絶自御題〔一三〕，四方尤所仰。嗜酒益疏放，彈琴視天壤〔一四〕。形骸實土木，親近唯几杖〔一五〕。未曾寄官曹⑧，突兀倚書幌⑨〔一六〕。晚就芸香閣⑩，胡塵昏坱莽〔一七〕。反覆歸聖朝，點染無滌盪〔一八〕。老蒙台州掾，泛泛浙江槳⑪。履穿四明雪，飢拾楢溪橡〔一九〕。空聞紫芝歌，不見杏壇丈〔二〇〕。天長眺東南，秋色餘魍魎〔二一〕。别離慘至今，斑白徒懷曩。春深秦山秀⑫，葉墜清渭朗。劇談王侯門，野稅林下鞅〔二二〕。操紙終夕酣，時物集遐想〔二三〕。詞場竟疏闊，平昔濫吹獎⑬〔二四〕。百年見存没，牢落吾安放⑭〔二五〕？蕭條阮咸在，出處同世網。他日訪江樓，含悽述飄蕩。著作與今秘書監鄭君審篇翰齊價，謫江陵⑮。故有「阮咸」、「江樓」之句〔二六〕。（0336）

【校】

①思，錢箋、《草堂》校：「一作入。」

②精，《文苑英華》校：「集作清。」

③極，《九家》、《草堂》、《文苑英華》作「或」。

④極，錢箋、《草堂》校：「一作域。」

⑤諧，宋本、《九家》作「詣」，據錢箋改。《草堂》作「講」。

⑥陛，《文苑英華》校：「集作堦。」

⑦宣，宋本、錢箋、《九家》、《草堂》校：「一作寡。」《文苑英華》作「宫」，校：「集作寡。」

⑧寄，錢箋校：「魯作記。」《草堂》校：「魯氏刊作記。」《文苑英華》作「記」，校：「一作寄。」

⑨突，《文苑英華》校：「集作陶。」

⑩香閣，《草堂》作「閣香」。

⑪泛泛，《文苑英華》作「遐泛」，校：「集作泛泛。」

⑫秦，宋本、錢箋校：「一作泰。」《草堂》、《文苑英華》作「泰」，《草堂》校：「一作秦。」

⑬吹，錢箋校：「晋作咨。」《九家》作「推」。

⑭放，宋本、錢箋、《九家》校：「一云倣。」

⑮謫，《文苑英華》作「謫居」。

【注】

〔一〕鄭公虔：鄭虔，見卷一《醉時歌》(0019)注。

〔二〕鶢鶋二句：《國語·魯語》：「海鳥曰爰居，止於路東門之外三日，臧文仲使國人祭之。展禽曰：『……今兹海其有災乎？夫廣川之鳥獸，恒知避其災也。』是歲也海多大風，冬暖。」《莊子·至樂》：「昔者海鳥止於魯郊，魯侯御而觴之於廟，奏九韶以爲樂，具太牢以爲膳。鳥乃眩視憂悲，不敢食一臠，不敢飲一杯，三日而死。」江淹《雜體詩·嵇中散康言志》：「咸池饗爰居，鍾鼓或愁辛。」

〔三〕孔翠二句：張華《鷦鷯賦》：「彼鵰鶚鶤鴻，孔雀翡翠，或凌赤霄之際，或託絶垠之外。」禰衡《鸚鵡賦》：「閉以雕籠，翦其翅羽。」

〔四〕滎陽四句：蘇頲，瓌子。《舊唐書·蘇瓌傳附頲》：「神龍中，累遷給事中，加修文館學士，俄拜中書舍人。尋而頲父同中書門下三品，父子同掌樞密，時以爲榮。機事填委，文誥皆出頲手。中書令李嶠歎曰：『舍人思如涌泉，嶠所不及也。』……（開元）十五年卒，年五十八。」

〔五〕天然二句：《論語·季氏》：「孔子曰：『生而知之者上也，學而知之者次也。』」《先進》：「文學：子游、子夏。」

〔六〕神農四句：《新唐書·鄭虔傳》：「虔學長於地理，山川險易、方隅物産、兵戍衆寡無不詳。嘗爲《天寶軍防録》，言典事該。」《藝文志》著録鄭虔《天寶軍防録》，卷亡；鄭虔《胡本草》七卷。《隋書·經籍志》醫方著録《神農本草》八卷、雷公集注《神農本草》四卷。又兵家著録《黄石公三略》三卷、《黄石公兵書》三卷等。《趙次公先後解》：「西極名，則《胡本草》之謂。」《禮記·仲尼燕居》：「子曰：『明乎郊社之義、嘗禘之禮，治國其如指諸掌而已乎。』」

〔七〕貫穿二句：《封氏聞見記》卷一〇：「天寶初，協律郎鄭虔采集異聞，著書八十餘卷。人有竊窺其草稿，告虔私修國史，虔聞而遽焚之。由是貶謫十餘年，方從調選，受廣文館博士。虔所焚書既無別本，後更纂録，率多遺忘，猶存四十餘卷。書未有名，及爲廣文博士，詢於國子監司業蘇元明。元明請名《會粹》，取《爾雅》序『會粹舊説』也。」《趙次公先後解》：「今公自注作『薈蕞』。按字書，粹音子骨切，稡粹也。而稡音蒲骨切。稡粹，禾秀不聚向上貌。會粹之義，意言聚會粹細之物。若公所用『薈蕞』字，《詩》云：『薈兮蔚兮。』《左傳》云：『蕞爾國。』薈爲烏外切，草多貌。蕞音徂外切，小貌。薈蕞之義，意言細小之物。二名字不同而義相近，當以杜公詩爲正。」潘岳《射雉賦》：「屏發布而累息，徒心煩而技癢。」《文選》徐爰注：「有伎藝欲逞，曰技癢也。」

〔八〕圭臬二句：陸倕《石闕銘》：「陳圭置臬，瞻星揆地。」《文選》李善注：「《周禮》曰：土圭之法，測土深。正日影，以求地中。又曰：匠人建國，求地中，置槷木以懸視其影。鄭玄曰：槷，古文臬，假借字也。」《趙次公先後解》：「圭臬，言其善地理也。」「星經，又言能天文。」《晋書·天文志》：「後武帝時，太史令陳卓總甘、石、巫咸三家所著星圖，大凡二百八十三官、一千四百六十四星，以爲定紀。」《魏書·張淵傳》：「集甘、石二家《星經》及漢魏以來二十三家經占，集爲五十五卷。」《法書要録》卷二引梁庾元威論書：「其百體者……科斗蟲篆、雲篆、蟲篆。」

〔九〕子雲二句：子雲，揚雄。《趙次公先後解》：「上句言奇字與方言也。下句言虔能知荒遠之所在也。東方朔每言其所詣皆神仙之處，故云詣枉，猶太迂枉。」朱鶴齡注：「言虔之學過乎子雲之博覽，虔之言異乎方朔之詼諧也。」

〔一〇〕神翰二句：《分門》修可曰：「《書苑》曰：虔善草隸。呂揔云：虔書如風送雲收，霞催月上。鍾兼兩，鍾繇、鍾會也。父子善隸書，皆盡其妙。」又或云：「兼兩車也。（後）漢吳恢爲南海太守，欲殺青寫書，子祐諫曰：『此書若成，則載之兼兩。』注：『車有兩輪，故稱。』」錢箋：「羊欣《古來能書人名》：鍾繇，魏太尉，書有三體，一曰銘石書，二曰章程收，三曰行押書。《金壺記》：繇工三色書，草、隸、八分最優。虔善草、隸，故云『兼兩』也。」按，錢説似鑿。《宋書·傅隆傳》：「盧植、鄭玄，偕學馬融，人各名象。又後之學者，未逮曩時，而問難星繁，充斥兼兩。」此兼車之義。《魏書·明亮傳》：「謀勇二事，體本相須。……必須兼兩，乃能制勝。」未有舉三賅二而稱兼兩者。

〔一一〕大字句：《晉書·王獻之傳》：「太元中，新起太極殿，（謝）安欲使獻之題牓，以爲萬代寶，而難言之，試謂曰：『魏時陵雲殿牓未題，而匠者誤釘之，不可下，乃使韋仲將懸橙書之。比訖，鬚鬢盡白，裁餘氣息，還語子弟，宜絶此法。』獻之揣知其旨，正色曰：『仲將，魏之大臣，寧有此事！使其若此，有以知魏德之不長。』安遂不之逼。」鄭虔或有書牓事，然亦用前代事。

〔一二〕滄洲二句：《趙次公先後解》：「言本滄洲隱淪之客，而動天子玉陛之上。」朱鶴齡注：「玉陛之上展滄洲之畫圖，而寡鶴誤發爲響，形容其繪事逼真。」諸家皆以作寡鶴是。按，《太平御覽》卷四六引《宣城圖經》：「三鶴山，在溧水縣東南六十里。昔有潘氏兄弟三人，於此山求仙，後道成，化爲三白鶴，於此銜天。」宣鶴疑用此。

〔一三〕三絶句：《劉賓客嘉話録》：「鄭廣文學書而病無紙，知慈恩寺有柿葉數間屋，遂借僧房居止，日取紅葉學書，歲久殆遍。後自寫所製詩並畫，同爲一卷，封進玄宗，御筆書其尾曰：『鄭虔三絶。』」《太平廣記》卷二〇八《鄭廣文》謂出《尚書故實》。

〔一四〕嗜酒二句：《晋書・阮籍傳》：「嗜酒能嘯，善彈琴。當其得意，忽忘形骸。」《莊子・應帝王》：「鄉吾示之以天壤，名實不入，而機發於踵。」

〔一五〕形骸二句：《世説新語・容止》：「劉伶身長六尺，貌甚醜悴，而悠悠忽忽，土木形骸。」《禮記・曲禮上》：「大夫七十而致事。若不得謝，則必賜几杖，行役以婦人。」

〔一六〕未曾二句：《唐語林》卷二：「天寶中，國學增置廣文館，以領詞藻之士。滎陽鄭虔久被貶謫，是歲始還京師參選，除廣文館博士。虔茫然曰：『不知廣文曹司何在？』執政謂曰：『廣文館新置，總領文詞，故以公名賢處之，且令後代稱廣文博士自鄭虔始，不亦美乎？』遂拜職。」《新唐書・鄭虔傳》：「虔乃就職。久之，雨壞廡舍，有司不復修完，寓治國子館，自是遂廢。」仇注謂非實録也。蕭綱《秋興賦》：「乃息書幌之勞，以命北園之駕。」

〔一七〕晚就二句：芸香閣，指秘書省。《初學記》卷一二引魚豢《典略》：「芸臺香辟紙魚蠹，故藏書臺稱芸臺。」盧季長《大唐故著作郎貶台州司户滎陽鄭府君並夫人瑯琊王氏墓志銘》：「六移廣文館博士，七遷著作郎。無何，狂寇憑陵，二京失守，公奔竄不暇，遂陷身戎虜。初脅授兵部郎中，次國子司業。」《楚辭・招隱士》：「坱兮軋，山曲岪。」王逸注：「霧氣昧也。」《説文》：「坱，塵埃也。」王勃《梓州郪縣兜率寺浮圖碑》：「火絶烟沉，與雲雨而坱莽。」

〔一八〕反覆二句：《新唐書・鄭虔傳》：「安禄山反，遣張通儒劫百官置東都，僞授虔水部郎中，因稱風緩，求攝市令，潛以密章達靈武。賊平，與張通、王維並囚宣陽里。三人者皆善畫，崔圓使繪齋壁，虔等方悸死，即極思祈解於圓，卒免死，貶台州司户參軍事。」點染，點污。見卷六《園官送菜》(0285)注。朱鶴齡注：「無滌蕩，言無有洗其污賊之跡者。」仇注：「但一受僞命，無從洗滌。」按，滌蕩乃清掃義。此謂虔雖蒙污，然未遭清除，終獲寬宥。

〔一九〕履穿二句：《太平寰宇記》卷九六越州餘姚縣：「四明山在縣西南一百里。《會稽地記》云：縣南有四明山，高峰軼雲，連岫蔽日。」謝靈運《山居賦》：「凌石橋之莓苔，越楢溪之蒙紆。」《太平寰宇記》卷九八台州天台縣：「楢溪在縣東三十五里。」《清一統志》卷二二九台州府：「楢溪，在天台縣東二十里，亦名歡溪，源出華頂，南流至鳳凰山側，入始豐溪。」

〔二〇〕空聞二句：紫芝歌，見卷二《洗兵馬》(0090)注。《莊子・漁父》：「孔子游乎緇帷之林，休坐乎杏壇之上。弟子讀書，孔子絃歌鼓琴，奏曲未半，有漁父者下船而來。」《趙次公先後解》：「兩句則以四皓與漁父比之。」朱鶴齡注：「杏壇丈，言廣文館師席。《禮》：席間函丈。」

〔二一〕魍魎：見卷一《白水縣崔少府十九翁高齋三十韻》(0042)注。孫綽《游天台山賦》：「始經魑魅之途，卒踐無人之境。」《趙次公先後解》：「則台州又可言魍魎之域。」其引《游天台山賦》作「魍魎之域」。

〔二二〕劇談二句：《漢書・揚雄傳》：「口吃不能劇談。」謝朓《京路夜發》：「行矣倦路長，無由税歸鞅。」《文選》李周翰注：「税息鞅駕也。」朱鶴齡注：「言在長安時與虔游宴之樂。」

〔一二三〕操紙二句：曹睿《長歌行》：「中心感時物，撫劍下前庭。」孫綽《答許詢》：「仰觀大造，俯覽時物。」仇注：「二句言醉後吟詠。」

〔一二四〕濫吹：江淹《雜體詩・盧中郎諶感交》：「更以畏友朋，濫吹乖名實。」《太平御覽》卷五八一引《韓子》：「齊宣王使人吹竽，必三百人。南郭處士請爲王吹，粟食與三百人等。宣王死，愍王即位，一一聽之，處士走。或云韓昭侯，田岩使一一聽之，乃知其濫吹也。」

〔一二五〕牢落句：牢落，見卷二《送樊二十三侍御赴漢中判官》(0086)注。《禮記・檀弓上》：「梁木其壞，哲人其萎，則吾將安放。」

〔一二六〕蕭條四句：《晉書・阮籍傳附咸》：「咸字仲容。……咸任達不拘，與叔父籍爲竹林之游，當世禮法者譏其所爲。」《舊唐書・岐王範傳》：「鄭繇者，鄭州滎陽人，北齊吏部尚書述五代孫也。……子審亦善詩詠，乾元中任袁州刺史。」按，述當作述祖。《北齊書・鄭述祖傳》：「鄭述祖，字恭文，滎陽開封人。……天保初，累遷太子少師、儀同三司、兖州刺史。」又稱述祖爲「鄭尚書」。《唐代墓志彙編》開元三六一《大唐故贈博州刺史鄭府君墓志》：「高祖述祖，北齊侍中、開府儀同三司、尚書左僕射，謚平簡公。曾祖武叔……父懷節，皇朝澧州司馬□衛州刺史。府君即衛州之長子也，諱進思。……夫人□□□氏，(闕文)繇、雲、戎、愿、游等。」「繇」上有闕文，然據文意，知其爲進思子，平簡公述祖後。《全唐文補遺》第八輯楊漢公《唐華州潼關防禦判官朝請郎殿中侍御史内供奉驍騎尉賜緋魚袋楊漢公故人滎陽鄭氏墓志銘》：「夫人諱本柔，字本柔，滎陽人也。……曾祖繇，皇博州刺史。祖審，皇秘書監。」此鄭審後。又據盧季長《鄭虔墓志》：「大父懷節，皇澧州司馬，贈衛州刺史。父鏡思，皇秘書郎，贈主客郎中、秘書少監。公則秘書之次子。」知虔父鏡思與進思爲兄弟行，繇與虔爲從兄弟，審爲虔之侄。《趙次公先後解》：「今以阮咸比鄭審。」鄭審謫江陵，見本書卷一五《秋日夔府詠懷奉寄鄭監審李賓客之芳一百韻》(1030)。

## 故右僕射相國張公九齡①

相國生南紀，金璞無留礦〔一〕。仙鶴下人間，獨立霜毛整〔二〕。矯然江海思②，
復與雲路永〔三〕。寂寞想土階③，未遑等箕潁④〔四〕。上君白玉堂，倚君金華省〔五〕。
碣石歲崢嶸⑤，天地日蛙黽⑥〔六〕。退食吟大庭，何心記榛梗⑦〔七〕。骨驚畏曩哲，鬒
變負人境⑧〔八〕。雖蒙換蟬冠，右地恧多幸〔九〕。敢忘二疏歸⑨，痛迫蘇耽井〔一〇〕。
紫綬映暮年⑩，荆州謝所領〔一一〕。庾公興不淺，黄霸鎮每静〔一二〕。賓客引調同，諷
詠在務屏〔一三〕。詩罷地有餘⑪，篇終語清省〔一四〕。一陽發陰管，淑氣含公鼎〔一五〕。
乃知君子心，用才文章境〔一六〕。散帙起翠螭，倚薄巫廬並〔一七〕。綺麗玄暉擁，牋誄
任昉騁〔一八〕。自我一家則⑫，未缺隻字警〔一九〕。千秋滄海南，名繫朱鳥影⑬〔二〇〕。
歸老守故林⑭，戀闕悄延頸⑮〔二一〕。波濤良史筆，蕪絶大庾嶺〔二二〕。向時禮數隔，

制作難上請⑯〔一三〕。再讀徐孺碑，猶思理烟艇〔一四〕。（0337）

【校】

①故右僕射相國張公九齡，錢箋題下注：「開元二十八年七月卒。」

②海，錢箋、《文苑英華》校：「一作漢。」

③土，宋本、錢箋校：「一云玉。」

④遑，《文苑英華》校：「集作嘗。」

⑤碣石，宋本、錢箋、《草堂》校：「一作竭力。」

⑥地，錢箋、《草堂》校：「一作池。」

⑦記，錢箋校：「一作託。」

⑧鬢，錢箋校：「一作鬚。」《文苑英華》作「鬚」。

⑨忘，錢箋校：「一作志。」

⑩紫綬，錢箋校：「一作金紫。」《文苑英華》作「金紫」，校：「集作紫綬。」

⑪詩罷地有餘，錢箋、《草堂》校：「一云詩地能有餘。」

⑫我，錢箋校：「一作成。」《草堂》、《文苑英華》作「成」，《草堂》校：「一作我。」　則，錢箋、《草堂》校：「一作削。」

⑬鳥，《草堂》作「雀」。

⑭老，《文苑英華》作「與」，校：「集作老。」

⑮悄，錢箋、《草堂》校：「一作嘗。」《文苑英華》作「常」，校：「集作悄。」

⑯制，《文苑英華》作「製」，校：「集作制。」

【注】

〔一〕相國二句：《舊唐書·張九齡傳》：「張九齡，字子壽，一字博物。曾祖君政，韶州別駕，因家於始興，今爲曲江人。」《新唐書·天文志》：「乃東循嶺徼，達東甌、閩中，是謂南紀，所以限蠻夷也。」《趙次公先後解》：「大抵自江漢以南，皆謂之南紀，非特江漢而已。」《説文》：「磺，銅、鐵樸石也。」《周禮·地官·丱人》注：「丱之言礦也。金玉未成器曰礦。」《圓覺經》：「如銷金礦，金非銷有。即已成金，不重爲礦。」《楞嚴經》卷四：「又如金礦，雜於精金。其金一純，更不成雜。」乃佛典常喻。

〔二〕仙鶴二句：《苕溪漁隱叢話》前集卷一一引《唐子西語録》：「《張九齡家傳》：九齡初生，母夢九鶴從天而下。恐少陵用此事。」《廣東通志》卷四四《人物志》：「張九齡字子壽，弘雅從子。別駕君政生剡令子胄，子胄生索盧丞弘愈，嘗僑南海，生九齡。其夕母夢九鶴盤天而下，故名。」

〔三〕矯然二句：鮑照《過銅山掘黄精》：「空守江海思，豈愧梁鄭客。」沈約《游沈道士館》：「都令人徑絶，唯使雲路通。」

〔四〕寂寞二句：《説苑·反質》：「古有無文者，得之矣，夏禹是也。卑小宫室，損薄飲食，土階三等，衣裳細布。」箕潁，見卷三《貽阮隱居》（0093）注。

〔五〕上君二句：班固《西都賦》：「金華玉堂，白虎麒麟。」《文選》李善注：「《三輔黄圖》曰：未央宫有清涼殿、宣室殿、中温室殿、金華殿、大玉堂殿……」《漢書·叙傳》：「鄭寛中、張禹朝夕入説《尚書》、《論語》於金華殿中。」崔湜《襄陽早秋寄岑侍郎》：「故人金華省，肅穆秉天機。」李白《朝下過盧郎中叙舊游》：「君登金華省，我入銀臺門。」唐指中書三省。《舊唐書·張九齡傳》：「開元十年，三遷司勳員外郎。……十一年，拜中書舍人。……召拜九齡爲秘書少監、集賢院學士，副知院事。再遷中書侍郎。……二十一年十二月，起復拜中書侍郎、同中書門下平章事。明年，遷中書令，兼修國史。……二十四年，遷尚書右丞相，罷知政事。」

〔六〕碣石二句：碣石，見卷六《昔游》（0288）注。《趙次公先後解》：「似比九齡之孤高。」《分門》師曰：「碣石山在東，禄山所據之方。峥嶸，高大貌。禄山有叛志，嘗自高大，視天地間如蛙黽，全無忌憚。相國料其有反意，屢請於帝。」錢箋説同。東方朔《七諫》：「雞鶩滿堂壇兮，蛙黽游乎華池。」《趙次公先後解》：「言聲之喧雜。時李林甫用事故耳。」

〔七〕退食二句：大庭，見卷六《同元使君春陵行》（0276）注。鍾嶸《詩品》郭璞：「又云『戢翼栖榛梗』，乃是坎壈詠懷。」《趙次公先後解》：「言九齡思反淳復樸，如大庭之世。」《本事詩·怨憤》：「張曲江與李林甫同列，玄宗以文學精識深器之。林甫嫉之若讎，曲江度其巧譎，慮終不免，爲《海燕》詩以致意曰：『海燕何微眇，乘春亦暫來。豈知泥滓濺，祇見玉堂開。繡户時雙入，華軒日幾回。無心與物競，鷹隼莫相猜。』亦終退斥。」錢箋引此。

〔八〕骨驚二句：江淹《別賦》：「使人意奪神駭，心折骨驚。」《文選》李善注：「亦互文也。」謝朓《晚登三山還望京邑》：「有情知望鄉，誰能鬢不變。」《趙次公先後解》：「骨驚畏曩哲，則畏其不逮於前人。鬢變負人境，則憂其髮白而將老，皆傷功名之不立也。」仇注引《通鑑》張九齡奏請斬安禄山，玄宗曰：「卿勿以王夷甫識石勒，枉害忠良。」竟赦之。謂「畏曩哲」指夷甫，「負人境」恐爲後患也。説鑿。

〔九〕雖蒙二句：《後漢書・輿服志下》：「武冠，一曰武弁大冠，諸武官冠之。侍中、中常侍加黄金璫，附蟬爲文，貂尾爲飾。」《舊唐書・輿服志》：「侍中、中書令，加貂蟬，珮紫綬。」此言九齡遷中書令。《新唐書・張九齡傳》：「九齡既戾帝旨，固内懼，恐遂爲林甫所危，因帝賜白羽扇，乃獻賦自況。……帝雖優答，然卒以尚書右丞相罷政事。」《明皇雜録》卷下：「九齡惶恐，因作賦以獻。又爲《歸燕詩》以貽林甫。……林甫覽之，知其必退，恚怒稍解。九齡洎裴耀卿罷免之日，自中書至月華門，將就班列，二人鞠躬卑遜，林甫處其中，抑揚自得，觀者竊謂一雕挾兩兔。俄而詔張、裴爲左右僕射，罷知政事。林甫視其詔，大怒曰：『猶爲左右丞相邪？』二人趨就本班，林甫目送之。公卿以下視之，不覺股栗。」《趙次公先後解》：「言九齡在右地已慚恧而多幸。何者？有林甫之嫉、仙客之憾，則得此爲幸矣。」

〔一〇〕敢忘二句：《漢書・疏廣傳》：「疏廣字仲翁，東海蘭陵人也。……廣徙爲太傅。廣兄子受字公子，亦以賢良舉爲太子家令。……即日父子俱移病。滿二月賜告，廣遂稱篤，上疏乞骸骨。……公卿大夫故人邑子設祖道，供張東都門外，送者車數百兩，辭決而去。及道路觀者皆曰：『賢哉二大夫。』或嘆息爲之下泣。」《水經注》耒水：「黄溪東有馬嶺山，高六百餘丈，廣圓四十許里。漢末，有郡民蘇耽栖游此山。《桂陽列仙傳》云：耽，郴縣人。少孤，養母至孝。言語虚無，時人謂之癡。……即面辭母云：受性應仙，當違供養。涕泗，又説：年將大疫，死者略半，穿一井飲水，可得無恙。如是有哭聲甚哀。後見耽乘白馬，還此山中，百姓爲立壇祠，民安歲登，民因名爲馬嶺山。」《新唐書·張九齡傳》：「數乞歸養，詔不許。以其弟九皋、九章爲嶺南刺史，歲時聽給驛省家。遷中書侍郎，以母喪解，毁不勝哀，有紫芝産坐側，白鳩白雀巢家樹。是歲，奪哀拜中書侍郎、同中書門下平章事。」《趙次公先後解》：「言其欲引退矣。詔不許而至於母死。……九齡韶州人，韶之西北與郴相接，才一百八十里耳，故得以爲言。」

〔一一〕紫綬二句：《舊唐書·張九齡傳》：「初九齡爲相，薦長安尉周子諒爲監察御史。至是，子諒以妄陳休咎，上親加詰問，令於朝堂決殺之。九齡坐引非其人，左遷荆州大都督府長史。俄請歸拜墓，因遇疾卒，年六十八，贈荆州大都督，謚曰文獻。」

〔一二〕庾公二句：《晋書·庾亮傳》：「亮在武昌，諸佐吏殷浩之徒，乘秋夜往共登南樓，俄而不覺亮至，諸人將起避之。亮徐曰：『諸君少住，老子於此興復不淺。』」《漢書·黄霸傳》：「霸以外寬内明得吏民心，户口歲增，治爲天下第一。徵守京兆尹……有詔歸潁川太守官，以八百石居治如其前。前後八年，郡中愈治。」

〔一三〕賓客二句：《舊唐書·文苑傳·孟浩然》：「孟浩然，隱鹿門山，以詩自適。年四十，來游京師，應進士不第，還襄陽。張九齡鎮荆州，署爲從事，與之唱和。」謝朓《新治北窗和何從事》：「國小暇日多，民淳紛務屏。」盧思道《孤鴻賦》序：「囂務既屏，魚鳥爲鄰。」

〔一四〕詩罷二句：《唐詩紀事》卷一五張九齡：「中書舍人姚子顔狀其行曰：公所得俸禄，悉歸鄉園，先得賜物，上表進納。其清約如此。嘗賦詩曰：『清節往來苦，壯容離別哀。』有以見公之情也。公以風雅之道，興寄爲主，一句一詠，莫非興寄，時皆諷誦焉。」《文心雕龍·鎔裁》：「士龍思劣，而雅好清省。」

〔一五〕一陽二句：《漢書·律曆志》：「律十有二，陽六爲律，陰六爲吕。律以統氣類物，一曰黄鐘，二曰太族。……黄帝使泠綸自大夏之西，崑崙之陰，取竹之解谷，生其竅厚均者，斷兩節間而吹之，以爲黄鐘之宫。」庾信《爲晋公進玉律秤尺斗升表》：「所冀節移陰管，無勞河内之灰；氣動陽鐘，不待金門之竹。」《趙次公先後解》：「一陽發陰管，則黄鐘之律也。言其詩之和而可聽於耳。」《易·鼎·象》：「鼎，象也。以木巽火，亨飪也。聖人亨以享上帝，而大亨以養聖賢。」陸機《悲哉行》：「蕙草饒淑氣，時鳥多好音。」魏收《枕中篇》：「公鼎爲己信，私玉非身寶。」《趙次公先後解》：「淑氣含公鼎，則大亨之和也。言其詩之美而可味於口。」

〔一六〕乃知二句：《趙次公先後解》：「以其爲有用之文故也。」仇注：「惜其抱濟世之才，退而用心於文章也。」王昌齡《詩格》：「詩有三境，一曰物境，二曰情境，三曰意境。」此唐人以境言詩。文章境之説或與其有關。

〔一七〕散帙二句：潘岳《楊仲武誄》：「披帙散書，屢睹遺文。」謝靈運《酬從弟惠連》：「凌澗尋我友，散帙問所知。」《文選》李善注：「《説文》曰：帙，書衣也。」揚雄《解難》：「獨不見翠虬絳螭之將登乎天，必聳身於蒼梧之淵。」謝靈運《過始寧墅》：「拙疾相倚薄，還得静者便。」《文選》李善注：「韓康伯《周易注》曰：薄，謂相附也。」郭璞《江賦》：「衡霍磊落以連鎮，巫廬嵬崛而比嶠。」《趙次公先後解》：「蓋言開散曲江文帙，神物欻起，其高至並巫廬之山也。……翠虬、翠螭可互用也。」「巫則巫山，在夔州。廬則廬山，在江州。」

〔一八〕綺麗二句：《趙次公先後解》：「皆言九齡可以比之也。」《文心雕龍·情采》：「韓非云『艷乎辯説』，謂綺麗也。綺麗以艷説，藻飾以辯雕，文辭之變，於斯極矣。」鍾嶸《詩品》謝惠連：「小謝才思富捷……又工爲綺麗歌謡，風人第一。」此移以言謝朓。李白《古風》：「自從建安來，綺麗不足珍。」又《詩品》任昉：「彦昇少年爲詩不工，故世稱沈詩任筆，昉深恨之。晚節愛好既篤，文亦遒變。」

〔一九〕自我二句：謝靈運《述祖德》：「達人貴自我，高情屬天雲。」此自我即我，自的介詞功能虚化。《史記·太史公自序》：「以拾遺補蓺，成一家之言。」陸機《文賦》：「立片言而居要，乃一篇之警策。」

〔二〇〕千秋二句：《史記·天官書》：「南宫朱鳥，權衡。」索隱：「《文耀鉤》云：南宫赤帝，其精爲朱鳥。」《趙次公先後解》：「當時謂九齡爲滄海遺珠，則其有名稱矣。」按，滄海遺珠乃稱狄仁傑語。

〔二一〕戀闕句：潘岳《西征賦》：「猶犬馬之戀主，竊託慕於闕庭。」崔湜《至桃林塞作》：「丹心恒戀闕，白首更辭親。」《史記・留侯世家》：「天下莫不延頸欲爲太子死者。」

〔一二〕波濤二句：班固《答賓戲》：「馳辯如濤波，摛藻如春華。」蕭綱《贈張纘》：「既當垂帷學，復折波濤辯。」《文心雕龍・史傳》：「《曲禮》曰：『史載筆。』史者，使也。執筆左右，使之記也。」九齡遷中書令，兼修國史。江淹《恨賦》：「望君王兮何期，終蕪絶兮異域。」大庾嶺，見卷三《龍門閣》(0165)注。

〔一三〕向時二句：任昉《出郡傳舍哭范僕射》：「平生禮數絶，式瞻在國楨。」《趙次公先後解》：「則帝眷已衰，難以所制作上請於朝也。」仇注：「公於曲江無交，故有向時禮隔之語。」

〔一四〕再讀二句：張九齡《後漢徵君徐君碣銘》：「後漢高士徐君諱稚，字孺子，南昌人也。……皇唐開元十五年，予忝牧兹郡，風流是仰，在懸榻之後，想見其人。有表墓之儀，豈孤此地。」《趙次公先後解》：「慕徐孺之高風，故江漢之念不忘也。」

《苕溪漁隱叢話》前集卷一一引《少陵詩總目》：「《八哀詩》維古風中最爲大筆，崔德符嘗論斯文可以表裏《雅》《頌》，中古作者莫及也。」

葉夢得《石林詩話》卷上：「然《八哀》八篇，本非集中高作，而世多尊稱之不敢議。此乃揣骨聽聲耳，其病蓋傷於多也。如《李邕》、《蘇源明》詩中極多累句，余嘗痛刊去，僅各取其半，方爲盡善。然此語不可爲不知者言也。」

施補華《峴傭説詩》：「《八哀》洋洋大篇，然中多拙滯之語，蓋極意經營而失之者也。『文章本天成，妙手偶得之。』刻意求工，必至拙矣。」

葉矯然《龍性堂詩話》初集：「子美《八哀詩》，薈蔚蒼鬱，略無凡氣，洋洋纚纚，直百餘言，真傑作也。宋人謂其傷於多，如《李邕》、《蘇源明》篇中多累句，删去其半方盡善。吾不知其何句爲累，何處可删也。宋人無識至此，敢爾妄言。蚍蜉撼大樹，真可笑也。」

## 虎牙行

秋風欻吸吹南國①〔一〕，天地慘慘無顔色。洞庭揚波江漢回，虎牙銅柱皆傾側〔二〕。巫峽陰岑朔漠氣〔三〕，峰巒窈窕谿谷黑。杜鵑不來猿狖寒②，山鬼幽憂雪霜逼〔四〕。楚老長嗟憶炎瘴，三尺角弓兩斛力〔五〕。壁立石城横塞起③，金錯旌竿滿雲直〔六〕。漁陽突騎獵青丘，犬戎鎖甲聞丹極④〔七〕。八荒十年防盜賊，征戍誅求寡妻哭，遠客中宵淚霑臆〔八〕。（0338）

【校】

① 秋，錢箋、《草堂》校：「一作北。」《文苑英華》作「北」。　欻吸，錢箋、《草堂》校：「晋作欻欻。」

②寒，錢箋校：「一作啼。」《文苑英華》校：「集作啼。」

③石，《文苑英華》作「古」，校：「集作石。」

④聞，《草堂》作「闈」，校：「一作聞。」《文苑英華》作「圍」。

**【注】**

黄鶴注：今詩云「八荒十年防盜賊」，當是大曆二年（七六七）作。

〔一〕秋風句：江淹《雜體詩・王徵君微養疾》：「寂歷百草晦，欻吸鵾雞悲。」《文選》李善注：「欻吸，疾貌。」《趙次公先後解》謂此言風，同於謝朓《高松賦》：「卷風飆之吸欻，積霰雪之嚴霏。」

〔二〕洞庭二句：《水經注》江水：「江水又東歷荆門、虎牙之間，荆門在南，上合下開，闇徹山南，有門像虎牙，在北，石壁色紅，間有白文，類牙形，並以物像受名。此二山，楚之西塞也，水勢急峻。故郭景純《江賦》曰『虎牙桀豎以屹崒，荆門闕竦而盤薄。圓淵九回以懸騰，湓流雷呴而電激』者也。」「江水又東逕漢平縣二百餘里，左自涪陵東出百餘里，而届於黄石，東爲桐柱灘。又逕東望峽，東歷平都，峽對豐民洲，舊巴子别都也。」《太平寰宇記》卷一二〇涪州：「《周地圖記》云：涪陵江中有銅柱灘，昔人於此維舟，見水底有銅柱，故名銅柱灘。灘最險急。」《趙次公先後解》：「今以風吹之故，山與灘其勢皆傾倒。」

〔三〕巫峽句：何遜《石頭答庾郎丹》：「陰岑自爾悦，寂寥予罕寄。」《趙次公先後解》：「巫峽雖在南方，今以風寒故成陰岑，而如朔漠之氣。」

〔四〕杜鵑二句：《趙次公先後解》：「杜鵑、猿狖、山鬼，皆南國之物也。」

〔五〕楚老二句：《唐六典》卷一六武庫令：「弓之制有四：一曰長弓，二曰角弓，三曰稍弓，四曰格弓。……角弓以筋角，騎兵用之。」《南齊書·武十七王傳》：「子響勇力絶人，開弓四斛力。」《趙次公先後解》：「三尺角弓，其斗力未多也。以風寒之故，乃堅勁難開，如兩斛之力。」仇注：「舊時秋猶炎瘴，今忽風寒弓勁，此即兵象也。」

〔六〕壁立二句：《趙次公先後解》：「石城指言白帝城，蓋其城乃山石自然之城。」「金錯旌竿，如今所謂銀纏竿槍之類。」

〔七〕漁陽二句：漁陽突騎，參卷六《漁陽》(0263)注。《趙次公先後解》：「指言安史之兵。……蓋追言之，以引下云『十年防盜賊』句。」司馬相如《子虛賦》：「秋田乎青丘，徬徨乎海外。」《史記》正義：「服虔云：青丘國在海東三百里。郭璞云：青丘，山名。上有田，亦有國，出九尾狐，在海外。」劉峻《辯命論》：「雖大風立於青丘，鑿齒奮於華野。」《文選》李善注：「青丘，東方。」《唐六典》卷一六武庫令：「甲之制十有三：……十有二曰鎖子甲。……今明光、光要、細鱗、山文、烏鎚、鎖子，皆鐵甲也。」《趙次公先後解》：「丹極者，帝居也。」唐高宗《册趙王福梁州都督文》：「摛祥丹極，毓慶元樞。」朱鶴齡注：「廣德元年，吐蕃陷京師，故曰圍丹極。」

〔八〕八荒三句：仇注：「歌行結尾，每用疊韻，若『哭』字用叶，不必疑『丹極』下有漏句矣。」

# 錦樹行

今日苦短昨日休，歲云暮矣增離憂〔一〕。霜凋碧樹行錦樹①〔二〕，萬壑東逝無停留。荒戍之城石色古，東郭老人住青丘〔三〕。飛書白帝營斗粟，琴瑟几杖柴門幽〔四〕。青草萋萋盡枯死②，天馬跂足隨氂牛③〔五〕。自古聖賢多薄命，姦雄惡少皆封侯④〔六〕。故國三年一消息，終南渭水寒悠悠。五陵豪貴反顛倒，鄉里小兒狐白裘〔七〕。生男墮地要膂力，一生富貴傾邦國⑤。莫愁父母少黄金，天下風塵兒亦得〔八〕。（0339）

【校】

① 行，錢箋作「待」，校：「荆作行。一云作。」《草堂》作「作」，校：「荆公作行。」

② 青，錢箋校：「荆作春。」

③ 馬跂，錢箋校：「陳作與驥。跂一作跛。」天馬跂足，《草堂》校：「一作天與跂足。」

④ 皆封侯，錢箋校：「一作封公侯。」《草堂》校：「王本作封公侯。」

⑤ 一生，錢箋、《草堂》校：「一作生女。」邦，《九家》、《草堂》作「家」。

【注】

黄鶴注：當是大曆二年（七六七）東屯作。

〔一〕今日二句：曹植《當來日大難》：「日苦短，樂有餘。」陸機《短歌行》：「來日苦短，去日苦長。」《楚辭·九歌·山鬼》：「風颯颯兮木蕭蕭，思公子兮徒離憂。」《文選》劉良注：「離，罹也。」

〔二〕霜凋句：《趙次公先後解》：「上句則木葉經霜而紅，若錦然也。」楊慎《升庵詩話》卷一：「『黄夾纈林寒有葉』，白居易詩也。夾纈，錦之别名。杜詩所謂『霜凋碧樹作錦樹』，同意。」朱鶴齡注引此。

〔三〕荒戍二句：《趙次公先後解》：「東郭，指夔州之郭也。東郭老人，則公自言。住青丘……蓋與齊地之青丘偶同名耳。」白帝城稱東城，見卷六《柴門》（0274）注。朱鶴齡注：「《史記》：齊人東郭先生待詔公車。公以東郭先生自擬，故云『住青丘』。」

〔四〕几杖：見本卷《八哀詩·鄭公虔》（0336）注。

〔五〕青草二句：《趙次公先後解》：「草枯，則無以充天馬之飼，與氂牛無異矣。」《詩·衛風·河廣》：「誰謂宋遠，跂予望之。」箋：「我跂足則可以望見之。」氂牛，産西南。《漢書·郊祀志》：「殺一氂牛，以爲俎豆牢具。」注：「李奇曰：音貍。師古曰：西南夷長尾髦之牛也。一音茅。」《後漢書·西羌傳》：「或爲氂牛種，越巂羌是也。」《通典》卷一九〇《宕昌》：「牧養氂牛、羊、豕，以供其食。」党項：「以氂牛、馬、驢、羊、豕爲食。」

〔六〕自古二句：《史記・伯夷列傳》：「或曰：天道無親，常與善人。若伯夷、叔齊，可謂善人者非邪？積仁絜行如此而餓死。且七十子之徒，仲尼獨薦顔淵爲好學，然回也屢空，糟糠不厭，而卒蚤夭。天之報施善人，其何如哉？」劉峻《辯命論》：「然則高才而無貴仕，饕餮而居大位，自古所歎，焉獨公明而已哉！故性命之道，窮通之數，夭閼紛綸，莫知其辯。仲任蔽其源，子長闡其惑。」

〔七〕五陵二句：班固《西都賦》：「南望杜霸，北眺五陵，名都對郭，邑居相承。英俊之域，紱冕所興。冠蓋如雲，七相五公。與乎州郡豪傑，五都之貨殖，三選七遷，充奉陵邑。」《文選》李善注：「《漢書》曰：宣帝葬杜陵，文帝葬霸陵，高帝葬長陵，惠帝葬安陵，景帝葬陽陵，武帝葬茂陵，昭帝葬平陵。」《趙次公先後解》：「本是七陵……其後多摘『五陵』兩字而承用之也。」《史記・孟嘗君列傳》：「孟嘗君使人抵昭王幸姬求解，幸姬曰：『妾願得君狐白裘。』」集解：「韋昭曰：以狐之白毛爲裘。謂集狐腋之毛，言美而難得者。」

〔八〕生男四句：傅玄《苦相篇》：「男兒當門户，墮地自生神。雄心志四海，萬里望風塵。」《三國志・魏書・吕布傳》：「布便弓馬，膂力過人。」《趙次公先後解》：「師民瞻本作『生女富貴傾家國』，則與上下句皆男子之事不接矣。此蓋泥於『傾』字也。」朱鶴齡注：「貴妃時民間語曰：『生男勿喜女勿悲，君看生女作門楣。』詩末正翻此，言風塵之時，男兒亦好，豈必生女能致富貴乎。」王嗣奭《杜臆》：「此等詩皆有所避忌，故顛倒朦朧其語。……大抵有武夫惡少，乘亂得官，而豪横無忌，觀『膂力』、『風塵』語可見。自玉環得寵，有『不重生男重生女』之説，此又反之，謂天下風塵，有力村夫，皆可得官，多金而榮其父母矣。」

## 赤霄行

孔雀未知牛有角，渴飲寒泉逢觝觸〔一〕。赤霄玄圃須往來，翠尾金花不辭辱〔二〕。江中淘河嚇飛燕，銜泥却落羞華屋〔三〕。皇孫猶曾蓮勺困，衛莊見貶傷其足①〔四〕。老翁慎莫怪少年，葛亮貴和書有篇〔五〕。丈夫垂名動萬年，記憶細故非高賢〔六〕。（0340）

【校】

① 衛，錢箋、《草堂》校：「一作鮑。」

【注】

《趙次公先後解》編入大曆二年（七六七）所作。黄鶴注：末云「老翁慎莫怪少年」，當是指郭英乂，與《莫相疑行》同是永泰元年（七六五）作。

〔一〕渴飲句：揚雄《校獵賦》：「犀兕之抵觸，熊羆之挐攫。」

〔二〕赤霄二句：赤霄，見本卷《八哀詩·鄭公虔》(0336)注。玄圃，見卷二《奉先劉少府新畫山水障歌》(0080)注。《埤雅》卷七：「《博物志》云：孔雀尾多變色，或紅或黃，喻如雲霞，其色無定。人拍其尾則舞。尾有金翠，五年而後成。始生三年，金翠尚小。初春乃生，三四月後復凋，與花蕚俱衰榮。雌者不冠尾短，無金翠。人采其尾，以飾扇拂，生取則金翠之色不減。南人取其尾者，握刀蔽於叢竹潛隱之處，伺過急斬其尾，若不即斷，回首一顧，金翠無復光彩。性頗妬忌，自矜其尾，雖馴養已久，遇婦人童子服錦綵者，必逐而啄之。每欲山栖，先擇置尾之地。故欲生捕者，候雨甚往擒之，尾霑而重，不能高翔，人雖至，且愛其尾，不復騫揚也。《嶺表録異》云：孔雀翠尾，自累其身。比夫雄雞自斷其尾，無所稱焉。」《趙次公先後解》：「孔雀蓋赤霄玄圃往來之物，渴而飲泉，不得已也。不知牛有角而逢抵觸，則值非其類也。」

〔三〕江中二句：《爾雅·釋鳥》：「鵜，鴮鸅。」注：「今之鵜鶘也。好群飛，沈水食魚，故名洿澤。俗呼之爲淘河。」陸璣疏：「鵜，水鳥。形如鶚而極大，喙長尺餘，直而廣。口中正赤，頷下胡大如數斗囊。若小澤中有魚，便群共抒水，滿其胡而弃之，令水竭盡，魚在陸地，乃共食之，故曰淘河。」《趙次公先後解》：「《莊子》言鴟得腐鼠，鵷雛過之，仰而視之，曰嚇。飛燕從江上來，爲淘河所疑，意謂燕争其魚而嚇之。……孔雀與燕皆自譬也。牛與淘河以譬見辱之子。華屋，主人之屋也。豈言夔州所依之主人如柏中丞者乎？」

〔四〕皇孫二句：《漢書·宣帝紀》：「孝宣皇帝，武帝曾孫，戾太子孫也。……然亦喜游俠，鬬雞走馬，具知閭里奸邪，吏治得失。數上下諸陵，周遍三輔，常困於蓮勺鹵中。」注：「如淳曰：爲人所困辱也。蓮勺縣有鹽池，縱廣十餘里。其鄉人名爲鹵中。」《左傳》成公十七年：「國子相靈公以會，高、鮑處守。及還，將至，閉門而索客。孟子訴之曰：『高、鮑將不納君，而立公子角。國子知之。』秋七月壬寅，刖鮑牽而逐高無咎。……仲尼曰：『鮑莊子之知不如葵，葵猶能衛其足。』」杜預注：「葵傾葉向日，以蔽其根。言鮑牽居亂，不能危行言孫。」朱鶴齡注：「『衛』當作『鮑』。」

〔五〕葛亮句：《三國志·蜀書·諸葛亮傳》陳壽上《諸葛亮集》二十四篇，「貴和第十一」。《趙次公先後解》：「以諸葛《貴和》爲鑒，則又所以自責，蓋惟不能和，則必召辱矣。」

〔六〕記憶句：賈誼《鵩鳥賦》：「德人無累兮，知命不憂。細故蔕芥兮，何足以疑。」

張戒《歲寒堂詩話》卷上：「子美自以爲孔雀，而以不知己者爲牛。自當時觀之，雖曰薄行可也。自後世觀之，與子美同時而不知者，庸非牛乎？子美不能堪，故曰『老翁慎莫怪少年，葛亮貴和書有篇。丈夫垂名動萬年，記憶細故非高賢』，蓋自遣也。淵明之窮，過於子美，抵觸者固自不乏。然而未嘗有孔雀逢牛之詩，忘懷得失，以此自終。此淵明所以不可及也歟？」

《趙次公先後解》：「此篇乃遭侮辱而感歎之作。」朱鶴齡注：「詩云『老翁慎莫怪少年』，乃是勸勉他人語，非自喻也。」

## 前苦寒行二首〔一〕

漢時長安雪一丈，牛馬毛寒縮如蝟〔二〕。楚江巫峽冰入懷，虎豹哀號又堪記。秦城老翁荆揚客，慣習炎蒸歲絺綌〔三〕。玄冥祝融氣或交，手持白羽未敢釋〔四〕。

（0341）

【注】

黄鶴注：《舊史》：永泰元年正月癸巳，雪盈尺。二年正月丁巳朔，大雪平地二尺。當是大曆元年（七六六）正月公在雲安作。仇注：據次章之説，是公兩遇白帝之雪，明係大曆二年（七六七）冬作。史所記雪，乃長安事，恐與夔州不同。按，次篇言去年雪在山，乃常年之景。仇説微誤。

〔一〕苦寒行：《樂府詩集》卷三三《相和歌辭》引《古今樂録》：「王僧虔《技録》：清調有六曲：一《苦寒行》，二《豫章行》……武帝『北上』，《苦寒行》。……明帝『悠悠』，《苦寒行》。」又魏武帝《苦寒行》引《樂府解題》：「晉樂奏魏武帝《北上篇》，備言冰雪溪谷之苦。其後或謂之《北上行》，蓋因武帝辭而擬之也。」

〔二〕漢時二句：《西京雜記》卷二：「元封二年大寒，雪深五尺，野中鳥獸皆死，牛馬皆蜷蹜如蝟。三輔人民凍死者十有二三。」鮑照《代出自薊北門行》：「馬毛縮如蝟，角弓不可張。」

〔三〕秦城二句：《趙次公先後解》：「秦城老翁，自言其長安人也。荊揚客，則言其今旅泊於外也，雖在夔而已有荊揚之期矣。」絺綌，見卷三《遣興五首》(0113)注。

〔四〕玄冥二句：《禮記·月令》：「孟冬之月……其神玄冥。」「季夏之月……其神祝融。」《趙次公先後解》：「楚地多熱，今雖苦寒，然當玄冥用事之時，而祝融之氣或相交，仍當使扇矣。」

去年白帝雪在山，今年白帝雪在地〔一〕。凍埋蛟龍南浦縮，寒刮肌膚北風利①。楚人四時皆麻衣，楚天萬里無晶輝②〔二〕。三足之烏足恐斷③，羲和送將安所歸④〔三〕？（0342）

【校】

①刮，錢箋、《草堂》校：「陳作割。」《文苑英華》作「割」，校：「一作刮。」

②里，《文苑英華》作「頃」，校：「一作里。」

③足，《文苑英華》作「骨」，校：「一作足。」

④送將安所歸，錢箋校：「一作迭送將安歸。一作送之將安歸。」《草堂》校：「一刊作迭送將安歸。」

安，錢箋、《草堂》作「何」。《文苑英華》作「送之將安歸」，校：「一作送將安所歸。又作迭送將安歸。」

【注】

〔一〕去年二句：《趙次公先後解》：「雪在山則雪之尚少，雪在地則多矣。」仇注：「雪到地，祁寒甚矣。」南方唯山高處有雪，今年則平地降雪寒甚。

〔二〕楚天：喬知之《苦寒行》：「遥裔出雁關，逶迤含晶光。」喬備《出塞》：「陰雲暮下雪，寒日晝無晶。」晶輝言日光。

〔三〕三足二句：《淮南子・精神訓》：「日中有踆烏。」高誘注：「踆猶蹲也。謂三足烏。」羲和，日御。見卷五《别唐十五誡因寄禮部賈侍郎》(0233)注。將，語助詞，接於動詞後。本書卷一八《送魏二十四司直充嶺南掌選崔郎中判官兼寄韋韶州》(1396)：「憑報韶州牧，新詩昨寄將。」《敦煌變文集・王陵變文》：「與寡人領將一百識文字人，抄録將來。」敦煌詞《失調名》：「九天遠地覓將來，移將後院深處坐。」仇注：「冬日無光，豈日烏畏寒，而羲和使之匿影耶？」此與『羲和冬馭近，愁畏日車翻』，同屬憑空想像語。」

## 後苦寒行二首

南紀巫廬瘴不絶〔一〕，太古以來無尺雪。蠻夷長老怨苦寒，崑崙天關凍應

折①〔二〕。玄猿口噤不能嘯，白鵠翅垂眼流血②，安得春泥補地裂〔三〕？（0343）

【校】

①應，《文苑英華》作「欲」，校：「一作應。」

②流，錢箋校：「一作出。」《文苑英華》作「出」，校：「一作流。」

【注】

仇注：詩云「天兵新斬青海戎」，大曆二年（七六七）吐蕃寇邠、靈州，故云然。黃鶴指永泰元年者，非也。

〔一〕南紀句：南紀，巫廬，見本卷《八哀詩·張公九齡》（0337）注。

〔二〕蠻夷二句：《趙次公先後解》引《神異經》崑崙有銅柱，所謂天柱也，「今所謂天關，豈天柱者乎？」又謂「折」字用《列子》共工怒觸不周之山，天柱折。《草堂》夢弼注：「崑崙山爲天柱，崆峒山爲天關。」揚雄《長楊賦》：「於是上帝眷顧高祖，高祖奉命，順斗極，連天關。橫鉅海，漂崑崙。」《文選》李善注：「《天官星占》曰：北辰一名天關。又《星經》曰：牽牛神一名天關。」朱鶴齡注引此。仇注：「言天上地下皆凍也。」按，《史記·天官書》：「黑帝行德，天關爲之動。」正義：「黑帝，北方叶光紀之帝也。冬萬物閉藏，爲之動，爲之開閉也。天關一星，在五車南，畢西北，爲天門，日月五星所道，主邊事，亦爲限隔内外，障絶往來，禁道之作違者。」崑崙可言折，關亦可言折。

〔三〕玄猿三句：陸機《苦寒行》：「猛虎憑林嘯，玄猿臨岸歎。」《相和歌辭・艷歌何嘗行》：「吾欲銜汝去，口噤不能開。」《禮記・月令》：「仲冬之月……冰益壯，地始坼。」《後漢書・五行志》：「京房《易傳》曰：地裂者，臣下分離，不肯相從也。」《草堂》夢弼注：「甫託意言賊割裂州郡也。」仇注：「寒極思春，乃道其常。」

晚來江門失大木①〔一〕，猛風中夜吹白屋②。天兵斷斬青海戎③，殺氣南行動坤軸④〔二〕。不爾苦寒何太酷⑤，巴東之峽生凌澌，彼蒼回軒人得知⑥〔三〕。（0344）

【校】

①晚，錢箋校：「一作曉。」《文苑英華》作「曉」，校：「一作晚。」　門，錢箋校：「一作邊。」《草堂》校：「一作間。」《文苑英華》作「邊」。

②吹，《文苑英華》作「飛」，校：「一作吹。」

③斷斬，錢箋作「斬斷」。　斷，《文苑英華》作「新」，校：「一作斷。」

④坤，錢箋作「地」。

⑤太，錢箋校：「一作其。」《文苑英華》作「其」，校：「一作太。」

⑥軒，錢箋校：「舊作軻。刊作斡。」《九家》、《草堂》、《文苑英華》、《樂府詩集》作「斡」，《草堂》校：「一

作軒。」

【注】

〔一〕晚來句：江門，蓋指江關。《水經注》江水：「江水又東逕魚復縣故城南……《地理志》江關都尉治。」《太平寰宇記》卷一四八夔州：「三鈎鎮在州東三里，舊時鐵鎖斷江，浮梁禦敵處也。鎮居數溪之會，故曰三鈎。唐武德二年廢。」

〔二〕天兵二句：青海戍，指吐蕃。坤軸，見卷三《青陽峽》(0146)注。《趙次公先後解》：「今言苦寒之故，以天兵斬盡吐蕃，殺氣所至。」

〔三〕不爾三句：郭璞《江賦》：「若乃巴東之峽，夏后疏鑿。」《初學記》卷七引《風俗通》：「積冰曰凌，冰壯曰凍，冰流曰澌，冰解曰泮。」《詩·秦風·黄鳥》：「彼蒼者天，殲我良人。」回軒，回車。湛方生《七歡》：「撫往運而長揖，因歸風而回軒。」盧諶《覽古》：「屈節邯鄲中，俯首忍回軒。」諸家作「回斡」，謂天爲之回轉斡旋，人豈知之。

## 晚晴

高唐暮冬雪壯哉①〔一〕，舊瘴無復似塵埃。崖沉谷没白皚皚，江石缺裂青楓摧〔二〕。南天三句苦霧開，赤日照耀從西來，六龍寒急光徘徊〔三〕。照我衰顏忽落地，口雖吟詠心中哀〔四〕。未怪及時少年子，揚眉結義黄金臺〔五〕。洎乎吾生何飄零②，支離委絶同死灰〔六〕。（0345）

【校】

①唐，《草堂》校：「舊作堂。今從師民瞻本爲正。」

②洎，錢箋校：「陳作汩。」《草堂》校：「一作洎。或作汩。」

【注】

黄鶴注：當是大曆二年（七六七）冬作。

〔一〕高唐：指巫山。參卷六《雨》（0297）「巫山臺」注。

〔二〕崖沉二句：《趙次公先後解》：「崖沉谷没，則雪漫之也。石缺楓摧，則雪壓之也。」班彪《北征賦》：「飛雲霧之杳杳，涉積雪之皚皚。」

〔三〕南天三句：鮑照《舞鶴賦》：「嚴嚴苦霧，皎皎悲泉。」阮籍《詠懷》：「沐浴丹淵中，照耀日月光。」六龍，馭日車。見卷五《别唐十五誡因寄禮部賈侍郎》（0233）注。仇注：「冬晷短，故寒急。」

〔四〕照我二句：仇注：「夕影斜，故落地。傷暮年，故心哀。」

〔五〕揚眉句：阮籍《大人先生傳》：「乃揚眉而蕩目，振袖而撫裳。」鮑照《代放歌行》：「豈伊白璧賜，將起黄金臺。」《文選》李善注：「王隱《晋書》曰：段匹磾討石勒，進屯故安縣故燕太子丹金臺。《上谷郡圖經》曰：黄金臺，易水東南十八里。燕昭王置千金於臺上，以延天下之士。」

〔六〕洎乎二句：《三國志·魏書·文帝紀》：「洎乎孝、靈，不恒其心。」《晋書·后妃傳》：「洎乎世祖，始親選良家。」洎，及也。此猶言説到。朱鶴齡注作「汩乎」，引《離騷》「汩余若將弗及兮」。汩，去貌。謝惠連《雪賦》：「憑雲升降，從風飄零。」謝靈運《永初三年七月十六日之郡初發都》：「曰余亦支離，依方早有慕。」《文選》李善注：「《莊子》曰：支離疏者，頤隱於齊，肩高於頂，會撮指天，五管在上，兩髀爲脅。《七賢音義》曰：形體離，不全正也，名疏。」見《莊子·人間世》。委絶，委弃。沈約《奉和竟陵王藥名詩》：「細柳空葳蕤，水萍終委絶。」《莊子·齊物論》：「形固可使如槁木，而心固可使如死灰乎？」

## 復陰

方冬合沓玄陰塞〔一〕，昨日晚晴今日黑。萬里飛蓬映天過，孤城樹羽揚風直〔二〕。江濤簸岸黄沙走①，雲雪埋山蒼兕吼〔三〕。君不見夔子之國杜陵翁〔四〕，牙齒半落左耳聾。（0346）

【校】

① 篋，錢箋、《草堂》校：「一作欺。」

【注】

黃鶴注：同是大曆二年（七六七）冬作。

〔一〕方冬句：王褒《洞簫賦》：「薄索合沓，罔象相求。」《文選》李善注：「合沓，重沓也。」《玉臺新詠》古詩：「夜光照玄陰，長歎念所思。」

〔二〕萬里二句：《雜曲歌辭・古八變歌》：「翩翩飛蓬征，愴愴游子懷。」江淹《從建平王游紀南城》：「君王澹以思，樹羽望楚城。」《趙次公先後解》：「則白帝城上屯戍之旗也。」

〔三〕蒼兕：《史記・齊太公世家》：「師尚父左杖黃鉞，右把白旄以誓，曰：蒼兕蒼兕，總爾衆庶，與爾舟楫，後至者斬。」索隱：「馬融曰：蒼兕，主舟楫官名。又王充曰：蒼兕者水獸，九頭。今誓衆，令急濟，故言蒼兕以懼之。」

〔四〕君不見句：《左傳》僖公二十六年：「夔子不祀祝融與鬻熊，楚人讓之，對曰：『我先王熊摯有疾，鬼神弗赦而自竄於夔。吾是以失楚，又何祀焉？』秋，楚成得臣、鬭宜申帥師滅夔，以夔子歸。」《水經注》江水秭歸縣：「縣，故歸鄉。《地理志》曰：歸了國也。《樂緯》曰：昔歸典叶聲律。宋忠曰：歸即夔。歸鄉蓋夔鄉矣。古楚之嫡嗣有熊摯者，以廢疾不立，而居於夔，爲楚附庸。後王命爲夔子。」

## 夜歸

夜來歸來衝虎過〔一〕，山黑家中已眠卧。傍見北斗向江低，仰看明星當空大〔二〕。庭前把燭嗔兩炬①，峽口驚猿聞一箇〔三〕。白頭老罷舞復歌，杖藜不睡誰能那〔四〕。（0347）

【校】

①嗔，錢箋、《草堂》校：「一作唤。」

【注】

黄鶴注：大曆二年（七六七）在瀼西居時作。

〔一〕夜來二句：夜來，來爲名詞詞尾，表時間。孟浩然《春曉》：「夜來風雨聲，花落知多少。」衝，向，冒。《敦煌變文集·燕子賦》：「使人遠來衝熱，且向窟裏逐涼。」峽中多虎，見卷六《客居》（0268）注。

〔二〕傍見二句：《詩·小雅·大東》：「東有啓明，西有長庚。」傳：「日旦出謂明星爲啓明，日既入謂明星爲長庚。」大，唐佐切。見卷一《送高三十五書記》(0002)注。

〔三〕庭前二句：《趙次公先後解》：「嗔兩炬，亦愛惜之意，實道其事也。」王嗣奭《杜臆》：「此窮儒之態也。情真故妙。」《北齊書・安德王延宗傳》：「可憐止有此一箇。」黄徹《䂬溪詩話》卷七：「數物以箇，謂食爲喫，甚近鄙俗，獨杜屢用。『峽口驚猿聞一箇』、『兩箇黄鸝鳴翠柳』、『却繞井欄添箇箇』。」

〔四〕白頭二句：《趙次公先後解》：「老罷字，或云以老而罷官也。」錢箋：「《顧況集》：閩俗呼子爲囝，父爲郎罷。此云老罷，亦戲用閩俗語也。」按，老罷即已老。《敦煌變文集・父母恩重講經文》：「苦惱莫能言，是事都來罷。」來罷即來過，已發生。如醉罷、釣罷，即已醉、已釣之義。那，朱鶴齡注：「何也。」《左傳》宣公二年：「弃甲則那。」杜預注：「那，猶何也。」按，此即不能奈何義。《敦煌變文集・金剛般若波羅蜜經講經文》：「深觀濁世苦偏多，惡業持身不那何。」齊己《放鷺鷥》：「潔白雖堪愛，腥膻不那何。」《祖堂集》卷七洞山：「一句子天下人不那何。」那何即奈何。

## 寄柏學士林居①〔一〕

自胡之反持干戈，天下學士亦奔波。歎彼幽栖載典籍，蕭然暴露依山阿②〔二〕。青山萬里静散地③〔三〕，白雨一洗空垂蘿。亂代飄零余到此④，古人成敗子如何〔四〕？荆揚春冬異風土〔五〕，巫峽日夜多雲雨⑤。赤葉楓林百舌鳴，黄泥野岸天雞舞⑥〔六〕。盗賊縱横甚密邇〔七〕，形神寂寞甘辛苦。幾時高議排金門，各使蒼生有環堵〔八〕。（0348）

【校】

①林居，《草堂》校：「魯作草堂。」

②依，錢箋校：「一作向。」

③里，錢箋校：「一作重。」《草堂》校：「王作重。」

④余，錢箋校：「一作餘。」《草堂》校：「作餘者誤也。」

⑤雲，錢箋校：「一作風。」《草堂》作「風」。

⑥泥，宋本、錢箋、《九家》、《草堂》校：「一作花。」

【注】

黄鶴注：當是大曆元年（七六六）夔州作。

〔一〕柏學士：名不詳。本書卷一六有《柏學士茅屋》（1270）。

〔二〕歎彼二句：《楚辭・九歌・山鬼》：「若有人兮山之阿，被薜荔兮帶女蘿。」王逸注：「阿，曲隅也。」

〔三〕青山句：《趙次公先後解》：「静散地，則僻静閑散之地也。『散地』字，王弼云『投戈散地』也。」仇注：「静處散地。」按，《史記・黥布列傳》：「諸侯戰其地爲散地。」集解：「《漢書音義》曰：謂散滅之地。」正義：「魏武帝注《孫子》曰：卒戀土地，道近而易敗散。」王弼語亦出此，非閑散義。《舊唐書・楊綰傳》：「乃奏爲國子祭酒，實欲以散地處之。」乃閑散義。

〔四〕亂代二句：朱鶴齡注：「因學士載書而隱，故問以觀古人成敗之事今當如何也。」

〔五〕荆揚句：《分門》洙曰：「《風土記》：荆揚之間，春寒而秋暖。此所以爲異也。」

〔六〕赤葉二句：《禮記・月令》：「小暑至，螳螂生，鵙始鳴，反舌無聲。」注：「反舌，百舌鳥。」《藝文類聚》卷九二引《易緯通卦》：「百舌者，反舌鳥也。能反覆其口，隨百鳥之音。」《太平御覽》卷二三引《雜説》：「百舌鳥一名反舌，春始囀，夏至則止。唯食蚯蚓，正月以後凍開則來，蚯蚓出故也。十月以後則藏，蚯蚓蟄故也。」天雞，見卷四《枯柟》(0191)注。

〔七〕盗賊句：《趙次公先後解》：「此大曆二年之冬春，則去年十二月周智光反，據華州。今年正月同華將吏殺智光，傳首闕下。九月吐蕃寇靈州，又寇邠州。同月桂州山獠反。斯所謂『盗賊縱横』矣。謂之『甚密邇』，言其時日之尚近也。或云別有盗賊，去夔、荆之地爲近。」黄鶴注：「非指崔旰，即指周智光也。」

〔八〕幾時二句：吴質《答東阿王書》：「歷玄闕，排金門，升玉堂。」《禮記・儒行》：「儒有一畝之宫，環堵之室。」

## 寄從孫崇簡〔一〕

嵯峨白帝城東西，南有龍湫北虎溪〔二〕。吾孫騎曹不騎馬①，業學尸鄉多養雞〔三〕。龐公隱時盡室去，武陵春樹他人迷〔四〕。與汝林居未相失，近身藥裹酒長携〔五〕。牧豎樵童亦無賴，莫令斬斷青雲梯〔六〕。（0349）

【校】

①騎馬，「騎」錢箋校：「一作記。」《九家》、《草堂》作「記」，《草堂》校：「一作騎。」

【注】

黄鶴注：似是大曆二年（七六七）作，時在赤甲瀼西也。

〔一〕崇簡：杜崇簡，世系不詳。本書卷一五《吾宗》（1085）注：「衛倉曹崇簡。」黄鶴注引《新唐書·世系表》，崇簡出襄陽房，益州司馬參軍。今《新唐書》未見，係誤引。

〔二〕南有句：龍湫、虎溪，未詳，疑爲泛稱。

〔三〕吾孫二句：《世説新語・簡傲》：「王子猷作桓車騎騎兵參軍，桓問曰：『卿何署？』答曰：『不知何署。時見牽馬來，似是馬曹。』桓又問：『官有幾馬？』答曰：『不問馬，何由知其數？』又問：『馬比死多少？』答曰：『未知生，焉知死。』」尸鄉，見卷六《催宗文樹雞栅》(0284)注。

〔四〕龐公二句：龐公，見卷三《遣興五首》(0109)注。武陵，見卷三《赤谷西崦人家》(0100)注。

〔五〕近身句：《漢書・外戚傳》：「武發篋中，有裹藥二枚。」《宋書・符瑞志》：「帝患手創積年，沙門出懷中黄散一裹與帝，曰：『此創難治，非此藥不能瘳也。』」《太平廣記》卷二《彭祖》（出《神仙傳》）：「服藥百裹，不如獨卧。」一裹猶言一服、一劑。

〔六〕牧豎二句：《史記・高祖本紀》：「始大人常以臣無賴。」集解：「晋灼曰：許慎曰：賴，利也。無利入於家也。或曰江淮之間謂小兒多狡猾爲無賴。」郭璞《游仙詩》：「靈谿可潛盤，安事登雲梯。」《文選》李善注：「雲梯，言仙人昇天，因雲而上，故曰雲梯。」《墨子》曰：公輸般爲雲梯，必取宋。張湛《列子注》曰：班輸爲梯，可以陵虚。」謝靈運《登石門最高頂》：「惜無同懷客，共登青雲梯。」

## 西閣曝日①

凛冽倦玄冬，負暄嗜飛閣〔一〕。羲和流德澤，顓頊愧倚薄〔二〕。毛髮具自和②，肌膚潛沃若〔三〕。太陽信深仁，衰氣欻有託〔四〕。欹傾煩注眼，容易收病脚〔五〕。流離木杪猿③，翩僊山巔鶴④〔六〕。用知苦聚散⑤，哀樂日已作⑥〔七〕。即事會賦詩，人生忽如昨⑦〔八〕。古來遭喪亂，賢聖盡蕭索〔九〕。胡爲將暮年，憂世心力弱。（0350）

【校】

①日，《文苑英華》作「背」。

②和，錢箋、《草堂》校：「一作私。」《九家》、《文苑英華》作「私」，《文苑英華》校：「集作和。」

③流離，錢箋、《草堂》校：「或作瀏漓。」《文苑英華》作「瀏漓」。　杪，錢箋校：「一作梢。」《文苑英華》作「梢」，校：「集作流離木杪。」

④僊，《文苑英華》作「翻」，校：「集作僊。」錢箋作「蹮」。

⑤用，錢箋校：「刊作朋。」《九家》、《草堂》作「朋」，《草堂》校：「王作用。或作明。非也。」《文苑英華》作「明」。

⑥日已作，錢箋校：「一作亦已昨。」《文苑英華》作「亦已昨」，校：「集作日已作。」

⑦昨，錢箋校：「一作錯。」《文苑英華》作「錯」，校：「集作昨。」

【注】

黄鶴注：當是大曆元年（七六六）居西閣時作。

〔一〕負暄：見卷六《槐葉冷淘》(0282)「獻芹」注。

〔二〕羲和二句：羲和，日御。《禮記·月令》：「孟冬之月……其帝顓頊。」倚薄，見本卷《八哀詩·張公九齡》(0337)注。仇注：「顓頊斂威矣。」按，倚薄爲倚附義，慚愧有感謝義，見張相《詩詞曲語詞匯釋》。此「愧」字亦作感謝解。句謂冬日爲能倚附陽光而感愧。

〔三〕沃若：《詩·衛風·氓》：「桑之未落，其葉沃若。」傳：「沃若，猶沃沃然。」

〔四〕太陽二句：《説文》：「日，實也。大昜之精不虧。」

〔五〕欹傾二句：《趙次公先後解》：「光采注眼之煩，眩而欹傾也。」朱鶴齡注：「言輾轉向日而卧也。」仇注：「注眼、收脚，坐久而起行也。地傾注視，恐病脚偶蹉，忽而舉步容易，則暖氣流暢於足矣。」

〔六〕流離二句：司馬相如《上林賦》：「流離輕禽，蹴履狡獸。」《文選》李善注：「張揖曰：流離，放散也。」謝靈運《於南山往北山經湖中瞻眺》：「俯視喬木杪，仰聆大壑淙。」左思《蜀都賦》：「紆長袖而屢舞，翩躚躚以裔裔。」《趙次公先後解》：「皆倦於寒凛，見日而喜也。」

〔七〕用知二句：《趙次公先後解》：「用是推知人之情，聚則樂，散則哀。朋友知舊苦聚散，言苦其聚而復散也。」仇注：「聚樂散哀，此旅人之情狀。」用知，諸家以作「朋知」是。按，蔣紹愚謂苦有頻、屢義，此亦謂屢聚散。

〔八〕即事二句：《趙次公先後解》：「念人生之事忽如昨日而已，亦何用苦憂慮乎。」仇注：「人生如昨，亦且隨時遣興耳。」

〔九〕古來二句：阮籍《詠懷》：「蕭索人所悲，禍釁不可辭。」

## 水閣朝霽奉簡嚴雲安①〔一〕

東城抱春岑〔二〕，江閣鄰石面。崔嵬晨雲白，朝旭射芳甸②〔三〕。雨檻卧花叢，風床展書卷③。鈎簾宿鷺起，丸藥流鶯囀〔四〕。呼婢取酒壺，續兒誦文選〔五〕。晚交嚴明府，矧此數相見。（0351）

【校】

① 朝霽奉，《草堂》無。 嚴雲安，錢箋校：「一作雲安嚴明府。」

② 旭，錢箋校：「一作日。」

③ 展書卷，錢箋、《草堂》校：「一作展輕幔。」

【注】

黄鶴注：當是大曆元年（七六六）春在雲安作。

〔一〕嚴雲安：名不詳。時爲雲安縣令。

〔二〕東城句：阮瑀詩：「春岑藹林木。」

〔三〕崔嵬二句：徐勉《詠司農府春幡》：「逶遲乘旦風，葱翠揚朝旭。」謝脁《晚登三山還望京邑》：「喧鳥覆春洲，雜英滿芳甸。」

〔四〕鈎簾二句：《雜曲歌辭·古艷歌》：「十月鈎簾起，並在束薪中。」《史記·扁鵲倉公列傳》：「即令更服丸藥。」曹丕《折楊柳行》：「與我一丸藥，光耀有五色。」沈約《三月三日率爾成章》：「開花已匝樹，流鶯復滿枝。」

〔五〕呼婢二句：張戒《歲寒堂詩話》卷上：「杜子美云：『續兒誦文選。』又云：『熟精文選理。』《文選》雖昭明所集，非昭明所作，秦漢魏晋奇麗之文盡在，所失雖多，所得不少。作詩賦四六，此其大法，安可以昭明去取一失而忽之？……《文選》中求議論而無，求奇麗之文則多矣。子美不獨教子，其作詩乃自《文選》中來，大抵宏麗語也。」葛立方《韻語陽秋》卷三：「杜子美喜用《文選》語，故宗武亦習之不置。所謂『熟精文選理，休覓彩衣輕』。又云：『呼婢取酒壺，續兒誦文選。』唐朝有《文選》學，而時君尤見重，分別本以賜金城、書絹素以屬裴行儉是也。」

## 晚登瀼上堂

故躋瀼岸高〔一〕，頗免崖石擁。開襟野堂豁〔二〕，繫馬林花動。雉堞粉似雲①，山田麥無壠〔三〕。春氣晚更生，江流靜猶涌〔四〕。四序嬰我懷〔五〕，羣盜久相踵。黎民困逆節，天子渴垂拱〔六〕。所思注東北，深峽轉修聳〔七〕。衰老自成病，郎官未爲冗〔八〕。凄其望呂葛，不復夢周孔〔九〕。濟世數嚮時，斯人各枯冢〔一〇〕。楚星南天黑，蜀月西霧重。安得隨鳥翎，迫此懼將恐〔一一〕。（0352）

【校】

①似，錢箋作「如」。

【注】

黄鶴注：大曆二年（七六七）三月，公自赤甲移居瀼西，此詩當是其時作。

〔一〕瀼：瀼水，見卷六《柴門》（0274）注。

〔二〕開襟句：王粲《登樓賦》：「憑軒檻以遥望兮，向北風而開襟。」

〔三〕雉堞二句：鮑照《蕪城賦》：「板築雉堞之殷，井幹烽櫓之勤。」《文選》李善注：「鄭玄《周禮注》曰：雉，長三丈，高一丈。杜預《左氏傳注》曰：堞，女牆也。」蕭綱《雍州曲・北渚》：「岸陰垂柳葉，平江含粉堞。」朱鶴齡注：「麥無壠，麥之茂也。」仇注：「麥無壠，高低星散。」按，春時麥初生，山田故不成壠。

〔四〕春氣二句：仇注：「晚更生，返照增妍。静猶涌，波平流順。」

〔五〕四序句：王劭之《夫誄》：「璇璣倏忽，四序競征。」何遜《寄江州褚咨議》：「自與君别離，四序紛回薄。」王粲《思親詩》：「奄遘不造，殷憂是嬰。」

〔六〕天子句：《書・武成》：「垂拱而天下治。」疏：「《説文》云：拱，斂手也。垂拱而天下治，謂所任得人，人皆稱職，手無所營，下垂其拱。」

〔七〕所思二句：《趙次公先後解》：「我之所思注意於東北，指言長安也。」張九齡《晨坐齋中偶而成詠》：「孤頂乍修聳，微雲復相續。」

〔八〕郎官句：《趙次公先後解》：「公爲尚書工部員外郎，而郎官上應列宿，亦未爲冗矣。」《漢書・申屠嘉傳》：「錯所穿非真廟垣，乃外堧垣，故冗官居其中。」《後漢書・虞詡傳》：「其牧守令長子弟皆除爲冗官。」

〔九〕淒其二句：謝靈運《初發石首城》：「欽聖若旦暮，懷賢亦淒其。」吕葛，吕望、諸葛亮。張輔《名士優劣論》：「余以爲睹孔明之忠，奸臣立節矣。殆將與伊吕争儔，豈徒樂毅爲伍哉。」《論語・述而》：「子曰：『甚矣吾衰矣。久矣吾不復夢見周公。』」

〔一〇〕濟世二句：嚮時，舊時。陸機《辯亡論》：「嚮時之師，無曩日之衆。」《趙次公先後解》：「前時濟世非無其人，而人與骨皆朽爲枯冢矣。」錢箋：「斯人蓋指房琯、張鎬、嚴武之流，公所相期濟世者也。」朱鶴齡注：「舊注即以吕葛、周孔言之，非是。」按，據文意仍指前代。

〔一一〕迫此句：《詩・小雅・谷風》：「將恐將懼，維予與女。」箋：「將，且也。」

## 敬寄族弟唐十八使君①〔一〕

與君陶唐後，盛族多其人〔二〕。聖賢冠史籍，枝派羅源津。在今氣磊落，巧僞莫敢親〔三〕。介立寔吾弟②，濟時肯殺身〔四〕。物白諱受玷〔五〕，行高無汚真。得罪永泰末，放之五溪濱〔六〕。鸞鳳有鎩翮，先儒曾抱麟〔七〕。雷霆霹長松，骨大却生筋〔八〕。一失不足傷，念子孰自珍〔九〕。泊舟楚宫岸〔一〇〕，戀闕浩酸辛。除名配清江，厥土巫峽鄰〔一一〕。登陸將首途〔一二〕，筆札枉所申。歸朝跼病肺，叙舊思重陳〔一三〕。春風洪濤壯，谷轉頗彌旬〔一四〕。我能泛中流，搪突鼉獺瞋〔一五〕。長年已省柂〔一六〕，慰此貞良臣。（0353）

【校】

① 使，宋本脱，據他本補。

② 寔，錢箋作「實」。

【注】

黄鶴注：公大曆三年（七六八）下峽時與唐相別於巫山，此詩當是別後唐寄書而公賦此以簡之，是時猶未出峽也。

〔一〕唐十八使君：唐旻。本書卷一七有《巫山縣汾州唐十八使君弟宴別》(1309)。《新唐書・宰相世系表四下》唐氏：休璟孫，「旻，汾州刺史。」《册府元龜》卷五二二《憲官部・誣譖》：「唐旻，肅宗時爲御史，誣蒲州刺史顔真卿，貶饒州刺史。」殷亮《顔魯公行狀》：「乾元元年三月，又改蒲州刺史……是年，爲酷吏唐旻所誣，貶饒州刺史。」

〔二〕與君二句：《左傳》襄公二十四年：「昔匄之祖，自虞以上，爲陶唐氏，在夏爲御龍氏，在商爲豕韋氏，在周爲唐杜氏。」杜預注：「唐、杜，二國名。殷末，豕韋國於唐，遷之於杜，爲杜伯。杜伯之子隰叔奔晋，四世及士會，食邑於范氏。杜，今京兆杜縣。」本書卷二〇《唐故萬年縣君京兆杜氏墓志》(1482)：「其先系統於伊祁，分姓於唐杜，吾祖也，我知之。」

〔三〕巧僞句：《莊子・盜跖》：「此夫魯國之巧僞人孔丘非邪？」「子之道，狂狂汲汲，詐巧虚僞事也。」

〔四〕介立二句：《後漢書・樂恢傳》：「性廉直介立，行不合己者，雖貴不與交。」張衡《思玄賦》：「何孤行之煢煢兮，孑不群而介立。」《論語・衛靈公》：「無求生以害仁，有殺身以成仁。」

〔五〕物白句：《詩・大雅・抑》：「白圭之玷，尚可磨也。」

〔六〕五溪：《水經注》沅水：「辰水又右會沅水，名之爲辰溪口。武陵有五溪，謂雄溪、樠溪、無溪、西溪，辰溪其一焉。夾溪悉是蠻左所居，故謂此蠻五溪蠻也。」《元和郡縣圖志》卷三〇辰州：「辰州蠻戎所居也。其人皆槃瓠子孫，或曰巴子兄弟立爲五谿之長。今酉谿在州西，次南武谿，次南沅谿，次南辰谿，次東南熊谿，次東南郎谿。其熊、郎二谿與酈道元《水經注》雖不同，推其次第相當，則五谿盡在今辰州界也。」

〔七〕鸞鳳二句：顏延之《五君詠·嵇中散》：「鸞翮有時鎩，龍性誰能馴。」《文選》李善注：「《淮南子》曰：飛鳥鎩羽。許慎曰：鎩，殘羽也。」《公羊傳》哀公十四年：「西狩獲麟，孔子曰：『吾道窮矣。』」杜恕《體論》：「修之在己，而遭遇有時，是以古人抱麟而泣也。」《藝文類聚》卷一〇引《琴操》：「魯哀公十四年，西狩，薪者獲麟，擊之，傷其左足。將以示孔子，孔子道與相逢見，俯而泣，抱麟曰：『爾孰爲來哉？孰爲來哉？』」

〔八〕雷霆二句：《趙次公先後解》：「松骨之大，其中生筋相附著，則霹不能盡破。以譬使君雖得罪，未能遂傷之也。」仇注：「長松筋骨，言窮而益堅。」

〔九〕孰：《草堂》夢弼注：「孰與熟同。」宋玉《登徒子好色賦》：「王孰察之，誰爲好色者矣。」孰同熟。

〔一〇〕楚宫岸：指夔州。參卷六《雨》（0297）注。

〔一一〕除名二句：《元和郡縣圖志》卷三〇黔州：「施州，清江。……秦屬黔中郡，漢爲巫縣之地。巫縣即今夔州巫山縣是也。……北至夔州五百里。」參本卷《鄭典設自施州歸》（0314）注。除名，謂除去官爵流放。《唐律疏議》卷二「應議請減贖章」疏：「議曰：犯五流之人，有官爵者，除名，流配，免居作。」《趙次公先後解》：「除名配清江，則再加貶責矣。」

〔一二〕登陸句：沈約《齊故安陸昭王碑文》：「威令首途，仁風載路。」《文選》李善注：「首途，猶首路也。」朱鶴齡注：「言將赴施州貶所。」

〔一三〕歸朝二句：《詩・小雅・正月》：「謂天蓋高，不敢不局。」局又作跼。《趙次公先後解》：「公自言其病肺之故，雖欲歸朝，踡跼不申也。」劉琨《扶風歌》：「弃置勿重陳，重陳令心傷。」

〔一四〕春風二句：顔延之《車駕幸京口侍游蒜山作》：「春江壯風濤，蘭野茂荑英。」郭璞《江賦》：「盤渦谷轉，凌濤山頽。」

〔一五〕我能二句：《詩・邶風・柏舟》：「汎彼柏舟，亦汎其流。」《後漢書・桓帝紀》：「又詔被水死流失屍骸者，令郡縣鉤求收葬，及所唐突壓溺物故。」

〔一六〕長年句：長年，艄公。見本卷《最能行》(0322)注。《趙次公先後解》：「省柂，則將行矣。」朱鶴齡注：「言已將出峽東下。」省，視也。

## 李潮八分小篆歌〔一〕

蒼頡鳥跡既茫昧〔二〕，字體變化如浮雲。陳倉石鼓又已訛①〔三〕，大小二篆生八分〔四〕。秦有李斯漢蔡邕〔五〕，中間作者寂不聞。嶧山之碑野火焚，棗木傳刻肥失真〔六〕。苦縣光和尚骨立，書貴瘦硬方通神②〔七〕。惜哉李蔡不復得③，吾甥李潮下筆親。尚書韓擇木，騎曹蔡有鄰〔八〕。開元已來數八分，潮也奄有二子成三人〔九〕。況潮小篆逼秦相，快劍長戟森相向。八分一字直百金④，蛟龍盤拏肉屈强⑤〔一〇〕。吴郡張顛誇草書〔一一〕，草書非古空雄壯。豈如吾甥不流宕⑥，丞相中郎丈人行〔一二〕。巴東逢李潮⑦，逾月求我歌。我今衰老才力薄，潮乎潮乎奈汝何。

（0354）

【校】

①又，錢箋校：「一作文。」《文苑英華》校：「集作文。」

②書，宋本、錢箋、《九家》、《草堂》校：「一作畫。」《文苑英華》校：「集作畫。」

③復，錢箋、《草堂》校：「一作可。」

④百，錢箋、《九家》、《草堂》、《文苑英華》校：「一作千。」宋本校：「一作金。」恐誤。

⑤屈，《草堂》校：「一作淈。」

⑥如，《文苑英華》作「知」，校：「集作如。」

⑦巴，《九家》、《草堂》、《文苑英華》校：「一作江。」　東，宋本、錢箋校：「一作江。」

【注】

黄鶴注：當是大曆二年（七六七）夔州作。

〔一〕李潮：趙明誠《金石録》卷二七：「右唐惠義寺彌勒像碑，李潮八分書。潮書初不見重於唐，當時獨杜甫詩盛稱之，以比蔡有鄰、韓擇木。今石刻在者絶少，惟此碑與《彭元曜墓志》爾。余皆得之。其筆法亦不絶工，非韓、蔡比也。」

〔二〕蒼頡句：《淮南子・本經訓》：「昔者蒼頡作書，而天雨粟，鬼夜哭。」又《説山訓》：「見鳥跡而知著書，以類取之。」《論衡・感類》：「以見鳥跡而知爲書，見蜚蓬而知爲車。天非以鳥跡命倉頡，以蜚蓬使奚仲也，奚仲感蜚蓬，而倉頡起鳥跡也。」

〔三〕陳倉石鼓：《元和郡縣圖志》卷二鳳翔府天興縣：「石鼓文，在縣南二十里許，石形如鼓，其數有十。蓋紀周宣王畋獵之事，其文即史籀之跡也。貞觀中，吏部侍郎蘇勖紀其事云：『虞、褚、歐陽，共稱古妙。雖歲久訛缺，遺跡尚有可觀，而歷代紀、《地理志》者不存記録，尤可歎息。』」韋應物、韓愈有《石鼓歌》。歐陽修《集古録》卷一：「岐陽石鼓初不見稱於前世，至唐人始盛稱之，而韋應物以爲周文王之鼓，宣王刻詩，韓退之直以爲宣王之鼓。在今鳳翔孔子廟中。鼓有十，先時散弃於野，鄭餘慶置於廟而亡其一。皇祐四年，向傳師求於民間，得之，乃足。其文可見者四百六十五，不可識者過半。余所集録，文之古者，莫先於此。然其可疑者三四：今世所有漢桓靈時碑往往尚在，其距今未及千歲，大書深刻，而摩滅者十猶八九。此鼓按太史公《年表》，自宣王共和元年至今嘉祐八年，實千有九百一十四年，鼓文細而刻淺，理豈得存？此其可疑者一也。其字古而有法，其言與《雅》《頌》同文，而《詩》《書》所傳之外，三代文章真跡在者，惟此而已。然自漢已來，博士好奇之士皆略而不道。此其可疑者二也。隋氏藏書最多，其《志》所録，秦始皇刻石、婆羅門外國書皆有，而猶無石鼓，遺近録遠，不宜如此。此其可疑者三也。前世傳記所載古遠奇怪之事，類多虚誕而難信，況傳記不載，不知韋、韓二君何據而知爲文宣之鼓也。隋唐古今書籍粗備，豈當時猶有所見，而今不見之邪？然退之好古不妄者，余姑取以爲信爾。至於字書，亦非史籀不能作也。」後世考證甚夥，不録。

〔四〕大小二篆生八分：許慎《説文解字叙》：「及宣王大史籀著《大篆》十五篇，與古文或異。……秦始皇帝初兼天下，丞相李斯乃奏同之，罷其不與秦文合者。斯作《倉頡篇》，中車府令趙高作《爰歷篇》，大史令胡毋敬作《博學篇》，皆取史籀大篆，或頗省改，所謂小篆者也。是時秦燒滅經書，滌除舊典，大發吏卒，興戍役，官獄職務繁，初有隸書，以趣約易，而古文由此絶矣。」張懷瓘《書斷》：「八分者，秦羽人上谷王次仲所作也。王愔云：王次仲始以古書方廣少波勢，建初中以隸草作楷法，字方八分，言有楷模。始皇得次仲文，簡略赴急疾之用，甚喜，遣召之，三徵不至。始皇大怒，制檻車送之，於道化爲大鳥飛去。」張彦遠《法書要録》卷七：「又蕭子良云：『靈帝時，王次仲飾隸爲八分。』二家俱言後漢，而兩帝不同。且靈帝之前，工八分者非一，而云方廣，殊非隸書。既言古書，豈得稱隸？若驗方廣，則篆籀有之。變古爲方，不知其謂也。……案數家之言，明次仲是秦人，既變蒼頡書，即非效程邈隸也。案蔡邕《勸學篇》『上谷王次仲初變古形』是也。始皇之世，出其數書，小篆古形，猶存其半。八分已減小篆之半，隸又減八分之半，然可云子似父，不可云父似子，故知隸不能生分八矣。本謂之楷書，楷者法也，式也，模也。……又楷、隸初制，大範幾同，故後人惑之，學者務之。蓋其歲深，漸若八字分散，又名之爲八分。時人用寫篇章，或寫法令，亦謂之章程書。」《九家》杜田《補遺》：「《書苑》云：……《蔡文姬別傳》：臣父邕言：八分書割程邈隸字去八法，割李斯小篆去二分，取八分，故曰八分書。」陸游《老學庵筆記》卷一〇：「周越《書苑》云：郭忠恕以爲小篆散而八分生，八分破而隸書出，隸書悖而行書作，行書狂而草書聖。以此知隸書乃今真書。趙明誠謂：誤以八分爲隸，自歐陽公始。」吾丘衍《學古編》：「八分者，漢隸之未有挑法者也。比秦隸則易識，比漢隸則微似篆，若用篆筆作漢隸，即得之矣。八分與隸，人多不分，故言其法。」又《日知録之餘》卷一集沈括、洪适諸家説，可參。

〔五〕秦有句：《漢書・藝文志》：「《蒼頡》七章者，秦丞相李斯所作也。」張懷瓘《書斷》：「斯善書，自趙高已下，咸見伏焉。諸名山碑璽銅人，並斯之筆書。……斯妙篆，始省改之，爲小篆者《蒼頡篇》七章。……始皇以和氏之璧琢而爲璽，令斯書其文。今泰山、嶧山及秦望等碑，並其遺跡。亦謂傳國之偉寶，百世之法式。斯小篆入神，大篆入妙。」「後漢蔡邕，字伯喈。……工書，篆隸絶世，尤得八分之精微。體法百變，窮靈盡妙，獨步今古。又創造飛白，妙有絶倫。喈八分、飛白入神，大篆、小篆入妙。」

〔六〕嶧山二句：《封氏聞見記》卷八「嶧山」：「始皇刻石紀功，其文李斯小篆。後魏太武帝登山，使人排倒之，然而歷代摹拓以爲楷則。邑人疲於供命，聚薪其下，因野火焚之，由是殘缺，不堪摹拓。然猶上官求請，行李登涉，人吏轉益勞敝。有縣宰取舊文，勒於石碑之上，凡成數片，置之縣廨，須則拓取。自是山下之人，邑中之吏，得以休息。今人間有嶧山碑，皆新刻之碑也。」《集古録》卷一秦泰山刻石：「今俗傳嶧山碑者，《史記》不載，又其字體差大，不類泰山存者，其本出於徐鉉。又有別本，云出於夏竦家者，以今市人所鬻校之，無異。自唐封演已言嶧山碑非真，而杜甫直謂棗木傳刻爾，皆不足貴也。」

〔七〕苦縣二句：《後漢書·桓帝紀》：「（延熹）八年春正月，遣中常侍左悺之苦縣，祠老子。」《九家》杜田《補遺》：「《續漢書》：桓帝夢老子，令中常侍左悺於賴鄉祠之，詔陳相邊韶立祠兼刻石。即蔡邕伯喈八分書也。」洪适《隸釋》卷三：「右《老子銘》篆額，在亳州苦縣。苦屬陳國，故其文陳相邊韶所作。碑云：延熹八年八月，帝夢老子，尊而祀之。《帝紀》：此年春冬，兩遣中常侍至苦祠老子。《水經》載蒙城王子喬碑亦云：延熹八年八月，帝遣使致祠，國相王璋乃銘紀遺烈。蓋威宗方修神仙之事，故一時郡國競作碑表。此石立於延熹無疑。杜子美云『苦縣光和尚骨立』者誤也。」杜田又引《靈帝紀》注及《書苑》：「靈帝好書，詔天下尚書於鴻都門，至者數百人。時南陽人師宜官稱八分爲最，大則一字徑丈，小則方寸千言，甚矜其能。」謂：「以是考之，疑苦縣蔡邕書，光和師宜官書也。……豈非祠立於延熹而碑刻於光和乎？」《趙次公先後解》：「以苦縣於前時已有蔡邕碑刻，至光和再刻之，幸未失真而尚猶骨立爲可貴。以意逆志，如是而已。下句『李蔡不復得』，重結上文，豈容光和碑更是師宜官書邪？」《苕溪漁隱叢話》前集卷一二引《潘子真詩話》：「《北岳碑》，後漢光和二年立。苦縣老子廟，亦漢碑。其字刻極勁，杜詩所謂『苦縣光和尚骨立，書貴瘦硬方通神』。苦縣、光和，謂二碑也。」錢箋又謂《孫根》及《華山亭碑》皆立於光和，安知杜所謂光和者非指此耶。仇注別引劉思敬《臨池漫記》，謂亳州真縣有明道宮，宮有漢光和年所立碑，蔡邕書，馬永卿贊。

〔八〕尚書二句：《舊唐書・肅宗引》：「（上元元年四月壬午）右散騎常侍韓擇木爲禮部尚書。」竇臮《述書賦》：「韓常侍則八分中興，伯喈如在，光和之美，古今遠代，昭刻石而成名，類神都之冠蓋。韓擇木昌黎人，工部尚書歷右散騎常侍。」「衛包蔡鄰，功夫亦到。出於人意，乃近天造。……蔡有鄰濟陽人，善八分，本拙弱，至天寶之間，遂至精妙，相衛中多其跡。」韓愈《科斗書後記》：「愈叔父當大曆世，文辭獨行中朝，天下之欲銘述其先人功行取信來世者，咸歸韓氏。於時李監陽冰獨能篆書，而同姓叔父擇木善八分，不問可知其人，不如是者不稱三服，故三家傳子弟往來。」

〔九〕奄：《詩・大雅・皇矣》：「受禄無喪，奄有四方。」傳：「奄，大也。」疏：「奄亦是覆蓋之義，故箋以爲覆有天下。」

〔一〇〕蛟龍句：張懷瓘《文字論》：「或若擒虎豹，有强梁拏攫之形。執蛟螭，見蚴蟉盤旋之勢。」《漢書・陸賈傳》：「乃欲以新造未集之越，屈强於此。」注：「師古曰：屈强謂不柔服也。」

〔一一〕張顛：見卷一《飲中八仙歌》（0027）注。

〔一二〕豈如二句：《相和歌辭・艷歌行》：「兄弟兩三人，流宕在他縣。」丞相，李斯。中郎，蔡邕。《史記·匈奴列傳》：「漢天子，我丈人行也。」朱鶴齡注：「言先後行輩。」

蘇軾《孫莘老求墨妙亭詩》：「嶧山傳刻典刑在，千載筆法留陽冰。杜陵評書貴瘦硬，此論未公吾不憑。短長肥瘠各有態，玉環飛燕誰敢憎。」

《苕溪漁隱叢話》前集卷一四苕溪漁隱曰：「《李潮八分小篆歌》云：『書貴瘦硬方通神。』唐初字書得晉宋之風，故以勁健相尚，至褚、薛則尤極瘦硬矣。開元、天寶以後，變爲肥厚。至蘇靈芝輩，幾於重濁。雖其言爲篆字而發，亦似有激於當時也。」又卷一八引《蔡寬夫詩話》：「杜子美云：『書貴瘦硬方通神。』予家有其父閑所書《豆盧府君德政碑》，簡遠精勁，多出於薛稷、魏華，此蓋自其家法言之。」又後集卷六苕溪漁隱曰：「蓋東坡學徐浩書，浩書多肉，用筆圓熟，故不取此語。殊不知唐初歐、虞、褚、薛，字皆瘦勁，故子美有『書貴瘦硬』之語。此非獨言篆字，蓋真字亦皆然也。」

## 釋悶

四海十年不解兵，犬戎也復臨咸京①〔一〕。失道非關出襄野，揚鞭忽是過胡城②〔二〕。豺狼塞路人斷絶，烽火照夜屍縱横。天子亦應厭奔走，羣公固合思昇

平〔三〕。但恐誅求不改轍，閏道孽能全生③〔四〕。江邊老翁錯料事〔五〕，眼暗不見風塵清。（0355）

【校】

①戎，錢箋校：「一作羊。」《草堂》作「羊」。

②胡，錢箋校：「晋作湖。」《九家》作「湖」。

③能，錢箋、《草堂》校：「一作今。」

【注】

黄鶴注：此詩當是廣德二年（七六四）作。

〔一〕四海二句：黄鶴注：「謂吐蕃以廣德元年入寇陷京師。」

〔二〕失道二句：《莊子·徐无鬼》：「黄帝將見大隗乎具茨之山……至於襄城之野，七聖皆迷，無所問途。」《世説新語·假譎》：「王大將軍既爲逆，頓軍姑孰。晋明帝以英武之才，猶相猜憚，乃著戎服，騎巴賓馬，賫一金馬鞭，陰察軍形勢。未至十餘里，有一客姥，居店賣食……便與客姥馬鞭而去，行敦營匝而去。」《晋書·明帝紀》：「帝密知之，乃乘巴滇駿馬微行，至於湖，陰察敦營壘而出。」《王敦傳》：「時帝將討敦，微服至蕪湖，察其營壘。」錢箋引吴若本注：「自唐以來，皆破句讀，故温庭筠樂府有《湖陰曲》，金城地名有湖陰。張文潛云：微行至於湖句斷。」王嗣奭《杜臆》：「天子出奔，而用黄帝、晋明隱語，用意忠厚。」仇注引天台謝省注：「代宗避寇奔走，非如黄帝迷道，却似明帝微行。」

〔三〕天子二句：《九家》趙注：「車駕雖歸長安，而有乞遷洛巡海之説。」

〔四〕但恐二句：《九家》趙注：「嬖孽指程元振，此猶未知其死也。」見卷四《憶昔二首》(0192)注。《舊唐書·代宗紀》：「(廣德元年)十一月辛丑朔，太常博士柳伉上疏，以蕃寇犯京師，罪由程元振，請斬之以謝天下。上甚嘉納，以元振有保護之功，削在身官爵，放歸田里。」「(十二月)程元振自三原縣衣婦人服入京城，京兆府擒之以聞，乃下御史臺鞫問。」「(二年正月)壬寅，御史臺以程元振獄狀聞，配流溱州。既行，追念舊勳，特矜遐裔，令於江陵府安置。」

〔五〕江邊句：黄鶴注：「時在閬州，故自稱『江邊老翁』。」

# 醉爲馬墜諸公攜酒相看

甫也諸侯老賓客，罷酒酣歌拓金戟〔一〕。騎馬忽憶少年時，散蹄迸落瞿唐石〔二〕。白帝城門水雲外，低身直下八千尺〔三〕。粉堞電轉紫游韁〔四〕，東得平岡出天壁。江村野堂争入眼，垂鞭嚲鞚凌紫陌①〔五〕。向來皓首驚萬人，自倚紅顔能騎射〔六〕。安知決臆追風足，朱汗驂驔猶噴玉〔七〕。不虞一蹶終損傷〔八〕，人生快意多所辱。職當憂戚伏衾枕，況乃遲暮加煩促〔九〕。明知來問腆我顔②〔一〇〕，杖藜强起依僮僕。語盡還成開口笑〔一一〕，提携别掃清谿曲。酒肉如山又一時，初筵哀絲動豪竹〔一二〕。共指西日不相貸，喧呼且覆杯中渌〔一三〕。何必走馬來爲問③，君不見嵇康養生被殺戮④〔一四〕。（0356）

【校】

① 鞭，錢箋、《草堂》校：「一作肩。」

② 明，錢箋校：「一作朋。」《草堂》校：「王作朋。」《九家》作「朋」。

③ 來爲問，錢箋校：「一作不爲身。」

④ 被，錢箋作「遭」，校：「一作被。」

【注】

黄鶴注：當是大曆二年（七六七）作。仇注：此夔州詩，年次難考。

〔一〕罷酒句：岑參《送顔平原》：「海風掣金戟，導吏呼鳴騶。」李白《在水軍宴贈幕府諸侍御》：「雲旗卷海雪，金戟羅江烟。」

〔二〕散蹄句：曹植《白馬篇》：「仰手接飛猱，俯身散馬蹄。」潘岳《射雉賦》：「倒禽紛以迸落，機聲振而未已。」

〔三〕白帝二句：《水經注》江水：「巴東郡，治白帝山城，周回二百八十步，北緣馬嶺接赤岬山，其間平處，南北相去八十五丈，東西七十丈。又東傍東瀼溪，即以爲隍。西南臨大江，闚之眩目。惟馬嶺小差委迤，猶斬山爲路，羊腸數四，然後得上。」嚴耕望《唐代交通圖考》引此詩，謂：「殆即乘一時豪興循馬嶺路騰馬而下，不虞一蹶終損傷也。『直下八千尺』，正與酈注『千丈』相印證。」

〔四〕粉堞句：蕭綱《雍州曲·北渚》：「岸陰垂柳葉，平江含粉堞。」嵇康《贈秀才入軍》：「風馳電逝，躡景追飛。」《晋書·五行志》太和中百姓歌：「青青御路楊，白馬紫游韁。」

〔五〕垂鞭句：虞世南《應詔嘲司花女》：「學畫鴉黄半未成，垂肩嚲袖太憨生。」《廣韻》：「嚲，丁可切。垂下貌。」黄生《字詁》：「焦澹園《俗書刊誤》云：耳垂曰奓，皮寬曰皺，並音苔。吾鄉今有此語，但呼苔平聲。按，此聲即嚲之轉。」王粲《羽獵賦》：「濟漳浦而横陣，倚紫陌而並征。」

〔六〕向來二句：《趙次公先後解》：「言人雖以我皓首爲驚，而自謂其少年時能騎射，今亦尚能也。」向來，剛才，此前。陶淵明《挽歌詩》：「向來相送人，各已歸其家。」張九齡《三月三日申王園亭宴集》：「向來同賞處，惟恨碧林曛。」

〔七〕安知二句：《趙次公先後解》：「決臆，決度於胸臆也。」仇注：「縱意也。」浦起龍云：「奔放不羈之意。」按，潘岳《射雉賦》：「丹臆蘭綷。」《文選》徐爰注：「臆，膺也。」此臆與足並列，皆謂馬，仇注誤。追風，見卷二《徒步歸行》(0054)注。庾信《三月三日華林園馬射賦》序：「於是選朱汗之馬，校黄金之埒。」盧照鄰《戰城南》：「雕弓夜宛轉，鐵騎曉參驔。」崔液《上元夜》：「驂驛始散東城曲，倏忽還來南陌頭。」張説《舞馬詞》：「擊石駿驛紫燕，摐金顧步蒼龍。」仇注：「以駿驛對宛轉、倏忽，乃飛騰迅疾之貌。」《穆天子傳》卷五：「天子東游於黃澤，宿於曲洛，廢□使宮樂謠曰：『黃之池，其馬歕沙，皇人威儀。黃之澤，其馬歕玉，皇人受穀。』」

〔八〕一蹶：見卷二《瘦馬行》(0073)注。

〔九〕職當二句：職當，理應。《後漢書·蔡邕傳》：「臣之愚冗，職當咎患。」張華《答何劭》：「恬曠苦不足，煩促每有餘。」

〔一〇〕明知句：沈約《奏彈王源》：「明目腆顔，曾無愧畏。」《文選》李善注：「孔安國《尚書傳》曰：腆，厚也。」

〔一一〕語盡句：《莊子·盜跖》：「其中開口而笑者，一月之中不過四五日而已矣。」

〔一二〕酒肉二句：《左傳》昭公十二年：「有酒如澠，有肉如陵。」《禮記·樂記》：「絲聲哀，哀以立廉。」《文選》蘇武詩：「絲竹厲清聲，慷慨有餘哀。」

〔一三〕共指二句：陶淵明《責子》：「天運苟如此，且進杯中物。」王僧孺《在王晉安酒席數韻》：「何因送款款，半飲杯中醁。」

〔一四〕君不見句：嵇康，見卷三《有懷台州鄭十八司户》(0107)注。嵇康著《養生論》。仇注：「結引嵇康，見事有出於意外者。」

## 別蔡十四著作〔一〕

賈生慟哭後〔二〕，寥落無其人。安知蔡夫子，高義邁等倫。獻書謁皇帝〔三〕，志已清風塵。流涕洒丹極〔四〕，萬乘爲酸辛。天地則創痍〔五〕，朝廷當正臣①。異才復間出，周道日惟新〔六〕。使蜀見知己，别顔始一伸。主人薨城府，扶櫬歸咸秦②〔七〕。巴道此相逢〔八〕，會我病江濱。憶念鳳翔都，聚散俄十春。我衰不足道，但願子意陳③。稍令社稷安，自契魚水親〔九〕。我雖消渴甚，敢忘帝力勤〔一〇〕。尚思未朽骨〔一一〕，復覩耕桑民。積水駕三峽，浮龍倚長津④〔一二〕。揚舲洪濤間，仗子濟物身〔一三〕。鞍馬下秦塞，王城通北辰〔一四〕。玄甲聚不散〔一五〕，兵久食恐貧。窮谷無粟帛，使者來相因。若凴南轅使⑤，書札到天垠〔一六〕。（0357）

【校】

① 當，宋本、錢箋、《九家》、《草堂》校：「一作多。」

② 扶，宋本作「撫」，據錢箋等改。

③ 意，錢箋、《草堂》校：「一作音。」

④ 長津，錢箋、《草堂》校：「一云輪囷。」

⑤ 馮，錢箋、《草堂》校：「一云逢。」　使，錢箋作「吏」，校：「陳作使。」

**【注】**

黄鶴注：公至德二載在鳳翔，至大曆元年（七六六）爲十春。當是其年作。

〔一〕蔡十四著作：名不詳。朱鶴齡注：「蔡著作以使事之成都，值崔旰之亂。公欲其以兵食匱乏歸奏天子，計安蜀人。」浦起龍云：「蔡著作當是奉除勅而詣郭，因留郭幕者。郭既遇害，蔡以扶櫬下峽，會公於雲安。」

〔二〕賈生句：賈誼《上疏陳政事》：「臣竊惟事勢，可爲痛哭者一，可爲流涕者二，可爲長太息者六。」

〔三〕獻書句：朱鶴齡注：「蓋肅宗在鳳翔時，著作嘗上書言事。」

〔四〕丹極：見本卷《虎牙行》（0338）注。

〔五〕天地句：《史記・季布欒布列傳》：「於今創痍未瘳，噲又面諛。」

〔六〕異才二句：《晉書・孝武帝紀》：「名賢間出，舊德斯在。」《禮記・大學》：「湯之《盤銘》曰：『苟日新，日日新，又日新。』《康誥》曰：『作新民。』《詩》云：『周雖舊邦，其命維新。』」

〔七〕主人二句：《趙次公先後解》：「主人，正指言郭英乂。英乂於永泰元年閏十月爲崔旰所殺，所以言薨。而蔡著作扶護靈櫬，由舟行以歸秦也。」錢箋：「指嚴武爲是。蓋英乂單騎奔簡州，爲普州刺史韓澄所殺，不當云『薨城府』也。」朱鶴齡注：「按《舊史》，英乂奔簡州，普州刺史韓澄斬其首送崔旰，英乂必殯於成都，故此云『蕘城府』，蓋隱之也。或疑指嚴武，非是。」按，詩云「聚散俄十春」，則必杜甫去蜀後蔡方詣蜀。《舊唐書·郭英乂傳》：「與宰臣元載交結，以久其權。會劍南節度使嚴武卒，載以英乂代之，充劍南節度使。既至成都，肆行不軌，無所忌憚。……又頗恣狂蕩，聚女人騎驢擊毬，製鈿驢鞍及諸服用，皆侈靡裝飾，日費數萬，以爲笑樂。未嘗問百姓間事，人頗怨之。又以西山兵馬使崔旰得衆心，屢抑之。旰因蜀人之怨，自西山率麾下五千餘衆襲成都，英乂出軍拒之，其衆皆叛，反攻英乂。英乂奔於簡州，普州刺史韓澄斬英乂首以送旰，並屠其妻子焉。」

〔八〕巴道句：《趙次公先後解》：「巴道，指言夔州。」黄鶴注：「巴道云者尚未至夔，意在雲安。」

〔九〕自契句：《三國志·蜀書·諸葛亮傳》：「先主解之曰：『孤之有孔明，猶魚之有水也。』」

〔一〇〕我雖二句：消渴甚，見卷六《同元使君春陵行》(0276)「渴太甚」注。《太平御覽》卷一八九引《帝王世紀》：「堯時老人擊壤於路而歌曰：『鑿井而飲，耕田而食，帝力于我何有哉』？」

〔一一〕尚思句：《史記·老子韓非列傳》：「老子曰：『子所言者，其人與骨皆已朽矣。』」

〔一二〕浮龍句：仇注引吴注：「龍即舟也。晋謡語及郭璞詩，皆指舟爲龍。」

〔一三〕揚舲二句：揚舲，見本卷《奉酬薛十二丈判官見贈》(0324)注。《趙次公先後解》：「於此驚危之中，揚舲洪濤，則所倚杖者，濟物之身可以保其無虞也。」仇注引遠注：「即若濟巨川，用汝作舟楫意。」趙注較穩妥。

〔一四〕鞍馬二句：朱鶴齡注：「言著作出峽後，復從陸道歸京師。」仇注：「王城，在河南。」指洛陽。

參卷二《新安史》(0060)注。北辰，帝居。

〔一五〕玄甲句：班固《封燕然山銘》：「玄甲耀日，朱旗絳天。」《文選》李善注：「《漢書》曰：發屬國之玄甲。」朱鶴齡注：「《唐書》：崔旰反，柏茂林等舉兵討之。大曆元年三月，山南西道節度使張獻誠與旰戰於梓州，大敗。」仇注：「玄甲，會討崔旰之兵。」

〔一六〕窮谷四句：《趙次公先後解》：「言方用兵須食，而頻遣使者來至窮谷。如此，則南轅之使可憑其吏而附書也。窮谷，指夔州也。來相因者，來不斷也。」「來夔之使爲南轅。」「天垠，則指言夔州以遠。」仇注：「使者，京師索餉之官。」「窮谷、天垠，俱指夔州。」《左傳》宣公十二年：「令尹南轅反旆。」按，謂京師索餉於夔者恐非。詩蓋言蔡歸長安後可託使者附書至此。

## 別李義〔一〕

神堯十八子，十七王其門〔二〕。道國洎舒國①，實唯親弟昆②〔三〕。中外貴賤殊，余亦忝諸孫〔四〕。丈人嗣王業③，之子白玉温〔五〕。道國繼德業，請從丈人論。丈人領宗卿，肅穆古制敦。先朝納諫諍，直氣横乾坤〔六〕。子建文筆壯④，河間經術存〔七〕。爾克富詩禮⑤〔八〕，骨清慮不喧。洗然遇知己，談論淮湖奔〔九〕。憶昔初見時，小襦繡芳蓀⑥〔一〇〕。長成忽會面，慰我久疾魂⑦。三峽春冬交，江山雲霧昏。

正宜且聚集，恨此當離樽。莫怪執杯遲，我衰涕唾煩〔一一〕。重問子何之，西上岷江源〔一二〕。願子少干謁，蜀都足戎軒〔一三〕。誤失將帥意，不如親故恩。少年早歸來，梅花已飛翻〔一四〕。努力慎風水，豈唯數盤飱⑧〔一五〕。猛虎臥在岸，蛟螭出無痕。王子自愛惜，老夫困石根。生别古所嗟，發聲爲爾吞〔一六〕。（0358）

【校】

①洎，錢箋校：「一作及。」

②實，《草堂》校：「一作督。」錢箋作「督」，校：「一作實。」

③王業，錢箋作「三葉」，校：「一作王業。」

④筆，《草堂》作「章」。

⑤爾，《九家》、《草堂》作「温」。

⑥襦，宋本、錢箋校：「一作孺。」

⑦疾，《草堂》作「病」。

⑧飱，宋本作「飡」，據錢箋等改。《草堂》作「餐」。

【注】

黄鶴注：當是大曆二年（七六七）在夔州作。

〔一〕李義：《舊唐書・高祖二十二子傳》道王元慶：「子臨淮王誘嗣，官至澧州刺史。永淳中，坐贓削爵。次子詢，壽州刺史。詢子微，神龍初，封爲嗣道王。……子錬，開元二十五年襲封嗣道王。廣德中，官至宗正卿。」義爲錬之子。

〔二〕神堯二句：《舊唐書・高祖紀》：「高宗上元元年八月，改上尊號曰神堯皇帝。」《分門》鮑曰：「高祖二十二子，衛懷王玄霸、楚哀王智雲皆先薨。太子建成、巢王元吉以事誅，詔除籍。故止言十八。太宗有天下，故十七子封王也。」

〔三〕道國二句：《舊唐書・高祖二十二子傳》：道王元慶，高祖第十六子，劉婕妤生。舒王元名，高祖第十八子，小楊嬪生。

〔四〕中外二句：本書卷二〇《祭外祖祖母文》（1485）：「紀國則夫人之門，舒國則府君之外父。」錢箋：「外父者，即外王父也。公爲舒國外孫之外孫。」

〔五〕丈人二句：朱鶴齡注引《杜詩博議》：「《新書・宗室世系表》於道孝王元慶之下，首書嗣王誘，次書嗣王宗正卿微，嗣王宗正卿錬，嗣王京兆尹實。《困學紀聞》云：『義蓋微之子。』以予考之不然。義乃錬之諸子，實之弟耳。詩云『丈人嗣三葉』，丈人謂錬。自誘至錬，爲嗣道王三世，故曰嗣三葉也。」《詩・秦風・小戎》：「言念君子，温其如玉。」

〔六〕先朝二句：《舊唐書・禮儀志》：「（天寶）十載正月，四海並封爲王。……太子率更令嗣道王錬祭沂山東安公。」《杜詩博議》：「則錬在玄宗時已蒙任使，所云先朝納諫諍者，蓋玄宗也。」

〔七〕子建二句：子建，曹植。《漢書・景十三王傳》：「河間獻王德以孝景前二年立，修學好古，實事求是。從民得善書，必爲好寫與之，留其真，加金帛賜以招之。繇是四方道術之人不遠千里，或有先祖舊書，多奉以奏獻王者，故得書多，與漢朝等。……其學舉六藝，立《毛氏詩》、《左氏春秋》博士。修禮樂，被服儒術，造次必於儒者。」浦起龍云：「皆古親王有文學者。」

〔八〕爾克句：《書·説命下》：「其爾克紹乃辟於先王。」《多士》：「爾克敬，天惟畀矜爾。」

〔九〕洗然二句：潘岳《爲賈謐作贈陸機》：「吾子洗然，恬淡自逸。」《文選》李善注：「《莊子》曰：庚桑子之始來也，吾洒然異之。鄭玄《禮記注》曰：洒如，肅敬也。」洗然同洒然。班固《西都賦》：「泛舟山東，控引淮湖。」《分門》洙曰：「言談論鋒起，若淮湖奔注，不可涯涘也。」

〔一〇〕小襦句：《急就篇》：「短衣曰襦，自膝已上。一曰短而施要者。」謝靈運《入彭蠡湖口》：「乘月聽哀狖，浥露馥芳蓀。」

〔一一〕莫怪二句：《趙次公先後解》：「衆人也舉杯，我獨執之遲，蓋以涕唾煩故也。」

〔一二〕西上句：仇注：「夔州居下流，故赴蜀爲西上。」

〔一三〕願子二句：干謁，見卷一《自京赴奉先縣詠懷五百字》(0041)注。戎軒，見卷六《園官送菜》(0295)注。《趙次公先後解》：「言將帥非一人也。」按，言幕府之盛。

〔一四〕飛翻：王粲《贈蔡子篤》：「苟非鴻雕，孰能飛翻。」沈約《和謝宣城》：「揆余發皇鑒，短翮屢飛翻。」飛翻同翻飛，聯綿詞，謂上下飛動。

〔一五〕努力二句：《三國志·魏書·鍾繇傳》：「此童有貴相，然當厄於水，努力慎之。」《左傳》僖公二十三年：「乃饋盤飧。」

〔一六〕發聲句：江淹《恨賦》：「自古皆有死，莫不飲恨而吞聲。」

## 送高司直尋封閬州①〔一〕

丹雀銜書來〔二〕，暮棲何鄉樹？驊騮事天子〔三〕，辛苦在道路。司直非冗官，荒山甚無趣。借問泛舟人，胡爲入雲霧？與子姻婭間〔四〕，既親亦有故。萬里長江邊，邂逅一相遇〔五〕。長卿消渴再，公幹沉綿屢〔六〕。清談慰老夫〔七〕，開卷得佳句。時見文章士，欣然淡情素②。伏枕聞別離，疇能忍漂寓？良會苦短促，溪行水奔注。熊羆咆空林，游子慎馳騖〔八〕。西謁巴中侯，艱險如跬步③〔九〕。主人不世才，先帝常特顧。拔爲天軍佐〔一〇〕，崇大王法度。淮海生清風〔一一〕，南翁尚思慕。公宮造廣廈〔一二〕，木石乃無數。初聞伐松柏④，猶卧天一柱〔一三〕。我瘦書不成⑤，成字讀亦誤⑥。爲我問故人，勞心練征戍。（0359）

【校】

① 封，《文苑英華》校：「一作赴。」

②淡，錢箋校：「一作談。」
③險，《草堂》作「難」。
④聞，《草堂》校：「一作開。」
⑤瘦，宋本、錢箋、《草堂》、《文苑英華》校：「一作病。」《九家》作「病」，校：「一作瘦。」
⑥讀，錢箋、《草堂》校：「一作字。」

**【注】**

黄鶴注：當是大曆二年（七六七）在夔州作。

〔一〕高司直：名不詳。《唐六典》卷一八大理寺：「司直六人，從六品上。……司直掌承制出使推覆，若寺有疑獄，則參議之。」封閬州：封議。本書卷一七有《送大理封主簿五郎親事不合却赴通州主簿前閬州賢子余與主簿平章鄭氏女子垂欲納采鄭氏伯父京書至女子已許他族親事遂停》（1303）。《唐代墓志彙編》貞元〇〇六張勸《唐故梁州城固縣令渤海封君墓志銘》：「君諱揆，字揆，渤海蓨人也。……王父諱哲。皇考諱議，蓬、集、閬、明四州刺史。君即明州府君□家嗣也。……劍南東川節使鮮于公與君通舊，知君理材，奏君巴西督郵。」

〔二〕丹雀句：《詩·大雅·文王》疏：「《中候我應》云：季秋之月，赤雀銜丹書入豐，止於昌户，再拜稽首受。……所命文王銜丹書者，《我應》、《是類謀》謂之赤雀，《元命苞》謂之鳳皇，《通卦驗》謂之爲鳥。鳥者羽蟲之大名，赤雀，鳳皇之雛，神而大之亦得稱鳳。文雖不同，其實一也。」

〔三〕驊騮句：驊騮，見卷一《天育驃騎圖歌》(0013)注。《趙次公先後解》：「司直通籍事主，故以丹雀之於文王，驊騮之於穆王比之。」按，皆泛喻稱譽。

〔四〕姻婭：《詩·小雅·節南山》：「瑣瑣姻亞。」傳：「兩婿相謂曰亞。」箋：「婿之父曰姻。」

〔五〕邂逅句：《詩·鄭風·野有蔓草》：「邂逅相遇，適我願兮。」

〔六〕長卿二句：長卿消渴，見卷六《同元使君春陵行》(0276)注。劉楨《贈五官中郎將》：「余嬰沉痼疾，竄身清漳濱。」

〔七〕清談：《晉書·王衍傳》：「終日清談，而縣務亦理。」

〔八〕游子句：《史記·李斯列傳》：「此布衣馳騖之時，而游説者之秋也。」

〔九〕西謁二句：《趙次公先後解》：「閬爲巴中。巴中侯，則封閬州也。」《漢書·鄒陽傳》：「失與而無助，跬步獨進。」注：「師古曰：半步曰跬。」

〔一〇〕拔爲句：《趙次公先後解》：「則必嘗佐禁旅之任。」仇注：「初爲宿衛官。」

〔一一〕淮海句：《趙次公先後解》：「則必嘗爲揚州等處官。」

〔一二〕公宮句：公宮，諸侯之宮。《左傳》莊公八年：「連稱有從妹在公宮。」《趙次公先後解》：「凡官府貴處，謂之公宮矣。……乃建廣厦於官府者也。」

〔一三〕猶卧句：《淮南子·天文訓》：「昔者共工與顓頊争爲帝，怒而觸不周之山，天柱折，地維絶。」《博物志》卷六：「《南荆賦》：江陵有臺甚大而有一柱，衆木皆拱之。」《方輿勝覽》卷二七江陵府：「一柱觀，《郡縣志》：在松滋東丘家湖中。按，《渚宫故事》：宋臨川王義慶在鎮，於羅公洲立觀甚大，而惟一柱。」《趙次公先後解》：「此非封閬州之爲廊廟器不足當之。舊注惑於公宫字，却注云幕府方須材，意以指高使君言之，非是。」按，此以構廈爲喻，公宫指諸侯之宫無異義，此亦指使府。

## 遣懷

昔我游宋中，惟梁孝王都〔一〕。名今陳留亞，劇則貝魏俱〔二〕。邑中九萬家，高棟照通衢〔三〕。舟車半天下，主客多歡娱〔四〕。白刃讎不義〔五〕，黄金傾有無。殺人紅塵裏〔六〕，報答在斯須。憶與高李輩，適、白。論交入酒壚〔七〕。兩公壯藻思，得我色敷腴〔八〕。氣酣登吹臺①，懷古視平蕪〔九〕。芒碭雲一去〔一〇〕，雁鶩空相呼。先帝正好武，寰海未凋枯〔一一〕。猛將收西域，長戟破林胡〔一二〕。百萬攻一城，獻捷不云輸〔一三〕。組練弃如泥，尺土負百夫②〔一四〕。拓境功未已，元和辭大爐〔一五〕。亂離朋友盡，合沓歲月徂〔一六〕。吾衰將焉託，存没再嗚呼。蕭條益堪愧，獨在天一隅③〔一七〕。乘黄已去矣〔一八〕，凡馬徒區區。不復見顔鮑，繫舟卧荆巫〔一九〕。臨殁吐更食，常恐違撫孤〔二〇〕。（0360）

【校】

①吹，宋本、錢箋、《九家》校：「一作文。」

②負，宋本、錢箋、《九家》、《草堂》校：「一作勝。」

③蕭條益堪愧獨在天一隅，宋本、錢箋、《九家》、《草堂》校：「一云蕭條病益甚，塊獨天一隅。」

【注】

黄鶴注：蓋李白以寶應元年卒，高適今又以永泰元年卒，此當是大曆元年（七六六）在夔州作。

〔一〕昔我二句：《漢書·文三王傳》梁孝王武：「梁最親，有功，又爲大國，居天下膏腴地，北界泰山，西至高陽，四十餘城，多大縣。孝王，太后少子，愛之，賞賜不可勝道。於是孝王築東苑，方三百餘里，廣睢陽城七十里，大治宫室。」《元和郡縣圖志》卷七河南道：「宋州，睢陽。望。開元户十萬三千，鄉一百九十三。……梁，即今州地。秦併天下，改爲碭郡。後改爲梁國，漢文帝封其子武爲梁王。」

〔二〕名今二句：《元和郡縣圖志》卷七河南道：「汴州，陳留。雄。……漢文帝以皇子武爲梁王，都大梁，以其地卑濕，東徙睢陽，今宋州是也。漢陳留郡即今陳留縣。」卷一六河北道：「魏州，魏郡。大都督府。開元户十一萬七千五百七十五。」「貝州，清河。上望。開元户八萬四千四百。」

〔三〕高棟句：何遜《和蕭咨議岑離閨怨》：「曉河没高棟，斜月半空庭。」潘岳《在懷縣作》：「靈圃耀華果，通衢列高椅。」

〔四〕主客句：張協《詠史》：「昔在西京時，朝野多歡娱。」

〔五〕白刃句：鮑照《代結客少年場行》：「失意杯酒間，白刃起相讎。」

〔六〕殺人句：班固《西都賦》：「紅塵四合，烟雲相連。」

〔七〕憶與二句：參卷六《昔游》（0288）注。《世説新語·傷逝》：「王濬沖爲尚書令，著公服，乘軺車，經黄公酒壚下過。顧謂後車客：『吾昔與嵇叔夜、阮嗣宗共酣飲於此壚。竹林之游，亦預其末。』」

〔八〕兩公二句：陸機《文賦》：「或藻思綺合，清麗千眠。」鮑照《行路難》：「人生苦多歡樂少，意氣敷腴在盛年。」

〔九〕氣酣二句：《水經注》渠水：「其水更南流，逕梁王吹臺東。《陳留風俗傳》曰：縣有倉頡師曠城，上有列仙之吹臺。北有牧澤，澤中出蘭蒲，上多俊髦，衿帶牧澤，方十五里，俗謂之蒲關澤，即謂此矣。梁王增築以爲吹臺，城隍夷滅，略存故跡。今層臺孤立於牧澤之右矣。其臺方百許步，即阮嗣宗《詠懷》詩所謂『駕言發魏都，西向望吹臺。簫管有遺音，梁王安在哉』。晋世喪亂，乞活憑居，削墮故基，遂成二層。上基猶方四五十步，高一丈餘，世謂之乞活臺，又謂之繁臺城。」《元和郡縣圖志》卷七汴州開封縣：「梁王吹臺，在縣東南六里，俗號繁臺。」

〔一〇〕芒碭句：《史記·高祖本紀》：「隱於芒、碭山澤岩石之間。吕后與人俱求，常得之。高祖怪而問之，吕后曰：『季所居上常有雲氣，故從往常得季。』」集解：「徐廣曰：芒，今臨淮縣也。碭縣在梁。」正義：「《括地志》云：宋州碭山縣在州東一百五十里，本漢碭縣也。碭山在縣東。」

〔一一〕先帝二句：《趙次公先後解》：「先帝，蓋言玄宗也。玄宗盛時，開拓疆土。」參卷一《兵車行》(0011)等注。左思《詠史》：「俯仰生榮華，咄嗟復凋枯。」

〔一二〕猛將二句：朱鶴齡注：「猛將，謂高仙芝、哥舒翰輩。」《史記·匈奴列傳》：「晋北有林胡、樓煩之戎。」索隱：「如淳云：林胡即儋林，爲李牧所滅也。」

〔一三〕輸：《敦煌變文集·漢將王陵變》：「陣陣皆輸他西楚霸王。」《正字通》：「今俗謂負曰輸。戰敗北亦曰輸。」

〔一四〕組練二句：《左傳》襄公三年：「使鄧廖帥組甲三百，被練三千。」杜預注：「組甲，漆甲成組文。被練，練袍。」謝朓《和伏武昌登孫權故城》：「北拒溺驂驔，西龕收組練。」《趙次公先後解》：「爭一尺之土，以百夫爲償，則不惜人之命。」朱鶴齡注：「負，恃也。」按，此合尺土、負土爲一語，負土即載土。中宗《封張仁願韓國公制》：「而乃躬先士卒，負土築城。」此言尺土皆由百夫負載。

〔一五〕元和句：郭璞《江賦》：「保不虧而永固，禀元氣於靈和。」《莊子·大宗師》：「今一以天地爲大爐，以造化爲大冶。」《趙次公先後解》：「政失其平和於天地之間矣。」

〔一六〕合沓：見本卷《復陰》(0346)注。

〔一七〕獨在句：《文選》李陵詩：「風波一失所，各在天一隅。」

〔一八〕乘黄：《唐六典》卷一七太僕寺乘黄署：「乘黄，古神馬名，亦曰飛黄，背有角，日行萬里。《六韜》云：『乘黄震死。』《淮南子》云：『天下有道，飛黄伏皂。』然車馬職同。後漢有未央厩令、長樂厩丞。至魏，遂改爲乘黄厩，晋因之。」

〔一九〕不復二句：《趙次公先後解》：「顔則顔延年，鮑則鮑明遠，又以申比二公（高適、李白）。」

〔二〇〕臨殯二句：《史記·留侯世家》：「漢王輟食吐哺。」《淮陰侯列傳》：「莫如案甲休兵，鎮趙撫其孤。」仇注：「恐客死於夔，不見兩家子孫也。」

# 君不見簡蘇徯〔一〕

君不見道邊廢弃池，君不見前者摧折桐。百年死樹中琴瑟，一斛舊水藏蛟龍〔二〕。丈夫蓋棺事始定〔三〕，君今幸未成老翁。何恨憔悴在山中。深山窮谷不可處，霹靂魍魎兼狂風①。（0361）

【校】

①兼，宋本、錢箋、《草堂》校：「一作并。」

【注】

黄鶴注：今以後篇《贈蘇徯》考，當在大曆元年（七六六）作。

〔一〕蘇徯：本書卷一六有《別蘇徯》(1205)，注：「赴湖南幕。」朱鶴齡疑爲源明之子。仇注謂非是。

〔二〕君不見四句：《異苑》卷七：「句章人吴平，州門前忽生一株青桐樹，上有謡歌之聲。平惡而斫殺。平隨軍北征，首尾三載，死桐欻自還立於故根之上。又聞樹巔空中歌曰：『死桐今更青，吴平尋當歸。適聞殺此樹，已復有光輝。』平尋復歸如見。」《趙次公先後解》引此：「以譬士終有用也。」又引庾信《擬連珠》：「龍門死樹，尚抱咸池之曲。」朱鶴齡注引枚乘《七發》：「龍門之桐……其根半死半生。」仇注引吴平事，謂：「平以爲琴瑟，事始定。」未詳所出。《三國志・吴書・周瑜傳》：「恐蛟龍得雲雨，終非池中物也。」

〔三〕蓋棺：見卷一《自京赴奉先縣詠懷五百字》(0041)注。

## 贈蘇四徯

異縣昔同游，各云厭轉蓬〔一〕。別離已五年，尚在行李中〔二〕。戎馬日衰息，乘輿安九重〔三〕。有才何栖栖，將老委所窮〔四〕。爲郎未爲賤，其奈疾病攻〔五〕。子何面黧黑〔六〕，不得豁心胸。巴蜀倦剽劫①，下愚成土風〔七〕。幽薊已削平，荒徼尚彎弓〔八〕。斯人脱身來，豈非吾道東〔九〕。乾坤雖寬大，所適裝囊空〔一〇〕。肉食哂菜色〔一一〕，少壯欺老翁。況乃主客間，古來偪側同〔一二〕。君今下荆揚，獨帆如飛鴻。

二州豪俠場，人馬皆自雄。一請甘飢寒，再請甘養蒙〔二三〕。（0362）

【校】

①劫，錢箋作「掠」，校：「一作劫。」

【注】

黄鶴注：當是大曆元年（七六六）作。「巴蜀倦剽劫」指崔旰之徒爲亂。是時河北盡平。蘇徯自蜀赴湖南，公有《别蘇徯赴湖南幕》詩，乃同時作。

〔一〕各云句：曹植《雜詩》：「轉蓬離本根，飄颻隨長風。……類此游客子，捐軀遠從戎。」

〔二〕行李：《左傳》僖公三十年：「行李之往來，共其乏困。」杜預注：「行李，使人。」又襄公八年注：「行人也。」

〔三〕戎馬二句：《趙次公先後解》：「以車駕嘗因吐蕃陷京師而幸陝，今稍平定，復還長安，爲九重之安矣。」九重，見卷四《丹青引》（0201）注。

〔四〕有才二句：《論語·憲問》：「微生畝謂孔子曰：『丘何爲是栖栖者與？無乃爲佞乎？』」朱鶴齡注：「委所窮，言困窮委之於命也。」

〔五〕爲郎二句：《趙次公先後解》：「公爲尚書工部員外郎，而今苦肺病。」

〔六〕子何句：《韓非子·外儲説左上》：「手足胼胝，面目黧黑。」

〔七〕巴蜀二句：黄鶴注：「五年之間，段子璋、徐知道、崔旰之變相繼，而盜賊隨起，安得不倦於剽劫，真是下愚習以爲風也。」

〔八〕荒徼句：賈誼《過秦論》：「士不敢彎弓而報怨。」

〔九〕斯人二句：《後漢書・鄭玄傳》：「玄因從質諸疑義，問畢辭歸。（馬）融喟然謂門人曰：『鄭生今去，吾道東矣。』」

〔一〇〕乾坤二句：《漢書・王吉傳》：「其自奉養極爲鮮明，而亡金銀錦繡之物。及遷徙去處，所載不過囊衣，不畜積餘財。去位家居，亦布衣疏食。天下服其廉而怪其奢，故俗傳王陽能作黄金。」

〔一一〕肉食句：《左傳》莊公十年：「肉食者鄙。」《禮記・王制》：「民無菜色。」陸機《君子有所思行》：「無以肉食資，取笑葵與藿。」

〔一二〕偪側：見卷二《偪仄行》(0051)注。

〔一三〕再請句：《易・蒙・象》：「蒙以養正，聖功也。」《趙次公先後解》：「欲其晦跡以自全耳。」仇注：「養蒙守正，則不爲少壯者欺。」

## 寄薛三郎中據①〔一〕

人生無賢愚，飄飖若埃塵②。自非得神仙，誰免危其身〔二〕？與子俱白頭，役役常苦辛③〔三〕。雖爲尚書郎，不及村野人。憶昔村野人，其樂難具陳④〔四〕。藹藹桑麻交，公侯爲等倫〔五〕。天末厭戎馬〔六〕，我輩本常貧。子尚客荆州，我亦滯江濱。峽中一卧病，瘧癘終冬春〔七〕。春復加肺氣⑤，此病蓋有因⑥。早歲與蘇鄭〔八〕，痛飲情相親。二公化爲土，嗜酒不失真〔九〕。余今委修短，豈得恨命屯⑦〔一〇〕。聞子心甚壯，所過信席珍〔一一〕。上馬不用扶，每扶必怒嗔⑧〔一二〕。賦詩賓客間，揮洒動八垠〔一三〕。乃知蓋代手，才力老益神〔一四〕。青草洞庭湖，東浮滄海漘〔一五〕。君山可避暑，況足采白蘋〔一六〕。子豈無扁舟，往復江漢津。我未下瞿塘，空念禹功勤〔一七〕。聽説松門峽〔一八〕，吐藥攬衣巾。高秋却束帶，鼓枻視清旻⑨。鳳池日澄碧，濟濟多士新〔一九〕。余病不能起，健者勿逡巡〔二〇〕。上有明哲君，下有行化臣〔二一〕。（0363）

【校】

①薛三，《文苑英華》作「薛三丈」。　據，《草堂》大字連正題。

②飆，《九家》、《草堂》、《文苑英華》作「飄」。《文苑英華》校：「集作飄飆。」

③役役，《九家》、《草堂》校：「一作没没。」《文苑英華》作「没没」，校：「集作役役。」

④ 具，《草堂》校：「一作俱。」

⑤ 春復加肺氣，《文苑英華》校：「一作復加肺氣疾。」

⑥ 病，《文苑英華》作「疾」，校：「集作病。」

⑦ 屯，《文苑英華》作「迍」。

⑧ 每，宋本、錢箋、《九家》校：「一作忽。」《草堂》校：「一作思。」《文苑英華》作「忽」，校：「集作每。」

⑨ 柮，《文苑英華》作「桅」，校：「集作柮。」 清，錢箋作「青」。

【注】

黄鶴注：當是大曆二年（七六七）作。

〔一〕薛三郎中據：薛據，見卷一《同諸公登慈恩寺塔》（0023）注。又本書卷一〇有《秦州見勑目薛三璩授司議郎畢四曜除監察與二子有故遠喜遷官兼述索居三十韻》（0609）。韓愈《國子助教河東薛君墓志銘》：「君諱公達……父曰播，尚書禮部侍郎。侍郎命君後兄據，據爲尚書水部郎中，贈給事中。」

〔二〕人生四句：《列子·楊朱》：「萬物所異者生也，所同者死也。生則有賢愚貴賤，是所異也。死則有臭腐消滅，是所同也。」

〔三〕役役句：《莊子·齊物論》：「終身役役而不見其成功，苶然疲役而不知其所歸。」

〔四〕其樂句：《古詩十九首》：「今日良宴會，歡樂難具陳。」

〔五〕藹藹二句：陶淵明《和郭主簿》：「藹藹堂前林，中夏貯清陰。」《歸園田居》：「相見無雜言，但道桑麻長。」《述酒》：「天容自永固，彭殤非等倫。」

〔六〕天未句：《晉書·姚泓載記》：「天未厭亂，凶旅實繁。」

〔七〕瘧癘：見卷二《病後遇王倚飲贈歌》(0079)注。

〔八〕早歲句：蘇鄭，蘇源明、鄭虔。見卷一《戲簡鄭廣文虔兼呈蘇司業源明》(0033)、本卷《八哀詩·蘇公源明》(0335)、《鄭公虔》(0336)注。

〔九〕二公二句：《三國志·吴書·孫權傳》注引《吴書》：「(鄭)泉臨卒謂同類曰：『死必葬我陶家之側，庶百歲之後化而成土，幸見取爲酒壺，實獲我心矣。』」施鴻保謂詩用此。

〔一〇〕余今二句：《論衡·命義》：「故壽命修短，皆禀於天。」仇注：「委修短，壽夭聽之於天也。」《易·屯》：「屯如邅如，乘馬班如。」注：「屯，時方屯難，正道未通，涉遠而行，難可以進。」

〔一一〕所過句：《禮記·儒行》：「儒有席上之珍以待聘。」仇注：「席珍，人皆推重。」

〔一二〕上馬二句：陸游《老學庵筆記》卷八：「蓋老人諱老故爾。若少壯者，扶與不扶皆可，何嗔之有？」

〔一三〕揮洒句：胡廣《邊都尉箴》：「巍巍上聖，光被八垠。」

〔一四〕乃知二句：殷璠《河岳英靈集》薛據：「據爲人骨鯁有氣魄，其文亦爾。」

〔一五〕青草二句：《史記·五帝本紀》正義：「洞庭，湖名。在岳州巴陵西南一里，南與青草湖連。」《元和郡縣圖志》卷二七岳州巴陵縣：「洞庭湖，在縣西南一里五十步，周回二百六十里。」「巴丘湖，又名青草湖，在縣南七十九里。周回二百六十五里。俗云古夢澤也。」班固《東都賦》：「西蕩河源，東澹海漘。」《文選》李善注：「《毛詩》曰：置之河之漘兮。毛萇曰：漘，厓也。」

〔一六〕君山二句：《元和郡縣圖志》卷二七岳州巴陵縣：「君山，在縣西三十里青草湖中。昔秦始皇欲入湖觀衡山，遇風浪，至此山止泊，因號焉。又云湘君所游止，故名之也。」《楚辭·九歌·湘夫人》：「登白蘋兮騁望，與佳期兮夕張。」

〔一七〕禹功：見卷六《柴門》(0274)注。

〔一八〕聽說句：《趙次公先後解》：「松門峽，無所考。豈亦如巴峽中有瞿唐灘，當時遂名爲瞿唐峽者乎？」《草堂》夢弼注：「巴中地名也。」王嗣奭《杜臆》：「觀『松門似畫圖』詩，知其去巫峽不遠。」句見本書卷一六《反照》(1266)。

〔一九〕鳳池二句：《晉書·荀勖傳》：「勖久在中書，專管機事，及失之，甚罔罔悵恨，或有賀之者，勖曰：『奪我鳳凰池，諸君何賀邪！』」謝朓《直中書省》：「兹言翔鳳池，鳴珮多清響。」《詩·大雅·文王》：「濟濟多士，文王以寧。」

〔二〇〕健者句：《後漢書·袁紹傳》：「（董）卓議欲廢立……紹勃然對曰：『天下健者，豈唯董公。』」《公羊傳》宣公六年：「趙盾逡巡北面，再拜稽首。」

〔二一〕下有句：《後漢書·循吏傳》：「自章、和以後，其有善績者往往不絕。……斯皆可以感物而行化也。」

## 大覺高僧蘭若和尚去冬往湖南〔一〕。

巫山不見廬山遠〔二〕，松林蘭若秋風晚①。一老猶鳴日暮鍾，諸僧尚乞齋時飯。香爐峰色隱晴湖，種杏仙家近白榆〔三〕。飛錫去年啼邑子，獻花何日許門徒〔四〕？（0364）

【校】

① 林，錢箋、《草堂》校：「一作間。」

【注】

《趙次公先後解》編入大曆二年（七六七）夔州詩中。黄鶴注以爲在湖南作。仇注編入夔州詩。

〔一〕大覺：《趙次公先後解》等以爲僧名。按，或爲寺名。蘭若：修行處。慧琳《一切經音義》：「阿練若，或云阿蘭若，或云阿蘭那，或但云蘭若，皆梵語訛轉耳。正梵語應云阿蘭。……此土意譯云寂静處，或云無諍地，所居不一。」

〔二〕巫山句：廬山遠，慧遠。《高僧傳》卷六《慧遠傳》：「及届潯陽，見廬峰清静，足以息習，始住龍泉精舍。……桓乃爲遠復於山東更立房殿，即東林是也。……自遠卜居廬阜三十餘年，影不出山，跡不入俗，每送客游履，常以虎溪爲界焉。」李白《別東林寺僧》：「笑別廬山遠，何煩過虎溪。」《趙次公先後解》：「大覺和尚雖是巫山之僧，而比之爲遠公。公往謁之而不遇，故云『巫山不見廬山遠』。」

〔三〕香爐二句：《太平寰宇記》卷一一一江州：「香鑪峰在（廬）山西北，其峰尖圓，烟雲聚散如博山香鑪之狀。」《趙次公先後解》：「公題下注云『和尚去年往湖南』，今此乃言江州廬山事，即隱晴湖是江南彭蠡湖，疑『湖南』字誤。」朱鶴齡注：「題下所注『湖南』，謂彭蠡湖之南。」《神仙傳》卷一〇：「董奉者，字君異。……後還廬山下居……君異居山間，爲人治病，不取錢物，人重病愈者使栽杏五株，輕者一株。如此數年，計得十萬餘株，鬱然成林。」《相和歌辭·隴西行》：「天上何所有，歷歷種白榆。」《趙次公先後解》：「言其所居之高，近乎星辰也。」按，詩以高僧比慧遠，故連用廬山典故，不必疑題注「湖南」有誤。

〔四〕飛錫二句：孫綽《游天台山賦》：「王喬控鶴以衝天，應真飛錫以躡虛。」《文選》李善注：「《大智度論》曰：菩薩常應二時。頭陀常用錫杖、經傳、佛像。」《正字通》錫：「梵言隙弃羅，此云錫杖。錫杖，經名德杖，又名智杖。有金環振之，作錫錫聲，以節步趨。《真覺要覽》：游行僧爲飛錫，安住僧爲挂錫。」《念佛三昧經》卷三：「欲得求供養，他方刹土佛。種種妙花香，隨意以奉獻。」仇注：「啼邑子，前惜其去。許門徒，今望其回。」

# 杜工部集卷第八

## 古詩四十五首 居松陵公安及至湖南作

### 憶昔行

憶昔北尋小有洞〔一〕，洪河怒濤過輕舸。辛勤不見華蓋君，艮岑青輝慘幺麼〔二〕。千崖無人萬壑靜，三步回頭五步坐。秋山眼冷魂未歸，仙賞心違淚交墮。弟子誰依白茅室①，盧老獨啓青銅鎖〔三〕。巾拂香餘擣藥塵，階除灰死燒丹火②〔四〕。玄圃滄洲莽空闊，金節羽衣飄婀娜〔五〕。落日初霞閃餘映，倏忽東西無不可〔六〕。松風磵水聲合時，青兕黄熊啼向我〔七〕。徒然咨嗟撫遺迹，至今夢想仍猶佐③〔八〕。秘訣隱文須内教，晚歲何功使願果④〔九〕？更討衡陽董鍊師⑤，南浮早鼓

瀟湘柂⑥〔一〇〕。（0365）

【校】

①茅，宋本、錢箋、《草堂》校：「一作石。」

②階，宋本、錢箋、《草堂》校：「一作前。」除，《九家》校：「一作前。」

③佐，錢箋校：「一作左。音如佐。」《九家》作「作」，校：「一作佐。」

④使，錢箋校：「一作收。」

⑤討，錢箋、《草堂》校：「一作覓。」

⑥浮，錢箋校：「一作游。」《九家》作「游」。

【注】

黄鶴注：當是大曆三年（七六八）出峽後作。

〔一〕憶昔句：《雲笈七籤》卷二七《天地宫府圖》十大洞天：「第一王屋山洞，周回萬里，號曰小有清虚之天。在洛陽、河陽兩界，去王屋縣六十里，屬西城王君治之。」

〔二〕辛勤二句：華蓋君、艮岑，見卷三《昔游》（0097）注。班彪《王命論》：「又況幺麽不及數子。」《文選》李善注：「《鶡冠子》曰：無道之君，任用幺麽，動則煩濁。《通俗文》曰：不長曰幺，細小曰麽。」慘，暗也。見卷一《渼陂行》（0031）注。

〔三〕弟子二句：《莊子·在宥》：「(黄帝)築特室，席白茅。」盧老，《趙次公先後解》：「應是華蓋君親信者。」

〔四〕巾拂二句：鮑照《舞鶴賦》：「巾拂兩停，丸劍雙止。」指巾舞、拂舞。此即言巾、拂二物。《三洞奉道科戒》卷三居處品：「凡道士女冠居處，唯虚浄素樸而已，除曲几、夾膝、如意、麈拂、香爐、香合、經案、巾帕……等，非法器玩具，皆不合畜用。」陸機《贈尚書郎顧彦先》：「豐注溢修霤，黄潦浸階除。」《文選》李善注：「《説文》曰：除，殿階也。」

〔五〕玄圃二句：玄圃，見卷二《奉先劉少府新畫山水障歌》(0080)注。滄洲，見卷三《幽人》(0098)注。《趙次公先後解》：「金節羽衣，則仙人之服御也。」《史記·封禪書》：「使衣羽衣，夜立白茅上。」曹植《洛神賦》：「華容婀娜，令我亡餐。」《文選》李善注：「張衡《七辯》曰：『蝤齊之領，阿那宜顧。』」

〔六〕落日二句：王粲《七哀詩》：「山岡有餘映，岩阿增重陰。」《苕溪漁隱叢話》前集卷一四苕溪漁隱曰：「《憶昔行》云：『落日初霞閃餘映，倏忽東西無不可。』王屋山中日西落而人影或在西，日東出而人影或在東，不可致詰。」

〔七〕青兕句：青兕，見卷二《送韋十六評事充同谷郡防禦判官》(0088)注。《左傳》昭公七年：「昔堯殛鯀於羽山，其神化爲黄熊，以入於羽淵，實爲夏郊，三代祀之。」

〔八〕至今句：佐，《趙次公先後解》：「當是『作』字，但音佐而已。此南人之語音。公詩又曰『主人送客何所作』，自注云音佐，可見矣。言今猶作此夢也。」又引句見本書卷一一《章梓州橘亭餞成都竇少尹》(0822)。朱鶴齡注：「然此恐是相左之左，即上『仙賞心違』意耳。」

〔九〕秘訣二句：《抱朴子・勤求》：「告之不力，則秘訣何可悉得邪。」《雲笈七籤》目録「三洞經教部經釋」有《太上玉清神虎内真隱文》，又有《玉清隱文》等。仇注：「内教，謂傳授密諦。」《雲笈七籤》卷六《三洞品格》：「其後分有内教十卷，即是升玄之文。」《三洞奉道科戒》卷四法次儀：「太上洞玄靈寶升玄内教經一部十卷。」願果，佛教説法。《法苑珠林》卷二七求果部引《雜寶藏經》：「佛法寬廣，濟度無涯，至心求道，無不獲果。」卷四〇引《海龍王經》：「唯佛垂恩，威德兼加，所願得果。」

〔一〇〕更討二句：《輿地紀勝》卷五五衡州：「董奉先，唐天寶中修九華丹法於衡陽，栖朱陵後洞。」引杜甫此詩。錢箋引。《永樂大典》卷八六四七引《元一統志》同。

## 魏將軍歌

將軍昔著從事衫，鐵馬馳突重兩銜〔一〕。被堅執鋭略西極，崑崙月窟東嶄岩〔二〕。君門羽林萬猛士，惡若哮虎子所監〔三〕。五年起家列霜戟，一日過海收風帆〔四〕。平生流輩徒蠢蠢，長安少年氣欲盡〔五〕。魏侯骨聳精爽緊〔六〕，華岳峰尖見秋隼。星纏寶校金盤陁，夜騎天駟超天河〔七〕。攙槍熒惑不敢動，翠蕤雲旓相蕩

摩〔八〕。吾爲子起歌都護，酒闌插劍肝膽露。鈎陳蒼蒼玄武暮①〔九〕。萬歲千秋奉明主，臨江節士安足數〔一〇〕。（0366）

【校】

① 玄武暮，錢箋、《九家》作「風玄武」，校：「一云玄武暮。」

【注】

黄鶴注：當是大曆二年（七六七）作。朱鶴齡注：此詩言魏將軍先立功西陲，後統禁軍宿衛，絶不及喪亂事，蓋禄山未反時作也，《草堂》本編在天寶末年，今從之。

〔一〕將軍二句：《九家》趙注：「著從事衫，則初爲幕官於元帥府耳。馬勒重銜，則戰馬之謹也。」引《後漢書·李憲傳》：廬江人陳衆爲從事，「號白馬陳從事」。《北史·魏孝静帝紀》：「詔内外戒嚴，百司悉依舊章，從容雅服，不得以務衫從事。」仇注引姜氏杜箋引此。

〔二〕被堅二句：《戰國策·楚策一》：「吾被堅執鋭，赴强敵而死，此猶一卒也。」揚雄《長楊賦》：「西厭月𩇨，東震日域。」《文選》注：「服虔曰：𩇨音窟，月所生也。」司馬相如《上林賦》：「深林巨木，嶃岩嵾嵳。」《文選》李善注：「郭璞曰：皆峰嶺之貌也。」《九家》趙注：「今言『崑崙月窟東嶃岩』，蓋言崑崙在月窟之東，其形嶃岩然也。」錢箋引荆溪吳子良曰：「崑崙月窟在西，云東者，謂將軍略地至西方之極，而崑崙月窟反在東也。」

〔三〕君門二句：羽林，見卷一《自京赴奉先縣詠懷五百字》（0041）注。《詩・大雅・常武》：「闞如虓虎。」釋文：「虓，火交反，虎怒貌。」《文選》曹植《七啓》「哮闞」李善注：「哮與虓同也。」

〔四〕五年二句：《唐會要》卷三二《戟》：「（貞元）五年十二月十九日，中書門下奏：應請列戟官准儀制令，正一品、開府儀同三司、嗣王郡王並勳官上柱國、柱國等帶職事三品以上，並許列戟，准天寶六載敕。」朱鶴齡注：「過海收帆，承上略西極言之，蓋過青海也。」

〔五〕平生二句：《左傳》昭公二十四年：「今王室實蠢蠢焉。」杜預注：「蠢蠢，動擾貌。」《九家》趙注：「氣欲盡，則觀將軍之富貴功名而然矣。」

〔六〕魏侯句：《左傳》昭公七年：「用物精多，則魂魄强，是以有精爽，至於神明。」仇注：「言其英氣過人。」

〔七〕星纏二句：顔延之《赭白馬賦》：「具服金組，兼飾丹雘。寶鉸星纏，鏤章霞布。」《文選》李善注：「金組，二甲也。丹雘，二色也。鉸，裝飾也。」張衡《東京賦》：「龍輈華轙，金鍐鏤錫。」《文選》李善注：「蔡邕曰：金鍐者，馬冠也。高廣各五寸，上如玉華形，在馬髦前。鏤，彫飾也。當顱，刻金爲之。」錢箋引呂東萊注引此，謂：「所謂寶校，此其具也。第尊卑之制殊耳。」金盤陁，見卷五《別唐十五誡因寄禮部賈侍郎》（0233）注。《史記・天官書》：「房爲府，曰天駟。」索隱：「《詩記曆樞》云：房爲天馬，主車駕。」《九家》趙注：「言將軍之馬乃御厩之馬也。」

〔八〕欃槍二句：《史記・天官書》：「（歲星）其失次舍以下……退而西北，三月生天欃，長四丈，末兑。退而西南，三月生天槍，長數丈，兩頭兑。」正義：「京房云：大欃爲兵，赤地千里，枯骨籍籍。」「天槍者，長數丈，兩頭鋭，出西南方。其見，不過三月，必有破國亂君伏死其辜。」又《天官書》：「禮失，罰出熒惑，熒惑失行是也。出則有兵，入則兵散。」正義：「《天官占》云：熒惑爲執法之星，其行無常。」張衡《南都賦》：「望翠華兮葳蕤，建太常兮裶裶。」《文選》李善注：「葳蕤，翠華貌。」張衡《西京賦》：「棲鳴鳶，曳雲旓。」《文選》薛綜注：「雲旓，謂旌旗之旒飛如雲也。」《九家》趙注：「皆天兵之儀也。」

〔九〕吾爲三句：《宋書·樂志》：「《督護哥》者，彭城内史徐逵之爲魯軌所殺，宋高祖使府内直督護丁旿收斂殯埋之。逵之妻，高祖長女也，呼旿至閤下，自問斂送之事，每問，輒歎息曰『丁督護』，其聲哀切。後人因其聲，廣其曲焉。」《晋書·天文志》：「鈎陳，後宫也，大帝之正妃也，大帝之常居也。」班固《西都賦》：「周以鈎陳之位，衛以嚴更之署。」《文選》李善注：「《樂汁圖》曰：鈎陳，後宫也。服虔《甘泉賦》注曰：紫宫外營。」《漢書·天文志》：「北營玄武，虚、危。……其南有衆星，曰羽林天軍。」《九家》趙注以玄武爲闕名，引《三輔舊事》：「未央宫北有玄武闕。」

〔一〇〕萬歲二句：舊注謂夔州又名臨江軍，《九家》趙注駁其非是。《漢書·藝文志》：「臨江王及愁思節士歌詩四篇。」《景十三王傳》：「臨江閔王榮以孝景前四年爲皇太子，四歲廢爲臨江王。三歲，坐侵廟壖地爲宫，上徵榮。榮行，祖於江陵北門，既上車，軸折車廢。江陵父老流涕竊言曰：『吾王不反矣！』榮至，詣中尉府對簿。中尉郅都簿責訊王，王恐，自殺。葬藍田，燕數萬銜土置冢上。百姓憐之。」陸厥《臨江王節士歌》：「節士慷慨髮衝冠，彎弓掛若木，長劍竦雲端。」《樂府詩集》卷八四《中山王孺子妾歌》：「按，此謂以歌詩賜中山王及孺子妾、未央才人等爾，累言之，故云及也。而陸厥作歌，乃謂之中山孺子妾，失之遠矣。《藝文志》又曰臨江王及愁思節士歌詩四篇、李夫人及幸貴人歌詩三篇，亦皆累辭也。」朱鶴齡注：「節士無考，本是二人，累言之故曰及也。陸韓卿合所作，乃合爲臨江王節士，其誤與中山孺子妾歌同。《哀江南賦》『臨江王有愁思之歌』，又因此而誤，太白相沿未改。」

## 北風

北風破南極，朱鳳日威垂①〔一〕。洞庭秋欲雪，鴻雁將安歸〔二〕？十年殺氣盛〔三〕，六合人烟稀。吾慕漢初老，時清猶茹芝〔四〕。（0367）

【校】

① 威，宋本、錢箋、《草堂》校：「一作低。」

【注】

黄鶴注：公大曆三年（七六八）至岳陽詩也。仇注編入大曆四年（七六九）潭州詩。

〔一〕北風二句：《淮南子·墬形訓》：「八紘之外，乃有八極。……南方曰南極之山，曰暑門。」《趙次公先後解》：「南極，所以言楚地。」「朱鳳者，南方之鳥故也。」《莊子·秋水》：「南方有鳥，其名曰鵷雛。」《藝文類聚》卷九〇引《莊子》：「吾聞南方有鳥，其名爲鳳。」傅玄《晉鼓吹曲·伯益》：「朱雀作南宿，鳳皇統羽群。」

〔二〕洞庭二句：劉孝綽《賦得始歸雁》：「洞庭春水緑，衡陽旅雁歸。」

〔三〕十年句：《趙次公先後解》：「云十年殺氣盛，則舉其大數爲詩句耳。」

〔四〕吾慕二句：言商山四皓。見卷二《喜晴》(0077)注。

## 客從

客從南溟來，遺我泉客珠〔一〕。珠中有隱字，欲辨不成書〔二〕。緘之篋笥久，以俟公家須。開視化爲血，哀今徵斂無〔三〕。(0368)

【注】

《趙次公先後解》：蔡伯世以此詩爲長沙詩，云長沙當南海孔道，故有此作，極是。黄鶴注：按史，大曆四年(七六九)三月遣御史税商錢。此詩故託珠以諷賦斂之及於商賈也。

〔一〕客從二句：《莊子·逍遥游》：「海運則將徙於南冥。」庾闡《游衡山》：「未體江湖游，安識南溟闊。」張華《博物志》卷二：「南海外有鮫人，水居如魚，不廢織績，其眼能泣珠。」左思《吴都賦》：「泉室潛織而卷綃，淵客慷慨而泣珠。」《文選》劉逵注：「俗説鮫人從水中出，曾寄寓人家，積日賣綃。綃者，竹孚俞也。鮫人臨去，從主人索器，泣而出珠滿盤，以與主人。」李善注避唐諱作「泉客」。南海産珠，本書卷六《自平》（0266）：「自平宫中吕太一，收珠南海千餘日。」則以收珠喻賦斂。參該詩注。

〔二〕珠中二句：《酉陽雜俎》卷三貝編：「摩尼珠中有金字偈。」朱鶴齡注引此。王嗣奭《杜臆》：「珠中隱字，喻民之隱情，欲辨而不得也。」

〔三〕開視二句：《分門》師曰：「此詩寓意公家徵斂而索其所無有之物，《詩》云『俾出童羖』是也。」朱鶴齡注：「哀無淚化之珠以應公家之徵斂也。」仇注：「通首寓言，末句露意。」

## 白馬

白馬東北來，空鞍貫雙箭。可憐馬上郎，意氣今誰見？近時主將戮，中夜商於戰①〔一〕。喪亂死多門，嗚呼涕如霰②。（0369）

【校】

①商，宋本校：「或作傷。」錢箋校：「一作傷。」《九家》、《草堂》作「傷」，《草堂》校：「一作商於。」

②涕，錢箋作「淚」。

【注】

《分門》蔡伯世曰：乃潭州詩，主將謂崔瓘也。《趙次公先後解》從之，編入大曆五年（七七〇）。黄鶴注：當是大曆三年（七六八）荆南作。仇注編入大曆五年。

〔一〕近時二句：「商於」《趙次公先後解》作「傷於」：「商於者山名，在虢州，與此潭州之亂無相干，斷不可取。」黄鶴注：「秦相商君之邑，張儀詐以商於之地六百里賂楚，即此地。唐爲商州上洛郡，治上洛縣。大曆二年三月，商州兵馬使劉洽殺其刺史殷仲卿，此詩爲仲卿作也。」事見《新唐書·代宗紀》。《草堂》夢弼注：「主將謂崔瓘也。臧玠與達奚忿争，拂衣去，是夜以兵殺瓘。時甫自潭州如長沙而逢亂也。」朱鶴齡注：「商州在江陵西北，不當云『白馬東北來』也。考《九域志》，衡州北至潭州三百九十里，公自潭如衡，則所見之白馬爲自東北來明矣。」《舊唐書·崔瓘傳》：「大曆五年四月，會月給糧儲，兵馬使臧玠與判官達奚覲忿争，覲曰：『今幸無事。』玠曰：『有事何逃？』厲色而去。是夜，玠遂構亂，犯州城，以殺達奚覲爲名。瓘惶遽走，逢玠兵至，遂遇害。」

## 白鳧行

君不見黄鵠高於五尺童，化爲白鳧似老翁①〔一〕。故畦遺穗已蕩盡〔二〕，天寒歲暮波濤中②。鱗介腥膻素不食，終日忍飢西復東。魯門鶢鶋亦蹭蹬，聞道如今猶避風③〔三〕。（0370）

【校】

① 似，宋本、錢箋、《九家》、《草堂》校：「一作象。」

② 歲，宋本、錢箋、《九家》、《草堂》校：「一作日。」

③ 如，錢箋、《草堂》校：「樊作于。」

【注】

《趙次公先後解》編入大曆五年（七七〇）潭州詩。黄鶴注：詩云「終日忍飢西復東」，如公在夔自瀼西遷東屯，當是大曆二年（七六七）作。仇注：應是大曆四年（七六九）潭州作，若三年秋冬，尚在公安山館也。

〔一〕君不見二句：《太平御覽》卷九一六引《毛詩義疏》：「鴻鵠，羽毛光澤純白，似鶴而大，長頸，肉美如雁。又有小鴻，大小如鳧，色亦白，今人直謂鴻也。」《趙次公先後解》：「鵠高五尺，宜高舉遠引，乃推藏低回，化作白鳧之狀，象老翁之傴僂……此賢者失所之譬也。」羅大經《鶴林玉露》乙編卷六：「杜詩有反言之者……『黄鵠高於五尺童，化爲白鳧似老翁』，或正言之，當云『五尺童時似黄鵠，化爲老翁似白鳧』也。」朱鶴齡注：「黄鵠化爲白鳧，不能飛舉矣，猶五尺童化爲老翁，不復少壯矣。此自傷衰暮之語。羅景倫目爲倒句，非也。」仇注引董斯張曰：「屈原《卜居》：『將泛泛若水中之鳧乎，將與黄鵠比翼乎？』公藉以自況。」按，《楚辭·卜居》：「寧昂昂若千里之駒乎，將泛泛若水中之鳧，與波上下，偷以全吾軀乎？寧與騏驥亢軛乎，將隨駑馬之跡乎？寧與黄鵠比翼乎，將與雞鶩争食乎？」杜詩似非徑襲。

〔二〕故畦句：《詩·小雅·甫田》：「彼有遺秉，此有滯穗。」

〔三〕魯門二句：見卷七《八哀詩·鄭公虔》（0336）注。朱鶴齡注：「爰居今猶避風，則黄鵠蹭蹬所固然耳，何必以忍飢西東爲戚哉？」仇注：「鶢鶋避風，傷北歸亦無安身之地也。」

## 蠶穀行

天下郡國向萬城，無有一城無甲兵。焉得鑄甲作農器〔一〕，一寸荒田牛得耕。

牛盡耕①，蠶亦成。不勞烈士淚滂沱〔二〕，男穀女絲行復歌。（0371）

【校】

① 耕，錢箋校：「一有田字。」《草堂》有「田」字。

【注】

黃鶴注：當是大曆三年（七六八）荆南作。去年與其年周智光反，吐蕃寇邠靈州，京師戒嚴，桂州山獠反，商州、幽州兵馬使並反，楊子琳又陷成都，亦可謂天下皆用兵也。錢箋：鶴必欲舉某年某事以實之，可謂固矣。仇注編在大曆四年（七六九）。

〔一〕焉得句：《韓詩外傳》卷九：「顔淵曰：『願得明王聖主爲之相，使城郭不治，溝池不鑿，陰陽和調，家給人足，鑄庫兵以爲農器。』」

〔二〕不勞句：《詩·陳風·澤陂》：「寤寐無爲，涕泗滂沱。」

## 折檻行〔一〕

嗚呼房魏不復見，秦王學士時難羨〔二〕。青襟胄子困泥塗①，白馬將軍若雷

電〔三〕。千載少似朱雲人，至今折檻空嶙峋〔四〕。婁公不語宋公語，尚憶先皇容直臣〔五〕。（0372）

【校】

①襟，錢箋作「衿」，《九家》校：「一作衿。」

【注】

《趙次公先後解》：此永泰元年（七六五）作，三月獨孤及上疏。黄鶴注：詩云「白馬將軍若雷電」，當是指崔旰作亂。大曆三年（七六八）在荆南作。錢箋謂非是。仇注編入大曆元年（七六六）。

〔一〕折檻行：《漢書·朱雲傳》：「丞相故安昌侯張禹以帝師位特進，甚尊重。雲上書求見，公卿在前，雲曰：『……臣願賜尚方斬馬劍，斷佞臣一人，以厲其餘。』上問：『誰也？』對曰：『安昌侯張禹。』上大怒。……御史將雲下，雲攀殿檻，檻折。……及後當治檻，上曰：『勿易。因而輯之，以旌直臣。』」洪邁《容齋三筆》卷三：「至今宫殿正中一間横檻獨不施欄楯，謂之折檻，蓋自漢以來相傳如此矣。」

〔二〕嗚呼二句：《舊唐書·褚亮傳》：「始太宗既平寇亂，留意儒學，乃於宫城西起文學館，以待四方文士。於是，以屬大行臺司勳郎中杜如晦、記室考功郎中房玄齡……並以本官兼文學館學士。……尋遺圖其狀貌，題其名字爵里，乃命亮爲之像贊，號『十八學士寫真圖』，藏之書府，以彰禮賢之重也。諸學士並給珍膳，分爲三番，更直宿於閣下。每軍國務静，參謁歸休，即便引見，討論墳籍，商略前載。預入館者，時所傾慕，謂之『登瀛洲』。」錢箋引吳若本注：「房喬故秦府學士，魏公佐建成，非十八人之列。」房玄齡初名喬。朱鶴齡注：「秦王學士本不蒙房、魏言之。然考《翰林故事》，貞觀中，秘書監虞世南等十八人爲十八學士，秦府學士，遇缺即補，意貞觀猶沿其制。徵以貞觀三年爲秘書監，安知不嘗與十八人之數乎？此詩稱『秦王學士』者，猶《秦王破陣曲》後遂以名樂耳。」按，詩言貞觀直諫之臣，故稱房魏，不必疑魏徵或嘗與十八人之數。

〔三〕青襟二句：《詩・鄭風・子衿》：「青青子衿，悠悠我心。」傳：「青衿，青領也。學子之所服。」《書・舜典》：「教胄子。」傳：「胄，長也。謂元子以下至卿大夫子弟。」《趙次公先後解》：「學校之頹壞，非特白屋之子失學而已，雖貴胄子弟，皆困辱泥塗。」《三國志・魏書・龐德傳》：「時德常乘白馬，羽軍謂之白馬將軍，皆憚之。」《趙次公先後解》：「白馬將軍若雷電，大意言武人之寵幸。」朱鶴齡注：「是時魚朝恩爲左監門衛大將軍兼神策軍使，蓋謂朝恩。黄鶴指崔旰，非是。」

〔四〕至今句：左思《魏都賦》：「榱題黮䨴，階陏嶙峋。」《文選》張載注：「《埤蒼》曰：嶙峋，山崖之貌也。」

〔五〕婁公二句：《舊唐書・婁師德傳》：「師德頗有學涉，器量寬厚，喜怒不形於色。自專綜邊任，前後三十餘年，恭勤接下，孜孜不怠。雖參知政事，深懷畏避，竟能以功名始終，甚爲識者所

重。」洪邁《容齋三筆》卷三：「此篇專爲諫争而設，謂婁師德、宋璟也。人多疑婁公既無一語，

何得爲直臣？錢仲仲云：『朝有闕政，或婁公不語則宋公語。』但師德乃是武后朝人，璟爲相時其亡久矣。杜有《祭房相國文》，言『羣公間出，魏杜婁宋』。亦並二公稱之。詩言先皇，意爲

明皇帝也。婁氏别無顯人，有聲開元間，爲不可曉。」按，詩言婁謹厚而宋忠直，皆爲先朝所容，妻乃以襯宋。

《趙次公先後解》引《資治通鑑》永泰元年三月，命左僕射裴冕、右僕射郭英乂等文武之臣十三人於集賢殿待制，左拾遺洛陽獨孤及上疏曰：「陛下召冕等待制以備詢問，此五帝盛德也。頃者陛下雖容其直，而不録其言，有容下之名，無聽諫之實，遂使諫者稍稍鉗口飽食，相招爲禄仕，此忠鯁之人所以竊歎，而臣亦恥之。」謂：「觀此，則公詩作於永泰元年爲審。非以譏其有容下之名，無聽諫之實，不若先皇之真能容直臣乎？」

錢箋：「次年，國子監釋奠，魚朝恩率六軍諸將往聽講，子弟皆服朱紫爲諸生，遂以朝恩判國子監事。故曰『青衿胄子困泥塗，白馬將軍若雷電』也。當時大臣鉗口飽食，效師德之畏遜，而不能繼宋璟之忠讜，故以折檻爲諷，言集賢諸臣自無宋、魏輩爾，未可謂朝廷不能容直臣如先皇也。」

## 朱鳳行

君不見瀟湘之山衡山高，山巔朱鳳聲嗷嗷①〔一〕。側身長顧求其羣②，翅垂口噤心甚勞③〔二〕。下愍百鳥在羅網，黄雀最小猶難逃〔三〕。願分竹實及螻蟻，盡使鴟梟相怒號〔四〕。（0373）

**【校】**

①巔，錢箋校：「卞圜本作岩。」《文苑英華》校：「卞圜注杜詩作岩。」聲，錢箋校：「一作鳴。」《文苑英華》校：「集作鳴。」

②羣，錢箋校：「一作曹。」《草堂》、《文苑英華》作「曹」，《草堂》校：「一作群。」

③甚勞，錢箋、《文苑英華》校：「一作勞勞。」

**【注】**

黄鶴注：此詩爲衡州刺史陽中丞濟作也。大曆五年臧玠殺崔瓘，濟攝連帥之職以討賊，故託衡山朱鳳以喻之。錢箋謂其説迂謬。仇注：玩此詩詞意，與《白鳧行》相似，蓋同時之作無疑。編入大曆四年(七六九)潭州作。

〔一〕君不見二句：《元和郡縣圖志》卷二九衡州衡山縣：「衡山，南岳也，一名岣嶁山，在縣西三十里。《南岳記》曰：衡山者，朱陽之靈臺，太虚之寶洞。又云：赤帝館其嶺，祝融託其陽，以其宿當翼軫，度應機衡，故爲名。又曰：上如車蓋及衡軛之形，山高四千一十丈。」朱鳳，南方之鳥。見本卷《北風》(0367)注。

〔二〕翅垂句：《後漢書·馮異傳》：「始雖垂翅回溪，終能奮翼黽池。」《相和歌辭·艷歌何嘗行》：「吾欲銜汝去，口噤不能開。」

〔三〕下愍二句：《説苑·敬慎》：「孔子見羅者，其所得者皆黄口也。孔子曰：『黄口盡得，大爵獨不得，何也？』羅者對曰：『黄口從大爵者不得，大爵從黄口者可得。』」劉楨《贈從弟》：「鳳凰集南岳，徘徊孤竹根。於心有不厭，奮翅凌紫氛。豈不常勤苦，羞與黄雀群。」《文選》李善注：「鳳凰「黄雀，喻俗士也。」《趙次公先後解》：「公今黄雀難逃於羅網，爲鳳所憫，則公之與劉楨，其心有間矣。」朱鶴齡注：「公詩似取其意而反之。羞群黄雀者，鳳采之高翔。下愍黄雀者，鳳德之廣覆也。所食竹實，願分之以及螻蟻，而鴟鴞則一聽怒號。此即『驅出六合梟鸞分』意也。」

〔四〕願分二句：竹實，見卷三《鳳凰臺》(0151)注。《莊子·秋水》：「夫鵷鶵，發於南海而飛於北海，非梧桐不止，非練實不食，非醴泉不飲。於是鴟得腐鼠，鵷鶵過之，仰而視之，曰嚇。今子欲以子之梁國而嚇我邪？」《趙次公先後解》：「四句託鳳之憂小類，憫微物，惡凶惡，乃公仁義之心如此。」

## 惜別行送向卿進奉端午御衣之上都①〔一〕

肅宗昔在靈武城，指揮猛將收咸京。向公泣血灑行殿，佐佑卿相乾坤平〔二〕。逆胡冥寞隨烟燼，卿家兄弟功名震〔三〕。麒麟圖畫鴻雁行②，紫極出入黄金印〔四〕。尚書勳業超千古，雄鎮荊州繼吾祖〔五〕。裁縫雲霧成御衣〔六〕，拜跪題封賀端午③。向卿將命寸心赤，青山落日江潮白。卿到朝廷説老翁，漂零已是滄浪客④〔七〕。（0374）

【校】

①之，《文苑英華》作「赴」。

②圖，錢箋校：「一作閣。」《文苑英華》校：「集作閣。」《草堂》作「閣」。

③賀，錢箋作「向」，校：「吴本作賀。」

④漂，《文苑英華》作「飄」，校：「集作漂。」

【注】

黄鶴注：當是大曆三年（七六八）荊南作。

〔一〕向卿：向萼。賈至《授向萼光禄少卿制》：「荆南奏事官守太子僕同正向萼等，咸膺推擢，俾在茲任。可守光禄少卿同任。」錢箋稱：「一云向公亦衛伯玉，蓋『芮』字傳寫之誤。」非是。向卿爲衛伯玉奏事官。《唐會要》卷二九《節日》：「景雲二年十一月敕：『太子及諸王公主，諸節賀遺，並宜禁斷。惟降誕日及五月五日，任其進奉，仍不得廣有營造，但進衣裳而已。諸親及百官，一切不得進。』」「初，代宗時，每歲端午及降誕日四方貢獻者數千，悉入内庫。及是，上以爲非旨，不納。」端午爲四節之一，有進奉之事，又有貢衣及賜衣之俗。

〔二〕向公二句：《趙次公先後解》：「言平乾坤者非獨卿相力，乃向公佐佑之也。」

〔三〕逆胡二句：盧元昌曰：「時扈從行在、洒血矢忠者，卿家向公也。……顧向公與卿，兄弟也。」按，詩言向公即向卿，其兄弟二人，然詩非分別言之。

〔四〕麒麟二句：麒麟圖畫，見卷七《荆南兵馬使太常卿趙公大食刀歌》(0310)注。丘遲《與陳伯之書》：「今功臣名將，雁行有序。」《文選》李善注：「應劭《漢官儀》：典職楊喬糾羊柔曰：柔知丞郎雁行，威儀有序。」潘岳《西征賦》：「厭紫極之閑敞，甘微行以游盤。」《文選》李善注：「紫極，星名，王者爲宫以象之。」金印，見卷六《和元和君春陵行》(0276)注。

〔五〕尚書二句：尚書，荆南節度使衛伯玉。參卷七《荆南兵馬使太常卿趙公大食刀歌》(0310)注。吾祖，指杜預。《晉書·杜預傳》：「及祜卒，拜鎮南大將軍、都督荆州諸軍事。」

〔六〕裁縫句：仇注：「雲霧，謂衣上織紋。」

〔七〕漂零句：滄浪客，見卷六《壯游》(0295)注。

## 醉歌行 贈公安顏少府請顧八題壁①〔一〕。

神仙中人不易得，顏氏之子才孤標〔二〕。天馬長鳴待駕馭，秋鷹整翮當雲霄〔三〕。君不見東吳顧文學，君不見西漢杜陵老〔四〕。詩家筆勢君不嫌，詞翰升堂爲君掃〔五〕。是日霜風凍七澤，烏蠻落照銜赤壁〔六〕。酒酣耳熱忘頭白，感君意氣無所惜。一爲歌行歌主客②。（0375）

【校】

① 醉歌行贈公安顏少府請顧八題壁，《文苑英華》題作「醉歌行贈公安縣顏十少府」。錢箋、《草堂》「贈公安顏少府請顧八題壁」大字連題。

② 一爲歌行歌主客，宋本、錢箋校：「一本云醉歌行歌主客。」《文苑英華》作「醉歌行歌主客」，校：「集作一爲辭醉歌歌主客。」「辭」字衍。

【注】

黄鶴注：當是大曆三年（七六八）公至公安時作。

〔一〕顔少府：參卷一七《官亭夕坐戲簡顔十少府》(1337)注。時爲公安縣尉。《舊唐書·地理志》荆州江陵府：「公安，吴孱縣地。漢末左將軍劉備自襄陽來鎮此，時號左公，乃改名公安。」顧八：朱鶴齡注：「疑脱『分』字。即後『顧八分文學』也。」見本卷《送顧八分文學適洪吉州》(0389)。

〔二〕神仙二句：《世説新語·容止》：「王右軍見杜弘治，歎曰：『面如凝脂，眼如點漆，此神仙中人。』」黄鶴注：「正以顔氏爲尉用之。」謂用仙尉典。《漢書·梅福傳》：「補南昌尉。……一朝弃妻子，去九江，至今傳以爲仙。」蕭綱《莊嚴寺僧旻法師碑》：「獨振孤標，倫類之所遠絶。」

〔三〕秋鷹句：孫綽《游天台山賦》：「哂夏蟲之疑冰，整輕翮而思矯。」

〔四〕君不見二句：《晋書·顧榮傳》：「顧榮字彦先，吴國吴人也，爲南土著姓。祖雍，吴丞相。」《王導傳》：「吴人紀瞻、顧榮，皆江南之望。」仇注：「杜陵在西京，故曰西漢。」按，杜陵漢縣，去宣帝陵五里，故詩稱「西漢」。參卷一《醉時歌》(0019)注。

〔五〕詩家二句：用筆稱掃，見卷一《醉歌行》(0020)注。《趙次公先後解》：「公自言其詩家之詞，與顧君筆勢之翰，升顔少府之堂，各爲之一掃也。」

〔六〕是日二句：司馬相如《子虚賦》：「臣聞楚有七澤，嘗見其一……名曰雲夢。」《新唐書·南蠻傳》：「烏蠻與南詔世昏姻，其種分七部落：一曰阿芋路，居曲州、靖州故地；二曰阿猛；三曰夔山；四曰暴蠻，五曰盧鹿蠻，二部落分保竹子嶺；六曰磨彌斂；七曰勿鄧。土多牛馬，無布帛，男子髽髻，女人被髮，皆衣牛羊皮。俗尚巫鬼，無拜跪之節。其語四譯，乃與中國通。」參卷七《秋風二首》(0316)「百蠻」注。本書卷一五《秋日夔府詠懷奉寄鄭監李賓客一百韻》

（1030）：「絶塞烏蠻北，孤城白帝邊。」自黔州至牂牁有入南詔道。《蠻書》卷一〇：蒙異牟尋「恐和使不達，故三道遣：……一道出牂牁，從黔府路入。」參嚴耕望《唐代交通圖考》第四卷篇三肆黔中牂牁諸道。《元和郡縣圖志》卷二七鄂州蒲圻縣：「赤壁山，在縣西一百二十里。北臨大江，其北岸即烏林，與赤壁相對，即周瑜用黄蓋策，焚曹公舟船敗走處。」又沔州汉川縣：「赤壁草市，在縣西八十里。古今地書多言此是曹公敗處。……曹公既從江陵水軍至巴丘，赤壁又在巴丘之下，軍敗引還南郡，周瑜水軍退，並是大江之中，與汉川殊爲乖繆。蓋是側近居人，見崖岸赤色，因呼爲赤壁，非曹公敗處也。」趙彦衛《雲麓漫鈔》卷六：「今江漢間言赤壁者五：漢陽、漢川、黄州、嘉魚、江夏，惟江夏合於史。」仇注：「烏蠻在西，赤壁在東，落照自西而映東也。」按，蒲圻（嘉魚）、漢川皆在公安以東，且路遥，非目力所及。疑此詩乃泛稱。《太平寰宇記》卷一四六荆州公安縣：「黄山，字或作皇。昔人或呼爲睢山，今鄉人或爲王山。云宋大將軍謝晦被誅，死於此山。立廟，因呼此神爲王山，祠壇基址猶在。」或指此山。日落西南，遠則烏蠻之鄉，近則没於赤壁，故稱「銜赤壁」。

## 歲晏行

歲云暮矣多北風，瀟湘洞庭白雪中①。漁父天寒網罟凍，莫徭射雁鳴桑弓〔一〕。去年米貴闕軍食，今年米賤大傷農〔二〕。高馬達官厭酒肉，此輩杼軸茅茨空〔三〕。楚人重魚不重鳥②〔四〕，汝休枉殺南飛鴻。況聞處處鬻男女，割慈忍愛還租庸〔五〕。往日用錢捉私鑄，今許鉛錫和青銅③〔六〕。刻泥爲之最易得，好惡不合長相蒙〔七〕。萬國城頭吹畫角，此曲哀怨何時終〔八〕？（0376）

【校】

①雪，錢箋校：「一作雲。」《草堂》作「雲」。

②鳥，宋本、錢箋、《九家》、《草堂》校：「一作肉。」

③許，宋本、錢箋、《九家》、《草堂》校：「一作來。」

【注】

黄鶴注：當是大曆三年（七六八）次岳州作。

〔一〕莫徭句：《隋書·地理志》：「長沙郡又雜有夷蜒，名曰莫徭。自云其先祖有功，常免徭役，故以爲名。其男子但著白布褌衫，更無巾袴。其女子青布衫、班布裙，通無鞋屩。婚嫁用鐵鈷鉧爲聘財。武陵、巴陵、零陵、桂陽、澧陽、衡山、熙平，皆同焉。」《册府元龜》卷一六二《帝王部·命使》開元二十九年五月詔曰：「又江淮之間，有深居山洞，多不屬州縣，自謂莫徭。何得因循，致使如此？」卷九四九《總録部・逃難》：「甄濟，肅宗寶應中爲刑部員外郎，因蕃寇逃難，客於襄州。大曆中，江西觀察使魏少游奏授著作佐郎兼侍御史，充莫徭副使。」權德輿《贈户部尚書韓公行狀》：「洪州刺史張鎬，以故相之重，作鎮江西，奏授本州長史、莫徭副使，懷徠夷落，四方率教。」劉禹錫《莫瑶歌》：「莫瑶自生長，名字無符籍。市易雜鮫人，婚姻通木客。星居占泉眼，火種開山脊。夜渡千仞谿，含沙不能射。」《禮記・内則》：「射人以桑弧蓬矢六，射天地四方。」注：「桑弧蓬矢，本大古也。」疏：「以桑與蓬皆質素之物，故知本大古也。桑，衆木之本。」

〔二〕去年二句：《舊唐書・代宗紀》：「（大曆二年十月）甲寅，減京官職田三分之一，給軍糧。」「（十一月）己丑，率百官京城士庶出錢以助軍。」黄鶴注引此。又《代宗紀》：大曆四年八月，京師米斗八百文；五年七月，京師米斗千文。則唯三年米賤。《漢書・昭帝紀》：「穀賤傷農。」

〔三〕此輩句：《詩・小雅・大東》：「小東大東，杼柚其空。」釋文：「杼，直吕反。《説文》云：盛緯器。柚音逐，本又作軸。」

〔四〕楚人句：《陳書・王固傳》：「魏人以南人嗜魚，大設罟網。」

〔五〕割慈句：江淹《别賦》：「割慈忍愛，離邦去里。」《舊唐書・食貨志》：「賦役之法，每丁歲入租粟二石。調則隨鄉土所産，綾絹絁各二丈，布加五分之一。輸綾絹絁者，兼調綿三兩；輸布者，麻三斤。凡丁，歲役二旬。若不役，則收其傭，每日三尺。」

〔六〕往日二句：《舊唐書・食貨志》：「至天寶之初，兩京用錢稍好，米粟豐賤。數載之後，漸又濫惡。府縣不許好者加價回博，好惡通用。富商奸人，漸收好錢，潛將往江淮之南，每錢貨得私鑄惡者五文，假託官錢，將入京私用。京城錢日加碎惡，鵝眼、鐵錫、古文、綖環之類，每貫重不過三四斤。……（乾元）二年三月，琦入爲相，又請更鑄重輪乾元錢，一當五十，二十斤成貫，詔可之。於是新錢與乾元、開元通寶錢三品並行。尋而穀價騰貴，米斗至七千，餓死者相枕於道。乃抬舊開元錢以一當十，減乾元錢一當三十。緣人厭錢價不定，人間抬加價錢爲虛錢。長安城中，競爲盜鑄，寺觀鐘及銅象多壞爲錢，奸人豪族犯禁者不絕。京兆尹鄭叔清擒捕之，少不容縱，數月間榜死者八百餘人。人益無聊矣。」寶應元年又改行乾元錢。又《食貨志》：「高宗嘗臨軒謂侍臣曰：『錢之爲用，行之已久。公私要便，莫甚於斯。比爲州縣不存檢校，私鑄過多。如聞荆、潭、宣、衡，犯法尤甚。遂有將船筏宿於江中，所部官人不能覺察。』」錢箋：「公時居荆衡間，故作此詩。」

〔七〕刻泥二句：《趙次公先後解》：「似言以泥爲錢模也，故言易得。」《左傳》僖公二十四年：「上下相蒙。」杜預注：「蒙，欺也。」

〔八〕萬國二句：蕭綱《折楊柳》：「城高短簫發，林空畫角悲。」《晉書·樂志》：「胡角者，本以應胡笳之聲，後漸用之横吹，有雙角，即胡樂也。張博望入西域，傳其法於西京，惟得《摩訶兜勒》一曲。李延年因胡曲更造新聲二十八解，乘輿以爲武樂。」《説郛》卷一〇〇《管絃記》：「胡角有雙角，即今畫角。後用之横吹，有大横吹部、小横吹部。」

# 夜聞觱篥

夜聞觱篥滄江上〔一〕，衰年側耳情所嚮。鄰舟一聽多感傷，塞曲三更欻悲壯〔二〕。積雪飛霜此夜寒，孤燈急管復風湍①〔三〕。君知天地干戈滿②，不見江湖行路難③〔四〕。（0377）

【校】

① 風，錢箋校：「一作奔。」《草堂》作「奔」，校：「一作風。」

② 地，宋本、錢箋、《九家》、《草堂》校：「一作下。」

③ 湖，宋本、錢箋、《九家》、《草堂》校：「一作湘。」

【注】

黄鶴注：當是大曆二年（七六七）夔州作。仇注從梁權道編在大曆三年（七六八）離公安次岳州時。其云「天地干戈滿」者，以去年吐蕃兩入寇，桂州山獠反，是年之夏楊子琳反成都也。

〔一〕夜聞句：《太平御覽》卷五八四引《樂部》：「觱篥者，笳管也。卷蘆爲頭，截竹爲管，出於胡地。

制法角音，九孔漏聲，五音咸備。唐以編入鹵部，名爲笳管，用之雅樂，以爲雅管。六竅之制，則爲鳳管。旋宮轉器，以應律管者也。」

〔二〕鄰舟二句：《晉書·劉疇傳》：「嘗避亂塢壁，賈胡數百欲害之，疇無懼色，援笳而吹之，爲《出塞》、《入塞》之聲，以動其游客之思，於是群胡皆垂泣而去。」

〔三〕孤燈句：鮑照《代白紵曲》：「古稱渌水今白紵，催絃急管爲君舞。」孟浩然《登峴山亭寄晉陵張少府》：「峴首風湍急，雲帆若鳥飛。」

〔四〕君知二句：《千家注》劉辰翁曰：「君知干戈如此，則不復恨行路矣。」朱鶴齡注：「或曰君知干戈滿地，獨不見行路之難乎？乃更吹此，以助人悲傷也。」按，二句皆設問，猶言豈不知、豈不見。

## 發劉郎浦〔一〕

挂帆早發劉郎浦，疾風颯颯昏亭午。舟中無日不沙塵，岸上空村盡豺虎〔二〕。

十日北風風未回，客行歲晚晚相催①〔三〕。白頭厭伴漁人宿，黃帽青鞋歸去來〔四〕。

（0378）

**【校】**

① 晚，錢箋校：「一作兀。」《草堂》校：「一作尤。」《九家》作「尤」。

【注】

《趙次公先後解》：此公自安縣欲往岳州所經行之處。劉郎浦，乃公安之下石首縣也。黄鶴注：當是大曆三年（七六八）往公安時作。

〔一〕劉郎浦：《九家》薛云：「《江陵圖經》：在石首縣。孫權與劉備成婚於此，因以得名。」吕温《劉郎浦口號》：「吴蜀成婚此水潯，明珠步障幄黄金。誰將一女輕天下，欲换劉郎鼎峙心。」《湖廣通志》卷九公安縣：「劉郎浦，舊縣油江渡口。宋趙抃《過公安詩》：『劉郎浦上公安渡，我過高吟老杜詩。烟浪幾重江幾曲，算應風物似當時。』按石首亦有劉郎浦。」又石首縣：「繡林山，縣西南二里。……一名望夫山。又北有劉郎浦，即先主迎婚處。杜甫詩『挂帆早發劉郎浦』是也。」

〔二〕岸上句：《趙次公先後解》：「空村盡豺虎，乃實道其事。舊注云言多盗賊，亦是。蓋張孟陽云盗賊如豺虎也。」

〔三〕十日二句：《趙次公先後解》：「北風風未回，所以催船之南行也。」

〔四〕黄帽句：黄帽，見卷三《有懷台州鄭十八司户》（0107）注。仇注引沈氏曰：「黄帽，籜冠。青鞋，芒鞋。」

# 暮秋枉裴道州手札率爾遣興寄近呈蘇渙侍御〔一〕

久客多枉友朋書，素書一月凡一束〔二〕。虚名但蒙寒温問，泛愛不救溝壑辱〔三〕。齒落未是無心人，舌存恥作窮途哭〔四〕。道州手札適復至，紙長要自三過讀〔五〕。盈把那須滄海珠，入懷本倚崑山玉〔六〕。撥弃潭州百斛酒〔七〕，蕪没瀟岸千株菊。使我晝立煩兒孫，令我夜坐費燈燭。憶子初尉永嘉去，紅顏白面花映肉〔八〕。軍符侯印取豈遲，紫燕緑耳行甚速〔九〕。聖朝尚飛戰鬭塵，濟世宜引英俊人。黎元愁痛會蘇息，夷狄跋扈徒逡巡①。授鉞築壇聞意指②，頹綱漏網期彌綸〔一〇〕。郭欽上書見大計，劉毅答詔驚羣臣〔一一〕。他日更僕語不淺，明公論兵氣益振〔一二〕。傾壺簫管黑白髮③，舞劍霜雪吹青春〔一三〕。宴筵曾語蘇季子，後來傑出雲孫比〔一四〕。茅齋定王城郭門，藥物楚老漁商市〔一五〕。市北肩輿每聯袂，郭南抱甕亦隱几〔一六〕。無數將軍西第成，早作丞相山東起④〔一七〕。鳥雀苦肥秋粟菽，蛟龍欲蟄寒沙水〔一八〕。天下鼓角何時休，陣前部曲終日死〔一九〕。附書與裴因示

蘇，此生已愧須人扶。致君堯舜付公等〔一〇〕，早據要路思捐軀。(0379)

【校】

① 夷，錢箋作「戎」。

② 指，錢箋、《九家》、《草堂》作「旨」。

③ 黑，宋本、《九家》、《草堂》校：「一作理。」錢箋校：「一作理。荆作動。」

④ 山東，錢箋、《草堂》作「東山」。

【注】

黄鶴注：當是大曆四年（七六九）在潭州作。

〔一〕裴道州：裴虬。《舊唐書·代宗紀》：「（大曆五年）夏四月庚子，湖南兵馬使崔瓘爲其兵馬使臧玠所殺，玠據潭州爲亂。澧州刺史楊子琳、道州刺史裴虬、衡州刺史楊濬出軍討玠。」韓愈《河南少尹裴君墓志銘》：「公諱復，字茂紹，河東人。曾大父元簡，大理正。大父曠，御史中丞、京畿采訪使。父虬，以有氣略、敢諫諍爲諫議大夫，引正太疑，有寵代宗朝，屢辭官不肯拜，卒贈工部尚書。」吴曾《能改齋漫録》卷六：「余偶讀蔣参政之奇《武昌怡亭序》云：『《怡亭銘》，乃永泰元年李陽冰篆，李莒八分，而裴虬作銘。』又云：『因過浯溪，觀唐賢題名，有河東裴虬，字深源。大曆四年爲著作郎、兼侍御史、道州刺史。』」劉長卿有《春過裴虬郊園》。蘇涣：見本卷《蘇大侍御涣静者也旅于江側》(0385)注。

〔二〕素書：《飲馬長城窟行》：「呼兒烹鯉魚，中有尺素書。」

〔三〕虚名二句：《世説新語·品藻》：「王黄門兄弟三人俱詣謝公，子猷、子重多説俗事，子敬寒温而已。」《論語·學而》：「泛愛衆，而親仁。」陸雲《答兄平原》：「惇仁泛愛，錫予好音。」殷仲文《南州桓公九井作》：「廣筵散泛愛，逸爵紆勝引。」《趙次公先後解》：「晋宋間遂以朋友爲泛愛。蓋猶兄弟謂之友于。」按，此言寬泛之愛，非歇後。《左傳》昭公十三年：「小人老而無子，知擠於溝壑矣。」《孟子·梁惠王下》：「凶年饑歲，君之民老弱轉乎溝壑。」

〔四〕舌存句：《史記·張儀列傳》：「共執張儀，掠笞數百，不服，醳之。其妻曰：『嘻！子毋讀書游説，安得此辱乎？』張儀謂其妻曰：『視吾舌尚在不？』其妻笑曰：『舌在也。』儀曰：『足矣。』」窮途哭，見卷四《丹青引》(0201)注。

〔五〕紙長句：《梁書·王筠傳》：「愛《左氏春秋》，吟諷常爲口實，廣略去取，凡三過五抄。」

〔六〕盈把二句：《新唐書·狄仁傑傳》閻立本曰：「君可謂滄海遺珠矣。」《趙次公先後解》：「閻立本有可謂之語，則已前固有此語矣。」《白虎通義》卷五：「江出大貝，海出明珠。」潘岳《滄海賦》：「煮水而鹽成，剖蚌而珠出。」蓋本爲常説。《晋書·郄詵傳》：「臣舉賢良對策，爲天下第一，猶桂林之一枝，崑山之片玉。」

〔七〕撥弃句：《世説新語·任誕》：「步兵校尉缺，厨中有貯酒數百斛，阮籍乃求爲步兵校尉。」《水經注》耒水「北過酃縣東」：「縣有酃湖，湖中有洲，洲上民居，彼人資以爲給，釀酒醇美，謂之酃酒，歲常貢之。」又郴縣：「縣有淥水，出縣東俠公山，西北流，而南屈注於耒，謂之程鄉溪，郡置酒官，醖於山下，名曰程酒，獻同酃也。」《後漢書・郡國志》長沙郡注引《荆州記》：「縣有酃湖，周回三里。取湖水爲酒，酒極甘美。」錢箋引此。按，酃屬衡陽，而詩稱潭州酒，或非特指。

〔八〕憶子二句：本書卷九有《送裴二虬作尉永嘉》(0444)，在天寶末年。

〔九〕軍符二句：《趙次公先後解》：「軍符，則爲節度使、爲將帥也。侯印，則封侯佩印矣。」《西京雜記》卷二：「文帝自代還，有良馬九匹，皆天下之駿馬也……一名紫燕騮。」緑耳，見卷一《天育驃騎歌》(0013)注。

〔一〇〕授鉞二句：《晉書・禮志》：「漢魏故事，遣將出征，符節郎授節鉞於朝堂。」《史記・淮陰侯列傳》：「於是王欲召信拜之。何曰：『王素慢無禮，今拜大將如呼小兒耳。此乃信所以去也。王必欲拜之，擇良日，齋戒，設壇場，具禮，乃可耳。』」陸機《五等論》：「六臣犯其弱綱，七子衝其漏網。」范寧《王弼何晏論》：「振千載之頹綱，落周孔之塵網。」《易・繫辭上》：「易與天地準，故能彌綸天地之道。」

〔一一〕郭欽二句：《晉書・四夷傳》：「侍御史西河郭欽上疏曰：『戎狄强獷，歷古爲患。魏初人寡，西北諸郡皆爲戎居。今雖服從，若百年之後有風塵之警，胡騎自平陽、上黨不三日而至孟津，北地、西河、太原、馮翊、安定、上郡盡爲狄庭矣。宜及平吴之威，謀臣猛將之略，出北地、西河、安定，復上郡，實馮翊……』帝不納。」《劉毅傳》：「帝嘗南郊，禮畢，喟然問毅曰：『卿以朕方漢何帝也？』對曰：『可方桓、靈。』帝曰：『吾雖德不及古人，猶克己爲政，又平吴會，混一天下。

方之桓、靈，其已甚乎？』對曰：『桓、靈賣官，錢入官庫。陛下賣官，錢入私門。以此言之，殆不如也。』帝大笑曰：『桓靈之世，不聞此言。今有直臣，故不同也。』」

〔一二〕他日二句：《趙次公先後解》：「他日，前日也。他日可以言前日，可以言後日。」更僕，見卷六《行官張望補稻畦水歸》(0283)注。《晉書·庾亮傳》：「老子於此處興復不淺。」左思《詠史》：「荆軻飲燕市，酒酣氣益振。」

〔一三〕傾壺二句：《趙次公先後解》：「黑白髮，言飲酒聽樂而寬愁，白髮爲之再黑。霜雪，以言劍之光采。」

〔一四〕宴筵二句：《史記·蘇秦列傳》：「見季子位高金多也。」集解：「蘇秦字季子。」索隱：「按，其嫂呼小叔爲季子耳，未必即其字。」《趙次公先後解》：「言於閑宴筵度之間，曾語及蘇渙侍御，乃六國時蘇秦之遠孫可比之也。」仇注：「指前此湘江之宴，此時蘇蓋在坐，而曾與接語也。」《爾雅·釋親》：「曾孫之子爲玄孫，玄孫之子爲來孫，來孫之子爲晜孫，晜孫之子爲仍孫，仍孫之子爲雲孫。」

〔一五〕茅齋二句：《水經注》湘水：「蘇林曰：青陽，長沙縣也。漢高祖五年，以封吴芮爲長沙王，是城即芮築也。漢景帝二年，封唐姬子發爲王，都此。」發謚定。《方輿勝覽》卷二三潭州：「定王廟，在長沙東北一里。」《湖廣通志》卷一一長沙縣：「定王岡，在縣東。《寰宇記》：定王廟連岡一丈，俗謂之定王岡。」盧元昌曰：「此詩『藥物楚老』，公自謂無疑。」

〔一六〕市北二句：肩輿，見卷六《雨》(0301)注。抱甕，見卷七《雨》(0313)注。隱几，見卷五《大雨》

（0237）注。《趙次公先後解》：「乘肩輿而連袂，以言與蘇相逐之歡。抱甕隱几，單言蘇之居處。」盧元昌曰：「蘇卜茅齋於定王郭門，我賣藥物於魚商市上。」

〔一七〕無數二句：《後漢書・馬融傳》：「融懲於鄧氏，不敢復違忤勢家，遂爲梁冀草奏李固，又作《大將軍西第頌》，以此頗爲正直所羞。」《漢書・趙充國辛慶忌傳》：「秦漢已來，山東出相，山西出將。」

〔一八〕烏雀二句：《趙次公先後解》：「上句又以比無功受禄者，下句又以比賢材之潛藏。」

〔一九〕部曲：見卷五《去秋行》（0221）注。

〔二〇〕致君句：《新唐書・李靖傳》：「家故藏高祖、太宗賜靖詔書數函，上之。一曰：『兵事節度皆付公，吾不從中治也。』」

## 奉贈李八丈判官 曛①

我丈時英特，宗枝神堯後〔一〕。珊瑚市則無，騄驥人得有〔二〕。早年見標格，秀氣衝星斗②〔三〕。事業富清機〔四〕，官曹正獨守③。頃來樹嘉政〔五〕，皆已傳衆口。艱難體貴安，冗長吾敢取〔六〕。區區猶歷試，炯炯更持久〔七〕。討論實解頤，操割紛應手〔八〕。篋書積諷諫，宮闕限奔走④〔九〕。入幕未展材⑤，秉鈞孰爲偶〔一〇〕？所親問淹泊⑥，泛愛惜衰朽〔一一〕。垂白亂南翁⑦，委身希北叟〔一二〕。真成窮轍鮒，或似喪家狗〔一三〕。秋枯洞庭石，風颯長沙柳〔一四〕。高興激荆衡〔一五〕，知音爲回首。

（0380）

【校】

①曛，《九家》大字聯題。

②衡，《文苑英華》校：「一作通。」

③正，《文苑英華》作「貞」。

④限，《文苑英華》校：「一作浪。」

⑤材，宋本、錢箋、《九家》校：「一作懷。」

⑥泊，《文苑英華》作「薄」，校：「集作泊。」

⑦亂，錢箋校：「一作辭。」《九家》作「辭」。《文苑英華》作「慕」，校：「集作辭。」

【注】

黄鶴注：當是大曆四年（七六九）在潭州作。

〔一〕我丈二句：李曛，唐宗室後。事迹不詳。神堯，唐高祖。見卷七《别李義》（0358）注。

〔二〕珊瑚二句：《太平御覽》卷八〇七引《述異記》：「鬱林郡有珊瑚市，海客市珊瑚處也。」騄驥，騄耳、騏驥。見卷一《驄馬行》（0039）、卷二《送從弟亞赴安西判官》（0087）注。

〔三〕早年二句：《南齊書·張緒傳》：「凝衿素氣，自然標格。」衡星斗，見卷七《可歎》(0328)注。

〔四〕事業句：曹攄《思友人》：「精義測神奥，清機發妙理。」

〔五〕頃來句：李白《贈范金卿》：「游子睹嘉政，因之聽頌聲。」

〔六〕艱難二句：陸機《文賦》：「要辭達而理舉，故無取乎冗長。」《趙次公先後解》：「言時方艱難，爲政不擾，所以其大體貴在安静。」「今言爲政，本分之外，其如物之冗長者，吾不取之。」朱鶴齡注：「無取冗碎之務也。」

〔七〕區區二句：《書·舜典》：「歷試諸難。」仇注：「區區一判，歷試而心久持。」

〔八〕討論二句：《漢書·匡衡傳》：「匡語詩，解人頤。」《左傳》襄公三十一年：「今吾子愛人則以政，猶未能操刀而使割也。」《莊子·天道》：「不徐不疾，得之於手而應於心。」仇注：「解頤，謂博通典故。應手，謂練達時務。」

〔九〕篋書二句：《趙次公先後解》：「言雖有諫書之多，積滿朝篋，而身則不能造宫闕也。」

〔一〇〕秉鈞句：《詩·小雅·節南山》：「秉國之鈞，四方是維。」

〔一一〕所親二句：仇注：「所親指李，泛愛概言。」按，所親、泛愛皆就己言，謂李之所親、泛愛及於己。淹泊，同淹薄。謝靈運《富春渚》：「定山緬雲霧，赤亭無淹薄。」張纘《懷音賦》序：「及途經鄢郢，淹泊累旬。」

〔一二〕垂白二句：南翁，諸家謂即南公。《趙次公先後解》引《史記·項羽本紀》「楚南公曰」。正義：「虞喜《志林》云：南公者，道士，識廢興之數，知亡秦者必於楚。《漢書·藝文志》云：《南公》

十三篇，六國時人，在陰陽家流。」錢箋引之。班固《幽通賦》：「叛回穴其若茲兮，北叟頗識其倚伏。」《文選》注引《淮南子》塞上之人失馬事。

〔一三〕真成二句：《莊子・外物》：「周顧視車轍中，有鮒魚焉。……周曰：『諾。我且南游吴越之王，激西江之水而迎子，可乎？』鮒魚忿然作色曰：『吾失我常與，我無所處。我得升斗之水然活耳，君乃言此，曾不如早索我於枯魚之肆。』」《史記・孔子世家》：「累累若喪家之狗。」

〔一四〕秋枯二句：《元和郡縣圖志》卷二九湖南觀察使：「潭州，長沙，中都督府。」

〔一五〕高興句：《周禮・夏官・職方氏》：「正南曰荆州，其山鎮曰衡山。」

## 別董頲〔一〕

窮冬急風水，逆浪開帆難〔二〕。士子甘旨闕〔三〕，不知道里寒。有求彼樂土，南適小長安〔四〕。到我舟檝去①，覺君衣裳單。素聞趙公節，兼盡賓主歡〔五〕。已結門廬望②，無令霜雪殘〔六〕。老夫纜亦解③，脱粟朝未餐〔七〕。飄蕩兵甲際，幾時懷抱寬？漢陽頗寧静，峴首試考槃〔八〕。當念著白帽④，采薇青雲端〔九〕。（0381）

【校】

①到，錢箋校：「刊作別。」《九家》、《草堂》作「別」。

②盧，錢箋校：「一作閭。」《九家》校：「當作閭。」《草堂》作「閭」。

③纜亦解，《草堂》作「亦解纜」。

④帽，錢箋校：「一作褐。」

【注】

《趙次公先後解》編入大曆四年（七六九）。黄鶴注：當在大曆三年（七六八）作，公是時亦有適潭之期。

〔一〕董頲：戴叔倫有《送董頲》。陶敏謂當即董侹（挺）。劉禹錫《董氏武陵集序》：「生名挺，字庶中。……嘗所與游，皆青雲之士，聞名如盧、杜，高韻如包、李，迭以章句揚於當時。末路寡徒，值余歡甚。」原注：「盧員外象，杜員外甫。」又《故荆南節度推官董府君墓志銘》：「元和七年夏四月某日，前荆州部從事董府君以疾終於故府私第，年若干。……君名侹，字庶中。」《全唐文》收董侹《荆南節度使江陵尹裴公重修玉泉關廟記》、《修陽山廟碑》。按，自大曆至元和，已四十年。頲若在世，亦垂垂老矣。然據劉禹錫詩文，董猶爲荆府評事幕職，且似與劉年輩相近。頲與侹或非一人。

〔二〕窮冬二句：《趙次公先後解》：「若在潭州言之，逆浪則往衡州而南矣。公意蓋言往鄧州必泝江漢而上，自潭順流至岳，乃泝江泝漢。」

〔三〕士子句：《禮記·内則》：「由命士以上，父子皆異宫。昧爽而朝，慈以旨甘。」注：「慈，愛敬進之。」

〔四〕有求二句：《詩·魏風·碩鼠》：「逝將去女，適彼樂土。」《後漢書·郡國志》南陽郡：「育陽。邑。有小長安，有東陽聚。」

〔五〕素聞二句：《趙次公先後解》：「趙公必知鄧州者也。」

〔六〕已結二句：《戰國策·齊策》：「王孫賈年十五，事閔王，失王之處。其母曰：『女朝出而晚來，則吾倚門而望。女暮出而不還，則吾倚閭而望。』」朱鶴齡注：「董因闕甘旨而謁趙公，故用倚門倚閭事，勸其早歸以慰慈母之望也。」仇注：「霜雪殘，老人易凋殘於冬日也。」按，此用《禮記·祭義》：「霜露既降，君子履之，必有悽愴之心，非其寒之謂也。」注：「皆爲感時念親也。」

〔七〕脱粟：見卷六《柴門》(0274)注。

〔八〕漢陽二句：《元和郡縣圖志》卷二七：「沔州，漢陽。上。……武德四年，分沔陽郡，於漢陽縣置沔州及縣。……管縣二：漢陽、汊川。」卷二一襄州襄陽縣：「峴山，在縣東南九里。山東臨漢水，古今大路。」《趙次公先後解》：「與鄧州相近，公因董君之往鄧，故思及之。」朱鶴齡注：「公素有居襄陽之志，故因董適鄧而及之。言我亦將道漢陽，登峴首，爲終隱計。」《詩·衛風·考槃》：「考槃在澗，碩人之寬。」傳：「考，成。槃，樂也。」箋：「有窮處成樂在於此澗者。」

〔九〕當念二句：《趙次公先後解》：「公嘗詩云『白帽應須似管寧』。然考之《管寧傳》，則云常著皂帽，而杜佑《通典》作帛帽。豈今《三國志》本誤邪？以有白帢、白接䍦言之，則白帽蓋閑散者之服耳。」句見本書卷一二《嚴中丞枉駕見過》(0729)。白帽乃喪帽或閑居之服，此或誤用。采薇，見卷五《草堂》(0251)「食薇」注。

## 奉送魏六丈佑少府之交廣〔一〕

賢豪贊經綸〔二〕，功成空名垂①。子孫不振耀②〔三〕，歷代皆有之。鄭公四葉孫〔四〕，長大常苦飢。衆中見毛骨，猶是麒麟兒〔五〕。磊落貞觀事，致君樸直詞〔六〕。家聲蓋六合，行色何其微〔七〕。遇我蒼梧陰③〔八〕，忽驚會面稀。議論有餘地，公侯來未遲〔九〕。虛思黄金貴④，自笑青雲期。長卿久病渴⑤，武帝元同時〔一〇〕。季子黑貂弊，得無妻嫂欺〔一一〕？尚爲諸侯客，獨屈州縣卑。南游炎海甸〔一二〕，浩蕩從此辭。窮途仗神道，世亂輕土宜〔一三〕。解帆歲云暮，可與春風歸。出入朱門家，華屋刻蛟螭。玉食亞王者，樂張游子悲〔一四〕。侍婢艷傾城，綃綺輕霧霏⑥〔一五〕。掌中琥珀鍾〔一六〕，行酒雙逶迤。新歡繼明燭，梁棟星辰飛〔一七〕。兩情顧眄合，珠碧贈於斯〔一八〕。上貴見肝膽，下貴不相疑⑦〔一九〕。心事披寫間〔二〇〕，氣酣達所爲⑧。錯揮鐵如意，莫避珊瑚枝〔二一〕。始兼逸邁興⑨，終慎賓主儀〔二二〕。戎馬闇天宇，嗚

呼生別離。（0382）

【校】

①空名，錢箋校：「一作名空。」《草堂》作「名空」，校：「一作空名。」

②子孫不振耀，宋本、錢箋、《九家》校：「一云子孫没不振。」《草堂》作「子孫没不振」，校：「一作不振耀。」

③陰，錢箋校：「一作野。」《草堂》作「野」。

④貴，宋本、錢箋、《九家》、《草堂》校：「一作遺。」

⑤久病渴，《草堂》作「病渴久」。

⑥輕，宋作、錢箋、《九家》、《草堂》校：「一作烟。」

⑦相，宋本、錢箋、《九家》、《草堂》校：「一作見。」

⑧達，宋本、錢箋、《九家》、《草堂》校：「一作遠。」

⑨兼，宋作、錢箋、《草堂》校：「一作無。」《九家》校：「一作爲。」

【注】

《趙次公先後解》編入大曆四年（七六九）潭州詩。黄鶴注：大曆三年（七六八）在岳州作。若四年，則無外夷之變。仇注編入大曆四年冬潭州詩。

〔一〕魏六丈佑：魏佑，徵裔孫。事迹不詳。交廣：《元和郡縣圖志》卷三四：「廣州，南海。都督府。……孫皓時，以交州土壤太遠，乃分置廣州，理番禺。交州徙理龍編。晉代因而不改。……開元二十一年，又於邊境置節度經略使，式遏四夷，廣州爲嶺南五府經略使理所。」卷三八：「安南，交趾。上都護府。……至德二年改爲鎮南都護府，兼置節度。大曆三年罷節度置經略使，仍改鎮南爲安南都護府。」

〔二〕賢豪句：《易・屯・象》：「雲雷，屯。君子以經綸。」

〔三〕子孫句：《詩・周南・螽斯》：「宜爾子孫，振振兮。」傳：「振振，仁厚也。」揚雄《羽獵賦》：「昭光振耀。」

〔四〕鄭公：《舊唐書・魏徵傳》：「史成，加左光禄大夫，進封鄭國公。」

〔五〕麒麟兒：見卷四《徐卿二子歌》(0187)注。

〔六〕磊落二句：《舊唐書・魏徵傳》史臣曰：「臣嘗閲《魏公故事》，與文皇討論政術，往復應對，凡數十萬言。其匡過弼違，能近取譬，博約連類，皆前代諍臣之不至者。」

〔七〕家聲二句：《史記・李將軍列傳》：「單于既得陵，素聞其家聲。」行色，見卷六《客堂》(0269)注。

〔八〕遇我句：《趙次公先後解》：「蒼梧，則桂州之地也。蒼梧陰，言潭州，蓋在桂州之北也。」黄鶴注：「蒼梧山在道州，今云陰，當在潭岳。」按，蒼梧即泛指湖湘之地。二説鑿。

〔九〕議論二句：《莊子・養生主》：「以无厚入有間，恢恢乎其於游刃必有餘地矣。」《左傳》閔公元年：「公侯之子孫，必復其始。」仇注：「公侯未遲，可以重振家聲。」

〔一〇〕長卿二句：病渴，見卷六《同元使君春陵行》(0276)注。《史記·司馬相如列傳》：「上讀《子虛賦》而善之，曰：『朕不得與此人同時哉！』」《趙次公先後解》：「長卿病渴，而公有渴病，公每以自況，學者遂疑今句爲公自言。若以爲公自言，則文理不貫矣。豈魏君亦有渴疾？」朱鶴齡注：「歎魏佑之有才而不遇也。舊注屬公自言，於上下文義不貫。」

〔一一〕季子二句：見卷六《壯游》(0295)注。

〔一二〕南游句：張説《喜度嶺》：「洄沿炎海畔，登降閩山陬。」孔稚圭《北山移文》：「張英風於海甸。」

〔一三〕窮途二句：《易·觀·象》：「聖人以神道設教，而天下服矣。」《周禮·地官·大司徒》：「以土宜之法，辨十有二土之名物。」《趙次公先後解》：「輕土宜，言其不懷土也。」

〔一四〕樂張句：《莊子·天運》：「帝張咸池之樂於洞庭之野。」《文選》李陵《報蘇武書》：「異方之樂，只令人悲。」《史記·高祖本紀》：「游子悲故鄉。」

〔一五〕侍婢二句：《漢書·外戚傳》李延年歌：「北方有佳人，絶世而獨立。一顧傾人城，再顧傾人國。」鄒陽《酒賦》：「綃綺爲席，犀璩爲鎮。」曹植《洛神賦》：「踐遠游之文履，曳霧綃之輕裾。」

〔一六〕掌中句：《拾遺記》：「(石虎)又爲四時浴臺，用鍮石珷玞爲堤岸，或以琥珀車渠爲瓶杓。」古樂府：「琉璃琥珀象牙槃。」

〔一七〕新歡二句：謝靈運《擬魏太子鄴中集·王粲》：「綢繆清宴娱，寂寥梁棟響。」仇注：「星辰，指梁上之燈。」

〔一八〕兩情二句：曹植《美女篇》：「顧眄遺光采，長嘯氣若蘭。」嵇康《贈秀才入軍》：「凌厲中原，顧盼生姿。」《趙次公先後解》：「必言珠碧，則交廣之所有也。」

〔一九〕上貴二句：仇注：「兩者微有深淺，故分上下。」按，上、下表列舉，猶言第一、第二。如《古詩十九首》：「上言長相思，下言久別離。」

〔二〇〕心事句：《晉書·文孝王道子傳》：「玄忝任在遠，是以披寫事實。」

〔二一〕錯揮二句：《世説新語·汰侈》：「石崇與王愷争豪，並窮綺麗，以飾輿服。武帝，愷之甥也，每助愷。嘗以一珊瑚樹高二尺許賜愷，枝柯扶疏，世罕其比。愷以示崇，崇視訖，以鐵如意擊之，應手而碎。愷既惋惜，又以爲疾己之寶，聲色甚厲。崇曰：『不足恨，今還卿。』乃命左右悉取珊瑚樹，有三尺四尺條幹絶世、光彩溢目者六七枚，如愷許比甚衆。愷惘然自失。」《趙次公先後解》：「交廣諸侯甚富貴，宜多有此物也。」

〔二二〕始兼二句：《趙次公先後解》：「兩句則公又戒之以義。雖擊碎珊瑚氣之逸邁，然賓主之儀不可不慎也。」

## 別張十三建封〔一〕

嘗讀唐實録，國家草昧初〔二〕。劉裴建首義①，龍見尚躊躇〔三〕。秦王撥亂姿，一劍總兵符。汾晉爲豐沛，暴隋竟滌除〔四〕。宗臣則廟食，後祀何疏蕪〔五〕。彭城英雄種，宜膺將相圖。爾惟外曾孫，倜儻汗血駒〔六〕。眼中萬少年，用意盡崎嶇〔七〕。相逢長沙亭，乍問緒業餘〔八〕。乃吾故人子，童丱聯居諸〔九〕。揮手洒衰淚，仰看八尺軀。内外名家流，風神蕩江湖〔一〇〕。范雲堪晚友②，嵇紹自不孤〔一一〕。擇材征南幕，湖落回鯨魚③〔一二〕。載感賈生慟，復聞樂毅書〔一三〕。主憂急盜賊，師老荒京都。舊丘豈稅駕④，大廈傾宜扶〔一四〕。君臣各有分，管葛本時須〔一五〕。雖當霰雪嚴，未覺栝柏枯〔一六〕。高義在雲臺〔一七〕，嘶鳴望天衢。羽人掃碧海，功業竟何如〔一八〕。（0383）

**【校】**

①建首義，《草堂》作「首建義」。

②晚，錢箋校：「晉作結。」《草堂》校：「或作結。」　友，《九家》作「交」。

③湖，錢箋校：「一作潮。」《九家》、《草堂》作「潮」，《草堂》校：「一作湖。非。」

④豈，《九家》作「復」，校：「一作豈。」

**【注】**

黃鶴注：當是大曆四年（七六九）潭州作。

〔一〕張十三建封：張建封，《舊唐書・張建封傳》：「張建封，字本立，兗州人。……大曆初，道州刺史裴虬薦建封於觀察使韋之晉，辟爲參謀，奏授左清道兵曹，不樂吏役而去。滑亳節度使令狐彰聞其名，辟之。彰既未曾朝覲，建封心不悦之，遂投刺於轉運使劉晏，自述其志，不願仕於彰也。晏奏試大理評事，勾當軍務。歲餘，復罷歸。」貞元間爲徐泗濠節度使。朱鶴齡注：「公別建封，蓋在其去職之時。」

〔二〕嘗讀二句：《舊唐書・經籍志》：「《高祖實録》二十卷，房玄齡撰。《太宗實録》二十卷，房玄齡撰。《太宗實録》四十卷，長孫無忌撰。」《易・屯・彖》：「天造草昧，宜建侯而不寧。」王弼注：「造物之始，始於冥昧，故曰草昧也。」

〔三〕劉裴二句：《舊唐書・劉文静傳》：「劉文静，字肇仁，自云彭城人。……隋末，爲晉陽令，遇裴寂爲晉陽宮監，因而結友。……及高祖鎮太原，文静察高祖有四方之志，深自結託。又竊觀太宗，謂寂曰：『非常人也。』……於是部署賓客，潛圖起義，候機當發，恐高祖不從，沈吟者久之。文静見高祖厚於裴寂，欲因寂開説，於是引寂交於太宗，得通謀議。」後被高祖所殺。《易・乾》：「見龍在田，利見大人。」王弼注：「出潛離隱，故曰見龍。」朱鶴齡注：「尚躊躇，言高祖初不從也。」

〔四〕秦王四句：《舊唐書・太宗紀》：「時隋祚已終，太宗潛圖義舉，每折節下士，推財養客，群盜大俠，莫不願效死力。及義兵起，乃率兵略徇西河，克之。拜右領大都督，右三軍皆隸焉。……高祖受禪，拜尚書令，右武候大將軍，進封秦王。」《史記・高祖本紀》：「高祖起微細，撥亂世，反之正。」又：「吾以布衣提三尺劍取天下，此非天命乎？」《趙次公先後解》：「汾晉則唐公故鄉，比若漢高之豐沛也。」

〔五〕宗臣二句：《舊唐書·劉文静傳》：「貞觀三年，追復官爵，以子樹義襲封魯國公，許尚公主。後與其兄樹藝怨其父被戮，又謀反，伏誅。」

〔六〕汗血駒：見卷一《醉歌行》（0020）注。

〔七〕眼中二句：仇注：「少年崎嶇，言不如舊交款洽。」浦起龍云：「指當時少年人情叵測也。」

〔八〕乍問句：司馬遷《報任安書》：「僕賴先人緒業，得待罪輦轂下。」

〔九〕乃吾二句：《舊唐書·張建封傳》：「父玠，少豪俠，輕財重士。安禄山反，令僞將李庭偉率蕃兵脅下城邑，至魯郡。太守韓擇木具禮郊迎，置於郵館。玠率鄉豪張貴、孫邑、段絳等集兵將殺之，擇木怯懦，大懼。唯員外司兵張孚然其計，遂殺庭偉並其黨數十人，擇木方遣使奏聞。擇木、張孚俱受官賞，玠因游蕩江南，不言其功。」朱鶴齡注：「公父閑爲兖州司馬，此云『故人』，當以趨庭之日與玠游也。建封以貞元十六年終，年六十六。公開元末游兖，建封是時才六七歲，故云『童丱聯居諸』。」《詩·邶風·柏舟》：「日居月諸。」《趙次公先後解》：「居諸，日月也。」仇注：「昌黎詩：『爲爾惜居諸』，亦將虚字作實用。」

〔一〇〕内外二句：仇注：「内家，爲玠之子；外家，爲文静外孫，皆名流也。」《晋書·裴楷傳》：「楷風神高邁，容儀俊爽。」

〔一一〕范雲二句：《梁書·范雲傳》：「少時與領軍長史王畡善，畡亡於官舍，貧無居宅，雲乃迎喪還家，躬營哈殯。」《趙次公先後解》等引此。仇注又引《何遜傳》：「遜八歲能賦詩，弱冠，州舉秀才。南鄉范雲見其對策，大相稱賞，因結忘年交好。自是一文一詠，雲輒嗟賞。」按，甫乃以雲自喻，當用《何遜傳》。《晉書·山濤傳》：「與嵇康、吕安善……康後坐事，臨誅，謂子紹曰：『巨源在，汝不孤矣。』」朱鶴齡注：「此言得交建封，可以子託之也。」王嗣奭《杜臆》：「范雲、嵇紹一聯，既欲託身，又欲託子，非真重其人，必不輕易下此語。」

〔一二〕擇材二句：《晉書·杜預傳》：「追贈征南大將軍。」朱鶴齡注：「以比韋之晉。建封在之晉幕中，當必不合而去。」《趙次公先後解》：「潮落，以譬主人之恩衰。」仇注：「潮落鯨回，韋卒而張北歸也。」按，湖落謂湖水落，諸家改潮落，反不切。《建封傳》謂不樂吏役而去，或不詳其情。

〔一三〕載感二句：賈生慟，見卷七《別蔡十四著作》（0357）注。《史記·樂毅列傳》太史公曰：「始齊之蒯通及主父偃讀樂毅之報燕王書，未嘗不廢書而泣也。」集解：「夏侯玄曰：觀樂生遺燕惠王書，其殆庶乎知機合道，以禮始終者與。」曹操《讓縣自明本志令》：「昔樂毅走趙，趙王欲與之圖燕，樂毅伏而垂泣……臣每讀此二人書，未嘗不愴然流涕也。」《三國志·蜀書·孟達傳》注引《魏略》載達辭先主表：「昔申生至孝見疑於親，子胥至忠見誅於君，蒙恬拓境而被大刑，樂毅破齊而遭讒佞，臣每讀其書，未嘗不慷慨流涕。」《趙次公先後解》：「言建封之與其主人絶矣。」王嗣奭《杜臆》：「謂既去韋猶有餘戀，見其厚道。」

〔一四〕主憂四句：《趙次公先後解》：「言國步如此，勉建封之必往也。」仇注：「指吐蕃屢寇，此時豈可息駕舊丘。」

〔一五〕君臣二句：《三國志·蜀書·諸葛亮傳》：「每自比管仲、樂毅。」《趙次公先後解》：「管仲之於齊威王，葛亮之於劉先主，君臣相契，蓋皆定分也。」

〔一六〕未覺句：《書·禹貢》：「荆及衡陽惟荆州。……厥貢羽毛齒革，惟金三品，杶榦栝柏。」傳：「柏葉松身曰栝。」

〔一七〕高義句：《後漢書·朱景王杜馬劉傅堅馬傳》：「顯宗追感前世功臣，乃圖畫二十八將於南宫雲臺。」謝瞻《於安城答靈運》：「鴻漸隨事變，雲臺與年峻。」《文選》李善注：「雲臺，以喻爵位也。《淮南子》曰：雲臺之高，墮者折脊碎腦。高誘曰：臺高際於雲，故曰雲臺。」則有二義。

〔一八〕羽人二句：《楚辭·遠游》：「仍羽人於丹丘兮，留不死之舊鄉。」王逸注：「《山海經》言有羽人之國，不死之民。或曰人得道，身生毛羽也。」《趙次公先後解》：「蓋澄清天下之譬乎？」朱鶴齡注：「史云建封不樂吏職，疑其人蓋有志神仙者。故言吾望子以雲臺建立之事，彼羽人之流掃除海外，以視功業濟世者竟何如耶？」

## 人日寄杜二拾遺

高　適

人日題詩寄草堂，遥憐故人思故鄉〔一〕。柳條弄色不忍見，梅花滿枝空斷腸①。身在南蕃無所預②，心懷百憂復千慮。今年人日空相憶，明年人日知何處③？一臥東山三十春④，豈知書劍與風塵⑤。龍鍾還忝二千石⑥，愧爾東西南北人。

【校】

①空，錢箋、《草堂》校：「樊作堪。」

②南，錢箋、《草堂》校：「一作遠。」

③人，宋本、錢箋、《九家》校：「一作此。」《草堂》作「此」，校：「一作人。」

④三，錢箋作「二」，校：「一作三。」

⑤與，宋本、錢箋、《九家》、《草堂》校：「一作老。」

⑥還，錢箋、《草堂》校：「一作遠。」

【注】

〔一〕人日二句：黄鶴注：「此合在上元元年作。然上元元年人日，公未有草堂。殆是二年人日作而寄之。」《荆楚歲時記》：「正月七日爲人日，以七種菜爲羹，剪綵爲人，或鏤金薄爲人，以貼屏風，亦戴之頭鬢。又造華勝以相遺，登高賦詩。」

# 追酬故高蜀州人日見寄并序

開文書帙中，檢所遺忘，因得故高常侍適往居在成都時，高任蜀州刺史，人日相憶見寄詩。淚洒行間，讀終篇末。自枉詩已十餘年，莫記存没，又六七年矣。老病懷舊，生意可知。今海内忘形故人，獨漢中王瑀與昭州敬使君超先在①〔一〕。愛而不見，情見乎辭。大曆五年正月二十一日，却追酬高公此作，因寄王及敬弟。

自蒙蜀州人日作②，不意清詩久零落。今晨散帙眼忽開③，迸淚幽吟事如昨。嗚呼壯士多慷慨，合沓高名動寥廓〔二〕。歎我悽悽求友篇〔三〕，感時鬱鬱匡君略。錦里春光空爛漫，瑶墀侍臣已冥寞〔四〕。瀟湘水國傍黿鼉，鄠杜秋天失鵰鶚〔五〕。東西南北更堪論④〔六〕，白首扁舟病獨存。遥拱北辰纏寇盜⑤，欲傾東海洗乾坤〔七〕。邊塞西蕃最充斥，衣冠南渡多崩奔〔八〕。鼓瑟至今悲帝子，曳裾何處覓王門〔九〕？文章曹植波瀾闊，服食劉安德業尊〔一〇〕。長笛誰能亂愁思⑥，昭州詞翰與招魂〔一一〕。（0384）

【校】

①王，錢箋、《草堂》校：「樊作郡王。」

②蒙，錢箋校：「一作枉。」

③開，宋本、錢箋、《九家》、《草堂》校：「一作明。」

④堪，錢箋作「誰」，校：「吴作堪。」

⑤遥，錢箋校：「一作猶。」《九家》、《草堂》作「猶」，《草堂》校：「一作遥。」

⑥誰能，宋作、錢箋、《九家》、《草堂》校：「一作鄰家。」

【注】

大曆五年（七七〇）作。

〔一〕漢中王瑀：見卷一《苦雨奉寄隴西公兼呈王徵士》（0022）、卷七《八哀詩・汝陽郡王璡》（0333）注。敬超先：或謂即卷一八《湖中送敬十使君適廣陵》（1379）之敬十使君。《元和郡縣圖志》卷三七桂州管州十二：「昭州，平樂。下。……北過嶺至永州六百里。東至賀州三百里。東北過嶺至道州四百里。」

〔二〕合沓：見卷七《復陰》（0346）注。

〔三〕歎我句：《詩・小雅・伐木》：「相彼鳥矣，猶求友聲。」

〔四〕錦里二句：《趙次公先後解》：上句「歎言成都時景」，下句「適爲刑部侍郎、左散騎常侍，乃天子玉墀之從臣」。

〔五〕瀟湘二句：瀟湘水國，《趙次公先後解》：「公今和詩在潭州。」鄠杜，鄠邑、杜陵。《漢書·宣帝紀》：「尤樂杜、鄠之間。」朱鶴齡注：「失鵰鶚，歎高之云亡也。公《簡高使君》詩亦比之『鷹隼出風塵』。」

〔六〕東西句：《禮記·檀弓上》：「今丘也，東西南北人也。」洪邁《容齋隨筆》卷一六：「古人酬和詩必答其來意，非若今人爲次韻所局也。……姑取杜集數篇略紀於此。高適寄杜公云：『愧爾東西南北人。』杜則云：『東西南北更堪論。』高又有詩云：『草玄今已畢，此外更何言。』杜則云：『草玄吾豈敢，賦或似相如。』……皆如鐘磬在簴，扣之則應，往來反復，於是乎有餘味矣。」

〔七〕遥拱二句：《論語·爲政》：「爲政以德，譬如北辰，居其所而衆星共之。」徵引多作「拱之」。《後漢書·班固傳》：「兵纏夷狄。」曹植《與吴季重書》：「傾東海以爲酒。」

〔八〕邊塞二句：《趙次公先後解》：「上句指言吐蕃。」《晋書·地理志》：「自中原亂離，遺黎南渡，並僑置牧司在廣陵，丹徒南城，非舊土也。及胡寇南侵，淮南百姓皆渡江。」《舊唐書·地理志》：「自至德後，中原多故，襄鄧百姓，兩京衣冠，盡投江湘，故荆南井邑，十倍其初。」仇注：「雖用晋元帝渡江事，亦指實事言矣。」謝靈運《入彭蠡湖口》：「洲島驟回合，圻岸屢崩奔。」仇注：「此言避亂涉險，經山崩水奔之處也。」按，此即奔走不暇之義。

〔九〕鼓瑟二句：《楚辭·遠游》：「令湘靈鼓瑟兮，令海若舞馮夷。」又《九歌·湘夫人》：「帝子降兮北渚，目眇眇兮愁予。」王逸注：「帝子，謂堯女也。堯二女娥皇、女英，隨舜不反，没於湘水之渚，因爲湘夫人。」曳裾，見卷六《壯游》（0295）注。

〔一〇〕文章二句：《文心雕龍・時序》：「陳思以公子之豪，下筆琳琅。……觀其時文，雅好慷慨。良由世積亂離，風衰俗怨，並志深而筆長，故梗概而多氣也。」《漢書・淮南王傳》：「淮南王安爲人好書，鼓琴，不喜弋獵狗馬馳騁，亦欲以行陰德拊循百姓，流名譽。招致賓客方術之士數千人，作爲《内書》二十一篇，《外書》甚衆，又有《中篇》八卷，言神仙黄白之術。」《趙次公先後解》：「兩句所以稱美漢中王。」

〔一一〕長笛二句：向秀《思舊賦》序：「鄰人有吹笛者，發聲寥亮，追思曩昔游宴之好，感音而歎。」《趙次公先後解》：「以追思高蜀州而及之……憑仗敬昭州與招其魂也。」

**蘇大侍御涣静者也旅于江側凡是不交州府之客人事都絶久矣肩輿江浦忽訪老夫舟檝而已茶酒内余請誦近詩肯吟數首才力素壯詞句動人接對明日憶其涌思雷出書篋几杖之外殷殷留金石聲賦八韻記異亦記老夫傾倒於蘇至矣**①〔一〕

龐公不浪出〔二〕，蘇氏今有之。再聞誦新作，突過黄初詩〔三〕。乾坤幾音洎反覆②，揚馬宜同時〔四〕。今晨清鏡中，勝食齋房芝〔五〕。余髮喜却變，白間生黑絲③。昨夜舟火滅④，湘娥簾外悲〔六〕。百靈未敢散⑤，風破寒江遲⑥。（0385）

【校】

①凡是，《九家》無。　凡，錢箋校：「一作乃。」　明日，宋本作「明白」，據他本改。　記，錢箋作「見」。錢箋從黃鶴注，以此題爲序，另以「蘇大侍御訪江浦賦八韻紀異」爲題。

②音洎，錢箋、《草堂》作「一云洎」。《九家》校「洎」誤作「泊」。

③生，宋本、錢箋、《九家》、《草堂》校：「一作添。」

④昨，錢箋、《草堂》校：「一作永。」　滅，宋本、錢箋、《九家》、《草堂》校：「一作接。」

⑤未敢，錢箋校：「刊作永夜。」

⑥破，宋本、錢箋、《九家》校：「一作波。」

【注】

《趙次公先後解》編入大曆五年（七七〇）。黃鶴注：當是大曆四年（七六九）潭州作，而梁權道編在岳州詩內。

〔一〕蘇渙：高仲武《中興間氣集》卷上：「渙本不平者，善放白弩，巴中號曰白跖，賓人患之，以比盜跖。後自知非，變節從學，鄉賦擢第，累遷至御史，佐湖南幕。崔中丞遇害，渙遂踰嶺扇動哥舒，跋扈交廣，此猶龍蛇見血，本質彰矣。三年中作變律詩十九首，上廣州連帥李公。其文意長於諷刺，亦有陳拾遺一鱗半甲，故善之。或曰：『此子左右嬖臣，侵敗王略，今著其文可歟？』答曰：『漢策紀蒯通説詞，皇史録祖君彦檄書，此大所以容細也。夫善惡必書，《春秋》至訓。明言不廢，《孟子》格言。涣者其殆庶幾乎。豈但不弃彫蟲，亦以深懲戒餘子也。』」《唐詩紀事》、《唐才子傳》皆以「答曰」爲「勉曰」，以爲李勉答或者問。按，此實高仲武之言。《新唐書·藝文志》著録《蘇涣詩》一卷。哥舒晃作亂在大曆八年。《趙次公先後解》：「此序云賦八韻記異，而詩止有七韻，不知是八字之誤，或詩脱一韻也。然詩意則貫耳。」仇注：「詩止七韻，而題云八韻，用韻取耦不取奇也。」按，題稱「七韻」，唐人多有。仇注不足據。

〔二〕龐公句：龐公，見卷三《遣興五首》(0109)注。

〔三〕再聞二句：黄初，魏文帝即位年號。《趙次公先後解》：「言蘇涣新作如建安七子之流也。」

〔四〕乾坤二句：揚馬，揚雄、司馬相如。《趙次公先後解》：「美蘇之文辭如二公，雖當兵亂之際，幸天下不至於傾覆，則天子宜得如揚馬者與之同時而當驚歎召見也。」仇注：「言兩漢至魏，世凡幾變。揚馬宜同時，蓋以蘇匹己也。」按，「宜同時」用《司馬相如傳》「朕不得與同時」語，趙説近是。

〔五〕齋房芝：見卷七《八哀詩·蘇公源明》(0335)注。

〔六〕湘娥句：張衡《西京賦》：「感河馮，懷湘娥。」《文選》李善注：「《楚辭》曰：帝子降兮北渚。王逸曰：言堯二女娥皇、女英，隨舜不及，墮湘水中，因爲湘夫人。」曹植《仙人篇》：「湘娥拊琴瑟，秦女吹笙竽。」《趙次公先後解》：「公在潭州，故使潭州事。」

《苕溪漁隱叢話》前集卷八引《蔡寬夫詩話》：「子美稱蘇涣爲静者，而極美其詩……不知子美何取龐公之比乎？ 逆旅相遇，一時意氣所許，固不皆當。 然以擬龐公，則太不類。 乃知詩人之言，類多過實，而所毁譽尤不可盡信。 涣詩世猶或見其一二，如『日月東西行，不照大荒北。 其中有毒龍，靈怪人莫測。 開目爲晨光，閉目爲夜色。 一開復一閉，明晦無休息。 居然六合内，曠哉天地德。 天地且不言，世人浪喧喧。』唐人以爲長於諷刺，得陳拾遺一鱗半甲。 觀其詞氣頡頏如此，固自可見其胸中也。」

汪師韓《詩學纂聞》：「杜詩内有《贈蘇涣》詩。 蘇詩内有《贈安惇》詩。 君子以遠小人，不惡而嚴，杜、蘇何爲贈之詩耶？ 然杜集又有《入衡州》詩曰：『門闌蘇生在，勇鋭白起强。』以白起比涣，則涣之爲涣，固深知之。 題云『紀異』，亦誠不料是人能爲是詩，而所稱傾倒，亦特傾倒其詩而已。『静者』之譽，其以爲諷乎？」

## 送重表侄王砅評事使南海〔一〕

我之曾老姑①，爾之高祖母。 爾祖未顯時，歸爲尚書婦〔二〕。 隋朝大業末，房杜俱交友〔三〕。 長者來在門，荒年自餬口〔四〕。 家貧無供給，客位但箕箒〔五〕。 俄頃羞頗珍②〔六〕，寂寥人散後。入怪鬢髮空，吁嗟爲之久。自陳剪髻鬟，鬻市充杯酒③〔七〕。上云天下亂〔八〕，宜與英俊厚。向竊窺數公，經綸亦俱有。次問最少年，虬髯十八九〔九〕。子等成大名，皆因此人手。下云風雲合，龍虎一吟吼〔一〇〕。願展丈夫雄，得辭兒女醜〔一一〕。秦王時在坐，真氣驚户牖〔一二〕。及乎貞觀初，尚書踐台斗〔一三〕。夫人常肩輿，上殿稱萬壽〔一四〕。六宫師柔順，法則化妃后〔一五〕。至尊均嫂叔〔一六〕，盛事垂不朽。鳳雛無凡毛，五色非爾曹〔一七〕。往者胡作逆，乾坤沸嗷嗷。吾客左馮翊④〔一八〕，爾家同遁逃。争奪至徒步，塊獨委蓬蒿〔一九〕。逗留熱爾腸，十里却呼號。自下所騎馬，右持腰間刀。左牽紫游韁〔二〇〕，飛走使我高。苟活到今日，寸心銘佩牢。亂離又聚散，宿昔恨滔滔。水花笑白首，春草隨青袍〔二一〕。廷評近要津，節制收英髦〔二二〕。北驅漢陽傳，南泛上瀧舠〔二三〕。家聲肯墜地，利器當秋毫〔二四〕。番禺親賢領，籌運神功操〔二五〕。大夫出盧宋⑤，寶貝休脂膏〔二六〕。洞主降接武，海胡舶千艘〔二七〕。我欲就丹砂〔二八〕，跋涉覺身勞。安能陷糞土，有志乘鯨鼇。或驂鸞騰天，聊作鶴鳴皐⑥〔二九〕。昔鄴下童謡曰：「青青御路楊，白馬紫游韁。」(0386)

【校】

①老，錢箋作「祖」，校：「吴作老。」

②羞頽珍，錢箋校：「一作頽羞珍。」

③杯，錢箋校：「一作沽。」

④左，《九家》作「在」，校：「一作左。」

⑤宋，錢箋校：「樊作宗。」

⑥聊，錢箋校：「樊作不。」

【注】

《趙次公先後解》編入大曆五年（七七〇）。黄鶴注：當是大曆四年（七六九）春岳州作。仇注從朱注，編入大曆五年。

〔一〕王砅：珪玄孫。事迹不詳。惠棟《九曜齋筆記》卷三：「子未兄云：『父之表叔謂之重表叔。』未詳出何書。」仇注：「重表，蓋有兩重表親。」施鴻保云：「今按詩云『我之曾祖姑，爾之高祖母』，是即重表之義。蓋姑之子爲表兄弟，由姑而上，祖姑之子孫，則重表矣。由祖姑而上，不得云再重表，故但以重表統之，猶同姓兄弟叔侄，共祖以上皆稱從也。」説與惠棟同，是。《唐六典》卷一八大理寺：「評事十二人，從八品下。……評事掌出使推按。」

〔二〕我之四句：《魏書·列女傳》：「魯乃與老姑徒步詣司徒府。」李商隱有《祭韓氏老姑文》。老姑當指排行最末者，如老姑娘指排行最小之女。《新唐書·王珪傳》：「始隱居時，與房玄齡、杜如晦善，母李嘗曰：『而必貴，然未知所與游者何如人，而試與偕來。』會玄齡等過其家，李窺大驚，敕具酒食，歡盡日，喜曰：『二客公輔才，汝貴不疑。』」《苕溪漁隱叢話》前集卷一三引《西清詩話》：「質之少陵詩，事未究也。《送重表侄王砅》云：『我之曾老姑，爾之高祖母。爾祖未顯時，歸爲尚書婦。』則珪母杜氏，非盧氏也。……其上下詳諦如此，且一婦人識真主於側微，尤偉甚。史缺失而繆誤，獨少陵載之，號詩史，信矣。」引《桐江詩話》：「今觀其詩，不特不姓盧，乃王珪之妻，非母也。史氏之訛如此。」後集卷八引《復齋漫録》：「《西清詩話》以子美詩獨得其詳，而史爲疏略。然以余考之，房、杜舊不與太宗相識，及太宗起兵，然後杖策謁軍門，乃薦如晦耳。至珪，則誅太子建成而後見召。以他傳參考，未可專以史爲誤也。」《容齋隨筆》卷一二：「予案《唐列女傳》元無此事，《珪傳》末只云：『始隱居時，與房玄齡、杜如晦善，二人過其家，母李窺之，知其必貴。』蔡説妄云有傳，又誤以李爲盧，皆不足辨。但唐高祖在位日，太子建成與秦王不睦，以權相傾，珪爲太子中允，説建成曰：『秦王功蓋天下……』建成乃請行。其後楊文幹之事起，高祖責以兄弟不睦，歸罪珪等而流之。太宗即位，乃召還任用。……然則珪與太宗非素交明矣。《唐書》載李氏事，亦采之小説，恐未必然。而杜公稱其祖姑事，不應不實。且太宗時宰相，别無姓王者，真不可曉也。」洪氏又引杜光庭《虬鬚客傳》，辨其皆妄。仇注：「此詩所載事迹，明與《唐書》紀傳不合，蔡氏欲據此以爲詩史，未免信杜太過矣。大抵人情好爲誇大，每有子孫而自誣其祖宗者。此詩亦據王氏傳聞之説，一時沿訛失考耳。」

〔三〕隋朝二句：《趙次公先後解》：「房則房玄齡，杜則杜如晦，與王珪同學於文中子，則俱交友可知矣。」按，王珪學於文中子，出《中説》。其書記事多有不實處，然杜甫當時皆據以爲説。

〔四〕荒年句：《左傳》隱公十一年：「寡人有弟，不能和協，而使餬其口於四方。」杜預注：「餬，鬻也。」釋文：「《説文》云：寄食。」

〔五〕客位句：《禮記·冠義》：「醮於客位。」注：「户西爲客位。」《曲禮上》：「凡爲長者糞之禮，必加箒於箕上。」注：「《弟子職》曰：執箕膺擖，厥中有箒。」

〔六〕俄頃句：《左傳》文公十六年：「時加羞珍異。」杜預注：「羞，進也。」

〔七〕入怪四句：《趙次公先後解》：「剪髪充杯酒，言其好客，未必實事。暗用陶侃母事以形容之。」仇注：「范逵偶過，故侃母可截髪以供酒食，若太原公子及房杜並至，豈剪髪所能供客乎？」

〔八〕上云句：朱鶴齡注：「上指客言之，下指主言之也。」仇注：「本古詩上言、下言。」此猶先云、後云，中又有「次問」。參本卷《奉送魏六丈佑少府之交廣》（0382）「上貴」注。

〔九〕虬髯句：太宗虬鬚，見卷七《八哀詩·汝陽郡王璡》（0333）注。

〔一〇〕下云二句：《易·乾·文言》：「雲從龍，風從虎，聖人作而萬物睹。」

〔一一〕顧展二句：《史記·魏其武安侯列傳》：「今日長者爲壽，乃效女兒呫囁耳語。」索隱：「女兒猶云兒女也。」《後漢書·來歙傳》：「欲相屬以軍事，而反效兒女子涕泣乎。」

〔一二〕秦王二句：《後漢書·馬援傳》：「今見陛下，恢廓大度，同符高祖，乃知帝王自有真也。」

〔一三〕及乎二句：《舊唐書·王珪傳》：「珪每推誠納忠，多所獻替。太宗顧待益厚，賜爵永寧縣男，遷黄門侍郎，兼太子右庶子。（貞觀）二年，代高士廉爲侍中。……七年，坐漏泄禁中語，左遷同州刺史。明年，召拜禮部尚書。」《太平御覽》卷二〇六引《春秋漢含孳》：「三公在天爲三台，九卿爲北斗。」

〔一四〕夫人二句：《分門》洙曰：「夫人以命婦預朝會也。」《唐會要》卷二六《命婦朝皇后》：「永徽五年十一月，武后初立，群臣命婦朝皇后。舊儀，冬至元日，百官不於光順門朝賀皇后。至乾元元年，張皇后遂行此禮。」「景雲四年六月敕：……諸親及外命婦，朝賀辭見參謝入内，從聽依前件，至内命婦朝堂，及夫、子官品高，於等從高，仍並不得乘擔子。其尊屬年老，敕賜擔子者，不在此例。」太宗朝儀制不詳，杜詩所言或有混淆。

〔一五〕六宮二句：《周禮・天官・内宰》：「以陰禮教六宮。」注：「六宮，謂后也。婦人稱寢曰宮。宮，隱蔽之言。后象王，立六宮而居之，亦正寢一，燕寢五。」《禮記・昏義》：「婦順者，順於舅姑，和於室人，而後當於夫。」《舊唐書・職官志》内官：「武德立四妃：一貴妃，二淑妃，三德妃，四賢妃，位次后之下。玄宗以爲后妃四星，其一正后，不宜更有四妃，乃改定三妃之位。」

〔一六〕至尊句：《禮記・曲禮上》：「嫂叔不通問。」按，二句謂嫂叔皆至尊位，非言天子至尊。

〔一七〕鳳雛二句：《南齊書・謝超宗傳》：「帝大嗟賞，曰：『超宗殊有鳳毛，恐靈運復出。』」《説文》：「鳳，神鳥也。天老曰：鳳之像也，麟前鹿後，蛇頸魚尾，龍文龜背，燕頷雞喙，五色備舉。」《趙次公先後解》：「鳳雛無凡毛，指言尚書之子也。」朱鶴齡注：「非爾曹，言非爾曹而誰。」仇注：「言鳳種非爾曹而誰。」施鴻保云：「此亦言鳳雛五色，非凡曹也。」朱、仇説是。

〔一八〕吾客句：左馮翊，同州。參卷一《沙苑行》(0038)注。杜甫避寇同州，參卷一《白水縣崔少府十九翁高齋三十韻》(0042)諸詩。

〔一九〕塊獨句：《楚辭·九辯》：「塊獨守此無澤兮，仰浮雲而永歎。」

〔二〇〕左牽句：紫游韁，見卷七《醉爲馬墜諸公攜酒相看》(0356)注。《趙次公先後解》：「公於此係第二次使紫游韁，而始自注，亦猶第二次使昏鴉而始自注引何遜詩矣。」

〔二一〕水花二句：《玉臺新詠》古詩：「青袍似春草，長條隨風舒。」庾信《哀江南賦》：「青袍如草，白馬如練。」《趙次公先後解》：「水花笑白首，公言其在潭州濱於江，故爲水花所笑。春草隨青袍，以言王評事往南海也。」

〔二二〕廷評二句：《唐六典》卷一八大理寺「評事十二人」：「《漢書》云：宣帝地節三年，置廷尉平，秩六百石，員四人。其務在平刑獄，故曰廷平。至後漢光武省右平，唯置左平。魏晋以來，不復云左，但云廷尉平。」節制，節度使。《舊唐書·楊國忠傳》：「國忠以身領劍南節制。」劉峻《辯命論》：「英髦秀達。」《文選》李善注：「毛萇曰：髦，俊也。」

〔二三〕北驅二句：漢陽，沔州。《漢書·高帝紀》：「乘傳詣洛陽。」注：「師古曰：傳者若今之驛，古者以車，謂之傳車。後又單置馬，謂之驛騎。」《水經注》溱水：「武溪水又南入重山，山名藍豪，廣圓五百里，悉曲江縣界。崖峻險阻，岩嶺干天，交柯雲蔚，霾天晦景，謂之瀧中。懸湍回注，崩浪震山，名之瀧水。瀧水又南出峽，謂之瀧口。」《詩·衛風·河廣》：「誰謂河廣，曾不容刀。」釋文：「刀如字，字書作舠。」疏：「劉熙《釋名》云：二百斛以上曰艇，三百斛曰刀。江南所謂短而廣、安不傾危者也。」

〔二四〕利器句：《老子》三十六章：「國有利器，不可示人。」仇注：「當秋毫，言能應機立斷。」按，謂能察細微。《淮南子・主術訓》：「鴟夜撮蚤蚊，察分秋豪。」

〔二五〕番禺二句：《元和郡縣圖志》卷三四廣州：「孫權以步騭爲交州刺史，遷州於番禺，即今州理是也。孫皓時以交州土壤太遠，乃分置廣州，理番禺。」《舊唐書・李勉傳》：「（大曆）四年，除廣州刺史，兼嶺南節度觀察使。番禺賊帥馮崇道、桂州叛將朱濟時等阻洞爲亂，前後累歲，陷没十餘州。勉至，遣將李觀與容州刺史王翃併力招討，悉斬之，五嶺平。前後西域舶泛海至者歲才四五，勉性廉潔，舶來都不檢閱，故末年至者四十餘。在官累年，器用車服無增飾。及代歸，至石門停舟，悉搜家人所貯南貨犀象諸物，投之江中，耆老以爲可繼前朝宋璟、盧奂、李朝隱之徒。」錢箋：「詩所謂親賢大夫者，謂李勉也。」李勉爲鄭王元懿曾孫。《史記・高祖本紀》：「夫運籌策帷帳之中，決勝於千里之外，吾不如子房。」

〔二六〕大夫二句：《趙次公先後解》：「盧則盧奂，宋則宋璟。謂其出，則又出其上也。」《舊唐書・盧奂傳》：「時南海郡利兼水陸，瓌寶山積，劉巨鱗、彭杲相替爲太守、五府節度，皆坐贓鉅萬而死。乃特授奂爲南海太守。遐方之地，貪吏斂跡，人用安之。以爲自開元已來四十年，廣府節度清白者有四，謂宋璟、裴伷先、李朝隱及奂。中使市舶，亦不干法。」《後漢書・孔奮傳》：「時天下未定，士多不修節操，而奮力行清潔，爲衆人所笑，或以爲身處脂膏，不能以自潤，徒益苦辛耳。」《趙次公先後解》：「謂廉潔而不污於貨利也。」

〔二七〕洞主二句：《舊唐書·王翃傳》：「自安史之亂，頻詔徵發嶺南兵募，隸南陽魯炅軍。炅與賊戰於葉縣，大敗，餘衆離散，嶺南溪洞夷獠乘此相恐爲亂。」參卷六《自平》(0266)注。《禮記·曲禮上》：「堂上接武，堂下步武。」注：「武，跡也。跡相接，謂每移足半躡之，中人之跡尺二寸。」《唐國史補》卷下：「南海舶，外國船也，每歲至安南、廣州。師子國舶最大，梯而上下數丈，皆積寶貨。至則本道奏報，郡邑爲之喧闐。有蕃長爲主領，市舶使籍其名物，納舶脚，禁珍異，蕃商有以欺詐入牢獄者。」

〔二八〕我欲句：《晋書·葛洪傳》：「以年老，欲煉丹以祈遐壽，聞交阯出丹，求爲句屚令。帝以洪資高，不許。洪曰：『非欲爲榮，以有丹耳。』洪遂將子侄俱行。至廣州，刺史鄧岳留不聽去，洪乃止羅浮山煉丹。」

〔二九〕或驂二句：江淹《别賦》：「駕鶴上漢，驂鸞騰天。」《詩·小雅·鶴鳴》：「鶴鳴于九皐，聲聞于野。」傳：「言身隱而名著也。」箋：「喻賢者雖隱居，人咸知之。」仇注：「此公有志南海之游也。不能乘鼇驂鸞，但作鳴鶴以吐意耳。」

## 詠懷二首

人生貴是男，丈夫重天機〔一〕。未達善一身，得志行所爲〔二〕。嗟余竟轗軻〔三〕，將老逢艱危。胡雛逼神器，逆節同所歸〔四〕。河洛化爲血，公侯草間啼①。西京復陷没，翠蓋蒙塵飛。萬姓悲赤子，兩宮弃紫微〔五〕。倏忽向二紀〔六〕，奸雄多是非。本朝再樹立〔七〕，未及貞觀時。日給在軍儲，上官督有司。高賢迫形勢，豈暇相扶持②〔八〕。疲茶苟懷策，栖屑無所施〔九〕。先王實罪己〔一〇〕，愁痛正爲兹。歲月不我與〔一一〕，蹉跎病於斯。夜看酆城氣③，回首蛟龍池〔一二〕。齒髮已自料，意深陳苦詞④。（0387）

**【校】**

① 侯，錢箋校：「一作卿。」《草堂》作「卿」。

② 暇，《草堂》校：「魯作勝。」

③ 氣，《草堂》作「劍」。

④ 苦，錢箋校：「吴本作昔。」

**【注】**

《趙次公先後解》編入大曆五年（七七〇）自潭州赴衡州時作。黄鶴注：當是大曆四年（七六九）春自岳州上潭州時作。

〔一〕人生二句：《列子·天瑞》：「孔子游於泰山，見榮啓期行乎郕之野，鹿裘帶索，鼓琴而歌。孔子問曰：『先生所以樂，何也？』對曰：『吾樂甚多。天生萬物，唯人爲貴，而吾得爲人，是一樂也。男女之別，男尊女卑，故以男爲貴，吾既得爲男矣，是二樂也。人生有不見日月、不免繈褓者，吾既以行年九十矣，是三樂也。貧者士之常也，死者人之終也，處常得終，當何憂哉？』」《莊子·大宗師》：「其耆欲深者，其天機淺。」

〔二〕未達二句：《孟子·盡心下》：「窮則獨善其身，達則兼善天下。」

〔三〕轗軻：見卷一《醉時歌》（0019）「坎軻」注。

〔四〕胡雛二句：《晋書·石勒載記》：「年十四，隨邑人行販洛陽，倚嘯上東門，王衍見而異之，顧謂左右曰：『向者胡雛，吾觀其聲，視有奇志，恐將爲天下之患。』馳遣收之，會勒已去。」班彪《王命論》：「不知神器有命，不可以智力求也。」《趙次公先後解》：「胡雛逼神器，指言安禄山。逆節同所歸，則所從其爲臣爲將者也。」仇注：「逆節，指附賊者。」

〔五〕西京四句：仇注：「悲赤子，悲號同於赤子。」《趙次公先後解》：「此正指言明皇。兩宮又以言明皇與肅宗尤明。」《晋書·天文志》：「紫宫垣十五星……一曰紫微，大帝之坐也，天子之常居也。」

〔六〕倏忽句：《趙次公先後解》：「自天寶十四載禄山亂，至今大曆五年，凡十六年，故得以『向二紀』爲稱也。」謝靈運《永初三年七月十六日之郡初發都》：「從來漸二紀，始得傍歸路。」王胄《酬陸常侍》：「思之宛如昨，倏焉逾二紀。」

〔七〕本朝句：《趙次公先後解》：「方言代宗也。」仇注：「代宗平河北，逐吐蕃，是本朝再立也。」

〔八〕高賢二句：《趙次公先後解》：「迫於用兵之形勢。」仇注：「當事迫於軍儲，不暇扶持旅困。」

〔九〕疲苶二句：疲苶，見卷七《八哀詩・李公光弼》(0331)注。李騫《釋情賦》：「在下僚而栖屑，願奮迅於泥滓。」《趙次公先後解》：「公自言也。言其疲勞困苦之身，雖有良策，方在流落栖屑間，無所施展也。」苟，雖也。盧諶《贈崔温》：「苟云免罪戾，何暇收民譽。」張翼《詠懷》：「百齡苟未遐，昨辰亦非促。」

〔一〇〕先王句：朱鶴齡注：「先王，疑作先皇，謂肅宗也。按史，肅宗即位後，以寇孽未平，屢下罪己之詔。」《左傳》莊公十一年：「禹湯罪己，其興也悖焉。桀紂罪人，其亡也忽焉。」《論語・堯曰》：「朕躬有罪，無以萬方；萬方有罪，罪在朕躬。」

〔一一〕歲月句：《論語・陽貨》：「日月逝矣，歲不我與。」劉琨《重贈盧諶》：「時哉不我與，去乎若浮雲。」

〔一二〕夜看二句：酆城氣，見卷七《可歎》(0328)「紫氣」注。《三國志・吴書・周瑜傳》：「恐蛟龍得雲雨，終非池中物也。」仇注：「言壯志猶存，而身老不復可爲。」

邦危壞法則，聖遠益愁慕〔一〕。飄飄桂水游，悵望蒼梧暮〔二〕。潛魚不銜鉤，走鹿無反顧〔三〕。皦皦幽曠心，拳拳異平素〔四〕。衣食相拘閡，朋知限流寓〔五〕。風濤上春沙，千里侵江樹①。逆行少吉日②，時節空復度〔六〕。井竈任塵埃，舟航煩數具〔七〕。牽纏加老病，瑣細隘俗務〔八〕。萬古一死生，胡爲足名數〔九〕？多憂污桃源，拙計泥銅柱〔一〇〕。未辭炎瘴毒，擺落跋涉懼。虎狼窺中原，焉得所歷住？葛洪及許靖，避世常此路〔一一〕。賢愚誠等差，自愛各馳騖〔一二〕。羸瘠且如何，魄奪針灸屨〔一三〕。擁滯僮僕慵，稽留篙師怒〔一四〕。終當挂帆席，天意難告訴。南爲祝融客，勉强親杖屨〔一五〕。結託老人星，羅浮展衰步〔一六〕。（0388）

**【校】**

①千，錢箋校：「刊本十。」《草堂》作「十」，校：「一作千。」　侵，錢箋校：「刊作浸。」《九家》、《草堂》作「浸」。

②少，錢箋、《草堂》校：「陳作值。」

**【注】**

〔一〕聖遠句：《孟子·盡心下》：「由孔子而來，至於今百有餘歲，去聖人之世，若此其未遠也。」張衡《思玄賦》：「雖游娱以媮樂兮，豈愁慕之可懷。」

〔二〕飄颻二句：《水經注》鍾水：「灌水即桂水也。灌、桂聲相近，故字隨讀變，經仍其非也。桂水出桂陽縣北界山，山壁高聳，三面特峻，石泉懸注，瀑布而下。北逕南平縣，而東北流屆鍾亭，右會鍾水，通爲桂水也。故應劭曰：桂水出桂陽，東北入湘。」「灌」亦訛作「雞」。《元和郡縣圖志》卷二九郴州臨武縣：「雞水，在縣南，即桂水也。」《方輿勝覽》卷二五郴州：「桂水，在郴縣西南。」錢箋：「湘水自桂陽而來，故云『飄飄桂水游』。公實未嘗到郴也。」朱鶴齡引《元和郡縣圖志》卷三七桂州「桂江一名漓水，經臨桂縣東」。此又名漓水之桂江，乃另一水。《水經注》湘水：「湘、漓同源，分爲二水，南爲漓水，北則湘川。」然朱注謂「湘水自臨桂而來，亦得稱桂水也」，則想當然耳。《山海經・海内經》：「南方蒼梧之丘，蒼梧之淵，其中有九嶷山，舜之所葬，在長沙零陵界中。」郭璞注：「山在今零陵營道縣南，其山九谿皆相似，故云九疑。古者總名其地爲蒼梧也。」

〔三〕潛魚二句：陸機《文賦》：「若游魚銜鈎，而出重淵之深。」《左傳》文公十七年：「鹿死不擇音。小國之事大國也，德，則其人也；不德，則其鹿也。鋌而走險，急何能擇。」朱鶴齡注：「以潛魚、走鹿況己之避難奔走，不得遂生平幽曠之志也。」

〔四〕曒曒二句：《禮記・中庸》：「得一善，則拳拳服膺而弗失之矣。」注：「拳拳，奉持之貌。」《趙次公先後解》：「言幽曠心自分明也，而乃拳拳然屈身以全生，以所以異平素矣。」

〔五〕衣食二句：《後漢書・虞詡傳》：「願寬假轡策，勿令有所拘閡而已。」《廉范傳》：「范遂流寓西州。」仇注：「今拳拳屈身於人，而異於素志者，祇爲衣食所驅，朋知遠隔耳。」按，此謂交友僅限於流寓中所見。

〔六〕逆行二句：《楚辭·離騷》：「靈氛既告余以吉占兮，歷吉日乎吾將行。」仇注：「吉日，謂清明令節。」本書卷一八有《清明二首》（1403），至潭州作。按，句謂時節空過，而舟行不暇擇吉日。

〔七〕井竈二句：陶淵明《歸園田居》：「井竈有遺處，桑竹殘朽株。」《後漢書·董卓傳》：「具舟船，舉火爲應。」

〔八〕牽纏二句：謝靈運《佛影銘》：「群生因染，六趣牽纏。」《法苑珠林》卷二二：「衆務牽纏，何暇修道。」

〔九〕萬古二句：《趙次公先後解》：「言貴賤壽夭，同一死生。自弔其困於形名度數，不敢踰越也。」朱鶴齡注：「足名數，言求足於名數也。」王嗣奭《杜臆》：「一死不復生矣，將胡以號爲人，而足當人之名數乎？」仇注：「或云萬古同歸一死，何必取足於名數乎。」

〔一〇〕多憂二句：桃源，見卷二《北征》（0052）注。王嗣奭《杜臆》：「公初下江陵，欲訪桃源，其《水宿遣懷》詩可見。今戲言多憂而恐污桃源，拙計而泥於銅柱。」《梁書·諸夷傳》林邑國：「其南界水步道二百餘里，有西國夷亦稱王，馬援植兩銅柱，表漢界處也。」《舊唐書·地理志》安南都督府驩州：「九德，州所治。……又南行二千餘里，有西屠夷國，鑄二銅柱於象林南界，與西屠夷分境，以紀漢德之盛。其時，以不能還者數十人留於其銅柱之下。至隋乃有三百餘家，南蠻呼爲馬留人。」《趙次公先後解》：「今公詩云拙計而泥之，則必欲往也。」

〔一一〕葛洪二句：葛洪，見本卷《送重表侄王砅評事使南海》（0386）注。《三國志·蜀書·許靖傳》：「孫策東渡江，皆走交州以避其難。靖身坐岸邊，先載附從，疏親悉發，乃從後去。當時見者莫不歎息。既至交阯，交阯太守士燮厚加敬待。……靖與曹公書曰：……會蒼梧諸縣夷越蜂起，州府傾覆，道路阻絶，元賢被害，老弱並殺。靖尋循渚岸五千餘里，復遇疾癘，伯母隕命，並及群從，自諸妻子，一時略盡。復相扶侍，前到此郡，計爲兵害及病亡者十遺一二。」

〔一二〕馳鶩：見卷七《送高司直尋封閬州》(0359)注。

〔一三〕魄奪句：《左傳》宣公十五年：「天奪之魄矣。」

〔一四〕擁滯句：《宋書・劉穆之傳》：「決斷如流，事無擁滯。」

〔一五〕南爲二句：《分門》鄭曰：「衡山上有祝融峰。」《南岳小録》：「祝融峰，去地高九千七百八十丈，在諸峰之北，最高，擁諸峰而直上。有祝融廟基。」《趙次公先後解》：「南方，祝融之地。」謂非指衡山。盧元昌曰：「遥望衡山有祝融峰，董鍊師在焉，是亦葛洪、許靖之徒，我將策杖往親。」

〔一六〕結託二句：《史記・天官書》：「狼比地有大星，曰南極老人。老人見，治安，不見，兵起。」《晋書・天文志》：「老人一星，在弧南，一曰南極。」《藝文類聚》卷七引《羅浮山記》：「羅浮者，蓋總稱焉。羅，羅山也。浮，浮山也。二山合體，謂之羅浮，在增城、博羅二縣之境。舊説羅浮高三千丈，有七十石室、七十二長溪，神明神禽，玉樹朱草。」《元和郡縣圖志》卷三四循州博羅縣：「羅浮山，在縣西北二十八里。羅山之西有浮山，蓋蓬萊之一阜，浮海而至，與羅山併體，故曰羅浮。高三百六十丈，周回三百二十七里。峻天之峰，四百三十有二焉。事具袁彦伯《記》。」謝靈運《初發石首城》：「游當羅浮行，息必廬霍期。」《文選》李善注：「舊説浮山從會稽來，博於羅山，故稱博羅。今羅浮山上獨有東方草木。」

# 送顧八分文學適洪吉州〔一〕

中郎石經後，八分蓋憔悴〔二〕。顧侯運鑪錘〔三〕，筆力破餘地。昔在開元中，韓擇木蔡有鄰同贔屭〔四〕。玄宗妙其書，是以數子至〔五〕。御札早流傳，揄揚非造次〔六〕。三人並入直，恩澤各不二。顧於韓蔡内，辨眼工小字。分日示諸王①，鈎深法更秘〔七〕。文學與我游，蕭疏外聲利。追隨二十載，浩蕩長安醉。高歌卿相宅，文翰飛省寺〔八〕。視我揚馬間，白首不相弃。驊騮入窮巷，必脱黄金轡〔九〕。一論朋友難，遲暮敢失墜〔一〇〕。古來事反覆，相見横涕泗〔一一〕。嚮者玉珂人，誰是青雲器〔一二〕？才盡傷形體②，病渴污官位〔一三〕。故舊獨依然，時危話顛躓③〔一四〕。我甘多病老，子負憂世志。胡爲困衣食，顔色少稱遂〔一五〕？遠作苦辛行④，順從衆多意〔一六〕。舟檝無根蒂，蛟黿好爲祟。況兼水賊繁，特戒風飆駛。崩騰戎馬際⑤，往往殺長吏〔一七〕。子干東諸侯〔一八〕，勸勉防縱恣⑥。邦以民爲本，魚飢費香餌〔一九〕。請哀瘡痍深，告訴皇華使〔二〇〕。使臣精所擇，進德知歷試〔二一〕。惻隱誅

求情，固應賢愚異〔二二〕。列士惡苟得⑦，俊傑思自致〔二三〕。贈子猛虎行，出郊載酸鼻〔二四〕。（0389）

【校】

① 示，《文苑英華》作「侍」。

② 體，宋本、錢箋、《九家》、《草堂》校：「一作骸。」《文苑英華》作「骸」，校：「集作體。」

③ 話，《文苑英華》作「語」，校：「集作話。」

④ 苦辛，錢箋、《草堂》作「辛苦」。

⑤ 際，錢箋校：「一作險。」《草堂》作「險」。

⑥ 勸，錢箋校：「一作勤。」《草堂》作「勤」，校：「或作勸。」

⑦ 列，錢箋校：「一作烈。」《文苑英華》校：「集作烈。」《九家》、《草堂》作「烈」。

【注】

黃鶴注：當是大曆三年（七六八）在公安作。梁權道編在大曆四年（七六九）岳州詩內。

〔一〕顧八分文學：歐陽修《集古録》卷七《唐呂諲表》：「右《呂諲表》，元結撰，顧誡奢八分書。景祐三年，余謫夷陵，過荆南，謁呂公祠堂，見此碑立廡下。」《金石録》卷二七《唐呂公表》：「右《唐呂公表》，元結撰，前太子文學、翰林院待詔顧誡奢書。杜甫集有《贈顧八文學》詩，即誡奢也。」

誠奢八分不多見，余所得者，衛密撰《吕公廟碑》並此表、郭英奇、郭慎微碑爲四耳。甫詩稱其最工小字，而此表字畫甚大，尤壯偉可喜。」黄伯思《東觀餘論》卷下《跋顧誠奢書吕肅公碑後》：「此詩蓋謂誠奢也。觀其遺跡，乃知子美弗虚稱之。」黄鶴注：「公與顧相遇於公安，今顧又適江西，故送以此詩。」

〔二〕中郎二句：《後漢書·蔡邕傳》：「邕以經籍去聖久遠，文字多謬，俗儒穿鑿，疑誤後學，熹平四年，乃與五官中郎將堂谿典、光禄大夫楊賜、諫議大夫馬日磾、議郎張馴、韓説、太史令單颺等，奏求正定六經文字。靈帝許之，邕乃自書册於碑，使工鐫刻立於太學門外。於是後儒晚學，咸取正焉。及碑始立，其觀視及摹寫者，車乘日千餘兩，填塞街陌。」《水經注》穀水：「東漢靈帝光和六年刻石鏤碑，載五經，立於太學講堂前，悉在東側。……今碑上悉刻蔡邕等名。魏正始中，又立古、篆、隸三字石經。」洪适《隸釋》卷一四：「蓋諸儒受詔在熹平，而碑成則光和年也。《隋志》有一字石經七種，三字石經三種。其論云：漢鐫七經，皆蔡邕書。又云：魏立一字石經。其説自相矛盾。新舊《唐志》有今字石經七種，而注《論語》云：蔡邕作。又有三字石經古、篆兩種。蓋《唐史》以隸爲今字也。觀遺經字畫之妙，非蔡中郎輩不能爲。以黄初後來碑刻比之，相去不啻霄漢，豈魏人筆力可到。當以《水經》爲據，三體者乃魏人所刻。《儒林傳》云爲古文篆、隸二體者非也。史稱邕自書丹，使工鐫刻。今所存諸經字體各不同，雖邕能分篆、隸，兼備衆體，但文字之多，恐非一人可辦。」

〔三〕顧侯句：《莊子·大宗師》：「皆在爐捶之間耳。」

〔四〕昔在二句：韓、蔡，見卷七《李潮八分小篆歌》(0355)注。左思《吴都賦》：「巨鼇贔屭，首冠靈山。」《文選》劉逵注：「贔屭，用力狀貌。」

〔五〕玄宗二句：《趙次公先後解》：「言明皇精妙於此書也。」竇臮《述書賦》注：「開元天寶皇帝，仁孝慈和，兼負英斷，好圖畫，少工八分書及章草，殊異英特。自諸王殿下已下，多效吴嗣、李塗，雖有工夫，不能高遠。開元中，八分書北京義堂、西岳華山、東岳封禪碑。雖有當時院中學士共相摹勒，然其風格大體，皆出自聖心。」

〔六〕御札二句：《大唐新語》卷八：「玄宗朝，張説爲麗正殿學士。嘗獻詩曰：『東壁圖書府，西垣翰墨林。諷詩關國體，講易見天心。』玄宗深佳賞之。優詔答曰：『得所進詩，甚爲佳妙。風雅之道，斯焉可觀。並據才能，略爲贊述。具如別紙，宜各領之。』玄宗自於彩箋上八分書。説《讚》曰：『德重和鼎，功逾濟川。詞林秀發，翰苑光鮮。』其徐堅已下，並有贊述。文多不盡載。」《玉海》卷一六七引《集賢注記》載諸讚。《次柳氏舊聞》：「玄宗善八分書，凡命將相，皆先以御札書其名，置案上。」班固《兩都賦序》：「雍容揄揚，著於後嗣。」

〔七〕分日二句：《述書賦》：「開元應乾，神武聰明。風骨巨麗，碑版峥嶸。思如泉而吐鳳，筆爲海而吞鯨。諸子多藝，天寶之際。跡且師於翰林，嗟源淺而波細。漢王童年，自得書意。夙承羲獻，守法不二。惠文靡倦，博好敦勸。」《易·繫辭上》：「探賾索隱，鉤深致遠。」

〔八〕省寺：中央諸省諸寺。《唐律疏議》卷二一「諸佐職及所統屬官」疏：「及所統屬官者，若省寺監管局署、州管縣、鎮管戍、衛管諸府之類。」

〔九〕驊騮二句：《趙次公先後解》：「馬謂之驊騮，轡謂之黄金，侈言其富貴也。」

〔一〇〕遲暮句：《左傳》文公十八年：「行父奉以周旋，弗敢失隊。」

〔一一〕相見句：《詩·陳風·澤陂》：「寤寐無爲，涕泗滂沱。」

〔一二〕嚮者二句：張華《輕薄篇》：「文軒樹羽蓋，乘馬鳴玉珂。」顔延之《五君詠·阮始平》：「仲容青雲器，實禀生民秀。」

〔一三〕才盡二句：《趙次公先後解》：「此公自傷也。」鍾嶸《詩品》江淹：「初，淹罷宣城郡，遂宿冶亭，夢一美丈夫，自稱郭璞，謂淹曰：『我有筆在卿處多年矣，可以見還。』淹探懷中，得五色筆以授之，爾後爲詩，不復成語，故世傳江淹才盡。」病渴，見卷六《同元使君春陵行》(0276)注。

〔一四〕時危句：《左傳》宣公十五年：「杜回躓而顛。」

〔一五〕顔色句：《趙次公先後解》：「稱音去聲，稱意而通遂也。」《别譯雜阿含經》卷六：「彼非己家，云何而得稱遂其心。」《敦煌變文集·父母恩重講經文》：「凡是所爲，不得稱遂。」

〔一六〕順從句：《趙次公先後解》：「衆多，衆人也。」

〔一七〕崩騰二句：李顒《雷賦》：「潰淪隱轔，崩騰磊落。」《趙次公先後解》：「正言湖南兵馬使臧玠殺其團練使崔瓘，遂據潭州反矣。」黄鶴注：「大曆三年，商州兵馬使劉洽殺刺史殷仲卿，幽州兵馬使朱希彩殺節度使李懷仙，所謂『往往殺長吏』也。」繫年亦因此不同。

〔一八〕子干句：《左傳》成公十六年：「郤犨將新軍，且爲公族大夫，以主東諸侯。」仇注：「洪、吉州在荆州之東，故曰東諸侯。」《舊唐書·代宗紀》：「(大曆二年四月己亥)刑部侍郎魏少游爲洪州刺史、兼御史大夫、江西觀察團練等使。」

〔一九〕邦以二句：《書·五子之歌》：「民惟邦本。」《太平御覽》卷二八〇引《軍讖》：「故香餌之下，必有懸魚；重賞之下，必有勇夫。」《趙次公先後解》：「言當厚施予，以恤民爲本也。」仇注：「費香餌，即招徠意。」

〔二〇〕請哀二句：瘡痍，見卷七《别蔡十四著作》(0357)「創痍」注。皇華使，見卷六《毒熱寄簡崔評事十六弟》(0294)「皇皇使臣」注。

〔二一〕進德句：《易·乾·文言》：「君子進德修業，忠信所以進德也。」《書·舜典》：「歷試諸難。」

〔二二〕惻隱二句：《孟子·公孫丑上》：「今人乍見孺子將入於井，皆有怵惕惻隱之心。」誅求，見卷四《送韋諷上閬州録事參軍》(0196)注。《趙次公先後解》：「彼能惻隱誅求之情，賢者固異於愚人矣。」朱鶴齡注：「蓋惻隱之與誅求，賢愚固有異情耳。」

〔二三〕列士二句：《禮記·曲禮上》：「臨財毋苟得。」《孟子·告子上》：「生亦我所欲，所欲有甚於生者，故不爲苟得也。」《史記·范睢蔡澤列傳》：「賈不意君能自致於青雲之上。」

〔二四〕贈子二句：陸機《猛虎行》：「渴不飲盜泉水，熱不息惡木陰。惡木豈無枝，志士多苦心。」《趙次公先後解》：「皆以戒游子之慎所從也。」宋玉《高唐賦》：「寒心酸鼻。」

## 上水遣懷

我衰太平時，身病戎馬後。蹭蹬多拙爲〔一〕，安得不皓首。驅馳四海内，童稚日餬口〔二〕。但遇新少年，少逢舊親友。低顏下色地，故人知善誘〔三〕。後生血氣豪，舉動見老醜〔四〕。窮迫挫曩懷，常如中風走〔五〕。一紀出西蜀，于今向南斗〔六〕。孤舟亂春華①，暮齒依蒲柳〔七〕。冥冥九疑葬〔八〕，聖者骨亦朽②。蹉跎陶唐人，鞭撻日月久〔九〕。中間屈賈輩，讒毁竟自取〔一〇〕。鬱没二悲魂③。蕭條猶在否？崷崒清湘石，逆行雜林藪〔一一〕。篙工密逞巧，氣若酣杯酒。歌謳互激遠④，回斡明受授⑤〔一二〕。善知應觸類⑥，各藉穎脱手⑦〔一三〕。古來經濟才，何事獨罕有〔一四〕？蒼蒼衆色晚，熊挂玄蛇吼〔一五〕。黄羆在樹顛，正爲羣虎守〔一六〕。羸骸將何適，履險顏益厚。庶與達者論，吞聲混瑕垢〔一七〕。（0390）

【校】

① 華，錢箋校：「一作草。」

② 亦，錢箋校：「一作已。」《草堂》作「已」。

③ 没，錢箋、《草堂》校：「樊作悒。」

④ 遠，錢箋校：「樊作越。」

⑤ 受，錢箋校：「樊作相。」

⑥ 善，錢箋、《草堂》校：「一作蓋。」

⑦穎脱，《草堂》作「脱穎」。

【注】

魯訔《杜工部詩年譜》大曆四年（七六九）：「蓋自岳之潭之衡爲上水，而自衡回潭爲順水。」《趙次公先後解》：此自洞庭湖上湘江往潭州也。

〔一〕蹭蹬：見卷一《奉贈韋左丞丈二十二韻》（0001）注。

〔二〕餬口：見本卷《送重表侄王砅評事使南海》（0386）注。

〔三〕低顔二句：傅玄《苦相篇》：「低頭和顔色，素齒結朱脣。」《論語・子罕》：「夫子循循然善誘人。」《趙次公先後解》：「言遇新少年每低顔下色，不敢介亢，故人見之者，亦知我以善誘爲心耳。」

〔四〕後生二句：《論語・季氏》：「及其壯也，血氣方剛。」仇注：「少年視爲老醜，新知輕薄也。」

〔五〕窮迫二句：徐陵《爲貞陽侯與王太尉僧辨書》：「夙契逾深，無改曩懷。」朱浮《與彭寵書》：「士無賢不肖，皆樂立名於世，而伯通獨中風狂走。」

〔六〕一紀二句：《趙次公先後解》：「公自乾元二年入蜀以居，至今大曆五年離蜀而在楚地，乃南斗之分，恰十二年。」黄鶴注：「公以天寶十四載冬避亂離長安，自關隴入蜀，至大曆三年春出峽，故曰一紀，非謂在蜀一紀。」朱鶴齡注謂自乾元元年至大曆四年，恰十二年。《史記・天官書》：「南斗爲廟，其北建星。」正義：「南斗六星，在南也。」

〔七〕蒲柳：見卷四《枯椶》(0190)注。

〔八〕冥冥句：見本卷《詠懷二首》(0388)「蒼梧暮」注。《史記·秦始皇本紀》正義：「《括地志》云：九疑山在永州唐興縣東南一百里。《皇覽冢墓記》云：舜冢在零陵郡營浦縣九疑山。」

〔九〕蹉跎二句：《書·五子之歌》：「惟彼陶唐，有此冀方。」傳：「陶唐，帝堯氏。」《趙次公先後解》：「言自陶唐以來，時歲蹉跎，天下之人遭鞭撻之苦，其爲日月也久矣。」錢箋：「陶唐人，舊注指羲和也。」朱鶴齡注引《同諸公登慈恩寺塔》「羲和鞭日月」句。仇注：「或謂指唐堯，或謂指湘妃，或謂公自言唐、杜皆唐堯之後，皆非」；「因思陶唐至今，人生代謝久矣」。

〔一〇〕中間二句：屈賈，屈原、賈誼。《史記·屈原賈生列傳》：「屈原至於江濱……於是懷石遂自沈汨羅以死。」「自屈原沈汨羅後百有餘年，漢有賈生，爲長沙王太傅，過湘水，投書以弔屈原。」正義：「故羅縣城在岳州湘陰縣東北六十里。春秋時羅子國，秦置長沙郡而爲縣也。按，縣北有汨水及屈原廟。」

〔一一〕崗崒二句：崗崒，見卷一《白水縣崔少府十九翁高齋三十韻》(0042)注。《水經注》湘水「湘水出零陵始安縣陽海山」：「即陽朔山也。……羅君章《湘中記》曰：湘水之出於陽朔，則觴爲之舟；至洞庭，日月若出入於其中也。」《趙次公先後解》：「此則往潭州者，自洞庭上湘江水矣。」

〔一二〕歌謳二句：陸機《棹歌行》：「名謳激清唱，榜人縱棹歌。」謝惠連《七月七日夜詠牛女》：「傾河易回斡，款顔難久悰。」《文選》李善注：「如淳《漢書注》曰：斡，轉也。」《趙次公先後解》：「回動斡轉其船也。明受授，則船之首尾皆有所操之職，而相呼相命，以求水脈，此之謂受授。」

〔一三〕善知二句：《易·繫辭上》：「引而伸之，觸類而長之，天下之能事畢矣。」《史記·平原君虞卿列傳》：「使遂蚤得處囊中，乃穎脱而出。」

〔一四〕古來二句：《趙次公先後解》：「然欲求經濟天下者，如操舟之妙，何獨罕有乎？」《晉書·石苞傳》：「夫貞廉之士，未必能經濟世務。」

〔一五〕熊挂句：《趙次公先後解》：「熊言挂，好挂於樹上也。」《太平御覽》卷九〇八引《詩義疏》：「熊能攀緣上高樹，見人則顛倒投地而下。」

〔一六〕黄羆二句：柳宗元《羆説》：「鹿畏貙，貙畏虎，虎畏羆。羆之狀，被髮人立，絶有力而甚害人焉。楚之南有獵者，能吹竹爲百獸之音。昔云持弓矢罌火而即之山，爲鹿鳴以感其類，伺其至，發火而射之。貙聞其鹿也，趨而至。其人恐，因爲虎而駭之。貙走而虎至，愈恐，則又爲羆。虎亦亡去。羆聞而求其類，至則人也，捽搏挽裂而食之。」《趙次公先後解》：「以子厚之説觀之，則公詩語意以羆升樹而守虎明矣。」《説文》：「羆，如熊，黄白文。」

〔一七〕吞聲句：《左傳》宣公十五年：「瑾瑜匿瑕，國君含垢。」

## 遣遇

磬折辭主人，開帆駕洪濤〔一〕。春水滿南國，朱崖雲日高〔二〕。舟子廢寢食①，飄風争所操〔三〕。我行匪利涉〔四〕，謝爾從者勞。石間采蕨女，鬻菜輸官曹②。丈夫死百役，暮返空村號。聞見事略同，刻剥及錐刀〔五〕。貴人豈不仁，視汝如莠蒿〔六〕。索錢多門户，喪亂紛嗷嗷。奈何黠吏徒，漁奪成逋逃〔七〕。自喜遂生理，花時甘緼袍③〔八〕。(0391)

【校】

① 廢寢，宋本作「寢廢」，據錢箋等改。

② 菜，宋本、錢箋、《九家》校：「一作市。」《草堂》校：「一作市。一作米。」

③ 甘，錢箋、《草堂》校：「刊作貰。」

【注】

黄鶴注：詩云「開帆駕洪濤」，見其爲上水而作。當是大曆四年(七六九)春，自岳之潭作。

〔一〕磬折二句：《禮記·曲禮下》：「立則磬折垂佩。」疏：「臣則身宜僂折，如磬之背，故云磬折也。」曹植《贈白馬王彪》：「泛舟越洪濤，怨彼東路長。」

〔二〕春水二句：《水經注》湘水：「瀟者，水清深也。《湘中記》曰：湘川清照五六丈，下見底石，如樗蒱矢，五色鮮明，白沙如霜雪，赤崖若朝霞，是納瀟湘之名矣。」仇注：「朱崖正指此。」

〔三〕飄風：《詩·檜風·匪風》：「匪風飄兮，匪車嘌兮。」傳：「回風爲飄。」疏：「李巡曰：回風，旋風也，一曰飄風，別二名。」《趙次公先後解》：「藉風勢而行也。」

〔四〕我行句：《易・需》：「利涉大川。」

〔五〕刻剥句：《左傳》昭公六年：「錐刀之末，將盡争之。」

〔六〕貴人二句：《孟子・滕文公上》：「陽虎曰：爲富不仁矣，爲仁不富矣。」《左傳》哀公元年：「視民如仇，而用之日新。」《管子・形勢解》：「主視民如土，是民不爲用。」《趙次公先後解》：「言爲貴人者豈是不仁，而以莠蒿視汝等耶？」

〔七〕奈何二句：《漢書・景帝紀》：「吏以貨賂爲市，漁奪百姓，侵牟萬民。」《書・武成》：「爲天下逋逃主，萃淵藪。」傳：「逋，亡也。天下罪人逃亡者，而紂爲魁主。」《舊唐書・高適傳》適上疏論東西兩川：「應差科者，自朝至暮，案牘千重，官吏相承，懼於罪譴。或責之於鄰保，或威之以杖罰。督促不已，逋逃益滋，欲無流亡，理不可得。」

〔八〕自喜二句：自喜，有自慶幸義。《史記・魏其武安侯列傳》：「韓御史良久謂丞相曰：『君何不自喜？夫魏其毁君，君當免冠解印綬歸……上必多君有讓，不廢君。』」集解：「蘇林曰：何不自解釋爲喜樂邪？」索隱：「案小顔云：何不自謙遜爲可喜之事。」《史記・仲尼弟子列傳》：「衣敝緼袍與衣狐貉者立而不恥者，其由也與。」集解：「孔安國曰：緼，枲著也。」《趙次公先後解》：「花時可以單衣，不宜著緼袍，而甘緼袍，則所以得遂生理，勝於逋逃之民也。」仇注：「此遣遇之詞，亦見窮途之狀。」

# 解憂

減米散同舟，路難思共濟〔一〕。向來雲濤盤〔二〕，衆力亦不細。呀坑瞥眼過①，飛櫓本無蒂〔三〕。得失瞬息間，致遠宜恐泥②〔四〕。百慮視安危〔五〕，分明曩賢計。茲理庶可廣，拳拳期勿替〔六〕。（0392）

【校】

① 坑，宋本、《九家》校：「一作帆。」錢箋校：「一作帆。一作吭。」《草堂》作「吭」，校：「一作坑。」

② 宜，《草堂》作「猶」。

【注】

黄鶴注：當是大曆四年（七六九）自岳入潭時作。

〔一〕減米二句：《孫子·九地》：「夫吴人與越人相惡也，當其同舟而濟，遇風，其相救也如左右手。」《後漢書·郭太傳》：「林宗唯與李膺同舟共濟。」

〔二〕向來句：《趙次公先後解》：「豈言雲濤之間盤轉來出，乃方言謂之『盤灘』者乎？舊注云：雲濤盤，灘名，極爲險阻。恐只是附會其說。」

〔三〕呀坑二句：《趙次公先後解》：「呀坑者，漩坑如口之呀開者也。」《草堂》夢弼注：「呀吭，乃灘口也。」班固《答賓戲》：「上無所蒂，下無所根。」

〔四〕致遠句：蘇軾《仇池筆記》卷下：「杜甫詩固無敵，然自『致遠』已下，句甚村陋也。世人雷同，不復譏評，過矣。」《朱子語類》卷一四〇：「文字好用經語，亦一病。老杜詩『致遠思恐泥』，東坡寫此詩到此句云：此詩不足爲法。」陳僅《竹林答問》：「老杜此句實不佳。『恐泥』二字本經中極板重語，而老杜前後至四五用，殊不可解。」參卷六《槐葉冷淘》（0282）注。

〔五〕百慮句：《易·繫辭下》：「天下同歸而殊途，一致而百慮。」《莊子·秋水》：「察乎安危，寧於禍福，謹於去就。」

〔六〕拳拳句：《詩·小雅·楚茨》：「子子孫孫，勿替引之。」傳：「替，廢。」

## 宿鑿石浦〔一〕

早宿賓從勞，仲春江山麗。飄風過無時，舟檝敢不繫①〔二〕。回塘澹暮色，日没衆星嘒〔三〕。缺月殊未生，清燈死分翳〔四〕。窮途多俊異，亂世少恩惠〔五〕。鄙夫亦放蕩，草草頻卒歲②。斯文憂患餘，聖哲垂彖繫〔六〕。（0393）

【校】

①敢不，錢箋校：「一作不敢。」

②卒，錢箋校：「樊作年。」

【注】

黄鶴注：大曆四年（七六九）自岳入潭時宿此，遂賦詩。趙子櫟《杜工部年譜》大曆五年（七七〇）：「二月，湖南屯將臧玠犯長沙，甫發潭州，泝湘，宿鑿石浦，過津口，次空靈岸，宿石花戍，過衡山，回棹至衡東南邑曰耒陽。」謂此數詩皆作於自潭赴衡時。按，大曆五年清明，甫尚在潭州。而此詩言仲春已離潭州，今從黄鶴注，以甫四年春往衡州，遇熱北返。五年四月避臧玠亂，再入衡州。

〔一〕鑿石浦：黄鶴注：「蔡興宗《年譜》云：春初發岳陽，泛洞庭，往潭州。尚有《春日岳麓山道林二寺行》。今宿此而云仲春，則浦在洞庭之上，近於潭矣。」《明一統志》卷六三長沙府：「鑿石浦，在湘潭縣西九十里。」樊維綱《杜甫湖南紀行詩編次銓釋》（《文學遺産》一九八二年第三期）謂在湘潭縣東南七十里。其地在潭州以南，非在洞庭之上。

〔二〕飄風二句：飄風，見本卷《遺遇》（0391）注。仇注從誤本作「不敢」，謂浪急不敢繫舟，大謬。

〔三〕日没句：《詩·召南·小星》：「嘒彼小星，三五在東。」傳：「嘒，微貌。」

〔四〕缺月二句：《禮記·禮運》：「播五行於四時，和而後月生也。是以三五而盈，三五而闕。」《釋名》：「月，闕也。滿則缺也。」仇注：「初三之月爲哉生明。缺未生，必初二也。燈死無光，故分夜色之陰翳。」

〔五〕窮途二句：《趙次公先後解》：「俊異之士既多在窮途，則膏澤不下於民，而亂世少蒙其恩惠。」仇注：「多俊異，指賓從。少恩惠，中路乏周旋者。」

〔六〕鄙夫四句：《易・繫辭下》：「作《易》者，其有憂患乎？」《史記・孔子世家》：「孔子晚而喜《易》，序《彖》、《繫》、《象》、《説卦》、《文言》。」王嗣奭《杜臆》：「鄙夫日在窮途，正天之所以益我……豈知有憂患後有斯文，斯文乃憂患之餘……公之自負如此，乃知其雖窮而有以自樂也。」

## 早行

歌哭俱在曉，行邁有期程〔一〕。孤舟似昨日，聞見同一聲。飛鳥數求食①，潛魚亦獨驚②。前王作網罟，設法害生成〔二〕。碧藻非不茂③，高帆終日征。干戈未揖讓④，崩迫開其情⑤〔三〕。（0394）

【校】

①數，錢箋校：「一作散。」《文苑英華》作「散」，校：「集作數。」

②亦，錢箋、《文苑英華》校：「一作何。」

③茂，《文苑英華》作「暮」，校：「集作茂。」

④未，錢箋校：「一作異。」《文苑英華》校：「集作異。」

⑤開，錢箋校：「樊作闢。」

## 【注】

黄鶴注：當是大曆四年（七六九）泝流赴湖南時詩。

〔一〕行邁句：《詩·王風·黍離》：「行邁靡靡，中心摇摇。」傳：「邁，行也。」

〔二〕飛鳥四句：《易·繫辭下》：「作結繩而爲網罟，以佃以漁，蓋取諸《离》。」《趙次公先後解》：「網羅其鳥，罟罟其魚，害物之生成，此公所以反傷前王之設法也。」仇注：「此借魚鳥以興畏亂之意。」

〔三〕碧藻四句：任昉《啓蕭太傅固辭奪禮》：「不任崩迫之情，謹奉啓事陳聞。」《趙次公先後解》：「開放其情懷於終日征行之間也。」朱鶴齡注：「言干戈未定，姑以碧藻、高帆一開崩迫之情耳。」王嗣奭《杜臆》：「止動干戈，不知揖讓，因崩迫以開其情，所以致恨於前王也。」仇注：「崩迫，指歌哭者。闕情，觸於聞見也。」按，「崩迫」乃急切義，句意即開其崩迫情，謂高帆速征，開解其急迫心情。

## 過津口〔一〕

南岳自兹近，湘流東逝深〔二〕。和風引桂楫，春日漲雲岑。回首過津口①，而多楓樹林。白魚困密網，黄鳥喧嘉音②〔三〕。物微限通塞，惻隱仁者心〔四〕。瓮餘不盡酒，膝有無聲琴〔五〕。聖賢兩寂寞，眇眇獨開襟〔六〕。（0395）

**【校】**

① 首，《草堂》校：「一作道。」

② 嘉，《文苑英華》作「佳」。

**【注】**

黄鶴注：當同是大曆四年（七六九）春作。按，亦在赴衡州途中。

〔一〕津口：仇注：「津口當在衡山相近之處。」樊維綱謂即渌水入湘之渌口。《草堂》夢弼注、錢箋謂江陵之津口，引《水經注》江水，不確。

〔二〕南岳二句：《水經注》湘水：「湘水又北逕衡山縣東，山在西南，有三峰，一名紫蓋，一名石囷，一名芙蓉。芙蓉峰最爲竦傑，自遠望之，蒼蒼隱天。……《山經》謂之岣嶁，爲南岳也。山下有舜廟，南有祝融冢。楚靈王之世山崩，毁其墳，得《營丘九頭圖》。禹治洪水，血馬祭山，得金簡玉字之書。芙蓉峰之東，有仙人石室。學者經過，往往聞諷誦之音矣。衡山東南二面，臨映湘川。自長沙至此，江湘七百里中，有九向九背，故漁者歌曰：帆隨湘轉，望衡九面。……湘水又東北逕湘南縣東，又歷湘西縣南，分湘南置也，衡陽郡治。」

〔三〕白魚二句：《趙次公先後解》：「白魚，白鯈魚也。鯈音條。乃莊子與惠子游於濠梁之上，而莊子曰『鯈魚出游從容』者也。崔豹《古今注》曰：白魚小，好群游浮水上，名曰白萍。惟其小而群，則密網之所取無遺。斯所以爲困也。」按，馬縞《中華古今注》卷下：「白魚，赤尾曰魟，一曰魧。或曰魟，雄又曰魧魚子。好群浮水上者曰白萍。」則與鯈魚不同。朱鶴齡注：「《早行》詩云『飛鳥數求食，潛魚何獨驚』，此詩又云『白魚困密網，黄鳥喧嘉音』，亦因『楚人重魚不重鳥』，故網罟獨密耳。」《詩·邶風·凱風》：「睍彼黄鳥，載好其音。」

〔四〕物微二句：《易·節·象》：「不出户庭，知通塞也。」《孟子·公孫丑上》：「惻隱之心，仁之端也。」朱鶴齡注：「魚困鳥喧，物之通塞雖異，仁者則常懷惻隱之心。」

〔五〕瓮餘二句：曹植《送應氏》：「中饋豈獨薄，賓飲不盡觴。」《晋書·陶潛傳》：「性不解音，而畜素琴一張，絃徽不具，每朋酒之會，則撫而和之，曰：『但識琴中趣，何勞絃上聲。』」

〔六〕眇眇句：王粲《登樓賦》：「憑軒檻以遥望兮，向北風而開襟。」

# 次空靈岸〔一〕

沄沄逆素浪，落落展清眺〔二〕。幸有舟檝遲，得盡所歷妙。空靈霞石峻，楓栝隱奔峭①〔三〕。青春猶無私②，白日亦偏照③〔四〕。可使營吾居④，終焉託長嘯〔五〕。毒瘴未足憂，兵戈滿邊徼。嚮者留遺恨，恥爲達人誚〔六〕。回帆覬賞延〔七〕，佳處領其要。（0396）

【校】

① 栝，宋本、錢箋、《九家》、《草堂》校：「一作栝。」

② 無，錢箋校：「一作有。」《文苑英華》作「有」，校：「一作無。」

③ 亦，錢箋校：「一作已。」《草堂》作「已」。

④ 居，錢箋、《文苑英華》校：「一作屋。」

【注】

黃鶴注：當是大曆四年（七六九）春作。

〔一〕空靈岸：《草堂》夢弼注：「『空靈』當作『空舲』，刀筆誤耳。酈元《水經》湘水縣有空舲峽，驚浪雷奔，險同三峽。《十道四番志》湘水，載空舲灘。」《水經注》湘水：「湘水又北逕建寧縣，西傍湘水，縣北有空泠峽，驚浪雷奔，濬同三峽。」《方輿紀要》引作空靈峽。《梁書·王僧辯傳》：「自零陵率衆出空靈灘。」《清一統志》卷二七六長沙府：「空靈灘，在湘潭縣北六十里。一名空泠峽，一名空靈岸峽。……《府志》：空靈灘，土人謂之空洲，兩岸石如懸鐘，因名。」則杜詩非誤字。

〔二〕沄沄二句：《楚辭·九思》：「窺見兮溪澗，流水兮沄沄。」注：「沄沄，沸流。」謝靈運《七里瀨》：「羈心積秋晨，晨積展游眺。」

〔三〕空靈二句：《水經注》湘水：「《湘中記》曰：湘川清照五六丈，下見底石，如樗蒱矢，五色鮮明，白沙如霜雪，赤崖如朝霞。」黃希注：「此云『霞石』，蓋亦指岸石如朝霞也。」栝，見本卷《別張十三建封》(0383)注。謝靈運《七里瀨》：「孤客傷逝湍，徒旅苦奔峭。」《趙次公先後解》：「楓與栝之木遮隱欲奔之峭岸間耳。」仇注：「石峭如奔，喜其高聳。」

〔四〕白日句：陸雲《答孫顯世》：「員暉偏照，玄澤謬盈。」《趙次公先後解》：「山嶺障閡，日光不及，所以爲偏照。」

〔五〕可使二句：《左傳》隱公十一年：「使營菟裘，吾將老焉。」《晋書·阮籍傳》：「籍嘗於蘇門山遇孫登，與商略終古及栖神導氣之術，登皆不應，籍因長嘯而退。至半嶺，聞有聲若鸞鳳之間，響乎岩谷，乃登之嘯也。」

〔六〕嚮者二句：《趙次公先後解》：「豈公前日經此而不能久住，故有遺恨之留，而懷達者所誚之恥。」朱鶴齡注：「留遺恨，恨未盡山水之勝也。」王嗣奭《杜臆》：「謂不能擇勝地而隱也。」

〔七〕回帆句：王勃《游梵宇三覺寺》：「遽忻陪妙躅，延賞滌煩襟。」

## 宿花石戍〔一〕

午辭空靈岑①，夕得花石戍。岸疏開闢水②，木雜今古樹〔二〕。地蒸南風盛，春熱西日暮〔三〕。四序本平分，氣候何回互〔四〕？茫茫天造間，理亂豈恒數〔五〕。繫舟盤藤輪〔六〕，策杖古樵路③。罷人不在村〔七〕，野圃泉自注。柴扉雖蕪没，農器尚牢固〔八〕。山東殘逆氣，吴楚守王度〔九〕。誰能扣君門，下令減征賦〔一〇〕？（0397）

【校】

① 靈，《文苑英華》校：「一作虚。」

② 水，宋本、錢箋、《九家》、《文苑英華》校：「一作山。」

③ 策杖，《文苑英華》作「杖策」。

【注】

黄鶴注：當是大曆四年（七六九）春入潭州作。

〔一〕花石戍：《新唐書・地理志》潭州長沙郡：「有渌口、花石二戍。」《清一統志》卷二七七長沙府：「花石戍，在湘潭縣西。」《湖廣通志》卷七九湘潭縣：「花石城，在縣西南一百六十里。《唐書・地理志》長沙郡有花石戍。」引杜甫詩。

〔二〕岸疏二句：《趙次公先後解》謂疏乃疏鑿之疏。《三國志・吴書・步騭傳》注引《吴録》：「此江與開闢俱生，寧有可以沙囊塞理也。」孔稚圭《旦發青林》：「草雜今古色，岩留冬夏霜。」

〔三〕地蒸二句：《趙次公先後解》：「凡暑熱之日，至日暮則須涼，今以炎方之地，故春熱在西日暮而不息也。」

〔四〕四序二句：《楚辭・九辯》：「皇天平分四時兮，竊獨悲此凛秋。」木華《海賦》：「乖蠻隔夷，回互萬里。」朱鶴齡注：「言地蒸春熱，寒暑平分之氣猶回互不齊，何怪理亂之無常數耶。」

〔五〕茫茫二句：《易・屯・彖》：「天造草昧。」《趙次公先後解》：「前人云治亂惟冥數耳。今公云理亂豈恒數，蓋立爲新説者也。意以爲在政之得失而已。」按，《管子・小稱》：「天下者，無常亂，無常治。不善人在則亂，善人在則治。」《潛夫論・述赦》：「且夫國無常治，又無常亂。法令行則國治，法令弛則國亂。」詩意蓋同此。

〔六〕繫舟句：王嗣奭《杜臆》：「盤藤輪，謂盤藤作輪以繫舟。」仇注：「舟纜盤岸，圓若藤輪也。」按，本書卷一三《贈王二十四侍御契四十韻》（0869）：「長歌敲柳癭，小睡憑藤輪。」蓋指藤盤繞如輪。」

〔七〕罷人句：朱鶴齡注：「不在村，言皆逃亡。」

〔八〕柴扉二句：何焯云：「言及今尚可招徠，只在減其征調耳。」

〔九〕山東二句：《趙次公先後解》：「山東，今之河北也。……大曆三年六月，兵馬使朱希彩殺其節度李懷仙，猶有逆氣存焉。」朱鶴齡注：「謂河北諸降將。」《左傳》昭公十二年：「祭公謀父作《祈招》之詩……其詩曰：祈招之愔愔，式昭德音，思我王度，式如玉，式如金。」

〔一〇〕誰能二句：黄鶴注：「謂其年二月，遣御史税商錢。」朱鶴齡注：「時必吴楚爲甚，故末語云然。」

## 早發

有求常百慮，斯文亦吾病。以兹朋故多，窮老驅馳併〔一〕。早行篙師怠，席挂風不正①〔二〕。昔人戒垂堂，今則奚奔命〔三〕？濤翻黑蛟躍，日出黄霧映〔四〕。煩促瘴豈侵〔五〕，頹倚睡未醒②。僕夫問盥櫛，暮顔靦青鏡③〔六〕。隨意簪葛巾〔七〕，仰慚林花盛。側聞夜來寇，幸喜囊中净〔八〕。艱危作遠客，干請傷直性〔九〕。薇蕨餓首陽，粟馬資歷聘。賤子欲適從，疑誤此二柄〔一〇〕。（0398）

【校】

①席挂，《文苑英華》作「挂席」。

②未，宋本、錢箋、《九家》、《草堂》校：「一作還。」《文苑英華》作「還」。

③顔，宋本、錢箋校：「一作未。」

【注】

黄鶴注：詩亦以船上水而言，當同是大曆四年（七六九）作。

〔一〕有求四句：《易·繫辭下》：「天下同歸而殊途，一致而百慮。」《論語·子罕》：「天之未喪斯文也，匡人其如予何。」《趙次公先後解》：「有所求於人，必多爲思慮，然吾以斯文自任，衆所共知，而亦爲吾病，何也？蓋人以吾任斯文者，多是朋友故舊也。朋友故舊之多，散在他處，則欲見之自是驅馳頻併也。」王嗣奭《杜臆》：「以斯文而朋故多，以朋多而驅馳併，意在有求，一有求便須百慮，是反以斯文受病也。」浦起龍云：「有求百慮，不輕身也。斯文吾病，猶云儒冠誤我也。所以不敢輕身者，緣身繫斯文，不肯爲脂韋之態。以茲之故，朋舊雖多，而驅馳不止。」按，浦説較貼切。此斯文乃取其本義，非所謂天喪斯文。後二句謂雖朋故多，而猶驅馳併。詩謂以己不肯厚顔求人，放不下斯文之態，故到處難以久容，不得不一再驅馳。

〔二〕早行二句：王嗣奭《杜臆》：「風不正而挂席，故篙師怠。」浦起龍云：「篙師怠，正見迫促欲行。風不正，冒險放船也。」按，怠應早行，風不正謂風不順，故挂帆無益。湘水無特湍急處，非冒險而行，況下文云「睡未醒」。

〔三〕昔人二句：《史記·袁盎晁錯列傳》：「千金之子，坐不垂堂。」索隱：「張揖云：恐簷瓦墮中人。」《左傳》成公七年：「罷於奔命。」

〔四〕濤翻二句：鮑照《還都中道中作》：「騰沙鬱黄霧，翻浪揚白鷗。」

〔五〕煩促句：張華《答何劭》：「恬曠苦不足，煩促每有餘。」《趙次公先後解》：「言於此困於煩促，豈是瘴欲相侵乎。」

〔六〕暮顏句：顏靦，見卷一《去矣行》(0040)注。青鏡，謂青銅鏡。《太平御覽》卷七一七引蕭方等《三十國春秋》：「乃遺謝玄青銅鏡、黄金宛轉繩等。」

〔七〕隨意句：《三國志·吴書·周瑜傳》注引《江表傳》：「乃布衣葛巾，自託私行詣瑜。」《宋書·陶潛傳》：「取頭上葛巾漉酒。」

〔八〕側聞二句：趙壹《刺世疾邪賦》：「文籍雖滿腹，不如一囊錢。」按，此言寇來，當與臧玠之亂有關。

〔九〕艱危二句：本書卷一《自京赴奉先縣詠懷五百字》(0041)：「以兹悟生理，獨恥事干謁。」

〔一〇〕薇蕨四句：《史記·伯夷列傳》：「武王已平殷亂，天下宗周，而伯夷、叔齊恥之，義不食周粟，隱於首陽山，采薇而食之。」索隱：「薇，蕨也。」《趙次公先後解》：「六國以粟馬資張儀、蘇秦，使之歷聘。一則餓以爲高，一則聘以爲榮，此二柄也。未知所適從，故疑誤而不決矣。」又謂取《韓非子·二柄》之字用之。王嗣奭《杜臆》：「粟馬資歷聘，如孟子之傳食於諸侯者。注引蘇秦，誤。公豈游説者。」按，《琴操》：「《猗蘭操》者，孔子所作也。孔子歷聘諸侯，諸侯莫能任。」唐高宗《贈孔子爲太師詔》：「歷聘周流，莫能見用。」唐人皆如此用。此當指孔、孟。

## 次晚洲〔一〕

參錯雲石稠，坡陁風濤壯〔二〕。晚洲適知名，秀色固異狀。棹經垂猿把，身在度鳥上〔三〕。擺浪散帙妨，危沙折花當〔四〕。羈離暫愉悦①，羸老反惆悵。中原未解兵，吾得終疏放〔五〕。（0399）

【校】

①離，《草堂》作「覊」，校：「一作離。」

【注】

黄鶴注：當是大曆四年（七六九）入潭州時。按，當是赴衡州時作。

〔一〕晚洲：《清一統志》卷二七六長沙府：「晚洲，在湘潭縣南一百十里，石洲之北。」

〔二〕坡陁：見卷一《奉同郭給事湯東靈湫作》（0035）注。

〔三〕棹經二句：仇注：「垂猿把，猿把樹枝而垂飲也。」謝朓《落日悵望》：「寒槐漸如束，秋菊行當把。」虞騫《尋沈剡夕至嵊亭》：「澄潭寫度鳥，空嶺應鳴猿。」朱鶴齡注：「二句言春水漲而船行高也。」

〔四〕擺浪二句：謝靈運《酬從弟惠連》：「凌澗尋我室，散帙問所知。」《分門》師曰：「花當，乃花根也。」《九家》師曰：「擺浪有妨於散帙，危沙相過則折花相值。皆紀舟行之實。」朱鶴齡注：「《韓非子》：『玉卮無當。』《廣韻》：『當，底也。』師注花當乃花根，正此義。但對上『妨』字不等。俞舜卿謂插花沙上，以當標識。亦未然。余意危沙謂沙漲，今江中常有之。言客行慮險，惟當以折花自遣，即下所云『暫愉悦』也。」王嗣奭《杜臆》：「危沙，人所不能到者，舟因水高而過之。沙上有花，折之最便，猶俗言便當。」仇注：「散帙在船，浪動則看書有礙。花發沙前，舟近則折之爲便。以『當』對『妨』，乃便當之當。」按，以當作便當解，無此用法。當仍爲對當、抵當之義，且與「妨」字爲對。折花爲抵當，乃詩人戲筆。故下云「暫愉悦」。

〔五〕羈離四句：《趙次公先後解》：「傷時之擾攘，吾豈得終疏放而不憂懼且流落乎。」王嗣奭《杜臆》：「羈艱得之，暫爲愉悦；羸老之人，轉加惆悵。今中原尚未解兵，吾得終於疏放耶？」

## 望岳①〔一〕

南岳配朱鳥，秩禮自百王〔二〕。欻吸領地靈，鴻洞半炎方②〔三〕。邦家用祀典，在德非馨香〔四〕。巡守何寂寥③，有虞今則亡〔五〕。洎吾隘世網④〔六〕，行邁越瀟湘。渴日絶壁出⑤〔七〕，漾舟清光旁。祝融五峰尊，峰峰次低昂⑥。紫蓋獨不朝，争長嶪相望〔八〕。恭聞魏夫人，羣仙夾翱翔⑦〔九〕。有時五峰氣，散風如飛霜。牽迫限修途⑧，未暇杖崇岡⑨〔一〇〕。歸來覲命駕，沐浴休玉堂〔一一〕。三歎問府主〔一二〕，曷以贊我皇。牲璧忍衰俗⑩，神其思降祥〔一三〕。（0400）

【校】

① 望岳，《文苑英華》題作「望南岳山」。

② 澒，《草堂》校：「一作鴻。」《九家》作「洪」。錢箋作「鴻」，校：「一作澒。」

③ 守，《文苑英華》作「狩」。

④ 洎，錢箋、《草堂》校：「一作泊。」

⑤ 渴，《草堂》校：「一作遏。」

⑥ 峰峰，《草堂》校：「或作三峰。」

⑦ 夾，《草堂》作「來」。

⑧ 限，錢箋校：「一作恨。」《草堂》作「恨」。

⑨ 未，《草堂》校：「一作何。」

⑩忍，錢箋、《草堂》校：「一作感。」

**【注】**

黄鶴注：當是大曆四年（七六九）至潭望見，遂賦此。

〔一〕望岳：參本卷《過津口》(0395)注。李沖昭《南岳小録》：「五峰：祝融峰，去地高九千七百八十丈，在諸峰之北，最高，擁諸峰而直上。紫蓋峰，去地高四千五百丈九尺。其形嵯峨，有似麾蓋，因以爲名。雲密峰，昔夏禹治水，登此峰立碑，紀其山高下丈尺，皆科斗文字。天柱峰，其形似柱，因以爲名。亦名柱括峰。下有魏夫人石壇，或云魏夫人在此處得道。石廩峰，遠望如倉廩，其上方闊十丈，傳云傍通洞府。昔有洞門觀，胡浮先生常乘白豹游之。」《天中記》卷八引《長沙志》：「衡山軒翔聳拔，九千餘丈，尊卑差次，七十二峰。岩洞溪澗泉石之勝，交錯於中。又有數十洞、十五岩、三十八泉、二十五溪、九池九潭、六源八洞，九井三穿三漏。此最著者七十二峰，最大者五：芙蓉、紫蓋、石廩、天柱、祝融，而祝融爲最高。」

〔二〕南岳二句：《史記・天官書》：「南宫朱鳥，權、衡。」索隱：「《文耀鉤》云：南宫赤帝，其精爲朱鳥。」《新唐書・天文志》：「星紀、鶉尾以負南海，其神主於衡山，熒惑位焉。」《書・舜典》：「望秩於山川。」傳：「竟内名山大川如其秩次望祭之。謂五岳牲禮視三公，四瀆視諸侯，其餘視伯子男。」《元和郡縣圖志》卷二九衡州衡山縣：「《南岳記》曰：『衡山者，朱陽之靈臺，太虚之寶洞。』又云：『赤帝館其嶺，祝融託其陽，以其宿當翼軫，度應權衡，故爲名。』又曰：『上如車蓋及衡軛之形，山高四千一十丈。』衡岳廟，在縣西三十里。《南岳記》曰：『南宫四面皆絶，人獸莫至，周回天險，無得履者。』漢武帝移於江北置廟，隋文帝復移於今所。」《舊唐書・禮儀志》：「五岳、四鎮、四海、四瀆，年别一祭，各以五郊迎氣日祭之。……南岳衡山，於衡州。……其牲皆用太牢，籩豆各四，祀官以當界都督刺史充。」

〔三〕欻吸二句：江淹《雜體詩・王徵君微養疾》：「寂歷百草晦，欻吸鵾雞悲。」《文選》李善注：「欻吸，疾貌。」澒洞，見卷一《自京赴奉先縣詠懷五百字》(0041)注。

〔四〕邦家二句：《左傳》僖公五年宫之奇諫：「神所馮依，將在德矣。若晋取虞而明德以薦馨香，神其吐之乎？」

〔五〕巡守二句：《書・舜典》：「五月南巡守，至於南岳，如岱禮。……五載一巡守，群后四朝。」

〔六〕洎吾句：陸機《赴洛道中作》：「借問子何之，世網嬰我身。」

〔七〕渴日句：《趙次公先後解》：「謂之渴日，則難逢日霽，以望其峰，於日如渴也。」引盛弘之《荆州記》：「衡山有三峰極秀，一峰名芙蓉峰，最爲竦傑，自非清霽素朝，不可望見。」朱鶴齡注：「一云以朝日出水如渴然，猶渴虹之渴。」仇注：「渴日謂旱日。」

〔八〕祝融四句：《草堂》夢弼注引《植萱録》：「岳之諸峰，皆朝于祝融。獨紫蓋一峰，勢轉東去。昔有朝士題曰：紫蓋自知天尚遠，低徊無語獨朝東。」《左傳》隱公十一年：「滕侯、薛侯來朝，争長。」

〔九〕恭聞二句：《太平廣記》卷五八《魏夫人》(出《集仙録》及本傳)：「魏夫人者，任城人也，晋司徒劇陽文康公舒之女，名華存，字賢安。幼而好道，靜默恭謹。讀莊老、三傳、五經、百氏，無不該覽。志慕神仙，味真耽玄，欲求衝舉，常服胡麻散、茯苓丸，吐納氣液，攝生夷靜。親戚往來，一無關見。常欲別居閑處，父母不許。年二十四，强適太保掾南陽劉文字幼彦，生二子，長曰璞，次曰瑕。幼彦後爲修武令。夫人心期幽靈，精誠彌篤。二子粗立，乃離隔宇室，齋於別寢。將逾三月，忽有太極真人安度明、東華大神、方諸青童、扶桑碧阿陽谷神王、景林真人、小有仙女、清虚真人王褒來降。……夫人誦經萬遍，積十六年，顔如少女。於是龜山九虚太真金母、金闕聖君、南極元君共迎夫人白日昇天，北詣上清宫玉闕之下……領上真司命南岳夫人，比秩仙公，使治天台大霍山洞臺中。」

〔一〇〕牽迫二句：牽迫，牽制、牽挂。李嶠《自叙表》：「徒以牽迫賤事，卒卒無須臾之閑。」朱鶴齡注：「杖崇岡，言杖策崇岡也。」

〔一一〕沐浴句：左思《吴都賦》：「玉堂對溜，石室相距。」《文選》劉逵注：「玉堂石室，仙人居也。」仇注謂指神廟，微有出入。

〔一二〕府主：幕府主帥。卷五《短歌行》（0250）：「幸爲達書賢府主，江花未盡會江樓。」此指衡州刺史，主祭衡山。朱鶴齡謂指岳神，如仙府、洞府之府，不確。

〔一三〕牲璧二句：《周禮·春官·大宗伯》：「以蒼璧禮天，以黄琮禮地，以青圭禮東方，以赤璋禮南方，以白琥禮西方，以玄璜禮北方。皆有牲幣，各放其器之色。」唐於名山有奠玉之儀。《太平廣記》卷二六《葉法善》（出《集異記》及《仙傳拾遺》）：「則天徵至神都，請於諸名岳投奠龍璧。」

《舊唐書·禮儀志》：「玄宗御極多年，尚長生輕舉之術。……天下名山，令道士中官合煉醮祭，相繼於路，投龍奠玉。」《趙次公先後解》：「牲與璧之費，衰俗不忍具之，而府主忍費於衰俗之中也。」仇注：「其牲璧之薦，忍如衰俗之循行故事，而謂神其降康乎？是當精誠以格之矣。」

## 湘江宴餞裴二端公赴道州〔一〕

白日照舟師①，朱旗散廣川。羣公餞南伯②，肅肅秩初筵〔二〕。鄙人奉末眷〔三〕，佩服自早年。義均骨肉地〔四〕，懷抱罄所宣。盛名富事業，無取愧高賢〔五〕。不以喪亂嬰，保愛金石堅〔六〕。計拙百寮下，氣蘇君子前。會合苦不久③，哀樂本相纏〔七〕。交游颯向盡，宿昔浩茫然。促觴激萬慮④，掩抑淚潺湲。熱雲集曛黑⑤〔八〕，缺月未生天⑥。白團爲我破，華燭蟠長烟〔九〕。鴰鶡催明星⑦，解袂從此旋〔一〇〕。上請減兵甲，下請安井田〔一一〕。永念病渴老〔一二〕，附書遠山巔。（0401）

【校】

① 舟師，《文苑英華》作「丹旆」。

②伯，《文苑英華》作「北」。

③苦，《九家》、《草堂》校：「或作共。」　久，《草堂》作「及」。

④萬，錢箋作「百」。

⑤集曛黑，錢箋校：「一作初集黑。」《文苑英華》作「初集黑」，校：「川本作初集曛。」

⑥生，《文苑英華》作「上」。

⑦鴰鶬，錢箋、《草堂》校：「一作鶬鶬。一作鴰鶬。」

【注】

黄鶴注：當是大曆四年（七六九）夏作。

〔一〕裴二端公：裴虬。見本卷《暮秋枉裴道州手札率爾遣興寄近呈蘇渙侍御》（0379）注。時將赴道州刺史任。《唐國史補》卷下：「惟侍御史相呼爲端公。」《因話録》卷五：「御史臺三院，一曰臺院，其僚曰侍御史，衆呼爲端公。」裴虬帶侍御史銜。

〔二〕羣公二句：《分門》洙曰：「南伯謂道州，南邦也。」《詩・小雅・賓之初筵》：「賓之初筵，左右秩秩。」傳：「秩秩然肅敬也。」

〔三〕鄙人句：《分門》洙曰：「末眷，謂於裴有親也。」仇注引張綖注：「奉末眷，蒙眷顧也。」鄧紹基謂末眷即眷末，説明杜與裴有姻親關係。《金瓶梅詞話》第四十回：「右啓大德望西門大親家老人粧次，下書眷末喬門鄭氏斂。」然唐時未有眷末之説。《唐代墓志彙編》天寶一〇五柳芳

《唐故通議大夫守太子詹事上杜國源府君墓志銘》：「顧惟不才，竊沐餘眷。」餘眷、末眷義近同。

〔四〕義均句：《漢書·枚乘傳》：「不論骨肉之義，民之輕重。」鄧紹基謂用羊角哀、左伯桃義同骨肉事。按，吴筠《經羊角哀墓作》：「兩賢結情愛，骨肉何足云。」然杜詩未必徑用其事。

〔五〕盛名二句：《趙次公先後解》：「公自謙之辭，言盛名與富事業兩件皆無所取，所以慚愧於高賢矣。高賢指言裴端公也。」王嗣奭《杜臆》：「言縱享盛名、富事業而所以致此者，一愧高賢則無取焉。此論乃孔孟所以鄙薄管仲者。」王曲説，不足據。

〔六〕不以二句：《晉書·裴頠傳》：「位高勢重，不以物務自嬰。」《古詩十九首》：「人壽非金石，豈能長壽考。」《趙次公先後解》：「金石，謂保身之意耳。」

〔七〕哀樂句：《史記·滑稽列傳》：「樂極則悲。」《三國志·吴書·諸葛恪傳》：「人情之於品物，樂極則哀生。」

〔八〕熱雲句：謝靈運《擬魏太子鄴中集·陳琳》：「夜聽極星爛，朝游窮曛黑。」

〔九〕白團二句：朱鶴齡注：「白團，團扇也。」吴均《和蕭洗馬子顯古意》：「羃䍥懸丹鳳，逶迤摇白團。」班固《西都賦》：「精曜華燭，俯仰如神。」

〔一〇〕鴰鶡二句：《趙次公先後解》：「鴰音括，鶡音曷。鶡旦鳥也。《禮記注》：求旦之鳥。一云當作括揭。……今句言催明星，則求旦鳥之義。」鶡旦見《禮記·月令》。朱鶴齡注：「此是二鳥名。鴰，鶬鴰也。鶡乃鶡旦。」引《爾雅》及羅願《爾雅翼》。錢箋引《漢書·司馬相如傳》「雙鶬下」注：「師古曰：鶬鴰也。今關西呼爲鴰鹿，山東通謂之鶬，鄙俗名爲錯落。」《爾雅・釋鳥》：「鶬，麋鴰。」郭璞注：「今呼鶬鴰。」本書卷一八《纜船苦風戲題四韻奉簡鄭十三判官》（1354）：「楚岸朔風疾，天寒鶬鴰呼。」張籍《秋夜長》：「白露滿田風裊裊，千聲萬聲鶬鳥鳴。」是爲二鳥。謝靈運《贈安成》：「解袂告離，雲往風飛。」

〔一一〕上請二句：朱鶴齡注：「道州先經西原蠻寇掠，元結爲守，稍安戢。裴繼元之後，故勉其無愧高賢，不嬰懷於喪亂也。減兵甲、安井田，正告之以靖亂之道。」

〔一二〕病渴：見卷六《同元使君春陵行》（0276）注。

## 題衡山縣文宣王廟新學堂呈陸宰〔一〕

旄頭彗紫微，無復俎豆事〔二〕。金甲相排蕩，青衿一憔悴〔三〕。嗚呼已十年，儒服弊于地。征夫不遑息，學者淪素志。我行洞庭野，欻得文翁肆〔四〕。侁侁胄子行，若舞風雩至〔五〕。周室宜中興，孔門未應弃。是以資雅才〔六〕，涣然立新意。衡山雖小邑，首唱恢大義〔七〕。因見縣尹心，根源舊宮閟〔八〕。講堂非曩構，大屋加塗墍〔九〕。下可容百人①，牆隅亦深邃。何必三千徒〔一〇〕，始壓戎馬氣。林木在庭户，密幹疊蒼翠。有井朱夏時，轆轤凍階戺〔一一〕。耳聞讀書聲，殺伐災髣髴〔一二〕。故國延歸望，衰顏減愁思。南紀改波瀾②，西河共風味〔一三〕。采詩倦跋涉，載筆尚可記③〔一四〕。高歌激宇宙，凡百慎失墜〔一五〕。（0402）

**【校】**

①百，《草堂》作「萬」。

②改，錢箋、《草堂》校：「陳作收。」

③尚可記，宋本校：「一云嘗記異。」錢箋校：「一云常記異。」《九家》、《草堂》校：「一作記奇異。」

**【注】**

黄鶴注：公以大曆五年（七七〇）至衡山，當是其年作。

〔一〕衡山縣：《元和郡縣圖志》卷二九衡州：「衡山縣，上。西南至州一百二十里。本漢陰山縣，以縣東一百二十里有陰山爲名。至梁武帝天監中分陰山立湘潭縣，天寶八年改爲衡山。」文宣王廟：《新唐書·禮樂志》：「咸亨元年，詔州縣皆營孔子廟。」「（開元）二十七年，詔夫子既稱先聖，可謚曰文宣王。」《舊唐書·禮儀志》：「乾元元年，以兵革未息，又詔罷州縣學生，以俟豐歲。」陸宰：名不詳。

〔二〕旄頭二句：《漢書·天文志》：「昴曰旄頭，胡星也。」《晋書·天文志》：「昴七星，天之耳目也。」

主西方，主獄事。又爲旄頭，胡星也。……大而數盡動若跳躍者，胡兵大起。」「紫宮垣十五星，其西蕃七，東蕃八，在北斗北。一曰紫微，大帝之坐也，天子之常居也。」《趙次公先後解》以彗爲彗孛妖星之名，言胡星爲妖。朱鶴齡注引《廣韻》：「彗，掃也。」《論語・衛靈公》：「俎豆之事，則嘗聞之矣。」集解：「孔曰：俎豆，禮器。」

〔三〕青衿句：《詩・鄭風・子衿》：「青青子衿，悠悠我心。」傳：「青衿，青領也。學子之所服。」

〔四〕欻得句：《華陽國志・蜀志》：「孝文帝末年，以廬江文翁爲蜀守……翁乃立學，選吏子弟就學。遣雋士張叔等十八人東詣博士受七經，還以教授。學徒鱗萃，蜀學比於齊魯。」「始文翁立文學精舍、講堂，作石室，一曰玉室，在城南。」

〔五〕侁侁二句：《楚辭・招魂》：「豺狼從目，往來侁侁些。」王逸注：「侁侁，往來聲也。《詩》曰：侁侁征夫。」《說文》：「詵，致言也。《詩》曰：螽斯羽，詵詵兮。」段注：「此引《周南》說假借也。……或作駪駪、莘莘、侁侁，皆同。」傳咸《皇太子釋奠頌》：「濟濟儒生，侁侁胄子。」《書・舜典》：「命汝典樂，教胄子。」傳：「胄，長也。謂元子以下至卿大夫子弟。」《論語・先進》：「浴乎沂，風乎舞雩，詠而歸。」

〔六〕是以句：《後漢書・周興傳》：「諸郎多俗吏，鮮有雅才。」

〔七〕首唱句：朱鶴齡注：「首唱，言陸宰倡起義兵，共討臧玠之亂。」仇注：「此詩正指建學爲大義。」引劉歆《移書讓太常博士》：「夫子没而微言絶，七十子終而大義乖。」

〔八〕因見二句：《詩・魯頌・閟宮》：「閟宮有侐。」傳：「閟，閉也。先妣姜嫄之廟，在周常閉而無事。」箋：「閟，神也。姜嫄神所依，故廟曰神宫。」《趙次公先後解》：「今舊宫閟，倒用押韻，且其義大率深閉之謂。」仇注：「謂宰從宫牆而出，能追念本源也。」浦起龍云：「見根源，言其心以振興文教爲根本也。」按，用閟宫典無非復興之義，仇説過實。

〔九〕講堂二句：《後漢書·孝明帝紀》：「幸孔子宅，祠仲尼及七十二弟子，親御講堂。」《祭肜傳》：「過魯，坐孔子講堂。」《舊唐書·崔湜傳》：「行至荆州，夢於講堂照鏡……以告占夢人張由，對曰：『講堂者，受法之所。鏡者，于文爲立見金，此非吉徵。』」《書·梓材》：「若作室家，既勤垣墉，惟其塗塈茨。」釋文：「塈，徐許既反。《説文》云：仰塗也。《廣雅》云：塗也。馬云：堊色。」

〔一〇〕何必句：《吕氏春秋·孝行覽》：「孔子周流海内，再干世主，如齊至衛，委質爲弟子者三千人，達徒七十人。」

〔一一〕轆轤句：《禮記·喪大記》注：「以紼繞碑間之鹿盧，輓棺而下之。」王彪之《井賦》：「方欄結，轆轤懸。」慧琳《一切經音義》：「樚櫨，又作轆轤。二形同。即今用作汲水者也。」《書·顧命》：「夾兩階戺。」傳：「堂廉曰戺，士所立處。」

〔一二〕耳聞二句：《趙次公先後解》：「彼殺伐之災在此特覺其髣髴而已，蓋讀書之所之故也。」仇注：「時經臧玠之亂也。」按，臧玠之亂在四月初，甫避難至此。

〔一三〕南紀二句：南紀，見卷七《八哀詩·張公九齡》(0337)注。《史記·仲尼弟子列傳》：「孔子既没，子夏居西河教授，爲魏文侯師。」索隱：「在河東郡之西界，蓋近龍門。」

〔一四〕采詩二句：《漢書·食貨志》：「孟春之月，群居者將散，行人振木鐸徇於路以采詩，獻之大師，比其音律，以聞於天子。」《禮記·曲禮上》：「史載筆，士載言。」《趙次公先後解》：「言采詩之官倦於跋山涉水之勞而不來采之，則史官之載筆尚可記陸宰之美也。」仇注：「欲勸後人之修舉不墜耳。」

〔一五〕凡百句：《詩·小雅·雨無正》：「凡百君子，各敬爾身。」

## 入衡州〔一〕

兵革自久遠，興衰看帝王〔二〕。漢儀甚照耀〔三〕，胡馬何猖狂。老將一失律〔四〕，清邊生戰場。君臣忍瑕垢，河岳空金湯〔五〕。重鎮如割據，輕權絶紀綱〔六〕。軍州體不一，寬猛性所將〔七〕。嗟彼苦節士，素于圓鑿方〔八〕。寡妻從爲郡，兀者安短牆①〔九〕。凋弊惜邦本，哀矜存事常〔一〇〕。旄麾非其任，府庫實過防〔一一〕。恕己獨在此②，多憂增内傷〔一二〕。偏裨限酒肉，卒伍單衣裳。元惡迷是似，聚謀洩康莊③〔一三〕。竟流帳下血，大降湖南殃。烈火發中夜，高烟燋上蒼④。至今分粟帛，殺氣吹沅湘〔一四〕。福善理顛倒，明徵天莽茫〔一五〕。銷魂避飛鏑，累足穿豺狼〔一六〕。

隱忍枳棘刺，遷延胝趼瘡〔一七〕。遠歸兒侍側，猶乳女在旁〔一八〕。久客幸脱免，暮年慚激昂。蕭條向水陸，汩没隨魚商〔一九〕。報主身已老，入朝病見妨。悠悠委薄俗，鬱鬱回剛腸〔二〇〕。參錯走洲渚，舂容轉林篁〔二一〕。片帆左郴岸，通郭前衡陽〔二二〕。華表雲鳥埤〔二三〕，名園花草香。旗亭壯邑屋，烽櫓蟠城隍〔二四〕。中有古刺史，盛才冠岩廊〔二五〕。扶顛待柱石，獨坐飛風霜〔二六〕。昨者間瓊樹，高談隨羽觴〔二七〕。無論再繾綣〔二八〕，已是安蒼黄。劇孟七國畏，馬卿四賦良〔二九〕。門闌蘇生在，蘇生，侍御涣。勇鋭白起强〔三〇〕。問罪富形勢，凱歌懸否臧〔三一〕。氛埃期必掃，蚊蚋焉能當〔三二〕。橘井舊地宅⑤，仙山引舟航〔三三〕。此行厭暑雨，厥土聞清涼。諸舅剖符近，開緘書札光〔三四〕。頻繁命屢及，磊落字百行。江總外家養，謝安乘興長〔三五〕。下流匪珠玉，擇木羞鸞凰〔三六〕。我師嵇叔夜，世賢張子房。彼掾張勸〔三七〕。紫荆寄樂土〔三八〕，鵬路觀翱翔。（0403）

【校】

① 短，錢箋作「堵」。

② 恕，錢箋校：「刊作怒。」《草堂》校：「或曰怒。當作怒。」

③謀，錢箋、《草堂》校：「一作諜。」

④燋，錢箋作「焦」。

⑤橘，宋本、錢箋校：「一作繘。」

【注】

黃鶴注：大曆五年（七七〇）公在潭，以臧玠之亂遂入衡州，故作此詩。公以四年春自岳陽至潭如衡，畏熱復歸潭，今以兵亂，再入衡州。

〔一〕衡州：《元和郡縣圖志》卷二九：「衡州，衡陽。上。……隋開皇九年罷郡爲衡州，以衡山爲名。……正南微西至永州五百七十里，北至潭州四百六十里。」「衡陽縣，緊。郭下。……縣城東傍湘江，北背蒸水。」

〔二〕兵革二句：仇注：「興衰之運，亦視帝王舉動何如耳。」

〔三〕漢儀：見卷七《八哀詩・嚴公武》（0332）注。

〔四〕老將句：《易・師・象》：「師出以律，失律凶也。」《趙次公先後解》：「似言哥舒翰之失潼關，房琯之敗於陳濤斜，九節度之敗於相州者也。」錢箋：「失律，謂哥舒翰失守潼關也。」

〔五〕君臣二句：瑕垢，見本卷《上水遣懷》（0390）注。《漢書・蒯通傳》：「皆爲金城湯池，不可攻也。」王融《永明九年策秀才文》：「金湯非粟而不守，水旱有待而無遷。」

〔六〕重鎮二句：《漢書・叙傳》：「席卷三秦，割據河山。」《韓非子・亡徵》：「凡人主之國小而家大，權輕而臣重者，可亡也。」《書・五子之歌》：「亂其紀綱，乃厎滅亡。」《趙次公先後解》：「其在天下節度，稍自威重，則如一方之割據。苟或權輕，則絶其紀綱而不振矣。」仇注：「重鎮，指河北叛將。輕權，慨制御無術。」

〔七〕軍州二句：軍州，此指安史之亂後所置節度使。《舊唐書・地理志》：「至德之後，中原用兵，刺史皆治軍戎，遂有防禦、團練、制置之名。要衝大郡，皆有節度之額。寇盜稍息，則易以觀察之號。」《憲宗紀》：「（元和十四年四月）詔：諸道節度、都團練、防禦、經略等使所管支郡，除本軍州外，别置鎮遏、守捉、兵馬者，并合屬刺史。」《左傳》昭公二十年：「寬以濟猛，猛以濟寬，政是以和。」朱鶴齡注：「言爲政寬猛，各隨其性。」

〔八〕嗟彼二句：《趙次公先後解》：「苦節，指言崔瓘也。」《舊唐書・崔瓘傳》：「崔瓘，博陵人也。以士行聞，莅職清謹。累遷至澧州刺史，下車削去煩苛，以安人爲務。居二年，風化大行，流亡襁負而至，增户數萬。有司以聞，優詔特加五階，至銀青光禄大夫，以甄能政。遷潭州刺史，兼御史中丞，充湖南都團練觀察處置使。瓘到官，政在簡肅，恭守禮法。將吏自經時艱，久不奉法，多不便之。大曆五年四月，會月給糧儲，兵馬使臧玠與判官達奚觀忿争，觀曰：『今幸無事。』玠曰：『有事何逃？』厲色而去。是夜，玠遂構亂，犯州城，以殺達奚觀爲名。瓘惶遽走，逢玠兵至，遂遇害。」《淮南子・氾論訓》：「是猶持方枘而周員鑿也。」朱鶴齡注：「言其矯俗爲治也。」

〔九〕寡妻二句：《趙次公先後解》：「言寡妻平日遭擾，自從崔太守爲郡之後，如兀足者之安於堵牆之下也，不復驚動也。」仇注：「寡妻從郡，謂瓘無姬妾之好。兀者安堵，能使殘疾者得所。」引《詩·大雅·思齊》：「刑于寡妻，至于兄弟。」謂寡妻指在位之妻。《莊子·德充符》：「魯有兀者王駘。」釋文：「李云：刖足曰兀。」《史記·高祖本紀》：「餘悉除去秦法，諸吏人皆案堵如故。」集解：「應劭曰：案，案次第。堵，牆堵也。」《田單列傳》：「願無虜掠吾族家妻妾，令安堵。」

〔一〇〕凋弊二句：《書·五子之歌》：「民惟邦本。」《論語·子張》：「上失其道，民散久矣。如得其情，則哀矜而勿喜。」《書·立政》：「乃克立茲常事司牧人。」

〔一一〕旌麾二句：《趙次公先後解》：「委（瓘）以旌麾，則非其所任，蓋爲帥在寬猛適中，施予不吝，豈可過防於府庫之賞乎。」《易·小過》：「弗過防之，從或戕之，凶。」

〔一二〕恕己二句：曹植《求通親表》：「誠可謂恕己治人，推惠施恩者矣。」《文選》李善注：「《三略》曰：良將恕己而治人。」仇注：「恕己而不量人，致將卒洶洶，故崔以此爲憂。」

〔一三〕元惡二句：《趙次公先後解》：「元惡，指言臧玠。迷是似，言兇惡之人不識崔帥所爲本由禮法，而迷此之是似，乃聚謀而洩發於康莊也。」仇注：「迷是似，借缺餉以惑衆聽。」《爾雅·釋宮》：「五達謂之康，六達謂之莊。」

〔一四〕沅湘：《楚辭·離騷》：「濟沅湘以南征兮，就重華而陳詞。」王逸注：「沅、湘，水名。」

〔一五〕福善二句：《書·湯誥》：「天道福善禍淫。」《胤征》：「明徵定保。」傳：「徵，證。保，安也。聖人所謀之教訓，爲世明證。」

〔一六〕銷魂二句：飛鏑，見卷一《夜聽許十誦詩愛而有作》(0036)注。《史記·吴王濞列傳》：「今脅肩累足，猶懼不見釋。」《趙次公先後解》：「行步驚恐之義。」

〔一七〕隱忍二句：司馬遷《報任安書》：「所以隱忍苟活，函糞土之中而不辭者，恨私心有所不盡。」劉向《九歎·愍命》：「折芳枝與瓊華兮，樹枳棘與薪柴。」王逸注：「小棗爲棘。」《左傳》襄公十三年：「晋人謂之遷延之役。」《莊子·讓王》：「手足胼胝。」《天道》：「百舍重趼而不敢息。」釋文：「司馬云：趼，胝也。」

〔一八〕遠歸二句：施鴻保謂：「此云猶乳子，則公晚年又生一女也。後《風疾舟中》詩：『瘞夭追潘岳』，或即此女早殤。」陳貽焮謂亦可解爲其女生子乳之。或又謂此甫納妾所生女，或謂在夔所娶山妻所生，皆無旁證。

〔一九〕汩没：見卷三《泥功山》(0150)注。

〔二〇〕鬱鬱句：嵇康《與山巨源絶交書》：「剛腸疾惡。」司馬遷《報任安書》：「是以腸一日而九回。」

〔二一〕參錯二句：謝靈運《富春渚》：「逆流觸驚急，臨圻阻參錯。」《禮記·學記》：「善待問者如撞鐘，叩之以小者則小鳴，叩之以大者則大鳴，待其從容。」注：「從，讀如富父舂戈之舂。舂容，謂重撞擊也。」張衡《西京賦》：「編町成篁。」《文選》薛綜注：「篁，竹墟名也。」

〔二二〕片帆二句：《趙次公先後解》：「公意欲往郴，故具片帆，而言衡之左即郴岸也。衡州在郴州之西北。」《元和郡縣圖志》卷二九衡州：「東南至郴州三百七十里。」《水經注》耒水：耒水出桂陽郴縣南山，西北過耒陽縣，北入於湘。此自衡至郴之水路。

〔二三〕華表句：《説文》：「桓，亭郵表也。」段注：「《漢書》瘞寺門桓東。如淳曰：舊亭傳於四角面百步，築土四方，有屋，屋上有柱出高丈餘，有大板貫柱而出，名曰桓表。縣所治夾兩邊各一桓，陳宋之俗言桓聲如和，今猶謂之和表。師古曰：即華表也。」《唐語林》卷二引劉禹錫云：「桓楹者，即今之華表也。桓華聲訛，因呼爲桓。桓亦丸丸然柱之形狀也。」《中華古今注》卷上：「程雅問曰：『堯設誹謗之木，何也？』答曰：『今之華表也。以横木交柱頭，狀如華也。形如桔槔，大路交衢悉施焉。或謂之表木，以表王者納諫也，亦以表識衢路。秦乃除之，漢始復修焉。今西京謂之交午柱也。』」雲鳥埤，《趙次公先後解》疑當作「雲鳥陣」。朱鶴齡注：「言華表之旁，皆列雲鳥之陣也。」引本書卷一三《將赴成都草堂途中有作先寄嚴鄭公五首》（0863）：「共説總戎雲鳥陣。」浦起龍云：「此言亭郵之間旌幟稠疊也。」按，此處雲鳥陣亦無義。《國語·晋語》：「松柏不生埤。」《荀子·宥坐》：「其流也埤下。」埤同卑。此言華表高聳而雲鳥在其下。

〔二四〕旗亭二句：張衡《西京賦》：「旗亭五重，俯察百隧。」《文選》薛綜注：「旗亭，市樓也。」郭正一《對鄺肆策》：「羅肆巨千，廣充上積之貨；旗亭五里，俯映星繁之珍。」《趙次公先後解》引《三代世表》：「立旗於上，故名旗亭。」鮑照《蕪城賦》：「板築雉堞之殷，井幹烽櫓之勤。」《文選》李善注：「郭璞《上林賦注》：櫓，望樓也。」《趙次公先後解》：「設烽燧於櫓也。」班固《兩都賦序》：「浚城隍。」《文選》李善注：「《説文》曰：城池無水曰隍。」

〔二五〕盛才句：《漢書·董仲舒傳》武帝制：「蓋聞虞舜之時，游於岩郎之上。」注：「文穎曰：殿下小屋也。」「廊」本作「郎」。沈佺期《和韋舍人早朝》：「閶闔連雲起，岩廊拂霧開。」

〔二六〕扶顛二句：扶顛，見卷七《八哀詩·李公光弼》（0331）注。《漢書·霍光傳》：「將軍爲國柱石。」《後漢書·宣秉傳》：「光武特詔御史中丞與司隸校尉、尚書令會同並專席而坐，故京師號曰三獨坐。」《趙次公先後解》：「風霜，則御史之任。」《初學記》卷一二御史大夫事對「霜簡」：「崔篆《御史箴》曰：簡上霜凝，筆端風起。《漢書》：孫寶謂侯文曰：『今鷹隼始擊，以成嚴霜之威。』」朱鶴齡注：「古刺史，謂陽濟也。濟爲衡州刺史，兼御史中丞，故以『獨坐』稱之。次公謂即後篇崔侍御漼，非。」

〔二七〕昨者二句：《文選》李善注引李陵贈蘇武詩：「思得瓊樹枝，以解長渴飢。」朱鶴齡注：「言得侍刺史，如問瓊樹然。」浦起龍云：「濟或出見其子。」張衡《西京賦》：「羽觴行而無筭。」《文選》李善注：「《漢書音義》曰：羽觴，作生爵形。」

〔二八〕無論句：《左傳》昭公二十五年：「繾綣從公，無通外内。」杜預注：「繾綣，不離散。」

〔二九〕劇孟二句：《史記·吴王濞列傳》：「條侯將乘六乘傳，會兵滎陽。至雒陽，見劇孟，喜曰：『七國反，吾乘傳至此，不自意全。又以爲諸侯已得劇孟，劇孟今無動，吾據滎陽，以東無足憂者。』」馬卿四賦，謂《子虚賦》、《上林賦》、《哀二世賦》、《大人賦》，並載《司馬相如傳》。《趙次公先後解》：「劇孟、馬卿，皆以比刺史。白起以比蘇渙。」仇注謂皆以比蘇渙：「陽濟身爲重臣，可云劇孟乎？」

〔三〇〕門闌二句：《史記·楚世家》：「使張儀南見楚王，謂楚王曰：『敝邑之王所甚説者無先大王，雖儀之所甚願爲門闌之廝者亦無先大王。』」蘇渙，見本卷《蘇大侍御渙静者也旅于江側》

(0385)注。《史記·白起王翦列傳》：「白起者，郿人也。善用兵，事秦昭王。」

〔三一〕問罪二句：《趙次公先後解》：「公於末篇自注云：『聞崔侍御潩乞師於洪府，師已至袁州北。』此所謂『問罪』、『凱歌』者乎？」見本卷《聶耒陽以僕阻水書致酒肉詩得代懷呈聶一首》(0408)。朱鶴齡注：「時澧州刺史楊子琳、道州刺史裴虯、衡州刺史陽濟，各出兵討玠，故曰『問罪富形勢』。」《易·師》：「師出以律，否臧凶。」朱鶴齡注：「懸否臧，言與否臧者懸絶也。」

〔三二〕氛埃二句：《趙次公先後解》：「氛埃、蚊蚋，皆以比臧玠也。」

〔三三〕橘井二句：橘井，見卷七《八哀詩·張公九齡》(0337)「蘇耽井」注。《元和郡縣圖志》卷二九郴州郴縣：「馬嶺山，在縣東北五里。昔蘇耽學道於此得仙，其舊宅在城東半里，俯臨城，餘跡猶存。」《趙次公先後解》：「仙山，則指言蘇仙所仙之山，世謂馬嶺山。公謀欲往郴，故云『引舟航』也。」

〔三四〕諸舅二句：《草堂》夢弼注：「時崔偉攝郴州，甫將往依焉。」本書卷一八有《奉送二十三舅録事之攝郴州》(1395)注：「崔偉。」

〔三五〕江總二句：《陳書·江總傳》：「總七歲而孤，依於外氏。幼聰敏，有至性。舅吴平光侯蕭勱，名重當時，特所鍾愛。」《晋書·謝安傳》：「寓居會稽，與王羲之及高陽許詢、桑門支遁游處，出則漁弋山水，入則言詠屬文，無處世意。……嘗與孫綽等泛海，風起浪涌，諸人並懼，安吟嘯自若。舟人以安爲悦，猶去不止。風轉急，安徐曰：『如此將何歸邪？』舟人承言即回，衆咸服其雅量。」

〔三六〕下流二句：《論語·子張》：「是以君子惡居下流。」《左傳》哀公十一年：「鳥則擇木，木豈能擇鳥。」《趙次公先後解》：「謙言其不暇擇木，非若鸞鳳之非梧桐不栖。」仇注：「江總四句，感崔而傷己。」

〔三七〕我師二句：嵇康《與山巨源絶交書》：「老子、莊周，吾之師也。」此套用其語。《資治通鑑》建中四年十一月：「陝虢觀察使姚明敭以軍事委都防禦副使張勸，去詣行在。勸募兵得數萬人。甲申，以勸爲陝虢節度使。」朱鶴齡注以爲即此張勸。

〔三八〕紫荆：《政和證類本草》卷一四引《圖經》：「紫荆，舊不載所生州郡，今處處有之。人多於庭院間種植，木似黄荆，葉小無椏，花深紫可愛。或云田氏之荆也。至秋，子熟如小珠，名紫珠。江東林澤間尤多。」

# 風雨看舟前落花戲爲新句

江上人家桃樹枝，春寒細雨出疏籬。影遭碧水潛勾引，風妬紅花却倒吹〔一〕。吹花困癲傍舟楫①，水光風力俱相怯〔二〕。赤憎輕薄遮入懷②，珍重分明不來接③〔三〕。濕久飛遲半欲高④，縈沙惹草細於毛。蜜蜂胡蝶生情性⑤，偷眼蜻蜓避伯勞⑥〔四〕。（0404）

## 【校】

①癲，錢箋校：「一作懶。」《草堂》作「懶」。

②入，錢箋校：「一作人。」

③接，宋本、錢箋、《九家》校：「一作折。」

④欲，錢箋作「日」，校：「一作欲。」

⑤住，錢箋、《九家》、《草堂》作「性」，錢箋校：「一作住。」

⑥伯，錢箋、《草堂》作「百」。

## 【注】

黄鶴注：公在潭只船居，蘇大涣肩輿江浦訪老夫舟檝之語可驗。今看舟前落花，乃是在潭，大曆五年（七七〇）作。

〔一〕影遭二句：《趙次公先後解》引古樂府《薄命篇》：「艷花勾引落。」此常理詩，《唐音統籤》己籤謂出《玉臺後集》。

〔二〕吹花二句：本書卷一一《絶句漫興九首》（0686）：「顛狂柳絮隨風去，輕薄桃花逐水流。」困癲，義謂困懶而近癲。

〔三〕赤憎二句：赤憎，《趙次公先後解》謂是方言，或與生憎義同。盧照鄰《長安古意》：「生憎帳額繡孤鸞，好取門簾帖雙燕。」本書卷一二《送路六侍御入朝》（0792）：「不分桃花紅勝錦，生憎柳絮白於綿。」乃最恨義。洪适《雜詠・苔》：「赤憎賓舍滿，雅稱落花留。」用其語。仇注：「有似憎平日之輕薄遮懷，而珍重不肯近人者。」按，二句謂飛近入懷之落花遭人憎，而分明不與人相接者反受珍重。

〔四〕蜜蜂二句：仇注：「蜂蝶素戀花者，今見墮於沙草，則性情頓覺生疏。蜻蜓偶過花間，有似偷眼旁觀者，一遇伯勞却又倉促避去。」按，二句謂蜂蝶見花而生情停留，蜻蜓一邊偷眼覷花一邊躲避伯勞。《左傳》昭公十七年：「伯趙氏，司至者也。」杜預注：「伯趙，伯勞也。以夏至鳴，冬至止。」《詩・豳風・七月》：「七月鳴鵙，八月載績。」毛傳：「鵙，伯勞也。」

王嗣奭《杜臆》：「此皆從静中看出，都是虚景，都是游戲，都是弄巧，本大家所不屑，而偶一爲之，故自謂新句。而纖巧濃艷，遂爲後來詞曲之祖。」

劉體仁《七頌堂詞繹》：「詩之不得不爲詞也，非獨《寒夜怨》之類以句之長短擬也。老杜《舟前花落》一首，詞之神理備具。蓋氣運所至，杜老亦忍俊不禁耳。觀其標題曰『新句』、曰『戲』，爲其不敢偭背大雅如是。古人真自喜。」

## 清明〔一〕

著處繁花務是日①〔二〕，長沙千人萬人出。渡頭翠柳艷明眉，争道朱蹄驕齧膝〔三〕。此都好游湘西寺〔四〕，諸將亦自軍中至②。馬援征行在眼前，葛强親近同心事〔五〕。金鐙下山紅粉晚③，牙檣棙柂青樓遠〔六〕。古時喪亂皆可知，人世悲歡暫相遣④。弟侄雖存不得書，干戈未息苦離居⑤。逢迎少壯非吾道，況乃今朝更祓除〔七〕。（0405）

【校】

① 花務，錢箋校：「陳作華矜。」《九家》作「花矜」，《草堂》作「華矜」。　務是，《九家》校：「又云務足。」是，錢箋校：「一作足。」

② 亦，錢箋校：「一作遠。一作方。」　亦自，《草堂》校：「一作方自。一作遠自。一作亦云。」

③ 粉，宋本、錢箋、《九家》、《草堂》校：「一作日。」

④ 人世，《草堂》校：「一作世人。」

⑤ 離，錢箋、《草堂》校：「一作難。」

【注】

黃鶴注：當是大曆五年（七七〇）作，是時臧玠未亂，諸將所以亦事游賞。

〔一〕清明：《晉書・律曆志》二十四氣：「清明三月節，穀雨三月中。」《禮記・月令》疏：「按《通卦驗》及今曆，以清明爲三月節，穀雨爲三月中，餘皆與《律曆志》同。……謂之清明者，謂物生清净明絜。」

〔二〕著處：猶言到處、是處。王維《酬黎居士淅川作》：「著處是蓮花，無心變楊柳。」本書卷一一《遠游》（0674）：「賤子何人記，迷方著處家。」

〔三〕争道句：《趙次公先後解》：「朱蹄，則以朱飾其蹄耳。」引《左傳》定公十年取白馬「朱其尾鬣」。仇注引《莊子·田子方》「乘駁馬而偏朱蹄」釋文：「李云：一蹄偏赤也。」乃自然毛色。王褒《聖主得賢臣頌》：「駕齧膝，驂乘旦。」《漢書》注：「應劭曰：馬怒有餘氣，常齧膝而行也。孟康曰：良馬低頭口至膝，故曰齧膝。」

〔四〕此都句：朱鶴齡注：「湘西寺，即岳麓、道林二寺。」韓愈有《陪杜侍御游湘西兩寺獨宿有題一首因獻楊常侍》。齊己有《湘西道林寺陶太尉井》。

〔五〕馬援二句：《後漢書·馬援傳》：「武威將軍劉尚擊武陵五溪蠻夷，深入軍没，援因請復行。時年六十二，帝愍其老，未許之。援自請曰：『臣尚能披甲上馬。』」葛强，見卷六《壯游》（0295）注。朱鶴齡注：「馬援比主帥，葛强比部將。」

〔六〕金鐙二句：《南齊書·張敬兒傳》：「寄敬兒馬鐙一雙。」蕭綱《金樂歌》：「石闕題書字，金鐙飄落花。」蕭詩乃指鐙盞，杜改言馬鐙。《廣韻》：「鐙，鞍鐙。」庾信《哀江南賦》：「蒼鷹赤雀，鐵軸牙檣。」《分門》師曰：「檣尾鋭如牙，故曰牙檣。」「摇桅曰椋。」《趙次公先後解》：「椋舵，轉船也。」陸龜蒙《引泉詩》：「凌風捩桂柁，隔霧馳犀船。」曹植《美女篇》：「青樓臨大路，高門結重關。」江淹《麗色賦》：「恥新臺之青樓，想上宫之邃閣。」《趙次公先後解》：「青樓，則所祓禊之處。」浦起龍云：「後人多作妓樓用。」按，王勃《臨高臺》：「復有青樓大道中，繡户文窗雕綺櫳。」崔顥《渭城少年行》：「章臺帝城稱貴里，青樓日晚歌鐘起。」杜詩以紅粉爲對，與王、崔詩意同。

〔七〕況乃句：《趙次公先後解》：「鄭注：歲時祓除，如今三月上巳往水上之類。唐氣朔，大曆五年三月三日清明。以清明日值上巳，則『今朝更祓除』之義尤的。」參卷一《麗人行》(0029)注。

# 岳麓山道林二寺行〔一〕

玉泉之南麓山殊，道林林壑争盤紆〔二〕。寺門高開洞庭野，殿脚插入赤沙湖〔三〕。五月寒風冷佛骨①，六時天樂朝香爐〔四〕。地靈步步雪山草，僧寶人人滄海珠〔五〕。塔劫宫牆壯麗敵②，香厨松道清涼俱③〔六〕。蓮花交響共命鳥④，金榜雙回三足烏〔七〕。方丈涉海費時節，玄圃尋河知有無〔八〕。暮年且喜經行近〔九〕，春日兼蒙暄暖扶。飄然斑白身奚適⑤，旁此烟霞茅可誅⑥〔一〇〕。桃源人家易制度，橘洲田土仍膏腴〔一一〕。潭府邑中甚淳古〔一二〕，太守庭内不喧呼。昔遭衰世皆晦跡，今幸樂國養微軀〔一三〕。依止老宿亦未晚，富貴功名焉足圖。久爲野客尋幽慣⑦，細學

何顒免興孤〔一四〕。一重一掩吾肺腑，仙鳥仙花吾友于⑧〔一五〕。宋公放逐曾題壁〔一六〕，物色分留與老夫⑨。（0406）

**【校】**

① 佛，宋本、錢箋校：「一作拂。」

② 宫，宋本作「官」，據錢箋等改。

③ 香，錢箋、《草堂》校：「一作石。」《文苑英華》作「石」，校：「集作香。」　涼，錢箋校：「樊作崇。」

④ 花，宋本、《九家》校：「一作池。」錢箋、《草堂》校：「樊、陳俱作池。」《文苑英華》作「池」，校：「集作花。」

⑤ 身，錢箋校：「一作將。」《文苑英華》作「將」，校：「集作身。」

⑥ 旁，錢箋、《九家》、《文苑英華》作「傍」。

⑦ 野，錢箋校：「一作謝。」《草堂》校：「樊作謝。」《文苑英華》作「謝」，校：「集作野。」

⑧ 仙鳥仙花，錢箋、《九家》作「山鳥山花」。《草堂》校：「一作山鳥山花。」《文苑英華》校：「集作山鳥山花。」

⑨ 與，宋本、錢箋、《九家》、《草堂》校：「一作待。」《文苑英華》作「待」，校：「集作與。」

**【注】**

黄鶴注：意是大曆五年（七七〇）春題此，方幸樂國可以養軀，而臧玠之亂，故不償此意也。仇注從蔡興宗《年譜》，編在大曆四年（七六九）。

〔一〕岳麓山道林二寺：《太平御覽》卷四九引盛弘之《荆州記》：「長沙西岸有麓山，其下有精舍，左右林嶺，環回泉澗。精舍旁有礬石，每至嚴冬，其上不停霜雪。」《元和郡縣圖志》卷二九潭州長沙縣：「岳麓山，在縣西南，隔湘江水六里，蓋衡山之足也，故以麓爲名。」《方輿勝覽》卷二三潭州：「道林寺，在岳麓山下。距善化寺八里。寺有四絶堂，保大中馬氏建，謂沈傳師、裴休筆札，宋之問、杜甫篇章。」「岳麓寺在山上，百餘級乃至。今名惠光寺。下有李邕《麓山寺碑》。晉杉庵，世傳晉太尉陶侃手植。今存者七八株，其圍三丈，中空空如庵。絶頂有道鄉臺。」唐元竑《杜詩攟》：「初讀此題，殆不能解。蓋岳麓寺因山爲名，既稱山遂不再及寺也。然何不除去『山』字？」

〔二〕玉泉二句：玉泉寺，在荆州。《釋文紀》隋文帝《敕給荆州玉泉寺額書》注：「顗以開皇十二年至荆州，於當陽玉泉創立精舍。意嫌迫隘，上金龍池北趺坐入定。夕見有人威儀如王，曰予即關某，此去一舍，山如覆船，弟子當與子平。師既出，定湫潭千丈，化爲平阯，棟宇焕麗，領衆入居。一日，神白師受戒，永爲菩提之本。因奉書晉王，上伽藍圖，帝敕賜名玉泉。」《方輿勝覽》卷二九荆門軍：「玉泉寺，在當陽縣西南二十里玉泉山。陳光大中，浮屠智顗自天台飛錫來居此。山寺雄於一方，殿前有金龜池。」

〔三〕殿脚句：《水經注》澧水：「澧水又東，與赤沙湖水會，湖水北通江而南注澧，謂之決口。」《方輿勝覽》卷二九岳州：「洞庭湖在巴陵縣西，西接赤沙，南連青草，橫亘七八百里。」范致明《岳陽風土記》：「赤沙湖在縣南，夏秋水漲，與洞庭湖通。杜甫《道林岳麓詩》所謂『殿脚插入赤沙湖』也。」《趙次公先後解》：「此廣大之語，而潭州之下流爲洞庭，上流乃永州，湘水所從出，亦可以言矣。」

〔四〕五月二句：《法苑珠林》卷三八故塔部：「《輿志》云：阿育，釋迦弟子，能役鬼神。一日夜於天下造佛骨寶塔八萬四千，皆從地出。」《阿彌陀經》：「彼佛國土常作天樂，黄金爲地，晝夜六時，天雨曼陀羅華。」《金光明最勝王經》卷九：「三月是春時，三月名爲夏，三月名秋分，三月謂冬時。此據一年中，三三而别説。二二爲一節，便成歲六時。初二是花時，三四名熱際，五六名雨際，七八謂秋時。九十是寒時，後二名冰雪。」

〔五〕地靈二句：《法苑珠林》卷六三引《涅槃經》：「佛言：善男子，雪山有草，名曰忍辱。牛若食之，則成醍醐。」卷一九《敬僧篇》：「金檀銅素，漆紵丹青，圖像聖容，名爲佛寶。紙絹竹帛，書寫玄言，名爲法寶。剃髮染衣，執持應器，名爲僧寶。」卷二八引《智度論》：「明月摩尼珠多在龍腦中，有福衆生自然得之，亦名如意珠，常出一切實物。衣服飲食，隨意皆得。得此珠者，毒不能害，火不能燒。或是帝釋所執金剛，與修羅鬬時，碎落閻浮提，變成此珠。」

〔六〕塔劫二句：塔劫，指佛寺。《法苑珠林》卷一三引《觀佛三昧經》：「昔過久遠，有佛出世，號釋迦牟尼，滅度之後，有一王子，名曰金幢，憍慢邪見，不信佛法。有一比丘，名定自在，語王子言：世有佛像，衆寶嚴飾，極爲可愛，可暫入塔，觀佛形像。王子即隨共入塔中，見像相好。……從是已來，經於百萬阿僧祇劫，不墮惡道。」《趙次公先後解》：「禪刹中有香積厨。」

《維摩經・香積佛品》：「於是香積如來，以衆香盛鉢盛滿香飯，與化菩薩。」

〔七〕蓮花二句：《阿彌陀經》：「彼國常有種種雜色之鳥，白鵠、孔雀、鸚鵡、舍利、迦陵頻伽、共命之鳥。是諸衆鳥，晝夜六時，出和雅音。」《雜寶藏經》卷三共命鳥緣：「昔雪山中，有鳥名爲共命，一身二頭，一頭常食美果，欲使身得安隱。一頭便生嫉妒之心，而作是言：彼常云何食好美果，我不曾得。即取毒果食之，使二頭俱死。」《藝文類聚》卷六二引《神異經》：「西方有宮，白石爲牆，五色黄門，有金牓而銀鏤，題曰天地少女之宫。」《淮南子・精神訓》：「日中有踆烏。」注：「謂三足烏。」《趙次公先後解》：「蓋言大字之勢如此。」朱鶴齡注：「言金牓照耀日烏，爲之回光也。」按，《苕溪漁隱叢話》後集卷一七引《東皐雜録》：「又有歐陽詢書『道林之寺』四大字額，筆勢欲飛動。」疑趙説爲是，日光回照則難言雙回。

〔八〕方丈二句：《史記・秦始皇本紀》：「言海中三神山，名曰蓬萊、方丈、瀛洲。」《大宛列傳》：「漢使窮河源，河源出于窴，其山多玉石，采來，天子案古圖書名河所出山曰崑崙云。」玄圃，指崑崙，見卷二《奉先劉少府新畫山水障歌》(0080)注。《趙次公先後解》：「兩句以言方丈、玄圃遠在何處，皆不可得往，不若今岳麓寺之傍近可即而居也。」

〔九〕暮年句：《維摩經・弟子品》：「憶念我昔，於一處經行，時有梵工，名曰嚴浄。」

〔一〇〕旁此句：《楚辭・卜居》：「寧誅鋤草茅，以力耕乎。」

〔一一〕桃源二句：桃源，見卷二《北征》(0052)注。《分門》洙曰：「橘洲在長沙。」夢符引《襄陽記》李衡在武陵龍陽洲種橘。《趙次公先後解》：「桃源在今之鼎州。……橘洲在武陵，正亦鼎州武陵。《圖經》云：橘洲在龍縣東北五十里二百步，周回三十里。……鼎州與潭州與衡並一帶之地，則公所欲往皆爲無礙。」《三國志·吴書·孫休傳》注引《襄陽記》：「衡每欲治家，妻輒不聽，後密遣客十人於武陵龍陽氾洲上作宅，種甘橘千株，臨死，敕兒曰：『汝母惡我治家，故窮如是。然吾州裏有千頭木奴，不責汝衣食，歲上一匹絹，亦可足用耳。』衡亡後二十餘日，兒以白母，母曰：『此當是種甘橘也。……』吴末，衡甘橘成，歲得絹數千匹，家道殷足。」《水經注》湘水：「湘水又北逕南津城西，西對橘洲，或作吉字，爲南津洲尾，水西有橘洲子戍，故郭尚存。」《方輿勝覽》卷二三潭州：「橘洲，《類要》：在長沙西南四十里。湘江中有洲四，曰橘洲，曰直洲，曰誓洲，曰白小洲。江中水泛，唯此不没。上多美橘，故名。晋永興生此洲。諺曰：『昭潭無底橘洲浮。』」

〔一二〕潭府：《元和郡縣圖志》卷二九江南道：「潭州，長沙，中都督府。……自漢至晋，並屬荆州。懷帝分荆州湘中諸郡置湘州，南以五嶺爲界，北以洞庭爲界。漢晋以來，亦爲重鎮。……隋開皇九年平陳，改爲潭州，取昭潭爲名也。又置總管府。大業中罷牧，置都尉府，三年罷爲長沙郡。武德四年，又置潭州總管府，七年改爲都督府。」

〔一三〕今幸句：《詩·魏風·碩鼠》：「逝將去女，適彼樂國。樂國樂國，爰得我所。」

〔一四〕久爲二句：葉夢得《避暑録話》卷上：「何顒，後漢人。見《黨錮傳》。蓋義俠者，與詩不類。當意作周顒。周、何字相近而訛。周顒奉佛，有隱操。」《南齊書·周顒傳》：「泛涉百家，長於佛理。著《三宗論》。……顒於鍾山立隱舍，休沐則歸之。……清貧寡欲，終日長蔬食，雖有妻子，獨處山舍。」

〔一五〕一重一句：《分門》洙曰：「一重一掩，山也。有如吾肺腑然。」《書·君陳》：「惟孝友于兄弟。」陶淵明《庚子歲五月中從都還阻風於規林》：「一欣侍温顔，再喜見友于。」《趙次公先後解》：「晉以來便用稱兄弟。」

〔一六〕宋公句：楊慎《升庵詩話》卷一〇：「長沙道林、岳麓二寺之勝聞於天下，蓋因杜工部之一詩也。杜公之後有沈傳師一詩、崔珏一詩、韋蟾一詩，皆效工部之體。余舊見家藏石刻有之。近閲《長沙志》，已失其半。今具録於此。……所稱沈、裴、宋、杜，裴乃裴休、宋乃宋之問也。二詩失傳。」《舊唐書·宋之問傳》：「睿宗即位，以之問嘗附張易之、武三思，配徙欽州。先天中，賜死於徙所。之問再被竄謫，經途江嶺，所有篇詠，傳布遠近。友人武平一爲之纂集，成十卷，傳於代。」朱鶴齡注：「欽州屬嶺南，之問道經長沙，故有詩題寺壁。」

《苕溪漁隱叢話》前集卷四七：「張文潛云：『以聲律作詩，其末流也，而唐至今詩人謹守之。獨魯直一掃古今，出胸臆，破弃聲律，作五七言，如金石未作，鐘磬聲和，渾然有律呂外意。近來作詩者頗有此體，然自吾魯直始也。』苕溪漁隱曰：古詩不拘聲律，自唐至今詩人皆然，初不待破弃聲律。詩破弃聲律，老杜自有此體。……魯直詩本得法於杜少陵，其用老杜此體何疑。老杜自我作古，其詩體不一，在人所喜，取而用之。如東坡在嶺外《游博羅香積寺》、《同正輔游白水山》、《聞正輔將至以詩迎之》，皆古詩，而終篇對屬精切，語意貫穿。此亦是老杜體，如《岳麓山道林二寺行》、《追酬故高蜀州人日見寄》、《入衡州奉贈李八丈判官》、《晚登瀼上堂》之類，概可見矣。」

## 舟中苦熱遣懷奉呈陽中丞通簡臺省諸公①〔一〕

愧爲湖外客〔二〕，看此戎馬亂。中夜混黎甿，脱身亦奔竄。平生方寸心，反掌帳下難②〔三〕。嗚呼殺賢良，不叱白刃散〔四〕。吾非丈人特③，没齒埋冰炭〔五〕。恥以風病辭，胡然泊湘岸〔六〕？入舟雖苦熱，垢膩可溉灌〔七〕。痛彼道邊人，形骸改昏旦〔八〕。中丞連帥職〔九〕，封内權得按。身當問罪先，縣實諸侯半〔一〇〕。士卒既輯睦，啓行促精悍〔一一〕。似聞上游兵，稍逼長沙館。鄰好彼克修，天機自明斷〔一二〕。南圖卷雲水，北拱戴霄漢〔一三〕。美名光史臣，長策何壯觀。驅馳數公子，咸願同伐叛〔一四〕。聲節哀有餘，夫何激衰懦〔一五〕。偏裨表三上，鹵莽同一貫。始謀誰其間，回首增憤惋〔一六〕。宗英李端公〔一七〕，守職甚昭焕。變通迫脅地，謀畫焉得算〔一八〕。王室不肯微，凶徒略無憚。此流須卒斬，神器資强幹〔一九〕。扣寂豁煩

襟〔二〇〕，皇天照嗟歎。（0407）

【校】

①陽，錢箋、《九家》作「楊」。

②掌，錢箋校：「一作當。」《草堂》作「當」，校：「舊作反掌。蔡作反當。」

③丈人，錢箋作「丈夫」。宋本「丈」作「文」，據他本改。

【注】

黄鶴注：當是大曆五年（七七〇）自潭避亂之衡州時作。

〔一〕陽中丞：陽濟。《舊唐書·代宗紀》：「（大曆五年）夏四月庚子，湖南都團練使崔瓘爲其兵馬使臧玠所殺，玠據潭州爲亂。澧州刺史楊子琳、道州刺史裴虯、衡州刺史楊濟出軍討玠。」《唐代墓志彙編》貞元〇七〇劉長孺《唐故鴻臚少卿貶明州司馬北平陽府君墓志銘》：「少卿諱濟，字利涉。……元帥李公光弼領河南，御史大夫王仲昇鎮許蔡，咸請佐幕，以公力焉。後太尉表公爲密州刺史，加朝散大夫，攝侍御史。未幾，丁内艱，毀瘠過制。後拜大理少卿。西戎叛换，又加御史中丞，持節和蕃。……出爲潭州刺史，轉衡州刺史。遇觀察使被害，公以賊臣逆子，罪之大者，遂率部兵，遽臨叛境。俄辛京杲至，靖譖害能，貶撫州司馬。」

〔二〕愧爲句：《趙次公先後解》：「湖外，指言洞庭湖之外，則衡州是也。」

〔三〕反掌句：浦起龍云：「反掌，謂容易習見。如於蜀則一見徐知道，再見崔旰，於今又見臧玠矣。」按，枚乘《上吴王書》：「變所欲爲，易於反掌。」此謂反掌之間禍起帳下。

〔四〕嗚呼二句：《趙次公先後解》：「帳下，指言臧玠。賢良，指言崔瓘。」《史記·廉頗藺相如列傳》：「左右欲刃相如，相如張目叱之，左右皆靡。」

〔五〕吾非二句：《詩·秦風·黄鳥》：「維此奄息，百夫之特。」箋：「百夫之中最雄俊也。」《韓非子·顯學》：「夫冰炭不同器而久，寒暑不兼時而至。」《趙次公先後解》：「冰炭，言不相入也。」仇注：「冰炭，喻不平之氣。」浦起龍云：「言志不得伸，胸中直須不分皂白。」按，冰炭謂如冰如炭，備受煎熬。

〔六〕恥以二句：《趙次公先後解》：「既不能叱白刃散，却以風病辭，此爲可恥矣。」仇注：「恥風疾，不如姜肱遠遯也。」引《後漢書·姜肱傳》：「桓帝乃下彭城，使畫工圖其形狀。肱卧於幽暗，以被韜面，言患眩疾，不欲出風，工竟不得見。……乃隱身遁命，遠浮海濱。」按，肱乃託疾高隱，如仇説，則「恥」字無着。

〔七〕垢膩句：垢膩，見卷二《北征》(0052)注。此言可以就江水溉垢膩。

〔八〕痛彼二句：《趙次公先後解》：「以言遇亂而死者。」

〔九〕中丞句：《禮記·王制》：「十國以爲連，連有帥。」唐指節度、觀察等使職兼軍事長官者。

〔一〇〕縣實句：《孟子·萬章下》：「天子之制，地方千里，公侯皆方百里，伯七十里，子男五十里。」傅玄《傅子·安民》：「今之刺史，古之牧伯也。今之郡縣，古之諸侯也。」唐玄宗《幸河東推恩詔》:「今之刺史,古之諸侯。」此謂衡州諸縣約當古諸侯國之半。浦起龍云:「謂南中軍州,半屬所轄。」不確。

〔一一〕士卒二句:《左傳》宣公十二年:「卒乘輯睦,事不奸矣。」《詩·小雅·六月》:「元戎十乘,以先啓行。」《史記·游俠列傳》:「解爲人短小精悍。」

〔一二〕似聞四句:《趙次公先後解》:「即後篇公自注云『楊中丞琳問罪,將士皆自澧上達長沙』也。」黄鶴注:「道州居湘水之上流,故曰上游兵。澧州屬山南道,潭屬淮南道,故曰修鄰好。趙謂公自注者,豈公自注,後人假公以文其説耳。」按,注見次篇《聶耒陽以僕阻水書至酒肉》,爲甫自注無疑。澧州在澧水上游,亦可謂上游兵。鄰好謂鄰州,不必以分道爲説。時逼近長沙者,實爲澧州楊子琳。

〔一三〕南圖二句:《趙次公先後解》:「南之所圖謀,欲卷盡雲水也。……戴霄漢,則所以尊君也。」朱鶴齡注:「言連帥問罪之師,將南靖湘而北尊天子也。」北拱,見本卷《追酬故高蜀州人日見寄》(0394)注。

〔一四〕驅馳二句:《趙次公先後解》謂指楊子琳、裴虬、陽濟、李勉諸人。

〔一五〕聲節二句:《禮記·樂記》:「絲聲哀,哀以立廉,廉以立志。君子聽琴瑟之聲,則思志義之臣。」按,懦字出韻,當作愞。《廣韻》去聲二十九換:「偄,偄弱也。愞同。」《漢書·武帝紀》:「太守坐畏愞弃市。」注:「如淳曰:《軍法》:行逗留畏愞者要斬。愞音如掾反。」盧元昌改愞。仇注懦奴亂切,《全唐詩》懦注叶暖去聲,實無此讀。

〔一六〕偏裨四句：《資治通鑑》大曆五年：「湖南兵馬使臧玠殺觀察使崔瓘，澧州刺史楊子琳起兵討之，取賂而還。」錢箋：「初崔旰殺郭英乂，子琳起兵討旰，杜鴻漸各授官以和解之。及子琳攻旰敗還，縱兵涪夔，衛伯玉請於朝，以爲峽州團練使。及臧玠殺崔瓘，子琳聲言問罪，取賂而還。公詩所謂『偏裨表三上』者，合前後三叛言之也。始謀，蓋追論鴻漸、伯玉，故曰『回首增憤惋』。唐蕃鎮有事，俱用偏裨上表，假衆論以脅制朝廷也。」朱鶴齡注：「偏裨上表，疑皆請釋玠罪者。此蓋子琳爲之也。時必出於迫脅，非衆心所與，故下有『變通迫脅地』之句。」仇注：「於楊則隱諱其詞，而歸罪於偏裨。」《莊子・則陽》：「君爲政焉勿鹵莽。」錢箋謂指楊子琳取賂而還，甚確。然偏裨上表，則當如朱、仇注。

〔一七〕宗英句：《趙次公先後解》：「端公，李勉也。」時爲嶺南節度觀察使。參本卷《送重表侄王砅評事使南海》(0386)注。錢箋：「是時勉在廣州，方招討番禺賊帥及桂州叛將，未聞起兵討臧玠也。」朱鶴齡注：「或疑遣兵赴難，史不及書。考史，勉鎮嶺南，已兼御史大夫，不當以端公稱之。」按，詩稱「宗英」，非李無以當之。討番禺賊乃大曆四年後事，未可必言此時。勉大曆二年拜京兆尹、兼御史大夫，合稱李大夫。然稱端公，屬上可兼下之例。《唐國史補》卷下：「上可兼下，下不可兼上。惟侍御史相呼爲端公。」《漢書・叙傳》：「禮樂是修，爲漢宗英。」

〔一八〕變通二句：《趙次公先後解》：「言李公能變而通之，於賊兵迫脅之地用其謀畫，焉得算計可行乎。」仇注：「守土之臣爲偏裨所迫，事每牽制，李公官方素著，必能變通出奇，其所謀畫豈同凡算。」浦起龍云：「變通迫脅，婉詞以指諸從亂者，謂黨逆衆而勝算難也。」浦説較勝。變通迫脅當指取賂縱逆等情事，其謀晝豈能得算。

〔一九〕此流二句：《詩·小雅·節南山》：「國既卒斬，何用不監。」傳：「卒，盡。斬，斷。」班固《西都賦》：「蓋以强幹弱支，隆上都而觀萬國也。」仇注引《杜臆》：「勉本宗室，故有資强幹之語。」

〔二〇〕扣寂句：陸機《文賦》：「課虛無以責有，叩寂寞而求音。」于仲文《侍宴東宮應令》：「承恩叩並作，扣寂繞陽春。」沈約《爲齊竟陵王解講疏》：「滌盥煩襟，栖情正業。」王勃《游梵宇三覺寺》：「遽忻陪妙躅，延賞滌煩襟。」

## 聶耒陽以僕阻水書致酒肉療飢荒江詩得代懷興盡本韻至縣呈聶令陸路去方田驛四十里舟行一日時屬江漲泊于方田①〔一〕

耒陽馳尺素，見訪荒江眇。義士烈女家，風流吾賢紹〔二〕。昨見狄相孫，許公人倫表〔三〕。前期翰林後②，屈跡縣邑小〔四〕。知我礙湍濤，半旬獲浩溔〔五〕。麾下殺元戎，湖邊有飛旐〔六〕。孤舟增鬱鬱，僻路殊悄悄。側驚猿猱捷，仰羨鸛鶴矯。禮過宰肥羊，愁當置清醥〔七〕。人非西喻蜀，興在北坑趙〔八〕。方行郴岸靜，未話長沙擾。崔師乞已至，澧卒用矜少〔九〕。問罪消息真，開顏憩亭沼。聞崔侍御潩乞師于洪府，師至袁州北。楊中丞琳問罪，將士自澧上達長沙矣③〔一〇〕。（0408）

【校】

① 聶耒陽以僕阻水書致酒肉療飢荒江詩得代懷興盡本韻至縣呈聶令陸路去方田驛四十里舟行一日時屬江漲泊于方田，宋本題作「聶耒陽以僕阻水書致酒肉詩得代懷至縣呈聶一首」，據錢箋、《九家》等改。

② 期，錢箋、《草堂》校：「刊作朝。」

③ 宋本無此注，據錢箋、《九家》、《草堂》補。

【注】

黄鶴注：是時方且喜討叛之師已集而憩於亭沼，蓋知凶渠之亡可待。蓋臧玠以大曆五年（七七〇）四月庚子反，公奔竄至衡，又至方田，且半旬阻水矣。

〔一〕聶耒陽：名不詳。《元和郡縣圖志》卷二九衡州：「耒陽縣，上。西北至州一百六十八里。本秦縣，因耒水在縣東爲名。」黄鶴注：「郴州與耒陽皆在衡州東南，衡至郴四百餘里，郴水入衡。公避臧玠之亂，初欲往郴依舅氏，卒不遂。其至方田也，蓋泝郴水而上。」按，當作泝耒水而上。方田驛：《清一統志》卷二八一衡州府：「方田舊驛，在耒陽縣北。唐以前梅嶺路未開，赴嶺者道必出此，故置驛以通往來。蓋在新城市地，今廢。」

〔二〕義士二句：《戰國策·韓策》：嚴遂厚交聶政，政爲刺殺韓相傀，「韓取聶政屍於市，縣購之千金，久之莫知誰子。政姊聞之……乃抱屍而哭之曰：『此吾弟軹深井里聶政也。』亦自殺於屍下。」

〔三〕昨見二句：狄相孫，《千家注》師曰：「謂狄仁傑孫兼謩也。」按，當爲狄博濟。見卷六《狄明府》（0277）注。《晋書·王承傳》：「王參軍人倫之表，汝其師之。」

〔四〕前期二句：《分門》洙曰：「言聶之才宜在翰苑而反屈跡縣邑也。」《趙次公先後解》：「蔡伯世云別本作前朝，其説是。豈聶之父或祖嘗爲翰林之職乎？」《舊唐書·職官志》翰林院：「玄宗即位，張説、陸堅、張九齡、徐安貞、張垍等召入禁中，謂之翰林待詔。……至德已後，天下用兵，軍國多務，深謀密詔，皆從中出。尤擇名士，翰林學士得充選者，文士爲榮。亦如中書舍人例置學士六人。」玄宗初置翰林院，入者寥寥，無有聶姓者。仍當作前期爲是。

〔五〕半旬句：司馬相如《上林賦》：「然後灝溔潢漾，安翔徐回。」《文選》李善注：「郭璞曰：皆水無涯際貌也。」

〔六〕麾下二句：《趙次公先後解》：「即臧玠殺崔瓘也。」飛旐，見卷七《八哀詩·嚴公武》（0332）注。朱鶴齡注：「謂崔瓘之喪。」

〔七〕禮過二句：《詩·小雅·伐木》：「既有肥羜，以速諸父。」傳：「羜，未成羊也。」左思《蜀都賦》：「觴以清醥。」《文選》李周翰注：「醥，清酒也。」《趙次公先後解》：「兩句以言聶耒陽致酒肉也。」

〔八〕人非二句：《史記·司馬相如列傳》：「會唐蒙使略通夜郎西僰中，發巴蜀吏卒千人，郡又多爲發轉漕萬餘人，用興法誅其渠帥，巴蜀民大恐。上聞之，乃使相如責唐蒙，因喻告巴蜀民以非上意。」《趙世家》：「秦人圍趙括，趙括以軍降，卒四十餘萬皆阬之。」朱鶴齡注：「言臧玠之徒非可檄喻，必盡誅之乃快也。」

〔九〕崔師二句：仇注：「時楊子琳已受臧玠之賂，故其卒矜少。」按，取賂而還恐在此後，仇説鑿。

〔一〇〕崔侍御漼：本書卷一六有《別崔漼因寄薛據孟雲卿》(1171)，注：「内弟漼，赴湖南幕職。」

《太平御覽》卷八六三引《明皇雜録》：「杜甫後漂寓湘潭間，羈旅顦悴於衡州耒陽縣，頗爲令長所厭。甫投詩於宰，宰遂致牛炙白酒以遺甫。甫飲過多，一夕而卒。集中猶有《贈聶耒陽》詩也。」

王得臣《麈史》卷中：「世言子美卒於衡之耒陽，故《寰宇記》亦載其墳在縣北二里，不知何緣得此。《唐新書》稱：『耒陽令遺白酒牛肉，一夕而死。』予觀子美僑寄巴峽三歲，大曆三年二月始下峽，流寓荆南，徙浟公安，久之方次岳陽，即四年冬末也。既過洞庭，入長沙，乃五年之春。四月遇臧玠之亂，倉皇往衡陽，至耒陽，舟中伏枕，又畏瘴，復沿湘而下，故有《回櫂》

之作，末云：『舟師煩爾送，朱夏汲寒泉。』又《登舟將適漢陽》云：『春色弃汝去，秋帆催客歸。』蓋回棹在夏末，此篇已入秋矣。繼之以《暮秋將歸秦留别湖南幕府親友》云：『北歸衝雨雪，誰憫弊貂裘。』則子美北還之跡，見此三篇，安得卒於耒陽耶？」

錢箋：「《舊書》本傳：『甫游衡山，寓居耒陽，啗牛肉白酒，一夕而卒於耒陽。』元稹《墓志》：『扁舟下荆楚間，竟以寓卒，旅殯岳陽。』公卒于耒陽，殯于岳陽，史志皆可考據。自吕汲公《詩譜》不明旅殯之義，以爲是夏還襄陽之證。按史，崔旰殺郭英乂，楊子琳攻西川，蜀中大亂。甫以其家避亂荆楚，扁舟下峽，此大曆三年也。是年夏至江陵，移居公安，歲暮之岳陽，明年之潭州。此於詩可考也。大曆五年夏，避臧玠之亂入衡州。史云泝沿湘流，游衡山，寓居耒陽以卒。《明皇雜録》亦與史合，安得反據《詩譜》而疑之？其所引《登舟》、《歸秦》諸詩，皆四年秋冬潭州詩也，斷不在耒陽之後。《回櫂》詩有衡岳蒸池之句，蓋五年夏入衡，苦其炎暍，思回櫂爲襄漢之游而不果也。此詩在耒陽之前明矣，安可據爲北還之證乎？以詩考之，大曆四年公終歲居潭，而諸《譜》皆言是年春入潭，旋之衡，夏畏熱復還潭，則又誤認《回櫂》詩爲是年作也。作《年譜》者臆見猜度，遂奮筆而書之，其不可爲典要如此。吾斷以史、《志》爲證，曰子美三年下峽，由江陵、公安之岳。四年之潭，五年之衡，卒于耒陽，殯于岳陽。其他支離傅會，盡削不載可也。當逆旅憔悴之日，涉旬不食，一飽無時，牛肉白酒何足以爲垢病？」

黄生《杜詩説》：「予按微之《墓志》出於公孫嗣業之請，豈當以此爲據。史文則撮取《雜録》與《墓志》而成，即其末云：『元和中，宗武子嗣業自耒陽遷甫之柩，歸葬於偃師』，已與《志》相抵牾。又況公以大曆五年避臧玠之亂入衡，史書公卒乃在永泰二年，竟以武蕘蜀亂，公去成都，下峽，出江陵，過湖南，皆作一年之事。則其疏略紕漏不可據信，亦已明矣。若以卒耒殯岳，兩存其實，則二地懸絶，更隔洞庭一湖，卒此殯彼，理不可信。何獨《明皇雜録》爲與史合而確據之也？詳史所書牛酒飫死之説，實采之《雜録》。《録》叙此事而終之云『今集中猶有贈耒陽詩』，即此勘破，作者正因此詩飾成其事，小説家伎倆畢露。今謂《録》與史合，豈知史正承《録》謬耶？觀『牛肉白酒』四字，顯是此詩題中『書致酒肉療飢荒江』之句文致而成。諸家辨之固當，而反謂其曲爲公諱。觀錢之意，不過欲確明其卒於耒陽，不難盡掃諸家之説耳。然本傳既難憑信，元《志》跡公事雖略，猶賴『旅殯岳陽』四字幸存一綫，爲《回櫂》、《登舟》、《發潭》、《過湖》諸詩左證，而顧必爲耒陽争一杜公之遺蜕，其智不反出宋人下哉。」